Knaur

Deutsche Erstausgabe 1989

Titel der Originalausgabe ›Blood and Sable‹

Umschlaggestaltung Manfred Waller
Umschlagfoto Sammlung Menningen
Satz H. D. Günther, Köln
Druck und Bindung Ebner Ulm
Printed in Germany 5 4 3 2 1
ISBN 3-426-02073-4

Carol J. Kane:
Blut und Zobel

Roman

Aus dem Amerikanischen von Kollektiv Druck-Reif

Knaur

Meinen großzügigen Eltern gewidmet, die mir das Schreiben ermöglicht haben, und ebenso allen Freunden, die mich ermutigten. Besonderen Dank schulde ich Paula und Claire, die seit dem ersten Entwurf an das Gelingen von *Blut und Zobel* glaubten.

»Victoire, c'est la volonté.«

Marschall Foch

Glossar

Barin, Barina	Anrede für Adlige
Bojar, Bojarina	Adliger, Adlige
Bjeloschka	kleines Eichhörnchen
Dorogai	Liebling
Do swidanja	Auf Wiedersehen
Duschka	mein Herzblatt; Liebes
Kwas	süffiges Getränk aus Getreide
Malenkaja	Kleines
Matjuschka	Mütterchen
Miloschka	Liebling
Na sdarowje	Prost
Nitschewo	nichts; es ist nichts
Njanja	Kindermädchen
Proschai	Leben Sie wohl
Piraniki	gefüllte Teigtaschen
Stanogoi	Landpolizist
Starets	Heiliger
Sakuski	Vorspeisen

PROLOG

Paris, 1900

»Mama«, flüsterte das blonde Mädchen in der Türöffnung, »schläfst du?«

Waria Andrejewna lag ausgestreckt auf ihrem kunstvoll geschnitzten und vergoldeten Bett aus Mahagoni, ihr blondes Haar war ordentlich und sorgsam geflochten, das Gesicht halb unter dem Kopfkissen versteckt. Eine Hand war um die schwere Borte des Kissens geschlungen, die andere hing locker über den Rand des Bettes. Obwohl es schon vier Uhr war und sie unten im blauen Salon erwartet wurde, in dem sich die Familie zum Tee zu versammeln pflegte, regte sie sich nicht. Sie trug ein grünes, mit Zobelpelz besetztes Seidennachtkleid und schwarze Seidenstrümpfe. Im sanften, goldenen Schimmer des Sonnenlichtes, das das Schlafzimmer durchflutete, sah sie sehr jung und friedlich aus. In diesem eleganten Raum wirkte sie wie ein besonders reizvolles Schmuckstück.

Das kleine Mädchen schlich leise über den dicken Teppich aus Aubusson* am zierlichen Toilettentisch seiner Mutter vorbei, der mit rosa Tüll umhüllt war und auf dem ein Dutzend Parfumflaschen aus Silber und Kristall, Bürsten und Spiegel mit goldenen Monogrammen und eine offene, mit einem riesigen Amethyst verzierte Schmuckschatulle herumlagen. Es erreichte das Bett und streckte ängstlich eine Hand aus.

»Mama«, sagte es eindringlich. Da es keine Antwort erhielt, versuchte das Kind es noch einmal mit lauterer Stimme und rüttelte an Warias Schulter. Immer noch keine Antwort. Bestürzt erkannte Anja, daß etwas Schreckliches geschehen war. Mama

---

* mittelfrz. Stadt (Anm. d. Übers.)

hatte sonst immer einen leichten Schlaf. Aber dieses Mal konnte nichts sie aufwecken.

»Mama!«

Vollkommen verschreckt versuchte das Mädchen noch einmal, die schlafende Mutter zu wecken. Sie rührte sich nicht. Anja drehte sich um und stürzte aus dem Zimmer. Während sie an Louis-Quatorze-Tischen, riesigen, vergoldeten Vasen aus Malachit und endlosen Gemäldereihen vorbei durch den Gang lief, rief sie nach Tante Xenia und ihrem Großvater.

Die Lakaien in der blaugoldenen Livree der Malischews lächelten, als die kleine Prinzessin an ihnen vorbei die weiße Marmortreppe hinunter flog und nach ihrer Tante schrie. Sie war ein verspieltes Kind, sie alle beteten sie an.

»Anjuschka«, lachte Prinzessin Xenia, als ihre Nichte atemlos hereinstürzte, »was ist los? Wo ist deine Mama?«

»Sie wacht einfach nicht auf«, stammelte Anja. »Bitte sieh du nach ihr.«

Überrascht blickte Xenia zu ihrer Schwester Lisa hinüber, die gerade einen Artikel im *Figaro* über das Fest las, das sie vor zwei Tagen gegeben hatte.

»Sie *sagte* doch, sie sei müde«, antwortete Lisa mit einem Achselzucken. Sie interessierte sich im Augenblick mehr für die Schilderung ihres Festes als für ihre Schwägerin. »Warum läßt du sie nicht in Ruhe? Du weißt doch, in welcher Verfassung sie in letzter Zeit war.«

»Bitte komm mit und versuche, sie zu wecken«, forderte Anja sie auf. »Sie wird sich nicht bewegen.«

Prinz Sandro Swiridow, Anjas Großvater, lehnte sich in seinem Sessel nach vorne und blickte Anja scharf an. »Hat sich deine Mama überhaupt nicht bewegt?«

»Nein«, jammerte Anja. »Auch nicht, als ich sie geschüttelt habe.«

Erschrocken fuhr Prinzessin Xenia aus ihrem Sessel auf und rannte die Treppe hinauf. Ihr Vater und das kleine Mädchen folgten ihr auf den Fersen.

Oben in Prinzessin Warias Schlafzimmer rief Sandro den Namen seiner Schwiegertochter und rüttelte sie heftig. Anja war bestürzt, als der Großvater ihre Mutter mehrmals ins Gesicht schlug und vergeblich versuchte, sie zu wecken.
»Xenia«, das Beben in seiner Stimme verriet die aufkommende Furcht, »sage dem Lakai, daß er Doktor Lehrun holen lassen soll. Sofort, es sieht ernst aus. Sie hat eine ganze Flasche Schlafmittel eingenommen.«
»Wir hätten sie niemals allein lassen dürfen. Wir hätten es wissen müssen«, murmelte die Prinzessin, als sie davoneilte, um Hilfe zu holen.
Nachdem Xenia den Kutscher geschickt hatte, um den Doktor zu holen, ging sie ins Schlafzimmer zurück. Erschüttert sah sie, daß ihre Nichte immer noch dort war und angstvoll Sandro beobachtete, der verzweifelt nach einem Lebenszeichen bei seiner Schwiegertochter suchte. Er lehnte sie aufrecht gegen die Kissen, schüttelte sie und schrie sie an. Doch Waria wirkte wie eine große, leblose Puppe. Das grüne Nachtkleid war verrutscht und ihr sorgsam geflochtenes Haar zerwühlt.
»Waria«, rief der große, weißhaarige Mann, »du mußt an dein Kind denken. Du darfst das nicht tun.«

Aber sie hatte es getan, einfach so, als ob sie sich zum Schlafen hingelegt hätte. Sie hatte ein Kind zurückgelassen, das nun schluchzte und sein Gesicht im weichen, seidenen Nachtkleid der Mutter vergrub. Der dunkel glänzende Zobelbesatz streichelte seine Wangen.
»Anja«, flüsterte Xenia und kniete sich neben sie auf den weichen, dicken Teppich, »deine Mama kann dich nicht hören.«
»Aber sie schläft. Warum weckst du sie nicht?« schluchzte Anja.
»Ich will nicht, daß sie so tief schläft.«
Als Xenia aufblickte, sah sie, daß Sandro den Kopf schüttelte, sanft den zerknitterten, grünen, seidigen Stoff glättete und Waria auf die Kissen bettete. Als er ihr die Hände auf der Brust gefaltet und das blonde Haar sachte aus dem Gesicht gestrichen hatte, sah es fast aus, als ob sie friedlich schliefe.

»Mein einziger Sohn ist tot«, sagte er, und seine Stimme begann zu zittern, »und jetzt auch seine Frau. Wir werden dieses Jahr unsere Zeit auf dem Friedhof verbringen.« Anja verbarg das Gesicht im seidenen Rock der Tante und schluchzte fassungslos und mit gebrochenem Herzen. Sie war allein.
»Anjuschka«, flüsterte Xenia und streichelte Anjas Kopf, während ihre Tränen auf das zerzauste, blonde Haar fielen, »du wirst von nun an bei mir leben. Mama kann nicht mehr für dich sorgen. Sie schläft jetzt für immer.«
»Aber ich will nicht, daß sie schläft.«
»Aber sie war so müde, Anjuschka. So müde. Sie brauchte den Schlaf.«
Xenia hatte Waria so gut gekannt wie ihre eigene Schwester und sie noch mehr geliebt. Aber Waria war zerbrechlich gewesen. Als Xenias Bruder im letzten Herbst bei einem Jagdunfall ums Leben gekommen war, war auch der Lebenswille der jungen Witwe erloschen. Nur ihren Körper hatte sie bis zu diesem Nachmittag am Leben erhalten, obgleich es für Xenia ein Rätsel war, wie sie das so lange hatte aushalten können. Schließlich war nur ein Fläschchen Schlafmittel nötig gewesen, um den letzten Lebensfunken, der geblieben war, auszulöschen.
»Wessen kleines Mädchen werde ich jetzt sein?« flüsterte Anja und blickte mit weitaufgerissenen Augen auf ihre Mutter.
Xenia küßte sie zärtlich auf beide Wangen. »Du wirst meines sein«, antwortete sie sanft.

1

Bjelaja Berioschka, Rußland, 1911

»Anjuschka! Wo sind Sie? Ihr Onkel möchte, daß Sie sich fertigmachen, damit Sie Ihr Tantchen am Bahnhof abholen können. Sie braucht nicht zu sehen, daß Sie wie ein Bauernmädchen herumlaufen.«

Prinzessin Anja spähte unter einem Fliederbusch hervor. O Gott, dachte sie. Wenn die Haushälterin sie hier ohne Schuhe und Strümpfe fand, würde sie sich noch mehr Vorträge über Anstandsregeln anhören müssen. Warum hatte ausgerechnet Praskowaja Fjodorowna, die doch gar keine Prinzessin war, solch eiserne Ansichten über richtiges Benehmen? Das war einfach nicht gerecht. Trotzdem hatte sie die alte Frau sehr gerne.

Sie bemühte sich, in ihre weichen Lederschuhe zu schlüpfen, bevor sie entdeckt und ausgescholten werden würde. Als sie gerade ihre dunklen Strümpfe in ihre Rocktasche stopfen wollte, wurde sie von der Haushälterin überrascht.

»Praschkoscha«, lächelte sie fröhlich, »hast du nach mir gerufen?«

Ihr gegenüber stand ein stattlicher, grauhaariger Drache, der nicht so aussah, als sei er vergnügt. Praskowaja Fjodorownas scharfe Augen erblickten Anjas nackte Füße in den eilig angezogenen Schuhen, und sie bemerkte das unterdrückte Kichern in ihrer Stimme.

»Seien Sie nicht so frech, junge Dame«, sagte sie streng. »Sehen Sie sich nur an. Wenn Ihr Tantchen Sie jemals so sehen könnte, würde sie glauben, ich lasse Sie wie eine Wilde aufwachsen. Jetzt los, ich habe Sonja aufgetragen, Ihnen einen weißen Rock und eine Bluse herauszulegen. Und bürsten Sie Ihr Haar, bevor Sie mit Ihrem Onkel zum Bahnhof fahren!«

»Sonst noch etwas?« fragte Anja lächelnd. Es gab immer noch etwas.
»Jawohl«, erwiderte die Haushälterin. »Denken Sie an Ihre Manieren. Leute, die so schöne Pläne für ihre Einführung in die Gesellschaft machen, sollten wissen, wie sie sich als Dame zu benehmen haben.«
In Praschkoschas Augen war ein verschmitzter Glanz, der das Mädchen verwirrte. Sie schnappte nach Luft. »Du weißt etwas. Was ist es? Ist es das Ballkleid?«
»Ich weiß viele Dinge, *Malenkaja*«, lächelte die Haushälterin. »Und wenn Sie es heute noch einmal schaffen, Ihr Tantchen vom Bahnhof abzuholen, werden Sie sie auch wissen.«
»Oh, Praschkoscha!« kicherte Anja und schlang die Arme um den Hals der Frau. »Du bist wirklich genauso schlimm wie ich! Es ist das Ballkleid!«
Das Ballkleid war das Hauptgesprächsthema der Frauen auf dem Gut gewesen, seitdem Prinzessin Xenia vor mehreren Wochen zur Residenz ihres Vaters nach Paris gereist war – dort verbrachte er den größten Teil des Jahres, seitdem sein Sohn vor Jahren gestorben war. Im Hinblick auf die Einführung Anjas in die Gesellschaft von St. Petersburg im kommenden Winter hatte Prinzessin Xenia einmal zu ihrer Zofe etwas über ein Ballkleid aus Paris gesagt. Daria hatte die Worte ihrer Herrin Anjas Zofe, Sonja, wiedergegeben. Diese wiederum hatte Anja versichert, daß ihre Hoheit das Kleid in Auftrag geben würde. Und dann hatte Prinzessin Xenia es zur Verwirrung aller nie wieder erwähnt.
Aber Anja kannte ihre Tante gut genug, um etwas Eindrucksvolles zu erwarten. Zumindest hoffte sie darauf.
»Sagen Sie Ihrem Tantchen nichts. Lassen Sie ihr die Überraschung.«
»Natürlich! Trotzdem vielen Dank.«
Anja drückte Praschkoscha noch einmal an sich, drehte sich um und rannte bebend vor Vorfreude über den üppigen grünen Rasen. Sie lief auf die weißen Säulen am Eingang des Herrenhauses

zu, das im Palladio*-Stil gebaut und ganz in den Farben Ocker und Weiß gehalten war. Jetzt wollte sie unbedingt fertig werden. Praschkoscha Fjodorowna lächelte zärtlich, während sie das Mädchen beobachtete. Sie dachte daran, daß Anja sich vielleicht noch in diesem Jahr mit einem bedeutenden Herrn aus St. Petersburg verloben würde. Und in zwei oder drei Jahren würde sie eine verheiratete Dame sein und Kinder haben. Was für ein Gedanke! Anjuschka als Mutter! Sie war doch noch ein Kind, sorglos wie ein verspieltes Kätzchen. Sie konnte in einem unbewachten Augenblick eine Verwüstung anrichten und sich dann darüber wundern, daß alle aufgebracht waren.
Nun ja, es war gut, ein so sonniges Wesen in seiner Nähe zu haben, dachte die Haushälterin bei sich. Gott sei Dank war Anja nicht wie ihre Tante Lisa – ein kräftiger, dunkelhaariger Zankteufel –, die der Schrecken ihres Haushaltes war. Sie war ein richtiger Drache, dessen gereizte Ausbrüche beim Personal schon sprichwörtlich waren. Prinzessin Xenia war eine Dame, und Anja würde genauso werden.
Als Anja mit einem Arm voll duftendem Flieder, den sie in ein wassergetränktes Leinentuch gehüllt hatte, auf das Haus zulief, dachte sie aufgeregt über das Ballkleid nach und fragte sich, ob sie wohl jemals eine wirkliche *Grande Dame* von St. Petersburg werden würde. Aus irgendeinem Grund zweifelte sie daran. Eine wirkliche Dame war etwas, das sie niemals sein wollte. Aber sie hatte gute Chancen, so dachte sie schadenfroh, eine wirklich ungewöhnliche Frau in der großen Tradition der Familie Swiridow zu werden.
Sie konnte es kaum erwarten!
Genau um zwei Uhr schritt Prinz Andrej Malischew mit der Taschenuhr in der Hand durch die Eingangshalle und wartete auf seine Nichte. Andrej war ein stattlicher Mann, und in seiner marineblauen Leinenjacke, der hellgrauen, leichten Hose und dem Strohhut wirkte er sehr elegant. Trotz seiner vierzig Jahre

* Palladio, Andrea, 1508–1580; ital. Baumeister mit großer Wirkung auf die engl. Baukunst (Anm. d. Übers.)

hatte er kaum eine graue Strähne in seinem schwarzen Haar, und seine tiefblauen Augen blickten sanft. Er besaß fünf Landgüter zwischen Moskau und dem Ural, ein herrschaftliches Haus am Moika-Kanal in St. Petersburg und verschiedene andere Besitztümer in Europa. Das einzige, was er im Augenblick vermißte, war seine schöne Frau Xenia, und auch dem würde bald abgeholfen sein.

»Anjuschka!« rief er in das Treppenhaus hinauf. »Bist du fertig?«

»Ich komme!« schallte eine Stimme von oben.

»Wir dürfen deine Tante nicht warten lassen!«

»Ja, ich weiß.«

Sicher wußte sie es. Nur machte das wohl keinen Unterschied, dachte er.

Gerade als Prinz Andrej noch einmal nach ihr rufen wollte, kam seine Nichte die Treppe heruntergesprungen. Ihr Haar war ordentlich gebürstet, und die Schuhe glänzten. Mit der weißen Bluse aus Leinen und Seide und dem ebenfalls weißen Rock sah sie wie ein Engel aus.

»Sehr schön«, nickte Prinz Andrej. »Nun laß uns fahren.«

Er half Anja auf den Rücksitz seines neuen, glänzend roten Fiats, kletterte auf den Beifahrersitz und wartete geduldig, während der Chauffeur ausstieg, um den Motor zu starten. Manchmal sprang er schon beim ersten Mal an, manchmal dauerte es länger. Zu Andrejs Überraschung schien heute ein guter Tag zu sein, und binnen weniger Minuten waren sie auf dem Weg zum Bahnhof. Winkend verabschiedeten sie sich von den Bediensteten, die herumstanden und Wetten abgeschlossen hatten, wie lange es dauern würde, das komische Ding zum Laufen zu bringen.

»Hurra!« riefen zwei oder drei Landarbeiter, als sich die adelige Gesellschaft in Bewegung setzte. Einige Fehlzündungen waren noch zu hören, als der Wagen würdevoll an uralten Eichen vorbei die Allee hinunterrollte und durch das verzierte Gartentor, zu dessen beiden Seiten feuerrote Blumen blühten, verschwand.

»Ich kann es kaum erwarten, Tantchen wiederzusehen«, erklärte Anja und rutschte auf dem karamelfarbenen Ledersitz nach vorne. Und ihre Geschenke, dachte sie für sich.

In ihrem privaten Eisenbahnwaggon, der an den Moskau-Expreß angehängt worden war, sah Xenia Alexandrowna ungeduldig auf ihre rosa und gold verzierte Reiseuhr, die auf dem Tisch ihres Salonwagens stand. Es würde noch zwanzig Minuten dauern, bis sie den Bahnhof in Bjelaja Berioschka erreichten. Sie hoffte, daß Daria, ihre Zofe, alles sorgfältig eingepackt hatte. Aus Erfahrung wußte sie, wie Andrejs Landarbeiter das Gepäck in die einfachen Karren schmeißen würden, um es nach Hause zu bringen. Und Daria wußte es ebenfalls.
Xenia sah sich in dem wunderschönen Abteil mit der honigfarbenen Täfelung und den Einlegearbeiten aus Perlmutt, das von französischen Kristalleuchtern erhellt wurde, um und entspannte sich in den rosa- und cremegestreiften Polstern des Sessels. Sie dachte an die Überraschung, die sie mitbringen würde. Sie war wundervoll.
Xenia war groß und schwarzhaarig, sie hatte grüne Augen mit langen, dichten Wimpern und feine Gesichtszüge. Ein Dutzend zwanzigtausend Francs teurer, handgemachter venezianischer Spitzen zierten den Ausschnitt, die Ärmel und das Mieder ihres cremefarbenen, taillierten Kleides. Drei lange Perlenschnüre fielen über ihre spitzenbesetzte Brust, eine weitere und dazu ein schwarz-weiß gestreiftes, seidiges Band aus Moiré* schmückten ihren breitkrempigen, cremefarbenen Hut. All diese Eleganz würde in einer halben Stunde auf den Straßen des russischen Hinterlandes eingestaubt werden.
Xenia dachte an das schimmernde weiße Abendkleid, das sicher verpackt in einem ihrer Reisekoffer lag, und lächelte vor Vorfreude bei dem Gedanken an den Ball, der diesen Winter im Palast der Swiridows stattfinden würde und bei dem ihre Nichte in die Gesellschaft eingeführt werden sollte. In diesem Jahr würde Anja jede andere Debütantin ausstechen. Die Gesellschaft würde

* Gewebeart mit schillernder Oberfläche (Anm. d. Übers.)

geblendet sein von den weißgoldenen Marmorsäulen, den gewaltigen kristallenen Kronleuchtern und den Tonnen speziell gezüchteter Blumen, die sie von der Halbinsel Krim und aus den Gewächshäusern auf Zarskoje Selo einschiffen würden. Dazu würde ein Orchester aus Paris spielen. Und es würde eine Gelegenheit sein, den prunkvollsten Schmuck der Familie zu tragen – Mamas Diamantenhalsband, wenn Papa in guter Stimmung war, wenn nicht, dann zumindest mehrere Perlenketten –, und es war natürlich eine Gelegenheit, sich überhaupt wieder einmal richtig schön zu machen. Mit ihren siebenunddreißig Jahren war Xenia noch so anmutig wie je zuvor.
Anja hatte Glück, daß sie keine Schwestern hatte. Xenia lächelte dem Spiegel zu. Sie hatte welche, und sie hatte ihre Narben davongetragen. Am Abend ihres – und Lisas – Einführungsballes war Lisa in ihr Schlafzimmer gestürmt und hatte darum gebeten, den wundervollen Diamanten- und Perlenhalsschmuck, die Brosche und die Ohrringe, die Prinz Sandro für Xenia ausgesucht hatte, tragen zu dürfen. Ein eindeutiges *Nein* hatte eine heftige Reaktion hervorgerufen. Lisa hatte sich nicht abschrecken lassen, nach dem Halsband gegriffen und Xenia aus dem Gleichgewicht gebracht. Das Ganze hatte in einer Rauferei geendet, begleitet von dem erschreckten Kreischen der Zimmermädchen, den Rufen Prinz Sandros, der sie Raufbolde schimpfte und den Schmerzensschreien Xenias, deren Hand in der Prügelei arg gebissen worden war. Nicht etwa, daß Lisa unversehrt davongekommen wäre. Sie hatte blauschwarze Flecken auf ihrem Schienbein gehabt, die erst nach zwei Wochen verblaßt waren. Prinzessin Xenia hatte die Zähne zusammenbeißen und ihre Hand eine Stunde mit Eis kühlen müssen, bis die Musik zu spielen begann. Aber als sie an jenem Abend den Ballsaal betreten hatte, hatte sie Diamanten und Perlen getragen. Anjas Einführungsball würde wesentlich ungefährlicher verlaufen.

Zwanzig Minuten später blickten Anja und Prinz Andrej vom Bahnsteig aus in die Ferne, um ein Anzeichen des aus Moskau kommenden Expreßzuges zu erspähen.

Anja betrachtete lächelnd die kleinen blonden Bauernkinder, die sich an die Baumwollröcke ihrer Mütter klammerten. Sie sahen aus wie Küken, die sich um die Henne versammeln. Die Mütter warteten geduldig, ihre breiten, sonnenverbrannten Gesichter unter den bunt bedruckten Kopftüchern oder Schals waren ausdruckslos. Sie standen barfuß da, mit schwieligen Füßen, oder in billigen Schuhen aus Birkenrinde, die mit Leinen umwickelt war. Die düsteren Menschen des ruhigen und klaglosen Rußlands der letzten Jahrhunderte. Prinzessin Anja sah, wie eine der Frauen ängstlich zu ihr und Prinz Andrej herüber lugte und genauso ängstlich wieder wegsah. Bauern belästigten die *Bojaren* nicht, nicht einmal mit den Augen.

»Onkel, schau!« rief Anja. »Ich glaube, ich sehe Tantchens Eisenbahn.«

»Dann sind deine Augen besser als meine«, scherzte er. »Ich sehe nur Staub.«

Als die rußige, schwarze Lokomotive keuchend und ächzend in den Bahnhof von Bjelaja Berioschka einlief und von der Menge mit lautem Geschrei begrüßt wurde, liefen Anja und ihr Onkel ungeduldig auf den rotgoldenen Wagen am Ende des Zuges zu. Andrej erklomm den Wagen mit einem Sprung und überraschte seine Frau, als sie den Gang entlangeilte. Sie begrüßte ihn mit einer stürmischen Umarmung, bei der sie fast ihren Hut verlor.

»Andruschka, Liebling! Du siehst wundervoll aus. Oh, ich bin so glücklich, wieder zu Hause zu sein. Anjuschka, komm, küß mich. Es ist so schön, euch wiederzusehen.«

»Geht es Grand-père gut?« fragte das Mädchen.

»Grand-père ist in ausgezeichneter Verfassung«, lächelte sie ironisch und versuchte, Andrejs Blick aufzufangen. »Das ist ja gerade unser Problem.« »Papas schwaches Herz« war Xenias Umschreibung für die Probleme, die sie mit den Romanzen Sandros hatten.

Nachdem die Männer auf dem Bahnsteig Xenias zwanzig lederne Reisekoffer zur Rückfahrt auf das Gut in den Karren verstaut hatten, half der bärtige Stationsvorsteher dem Prinzen und der Prinzessin in den staubigen, roten Fiat. Währenddessen unter-

hielt der uniformierte Chauffeur die Herumstehenden mit dem Versuch, den Motor zu starten.
»Funktioniert dieses neue Spielzeug?« fragte Xenia zweifelnd. Sie versuchte ihre Würde zu bewahren inmitten der spöttischen Pfiffe. Sie galten dem Chauffeur, der sich mit dem Motor abkämpfte. Die weißbärtigen Bauern in dreckigen Leinenhemden und Holzschuhen johlten vor Vergnügen, als der Chauffeur leise, aber wild fluchte.
»Ah!« rief er schließlich, als er es endlich geschafft hatte. Bevor das Auto es sich anders überlegen konnte, saß er auf seinem Sitz, und sie ratterten über die staubige Landstraße, wobei die vornehmen Fahrgäste tüchtig durchgerüttelt wurden.
Der Fiat rollte an den weizengelben Feldern mit den dunklen Tupfen der großen Heuschober vorbei. Kleine, kräftige Frauen mit Kopftüchern verrichteten mit ihren einfachen, hölzernen Heugabeln harte Arbeit und sangen dabei die uralten, klagenden Melodien, die schon ihre Mütter und deren Mütter gesungen hatten. Das Auto wirbelte mächtige Staubwolken auf, was die Bauern veranlaßte, aufzublicken und ihre Witze zu machen.
Anja sah ein kleines, barfüßiges Mädchen von etwa zehn Jahren an einem schmalen Bach. Sie schwankte, weil sie zwei Eimer mit Wasser auf einer hölzernen Trage balancierte, ein Überbleibsel aus der Zeit der Mongolen. Neben ihr watschelte eine Familie flaumiger, gelber Entchen, die ihr ständig folgten.
»Die Ernte ist gut in diesem Jahr«, bemerkte Andrej. »Es gibt so weit keine Probleme.«
»Gut«, nickte die Prinzessin und griff nach ihrem reizenden Hut, als der Fiat wieder einmal besonders heftig schaukelte.
Als Andrej, Xenia und Anja beim Gutshaus ankamen, waren die beiden Damen von einer feinen bräunlichen Schicht bedeckt. Sie sahen aus, als ob sie ein Bad im Staub genommen hätten. Andrej schüttelte sich wie einer seiner Borsois* und klopfte seinen Hut an der Handfläche ab.
»Willkommen zu Hause, Hoheit«, lächelte Praskowaja Fjodo-

---

* Windhundart (Anm. d. Übers.)

rowna, die die Prinzessin mit einem riesigen Strauß Feldblumen begrüßte. Xenia lächelte aufrichtig zurück. »Wir alle hoffen, daß es seiner Hoheit, Prinz Swiridow, gutgeht«, fuhr die Haushälterin fragend fort.
»Ja, danke, Praschkoscha. Und er fragt immerzu nach dir.«
Erschöpft gingen Xenia und Anja die Treppe hinauf und begaben sich sofort in die Räume der Prinzessin. Sie streiften die Schuhe ab und sanken auf die blau bezogenen seidenen Sofas in ihrem Zimmer. Sie ruhten sich ein wenig aus, während Praschkoscha zwei Bedienstete mit dem Tee nach oben schickte. Er wurde nach russischer Art in Gläsern mit vergoldeten und emaillierten Haltern serviert. Kurz darauf wurden dünn gebutterte Weißbrotscheiben auf einem silbernen Tablett gebracht.
Als Daria, Xenias Zofe, mit den ersten der zwanzig Reisekoffer erschien, hieß Xenia sie die Geschenke bringen. Anjas Herz begann zu klopfen.
Als Daria die Schätze holte, kam Prinz Andrej herein und setzte sich an Xenias Seite. Er freute sich auf das Schauspiel, das sich ihm bieten würde.
»Tantchen, sind die alle für mich? Es sind so viele.«
»Ja, *Malenkaja*, die sind alle für dich. Aber eins davon ist etwas Besonderes. Kannst du es dir denken?«
Das Mädchen begann mit einem mittelgroßen Paket, das mit rosa Seidenpapier und einem silbernen Band verpackt war. Sie öffnete die Schachtel, und zum Vorschein kam eine weiße Bluse, die fast ganz mit feinster Spitze aus Alençon* benäht war. Sie war herrlich.
»Oh, danke, Tantchen.«
»Mach weiter«, meinte die Prinzessin und öffnete ihr neuestes Zigarettenetui – feine rosa Emaillelinien auf Gold mit ihrem Monogramm in kyrillischen Buchstaben und mit Diamanten besetzt.
»Oh, ein seidenes Nachthemd! Das ist zu elegant für mich. Soviel Spitze.«
»Unsinn, *Miloschka*. Du wirst es einfach für deine Brautausstat-

---

* frz. Stadt, die für ihre Spitzen bekannt ist (Anm. d. Übers.)

tung aufheben. Meinst du nicht, daß du diese hübschen Dinge früher oder später gebrauchen kannst?«

Anja konnte die Spannung kaum ertragen. Beide, sie und Xenia, wußten, daß in der größten Schachtel das lang ersehnte Ballkleid war. Aber das Mädchen wußte auch, daß es Tantchens Überraschung war. Es wäre nicht anständig, die Wirkung zu zerstören und sofort diese Schachtel auszupacken. Xenia liebte es, wenn die von ihr so großzügig Beschenkten wirklich überrascht und erfreut waren. Und wenn sie ein bißchen Gespür hatten, waren sie es.

»Das ist zuviel für mich«, erklärte Anja, als sie immer noch mehr Geschenke auspackte, spitzenverzierte Taschentücher, weiße Handschuhe aus Ziegenleder und einen Sonnenschirm.

Xenia schob das Gewirr aus Bändern und Geschenkpapier auf die Seite und reichte ihrer Nichte den letzten Karton. »Ich kann mich einfach nicht daran erinnern, was in diesem hier ist. Er ist ziemlich groß. Was meinst du, was es sein könnte?«

Mit klopfendem Herzen begann Anja, die großen, silbernen Schleifen und das glänzende, zarte Papier zu entfernen. Wenn es nicht das Ballkleid wäre, würde sie sterben. Hatte sie etwas mißverstanden? Sie hätte es zu gerne gewußt.

Oh, lieber Gott, betete Anja, als der Deckel zum Vorschein kam, laß es das Kleid sein.

Als das Mädchen vorsichtig das weiße Seidenpapier aufschlug, stieß es einen solchen Freudenschrei aus, daß Xenias Zofe wieder in das Zimmer gestürzt kam.

»Oh, Tantchen, ich kann es nicht glauben!«

Sie sprang mit dem weißen Kleid im Arm auf und stürzte sich in Xenias ausgebreitete Arme. Beide lachten und weinten gleichzeitig, und während Anja darauf bedacht war, ihr Kleid nicht kaputt zu machen, war Xenia bemüht, ihre Zigarette aus dem Weg zu nehmen.

»Hören Sie auf zu schnattern und probieren Sie es an«, sagte die Zofe ungeduldig. »Wir haben lange genug darauf gewartet, oder nicht, Hoheit? Sagen Sie ihr doch, daß sie es anziehen soll.«

»Also gut«, kicherte Anja. »Kommt, ihr zwei, ihr müßt mir helfen.« Da Andrej im Zimmer war, trat Anja hinter einen seidenen Wandschirm. Blitzschnell zog sie ihre Kleider aus und hielt dann die Arme hoch. Xenia und Daria streiften ihr das Ballkleid über den Kopf.

»Vorsichtig«, warnte die Prinzessin. »Es ist sehr empfindlich. Wir werden es aufhängen, sobald du es wieder ausgezogen hast.«

»Oh, wie wunderschön! Es sieht so französisch aus!« Sie stand bewegungslos da und wagte kaum zu atmen vor Angst, das Kleid zu beschädigen.

»Jetzt nimm deine Arme herunter und schau in den Spiegel.«

Bis zu diesem Augenblick hätte Daria niemals geglaubt, daß eine andere Frau so schön sein könnte wie ihre strahlende, schwarzhaarige Herrin. Aber als sie Anja dort vor dem Spiegel stehen sah – ihr Hemd lugte aus dem tief ausgeschnittenen Mieder des Kleides hervor, und das Haar fiel lose über die Schultern –, wußte sie, daß es in diesem Winter noch eine andere Schönheit in St. Petersburg geben würde. Dieses Mal eine mit blondem Haar.

»Oh, Daria. Sieh sie dir an!« rief Xenia mit tränenverschmiertem Gesicht. »Sie ist zu schön, um es mit Worten ausdrücken zu können. Andrej, schau doch!«

»Sie wird die Schönste in dieser Saison sein«, bekräftigte Prinz Andrej. Er fühlte sich wie ein Brautvater. »Wir werden von allen möglichen jungen Männern belagert werden. Ich fürchte, ich werde sehr streng sein müssen.«

Anja lächelte und warf die Arme um seinen Hals. »Ich werde immer einen Weg finden, dir zu entwischen«, erinnerte sie ihn.

»Ja«, gab Andrej mit einem reuevollen Lächeln zu. »Ich weiß, daß du einen Weg finden wirst.«

Prinzessin Xenia griff spielerisch nach der Hand ihres Mannes. »Aber es wird ihr sehr viel schwerer fallen, mir zu entwischen«, flüsterte sie ihm zu.

Anja stand in der Mitte des hübschen, sonnigen Raumes und bewunderte ihr weißes, schimmerndes Ebenbild im Spiegel. Als ihre Tante und ihr Onkel Prinzessin Anja betrachteten, wußten sie, daß dieser Winter aufregender als sonst werden würde.

Nachdem sich die ganze Aufregung über die Ankunft gelegt hatte, Anja ins Bett gegangen war und von Festen, Ballkleidern und glitzernden Juwelen träumte, als Xenia endlich neben Andrej im Bett lag, sprachen sie über ernstere Dinge. Xenia war tief beunruhigt über das, was sie in Paris gesehen hatte, und noch mehr beunruhigt über das, was die Zukunft bringen würde. Das Problem war ihr Vater, Prinz Sandro Swiridow – oder besser gesagt, seine Mätresse Zenaida Kaschina.

Andrej lächelte. »Ich bin froh, daß der alte Bursche noch so rüstig ist. Ich habe ihn einfach gern, weißt du. Es kann doch nicht so schlimm sein.«

Xenia setzte sich auf und stützte sich auf den zwei spitzenverzierten, weißen Kopfkissen ab. Sie schlang die Arme um die Knie und blickte nachdenklich vor sich hin. »Andrej, ich glaube, Papa hat den Verstand verloren. Er spricht davon, Zenaida zu heiraten.«

»Was?« fuhr Prinz Andrej auf.

»Er deutete so etwas an. Er sagte, er sei es leid, ein einsamer, alter Witwer zu sein, dessen Kinder zu beschäftigt sind, um sich um ihn zu kümmern, und daß er überlege, wieder zu heiraten.«

»Aber du kennst doch deinen Vater. Er übertreibt gern. Er beklagt sich ständig darüber, daß er zu alt und zu einsam ist, sogar dann, wenn er auf einem Ball von Frauen umringt ist, die sich gegenseitig fast die Augen auskratzen, nur um seine Aufmerksamkeit zu erregen. Ich sage es nicht gern, *Chérie*, aber Sandro bemitleidet sich gerne selbst. Er hat es immer gern getan.«

»Ich weiß«, lachte Xenia. »Das ist wirklich ganz Papa. Aber diesmal spricht er sogar von *Kindern*, und das paßt überhaupt nicht zu ihm. Aber er möchte einen Erben. Er hat Nickis Tod nie wirklich überwunden.« Nicki, das war Anjas Vater.

»Aber er ist schon sechzig. Er sollte sich damit zufriedengeben, Großvater zu sein. Es gibt Dinge, die selbst Sandro akzeptieren sollte.«

»Liebling«, seufzte Xenia, »die einzigen Enkelkinder, die er hat, sind beides Mädchen – Anja und Tascha – und mit Lisa und ihrem Mann steht er auf sehr schlechtem Fuß. Deshalb zählt die

kleine Tascha kaum. Er scheint von der Vorstellung besessen zu sein, daß die Familie der Swiridows aussterben könnte. Zenaida ist jung. Sie könnte ihm einen Sohn schenken.«
Erschreckt von dieser neuen Sichtweise setzte sich Andrej ebenfalls auf und starrte auf seine Frau. »Ich kann nicht glauben, daß er sie tatsächlich heiraten würde. Und ich kann mir wirklich nicht vorstellen, daß sie ihre Karriere unterbrechen würde, um ein Kind zu bekommen. Sie hat das noch für niemanden getan. Und sie hatte weiß Gott genügend Liebhaber. Außerdem kann ich mir nicht vorstellen, daß eine Tänzerin die Schmerzen einer Geburt auf sich nimmt. Sie muß sich doch auf den Körper auswirken.«
»Glaubst du, wenn sie entscheiden kann, ob sie Prinzessin Swiridow wird oder weiter Madame Kaschina bleibt, glaubst du, sie zieht es vor, Prinz Sandro als Liebhaber zu behalten?«
»Ja. Er kann ihr zwar Vermögen bieten – das liebt sie offensichtlich –, aber er will sie in einen goldenen Käfig sperren und sie als Schmuckstück vorführen, als Mutter eines kleinen Prinzen. Ich bezweifle, daß das für eine Frau wie sie sehr erstrebenswert ist. Sie ist zwar sehr klein und sieht zerbrechlich aus, aber hast du jemals in ihre Augen gesehen? Sie sagen mehr über Zenaida als alle Geschichten, die ihre Bewunderer jemals erfunden haben.«
»Wann hast du die Zeit gefunden, ihr in die Augen zu sehen?« neckte ihn seine Frau. »Ich weiß nicht, ob mir das gefällt.«
Andrej lachte. »Keine Sorge, ich habe nicht die Absicht, ein Förderer der Kunst auf *dieser* Ebene zu werden.«
»Ich bin immer noch bekümmert wegen Papa. Er hat in Paris im Ritz ein Zimmer fürs ganze Jahr gemietet, das sie immer bewohnen kann, wenn sie in der Stadt ist.«
»Das ist nicht gefährlich, es ist nur teuer«, lächelte Andrej. »Ein wirklich beunruhigendes Zeichen wäre die Nachricht, daß Zenaida ihre Engagements für die nächste Saison abgesagt hat. Erst dann würden wir wissen, daß sie Sandros Pläne teilt. Und ich glaube nicht, daß sie das tun wird.«
»Warum nicht? Die Hälfte der Frauen in Europa wollen Papa heiraten. Mütter schleppen ihre jungen Töchter auf widerwärtigste

Weise in seine Nähe. Es ist ein Rückfall in die Tage des alten Moskau und die Zeit der Brautschauen vor dem alten Zaren.«
»Und dein Vater genießt es.«
Xenia lehnte sich in ihre Kissen zurück und seufzte. So war es. Und immer genoß er es, die Menschen gegeneinander auszuspielen – Lisa gegen Xenia, die Mädchen gegen seine verstorbene Frau, oder Madame Zenaida Kaschina gegen seine Töchter. Sie wollte nicht, daß es zum Skandal kam, ausgerechnet zur nächsten Saison, wo Anja in Verlegenheit gebracht werden könnte. Das wäre unerträglich. Prinzessin Xenia konnte sich schon die Szene im Ballsaal des Swiridow-Palastes vorstellen, wenn Zenaida Anja die Aufmerksamkeit stehlen und ihre Einführung in die Gesellschaft stören würde.
Das würde sie auf keinen Fall zulassen, selbst wenn sie sich so weit erniedrigen müßte, dieser Frau Geld anzubieten, damit sie St. Petersburg für diese Woche verlassen würde. Und sie kannte Zenaidas Charakter gut genug, um zu wissen, daß sie Erfolg haben würde, wenn sie nur eine genügend hohe Summe bot.
»Liebling«, flüsterte ihr Mann, »warum machen wir uns nicht morgen Gedanken über deine Familie. Ich würde mich heute nacht lieber mit dir beschäftigen.«
Xenia lachte ihn an. Sie hielt das für eine glänzende Idee.

2

Als Anja am nächsten Morgen erwachte, dachte sie sofort wieder an das wunderschöne weiße Ballkleid, das sorgfältig in Seidenpapier verpackt war und auf die Saison in St. Petersburg wartete. Erschreckt fuhr sie auf, als sie plötzlich ein lautes Klopfen an der Tür hörte und Prinzessin Xenias Zofe Daria ins Zimmer trat. Ihr glänzendes schwarzes Haar war zu einem ordentlichen Knoten gesteckt, und sie trug eine weiße, gestärkte Schürze über dem dunkelblauen Kleid. Seltsam, wunderte sich Anja. Warum kam nicht Sonja, ihre eigene Zofe?

Zu Anjas Verwirrung war Daria sichtlich aufgeregt. »Hoheit«, sagte sie mit eigenartiger Stimme, »es ist etwas passiert. Ihre Tante schickt mich; ich soll Ihnen sagen, daß Sie heute in der Nähe des Hauses bleiben sollen, nur für den Fall, daß noch mehr geschieht. Heute nacht ist jemand in die Ställe eingebrochen und hat eines der Pferde verstümmelt.«

»Was?« Anja rang nach Luft. Sie konnte einfach nicht glauben, was sie eben gehört hatte.

»Die Männer durchstreifen den Park und die Wälder, um den Täter zu suchen. Aber natürlich weiß niemand, wer der Schuldige ist. Es ist ekelerregend.«

»Welches Pferd?« fragte Anja erschüttert.

»Bjeli.«

»Mein Gott!« Das war Onkel Andrejs bester Traber. Anja drehte sich fast der Magen um.

»Die Männer wollen ihn töten«, sagte Daria hart. »Es war so ein schönes Tier. Gott möge ihnen helfen, den Wahnsinnigen zu finden.«

»Und ihn zu hängen«, antwortete die junge Prinzessin.

Im Stall stand Prinz Andrej vor Bjelis Box und starrte auf das blutbesudelte Stroh. Seine Augen weigerten sich, das sterbende Tier anzusehen. Gerade war der Tierarzt gegangen, nachdem er noch ein paar Worte des Mitgefühls gemurmelt hatte, und nun mußte Andrej Bjeli den *Coup de grace** geben. Andrej wollte dies nicht dem Tierarzt überlassen. Bjeli war sein Pferd, und es war seine Aufgabe, obwohl es ihm bei dem Gedanken daran fast das Herz zerriß.

Neben ihm stand Lew Petrowitsch, sein bester Jäger. Er war ein graubärtiger, fünfundvierzigjähriger Bauer, der aber mindestens zehn Jahre älter aussah. Er vergrub die Hände in den Taschen seiner ausgebeulten Hose und trat unbehaglich von einem Bein auf das andere. Jede Minute, die Seine Hoheit zögerte, bedeutete eine weitere Minute des Leidens für das sterbende Pferd.

»Hoheit«, sagte er schließlich vorsichtig. »Es wird Zeit.«

»Ja, ich weiß.«

Der Prinz zog eine achtunddreißiger Smith & Wesson aus seinem Gürtel und blickte hinunter zu Bjeli. Beim Anblick seines Lieblingspferdes wurde er von Mitleid überwältigt. Dieses herrliche Wesen, dieser geschmeidige, gut gepflegte Traber hatte sich in ein lebendes Wrack verwandelt. Das Pferd rollte wild mit den Augen, es war schon halb tot von den Schlägen, die ihm jemand vor wenigen Stunden verpaßt hatte. Andrej empfand solches Mitgefühl, daß er sich zwingen mußte, das Pferd zu töten. Es war nicht die mangelnde Entschlußkraft, die ihm fehlte, er wußte, daß er das arme Tier nicht länger leiden lassen konnte. Es war einfach die Erschütterung über die Endgültigkeit des Todes, die ihn noch zögern ließ. Das ist niederträchtig. Das hast du nicht verdient, dachte er.

Andrej liebkoste die zuckende Schulter des Pferdes und flüsterte sanft: *»Proschai, Dorogai.«* Dann richtete er vorsichtig den Lauf des Revolvers gegen Bjelis Kopf.

Als der gedämpfte Schall des Schusses durch das Stallgebäude hallte, aus dem man wegen dieser schrecklichen Tat die anderen

---

* Gnadenschuß (Anm. d. Übers.)

Pferde entfernt hatte, bekreuzigte sich Lew Petrowitsch still und senkte den Kopf. Wenn der Mann, der Bjeli so zugerichtet hatte, ihm jemals in die Hände fallen sollte, würde der Kerl länger als das Pferd leiden. Das versprach er sich.

Es war vorüber, Bjeli hatte nun seine Ruhe. Sein Besitzer aber fühlte sich, als ob er gerade einen Sohn verloren hätte.

»Das ist ein schlechtes Zeichen, Lew«, sagte er schließlich. »So haben 1905 die Schwierigkeiten auch begonnen.«

Lew Petrowitsch nickte grimmig. Beide waren sich der Ähnlichkeit zwischen dem, was sich heute ereignet hatte, und dem, was vor sechs Jahren mit Dutzenden von Pferden und Kühen geschehen war, die reichen Landbesitzern gehört hatten, nur zu bewußt. Auch einige Landbesitzer selbst hatten damals zu den Opfern gehört.

In der Erinnerung an diese schreckliche Zeit rief sich der Prinz die Angst, die er um Xenia und Anja ausgestanden hatte, ins Gedächtnis zurück. Die beiden waren damals allein auf Bjelaja Berioschka gewesen, während er wegen des Generalstreiks der Eisenbahn in Moskau festhing. Er war aus geschäftlichen Gründen dorthin gefahren, genau zu der Zeit, als die Revolte ausbrach. Die ganze Stadt hatte sich in den Straßen versammelt, Barrikaden errichtet und die Soldaten mit Paraden und roten Fahnen herausgefordert. Eine Hälfte der Bevölkerung sprach aufgebracht davon, die Alleinherrschaft des Zaren zu stürzen, während die andere aus Furcht vor einem Massenblutbad hinter verschlossenen Türen zitterte. Andrej hatte sehnsüchtig auf Nachricht über die Ereignisse auf dem Land gewartet und war fast wahnsinnig geworden, als er sie endlich erhielt.

Aufwiegler aus der Stadt waren aufs Land gezogen, um einen Bauernaufstand anzuzetteln. Die Bauern, die Fremden gegenüber mißtrauisch waren, hatten sie zuerst abgewiesen – bis sie begonnen hatten, über Prinz Andrej Malischews ungeheure Getreidevorräte zu sprechen. Es war damals ein schlechtes Jahr für die Bauern gewesen.

Lew Petrowitsch, der das Gespräch gehört hatte, war zum Gutshaus gegangen, um den Prinzen zu warnen, und hatte festgestellt, daß dieser in Moskau war. Er hatte entschieden, daß die Sache zu ernst war, als daß man die Prinzessin und ihre kleine Nichte hätte allein lassen können. Mit Xenia Alexandrownas Einverständnis hatten er und vier seiner älteren Söhne, mit Andrejs Gewehren bewaffnet, nachts um das Haus Posten bezogen. Zwei Nächte vor der Rückkehr des Prinzen hatte der Pöbel begonnen, vor dem Haus auf und ab zu gehen und nach dem Gutsherrn zu schreien.

Zu diesem Zeitpunkt – ab hier lautete die Geschichte immer anders, je nachdem, ob Xenia oder Lew sie erzählte – war Xenia in Begleitung Lews und einer seiner Söhne hinausgegangen, um den Leuten entgegenzutreten. Sie hatte sie beschämt, indem sie sie aufgefordert hatte, doch lieber ihr zuzuhören als »diesen Fremden, die nicht einmal so sprechen wie ihr« – ausgerechnet Xenia mit ihrem deutlichen St. Petersburger Akzent – und es war ihr gelungen, die Bauern gegen die Außenseiter aus Moskau aufzubringen. Sie hatte großzügig Mengen zusätzliches Getreide versprochen und ihnen Schutz durch die Soldaten, die in diese Gegend vorrücken würden, zugesagt. Allerdings hatte sie nicht erwähnt, daß die Soldaten kommen würden, um die Landbesitzer vor Leuten wie ihnen zu schützen.

Diese Zusage war reine Erfindung gewesen, denn ein Teil des Problems war ja gerade, daß überhaupt keine Soldaten in der Nähe waren. Aber Prinzessin Xenia war schlau genug gewesen, die ewige Furcht der Bauern vor der Armee dazu zu benützen, sich von den Aufwieglern zu befreien.

Xenia hatte den Leuten, die sie bedrohten, gedroht und so ihre Autorität wiederhergestellt. Lew Petrowitsch hatte ihren Mut bewundert. Er selbst hatte dann vier der Aufwiegler erschossen, nur um sicherzugehen, daß die Bauern sich die Sache nicht doch noch genauer überlegen würden. Vor Tagesanbruch trieben sie in der Moskwa, und Xenia erließ den Befehl, große Getreidemengen zu verteilen.

Sollte nun, sechs Jahre nach diesen Ereignissen, der Ärger von neuem beginnen?

Andrej ließ einige seiner Freunde von den benachbarten Gütern holen, um ihnen mitzuteilen, was mit seinem Pferd geschehen war, und sie zu warnen, damit sie sich gegen ähnliche Vorkommnisse wappnen konnten. Jeder war besorgt, sie alle konnten sich noch zu gut erinnern.
»Sollen wir Petersburg alarmieren?« fragte Graf Boris Scherbatkin, ein steifer, nervöser Mann mit welligem, braunem Haar und dunklen Augen, die alles, was in ihrem Blickfeld lag, abschätzig zu betrachten schienen. »Es könnte der Anfang eines neuen Aufstandes sein.«
»Ich glaube nicht, daß es so ernst ist«, antwortete der Prinz. »Ein totes Tier heißt noch nicht, daß eine Revolution im Anmarsch ist. Wir könnten uns zum Narren machen, wenn wir schon heute nachmittag um ein Bataillon Soldaten ersuchen würden.«
»Aber wenn wir zögern«, murmelte ein anderer, »könnten wir vielleicht nicht mehr rechtzeitig Hilfe holen. Letztes Mal haben sie mein Haus in Schutt und Asche gelegt. Sie hätten mich sogar, verdammt noch mal, fast mitverbrannt. Das sind Wilde, Andrej Nikolajewitsch. Daran müssen wir denken.«
»Die Zeiten haben sich geändert«, meinte Prinz Andrej. »1905 waren die Leute aufgebracht wegen des Krieges und fast am Verhungern wegen der schlechten Ernten. Heute sind meine Bauern dick und zufrieden. Ich kann nicht glauben, daß sie einen Aufstand vorbereiten.«
»Lew Petrowitsch«, wandte sich Boris an den Jäger, der sich still im Hintergrund hielt, »was meinst du? Du weißt, was die Leute denken.«
Der graubärtige Bauer schüttelte den Kopf. »Ich habe mit meinen Kameraden gesprochen. Niemand hegt einen Groll gegen Seine Hoheit. Und jeder erinnert sich noch gut an die Soldaten.« Er blickte die Männer, die seinen Ausführungen folgten, fest an und meinte schließlich: »Dies hat kein Bauer getan. Da bin ich sicher. Das Pferd war unser ganzer Stolz. Jeder von uns ist gegen den, der es so zugerichtet hat.«
Die Männer in ihren weißen Leinenjacken hörten ihm zwei-

felnd zu und fragten sich, wer denn der Täter sein könne, wenn es kein Bauer war.
Andrej erhob die Stimme: »Ich habe Lew Petrowitsch und seine Söhne schon angewiesen, die Gegend mit Gewehren zu durchstreifen. Wenn sie auf einen Fremden stoßen, sollen sie ihn hierher bringen, damit wir ihn zur Rede stellen können. Ich würde euch raten, ähnliches zu veranlassen.« Die Besucher nickten grimmig und stimmten ihm zu.

Währenddessen saßen Anja und Xenia auf der Terrasse hinter dem Gutshaus unter der gestreiften Markise und sprachen leise über das Pferd. Sie waren alle sehr betrübt. Bjeli war der schnellste Traber gewesen, den Bjelaja Berioschka jemals hervorgebracht hatte, und die Reihe seiner Siege auf der Rennbahn von St. Petersburg hatte alle Rekorde übertroffen.
»Wer haßt Onkel Andrej so, daß er ihm das antun konnte?« fragte Anja bitter.
»Wenn wir die Antwort auf deine Frage wissen, werden wir auch den Schuldigen haben«, antwortete ihre Tante und strich zärtlich über den Spitzenkragen an Anjas weißer Bluse. »Und bis es soweit ist, Liebling, gehst du nicht ohne Begleitung zu weit weg vom Haus. Auf keinen Fall, das wäre zu gefährlich.«
Aus dem Augenwinkel sah Anja überrascht, wie ernst Prinzessin Xenia aussah.
»Aber Tantchen«, lächelte das Mädchen. »Ich habe nur zwei Beine, nicht vier.«
»Um so wichtiger ist es«, antwortete die Prinzessin ernst. Sie lächelte kein bißchen.

Einer der Nachbarn Prinz Malischews, der zu der Besprechung auf Bjelaja Berioschka nicht eingeladen worden war, hatte dennoch von der Verstümmelung des Pferdes gehört und war nun um seinen eigenen Besitz besorgt. Er war wesentlich weniger beliebt als Andrej Nikolajewitsch, und da er vom Feldarbeiter zum Landbesitzer aufgestiegen war, indem er sich durch harte Knochenarbeit und unbarmherzige Anstrengung hochgearbeitet hatte, mißtraute er den Bauern. Er wußte, daß sie ihm seinen Erfolg übelnahmen und ihm jedes nur erdenkliche Unglück gönnten. Nun, sollten sie nur neidisch sein, dachte sich Iwan Iwanow. Aber wenn sie es wagen sollten, eins seiner Tiere auch nur anzurühren, würde es ihr Ende bedeuten. Er hatte nicht den größten Teil seines Lebens wie ein Wahnsinniger geschuftet, um das Geld für den Kauf seines Landes zusammenzubekommen, nur damit ein paar Faulenzer, die nie mehr getan hatten, als notwendig war, ihm wegnehmen konnten, was ihm gehörte. Er würde eher töten, als auch nur ein verirrtes Schaf wieder herzugeben.

In dem typischen Leinenhemd, mit dem groben Strick um den Bauch, dem Bart, der, obwohl er erst fünfzig Jahre auf dem Buckel hatte, schon fast weiß war, und seinen abgetretenen, mit Mist und Stroh verdreckten Stiefeln sah Iwanow wie ein gewöhnlicher Bauer aus. Aber seine Augen gaben ihm ein besonderes Aussehen. Diese tiefliegenden, durchdringenden Augen konnten geradewegs durch ein Gegenüber hindurchsehen und verliehen Iwanow eine Aura von Grausamkeit, so, als ob er sogar vor einem Mord nicht zurückschrecken würde. Er war kein gutmütiger Mensch. Das wußte er, und er scherte sich einen Teufel darum.

Zuneigung empfand er nur gegenüber seiner Frau Maria Andrejewna, die ihm eine ergebene Gefährtin war. In ihre Ehe hatte sie nur eine winzige Blechdose mit Silberrubeln, eine nette, kleine Schar Küken, zwei ganz ansehnliche Schweine und zwei Federbetten mitgebracht. Sie war hier aufgewachsen und hatte ihn sofort gemustert, als er aus Kasan in diese Gegend kam, einen Hof kaufte und erklärte, daß er jetzt nur noch eine Frau brauchte. Sie war eine kleine, dralle Frau mit blonden Haaren, einer Stupsnase und glänzenden, roten Backen gewesen, die nur den einen Wunsch hatte, ihren Eltern zu entkommen. Iwanow hatte ihre ehrliche Art, ihre Heiratsabsichten offen auszusprechen, genauso bewundert wie ihre Fähigkeit, sein Haus in ein sauberes, gemütliches und bequemes Heim zu verwandeln. Sie war eine gute Wahl gewesen.

Die einzige Ausnahme war das Kind, das sie gezeugt hatten. Ihr Sohn Oleg war ein erbärmliches Mißgeschick. Unglücklicherweise war er das einzige von drei Kindern, das die Kindheit überlebt hatte. Oleg war eine furchtbare Enttäuschung. Als ob er trotz der hervorragenden Qualitäten der Mutter und der zähen Entschlossenheit des Vaters ein Rückfall in die Zeit früherer, unterentwickelter Vorfahren wäre. Oleg war ein Junge, der sich Tagträumen über undurchführbare, bizarre Theorien hingab, er war ein geborener Verlierer. In nachdenklicheren Momenten – nicht, daß es davon viele gab – glaubte Iwanow manchmal, daß es daran lag, daß das Kind schon vor der Hochzeit unterwegs gewesen war, und daß dies ihre Strafe war.
Verdammter Taugenichts, dachte er bitter, als er seinen Sohn erkannte, der eben auf seinem Pferd von einem Ausritt zurückkam und quer über die Felder ritt.

Der junge Oleg trieb sein Pferd über die hölzerne Einzäunung, die die Felder vom Hof trennte, säuberte es flüchtig und trabte hinüber zum Pfosten vor der großen Veranda an der Vorderseite des Hauses. Er stieg ab und verzog sich sofort ins Haus, nachdem er seinen Eltern einen knappen Gruß hingeworfen hatte. Er war begierig darauf, den Brief zu lesen, den er gerade erst von einem Freund aus Moskau, Pawel Skriabin, erhalten hatte.
Oleg steuerte sofort auf sein Zimmer zu. In der Ecke über einem Stapel Bücher hingen Ikonen und neben dem Fenster stand ein geschmackvoller Sekretär. Oleg streckte sich auf seinem Bett aus und schlitzte den Umschlag auf. Er war froh, wieder einmal etwas von Pawel zu hören. Hier im Hinterland langweilte er sich zu Tode und fühlte sich rastlos, aber Pawel hatte immer etwas Aufregendes im Sinn. Eine Menge Aufregung war auch im Spiel gewesen, als sich ihre Wege zum ersten Mal kreuzten, und die zwei folgenden Jahre in der Provinz Tobolsk hatten die Freundschaft gefestigt und Oleg Iwanow in eine Gruppe radikaler Marxisten eingeführt. Diese waren bereit, den Klassenkampf zu führen, und hatten sich geschworen, die russische Herrschaft zu stürzen. Er war begeistert gewesen, als sie ihn in ihre Pläne ein-

geweiht hatten. Aber jetzt erschien ihm das alles wie ein schöner Traum.

Das allerdings, was er heute morgen erledigt hatte, war kein Traum gewesen. Es war eine köstliche Rache an dem Mann gewesen, der ihn in das abgelegene Tobolsk geschickt hatte – an Prinz Andrej Nikolajewitsch Malischew.

Und noch bevor der Prinz aufgehört haben würde, den Tod dieses Kleppers zu bejammern, würde Seine Hoheit selbst Anlaß zum Klagen für seine schöne, herausgeputzte, überhebliche und unerträgliche Frau sein. Oleg hatte sich geschworen, seine Mission zu erfüllen und damit auch Pawel Skriabin und seine Freunde zu beeindrucken, wenn er sich ihnen in Moskau anschließen würde.

Als Oleg über jene kurzen sibirischen Sommer und die endlosen Winternächte nachdachte, kam er zu dem Schluß, daß sein Exil eigentlich einem guten Zweck gedient hatte. Es war eine Strafe ohne Inhaftierung gewesen. Beim inländischen Exil wurde ein Mann – oder eine Frau – an einen Ort weit jenseits der Heimat gebracht; dort lebte er für eine vorher festgelegte Zeit in der Verbannung. Da er sein Leben ansonsten frei einrichten konnte, hatte Oleg in Tobolsk bei einem Bauernpaar in Kost gelebt. Er hatte genügend Zeit gehabt zu jagen und zu fischen – und politische Versammlungen, die von Pawel Skriabin und seiner einschüchternden Geliebten Katja Petrowna geleitet wurden, zu besuchen. Sie war eine rothaarige Hexe, die sich niemals seinen Namen merken konnte. Oleg hatte sie überhaupt nicht sympathisch gefunden, aber er bewunderte Pawel, einen dünnen, drahtigen Intellektuellen aus Kasan mit stechenden, grauen Augen, der sehr lebhaft und geschäftig war. Seine lange Nase gab ihm einen verächtlichen Ausdruck, besonders dann, wenn er auf Porträts des Zaren stieß, die er im Wald heimlich als Zielscheibe benützte.

Oleg dachte über den Gaul nach und kam zu dem Schluß, daß es keine wirklich revolutionäre Tat gewesen war. Das noch nicht. Aber den größten Landbesitzer dieser Provinz zu ermorden wäre so großartig, daß jeder beeindruckt sein würde, und genau das hatte er sich vorgenommen.

Im tiefsten Herzen hatte Oleg den verzweifelten Wunsch, jemanden zu beeindrucken, besonders die Mädchen. Aber er war dabei nie erfolgreich, hauptsächlich wegen seiner unangenehmen Art. Er konnte eine Ablehnung niemals hinnehmen, sondern erschreckte die Mädchen mit seinen Wutausbrüchen, die nur zu noch stärkerer Zurückweisung führten und ein allgemeines Gefühl der Enttäuschung hervorriefen. Als ein echter, überzeugter Revolutionär, der für die Sache Blut vergossen hatte, würde er – so hoffte er zumindest – Pawel Skriabin nacheifern und Bewunderinnen wie Katja anziehen können, die, obwohl man kaum mit ihr auskommen konnte, unbestreitbar einen hübschen Anblick bot. Er liebte hübsche Frauen. Aber sobald sie ihn einmal näher kennenlernten, mieden sie ihn wie die Pest.

Für Olegs Mutter, eine praktische Frau, die mit gesundem Menschenverstand ausgestattet war, waren die Probleme ihres Sohnes durch diese Moskauer Freunde entstanden, die seinen Kopf mit närrischen Ideen über Freiheit und Gerechtigkeit für alle vollgestopft hatten. Sie hatten ihm eingeredet, er müsse seine Solidarität mit den Bauern – als ob er nicht selbst einer wäre – bezeugen, und ihn dazu gebracht, einen Aufruhr auf dem größten Gut in dieser Gegend anzuzetteln. Er hatte vor den Arbeitern Reden über soziale Gerechtigkeit gehalten, bis diese völlig verwirrt die Polizei gerufen hatten. Und während Oleg mit der einem Aufwiegler gebührenden Härte behandelt worden war, waren seine feinen Moskauer Freunde zum nächsten Bahnhof gerannt und hatten ihn im Stich gelassen. Heilige Maria, der Junge konnte so dämlich sein.

Für den Vater war diese Episode der Beweis dafür gewesen, daß mit dem Jungen etwas nicht in Ordnung war. Es mußte eine schreckliche geistige Verwirrung sein, die seinen Sohn unfähig machte, das, wofür er sein Leben lang gearbeitet und was er aufgebaut hatte, zu übernehmen.

Vielleicht hatte sie schon in den Windungen von Olegs Gehirn gelauert, als er aufgewachsen war, und nur darauf gewartet, in den dunklen Nischen der Moskauer Universität aufzugehen wie ein giftiges Unkraut. Bücher verwirrten einen Mann nur, das hatte Iwan schon immer behauptet. Oleg war der Beweis dafür. Schlimmer noch, sie machten ihn blöde!

»Nun?« fragte Iwanow, als er das Eßzimmer betrat. Seine Frau und sein Sohn saßen neben dem glänzenden Samowar aus Messing und waren in eine heftige Diskussion verwickelt. »Hast du dich endlich entschieden, was du mit dem Rest deines Lebens anfangen wirst? Irgend etwas mußt du tun.«

»Laß den Jungen doch in Ruhe. Du mußt ihm Zeit lassen«, widersprach Iwanows Frau. »Er ist doch eben erst nach Hause zurückgekommen. Warum kannst du ihn nicht in Frieden lassen?«

»Weil er zwei Jahre Zeit hatte, sich zu entscheiden. Das müßte genügen, wenn du mich fragst.«

Er setzte sich an das Kopfende des Tisches und nahm den kleinen Kupferkessel des Samowars, goß sich ein Glas Tee ein und sah seinen Sohn finster an.

»Nun«, wiederholte er beharrlich, »gib mir eine Antwort. Du bist mir wohl eine schuldig, oder nicht?«

»Ich habe es dir schon gesagt, Vater, ich weiß nicht, was ich tun möchte.«

»Warum, zum Teufel, weißt du das nicht? Bei Gott, als ich in deinem Alter war, wußte ich, was ich wollte, und ich habe mich aufgemacht und es getan.«

»Niemand stellt deinen Erfolg in Frage, Vater. Du hast hart dafür gearbeitet! Dir steht alles zu, was du jetzt besitzt.«

»Ja, so ist es, verdammt noch mal. Alles, jede Kuh, jedes Schwein, jedes Haus und jeder Haufen Scheiße auf diesem Stück Land gehört mir. Nicht irgendeinem Adeligen aus Petersburg, der Farmer spielt, oder einem mittellosen Emporkömmling, der nicht schlau genug ist, etwas aus seinem Erbe zu machen, sondern mir.«

»Wir alle wissen, wie hart du gearbeitet hast, Vater. Niemand bezweifelt es.«

»Nein, Oleg. Du redest einen Haufen Mist. Das ist nicht einmal die halbe Wahrheit. Du weißt nicht, was es heißt, als Leibeige-

ner geboren zu werden, als ein Ding, das ein Adeliger kaufen kann. Ich weiß es, und ich werde es niemals vergessen.«
»Warum mußt du den Jungen so anbrüllen? Er sagt doch gar nichts dagegen«, meinte Maria.
»Weil unser Sohn jemanden braucht, der ihn daran erinnert, wo er herkommt. Und wohin er gehen sollte.«
Oleg warf einen flüchtigen Blick auf seine Mutter, die unter dem Licht der Gaslampe saß. Sie zuckte fast unmerklich mit den Achseln, ihr rundes, faltiges Gesicht unter dem Baumwolltuch, eine Erinnerung an die Jahre auf dem Feld, blieb unbeweglich.
»Dein Vater und ich haben dich auf die Universität geschickt, weil du als Kind gerne Bücher gelesen hast. Wir waren deswegen sehr stolz auf dich. Aber dann bist du auf Prinz Malischews Gut in Schwierigkeiten geraten. Ich sage dir, mein Junge, du weißt nicht, wie diese Torheit mir das Herz gebrochen hat. Mir zuliebe mußt du mit diesen Dummheiten aufhören. Es ist an der Zeit, daß du dein Leben in Ordnung bringst. Höchste Zeit!«
Der junge Oleg senkte verdrossen den Kopf und blickte in das halbleere Teeglas.
»Ich bin nicht zum Bauern geeignet«, murmelte er mit niedergeschlagenen Augen. »Soviel weiß ich jedenfalls.«
»Also gut«, nickte der alte Mann. »Das habe ich schon immer gewußt. Der Gedanke, daß alles, wofür ich all diese Jahre gearbeitet habe, meinem Sohn nichts bedeutet, reißt mir zwar das Herz aus der Brust, aber so ist es eben. Ich bin ein realistischer Mann. Nur, was, zum Teufel, willst du dann machen?«
Sein Sohn ließ die Finger durch das dicke, blonde Haar gleiten und starrte weiter auf die bestickte Tischdecke, die das Werk seiner Mutter war.
»Ich werde mein Leben der Revolution widmen«, murmelte er, froh, daß es endlich heraus war, aber ziemlich verlegen, weil es so übertrieben klang.
»Scheiße«, fuhr der alte Iwanow ihn an. »Du bist ein Narr, wenn du wirklich irgend etwas von diesem Zeug glaubst. Und du mußt mich für einen großzügigen Mann halten, wenn du ausgerechnet mir das erzählst.«

»Vater! Es ist die Wahrheit.«
»Das sind Märchen. Dies hier ist die Revolution – die Iwanows leben in dem Haus, das einst Graf Denisow gehört hat. Das ist etwas, was der Mühe wert ist, nicht irgendeine dumme Phantasie.«
»Es ist keine Phantasie, die Herrschaft des Zaren stürzen zu wollen. Jeder will es.«
»Wer will es? Ich jedenfalls nicht.«
»Viele Menschen wollen es. Menschen, die klug und gebildet sind. Menschen, die ich in Sibirien getroffen habe – Rechtsanwälte, Lehrer, Ingenieure. Viele verschiedene Menschen.«
»Wenn sie so klug waren, was haben sie dann in Sibirien gemacht? Irgend etwas stimmt da nicht, siehst du das nicht?«
»Irgend etwas stimmt mit unserem Rußland nicht, wenn ein Mann ins Exil geschickt werden kann, nur weil er vor einer Gruppe von Landarbeitern die Wahrheit sagt«, antwortete Oleg ärgerlich. »Ich wurde ins Eis geschickt, nur weil ich Prinz Malischews Bauern gesagt habe, daß sie seinen Preis für das Getreide nicht zahlen sollen.«
»Ja, du Narr! Und es waren die Bauern selbst, die die Polizei geholt haben, weil du keinen Grund hattest, sie in Schwierigkeiten zu bringen. Glaubst du, sie wollen etwas ändern? Natürlich nicht. Ich beute meine Bauern aus, Oleg, weil ich jede Kopeke brauche, die ich kriegen kann. Prinz Malischew muß nicht von dem leben, was er mit Bjelaja Berioschka verdient, weil er noch vier andere Güter besitzt, aber ich muß mit dem auskommen, was ich aus diesem Land hier herauspressen kann. Wenn du gegen Ausbeutung predigen möchtest, solltest du erst einmal vor der eigenen Türe kehren. Ausbeutung ist das, wovon du lebst, mein Junge. Vergiß das nie!«
»Du mußt mit diesen Schurken brechen, die dich nur in Schwierigkeiten bringen wollen, Oleg«, sagte Frau Iwanowa leise. »Sie haben dich schon dazu gebracht, zwei Jahre deines Lebens zu verschwenden – und für was? Die Zeiten werden besser für uns, nicht schlechter. Und«, fügte sie ruhig, aber bestimmt hinzu, »halte Prinz Malischew niemals für deinen Feind. Er ist es nicht, trotz allem.«

»Ich sehe überhaupt keinen Fortschritt, wenn ein Mann ins Exil geschickt werden kann, weil er seine Meinung sagt.«
»Du hast verdammtes Glück gehabt, daß du es nicht hier getan hast«, erwiderte sein Vater scharf. »Wenn ich einen Narren wie dich abgefertigt hätte, wäre nichts mehr übrig geblieben, was die Polizei hätte einsperren können. Du wärst nämlich tot gewesen.«
»Aber siehst du denn nicht, daß es ihnen gelungen ist, dich so weit zu bringen, daß du so denkst, wie sie es wollen? Du stehst auf ihrer Seite gegen deine eigene Klasse.«
»Hör zu, Oleg, und kapier das. Ich stehe auf der Seite jedes Menschen, der die Möglichkeit hat, mir zu helfen. Und ich weiß verdammt gut, daß niemand so ein dämlicher Narr wäre, eine Revolution auf seinem eigenen Hof beginnen zu wollen. Es wird Zeit, daß auch du das lernst.«
Iwan Iwanow starrte auf seinen Sohn, erhob sich vom Tisch und deutete schwungvoll auf die wuchtigen, geschnitzten Möbel des Eßzimmers, auf die schweren Schränke, die Nippesfiguren, die neuen Gaslampen und die anderen Symbole seines Wohlstandes.
»Deine törichte Revolution wird niemals kommen, Oleg, nicht wegen des Zaren oder des Adels oder der Soldaten, sondern wegen Männern, wie ich einer bin. Ja, so ist es«, wiederholte er grimmig. »Wegen Männern wie mir.«
»Vater . . .«
»Unterbrich mich nicht. Ich bin noch nicht fertig«, befahl er.
Oleg senkte den Kopf und starrte verdrossen auf den Fußboden.
»Ich habe profitiert von der Politik der Regierung, die es ermöglichte, billig Land zu kaufen. Glaubst du, ich möchte sie ändern?«
»Aber es gibt eine Million Bauern, die das Land verlassen mußten, um in der Stadt zu arbeiten, weil sie nicht länger bleiben konnten. Millionen, die jetzt fast verhungern . . .«
»Oh, um Himmels willen, was ist los mit dir, Oleg? Sag mir einen Platz auf der Erde, wo schlaue Menschen keinen Erfolg haben und dumme wohl. Es ist in jedem Land dasselbe. Mag sein, daß Gott Idioten liebt, aber niemand sonst tut es.«

»Ich kann dir einfach nichts begreiflich machen, oder?«
»Ich glaube, du bist derjenige, der endlich begreifen muß«, sagte der alte Iwanow, drehte sich um und verließ das Zimmer. »Es macht mich krank zu sehen, daß ich einen Idioten gezeugt habe.«
Maria Andrejewna sah bedrückt aus. Ihr Junge war krank, daran gab es keinen Zweifel.
»Oleg«, sagte sie geduldig, »das Leben ist nicht für alle gleich. Wenn es so wäre, würden wir alle in der Gosse liegen. Das ist es, wohin Gleichmacherei einen bringt. Und kein Mensch möchte dem Mann in der Gosse gleich sein. Mit Ausnahme vielleicht von einigen jungen Verrückten, die niemals dort waren.«
Maria sah ihren Sohn bedeutsam an, dann erhob sie sich und wollte hinausgehen. »Denk darüber nach«, sagte sie noch, ehe sie ging.
Oleg war nun allein im Eßzimmer. Er goß sich einen Schluck Wodka aus der Reihe der selbstgemachten Schnäpse auf der Anrichte ein und dachte an den Mann, den er am meisten haßte. Dieser Mann glaubte sicherlich an keine Gleichheit.
Andrej Malischew, dachte er bitter. Zwischen den Iwanows und den Malischews war böses Blut gewesen, solange er denken konnte. Nicht, daß dies offen und ehrlich ausgesprochen worden wäre. Nein. Es war mehr ein Gefühl als ein Wissen, ein Gefühl, daß die Malischews für Leute wie sie tabu waren. Schon als Kind hatte Oleg dies gespürt. Es war ihm auf einem Dorffest schmerzlichst bewußt geworden, als er fast noch ein Kleinkind war, ein verspielter fünfjähriger Junge, der noch nicht wußte, wohin er gehörte.
Als er damals mit seiner Mutter zwischen den farbenprächtigen Buden herumgeschlendert war, hatte er eine große, schöne, grünäugige Dame in Begleitung eines großen Mannes und eines kleinen blonden Mädchens entdeckt. Er hatte sich von der hübschen Dame und ihrem Kind so angezogen gefühlt, daß er sich von der Mutter losgerissen hatte, zu ihnen hinübergerannt war und dem kleinen Mädchen spontan einen *Piraniki*, den Pfefferkuchen, den es bei allen festlichen Gelegenheiten gab, angebo-

ten hatte. Plötzlich hatte ihn eine Hand fest an der Schulter gepackt und weggestoßen. Prinz Malischew hatte ihn daran gehindert, dieser Frau ein Geschenk zu machen.
Er konnte sich immer noch gut an den Griff dieser Hand erinnern. Die Wucht hätte ihn damals zu Boden geschleudert, wenn nicht seine Mutter herbeigeeilt wäre, um ihn zurückzureißen. Ihr Gesicht war dunkelrot gewesen, als sie sich für das Benehmen ihres Sohnes entschuldigt hatte.
»*Nitschewo*«, hatte die Prinzessin gelächelt. Sie war selbst etwas verwirrt über den Ärger ihres Gatten gewesen. Aber Olegs Mutter hatte sich immer noch geschämt, als sie ihn weggezogen und ihm eingeschärft hatte, sich niemals mehr den Malischews zu nähern.
»Aber warum, Matjuschka?« hatte er verletzt und wütend gefragt.
»Weil sie *Bojaren* sind«, hatte sie ärgerlich erwidert. »Und es bringt nichts Gutes, mit ihnen zu verkehren. Denk immer daran. Dein Vater weiß es.«
»Aber die Dame und das kleine Mädchen waren so hübsch.«
»Das ist gleichgültig. Ich möchte, daß du mit ihnen nichts zu tun hast. Niemals!«
Von da an hatte Oleg eine Abneigung gegen alle *Bojaren* gehabt, genau wie sein Vater. Aber er erinnerte sich immer noch an seinen sehnlichsten Wunsch, mit dieser schönen Dame und ihrem Kind befreundet zu sein.
Und dann hatte seine erste revolutionäre Tat Prinz Malischew gegolten, ein Unglück, das noch schrecklicher wurde, als seine Mutter beim Prinzen um Gnade für ihn gebeten hatte.
»Sie sollten Ihren Sohn an einer Leine halten«, hatte der Prinz wütend gezischt, als Maria Andrejewna mit Tränen in den Augen vor ihm stand und ihn um Verzeihung bat. »Es geht über meine Vorstellungskraft, wie er mir das antun konnte.«
Als einen Akt der Güte gegenüber dieser armen, verstörten Mutter hatte Prinz Malischew seine Absicht, ihren Sohn zu fünf Jahren Strafkolonie zu verurteilen, geändert, die Strafe gemildert und ihn nur für zwei Jahre nach Tobolsk, einer Provinz in

Sibirien, geschickt. Ein Wink mit der Hand – und es gab keine Ketten, kein Gefängnis, nur eine große Entfernung zwischen ihm und Oleg. Als Magistrat konnte er kein milderes Urteil sprechen, wenn er nicht den Respekt der Landbevölkerung verlieren wollte.
»Verdammter Kerl«, knurrte Oleg und schüttete den Wodka hinunter. Als er in die Tasche griff, fühlte er den Brief, den er gerade von seinen sibirischen Freunden bekommen hatte. Sie versuchten, eine revolutionäre Zelle in Moskau aufzubauen, und hatten den festen Vorsatz, die bestehende Gesellschaftsordnung, die auch von seinem eigenen Vater und Prinz Malischew repräsentiert wurde, zu stürzen.
Sein Vater! Was für ein Witz! Er war ein ehemaliger Leibeigener und hatte das soziale Gewissen eines Verbrechers. Er kümmerte sich nur darum, seinen Teil abzubekommen, der Rest der Welt konnte verrecken.
Zur Hölle mit den beiden.
Aber er war noch nicht fertig mit Malischew. Die einzige Befriedigung, die er aus seinem Besuch hier ziehen konnte, war die Tatsache, daß er ihm die Möglichkeit gegeben hatte, seinem alten Feind wieder einen Schlag zu versetzen und seinem berühmten Gestüt einen schmerzlichen Verlust zuzufügen. Das war wirklich ein Vergnügen gewesen.
Nachdem Oleg nun Blut geleckt hatte, dürstete ihn nach mehr. Das, was er mit dem Pferd gemacht hatte, war nichts im Vergleich zu dem, was er noch vorhatte.

Nachdem er mehrere Tage mit seiner Familie herumgestritten und lange Briefe an seine sibirischen Genossen geschrieben hatte, in denen er sich bitter beschwerte, entwickelte Oleg seinen Plan. Er würde sich Pawel Skriabin in Moskau anschließen, nachdem er einen revolutionären Schlag auf Bjelaja Berioschka erzielt hatte, der sensationell genug sein würde, um in die Moskauer Zeitungen zu kommen, und der seinen Ruf als ernsthafter Revolutionär festigen würde. Er würde Andrej Nikolajewitsch Malischew ermorden, seines Zeichens Landbesitzer, Magistrat und Blutsauger.

»Sei vorsichtig, wenn du alleine ausreitest«, warnte sein Vater, als Oleg aufsattelte und sich fertig machte, um sich auf die Suche nach seinem Opfer zu machen. »Es hat Ärger in der Nachbarschaft gegeben, und die Leute sind nervös. In solchen Zeiten schießen sie auf alles, was sich bewegt, also überrasche keinen unserer Freunde.«
»Was für Ärger?« fragte Oleg scheinheilig.
»Ein Wahnsinniger läuft frei in der Gegend herum. Er hat einen der besten Traber von Prinz Malischew zerfleischt, und jeder wartet nur darauf, daß er wieder etwas Ähnliches versucht.«
»Oh? Was werden sie mit ihm machen, wenn sie ihn erwischen?«
»Den Bastard erschießen. Was wohl sonst?« meinte Iwanow und zuckte mit den Achseln.
Oleg lächelte seltsam, hieb seinem Pferd die Fersen in die Seiten und galoppierte davon.

3

Auf Bjelaja Berioschka waren Wachen aufgestellt worden, um jeden Eindringling aufzuhalten, aber bis jetzt war nichts Besonderes mehr vorgefallen. Doch jeder auf dem Gut und im Dorf verrichtete seine Arbeit nur bewaffnet. Niemand wollte das erste menschliche Opfer des Pferdeschlächters sein. Es war eine unangenehme Zeit, alle spürten die Anspannung.

Prinzessin Xenia wollte versuchen, ihrem Mann zu helfen, den Verlust, den er erlitten hatte, zu verschmerzen und beschloß, ein kleines Fest zu geben. Sie lud einige ihrer unerschrockeneren Freunde ein, sich ihnen bei der Jagd nach dem Schlächter anzuschließen. Sollten sie auch keinen Erfolg haben, so würden sie hoffentlich dem Irren doch wenigstens etwas Furcht einjagen.

Einer der Gäste, der der Einladung folgte, war ein junger Amerikaner, Adam Lowell, dritter Sekretär der Botschaft der Vereinigten Staaten in St. Petersburg und ein Freund Prinzessin Xenias seit jenem Tag in Paris vor einigen Jahren, als er die zehn Jahre alte Prinzessin Anja aus dem Teich in den Luxembourg-Gärten gefischt und sie tropfnaß ihrer Tante zurückgebracht hatte. Das hatte zu einer Einladung zum nächsten Fest, das Prinz Sandro gab, geführt, was wiederum zur Folge hatte, daß die diplomatischen Fähigkeiten des jungen Mannes in der amerikanischen Gesellschaft als äußerst vielversprechend beurteilt wurden. Denn selbst die Amerikaner hatten schon von Sandros Reichtum gehört.

Auf seinem Weg von St. Petersburg nach Bjelaja Berioschka hatte Adam Lowell genügend Zeit, darüber nachzudenken, was alles zwischen dieser Begegnung in den Luxembourg-Gärten und dem heutigen Tag geschehen war. Er war verheiratet gewesen und wieder Witwer geworden, und diesen Verlust hatte er immer noch nicht überwunden.

Mit dreißig konnte Adam Michael Lowell auf eine mäßig erfolgreiche Karriere im auswärtigen Dienst blicken, die mit einem Aufenthalt in Kuba begonnen hatte, nachdem das Land von den Spaniern befreit worden war. Es folgte eine Stelle auf den Philippinen, dann eine in Paris, und nun war er in St. Petersburg gelandet. Das einzig Wichtige in seinem Leben – neben seiner Arbeit – war seine Frau Catherine gewesen, und sie hatte er durch eine schwere Grippe verloren, als sie ihre Ferien letztes Jahr zu Hause in Pittsfield, Massachusetts, verbracht hatte.

Seitdem war ihm sein Leben, das er in den eleganten Palästen von St. Petersburg und in seinem ziemlich grauen Büro in der Botschaft verbrachte, wie eine eintönige Wüste vorgekommen. Der neueste Ankömmling dort, William S. Whitmore, war wahrscheinlich der einzige Mensch, der es jemals geschafft hatte, die Mauern, die Adam jetzt um sich errichtet hatte, zu durchbrechen. Unglücklicherweise handelte es sich dabei um eine Verwandtschaft, die wahrscheinlich irgendwann einmal zu Blutvergießen führen würde, denn Billy war sein jüngerer Halbbruder, den er zutiefst verabscheute, und der seiner Familie ewig Probleme bereitete.

Charmant, lebenslustig und dabei faul wie er war, hatte Billy eine angeborene Abneigung gegen harte Arbeit, die ihn manchmal dazu verleitete, bequemere Wege zu gehen. Kurz bevor Adam nach Bjelaja Berioschka abgefahren war, hatte Billy noch gedroht, seinen Bruder die Treppe hinunterzuwerfen, wenn er nicht einen Vorschuß bekommen würde – und dies zum dritten Mal und für einen Bericht, den Adam selbst verfaßt hatte.

Und wenn er neunzig Jahre alt werden würde, Adam würde Billy niemals verzeihen, daß er es fertiggebracht hatte, auch aus der zweiten Universität hinausgeworfen zu werden. An dem Tag, als Billy zu Hause in Boston angekommen war, um die Neuigkeit bekanntzugeben und um Verzeihung zu bitten, hatte ihre Mutter einen schweren Herzanfall erlitten und war gestorben. Es war passiert, als Adam in Paris war und nichts würde ihn je-

mals davon überzeugen, daß sein Bruder nicht der Grund für ihren plötzlichen Tod war.
Obwohl Billy beteuerte, Adam sehr gerne zu haben, wurden seine Gefühle also nicht erwidert. Tatsächlich versuchte Adam alles ihm Mögliche, um den kleinen Gauner auf seinen Platz zu verweisen. Und dieser Platz war weit entfernt von St. Petersburg.
Seitdem Adam die einzige Person, die ihm wirklich etwas bedeutete, verloren hatte, fühlte er sich seltsam verloren, wie ein lebendes Gespenst. Prinzessin Anja mußte für ihn eine Offenbarung sein.
Als Adam und eine Gruppe anderer Besucher aus Moskau plaudernd durch die baumbegrenzte Allee fuhren, die zum herrschaftlichen, von unzähligen Blumen, Bäumen und Statuen umgebenen Gutshaus führte, winkte der Amerikaner den Gestalten am Eingang zu. Es waren Andrej und Xenia, die herausgekommen waren, um ihre Gäste zu begrüßen. Und dann starrte er auf die große, blonde, junge Dame, die neben der Prinzessin wartete. Zuerst erkannte er sie nicht.
»Anja«, murmelte er dann, zuerst noch zweifelnd, dann erstaunt, als der Wagen sie näher brachte. Anja? Mein Gott, sie war ja schon erwachsen. Diese aufregende, blonde Schönheit mit dem prächtigen wallenden Haar war das Kind, das er vor nicht allzu langer Zeit aus dem Teich gefischt hatte. Nach einem Jahr, in dem er die Welt wie durch eine trübe, graue Brille gesehen hatte, fühlte sich Adam, als ob er gerade die Farbe entdeckt hätte.

Anja stand neben ihrer Tante und winkte den Gästen fröhlich zu, während der Wagen sich dem Haus näherte. Als sie Adam Lowell erkannte, stieß sie einen Freudenschrei aus. Seit drei Jahren hatte sie ihn nicht mehr gesehen. Irgendwie schien der elegante Herr in dem marineblauen Leinenblazer und dem Strohhut ein anderer Mensch zu sein als der Gentleman, an den sie sich erinnerte.
Oder vielleicht war sie diejenige, die sich verändert hatte, über-

legte sie und kicherte überrascht. Er wirkte auf sie überhaupt nicht mehr wie ein älterer Herr.

Eigentlich, dachte sie, sieht er genau richtig aus, und winkte, wie Xenia bemerkte, mit außergewöhnlicher Heftigkeit.

Als die Gruppe an den Stufen des Gutshauses ausstieg, begrüßten Prinz und Prinzessin Malischew die Gäste mit Küssen auf beide Wangen. Xenia behielt ihre Nichte im Auge, als sie Adam Lowell gegenüberstand und beobachtete mit Vergnügen, wie der junge Diplomat das Mädchen zart küßte und dann ein wenig zurücktrat, um sie sich genau anzusehen.

»Willkommen auf Bjelaja Berioschka, Adam Lowell«, lächelte die junge Prinzessin und schlug – noch so süß und unschuldig – ihre langen Wimpern nieder. »Es ist wundervoll, Sie wiederzusehen.« Und dann blickte sie spielerisch in seine klaren, dunklen Augen. Anja war ein anbetungswürdiges kleines, kokettes Wesen.

An diesem Abend, als die Malischews und ihre Gäste auf der Terrasse hinter dem Haus saßen und Pläne für die Jagd am nächsten Tag schmiedeten, waren Adam und Prinzessin Anja in ein Gespräch vertieft über seine Zeit in Paris, ihre ausgeklügelten Pläne für den Einführungsball im Winter und das neue Auto des Onkels – eben über jeden Unsinn, über den man mit einem hübschen Mädchen an einem lauschigen Sommerabend gern plaudert.

Als Adam in dieser Nacht unter seinem behaglichen Federbett lag und den Geräuschen in der russischen Landschaft lauschte, fühlte er sich ruhelos und glücklich zugleich.

Als Anja und Prinzessin Xenia am nächsten Morgen eine Tasse Tee im Salon der Prinzessin tranken, ertappte sich das Mädchen bei dem Gedanken daran, daß Adam Michailowitsch ein ausgesprochener Gewinn für ihren Ball im Winter wäre.

Während Xenia verschiedene Unternehmungen für ihre Gäste vorschlug und sich fragte, wie es wohl um die Schießkunst der Moskauer bestellt war und was für den morgigen Imbiß angemessen wäre, starrte Anja träumend aus dem Fenster, von dem

aus sie den Garten überblicken konnte. Sie beobachtete Adam Lowell, der gerade von den großen Terrassen zum Flußufer hinunterging, um einen Morgenspaziergang zu machen.
»Tantchen«, sagte sie plötzlich, »meinst du, wir könnten Adam Lowell zu meinem Einführungsball einladen?«
Überrascht hielt Xenia inne und blickte ihre Nichte seltsam an. Sie hatte gerade über Fleischpasteten gesprochen. Offensichtlich war Anja mit ihren Gedanken ganz woanders. »Ja, ich denke schon. Diplomaten sind immer geeignet, einen Ballsaal zu füllen. Und einige können sogar tanzen. Ja, warum nicht? Es ist eine ausgezeichnete Idee.«
»Oh, danke, Tantchen«, freute sich Anja. »Es wird großartig werden.«
Xenia hatte daran keinen Zweifel, aber sie spürte mit einem Stich des Bedauerns, daß das Mädchen erwachsen wurde. Trotz der Pläne und des ganzen Geplappers über den Einführungsball hatte die Prinzessin noch nichts von Aufregung *gespürt* – bis zum gestrigen Abend, als sie bemerkte, daß Adam Michailowitsch seine Augen nicht mehr von Anjuschka wenden konnte. Und Adam war ein ernster Mann mit klarem Verstand.
Der stattliche, liebenswürdige, dunkelhaarige Adam Lowell hatte ihre Nichte Anja angesehen, wie man eine erwachsene Frau ansieht! Die Prinzessin mußte daran denken, was ihre Mutter zwanzig Jahre früher durchgemacht haben mochte, als die Zeit für *ihr* Debut gekommen war. Und nun würde sie diese Rolle spielen. O Gott, wie die Zeit verging!

Nachdem sie zwei Tage vergeblich die Büsche auf der Suche nach Wild durchstreift hatten, hatte Graf Boris Scherbatkin Prinz und Prinzessin Malischew und ihre Gäste, den Amerikaner und zwei Herren aus Moskau, auf seinen Gutsbesitz eingeladen, um Wachteln zu schießen. Boris war enttäuscht gewesen, daß sie keine Spur des Schlächters gefunden hatten und wollte seinen Ärger nun an den kleinen Vögeln auslassen.
»Anjuschka«, fragte Adam, als er sie am Morgen im gelben Sa-

lon im ersten Stockwerk antraf, »wollen Sie uns nicht begleiten?«
Sie schüttelte den Kopf. »Nein«, antwortete sie eigensinnig. »Ich kann Irina Scherbatkina nicht ausstehen. Und wenn ich mitkomme, muß ich höflich sein und mir ihr ständiges Geplapper über ihren Verlobten in Moskau anhören. Er ist noch langweiliger als sie selbst. Sie passen wirklich gut zusammen.«
Der junge Mann lachte und fragte dann: »Nun, warum kommen Sie dann nicht mit, bleiben in meiner Nähe und bewahren mich davor, Irina zuhören zu müssen?«
»Das würde ich gerne«, stimmte Anja ihm zu. »Aber es würde nicht gehen. Ich müßte bei Tantchen, Komtesse Scherbatkina und Irina bleiben, weil die Männer alle glauben, es könnte ein Unfall passieren, wenn sie uns nicht ständig im Auge behalten. Und Graf Scherbatkin wird ihnen all seine Geschichten aus der Zeit des Japan-Krieges, als er Offizier in der Garde war, erzählen wollen. Ich bleibe lieber hier.«
»Ich würde lieber Ihren Geschichten zuhören«, lachte er und blickte direkt in Anjas leuchtende Augen, so daß ihr Herz einen Schlag lang aussetzte, als sie sich noch einmal umdrehte, und sie es sich fast noch anders überlegt hätte.
»Nun«, antwortete das Mädchen und sah ihn unter ihren langen, dunklen, dichten Wimpern neckend an, »dann müssen Sie dafür sorgen, daß wir heute nachmittag, wenn Sie zurückkommen, beim Tee nebeneinandersitzen.«
»Das werde ich«, versprach er.

Da niemand etwas über weitere Verbrechen des Pferdeschlächters berichtet hatte, beschloß das Mädchen, den Vormittag mit Pilzesuchen zu verbringen, obwohl immer noch nach dem Verrückten gesucht wurde. Der Koch hatte sich darüber beschwert, daß er nicht genügend Pilze für die Lieblingssauce des Prinzen hatte, und Anja wollte ihm die nötigen Zutaten für diesen wichtigen Leckerbissen verschaffen. Außerdem machte es ihr Spaß. Sie wählte einen passenden Korb aus und begann, sich nach einer Begleitung umzusehen. Leider war das Küchenmädchen da-

mit beschäftigt, das Silber zu polieren, und Daria, Prinzessin Xenias Zofe, hatte sich mit Kopfschmerzen hingelegt. Da die geeigneten Begleiter nicht verfügbar waren, entschied sich Anja, jeden zu nehmen, den sie auftreiben konnte.
Als sie durch die große Tür hinaus auf die Terrasse trat, entdeckte sie Petja, den zwölfjährigen Sohn von Lew Petrowitsch, der mit einem gefährlich aussehenden Messer beschäftigt war, das er auf die gestrichenen Pfeiler an der rückwärtigen Fassade warf. Er traf ziemlich gut.
»Hör auf damit«, fuhr sie ihn an. »Wenn Praschkoscha Fjodorowna dich sieht, wird sie dich verprügeln. Die Männer haben sie eben erst frisch gestrichen.«
»Oh, bitte verraten Sie mich nicht«, bettelte der Junge, ein kleiner, hübscher, blonder Bursche mit graugrünen Augen wie die einer Katze. »Ich habe schon genug Probleme mit ihr. Bitte erzählen Sie ihr und auch Papa nichts davon. Ich tue alles für Sie.«
Anja zog das Messer aus dem Pfosten, gab es ihm zurück und lächelte. »Wie gut bist du damit?« fragte sie ihn.
»Ich werfe nie daneben«, antwortete er. »Sie haben doch gesehen, daß ich jedesmal getroffen habe.«
Plötzlich hatte Anja eine Idee. Petja war der perfekte Begleiter. Er kannte das Gut und das umliegende Land wie seine eigene Hosentasche, und er wußte, wie man das scharfe Messer gebrauchte. Obwohl er ein Junge war, war er zu jung, als daß jemand das Fehlen einer Anstandsdame hätte beanstanden können. Außerdem waren Jungen für solche Ausflüge besser geeignet als Mädchen. Sie kannten immer alle Abkürzungen.
»Weißt du, wo es gute Pilze gibt?« fragte sie ihn.
»Natürlich«, nickte er. »Mama und ich gehen oft zum Pilzesammeln.«
»Ich würde gerne heute gehen.«
»Dann werde ich mit Ihnen kommen«, sagte er schnell, eifrig darauf bedacht, seine Kerben in den Pfeilern wiedergutzumachen. »Mama hat mir gezeigt, wie man mehr als zwanzig verschiedene Arten erkennen kann. Die alte Frau, die immer die

Kräuter für ihre Zauberei pflückt, hat ihr gesagt, wo die besten stehen.«

»Die Hexe, Matrijona Petrowna?«

»Sagen Sie es nicht so laut!« Petja schnappte nach Luft. »Sie kann Sie hören.«

Alle Bauern glaubten an diese Zauberei, und manchmal war der Glaube fest genug, um auch anderen, die Zweifel hatten, Respekt einzuflößen. Also sagte Anja nichts. Sie wollte Petja nicht verärgern. Niemand machte sich über die Hexe lustig – außer er hatte überhaupt kein Gespür. Anja hoffte, daß sie nicht schon ein Unglück heraufbeschworen hatte.

Nicht weit entfernt von der Stelle, die Anja und Petja sich ausgesucht hatten, lauerte Lew Petrowitsch auf etwas anderes. Trotz der Tatsache, daß der Schlächter nicht zurückgekommen war, um erneut zuzuschlagen, gab es noch keine Sicherheit, daß er es nicht doch noch einmal versuchen würde. Und Lew rechnete eigentlich damit.

Da er sich an das Jahr 1905 gut erinnerte, hatte der stämmige, grauhaarige Bauer mehrmals die Einheimischen bearbeitet und versucht, herauszufinden, ob etwas in der Luft lag, ob es Anzeichen für eine Unruhe gab. Aber es gab keine. Jedermann war so besorgt wie er, und niemand freute sich über den Verlust, den Andrej Nikolajewitsch erlitten hatte – das war ein gutes Zeichen.

Plötzlich zögerte Lew und sog die Luft ein wie ein Spürhund, der auf die Fährte eines Kaninchens gestoßen ist. Da war ein seltsamer Geruch, nicht weit entfernt. Es war Tabak, aber einer, den niemand in dieser Gegend rauchte. Lew rechnete, daß er innerhalb von fünf Minuten ein halbes Dutzend bewaffneter Männer aufbieten konnte. Er schlich sich leise davon, um Verstärkung zu holen und zurückzukommen. Er wollte den, der sich hier versteckte, wer immer es auch war, schnappen – gleichgültig, wie viele Verbrecher es sein mochten. Mit Bestürzung fiel ihm ein, daß Andrej Nikolajewitsch und seine Gäste weit entfernt waren. Sie wären jetzt sehr nützlich gewesen.

Genau zu der Zeit, als Lew Petrowitsch versuchte, seine Männer zusammenzutrommeln, kehrte Oleg an die Stelle zurück, wo er sein Pferd angebunden hatte. Sie lag nahe bei einer Gruppe von fünf Birken. Oleg war nahe daran, seine Jagd auf Prinz Malischew aufzugeben. Es war ihm nicht gelungen, sich dem Gutshaus zu nähern, ja, er war nicht einmal bis zu den Nebengebäuden vorgedrungen. Er rauchte eine der englischen Zigaretten, die er bevorzugte, und wollte gerade das Gebiet verlassen, als er Stimmen hörte, die sich näherten. Er versteckte sich hinter einer riesigen Kiefer, um die Ankömmlinge zu beobachten, da er befürchtete, daß sie sich als gefährlich erweisen könnten. Doch statt dessen bot sich ihm ein Anblick, der ihn entzückte.

Es war ein junges Mädchen, ein sehr schönes Mädchen mit langen, blonden, dicken Haaren, die mit einer duftigen weißen Schleife zurückgebunden waren. Sie trug eine reizende weiße Spitzenbluse und einen weißen Rock. Ein Junge, ganz offensichtlich ein Bauernkind, begleitete sie. Aber sie war kein Bauernmädchen. Dies war eine Dame, dachte Oleg belustigt. Und sie war entweder ein sehr mutiges oder ein ziemlich törichtes Mädchen, wenn man bedachte, daß alle hier bis auf die Zähne bewaffnet herumliefen und bereit waren, genau den Mann, der sie jetzt beobachtete, zu erschießen. Diese Vorstellung erfüllte ihn mit Stolz.

»Aber wer ist sie?« fragte er sich und verschlang sie dabei fast mit den Augen. »Und wer war so dämlich, dieser Schönheit zu erlauben, einfach herumzuspazieren, während der berüchtigte Pferdeschlächter frei herumlief? Kümmerte sich denn keiner um sie?«

»Sehen Sie«, verkündete Petja stolz, »schauen Sie sich diese riesigen Pilze an. Habe ich nicht gesagt, daß ich mich auskenne?«

»Es ist wunderbar. Oh, wir werden hier genügend finden.«

»Weiter vorne gibt es noch mehr. Sie können es unter den Birken versuchen, während ich diese hier pflücke.«

Anja zögerte. Sie waren wirklich etwas zu weit weg gegangen, und sie schämte sich ein wenig, daß sie Xenias ausdrückliches Verbot so mißachtete. Tantchen würde wütend sein und nicht zögern, sie für diesen Ungehorsam zu bestrafen. Vielleicht würde sie sie sogar für den Rest der Zeit, in der Adam Lowell zu Besuch war, in ihr Zimmer verbannen! Dieser Gedanke beunruhigte Anja so, daß sie Petja unbeherrscht anfuhr: »Beeilen wir uns, damit wir schnell wieder nach Hause können. Und wie in aller Welt willst du die Pilze, die du pflückst, tragen?«

»Ich nehme den Korb. Sie können einen Beutel aus Ihrem Rock machen, so wie Mama es immer tut. Es wird schon gehen.«

»Ja, gut«, willigte Anja achselzuckend ein. »Hier nimm!« Sie war auf einmal sehr ängstlich.

Als der Junge sich umdrehte, in die entgegengesetzte Richtung davonmarschierte und schließlich außer Sicht war, kam Oleg aus seinem Versteck hervor und schlich sich langsam an das Mädchen heran, das sich nun über eine Gruppe zarter Pfifferlinge beugte.

Die Stiefel waren das erste, was Anja sah. Bei ihrem Anblick sprang sie zu Tode erschreckt auf. Sie bekam noch größere Angst, als sie nun von Angesicht zu Angesicht einem bartlosen, blonden jungen Mann im Leinenhemd gegenüberstand.

»Wer sind Sie?« fragte sie und wich ein paar Schritte zurück, als er noch näher kam und sie durchdringend anstarrte. Sie erschauerte.

Sie war das schönste Mädchen, das er jemals gesehen hatte. Selbst in Moskau hatte er noch keine wie sie getroffen, sie war etwas Besonderes. Plötzlich fiel ihm ein, wer sie war, und diese Erkenntnis brachte ihn völlig aus der Fassung.

»Du bist Prinz Malischews Nichte!« rief er mit starrem Blick.

»Ja. Aber wer sind Sie?« fragte Anja verwirrt.

Oleg dachte an den Tag vor vielen Jahren zurück, als er noch ein Kind gewesen war und versucht hatte, einem Mädchen auf dem Dorffest ein Geschenk zu machen. Und ihr mächtiger Onkel war dazwischengetreten. Heute konnte er es nicht. Niemand konnte es.

»Du bist wirklich schön«, murmelte er und streckte die Hand aus, um ihr Haar zu streicheln. Als Anja protestierte und ärger-

lich seine Hand wegstieß, riß er die weiße Schleife ab. Ihr Widerstand ärgerte ihn. Er wollte ihr plötzlich weh tun.
»Mach das nicht noch einmal«, warnte er sie. »Keine Frau schlägt mich.« Sie erinnerte ihn auf einmal an eine seiner Lieblingsprostituierten.
Anja sah dem jungen Mann in die Augen, beobachtete ihn wachsam und wartete darauf, daß er den nächsten Schritt machte. Es war fürchterlich, daß sie so schutzlos war.
»Ich habe gefragt, wer Sie sind«, wiederholte sie und rückte vorsichtig von ihm weg. Sie versuchte, sich ihre Furcht nicht anmerken zu lassen, obwohl sie spürte, daß etwas Furchtbares mit ihm los war. Etwas in seinen Augen war so fremd, daß ihr das Blut in den Adern stockte. Diese schmalen, schrägen blauen Augen sahen aus wie kleine Schlitze aus Eis.
»Oleg Iwanow«, antwortete er und kam auf sie zu. »Ich glaube, du und ich werden uns gleich viel besser kennenlernen.«
Und dann stieß er sie um.
»Petja! Hilf mir!« schrie sie, ihre Stimme war vor Angst ganz schrill.
Oleg erstickte den Schrei des Mädchens mit einer Hand und zerrte sie auf den Boden. Er setzte sich auf sie, um sie festzuhalten, während er begann, ihr den Rock und die Unterröcke wegzureißen. Anja versetzte ihm einen Hieb in den Magen, doch das erregte ihn nur noch mehr. Als sie begann, wild auf ihn einzuprügeln, schlug er roh zu. Der Kampf reizte ihn; er genoß es, wenn sie sich wehrten, und diese hier war sehr widerspenstig.
Sie war besser als seine Lieblingshure.
»Petja!« Anjas Herz schlug bis zum Hals vor rasender, verzweifelter Furcht.
Oleg packte das Mädchen bei den langen Haaren, deren goldenes Gewirr sich in den Kiefernnadeln verfangen hatte, und riß sie so heftig zurück, daß sie vor Schmerz aufheulte. »Hör zu, *Barina*«, keuchte er und kämpfte mit den berstenden Knöpfen seines Hosenschlitzes, »wenn du noch ein Wort sagst, werde ich dich töten.« Er mußte diese kleine adelige Hure haben, koste es, was es wolle.

In diesem Augenblick kam Petja, der Anjas Schreie gehört hatte, auf die Lichtung gerannt. Als er Oleg auf ihr sitzen sah, holte er das Messer aus dem Korb und hielt es so, als ob er es gleich benutzen wollte.
»Steig sofort von Anna Nikolajewitsch herunter, oder ich töte dich«, befahl der Junge und schwang seine Waffe. »Ich meine, was ich sage«, rief er, als Anja sich befreien konnte.
»Was zum Teufel . . .?«
»Du hast mich schon verstanden. Laß sie gehen!«
Oleg erhob sich unsicher und schwankte auf den Jungen zu, als Anja totenblaß und erschüttert aufstand und an ihren zerrissenen Kleidern zerrte.
»Petja! Sei vorsichtig!« Ihr erster Gedanke galt Petjas Sicherheit.
»Gib mir das Messer«, befahl Oleg und ging mit ausgestreckter Hand auf Petja zu.
Das Kind wich ängstlich zurück, als der Mann immer näher kam. Petja fürchtete sich, aber er wollte es nicht zeigen.
»Petja! Lauf weg!«
»Verschwinde, oder ich werde es benützen«, rief der Junge, der doch erst zwölf Jahre alt war, aber sich in diesem Augenblick viel älter fühlte. Schweiß perlte über seine Stirn, als er in die kalten, grausamen, eisigblauen Augen des Mannes blickte, der nur noch ein paar Schritte entfernt war.
»Gib mir das Messer, Junge. Gib es mir!« Seine Stimme war kalt.
Petja wich dem Angriff Olegs aus und rannte hinter die Birken. Er zwang den Mann, Katz und Maus mit ihm zu spielen, während er zwischen den drei Baumstämmen hin- und herschlüpfte.
Anja war zu Tode erschrocken und verzweifelt. Sie wollte weglaufen, aber sie konnte Petja doch nicht diesem Ungeheuer überlassen. Sie hatte das Kind hierhergebracht, nun betete sie, daß sie einen Weg finden würde, sie beide in Sicherheit zu bringen. Was für eine Närrin war sie doch gewesen, daß sie Xenia nicht gehorcht hatte.
Plötzlich gelang es Petja, einen Ast der Birke zu spannen und ihn gegen Oleg schnellen zu lassen, was diesen für einen Augenblick aus dem Gleichgewicht brachte.

Petja und das Mädchen ergriffen die Gelegenheit und rannten davon. Petja schrie um Hilfe, als er in Richtung Bjelaja Berioschka lief. Anja folgte dicht hinter ihm. Aber Oleg war wütend und wollte sich nicht um seinen Gewinn prellen lassen. Der Onkel war ihm schon entkommen, aber seiner Nichte würde es nicht gelingen.
Wie ein wildgewordener Keiler verfolgte er Anja durch den Wald. Er kam viel schneller vorwärts als sie, weil sich ihre zerrissenen Kleider in jedem Ast verfingen.
Gerade als Anja wähnte, daß es ihr gelingen würde, die Abkürzung zu erreichen, die sie in Sicherheit bringen würde, blieb sie an einer Hecke hängen und fiel hin. »Lauf zu, Petja!« kreischte sie, als sich Oleg auf sie stürzte. »Hol die Männer!« Wenn ihm das nicht gelingen würde, würde Oleg sie töten.
Anja kämpfte wie wild, um den Angreifer abzuwerfen und renkte sich dabei fast die Schulter aus. Doch sie war zu verzweifelt, um den Schmerz zu spüren. Sie *mußte* diesen Kampf gewinnen. Sie hatte keine andere Wahl.
»Du hast kein Glück heute, nicht wahr?« grinste Oleg und mühte sich, sie festzuhalten.
»Lassen Sie mich los! Prinz Andrej wird Sie hängen, wenn Sie mir etwas antun.«
»Du bist nicht sehr freundlich«, grunzte Oleg und zerrte an ihrer Bluse. »Du bist ein kleiner Drache.« Er war schon wieder sehr erregt.
Anja hieb ihre Zähne in die Hand des Angreifers und biß zu, so fest sie konnte.
»Hure! Mach das noch einmal und ich zerschmettere dir den Kopf«, schrie er erbost.
Anja weinte vor Angst, als der Mann ihr mehrere Male ins Gesicht schlug, um sie zu bändigen, während er ihre Unterwäsche wegriß. Trotz der schrecklichen Schmerzen schlug Anja zurück. Sie wußte, daß ihre einzige Hoffnung darin lag, die Aufmerksamkeit der bewaffneten Männer zu wecken, die nicht einmal einen Kilometer entfernt waren. Lew Petrowitsch würde sie retten, war ihr einziger Gedanke. Er würde es tun.

Anja schrie sich die Kehle aus dem Hals, zerkratzte dem Angreifer die Stirn und schlug verzweifelt auf alles ein, was sie treffen konnte. Oleg zerrte an ihrem Rock, zerfetzte ihren feinen, spitzenbenähten Batistunterrock. Der Boden war schon mit mehreren von Anjas Kleidungsstücken bedeckt, Fetzen der zarten Brüsseler Spitze flatterten über das Gras.
Als Anja für den Bruchteil einer Sekunde direkt in Olegs Augen schaute, während sie verschlungen auf dem Boden lagen, sah die junge Prinzessin darin nur Roheit und Wahnsinn. Jede Spur von Menschlichkeit war daraus verschwunden. Die Augen waren glasig. Auf ihr saß eine Bestie. Das war kein Mensch mehr.
»Ich hasse ihn«, zischte Oleg ihr ins Ohr, als er nach ihrem blonden Haar grapschte. »Ich hasse alle *Bojaren* und ihresgleichen. Du glaubst, du bist etwas Besseres als ich. Ich werde es dir schon zeigen . . .«
Anja biß Oleg noch einmal ins Handgelenk, bevor er ihren Kopf grausam auf den Boden schlug und sie zum Schweigen brachte. Jetzt war Anja bewußtlos und völlig wehrlos.
Der Mann starrte auf sein Opfer, das nun so hilflos, so appetitlich vor ihm lag. Das blonde Haar war verdreckt und zeigte die Spuren des Kampfes, ihre Kleider waren zerrissen und sahen fast liederlich aus. Aber sie war immer noch schön. Mit Ausnahme der violetten Schrammen und der Platzwunden, die er ihrem Gesicht und den Schultern während des Kampfes zugefügt hatte. Fast verdarben sie den schönen Anblick. Aber er war jetzt erregter als jemals zuvor.
»Du hättest mich nicht schlagen sollen«, dachte er sich. »Wir hätten Freunde sein können. Wir hätten sogar ein Liebespaar sein können.«
Plötzlich hörte er ein Geräusch, das ihm fast das Blut in den Adern gefrieren ließ. Wütende Stimmen näherten sich, es waren viele. Und Hunde. Aus der Ferne konnte er die Stimme des Jungen hören, der sie anführte.
»Wenn sie überlebt und meinen Namen nennt, werden sie mich hängen. Sie hat meinen Plan, Prinz Malischew zu töten, zer-

stört, und nun wird sie mich dem Henker ausliefern. Nein! Das wird sie nicht mehr können!«
Oleg stolperte zu seinem Pferd, das er angebunden hatte, riß die Zügel von den Zweigen der Birke, die er als Pfosten benutzt hatte, schwang sich in den Sattel und warf dem Mädchen noch einen flüchtigen Blick zu. Er konnte den Jungen, der ihn gesehen hatte, nicht töten, aber er würde dieses kleine Aristokratenbiest auslöschen.
Er zielte nervös und feuerte auf das bewußtlose Mädchen.
Da er keine Zeit mehr zu verlieren hatte, hieb er dem Pferd die Fersen in die Seiten und galoppierte starr vor Schrecken davon.
Mit wütendem Gekläffe erreichten die Hunde als erste die arg mitgenommene Prinzessin. Die weißen Borsois umkreisten Anja, bis Petja sie von ihr wegprügelte und sie in Richtung der frischen Pferdespuren scheuchte. Während drei der Jäger hinter dem Angreifer her eilten, stürzten sich Lew Petrowitsch und seine Söhne neben Anja auf den Boden, um zu prüfen, ob sie noch am Leben war. Ängstlich horchten sie auf das Herzklopfen und untersuchten, ob die Wunde so gefährlich war, wie sie aussah. Der alte Mann betete, es möge nur eine Fleischwunde sein, aber das Blut strömte so heftig, daß man es nicht feststellen konnte. Petja schluchzte.
»Ich werde Anjuschka ins Haus zurückbringen«, sagte Lew zu seinen Männern. »Petja kommt mit mir. Ihr – Gregor, Anatol, Sascha – nehmt die Pferde und verfolgt ihn. Ich werde mich euch anschließen, sobald ich Seine Hoheit bei Graf Scherbatkin benachrichtigt habe.«
»Und wenn wir ihn erwischen?«
»Ihr könnt alles mit ihm machen, aber tötet ihn nicht. Das sollten wir Andrej Nikolajewitsch überlassen.«
Petja weinte, als er seinen Vater begleitete. Er hätte sein Messer gegen dieses Monster einsetzen sollen.

4

Als Prinz Andrej auf Graf Scherbatkins Gut gefunden und endlich zum Telephon gebracht worden war, konnte er kaum die Stimme am anderen Ende der Leitung erkennen.

»Andrej Nikolajewitsch«, sagte Lew, der wußte, daß der Telephonist mithören würde, »es hat Ärger hier gegeben. Ich glaube, es wäre gut, wenn Seine Hoheit sofort zurückkommen würde.«

»Die Tiere«, rief Andrej, »hat er wieder zugeschlagen?«

»Es geht um Anna Nikolajewitsch. Sie ist verletzt worden.«

Am anderen Ende war ein Keuchen zu hören – ob es der Prinz war oder der Telephonist, hätte der Bauer nicht sagen können. Es war erst das zweite Mal, daß Lew diesen komischen Apparat benützte, aber er wußte trotzdem, daß eine gewisse Zurückhaltung notwendig war. Dann hörte er ein Klicken, und die Verbindung war unterbrochen.

Da Prinz Malischew nun benachrichtigt war, verließ der Bauer das Gutshaus und ritt auf den Wald zu, um sich seinen Männern anzuschließen. Doktor Krimski war bereits im Haus, für ihn selbst gab es hier nichts mehr zu tun.

Praschkoscha Fjodorowna saß neben dem Bett des Mädchens und weinte vor Verzweiflung. Sie fragte sich, ob das bewußtlose Kind sich jemals wieder erholen würde. Anja sah schrecklich aus, ihr Gesicht war eine geschwollene Masse mit unzähligen Quetschungen.

Als Prinz und Prinzessin Malischew endlich nach einer wahnsinnigen Fahrt über die schlechten Straßen des russischen Hinterlandes zu Hause ankamen, war das gesamte Personal in Aufruhr, und Doktor Krimski wartete in der Halle.

»Mein Gott, was ist geschehen?« fragte Xenia, die sofort ins

Haus gestürzt war. »Die Mädchen haben nur etwas von einer Schießerei gesagt.«
Die Prinzessin hatte nicht einmal ihren Staubmantel, den Hut und den Schleier abgenommen – alles war mit feinem Staub bedeckt. Bleich und furchtbar beunruhigt starrte sie Doktor Krimski an. Sie hoffte, daß alles nur ein schreckliches Mißverständnis war.
»Wo ist Seine Hoheit?« antwortete Doktor Krimski, der seine sonst sehr guten Manieren vergessen zu haben schien. »Ich muß zuerst mit ihm sprechen.«
»Nein. Sagen Sie mir, was auch immer Sie ihm sagen wollen. Um Himmels willen, sagen Sie mir doch, ob das Kind lebt oder ob es tot ist!«
In diesem Augenblick sahen Krimski und die Prinzessin erleichtert, daß Prinz Andrej eilig durch die Tür schritt.
»Es ist etwas Schreckliches geschehen, Hoheit, ich muß mit Ihnen allein sprechen.«
»Meine Frau kann alles hören, was Sie mir zu sagen haben. Anja lebt doch, oder?«
»Ja.«
Xenia ahnte ein Unheil, als Krimski offensichtlich immer noch nach einem Weg suchte, um mit Andrej unter vier Augen sprechen zu können.
O Gott, dachte sie, das Kind ist gelähmt. Das ist es, was er vor mir verbergen will.
Xenia stürzte die glänzende, geschnitzte Treppe hinauf und rannte in das Schlafzimmer des Mädchens, bevor der Doktor sie daran hindern konnte. Sonja, Praschkoscha Fjodorowna und Daria, die neben Anjas Bett standen und sie still beobachteten, sahen sie erschreckt an, als sie in das Zimmer platzte.
»Anja! Anjuschka!«
»Sie ist immer noch bewußtlos«, flüsterte Daria verzweifelt.
»Was hat Doktor Krimski euch erzählt?« fragte Xenia, obwohl sie sich vor der Antwort fürchtete. »Er hat sie selbstverständlich untersucht, oder?«
»Natürlich. Wir haben ihn sofort gerufen, als sie Anja nach

Hause brachten. Dann haben wir Sie und Seine Hoheit bei Graf Scherbatkin benachrichtigt.«

Xenia wollte ihren Augen nicht trauen, als sie Anjas Gesicht sah. Heute morgen noch war Anja schön, lebhaft und sprühend vor Jugend und Fröhlichkeit gewesen. Nun war ihr Gesicht so verunstaltet, die Augen so geschwollen und dunkelrot, daß sie wie ein Ungeheuer aussah. Und der Verband um ihren Kopf hatte große rote Flecken. Das war Blut.

»O mein Gott«, murmelte Xenia und sank in einen Sessel. »Was haben sie dir angetan?«

»Anja und Petja sind zum Pilzesuchen gegangen, nachdem Sie und Andrej Nikolajewitsch heute morgen das Haus verlassen hatten«, erklärte Daria. »Im Wald wurden sie von einem Eindringling überrascht. Der Junge versuchte, ihn mit einem Messer zu verjagen, als er begann, Anja zu bedrohen. Aber der Kerl hatte einen Revolver. Trotzdem versuchten die beiden, ihm zu entkommen. Petja konnte weglaufen und rannte sofort nach Hause. Er konnte seinen Vater und ein paar Jäger alarmieren. Sie durchstreifen jetzt das Gelände. Wenn sie ihn erwischen, wollen sie ihn aufhängen.«

Xenia starrte Daria an. »Wer hat das getan?« flüsterte sie. »Wer kann so etwas Furchtbares tun?«

»Der Junge hat den Angreifer gesehen und ihn uns genau beschrieben. Aber wir wissen immer noch nicht, wie er heißt.«

»Konnte Anja irgend etwas sagen?«

»Nein, Hoheit. Sie ist seit dem Überfall bewußtlos.«

Verzweifelt kniete Prinzessin Xenia neben dem Bett nieder und verbarg das Gesicht in den Händen.

In seinem Arbeitszimmer hatte Andrej gerade erfahren, in welchem Ausmaß Anja verletzt war. Ein paar Sekunden lang war er zu keiner Reaktion fähig. Er wirkte ziemlich überrascht. Dann ging er zu dem Gewehrschrank aus Mahagoni, in dem er seine Gewehre aus England aufbewahrte, und suchte eines aus. Die, die er heute morgen benützt hatte, waren für diese Jagd ungeeignet.

»Ich werde ihn töten, wer immer es auch sein mag. Und wenn ich mit ihm fertig bin, wird von seinem Körper nicht einmal mehr genug übrig sein, um die Hunde damit zu füttern.«

Der Prinz nahm zwei seiner schweren Gewehre und eilte wütend in die Halle, um Adam Lowell und die anderen, die an der Jagd teilgenommen hatten und mit ihm von Graf Scherbatkins Gut zurückgekehrt waren, zu informieren. »Der Bastard hat versucht, meine Nichte zu töten«, verkündete er. »Wir müssen ihn jetzt finden. Auf der Stelle!«

»Wie schwer ist sie verletzt?« fragte Adam besorgt. »Wird sie am Leben bleiben?«

Prinz Andrej nickte grimmig, als er ihm ein Gewehr aushändigte. »Sie wird sich wieder erholen.«

Die Russen bekreuzigten sich und machten sich bereit, Andrej zu folgen.

»Wo geht ihr hin?« rief Xenia von der Treppe aus.

»Was glaubst du, wohin wir gehen? Ich werde den Mann töten, der das getan hat.«

»Ich will mit euch kommen!«

»Nein. Du bleibst hier und paßt auf das Mädchen auf. Krimski wird bei dir bleiben.«

»Andrej! Ich möchte dieses Tier finden«, schrie Xenia und lief ihnen nach. »Laß mich mitkommen! Ich hätte sie niemals hierlassen dürfen!«

»Nein«, widersprach ihr Mann und hielt sie zurück. »Du gehörst jetzt hierher an Anjas Seite. Es ist meine Pflicht, diesen Mann zu jagen und ihn zu töten. Unsere Freunde und ich werden das erledigen.«

»Hoheit, wir werden einen Mann töten. Es gehört sich nicht für eine Frau, so etwas mitanzusehen«, sagte Adam leise.

»Der Anblick in diesem Raum da oben auch nicht«, schrie Xenia sie wütend an und rannte wieder hinauf. »Ich will ihn sehen, wenn er genauso zugerichtet ist.«

»Es tut mir leid, Xenia, aber du bleibst hier«, rief Andrej ärgerlich. »Ich habe weder Zeit noch Lust, mit dir zu streiten. Auf Wiedersehen!«

»Andrej!«
Bevor die Prinzessin sie noch länger aufhalten konnte, hatten die Männer das Haus verlassen und gingen zu den Ställen. Das Auto war in diesem Fall nutzlos. Dort in dem unwegsamen Gelände kam man nur mit Pferden voran.
»Lew Petrowitsch ist mit seinen Leuten schon unterwegs. Sie haben auch die Polizei benachrichtigt«, erklärte der Prinz Adam Lowell. »Das war richtig.«
»Was ist mit den Nachbarn?«
»Meine Leute haben die Nachricht verbreitet, als Lew Anja nach Hause brachte. Inzwischen weiß die ganze Gegend, daß wieder einmal ein Teufel frei herumläuft.«
»Gut«, nickte Lowell und sattelte sein Pferd. »Wir werden ihn in Grund und Boden stampfen, wo auch immer er sich zu verstecken versucht. Und wenn wir mit ihm fertig sind, wird er sich wünschen, niemals geboren worden zu sein.«

Im ersten Stock beobachtete Xenia vom Fenster aus, wie Andrej und Adam auf ihren Pferden durch die Allee galoppierten und schließlich außer Sichtweite waren. Sie bedauerte zutiefst, daß sie nicht mit ihnen reiten konnte. Es wäre viel leichter gewesen, den Schuldigen zu erschießen, als sich ansehen zu müssen, wie er Anja zugerichtet hatte.
»Es ist gut, daß Sie hier sind, Hoheit«, meinte der Doktor. »Sie wird Sie brauchen, wenn sie wieder zu sich kommt.«
Wachsam beobachtete ihn die Prinzessin. »Wird sie wieder gesund werden? Wird sie Narben behalten?« fragte sie.
Doktor Krimskis rundes, bärtiges Gesicht nahm einen seltsamen Ausdruck an – halb furchtsam, halb abwesend.
»Kann ich Sie allein sprechen?« fragte er ruhig.
Xenias Herz setzte für einen Moment aus. Sie gab den drei Bediensteten ein Zeichen, das Zimmer zu verlassen.
Doktor Krimski sah ernst aus. »Bitte setzen Sie sich, Hoheit. Ich werde Ihnen die ganze Wahrheit über die Verletzungen Ihrer Nichte mitteilen.«
Mein Gott, dachte Xenia. Was will er mir sagen?

Xenia blickte sorgenvoll auf das Mädchen, während Krimski begann, im Zimmer auf und ab zu gehen, wobei er kaum bemerkte, wie elegant es war mit den Möbeln aus karelischer Birke, den langen Spitzenvorhängen an den Fenstern und dem rosafarbenen, chinesischen Sofa. Er versuchte, seine Gedanken zu ordnen.

»Bitte, Doktor«, bat ihn Xenia, »sagen Sie mir die Wahrheit. Wird sie gelähmt sein, um Himmels willen?«

»Nein, Hoheit. Oder zumindest sieht es nicht danach aus. Aber Sie müssen verstehen, daß sie grausam geschlagen worden ist – so etwas Schlimmes habe ich seit damals nicht mehr gesehen.«

»Ja«, nickte Xenia und wünschte, er würde endlich zur Sache kommen.

»Und da sie das Bewußtsein noch nicht wiedererlangt hat, ist es schwierig, ihren Zustand endgültig zu beurteilen. Aber ich würde mich vor meiner Pflicht drücken, wenn ich Ihnen nicht sagen würde, daß ich befürchte, daß Anja einen Schädelbruch erlitten hat . . .«

Xenia stöhnte bestürzt auf, und Krimski wünschte, Andrej Nikolajewitsch würde jetzt neben ihm stehen. Er haßte es, Frauen eine schlechte Nachricht mitteilen zu müssen. Frauen neigten dazu, hysterisch zu werden oder in Ohnmacht zu fallen.

»Hoheit, es kann sein«, fuhr er fort. »Die Verletzungen weisen darauf hin, daß Anja einen heftigen Schlag auf den Hinterkopf bekommen hat. Alles andere – die Platzwunden, Verstauchungen, Schnitte – kann bei normaler Pflege behandelt werden. Aber wenn die junge Dame einen Schädelbruch hat, könnte das schwerwiegende Folgen haben. Im besten Falle würde es eine lange Genesungszeit, möglicherweise unter der Aufsicht eines Spezialisten in Europa, bedeuten.«

»Sie müssen sich irren«, antwortete Xenia. Sie wollte seiner Diagnose nicht glauben. Sie hatte Menschen gekannt, die an einem Schädelbruch gestorben waren. Sie weigerte sich, seine Beurteilung anzunehmen.

Doch Krimski seufzte und schüttelte den Kopf. »Wenn ich mich geirrt habe, werde ich mich aus tiefstem Herzen entschuldigen,

Xenia Alexandrowna. Es bereitet mir kein Vergnügen, Ihnen diese furchtbare Vermutung mitteilen zu müssen. Aber wenn ich recht habe, muß ich Sie darauf vorbereiten, den Tatsachen ins Gesicht zu sehen.«

Den Tatsachen, dachte die Prinzessin bitter, er hätte genausogut sagen können, dem Tod!

»Es tut mir leid, Hoheit«, sagte Krimski sanft, als er den Raum verließ. »Ich werde unten warten, falls Sie mich brauchen.«

Als Xenia mit Anja allein war, fühlte sie sich starr vor Kummer. Sie zog wie ein Kind die Beine hoch, saß in dem großen, gepolsterten Sessel und starrte auf das Muster in dem chinesischen Sofa, auf die Schale mit den Feldblumen, auf die rosafarbene seidene Bettdecke, auf alles andere, nur um dieses geschundene Kind nicht ansehen zu müssen.

»Mein armer Liebling«, flüsterte sie, »wie konnte so etwas Schreckliches nur geschehen?«

Von plötzlicher Furcht überwältigt, fragte sich Xenia, wie das Mädchen dieses Ereignis jemals überwinden sollte. Natürlich, wie sollte sie?

Als Andrej Stunden später mit leeren Händen nach Hause kam, hielt seine Frau immer noch Wache in Anjas Zimmer. Als sie ihn bemerkte, sprang sie aus dem Sessel auf. Sie ging hinunter, um zu hören, was es Neues gab.

»Wie geht es Anja? Hat sich ihr Zustand gebessert?« flüsterte der Prinz.

»Vor einer Stunde ist sie aufgewacht. Sie schien sich gut erinnern zu können. Doktor Krimski hat mich fast ins Grab gebracht mit der gräßlichen Vermutung, daß Anja einen Schädelbruch haben könnte, aber es ist noch zu früh, um es sagen zu können. Sie erkannte mich und die Mädchen. Sie sprach mit mir. Und sie kann sehen. Krimski meint jetzt, daß es vielleicht doch nicht so schlimm ist, wie er befürchtet hat. Er vermutet nun eine Gehirnerschütterung.«

»Gott sei Dank«, murmelte der Prinz. »Adam Michailowitsch hat sich Sorgen gemacht, daß Anja das Augenlicht verlieren könnte.«

Xenia sah ihren Mann eindringlich an, ihre Augen waren unnatürlich rot und geschwollen. »Habt ihr ihn gefunden?« fragte sie. Der Prinz schüttelte widerwillig den Kopf, ihm taten von dem Ritt durch das Gelände alle Knochen weh. Sie hatten jede Hecke übersprungen, jeden Fluß durchwatet und jeden Busch durchstreift, um den Kerl, der einfach nicht zu fassen war, aufzuspüren. »Wir haben die halbe Region durchkämmt, aber wir haben seine Spur verloren. Er hat verdammtes Glück.«
Xenia Alexandrowna blickte hinaus auf die hellen Flecken, die die Laternen auf die inzwischen dunkle Allee warfen. Es mußte schon ziemlich spät sein; sie hatte schon vor Stunden jedes Gefühl für die Zeit verloren.
Nun drehte sie sich um und sagte zu Andrej: »Anja weiß, wer es war. Sie hat seinen Namen immer und immer wiederholt.« Xenias Gesicht war verzerrt vor Wut.
»Wer ist es, um Himmels willen?«
»Oleg Iwanow«, antwortete die Prinzessin und sah ihrem Mann direkt ins Gesicht.
Andrej drehte sich totenbleich um. Er sah aus, als ob ihn jemand geschlagen hätte.
»Du warst vor zwei Jahren zu milde gegenüber diesem bösartigen jungen Monster, *Dorogai*«, meinte Xenia. »Zehn Jahre harte Arbeit am Nordpol hätten dies hier verhindert. Du warst zu weich damals, weil du seine Mutter bedauert hast, und nun beweist er seine Dankbarkeit, indem er Anjuschka beinahe umbringt! Jetzt töte ihn!« zischte sie. »Laß ihn dafür bezahlen, Andrej. Laß ihn lange leiden wie ein Tier, bevor er stirbt, so wie meine Nichte jetzt leidet!«
Der Prinz sagte kein Wort, aber aus seinen Augen sprach der Wunsch zu töten. Grimmig verließ er das Haus und befahl, die Pferde noch einmal zu satteln. Nun wußte er, wer es gewesen war, und wie sehr dieser junge Bastard ihn hassen mußte. Dieses Mal würde es keine Gnade geben.

Im dunklen Schlafzimmer weinte Anja leise vor sich hin, als sie Andrej und Xenia sprechen hörte. Sie ahnten nicht, daß sie wach war, aber sie konnte alles verstehen, was sie redeten, und die harten Worte ihrer Tante erschreckten sie bis tief ins Herz. Sie konnte nicht glauben, daß Xenia Alexandrowna so mit ihrem Mann sprach, und es war ihre Schuld, daß Xenia so aufgeregt war. Fast überwältigte sie ihr Schuldgefühl. Sie hätte auf sie hören sollen.

»*Ich hasse euch alle*«, hatte der Mann gesagt, als er versuchte, sie zu töten. Dieser Haß erschreckte Anja. In ihrem ganzen Leben hatte sie bisher nur Liebe und Zuneigung gekannt. Heute morgen hatte sich das für immer geändert.

Er hatte sie wirklich gehaßt, er hatte sie so sehr gehaßt, daß er sie umbringen wollte, ohne sie überhaupt zu kennen. Dieser Gedanke erfüllte sie mit einem schrecklichen Zweifel. Er hätte sie fast umgebracht, nur weil sie eine *Bojar* war. Nur aus diesem Grund. Es ergab einfach keinen Sinn.

Und sie war gerettet worden durch Petjas Ergebenheit und die seines Vaters. Die beiden waren Bauern, genau wie der Mann, der sie angegriffen hatte. Sie haßten sie nicht, weil sie eine *Bojar* war. Sie liebten sie, weil sie Anja war.

Die Erinnerung kam immer wieder von selbst zurück, obwohl Anja versuchte, sie zu verdrängen. Wieder und wieder zitterte sie, wenn sie an diese haßerfüllten blauen Augen dachte, die sie bis ins Mark getroffen hatten. Es waren die Augen eines Tieres. Unruhig warf sich das Mädchen im Bett hin und her, der ganze Körper schmerzte von dem Kampf im Wald. Plötzlich hörte sie den Lärm der Männer und der Pferde im Hof. Sie machten sich fertig, um noch einmal hinauszureiten, obwohl es schon tiefe Nacht war. Die Geräusche verschwammen mit dem Schmerz zu einem undurchdringlichen Nebel, und schließlich waren sie verschwunden.

Als sie so in der Dunkelheit zitterte, wußte Anja, daß ihre Kindheit vorüber war. Es dauerte sehr lange, bevor sie sich geborgen genug fühlte, in das glückliche Vergessen des Schlafs hinüberzugleiten.

5

Im gelben Salon, wo man einen so herrlichen Blick auf den Park hinaus hatte, wartete Anja auf ihn. Ihr Gesicht war blaß und schmal geworden, und um ihre Augen herum waren immer noch bläuliche Schatten. Sie hatte Kopfschmerzen. Ständig hatte sie Kopfschmerzen – seit jenem Vorfall. Wenn Xenia ihr nicht erzählt hätte, daß Mr. Lowell extra auf Bjelaja Berioschka Station gemacht hatte, nur um sie zu besuchen, bevor er nach Moskau weiterreisen würde, dann wäre sie sicher in ihrem Zimmer geblieben. Seit dem Überfall waren einige Wochen vergangen. Anja hatte Adam seit jenem Morgen davor, als die Welt noch so herrlich und unkompliziert erschienen war, nicht mehr gesehen.

Jetzt schämte sie sich vor ihm. Sie schämte sich nicht aus Eitelkeit, sondern weil ihr leichtsinniger Ungehorsam so schreckliche Folgen gehabt hatte. Sie fühlte sich elend.

Als der Amerikaner den Salon betrat – ein Raum, der den Geschmack der Familie Malischew in den vergangenen zwei Jahrhunderten demonstrierte – und Anja erblickte, blieb er erschrocken stehen. Auf diesen Anblick war er nicht vorbereitet gewesen.

War das wirklich Anja? Das Mädchen mit den schrecklichen Blutergüssen hatte wenig Ähnlichkeit mit der lebhaften jungen Frau, die er in Erinnerung hatte. Es kam ihm vor, als ob alles Leben an einem einzigen schrecklichen Vormittag auf brutalste Weise aus ihr herausgeprügelt worden wäre. Es tat ihm in der Seele weh, sie in diesem Zustand zu sehen; es war ungerecht.

»Sie wissen, daß meine Tante und ich nach Paris fahren? Ich wollte mich vorher noch von Ihnen verabschieden. Und ich wollte Ihnen danken. Ich weiß, daß Sie und auch noch andere

Bekannte von uns versucht haben, den Mann zu finden. Das ist sehr tapfer gewesen. Ich werde es gewiß nie vergessen.«
Die Blutergüsse sahen schrecklich aus. Inzwischen hatten sie sich zu einem grau-grün gescheckten Muster entwickelt. Anja weigerte sich, ohne einen breitkrempigen Hut mit dichtem Schleier aus dem Haus zu gehen. Sie ging sowieso nicht sehr oft aus. Ihre Begegnung mit Adam war die erste mit einem Menschen, der nicht zur Familie gehörte.
»Wann kommen Sie zurück?« wollte er wissen. Er fühlte sich seltsam unwohl und wußte nicht recht, was er sagen sollte.
»Das weiß ich noch nicht. Vielleicht erst nächstes Jahr.« Anja hatte das Gefühl, sie würde das Geschehen als Außenstehende beobachten.
»Erst nächstes Jahr?«
Anja sah ihn traurig an. »Meine Tante und ich besuchen meinen Großvater in Paris. Wir werden möglicherweise eine Weile bleiben. Sie wollen, daß ich dort einen Arzt zu Rate ziehe, weil ich immer noch solche Kopfschmerzen habe.«
Anja sah ihn an und lächelte traurig. »Wenn ich damals doch nur auf Sie gehört hätte und mitgegangen wäre! Dann wäre ich diesem Wahnsinnigen nie begegnet. Praskowaja Fjodorowna behauptet, daß das alles Schicksal gewesen sei. Wahrscheinlich hat sie sogar recht.«
»Praskowaja Fjodorowna hat gut reden«, versuchte Adam sie zu beruhigen. »Glauben Sie nur nicht, daß es Ihr Schicksal ist, unglücklich zu sein. Tränen stehen Ihnen nicht, Anjuschka. Lassen Sie sich nur ja nicht etwas anderes einreden.«
Überrascht hob Anja den Kopf und sah ihm direkt in die Augen. »Ich wünschte, ich könnte Ihnen glauben«, sagte sie leise. »Früher hab ich das auch gedacht. Aber jetzt muß ich immer wieder an diesen Wahnsinnigen denken. Das Schlimmste ist, daß sie ihn nicht einmal gefunden haben. Vielleicht lauert er nächstes Mal meiner Tante auf, oder Onkel Andrej. Oder sogar Petja, und der ist doch so tapfer gewesen . . .«
»Aber Anja! Sie finden ihn ganz bestimmt, und dann kann er niemand mehr etwas antun.«

Einen ganz kurzen Augenblick lang lächelte sie ihn an. Sie wollte ihm ein Zeichen geben, daß es ihr schon besser ginge, aber es gelang ihr nicht. Sie konnte sich einfach nicht verstellen.
»Sie werden Ihren Großvater besuchen«, sagte er jetzt fröhlich, um sie aufzuheitern. »Das wird doch bestimmt schön.«
»Nein, das wird schrecklich!« Anja konnte sich nicht mehr zurückhalten. Sie warf sich in seine Arme. »Ich will doch gar nicht nach Paris! Ich will nicht, daß fremde Ärzte mich angaffen und untersuchen, und ich will mich auch nicht durch einen Verrückten von hier verjagen lassen!«
Jetzt strömten ihr die Tränen aus den Augen. Sie verbarg ihr Gesicht in Adam Lowells dunkelgrauer Tweedjacke und schluchzte. Sie hielt sich an ihm fest, als wäre sie ein kleines Mädchen. Ihr ganzer Körper zitterte. Adam schloß die Augen und hielt sie fest. Er wußte nicht, wie er sie beruhigen sollte, aber er wünschte von ganzem Herzen, daß er ihr Trost geben könnte.
»Anjuschka«, flüsterte er schließlich. »Sie dürfen nicht denken, daß das das Ende von allem ist. Wir haben damals alle einen riesengroßen Schreck bekommen. Wir hatten Angst, daß Sie womöglich an Ihren Verletzungen sterben. Aber Sie sind nicht gestorben. Sie sind ein tapferes Mädchen. Sie haben sich gewehrt, und er hat es nicht geschafft, Sie umzubringen. Sie haben sich selbst das Leben gerettet. Sie sind stärker, als Sie denken. Außerdem haben Sie seinen Namen behalten, Sie haben ihn identifiziert.«
»Aber er ist immer noch *am Leben!*«
»Nicht mehr lange. Wenn er erwischt wird, dann muß er dran glauben. Das verspreche ich Ihnen. Ich kenne niemand, der ihn nicht auf der Stelle erschießen würde, wenn er könnte.«
»Sie auch?« Anja wußte, daß Adam ein friedfertiger Mensch war.
»Ja.«
Seine warme Stimme ließ Anja aufhorchen. Sie sah ihm ins Gesicht. Adams schöne tiefbraune Augen blickten sie besorgt an. Sie verstanden sich wortlos. Er machte sich Sorgen um sie, aber dieses Gefühl war nicht mehr dasselbe wie damals, als sie noch

ein kleines Kind gewesen war. Das beeindruckte Anja tief, und es freute sie. Sie fühlte sich erwachsen und zugleich unsicher.
»Eigentlich hab ich gar keine Lust wegzufahren«, flüsterte sie und lehnte sich an seine Brust.
»Aber Anja, es ist ja nicht für lange Zeit. Die Ärzte werden Sie gründlich untersuchen, und dann werden sie Ihnen sagen, daß Sie so gesund sind, daß Sie mindestens achtzig werden. Danach kommen Sie wieder nach Hause und können wieder lachen.«
»Glauben Sie das wirklich?«
Adam sah sie zärtlich an und lächelte. »Ja, das glaube ich wirklich. Ihre Tante Xenia hat mir nämlich gesagt, daß die Swiridows alle ziemlich zäh sind. Um denen etwas anzutun, braucht es weit mehr als einen Oleg Iwanow.« Er wollte sie überzeugen.
Anja mußte plötzlich an ihre Mutter denken. Sie vergrub ihr Gesicht in seiner Jacke, als müsse sie Schutz suchen.
»Hören Sie mal gut zu, *Duschka*. Ich möchte, daß Sie mir etwas versprechen, ja?«
»Was?«
»Sie müssen mir versprechen, daß Sie mich um Hilfe bitten, falls Sie nicht mehr weiterwissen. Ganz egal, wo Sie sind, und um was es sich handelt. Versprechen Sie mir das?«
»Ja.« Anja war ihm so dankbar, daß sie beinahe wieder in Tränen ausbrach.
»Denken Sie daran«, flüsterte er eindringlich. »Wenn Sie mich brauchen, Anja, dann komme ich. Sie brauchen nicht zu zögern. Sie brauchen sich auch nicht zu entschuldigen. Sie müssen mir nur Bescheid sagen.«
Anja blieb ganz ruhig stehen und sah ihm nur tief in die Augen. Sie zögerte einen Augenblick, aber dann reckte sie sich in die Höhe und küßte ihn flüchtig auf die Wange. Bevor er sie zurückhalten konnte, hatte sie sich schon aus seinen Armen befreit und den Raum verlassen. Erschrocken über sich selbst, aber gleichzeitig sehr glücklich, lief sie die Treppe hinauf.

Während der Fahrt zurück nach Moskau, und von dort weiter nach Petersburg dachte der junge Amerikaner darüber nach,

wie er seine kurze Abwesenheit erklären könnte. Aber das war ihm gar nicht so sehr wichtig. Er würde die Konsequenzen schon auf sich nehmen, wenn es Ärger geben würde. Viel wichtiger für ihn war, daß er Anja noch einmal mit eigenen Augen gesehen hatte, daß sie ihre Verletzungen überlebt hatte, und daß sie sich auf dem Wege der Besserung befand.
Seit dem Tod seiner jungen Frau war sein Leben so kalt und grau geworden, und erst durch das junge schöne Mädchen Anja hatte es wieder einen Sinn bekommen. Er wollte sie beschützen.

St. Petersburg

Während Prinzessin Xenia und ihre Nichte unterwegs nach Paris waren, kam Prinz Andrej einer Pflicht nach, die er sich selbst auferlegt hatte. Er hielt eine Verabredung mit einem Herrn ein, den er von verschiedenen gesellschaftlichen Anlässen her kannte – einem Mann, der von der Hälfte des Landes gehaßt wurde, der von fast allen gefürchtet wurde, und der diesen Ruf nicht ohne Grund hatte.
Nachdem er alles Erdenkliche versucht hatte, um Oleg aufzutreiben, nachdem er ihn sogar zwei Wochen lang höchstpersönlich quer durch Moskau verfolgt hatte, hatte Prinz Andrej nämlich beschlossen, diesem Untier, das Anja überfallen hatte, den totalen Krieg anzusagen. Er eröffnete die erste Schlacht mit einem Treffen mit Simon Petrowitsch Belezki, dem Chef der gefürchteten Okhrana. Das war die Geheimpolizei des Zaren – oder, wie der Prinz es selbst einmal formuliert hatte, die Helfershelfer des Teufels.
Nach seinem Gespräch mit Simon Petrowitsch hatte Andrej Nikolajewitsch noch weniger Vertrauen in die Moral der Okhrana als vorher. Außerdem fand er es einfach unerhört, daß er, Prinz Malischew, in die Situation gebracht worden war, einen Mörder dingen zu müssen. Das war ein Vergehen gegen Recht und Gesetz. Aber dennoch hatte er die Absicht, das Treffen, daß Belezki für ihn arrangiert hatte, einzuhalten.
Dieses Treffen fand eine Woche später statt. Ort der Verabredung war die alte St.-Isaak-Kapelle am Newski-Prospekt. Andrej

bewegte sich wie eine Gestalt in einem Traum. Was tue ich da eigentlich, dachte er. Das, was ich da vorhabe, ist eines der schlimmsten Sakrilegien. Dafür brauche ich nicht auf Vergebung zu hoffen. Aber er wußte auch, daß er sich von nichts und niemandem davon abhalten lassen würde, Rache zu üben.
Er fühlte sich ausgesprochen unwohl in der Kirche mit der goldenen Kuppel und den vielen vergoldeten Heiligenstatuen und Bildern, die ihn mißbilligend anzusehen schienen.
Doch damit nicht genug. Der Henker, den Belezki für ihn herbestellt hatte, sah ganz und gar nicht wie ein solcher aus. Er war ein vollkommen unauffälliger Typ mit dem Namen Roman Wassilijewitsch Petrow, der wie ein überarbeiteter Buchhalter oder ein Dorfschullehrer wirkte.
Aber wer das glaubte, war selber schuld. Petrow war ein Okhrana-Mitarbeiter, Mitte fünfzig, und hatte den Rang eines Inspektors. Er hatte eine wechselhafte Karriere hinter sich. Seinerzeit hatte er Räuber aus Georgien, aber auch ein Mitglied der serbischen Königsfamilie sowie zahllose kleinere Banditen zu Fall gebracht. Zu seinen wichtigsten Erfolgen gehörte die Verhaftung einer Gruppe von Extremisten in Bad Homburg, während dort eine sozialistische Konferenz stattfand. Damals war er ausgesprochen waghalsig gewesen und hatte selbst einen der Extremisten erschossen. Das hatte bis in höchste diplomatische Kreise hinein Wellen geschlagen. Petrows Ruf hatte darunter gelitten. Aber er war gerissen und zuverlässig – jedenfalls in den meisten Fällen. Zur Zeit war er auf eine Bande von Revolutionären angesetzt.
Er war blaß, hatte eine Halbglatze, hielt sich gebückt und schien nur ein Merkmal zu haben, das ihn von anderen Menschen unterschied, und das war seine Nickelbrille. Insgesamt sah er aus wie eine Baby-Eule. Er roch nach billigem Tabak und Kohlsuppe. Es war kaum vorstellbar, daß er einen Revolver auf jemanden richtete und abdrückte.
Dennoch tat er es. Er tat es sogar gegen Geld.
Prinz Malischew starrte immer noch die Ikonen an, als eine leise Stimme neben ihm seinen Namen aussprach.

»Andrej Nikolajewitsch?«
Prinz Malischew drehte sich abrupt um und sah die Nickelbrille vor sich. »Ja, das bin ich. Wer sind Sie?«
»Petrow. Sie haben schon von mir gehört, nehme ich an?«
Inmitten der Menge von Kirchgängern, die knieten, beteten, Kerzen ansteckten, die leise vor sich hin murmelten und ihre Aufmerksamkeit auf die beiden Priester gerichtet hatten, sahen sich die beiden Verschwörer an. Beide wußten, daß der andere ebenso entschlossen war wie er selbst.
»Man hat mir den Fall dargelegt«, begann Petrow. Er blickte geradeaus wie alle anderen in der Kirche auch. »Dieser Iwanow dürfte nicht allzu schwer zu finden sein, denke ich. Ich kenne Typen wie ihn, seine Herkunft, seine Mentalität. Früher oder später wird er sich einer Extremisten-Gruppe anschließen, und dann haben wir ihn.«
»Aber wenn er das nicht tut? Bisher hat er allein gehandelt. Außerdem ist er hinterhältig und bösartig. Mein Gott, er ist wirklich ein übler Charakter! Er hat beinahe meine Nichte umgebracht, und er hat eines meiner Pferde verstümmelt. Meiner Meinung nach haben wir es mit einem Wahnsinnigen zu tun.«
»Nein.« Petrows Stimme war immer noch leise. »Das ist kein Wahnsinniger. Oder zumindest ist er nicht mehr und nicht weniger wahnsinnig als die anderen. Er ist einfach bösartig. Er ist der Typ, der jede Art von Gewalt begeht, nur um Aufmerksamkeit zu erlangen. Für sich allein genommen ist er ein Niemand, eine Null, aber wenn er ein Schießeisen in der Hand hat, dann fühlt er sich wichtig, und dann ist er zu allem in der Lage. Das Land ist voll von solchen Typen. Wenn Sie unsere Akten sehen würden, dann würde Ihnen übel.«
Das klang ja nicht gerade sehr ermutigend. Andrej konnte nur hoffen, daß Petrow hier doch übertrieben hatte. Aber allem Anschein nach hatte er sogar recht!
»Bevor Iwanow festgenommen wurde, weil er auf Bjelaja Berioschka Unruhe gestiftet hatte, war er auf der Universität in Moskau. Wußten Sie das?« Andrej sah Petrow fragend an.
»Ja. Das steht in seiner Akte. Das fängt bei vielen Extremisten

so an – die meisten kommen auf der Universität zum ersten Mal mit solchen Ideen in Kontakt. Man sollte alle Universitäten für zehn Jahre schließen und dann ganz von vorn anfangen, mit neuem Personal!«

»Man sollte vor allem bessere Methoden entwickeln, um diese Agitatoren loszuwerden.«

»Wir versuchen es, so gut es geht. Im Grunde sind es ja gar nicht sehr viele – verglichen mit dem Rest der Bevölkerung. Aber es ist noch kein Ende der Auseinandersetzung abzusehen. Sie wären schockiert darüber, aus welchen Familien einige von ihnen kommen.« Petrow seufzte. »Nehmen Sie zum Beispiel Katja Petrowna Solowina. Mein Gott! Das ist eine rothaarige, rassige Schönheit aus einer wohlhabenden Familie in Nischni Nowgorod. Einmal hat sie fast den Gouverneur von St. Petersburg umgebracht. Sie hat einfach mit einer Browning auf ihn geschossen. Aber sie hat ihn nicht getroffen.«

»Nicht getroffen?«

»Nein. Er konnte gerade noch rechtzeitig fliehen. Er hatte nur ein paar Brandwunden. Katja ist entkommen.«

»Meine Güte!«

»Ein Freund von mir arbeitet an ihrem Fall. Sie gehört zu einer Gruppe von Terroristen; sie und ihr Liebhaber sind die Anführer. Sie sind gerade dabei, die Gruppe wieder aufzubauen. Sie sind untergetaucht. Aber wir werden sie schon noch kriegen. Das ist alles nur eine Frage der Zeit.«

»Wie lange brauchen Sie?«

»Das kann ich nicht genau sagen. Es hängt von mehreren Faktoren ab.«

»Ich biete 20000.« Andrejs Stimme war leise, aber bestimmt. »Fünf sofort, für Spesen und andere Ausgaben, und der Rest, wenn Sie mir den Leichnam zeigen.«

Das war ausgesprochen großzügig, dachte Petrow. Der Prinz hatte anscheinend ein großes Interesse am Tod dieses Iwanow.

»Gut, Andrej Nikolajewitsch. Ich nehme das Angebot an. Ich werde mich sofort an die Arbeit machen.«

»Beeilen Sie sich«, drängte der Prinz. »Ich kann auch dafür sor-

gen, daß Ihnen ein Spesenkonto eingerichtet wird, wenn Sie das wünschen.«
»Ich ziehe Bargeld vor.«
»Trauen Sie mir etwa nicht? Ich kann Ihnen versichern, daß ich genügend Geld habe.«
»Doch, doch, davon bin ich überzeugt, Eure Hoheit. Es handelt sich hierbei nur um eine persönliche Vorliebe meinerseits. Ich hoffe, Sie haben nichts dagegen.«
Andrej sah ihn von der Seite an. »Wann sollen wir uns treffen?«
»Was halten Sie von morgen, zehn Uhr, gleicher Ort, mit dem Geld? Wäre Ihnen das recht?«
»Ja, das ist in Ordnung. Übrigens, sind Sie religiös? Sie scheinen Kirchen zu mögen.«
»Ich finde, das ist ein guter und unauffälliger Treffpunkt, finden Sie nicht? Alles macht so einen unschuldigen Eindruck, wenn das Kreuz im Hintergrund ist.«
Andrej lächelte. Da hatte Petrow wohl recht. »Also, bis morgen. Ach ja, bringen Sie doch bitte seine Akte mit. Ich würde gerne einmal einen Blick hineinwerfen, wenn Sie nichts dagegen haben, ja?«
»In Ordnung. Ich kann sie abschreiben lassen. So lang ist sie nicht.«
»Noch eines: Ich bin vor allem an handfesten Ergebnissen interessiert, und zwar möglichst bald.«
»Ja, Prinz Malischew, Sie können sich auf mich verlassen.«
Andrej bekreuzigte sich beim Hinausgehen. Plötzlich hatte er das Gefühl, daß ihm der schwere Weihrauch-Geruch die Luft nahm. Als er in die Sonne trat, setzte er seinen Strohhut auf, atmete tief durch und winkte nach seinem Chauffeur. Er hatte seine Pflicht getan. Jetzt war Petrow an der Reihe.

Da er nun schon einmal in St. Petersburg war, beschloß Andrej, auch gleich ein paar Freunden und Verwandten einen Besuch abzustatten. Doch damit hatte er nicht viel Erfolg, da die meisten Leute entweder in Europa waren oder sich auf ihre Landgüter zurückgezogen hatten.

Zu seinem Erstaunen war jedoch seine hübsche Cousine Natalja Grekowa in der Stadt. Nachdem Andrej Petrow seine Anzahlung von 5000 Rubel übergeben hatte, fuhr er bei ihr vorbei. Sie war schrecklich nervös und gar nicht gut auf die Familie zu sprechen.
»Es ist einfach grotesk«, erklärte Natalja, als sie ihm Tee einschenkte. »Grigorij Efimowitsch ist ein Heiliger, und trotzdem wird er verfolgt. Wir sind wirklich betrübt darüber. Diese Schurken!«
Mit ›wir‹ meinte Natalja sich selbst, ihre Freundin Anna Wirobowa und keine geringere als die Zarin höchstpersönlich, Alexandra Fjodorowna. ›Diese Schurken‹ waren Regierungsmitglieder, der Premierminister eingeschlossen.
»Aber Talja, meine Liebe, warum verschwendest du auch so viel Zeit mit diesem Rasputin? Nach dem zu urteilen, was ich über den Kerl gehört habe, muß es sich um einen äußerst zweifelhaften Charakter handeln. Weißt du, daß gemunkelt wird, er habe eine Nonne vergewaltigt? Um Himmels willen, meine liebe Cousine, was ist das denn nur für ein *Starets?*«
»Das sind alles nur Lügen, Andruschka. Alles Lügen, Lügen, Lügen! Er ist die Reinheit in Person!«
»Ach, komm, Talja! Das glaubst du doch wohl nicht einmal selbst!«
Die Komtesse schüttelte wütend den Kopf, so daß ihre Ohrringe wackelten. »Grigorij Efimowitsch ist die Reinkarnation Christi. Er ist zu keiner Sünde fähig. Er nimmt uns unsere Sünden ab und befreit uns von unserer Schuld.«
»Ja, und ich habe gehört, er hat eine besondere Vorliebe für Ehebrecherinnen! Das paßt ja auch hervorragend zusammen. Wenn sie einen Partner für ihre Übertretungen brauchen, steht er schon bereit. Das kommt allen Seiten entgegen, nicht wahr?«
»Das ist sarkastisch.«
»Aber ich habe recht! Gott Allmächtiger, was für eine Pervertierung unserer Religion!«
»Unsinn. Grigorij Efimowitsch nimmt die Sünden von uns auf sich, und zwar an Gottes Stelle. Das ist ein Symbol für die Liebe Gottes.«

»Mit anderen Worten, das kommt ihm wesentlich billiger als ein Bordell!«
»Andrej!«
»Bitte entschuldige, Talja, aber es ist doch wahr! Außerdem habe ich gehört, daß Wolodja über das alles ziemlich verärgert ist, stimmt das? Ich habe in der Zeitung gelesen, daß du zum engeren Kreis dieses *Starets* gehören sollst. Das finde ich nun nicht gerade sehr schmeichelhaft für dich, und für deinen Ehemann auch nicht.«
»Im Gegenteil: es ist eine Ehre.«
»Nein, gewiß nicht. Es ist dasselbe, als wenn man dich als lockeres Mädchen bezeichnen würde. Verdammt noch mal, Natalja, verstehst du das denn nicht?«
Die Komtesse setzte ihre Teetasse ab und sah ihren Cousin an. Sie kannte ihn seit ihrer gemeinsamen Kindheit. »Ich glaube, du solltest jetzt besser gehen, Andrej. Ich habe keine Lust, mir hier in meinem eigenen Haus deine Beleidigungen anzuhören. Du redest ja genauso wie all die anderen.«
»Welche anderen, Talja?«
»Wolodja, Mama, Belle-Maman*, einfach alle . . .«
»Mit anderen Worten, alle, die dich lieben; alle, die es nicht mit ansehen können, daß du dich von diesem Rasputin hinters Licht führen läßt. Ich kenne dich, Talja, und ich weiß, daß du es ehrlich meinst. Aber dieser Kerl ist so hintertrieben, daß es schon eine Schande ist, wenn dein Name zusammen mit seinem in einem Satz erwähnt wird. Darum regen sich alle in deiner Familie so darüber auf, und mit Recht.« Er war wirklich besorgt.
»Grigorij Efimowitsch wird von den höchsten Persönlichkeiten im ganzen Land empfangen.« Natalja war trotzig.
»Ja, wenn du damit unsere Zarin meinst, die für jeden religiösen Unsinn zu haben ist . . .«
Das Gesicht der Komtesse war wie versteinert. »Ich lasse es nicht zu, daß du weiter so mit mir redest. Du sprichst schließlich von der Zarin, meiner Freundin.«

* Schwiegermutter (Anm. d. Übers.)

»Entschuldige bitte, *Malenkaja.*« Andrej stand auf, verbeugte sich höflich und ging zur Tür. »Trotzdem solltest du auf den Rat deiner Familie hören, sonst könnte das alles ein schlimmes Ende nehmen.«

»Auf Wiedersehen.« Nataljas Stimme war kühl. »Bitte komm erst wieder, wenn du deine Manieren wiedergefunden hast.«

»Ja, meine Liebe. *Au revoir.*« Nun ja, dachte Andrej, das war ja ein charmantes kleines Treffen. Die gute Natalja war offensichtlich genauso unbedarft und naiv, wie immer behauptet wurde. Andrej ließ sich seinen Hut geben und trat auf die Straße hinaus.

»Andrej! Warte!«

»Mein Gott, Wolodja! Wie geht es dir?« Er umarmte Nataljas Mann herzlich. »Schön, dich zu sehen. Ich habe gar nicht gewußt, daß du in der Stadt bist.«

»Doch – obwohl das verrückte Weib es am liebsten sehen würde, wenn ich abhauen würde.« Er klopfte dem Prinzen auf die Schulter. »Das wird immer schlimmer mit ihrem religiösen Theater. Manchmal denke ich fast, ich sollte mich scheiden lassen und noch einmal ganz von vorn anfangen.«

»Ach nein! So schlimm kann es doch wohl auch wieder nicht sein, oder?«

»Doch, Andrej. Sie ist verrückt. All diese Damen mit ihrem mystischen Getue sind verrückt, angefangen von der Zarin bis zu Natalja. Man sollte sie alle ins Irrenhaus stecken.«

Andrej wußte, daß Wolodja nicht viel Sinn für Humor hatte. Er meinte es ernst. »Komm«, versuchte er Wolodja zu beruhigen. »Ich bin nur noch heute in der Stadt. Wenn du Zeit hast, dann können wir doch heute zusammen zu Abend essen, oder? Ich habe dir auch ein paar schlechte Nachrichten mitzuteilen.«

»Xenia?«

»Nein. Aber das möchte ich nicht hier auf offener Straße besprechen. Wir treffen uns um acht im Kaiserlichen Automobil-Club, einverstanden?«

»Gut, bis dann also.«

Den Rest des Tages verbrachte Andrej bei seinen Bankiers und mit Mitgliedern der Duma, dem Pseudo-Parlament des Zaren. Am Abend traf er Wolodja im Club. Sie waren beide ziemlich erstaunt darüber, auch mehrere Regierungsbeamte dort anzutreffen. In einem der kleineren Nebenzimmer hielten sie ein Treffen ab, das Anlaß zu wilden Spekulationen bei den übrigen Gästen gab.

»Es geht um ihn«, vermutete Wolodja.

»Wen meinst du?«

»Rasputin. Du hast wohl nicht mehr soviel davon mitbekommen in letzter Zeit, oder? Er hat die Zarin vollkommen unter Kontrolle.«

»Dieser sibirische Bauer? Das kann ich mir eigentlich gar nicht vorstellen.«

»Man hat dir anscheinend noch nicht von seinen hervorragenden Eigenschaften vorgeschwärmt. Das überrascht mich. Gewöhnlich langweilt Natalja jeden, der in Hörweite ist, mit einer endlosen Litanei der angeblichen Wunder des Meisters. Auch im Palast ist er das beherrschende Gesprächsthema. Seine Heiligkeit ist in aller Munde.«

»Sind die denn alle verrückt geworden?«

»Nicht ganz. Sie wollen nur bei der Zarin einen guten Eindruck hinterlassen, denn schließlich hat sie wiederum den Zaren in der Hand. Du siehst, das ist alles ein riesiges Theater. Es ist fast komisch, findest du nicht? Aber es ist auch tragisch.«

»Und Natalja steckt da mitten drin.«

»Natalja ist ein Dummkopf. Sie tut nichts außer beten und die Zarin besuchen; sie hat jederzeit Zutritt zum Palast und ermutigt die Zarin sogar noch in ihrem Wahn. Wenn der Zar auch nur einen Funken Verstand hat, dann schickt er den ganzen Haufen in ein Kloster in Sibirien.«

Andrej garnierte seinen Buttertoast mit etwas Kaviar und kaute nachdenklich vor sich hin.

»Wir sind ziemlich tief gesunken, Wolodja«, meinte er dann.

»Wenn du mich fragst, dann ist das erst der Anfang. Wenn sie es schafft, den Premierminister zu stürzen – und ich glaube, daß

ihr das früher oder später gelingen wird –, dann kriegen wir möglicherweise am Ende noch Grigorij Efimowitsch Rasputin als Regierungschef.«
»Du hast vielleicht einen seltsamen Humor!« rief Andrej aus.
»Nein. Ich bin nur zu lange mit deiner Cousine verheiratet.«
Die beiden Männer sahen sich an und tranken ihren Wodka. Schließlich fragte Wolodja nach den Problemen auf Bjelaja Berioschka. Er war erschrocken, als er von dem Mordversuch hörte. »Ein Kind wie Anjuschka? Aber warum?«
»Weil er verrückt ist. Ich glaube außerdem, daß er auch derjenige ist, der eins meiner Pferde verstümmelt hat. Das ist alles ungeheuerlich.«
»Die Polizei ist immer noch dabei, ihn zu suchen?«
»Ja, natürlich. Es besteht der Verdacht, daß er sich einer Gruppe von Extremisten anschließen könnte. Vielleicht kann man ihn dann erwischen.«
»Viel Glück dabei.«
»Du scheinst ja nicht sehr viel Vertrauen in die Polizei zu haben.«
»Nein. Ich traue ihr kein bißchen mehr als den Terroristen. Ich habe sogar den Verdacht, daß sie gemeinsame Sache mit ihnen macht. Das soll schon vorgekommen sein.«
»Das kann sein. Aber trotzdem habe ich keine Wahl. Schließlich ist die Polizei auch auf unserer Seite.«
»Ja, das behauptet sie. Aber zur Zeit unterwandern sich alle möglichen Kräfte gegenseitig. Man weiß bald wirklich nicht mehr, wer zu wem gehört.«
»Wenn das stimmt, dann kann ich nur sagen: armes Rußland.«
»Ja, in der Tat: armes Rußland.« Wolodja nahm einen tiefen Zug aus seinem Glas.

6

Er hatte versucht, die hervorragende Möglichkeit, sich an Prinz Andrej zu rächen, zu nutzen, aber dann hatte er selbst alles verdorben. Was war nur los mit ihm, fragte sich Oleg. Er saß zusammengekauert in einem Abteil zweiter Klasse des Zuges nach Moskau. Ein paar Kilometer hinter Bjelaja Berioschka war er eingestiegen. Warum hatte er nur immer so ein verdammtes Pech?

Er hatte den Prinzen umbringen wollen. Auf diesen Augenblick hatte er lange gewartet. Er wollte sich für die langen Monate in Sibirien rächen, und was war daraus geworden? Er hatte seinen Entschluß geändert und sich auf ein leichteres Ziel konzentriert, und schließlich hatte er alles so ungeschickt angestellt, daß er tatsächlich einen Zeugen zurückgelassen hatte, der allen in der Gegend erzählen konnte, wie der Mörder von Prinzessin Anja aussah. Jesus Christus! Wie dumm konnte der Mensch eigentlich sein? Was war nur mit ihm los?

Oleg zitterte vor Wut. Fast bereute er es, daß er sie umgebracht hatte. Sie war so schön, so anmutig, so weiblich. Aber sie war auch arrogant – so wie alle *Bojaren*.

Sie hat mich angesehen, als wäre ich kein Mensch, sondern ein wildes Tier, dachte er verbittert. Er war an der Universität gewesen. Er hatte Bücher gelesen. Und trotzdem stand er nicht auf einer Stufe mit dem schönen Mädchen. Diese verdammte Arroganz! Für sie und für ihre ganze Klasse zählte er nichts. Er war nichts wert.

Diese Hexe, dachte er. Aber jetzt bedeutete er doch etwas für sie, oder wenigstens für die Familie, die übriggeblieben war.

Bei dem Gedanken an die Reaktion ihrer Familie rutschte Oleg unsicher auf seinem Sitz hin und her. Er hatte mit dem Mord an dem Mädchen wirklich die ungeschickteste Tat begangen, die man sich vorstellen konnte. Jeder Mensch, der auch nur einen Funken Gerechtigkeitssinn besaß, hätte es verstanden, wenn er Prinz Andrej umgebracht hätte, dachte er. Außerdem sind Großgrundbesitzer sowieso nicht beliebt. Bring sie nur alle um, würden die Bauern sagen. Aber ein unschuldiges junges Mädchen ...

Darauf würden die Leute sehr erregt reagieren. Prinz Andrej, der dem Attentat entkommen war, würde sogar mit Beileidsbekundungen überhäuft werden, jeder, der konnte, würde zum Herrenhaus reiten und der Familie seinen Dienst bei der Jagd auf den Mörder anbieten.

Oleg machte sich auf einmal klar, daß er nicht nur sich selbst um seine Rache gebracht hatte, sondern daß er dabei auch noch dem Prinzen ein Motiv – ja sogar ein berechtigtes Motiv – geliefert hatte, ihn zu suchen und wie ein wildes Tier abzuschlachten. Das ganze Dorf würde seine Tat richtig finden!

Sie würden ihn als Ungeheuer bezeichnen. Aber seltsamerweise mußte Oleg darüber fast lächeln. Nun ja, dachte er bei sich, zumindest ist ein Ungeheuer jemand, vor dem man Angst hat. Es war gut, wenn Prinz Andrej vor ihm Angst hatte. Er wollte den Prinzen terrorisieren, er wollte ihm noch mehr angst machen, wenn er ihn schon nicht umgebracht hatte. Er wollte ihm alles nur mögliche Böse antun.

Trotzdem beunruhigte ihn die Erinnerung an das schöne Mädchen, ihr Bild verfolgte ihn, er erschauderte bei dem Gedanken an sie. Er hatte jemanden umgebracht, einen Menschen, der besser war als er selbst, und das wußte Oleg. Ihm wurde klar, daß er das niemals vergessen würde.

Zum Teufel mit Bjelaja Berioschka, dachte Oleg und zog gierig an einer billigen russischen Zigarette. Das lasse ich jetzt alles hinter mir. Das gehört der Vergangenheit an. Alles, was zählt, ist, daß ich endlich getötet habe ...

Ja, er hatte einen Menschen getötet. Und dabei hatte er einen Zeugen zurückgelassen. Er hatte damit sein eigenes Todesurteil unterschrieben. Solange er lebte, würden diese *Bojaren*, diese arroganten Schweine, hinter ihm her sein, sie würden ihm nach dem Leben trachten, sie würden die Rechnung begleichen wollen.

Moskau

Als Oleg in Moskau ankam, erkundigte er sich vorsichtig nach der Adresse seiner sibirischen Freunde, um ihnen von seinem revolutionären Schlag zu berichten. Er wurde jedoch, entgegen seinen Erwartungen, eher mit kalter Ablehnung begrüßt als mit vorbehaltloser Bewunderung. Pawel Skriabin war groß und schlaksig, er hatte blonde Haare, eine blasse Hautfarbe und eine lange, schmale Nase. Eine strohfarbene Haarsträhne fiel ihm vor die hellgrauen Augen, als er Oleg ziemlich barsch fragte, warum er der Meinung sei, daß sie ihn in ihrem Kreis wieder aufnehmen sollten. Jetzt, wo er ein weit und breit gesuchter Mann sei, würde er nur die Polizei auf sie aufmerksam machen.
»Unsinn«, rief Oleg entrüstet. »Ich habe den einzigen Zeugen getötet. Sonst war da niemand. Alles, was sie als Anhaltspunkt haben, ist die Leiche. Niemand wird nach mir suchen, niemand wird euch nach mir fragen. Das garantiere ich euch.« Oleg hatte keinerlei Schwierigkeiten zu lügen. Er war verärgert über seinen halbherzigen Empfang. Deshalb beschloß er, die positiven Aspekte seiner Tat hervorzuheben. Wozu sollte er den Knirps, den er zurückgelassen hatte, erwähnen? Er wollte bewundert werden, und er wollte in den Kreis der Revolutionäre aufgenommen werden. Außerdem, jetzt, da er einen Aristokratensproß getötet hatte, war er bereit, auch noch mehr umzubringen. Es war, als hätte ihn das Jagdfieber gepackt.
»Ich habe ihn schon in Sibirien nie gemocht.« Die Stimme kam aus dem hinteren Ende des Raumes. »Daran ändert sich auch jetzt nichts. Außerdem suchen wir schließlich nach jemand, der uns dabei hilft, Banken auszurauben, und nicht, kleine Mädchen umzubringen, nicht wahr?«
Oleg schaute in die Richtung, aus der die Stimme gekommen war. Eine junge Frau hatte es sich auf dem Diwan bequem gemacht. Mit einem fast katzenhaften Blick sah sie zu Oleg hinüber.

Hexe, dachte Oleg. Arrogantes kleines Biest.
»Eine Bank auszurauben ist ein Verbrechen. Wenn wir erwischt werden, dann landen wir alle im Gefängnis wie ganz gewöhnliche Banditen. Wie soll die Welt dann jemals von unseren edlen Motiven erfahren?« Oleg wollte sich von Katja nicht so einfach in die Enge treiben lassen.
»O Herrgott! Habt ihr das gehört? Sind wir etwa schon so weit, daß wir jetzt Leute aus dem Kindergarten anheuern?«
»Ich bin genauso wie du wegen politischer Agitation in Sibirien in der Verbannung gewesen, Katja.« Oleg hatte Mühe, seine Ruhe zu bewahren. »Ich betrachte mich als aktiven Revolutionär.«
Katja schenkte ihm nur noch einen kurzen verächtlichen Blick. Dann stand sie auf, reckte und streckte sich und zündete sich eine Zigarette an. Dabei sah sie Pawel an. »Er denkt wohl, er ist hier bei der Armee?« meinte sie sarkastisch.
Oleg sah die junge Frau mit unverhohlener Feindseligkeit an. Er wirkte wie ein Raubtier, das seiner Beute auflauert. Er wollte ihr zeigen, wozu er in der Lage war.
»Skriabin hat mir erzählt, daß du ein junges Mädchen in der Nähe von Moskau umgebracht hast. Das ist nicht die Tat eines Revolutionärs, sondern eines Schweinehundes. Mit was für perversen Typen haben wir es hier eigentlich zu tun?«
»Das war eine politische Tat. Sie hat zu der Familie gehört, der das ganze Land dort gehört und die mich nach Sibirien geschickt hat, weil ich mich auf die Seite der Bauern und Leibeigenen gestellt hatte.« Allmählich wurde Oleg durch so viel Respektlosigkeit regelrecht wütend.
Katja nahm einen langen Zug von ihrer Zigarette und sah den jungen Mann in seinem roten Kosakenhemd verächtlich an.
»Du bist nicht gerade ein sehr eindrucksvoller Kandidat für unsere Organisation. Wir erwarten von unseren Leuten, daß sie schwierigere Opfer als nur kleine Mädchen liquidieren. Du hast doch nicht einmal das Moralverständnis eines Kannibalen!«
»Es war ein gezielter Racheakt gegen die herrschende Klasse.« Olegs Protest klang nicht überzeugend. »Es ist dabei doch voll-

kommen gleichgültig, ob das Opfer jung oder alt, harmlos oder gefährlich ist!«

»Es war die Tat eines feigen Schweins.«

Pawel Skriabin saß an seinem Ehrenplatz am Kopfende des Tisches und beobachtete die Auseinandersetzung zwischen seiner Geliebten und Oleg ohne sonderliches Interesse. Schließlich unterbrach er das Wortgefecht. »Wir brauchen noch einen Mann für die geplante Enteignung.«

»Das ist doch, als würden wir mit jemand zusammenarbeiten, der Säuglinge vergewaltigt.« Katja war nicht so einfach zu überzeugen. »Er ist nicht der Mann, den wir brauchen.«

»Heutzutage können wir eben nicht so wählerisch sein, Katjuschka. Oleg muß den Typen ersetzen, der letzte Woche von der Polizei geschnappt wurde. Wenn wir die Sache machen wollen, dann brauchen wir einfach seine Hilfe.«

Katja zog noch einmal an ihrer Zigarette – keine gewöhnliche, sondern eine Luxuszigarette, die sie vom besten Rauchwarenhändler in Moskau bezog – und blies mit verächtlichem Blick ein paar Ringe in die Luft.

Pawels Bruder Dimitrij sah Katja an, drehte sich dann zu Pawel um und erklärte, er sei für die Aufnahme Olegs in ihre revolutionäre Zelle. Die übrigen anwesenden Mitglieder schlossen sich ihm an: ein Georgier und zwei Russen. Sie stimmten zu, weil es schwierig war, neue Leute zu gewinnen. Die Moskauer Polizei war gerade wieder einmal dabei, eine Razzia nach der anderen zu veranstalten, mehrere Genossen waren hinter Schloß und Riegel gelandet und würden demnächst abtransportiert werden. Oleg war vielleicht kein sehr angenehmer Zeitgenosse, aber er hatte einen nicht zu leugnenden Vorzug: er war bereit mitzumachen, und er saß nicht im Gefängnis.

»Ihr wollt ihn also aufnehmen?« Katjas Stimme drückte Unwillen aus. »Meiner Meinung nach seid ihr verrückt.«

»Wir sind nur pragmatisch, Katjuschka. Wenn wir die Mitgliedschaft bei uns nur auf diejenigen beschränken würden, die durch und durch edel sind, dann würde heute abend keiner von uns hier sitzen.«

»Also gut, wenn ihr ihn wollt, dann nehmt ihn eben auf. Aber denkt daran, daß ich dagegen war, falls sich herausstellen sollte, daß er nicht qualifiziert genug für unsere Arbeit ist.«
Oleg war verärgert über Katjas Ton. Er setzte sich neben Dimitrij Skriabin. Die anderen Mitglieder der Runde stellten sich vor. Pjotr, Valery und Josef sahen sich auf den ersten Blick ziemlich ähnlich. Alle drei trugen schäbige russische Hemden, hatten eine runde, flache Kappe auf, und ihre Hosen waren nicht gerade sauber.
»Nun, Genossen, was ist denn das Ziel unserer Enteignungsaktion?« wollte Oleg wissen.
»Die Asow-Bank in der Malaja-Sadowaja-Straße.«
Oleg nickte nachdenklich, er wog die Chancen ab, die sie hatten. Warum eigentlich nicht?
»Wir haben festgestellt, daß sie den Tresor normalerweise tagsüber offenhalten. Neben dem Eingang steht ein Wachposten. Bevor wir zuschlagen, muß er abgelenkt werden. Anschließend wird ein Teil von uns die Kunden und die Angestellten in Schach halten, während der andere Teil nach hinten geht und den Tresor ausräumt.«
Oleg wollte wissen, was seine Aufgabe sein würde.
»Kannst du schießen?« fragte Katja Oleg.
»Äh, ich . . .«
»Du sollst nicht unsere Zeit verschwenden, sondern antworten. Also, ja oder nein?«
»Ja.«
Katja sah zu Pawel hinüber. Er lächelte.
»Du wirst den Wachmann übernehmen.«
»Augenblick mal. Was genau soll ich mit ihm machen?«
»Du wirst ihn mit einem Gewehr bedrohen. Wenn er Schwierigkeiten macht, erschießt du ihn. Du kannst das schon.«
»Warum gerade ich? Ich bin doch noch ganz neu. Warum soll das nicht lieber jemand machen, der mehr Erfahrung hat als ich?«
»Weil jeder von uns seine eigene Aufgabe hat. Der Wachmann ist deine Aufgabe. Entweder du übernimmst sie, oder du bist überhaupt nicht dabei. Einen Mittelweg gibt es nicht. Verstanden?«

»Am Anfang ist das vielleicht alles etwas schwierig.« Dimitrij gab sich Mühe, wie ein Fachmann zu klingen. »Aber schließlich hast du ja schon einmal getötet, du hast deine Feuertaufe also bereits bestanden. Das zweite Mal ist ganz sicher nicht mehr so schlimm.«
»Aber diesmal ist das eine ganz andere Situation. Der Wachmann ist doch bewaffnet.«
»Oleg, wir wissen bereits, daß du Opfer bevorzugst, die jung, weiblich und hilflos sind, aber wenn du dich bei uns bewähren willst, dann mußt du auch einmal eine schwierigere Aufgabe übernehmen.« Katjas grüne Augen blickten ihn eiskalt an.
»In Ordnung. Wenn ihr mich haben wollt, dann stehe ich euch zur Verfügung. Ich werde euch schon zeigen, wie ein richtiger Revolutionär seine Aufgabe erledigt. Ihr werdet sehen, daß ich ein ganzer Mann bin.«
»Prima. Also, dann bist du verantwortlich für die Ruhigstellung der Wache«, faßte Pawel Skriabin zusammen. »Josef übernimmt die Transportfrage. Dimitrij, Pjotr, Valery und Katja gehen in die Bank, halten die Kunden in Schach und leeren den Tresor. Ich warte am vereinbarten Ort auf euch, wenn ihr die Operation erfolgreich ausgeführt habt.«
Oleg sah sich in der Runde um. Er hatte das Gefühl, daß etwas nicht stimmte. Die anderen sahen zu zufrieden aus. Aber er kam nicht darauf, was es war.
Erst auf seinem Heimweg fiel ihm ein, daß er bei der ganzen Unternehmung der einzige sein sollte, der mit einem bewaffneten Menschen zu tun haben würde. Ein Schauder lief ihm den Rücken hinunter. Er erinnerte sich jetzt haargenau an Katjas kalte, grüne Augen. Was hatte sie vor? Konnte er all diesen Menschen überhaupt trauen?«
Als der muskulöse, schäbig gekleidete junge Mann durch die dunklen Straßen ging, hin und wieder über einen Betrunkenen stolperte, einen Bettler oder eine Prostituierte abwimmelte, erinnerte er sich plötzlich wieder an seine revolutionären Anfänge auf Bjelaja Berioschka. Er hatte sich blind auf ein paar wortgewandte junge Genossen von der Universität verlassen und

getan, was sie ihm gesagt hatten. Aber dann war er auf einmal ganz allein gewesen. Allein hatte er sich gegenüber den *Stanovoi* im Dorf und vor allem gegenüber Andrej Nikolajewitsch Malischew verteidigen müssen. Möglicherweise würde es ihm bei diesem Bankraub wieder so ergehen, dachte er mißmutig. Diese Hexe mit ihren grünen Augen würde ihm noch Ärger machen, das spürte er ganz genau.

Oleg sah wieder ihr arrogantes Gesicht vor sich. Er wurde jetzt noch wütend, wenn er daran dachte. Sie erinnerte ihn an die Situation damals im Wald von Bjelaja Berioschka. Die kleine, verängstigte Aristokratin . . . Ha! Die hatte damals wirklich verdammt Angst gehabt. Sie hatte gekämpft wie eine Löwin. Sie hatte ihn sogar so gekratzt, daß er immer noch Narben davon hatte. Aber das hatte ihr trotzdem nichts genützt. Jetzt war sie weg. Ihre Familie war wahrscheinlich halb wahnsinnig geworden vor Trauer. Er konnte zufrieden sein, dachte er. Aber jetzt war sein eigenes Leben in Gefahr, und das war eine Tatsache, die ihn beunruhigte. Er beschloß, an etwas anderes zu denken.

Als er so durch die Elendsviertel von Moskau wanderte, links und rechts Dreck, Elend, Krankheit, Trunkenheit und Prostitution, fühlte sich Oleg eigentlich richtig zu Hause.

7

Paris

Kaum hatten Xenia und sie die breite Zufahrtsallee zu Prinz Sandros Stadtresidenz betreten, da merkte Anja, daß etwas nicht stimmte. Irgend etwas stimmte überhaupt nicht. Das romantische weiße Gebäude, das ursprünglich einmal für eine königliche Geliebte erbaut worden war, sah zwar genauso beeindruckend aus, wie Anja es in Erinnerung hatte, aber was fehlte, war sein Geist, sein Leben: Prinz Sandro war nirgends zu sehen. Früher hatte er sie immer an der Gare du Nord* abgeholt, und jetzt empfing er sie nicht einmal am Haupteingang? Es war äußerst seltsam.

Mit großer Sorgfalt wählte Anja ihre Garderobe für das Abendessen mit ihrem Großvater aus. Sie entschied sich für ein hochgeschlossenes Kleid, das die letzten Spuren der Blutergüsse an Hals und Schultern geschickt verbarg. Dennoch waren die Wunden im Gesicht, obwohl schon weitgehend verheilt, deutlich sichtbar. Während der Reise hatte Anja das Gesicht hinter dem Schleier ihres Hutes verborgen, aber jetzt war das nicht mehr möglich. Sie empfand das als äußerst demütigend.
Beim Abendessen gab Prinz Alexander Alexandrowitsch – seine Freunde nannten ihn Sandro – Anja zu verstehen, daß er durch seine Tochter von den tragischen Ereignissen auf Bjelaja Berioschka gehört hatte, und daß ihm diese Nachricht großen Kummer und Sorgen bereitet habe.
Sandro saß am Kopfende des langen Tisches im Speiseraum, links und rechts von ihm standen seine Diener bereit, um seine

* Bahnhof in Paris (Anm. d. Übers.)

Wünsche zu erfüllen. Plötzlich und unerwartet schickte er sie fort und sah Anja bedeutungsvoll an. Wie er so breit und kräftig dasaß, mit seinem weißen Bart, wirkte der Prinz wie ein *Grandseigneur*, der das Temperament eines Familientyrannen hat. Er schien nicht gerade bester Laune zu sein. Nach ihrem herzlosen Empfang empfand Xenia seinen düsteren Blick als beunruhigend.
»Ja, Grand-père, es war schrecklich. Aber der Arzt meint, wenn die Kopfschmerzen erst einmal weg sind, dann erhole ich mich bestimmt wieder. Die Stauchung im Arm tut jetzt auch nicht mehr so weh. Und die Blutergüsse verschwinden allmählich.« Anja wollte ihren Großvater beruhigen.
Sandro blickte seine schöne junge Enkelin an, ohne ein Wort zu sagen. Es war, als ob er versuchte, in ihrem Gesicht zu lesen. Die graugrünen Schatten der Blutergüsse störten den Anblick des ebenmäßigen jungen Antlitzes.
»Ich fühle mich wirklich schon wesentlich besser«, fuhr Anja fort. Nervös sah sie zu ihrer Tante hinüber, die am anderen Ende der Tafel Platz genommen hatte. Ihr Saphir-Collier strahlte im Lichterschein.
»Es fällt mir sehr schwer, darüber zu reden, ich weiß gar nicht, wo ich anfangen soll«, begann der Prinz schließlich. »Du mußt dir darüber im klaren sein, wie weitreichend die Konsequenzen sein werden, wie sehr unsere Pläne durch diesen Vorfall beeinträchtigt werden. Bevor das alles geschah, hatte ich eine hervorragende Partie für dich im Auge, ich wollte dich mit einem wohlhabenden jungen Mann aus dem europäischen Adel verheiraten. Und jetzt sind all diese Pläne über Nacht zunichte gemacht worden. Alle meine Träume sind nur noch ein Scherbenhaufen. Mein armes Kind.«
Was sind das denn nur für verrückte Sachen, dachte Xenia. Sie tauschte erstaunte Blicke mit ihrer Nichte aus. Anja war ebenso perplex wie ihre Tante. Wovon redete er überhaupt?
»Vater, Anja hat schreckliche Verletzungen ertragen müssen, aber sie hat es überlebt. Du aber tust gerade so, als ob sie tot sei. Das kann ich nicht verstehen. Du siehst sie doch hier vor dir.«

Anstatt sofort zu antworten, fixierte Sandro seine schöne Tochter mit wütenden Blicken. Dann erhob er erregt seine Stimme. »Wie kannst du nur dieses abstoßende Versteckspiel fortführen, Xenia? Das Kind ist so gut wie tot, jedenfalls in den Augen der Gesellschaft. Weißt du denn nicht, daß alle Welt über den Vorfall geredet hat? Nicht nur in Rußland, sondern auch hier in Paris? Ist dir denn nicht bekannt, wie schnell Gerüchte die Grenzen passieren?«
»Wovon redest du überhaupt, Vater? Für mich ergibt das keinen Sinn.«
Sandro stand wütend auf und schrie quer über den Tisch seine Tochter an: »Ich rede über die Vergewaltigung meiner Enkeltochter, während sie in deiner Obhut war. Die Nachricht davon habe ich aus anderem Munde hören müssen. *Du* – meine Lieblingstochter – hast versucht, sie vor mir zu verbergen. Davon rede ich!«
Im ersten Augenblick konnten die beiden Frauen es nicht fassen. Wie versteinert saßen sie ein paar Minuten stumm da. Dann stand Xenia am anderen Ende der Tafel ebenfalls auf, schob ihren Stuhl ungeduldig beiseite und machte einige Schritte auf ihren Vater zu. Deswegen also hatte er die Diener fortgeschickt, dachte sie. Er zog es vor, diese üblen Verleumdungen zunächst im Familienkreise zu erörtern.
»Das ist nicht wahr, Grand-père«, rief Anja verzweifelt. Sie starrte ihn ungläubig an. »Dieser Mann hat mich geschlagen, er hat sogar auf mich geschossen, aber *das* hat er nicht getan!«
»Wie kannst du es nur wagen, so mit uns zu reden, Vater?« Xenia war wirklich wütend. Ihr dunkelblaues Satinkleid schimmerte unter den funkelnden Saphiren. »Das ist die übelste Nachrede, die es gibt! Das dulde ich nicht, nicht einmal von dir!«
»Bitte erinnere dich daran, daß du mit deinem Vater sprichst, *Chérie*«, erwiderte er. Er stand wie ein Riese vor seiner großen, schlanken Tochter. »Und ich dulde keinerlei Respektlosigkeit.«
»Nein, ich auch nicht. Wer auch immer dir diese Geschichte erzählt hat, er ist ein schamloser Lügner. Anja hat sich nichts vorzuwerfen, es gibt nichts, was sie zu verbergen hat, es sei denn, in

deinen Augen ist es ein Verbrechen, fast umgebracht worden zu sein.«
»Du lügst, Xenia. Diese Geschichte ist in der ganzen Stadt bekannt. Der Schaden ist bereits angerichtet. Es wird uns nicht gelingen, einen Ehemann für sie zu finden. Ihr beide habt unsere ganze Familie in Mißkredit gebracht.«
»*Ich* soll unsere Familie in Mißkredit gebracht haben? Nein, du bist derjenige, der sich schämen sollte, wenn du diesen Verleumdungen tatsächlich Glauben schenkst, Vater. Dann muß ich mich auch dafür schämen, deine Tochter zu sein.«
Bei diesen Worten lief Sandros Gesicht vor Wut rot an. Er zitterte vor Erregung. Ohne nachzudenken, gab er seiner Tochter eine Ohrfeige.
Xenia ergriff den nächsten Gegenstand, den sie erwischen konnte – es war eine elegante kleine Porzellanfigur aus dem achtzehnten Jahrhundert –, und schleuderte sie quer durch den Raum. Ein Landschaftsgemälde von Watteau* landete auf dem Boden, der goldene Rahmen zerbrach, und die kleine Statue zerschellte schließlich in tausend Stücke auf dem Parkett.
»Jetzt weißt du wenigstens, was ich von deiner Geschichte halte, Vater«, erklärte Xenia und verließ mit hocherhobenem Haupt den Saal. Anja folgte ihr. »Und falls ich jemals herausbekommen sollte, wer dieses ungeheuerliche Gerücht in die Welt gesetzt hat, dann bringe ich ihn eigenhändig um!«
Bevor sie die Halle betrat, drehte sich Anja noch einmal um und sah Sandro an, der am Tisch lehnte. Er sah sehr mitgenommen aus. Dabei war nicht ganz ersichtlich, ob sein eigener Wutausbruch oder Xenias Reaktion ihn mehr erschüttert hatte.
»Ich schäme mich für dich, Grand-père«, sagte Anja leise. »Ich hätte niemals gedacht, daß ein Mensch, den ich liebe, mir so etwas antun könnte.« Dann verließ sie den Raum ebenfalls.

---

* (Jean) Antoine WATTEAU (1684–1721), französischer Maler flämischer Abstammung, der vor allem durch seine Landschaftsbilder mit tragischen Figuren aus den französischen und italienischen klassischen Dramen bekannt wurde. (Anm. d. Übers.)

Prinzessin Xenia war wütend. Es war ihr nicht möglich, in ihr Zimmer zu gehen und über seine Anschuldigungen nachzubrüten. Sie wollte nicht bis zum Morgen warten, um mit ihm zu reden; außerdem würde er dann Wege und Mittel finden, ihr aus dem Weg zu gehen. Bevor sie nicht mit ihm geredet hatte, würde sie kein Auge zutun können. Sie konnte es einfach nicht zulassen, daß er Anja und ihr solch ungeheuerliche Vorwürfe machte; vor allem ihrer Nichte war sie es schuldig, ihn zur Rede zu stellen. Auch wenn er ihr Vater war.

Als sie Sandro schließlich fand, saß er friedlich in seiner Bibliothek und las in einem seiner herrlichen ledergebundenen und goldgeprägten Bände. Heute abend hatte er sich aus seiner großen Sammlung, die in Reih und Glied in den großen Bücherschränken aus dem siebzehnten Jahrhundert stand, *Le Rouge et Le Noir* ausgewählt.

»Nun, *Chérie*, bist du gekommen, um noch mehr von deinem Erbe zu zerstören?« Prinz Sandro hob kaum seine Augen bei Xenias Eintritt.

Seine Tochter beachtete seinen Sarkasmus nicht. Sie setzte sich neben ihn und begann: »Vater, ich muß mit dir darüber reden. Das alles ist einfach zu ungeheuerlich – du kannst mir doch nicht so etwas Schreckliches vorwerfen. Ich kann es gar nicht glauben, daß du all das, was du vorhin gesagt hast, wirklich so meinst.«

»Und warum nicht?« Sandro klappte das Buch geräuschvoll zu und legte es neben sich auf den kleinen zierlichen Louis-Seize-Tisch. Neben ihm wirkte dieses zierliche Möbelstück noch feiner und zerbrechlicher. Alles im Haus war von exquisiter Eleganz – außer ihm selbst, pflegte Sandro bisweilen scherzhaft zu bemerken. Seine Vorfahren waren Diebe, Räuber und Brandstifter gewesen. Aber sie hatten einen ausgesuchten Geschmack gehabt.

»Vater, wenn das alles wahr wäre, dann hättest du es als erster erfahren, das schwöre ich dir. Damit ist doch eigentlich schon alles klar. Du weißt doch, daß ich dich nicht anlüge.«

»Alle Frauen lügen. Einige mehr und andere weniger.«

»Hat dir eine Frau diese üble Verleumdung hinterbracht?« Xenia dachte unter anderem an ihre Schwester Lisa.
Der Prinz sah sie mit seinen kalten hellgrünen Augen an und meinte schließlich: »Ich habe keine Lust, das mit dir zu diskutieren.«
»Aber *ich!*«
Sandro seufzte, zuckte aber dann die Schultern. »Ihr habt mich alle enttäuscht. Nicki starb bei einem lächerlichen Unfall, ohne einen Erben zu hinterlassen, der unseren Namen weiterführen kann. Du hast Andrej nie ein Kind geschenkt, geschweige denn einen Erben. Und deine Schwester«, er betonte das Wort mit Abneigung in der Stimme, »deine Schwester hat nicht mehr zuwege gebracht, als diesem perversen kleinen Zwerg eine Tochter zu schenken. Die ganze Familie hat mich im Stich gelassen. Diese Familie wird es bald nicht mehr geben, Xenia. Was ich mir am allerwenigsten wünsche, ist eine Vergewaltigung in der Familie, ich will kein Gerede über Anjas Ehre. Ich hatte so großartige Pläne für sie. Jetzt sind sie alle zunichte gemacht worden.«
»Du bist ein egoistischer alter Mann, Vater, und wenn du so weitermachst, dann wirst du eines Tages allein und verbittert sterben, nur in Gesellschaft deiner Diener, Lakaien und einiger Schmarotzer.«
»Ich will einen männlichen Erben. Ich hatte gehofft, daß meine Enkelin mir einen schenken kann. Bin ich deswegen schon ein Schurke, Xenia?«
Die Prinzessin sah ihn ungläubig an. Er erinnerte sie an ein Kind, das seinen Dickkopf nicht durchsetzen kann. »Vater, selbst wenn Anja heiratet, dann ist sie nicht mehr Prinzessin Swiridowa, sondern dann übernimmt sie den Namen ihres Mannes. Wenn sie einen Sohn in die Welt setzt, dann trägt auch er den Namen seines Vaters. Ich verstehe nicht, inwiefern das dein Problem lösen würde.«
Sandro war verärgert. Für ihn war das alles vollkommen klar.
»Ich will einen Präzedenzfall geltend machen«, erklärte er. Sein Ton erinnerte jetzt an den eines Rechtsanwalts. »Im Fall der Prinzessin Zenaida Jusupowa wurde eine Ausnahmeregelung

getroffen. Sie war die letzte Erbin ihrer Familie, und der Zar hat ihrem Ehemann erlaubt, den Namen seiner Frau anzunehmen. Die Prinzessin brachte zwei kleine Prinzen zur Welt, und jetzt hat die Familie wieder Erben. *Das* war mein Plan. Die Vernachlässigung deiner Sorgfaltspflicht hat das jetzt alles zunichte gemacht.«

»Dann warte doch noch ein paar Jahre, bis Lisas und Serjoschas Tochter alt genug ist«, rief Xenia verärgert. »Vielleicht findet Tascha einen Ehemann, der dieses Spiel mitmacht.«

»Vielleicht. Oder ich heirate eben noch einmal«, erwiderte er ungerührt. »Wahrscheinlich weißt du, wen ich im Sinn habe, nicht?«

»Mach dir doch nichts vor, Vater. Zenaida ist auch nicht mehr die jüngste.«

»Immerhin ist sie sieben Jahre jünger als du, *Chérie*«, meinte Sandro mit einem listigen Lächeln.

»Und sie hat mindestens sieben mal sieben Liebhaber gehabt«, gab seine Tochter zurück. Auf so eine Diskussion ließ sie sich nicht ein. »Wenn du Zenaida heiratest, dann wirst du das dein Leben lang bereuen.«

»Wenn ich es nicht tue, dann schlagen die Swiridows den gleichen Weg ein wie die Dinosaurier.«

»Aber über die Dinosaurier redet man immerhin auch heute noch mit Respekt, Vater.«

Sandro schüttelte den Kopf. »Ich werde mich auf jeden Fall um Anjuschka kümmern. Sie wird bestimmt niemals am Hungertuch nagen. Aber in meinen Plänen ist kein Platz mehr für sie.«

»Vater, Anja ist keine Schachfigur, sondern ein junges Mädchen, dessen Leben möglicherweise ohne ihr Zutun ruiniert wird. Das kannst du doch nicht so einfach hinnehmen, oder? Ich jedenfalls werde das nicht tun.«

»Dann versuch, etwas gegen diese Gerüchteküche zu unternehmen. Wir werden ja sehen, wie weit du damit kommst. Sie ist ruiniert, Xenia. Und wenn du deine Pläne für diesen Winter wirklich in die Tat umsetzen willst, dann vergewissere dich bitte vorher, ob ihre Nerven stark genug sind, um das durchzustehen.«

Xenia war in der Tat sehr besorgt um ihre Nichte. In einem Punkt hatte der alte Mann sicherlich recht – die feine Gesellschaft würde Anja in keiner Weise schonen, und bei dem derzeitigen gesundheitlichen Zustand des jungen Mädchens wäre es sicherlich ein Fehler, sie einen ganzen Winter lang den Demütigungen der Petersburger Gesellschaft auszusetzen. Aber wenn sie diese Machenschaften nicht energisch bekämpften, dann würde Anjas Leben für immer zerstört werden. Sie hatten keine Wahl. Entweder kämpfen oder davonlaufen – etwas anderes gab es nicht.

Prinzessin Xenia seufzte. Wenn sie heil durch diesen Winter kommen wollten, dann mußten sie sich auf einiges gefaßt machen.

Am nächsten Morgen war die Prinzessin überrascht, als sie Anja bereits angezogen und in guter Stimmung antraf. Sie wollte einen Einkaufsbummel machen. Xenia war nur zu bereit, ihr diese Ablenkung zu gewähren und bat den Chauffeur Paul, den Wagen vorzufahren, damit sie zu den *Grands Boulevards* fahren konnten. Es war ein angenehmer warmer und sonniger Sommertag ohne eine einzige Wolke am Himmel.

Der Chauffeur fuhr die beiden Damen durch das schmiedeeiserne Tor hinaus auf die Straße. Xenia sah aus dem Fenster. Draußen auf der Straße waren Kindermädchen mit kleinen Kindern unterwegs, dazwischen eilten Dienerinnen, die für ihre Herrschaften Besorgungen zu erledigen hatten, Botenjungen brachten Pakete und Briefe von Haus zu Haus. Die meisten Fußgänger waren dunkelhaarig, verhältnismäßig klein und zierlich und hatten scharfgeschnittene, lebhafte Gesichtszüge. Sie sahen so anders aus als ihre Landsleute mit den breiten Backenknochen, den rosa Wangen und blondem Haar. Kein Pariser Kutscher glich den dicken und behäbigen Russen, die in ihren blauen Kaftanen und runden Kappen die Straßen von St. Petersburg auf und ab fuhren und dabei ununterbrochen mit ihren eleganten Pferden redeten. Xenia entdeckte keine Paradeoffiziere in weißen Uniformen, nur gelegentlich kam ein *Flic* in dunklem Cape

die Straße entlang. Die Franzosen ließen ihre eindrucksvollen *Gardes Republicains* offensichtlich nur dann auftreten, wenn in der Oper eine Galavorstellung gegeben wurde, und natürlich am Nationalfeiertag, dem 14. Juli.
Aus dem Augenwinkel behielt Xenia Anja im Blick. Sie fand, daß ihre Nichte recht zufrieden aussah. Vielleicht würde sich doch noch alles zum Guten wenden. Um ihr eine Freude zu machen, schlug Xenia ihr vor, ihre Lieblingsläden in der Rue de Rivoli zu besuchen. Paul könnte sie hinterher wieder abholen. Anschließend könnten sie bei Boucheron, Xenias Pariser Juwelier, vorbeigehen.
»Ja, das klingt wunderbar«, nickte Anja. Aber ihre Stimme klang leer.

Zwei Stunden später, nachdem sie eine Reihe von eleganten Läden besucht hatten, in denen Anja nichts von dem wahrgenommen hatte, was man vor ihr ausgebreitet hatte, wollte sie wieder nach Hause fahren. Xenia wollte ihre Nichte zu nichts überreden, was sie nicht interessierte. Sie schlug vor, zu dem Platz zu gehen, wo Paul auf sie warten sollte. Anja nickte gleichgültig.
In der Madeleine fand gerade eine Messe statt, weshalb der Verkehr ziemlich dicht war. Riesige Omnibusse, vornehme Wagen und Staatskarossen drängten sich neben einigen offenen Kutschen. Auf der Place de la Concorde war das Gewimmel am größten, alle drängten sich an dem weiß-goldenen Obelisk vorbei, der wie ein Leuchtturm in der Mitte stand, links und rechts flankiert von Springbrunnen.
Ohne zuzuhören, was ihre Tante sagte, stand Anja neben Xenia und wartete auf Paul. Im gleichen Augenblick, als sie den schwarzen Benz kommen sah, bemerkte sie, wie ein riesiger Omnibus auf sie zukam.
Es wäre gar nicht soviel dabei, dachte sie. Ich muß nur einen Schritt nach vorn machen und stehenbleiben. Das Ganze dauert nur eine Minute. Dann ist alles vorbei. Sie schaute zu Xenia, die gerade durch die Schreie eines Straßenhändlers abgelenkt wurde. Gut, dachte Anja. Jetzt oder nie.

Die Menschenmenge verschwamm vor ihren Augen, als sie auf die Fahrbahn trat. Die große, schlanke junge Frau in dem weißen Sommerkostüm verbarg das Gesicht hinter dem Schleier ihres Hutes. Niemand hielt sie auf.
Prinzessin Anja starrte auf den heranbrausenden Omnibus. Sie spürte nichts mehr. Sie war nicht einmal mehr furchtsam oder unglücklich. Das hatte sie alles hinter sich gelassen. Sie wollte nur noch vergessen. Wenn ihr Leben schon nicht mehr lebenswert war, dann würde sie ihm wenigstens selbst ein Ende setzen. Eigentlich hatte sie damals schon, an dem Tag im Wald, aufgehört zu existieren. Jetzt mußte sie es nur noch endgültig und unwiederbringlich machen.
Die Leute waren inzwischen auf sie aufmerksam geworden. Sie hielten vor Schreck die Luft an, als sie sahen, daß das junge Mädchen vor dem Bus stand.
»Anja!« Xenia wandte sich um und sah sie auch. Entsetzt lief sie hinter ihrer Nichte her, um sie von der Straße zu zerren.
»Prinzessin!« rief der Chauffeur und hupte wild. Er dachte, Anja sei verrückt geworden.
Der Fahrer des Busses konnte gerade noch ausweichen, er verfehlte Anja nur um Zentimeter. Die dreiundvierzig Insassen kreischten erschrocken und klammerten sich an ihre Sitze, als der Bus nach diesem riskanten Ausweichmanöver gegen eine Straßenlaterne am Gitter der Tuilerien fuhr. Fußgänger schrien und rannten, um sich in Sicherheit zu bringen.
Als der Bus ins Schleudern kam, wurde Anja von einem schwarzen Renault, der hinter dem Bus gewesen war, gestreift und wie eine Puppe in den Straßengraben geschleudert. Dort landete sie unsanft, wie ein verwundeter Vogel.

»Paul hat alles ganz genau gesehen«, schnauzte Prinz Sandro seine Tochter an. »Sie hat sich mit Absicht dem Omnibus in den Weg gestellt. Sie hat versucht, sich umzubringen.«
Xenia hatte ihrem Vater eine etwas andere Version des Unfalls geschildert. Sie hatte behauptet, daß Anja beim Überqueren der Straße unvorsichtig gewesen sei. Zum Teufel mit dem Chauf-

feur, dachte sie und zündete sich eine parfümierte Zigarette an.

Vater und Tochter standen an der Fensterfront des großen Salons im ersten Stock. Von dort hatte man einen herrlichen Blick auf die Rue du Faubourg St. Honoré, die jetzt im Regen dunkel glänzte. Die Straßenlaternen funkelten, und ihr Schein wurde durch tausende von kleinen Wassertropfen reflektiert. Die Kulisse entsprach vollkommen ihrer gedrückten Stimmung.

»Der Arzt hat mir gesagt, daß sie bei dieser Dummheit noch einmal davongekommen ist. Sie hat sich noch ein paar zusätzliche Blutergüsse geholt und sich einen Knöchel verstaucht.« Sandro machte eine Pause und sah seine Tochter an. »Sie ist wirklich ein Glückskind.«

»Dummheit? Glückskind?« wiederholte Xenia. »So kann man das natürlich auch nennen.«

»Sei bitte nicht so schnippisch, Xenia. Ich bin sehr betroffen darüber, daß Anja so etwas getan hat. Sie muß den Verstand verloren haben.«

»Das ist möglich, und nicht ohne Grund«, erwiderte Xenia verbittert.

In ihrem Zimmer dachte Anja darüber nach, was am Nachmittag geschehen war. Sie lag auf ihrem Bett und starrte an die kunstvoll verzierte Stuckdecke. Mit Absicht und dabei völlig kaltblütig hatte sie sich dem Omnibus in den Weg gestellt. Trotzdem hatte er sie nicht getötet. Er hatte sich geweigert, ihr das Leben zu nehmen – er hatte sie zurückgewiesen!

Der Gedanke kam ihr so komisch vor, daß sie laut lachen mußte. Sie hielt sich die Hand vor den Mund, damit niemand es hörte. Eigentlich war es gar nicht so komisch, wenn man versuchte, sein Leben mitten auf der Place de la Concorde einem Omnibus zu überantworten. Trotzdem *war* es komisch!

Der Tod hatte sie zurückgewiesen. Er hatte sie zwar ziemlich durch die Luft gewirbelt und ihr dabei noch ein paar neue schwarzblaue Flecken verpaßt, aber dann hatte er sie doch wieder ins Leben zurückgeworfen. Nun gut, dachte sie, während ihr immer noch vom Lachen Tränen über die Wangen liefen, ich habe also überlebt. Ich habe Schlimmes durchgemacht. Alles, was mir jetzt noch passieren kann – sei es Schande, Wahnsinn, vollkommene Ächtung durch die Gesellschaft oder was auch immer –, all das ist vergleichsweise unbedeutend. Wenn Grand-père denkt, daß ich ein lebender Skandal bin, dann soll er. Es macht mir nichts mehr aus.

Jetzt zählte nur noch ihre an diesem Nachmittag wiedergewonnene Freiheit. Wahrscheinlich würde Sandro ihr jetzt alles erlauben, was sie wollte. Nachdem seine egoistischen Pläne zerstört worden waren, spielte sie in seiner Strategie keine Rolle mehr. Das einzige, was an diesem Nachmittag wirklich schrecklich gewesen war, war die Angst, die sie ihrer Tante mit dem Selbstmordversuch eingejagt hatte. Das war schlimm. Xenia war ihre beste Freundin und ihre engste Vertraute, sie war für sie mehr als eine Mutter. Sie hatte es nicht verdient, so schlecht behandelt zu werden.

Plötzlich beschloß Anja, nach unten zu gehen. Sie wollte mit ihr reden. Außerdem hatte sie Grand-père etwas mitzuteilen – wobei es ihr allerdings ziemlich gleichgültig war, wie er es aufnehmen würde.

Mühsam arbeitete sich Anja die lange weiße Marmortreppe hinunter, unter den erstaunten Blicken des diensthabenden Lakaien. Sie entdeckte Xenia und Sandro in der Bibliothek. Sie hielten beide ein Cognacglas in der Hand und sahen recht mitgenommen aus.

»Anjuschka! Was machst du denn hier? Der Arzt hat doch angeordnet, daß du im Bett bleiben sollst!« rief Sandro aus. »Willst du etwa hier zu Ende bringen, was du auf der Place de la Concorde begonnen hast?«

»Vater, das ist ungerecht!« protestierte Xenia und lief zu Anja, um ihr in einen Sessel zu helfen. »Laß sie doch bitte in Frieden!«

»Es ist schon in Ordnung, Tantchen. Grand-père kann von mir aus sagen, was er will. Wir befinden uns ja hier in seinem Haus. Ich hoffe nur, daß er nicht denkt, daß mir das, was er sagt, etwas

ausmacht. Das tut es nämlich nicht, und das wird es auch nie mehr.«
Vollkommen erstaunt starrte Sandro seine Enkelin an. Er wollte gerade etwas erwidern, entschied sich aber dann doch dagegen. Das junge Mädchen war wohl leicht verwirrt, dachte er bei sich. Anja sah sehr zart und zerbrechlich, aber auch sehr entschlossen aus. Sie sah ihrem Großvater geradewegs in die Augen. »Es war dumm von mir, daß ich versucht habe, mir das Leben zu nehmen. Aber ich habe meine Lektion gelernt. Und von jetzt an werde ich mich nie mehr von irgendwelchen üblen Machenschaften, die gegen mich gerichtet sind, einschüchtern lassen. Dafür ist mir mein Leben zu schade. Ich habe andere Dinge vor, viel bessere Dinge.«
»Hört, hört, die kleine Löwin«, kommentierte Sandro amüsiert. Auch der Sarkasmus in seiner Stimme konnte Anja nicht beirren. Sie senkte ihren Blick nicht. »Was ist die beste Methode, um die Gerüchte über meine verlorene Ehre Lügen zu strafen?« fragte sie.
Der alte Prinz zögerte. Früher hätte er geantwortet: »Ein Duell in einer abgelegenen Ecke des Sommergartens.« Aber die Zeiten hatten sich geändert. Seine Hoheit hatte seit dreißig Jahren kein Duell mehr bestritten, und die zahlreichen Narben aus jener Zeit erinnerten ihn stets daran, sich vor *so einer* Dummheit zu hüten.
»Ich bin mir nicht sicher, *Chérie*. Hast du eine Vorstellung?«
»Heiraten«, antwortete Anja zu seiner vollkommenen Überraschung.
Sandro war sehr erstaunt, er war sogar unsicher, ob er sie auch richtig verstanden hatte. »Heiraten?« wiederholte er ungläubig. »Nun, Anjuschka, das ist wohl der Beweis dafür, daß du vollkommen den Verstand verloren hast. Xenia, sei so gut und bring sie nach oben ins Bett. Sie scheint zu phantasieren.«
»Nein, Grand-père, ich weiß genau, was ich sage. Und wenn dir auch nichts Besseres einfällt, um meine Ehre zu retten, dann erwarte ich zumindest deine Unterstützung für meinen Plan.«
»Meinst du das etwa ernst? Niemand in Europa und Rußland

wird es auch nur in Betracht ziehen, dich zu heiraten, nach dem, was vorgefallen ist. Du hast keine Chance, Anja. Du bist ein hoffnungsloser Fall.«

Das junge Mädchen sah Sandro in die Augen. Zum ersten Mal in seinem Leben entdeckte der alte Mann in ihren hellblauen Augen einen stählernen Glanz. »Heute nachmittag war ich ein hoffnungsloser Fall«, erwiderte sie. »Jetzt bin ich es nicht mehr. Ich weigere mich, durch boshafte Machenschaften meine Ehre zu verlieren, und ich habe nicht die geringste Absicht, kampflos aufzugeben. Und wenn du dich von diesen unbekannten Lügenerzählern einschüchtern läßt, dann bist du auch nicht besser als sie.«

Prinzessin Xenia überlegte, ob die Verletzungen ihrer Nichte nicht doch einen ernsten Schock versetzt hatten. Sie würde doch sonst niemals so mit ihrem Großvater sprechen! Sie bewegte sich auf Glatteis. Aber sie hatte völlig recht.

»Anjuschka«, meinte Sandro geduldig. Er zwang sich, mit dem armen jungen Mädchen freundlich umzugehen. »Gerade eine Heirat ist doch durch diese Geschichte vollkommen unmöglich geworden.«

Unbeirrt schüttelte Anja den Kopf. »Eine Heirat ist der einzige Weg, um sie zu widerlegen.«

Prinzessin Xenia hatte die Unterhaltung zwischen ihrem Vater und ihrer Nichte genau beobachtet. Zum ersten Mal fiel ihr auf, wie ähnlich sie sich in ihrer Dickköpfigkeit waren. Aber Anjuschka hatte ihnen gerade eben die perfekte Strategie unterbreitet. Sie war ein bemerkenswertes junges Mädchen.

Der alte Prinz sah seine Enkelin lange an. »Ich kann doch wohl noch nicht davon ausgehen, daß du vielleicht auch schon den Bräutigam weißt?«

»Doch.« Anjas Herz fing ein wenig an zu klopfen.

»Und wer ist dieser Mann?«

Anjuschka verzog keine Miene. »Das ist mein Geheimnis.« Ihr Mut erstaunte sie selbst. »Natürlich habe ich ihn noch nicht gefragt, und darum weiß ich auch noch nicht, wie seine Antwort ausfallen wird.«

»Natürlich«, nickte Sandro. Er hatte die schlimmsten Befürchtungen, aber er wollte Anja nicht verunsichern. Offensichtlich litt sie noch unter den Nachwirkungen des Schocks vom Nachmittag. Aber immerhin dachte sie wie eine Swiridow, sie war mutig.
»Grand-père, wenn dieser Herr ja sagt, wirst du mir dann zur Seite stehen und der ganzen Welt sagen, daß diese Verleumdungen nichts als üble Lügen sind?«
»Wenn du unter diesen Umständen einen Ehemann finden kannst, dann gebe ich euch die ehemalige Wohnung deiner Eltern im Palast der Swiridows in Petersburg und mache dich zur Hausherrin. Ich wohne sowieso nicht oft dort, außer im Winter, und es ist ein Jammer, den Palast monatelang leerstehen zu lassen. Halte du deinen Teil der Vereinbarung ein, dann halte ich mich an meinen.«

Als Anja in ihr Zimmer zurückkehrte, war sie über ihren eigenen Mut erschrocken. Aber, dachte sie, ich habe schließlich absolut nichts mehr zu verlieren. Wenn er mich zurückweist, dann habe ich es wenigstens versucht. Wenn ich es nicht riskiere, werde ich nie Bescheid wissen. Ich habe keine Wahl.
Anjuschka setzte sich an ihren kleinen, mit Einlegearbeiten in Rosenholz verzierten Sekretär und machte sich daran, einen Brief aufzusetzen. Dabei gab sie sich besondere Mühe, das vornehme, goldgeprägte Briefpapier nicht durch Tintenkleckse zu verunstalten.
»Lieber Adam Michailowitsch . . .« begann der Brief.
Als sie fertig war, zeigte Anja den Brief ihrer Tante, die ihn erstaunt las, dann ihre Nichte ansah, die ihr mit einem Mal so erwachsen vorkam und fragte: »Bist du dir damit sicher?«
»Ja«, lautete die Antwort, obwohl Anja inbrünstig hoffte, daß sie sich nicht irrte.
»Dann, mein Schatz«, seufzte Xenia, »dann kann ich dir nur noch alles Gute wünschen. Hoffentlich hast du die richtige Wahl getroffen. Und natürlich werde ich dich gegenüber Großvater unterstützen, wenn es notwendig sein sollte.«

Sie umarmte das junge Mädchen zärtlich. Xenia war sich nicht sicher, ob sie nicht beide etwas weltfremd waren. Aber der Gedanke an den Plan, den Anja entwickelt hatte, hatte etwas sehr Bestechendes, dachte sie. Er war mutig, einfallsreich und brillant.

Wenn jene üblen Lügner in St. Petersburg dachten, sie könnten die Swiridows in die Knie zwingen, dann hatten sie sich gründlich geirrt.

Gott im Himmel, dachte Anja, als sie ihre Tante umarmte, was war das für ein wagemutiges Spiel! Wenn sie ihre Wahl richtig getroffen hatte, dann würde sie ein Leben lang glücklich sein. Wenn sie jedoch einen Fehler gemacht hatte, dann würde sie diesen Tag bis an ihr Ende bereuen.

8

»Und du, Iwanow, hast du verstanden, was du zu tun hast?« wollte Katja Petrowna wissen.
»Ja. Natürlich.«
»Dann wiederhole meine Anweisungen.«
Oleg funkelte Katja böse an und zischte: »Mit den anderen in die Bank gehen, zum Wachposten hinübergehen und das Gewehr auf ihn richten.«
»Und?«
»Ihm befehlen, zur Seite zu gehen, wenn er nicht getötet werden will. Hoffentlich gehorcht er.«
»Und wenn er das nicht tut?«
»Erschießen.«
Katjas kühle grüne Augen sahen Pawel Skriabin, der neben ihr stand, bedeutungsvoll an. Skriabin nickte zustimmend.
»Vergiß eines nicht, Oleg«, ergänzte er warnend, »wenn dich der Mut verläßt, dann brauchst du nicht wiederzukommen. Dann bringen wir dich nämlich um. Wir haben kein Interesse an Feiglingen.«
»Keine Sorge«, antwortete Oleg ungerührt. »Paßt ihr lieber auf euch selbst auf.«
Der Weg zur Bank dauerte länger, als sie geplant hatten.
Die Sache wurde noch dadurch erschwert, daß ein Armeewagen direkt neben dem Eingang geparkt hatte, genau an der Stelle, wo die Räuber ihr gestohlenes Fahrzeug abstellen wollten.
»Das gefällt mir nicht«, murmelte Josef, der die Verantwortung für ihre Flucht trug. »Diese Soldaten –«
»Halt den Mund, und sei nicht so nervös«, fuhr Katja dazwischen. »Du tust genau das, was wir geplant haben. Niemand wird auch nur den geringsten Verdacht schöpfen. Jetzt fährst du

da an den Straßenrand und läßt uns aussteigen. Den Rest gehen wir zu Fuß. Dann fährst du bis auf ungefähr fünfzig Meter an die Bank heran und bleibst dort stehen. Am besten unterhältst du dich mit den anderen Kutschern und behältst dabei den Bankeingang unauffällig im Auge.«
Widerwillig hielt der Fahrer das Gefährt an und ließ seine Passagiere aussteigen. Während die fünf Bankräuber – Oleg, Katja, Valery, Dimitrij und Pjotr – sich unter die Fußgänger mischten und versuchten, unter all den Arbeitern, Angestellten, Hausfrauen, Straßenhändlern und herumlungernden Bettlern möglichst wenig aufzufallen, befolgte der Kutscher seine Anweisungen. Nervös beobachtete er, wie seine Genossen das beeindrukkende Marmorgebäude betraten.
»Denkt daran«, zischte Katja, als sie die schwere Messingtür zur Geschäftshalle der Bank betraten, »zuerst kümmert sich Oleg um die Wache, erst dann sind wir dran.«
»In Ordnung«, nickte Oleg. Er war aufgeregt. Als sie in der mit Marmorsäulen verzierten Halle standen, sah er sich geschwind um. Es waren nur wenige Kunden anwesend. Gut. Die meisten waren ältere Leute und sahen recht harmlos aus. Kein Problem. Hinter ihren Messingschaltern zählten Bankangestellte Scheine. Sie wirkten wie gut funktionierende Automaten.
Also los, dachte Oleg. Er zog sich eine Mütze über das Gesicht. Seine Begleiter taten dasselbe. Los geht's. Er sah ungeduldig zu Katja hinüber und deutete auf die Bankangestellten. Was war nur los mit dieser Hexe? Es war höchste Zeit.
»Hände hoch!« schrie Katja und stampfte mit dem Fuß auf. »Keine Bewegung!«
Die schrille Stimme und die plötzlich in Anschlag gebrachten Waffen schüchterten den Wachposten ein. Nervös sah er auf Olegs Revolver, der sich vor seiner Brust befand.
»Los, los«, schrie Oleg. »*Alle* heben die Hände, verstanden?«
Eine ältere Frau in einem verblichenen grünen Kleid und mit einem Zwicker auf der Nase fiel beim Anblick der Waffen in Ohnmacht. Ein paar Leute schnappten panisch nach Luft oder fingen an zu schreien, aber die meisten standen nur wie verstei-

nert da und starrten die Bankräuber an. Die Vorstellung, am hellichten Nachmittag an einem so respektablen Ort beraubt zu werden, versetzte ihnen einen Schock.

»Du da!« Oleg fuchtelte mit seinem Gewehr vor der Nase des Wachmannes herum. Damit wich er von Katjas Anweisungen ab. »Du gehst jetzt in den Tresorraum und holst das Geld heraus, aber schnell! Wird's bald?«

Der Wachmann sah zum Bankdirektor hinüber, der ihm zunickte. Dann ging er in den Tresorraum, um Bargeld zu holen.

»Du auch«, befahl der stämmige junge Mann dem Manager. »Du gehst da hinein und hilfst ihm!«

»Dimja«, befahl Katja. Sie war wütend darüber, daß ihre Anordnungen nicht genau befolgt worden waren. »Geh und hilf den beiden, aber schnell!«

In wahnsinniger Eile stopften der Bankmanager, der Wachposten und Dimitrij Skriabin stapelweise Banknoten in die Geldsäcke, die sonst für Geldtransporte benutzt wurden. Inzwischen bedrohten Oleg, Katja, Pjotr und Valery alle anderen mit ihren Gewehren.

»Beeilung!« rief Katja wieder. Die Geiseln standen bewegungslos da und warteten mit erhobenen Händen und Herzklopfen.

»Ja, ja!«

»Hei!« schrie Oleg plötzlich und zeigte dabei auf einen älteren Armeeoffizier. »Der da hat einen Revolver!«

Wütend drehte sich Katja um und schoß auf den Mann, der gerade seine Hand in die Jackentasche gesteckt hatte. Leute schrien auf und rannten auf die andere Seite der Halle. Der Verwundete rollte auf den Boden und umklammerte dabei mit einer Hand eine Pillendose.

»Du Bestie!« rief ein aufgebrachter Kunde, der alles mit angesehen hatte.

»Halt den Mund! Komm endlich, Dimja. Nichts wie raus hier, schnell!«

Ohne zu zögern, gehorchte der junge Skriabin; er packte den Geldsack, der mit Rubelscheinen prall gefüllt war und lief aus

dem Tresorraum, wo er den Wachmann und den Manager zwischen Haufen von Geldscheinen stehenließ.
»Raus, raus, raus!« rief Katja. Dabei hielt sie immer noch ihren Revolver auf die Leute gerichtet. Ihre Genossen rannten an ihr vorbei auf das Messingportal zu.
Als sie sich schließlich ebenfalls umdrehte und zum Ausgang lief, zog der Wachposten sein Gewehr und feuerte. Er verfehlte Katja, traf aber dafür Valery im Genick. Der junge Mann schrie und krümmte sich auf dem Marmorboden. Die Flügel der schweren Messingtüren fielen zu und klemmten ihn zwischen sich ein.
Ohne sich auch nur ein einziges Mal umzusehen, rannte Katja auf der Straße in die Richtung, wo die Kutsche warten sollte. Zu ihrem Entsetzen war sie nirgends zu sehen.
»Hier entlang, die Straße hinunter!« befahl Katja außer Atem. »Wir nehmen eine Straßenbahn. Du sollst den Sack verstecken, in Gottes Namen!«
»Warum hast du unbedingt auf den alten Mann schießen müssen?« schimpfte Oleg wütend. Er schnaufte vom Laufen. »Das ist schwachsinnig und saudumm gewesen!« Diese Sonntagsbanditen konnten ihn vielleicht mit ihren marxistischen Theorien totreden, aber sie waren Dummköpfe. Und für ihn bedeuteten sie eine reale Gefahr.
»Wenn du nicht angefangen hättest und von einem bewaffneten Mann geschwafelt hättest, dann hätte ich auch nicht auf ihn geschossen!« lautete Katjas Antwort. Sie schnappte mühsam nach Luft. »Es war alles dein Fehler! Du hörst einfach nicht auf das, was man dir sagt!«
Um Luft zu holen, hielten sie kurz an und lehnten sich an die Wand eines der typischen Moskauer Häuser – es war der Palast eines Kaufmanns, über und über verziert mit weißem Stuck auf blauem Grund. Nach dem konfusen Zickzack-Kurs, den sie eingeschlagen hatten, würde niemand sie so leicht finden. Trotzdem konnten sie es sich nicht leisten, zu lange zu verschnaufen. Der Hausmeister beäugte sie schon mißtrauisch.
»Wir müssen uns aufteilen«, sagte Katja im Kommandoton. »Es

ist viel zu auffällig, wenn wir zusammen durch die Gegend laufen. Wir treffen uns am vereinbarten Ort wieder. Ihr könnt Pawel schon einmal davon berichten, was passiert ist. Und«, fügte sie bitter hinzu, »falls einer von euch Josef trifft, dann erschießt ihn!«

»In Ordnung.« Dimja nickte.

»Mein Gott!« dachte Katja, als sie ihren Henkersknechten nachblickte. »Was für ein Haufen von Nichtsnutzen! Pawel wird wütend sein.«

Sie wimmelte einen *Kwas*-Verkäufer ab, der ihr einen Becher mit seinem Gebräu entgegenhielt und ihr versprach, daß dadurch ihre Stimmung sicher wieder besser werden würde.

»Nein danke, heute brauche ich etwas ganz anderes, um mich wieder zu erholen!«

Leise vor sich hinschimpfend verfluchte Katja Petrowna Josef mitsamt seinem Gefährt, warf den alten Schal, den sie beim Bankraub getragen hatte, in einen dunklen Hinterhof und lief dann los, um die Straßenbahn zu erwischen. Sie war wütend über die Ereignisse des Nachmittags. Falls es Pawel Skriabin einfallen sollte, auch nur mit einem Wort Kritik zu üben, würde sie ihm seine Gliedmaßen einzeln ausreißen.

St. Petersburg

»Nun, Mischkin, was haben Sie an Neuigkeiten für mich?« fragte Petrow, als er sich mit seinem Kollegen in einem verhältnismäßig lauten Restaurant in St. Petersburg zum Mittagessen traf. »Haben Sie irgend etwas Interessantes herausfinden können?«

»Entzückend«, kicherte Mischkin und wartete, bis die Kellnerin mit ihrer weißen Schürze den polierten Messing-Samowar auf den Tisch gestellt hatte. »Es betrifft eine Dame, die wir beide kennen und verehren.«

»Die Zarin?«

»Machen Sie keine Witze, Roman Wassiljewitsch. Ich rede von unserem allerwertesten Rotschopf.«

»Oh, Sie meinen Katja Petrowna. Ja, das ist ja *höchst* interessant.« Petrow steckte sich einen Zuckerwürfel zwischen die Zähne und

nahm einen Becher mit dampfendem Tee, den er vorsichtig schlürfte.
»Was hat unsere Schönheit denn jetzt wieder angestellt?«
»Eine Bank in Moskau ausgeraubt, zusammen mit ein paar Freunden. Das ist ungefähr einen Monat her.«
»Mit was für Freunden?«
»Der Tote, den sie zurückgelassen haben, ist ein ehemaliger Student, der zusammen mit Katja an der Moskauer Uni war. Laut Augenzeugenberichten war auch einer der Skriabins dabei – Dimitrij, das geringere Übel.«
»Und weiter?«
»Und jetzt kommt das Wichtigste, Petrow. Einer der Augenzeugen, ein Mann, den ich erst letzte Woche vernehmen konnte, schwört, daß er diesen Iwanow, hinter dem Sie her sind, erkannt hat. Er sagt, Iwanow war derjenige, der dem Wachposten befahl, den Tresor auszuräumen. Er konnte ihn nach Steckbriefphotos erkennen. Das war reiner Zufall. Wir hatten keine Ahnung, daß er mit Katja bekannt ist. Ach, noch etwas, neuerdings trägt er einen Bart – ziemlich spärlich, aber das interessiert Sie vielleicht.«
»Jesus Christus! Warum haben Sie mir das denn nicht viel eher berichtet, gleich nach dem Banküberfall? Ich suche ihn überall!«
»Nun, Petrow, ich habe es ja auch gerade erst erfahren.«
Roman Wassiljewitsch nahm seine Brille ab und putzte sie nervös mit einem Taschentuch. »Verdammt«, murmelte er.
»Jedenfalls wissen wir jetzt, daß er sich mit Katja und diesen Skriabin-Idioten zusammengetan hat. Wenn wir einen von denen schnappen, dann haben wir alle.«
»Und wo stecken sie?«
»Das weiß im Augenblick niemand. Sie sind wieder untergetaucht. Außerdem haben sie ja jetzt einen ganzen Haufen Geld: mehr als 200000 Rubel haben sie mitgehen lassen.«
»Eine hübsche Summe.«
»Aber natürlich haben sie andererseits ein Mitglied verloren.«
Petrow zuckte verächtlich die Schultern. »Wenn schon. Das ist ein Niemand.«

»Immerhin ein Niemand mit interessanten Verbindungen«, erwiderte Mischkin.
»Ach, wirklich?«
»Ja, in der Tat. Er war mit den Söhnen eines sehr prominenten Adeligen befreundet. Seine drei Söhne haben sich alle der Revolution verschrieben. Sie haben die väterliche Villa in Finnland als Versteck und Umschlagplatz für geschmuggelte Waren benutzt. Ihr Vater bekam den Schock seines Lebens, als wir ihn letzte Woche dazu vernommen haben. Natürlich gab er an, von all dem keinerlei Ahnung gehabt zu haben.«
»Natürlich.«
»In einer Weise ist es wirklich ein Jammer, daß der junge Kerl getötet worden ist. Wir hätten ihm gerne ein paar Informationen entlockt. Vielleicht hätten wir etwas Nützliches über ihren Waffenlieferanten herausfinden können.«
»Schade«, meinte auch Petrow zerstreut. »Ist Oleg entkommen?«
»Ja, ja. Zusammen mit Katja und den anderen.«
»Seltsam. Früher war sie sich immer zu schade, sich mit einem Rohling wie Iwanow auseinanderzusetzen. Er ist so anders als ihr sonstiger Umgang. Ihre Freunde sind doch eher theoretische Spinner, Träumer, die Luftschlössern nachhängen. Und nach dem zu urteilen, was ich über seine Auftritte in der Nähe von Moskau gehört habe, ist er ein Wilder. Dieses Pferd . . .«
»Ja, und da war auch noch ein Überfall auf ein junges Mädchen. Sehr gewalttätig.« Mischkin lehnte sich über den Tisch und flüsterte in vertraulichem Ton weiter. »Ich habe gehört, daß das nicht nur ein Mordversuch gewesen ist, sondern auch eine Vergewaltigung. Und die Familie versucht, diese unappetitlichen Einzelheiten zu vertuschen.«
»Wo haben Sie denn das gehört?« wollte Petrow wissen. Der Prinz hatte nichts von einer Vergewaltigung gesagt. Hatte er ihm eine Information vorenthalten? Petrow war verärgert.
»Einer meiner Kontaktleute in Adelskreisen hat mir die Geschichte erzählt. Er war in der Gegend, als das Verbrechen geschah. Er wiederum hat die Geschichte von wieder jemand an-

derem«, erläuterte Mischkin. »Ein Jammer. Angeblich soll sie sehr hübsch sein.«
»Das war keine Vergewaltigung. Sie ist *geschlagen* worden«, erklärte Roman Wassiljewitsch mit energischer Stimme. Er wollte nicht zulassen, daß Mischkin mit seinem Wissen so prahlte. Er konnte einem ganz schön auf die Nerven gehen, wenn er anfing, sich derart aufzuplustern.
»Wie Sie meinen«, antwortete Mischkin leichthin. »Ich habe da eben etwas anderes gehört.«
Die beiden Okhrana-Beamten sahen sich im Gästeraum des Restaurants mit den Messingsamowars, schwarzen Lacktabletts und weißgeschürzten Kellnerinnen um, sie lauschten der Musik der Balalaika-Gruppe und dachten dabei über Katja Petrownas Zukunft nach.
»Ich muß Katja unbedingt finden«, sagte Petrow schließlich. Er stocherte in seinem Teller mit *Sakuski* herum. »Sie wird mich zu Iwanow führen.«
Mischkin sah argwöhnisch zu, wie er einen eingelegten Champignon in den Mund schob. »Gerechtigkeitsliebe?« fragte er.
»Ja, so kann man das wohl bezeichnen.«
»Iwanow ist doch ein ziemlich kleiner Fisch.«
»Sagen wir, er eröffnet interessante Perspektiven.«
»Was wäre dabei für mich drin?« Bei dieser Frage sah Mischkin Petrow direkt in die Augen.
»Fünfhundert Rubel für nützliche Informationen, die zu Iwanows Festnahme durch mich führen.«
Mischkin überschlug in Gedanken, daß Petrows Anteil mindestens dreimal so hoch sein mußte, wenn er ihm fünfhundert bot. Und das war nur eine vorsichtige Schätzung.
»Eintausend«, forderte Mischkin.
»Sechshundert.«
»Achthundert.«
»Sechshundertfünfzig.«
»Sagen wir siebenhundert und besiegeln den Handel, in Ordnung?«
»Sie sind ein harter Geschäftspartner, Mischkin.«

»Aber Sie können es sich ja leisten, Petrow, denn sonst würden Sie mir das Angebot gar nicht erst machen, habe ich recht?«
»Ich bin ein armer Mann. Das ist ein großes Opfer für mich.«
»Aber Sie haben doch so einen ausgeprägten Gerechtigkeitssinn, Roman Wassiljewitsch.«
»Ja, da haben Sie recht.«
Sie öffneten eine Flasche Wodka, um ihren Handel zu begießen. Roman Wassiljewitsch freute sich, daß es ihm gelungen war, so viel Geld zu sparen. Notfalls wäre er bis 1500 hinaufgegangen, um Mischkin für die Mitarbeit zu gewinnen. Ihre Einigung bei siebenhundert war eine positive Überraschung.
»*Na sdarowje!*« rief er lächelnd und hob sein Glas. »Trinken wir auf eine erfolgreiche Jagd!«

Als Adam Anjas Brief erhielt, war er erleichtert, aber auch besorgt. Sie schrieb ihm von einem Unfall, den sie gehabt hatte, als sie den Place de la Concorde überqueren wollte, und bat ihn, sie in Paris zu besuchen, sobald er es möglich machen könnte. Es sei äußerst wichtig, schrieb sie, und das ließ er sich nicht ein zweites Mal sagen.
Er teilte seinen Kollegen mit, daß er seinen längst überfälligen Urlaub jetzt zu nehmen gedachte. Neugierigen Fragen seines Bruders Billy ging er gezielt aus dem Weg. Noch am selben Nachmittag packte er ein paar Sachen zusammen, setzte sich in den Zug nach Moskau und stieg dort am Nikolaus-Bahnhof in den *Nord-Expreß* um, der ihn über Warschau, Dresden und Berlin nach Paris bringen sollte.
So eilig hatte er es, nach Paris zu gelangen, daß er nichts von der Landschaft wahrnahm, durch die der Zug fuhr. In Warschau ärgerte er sich über eine Verzögerung von zwanzig Minuten. Angeblich wartete man noch auf eine wichtige Persönlichkeit, die ebenfalls den berühmten Expreß nach Paris nehmen wollte. Niemand wußte, wer das hätte sein können und trotzdem war diese Person das Gesprächsthema Nummer eins. Jeder hatte seine eigene Theorie. Ganz oben unter den in Frage kommenden Personen rangierte die kaiserliche Familie.

»Mein Gott!« rief plötzlich der Herr aus, der links neben Adam saß. »Sehen Sie nur, wer da kommt! Kein Wunder, daß der Zug aufgehalten wurde!«
Adam sah aus dem Fenster des Speisewagens und erblickte eine Dame mit großer Eskorte inmitten der Menschenmenge. »Eine Großfürstin?« vermutete er.
»Großfürstin – o nein!« lachte sein Reisegefährte. »Das können Sie doch unmöglich ernst gemeint haben, mein Herr! Erkennen Sie sie etwa nicht?«
»Müßte ich das denn?« fragte Adam zurück. Er war ziemlich verärgert darüber, daß diese kleine Person ihn zwanzig, ja fast fünfundzwanzig Minuten aufgehalten hatte. »Ist sie denn so eine Berühmtheit?«
»Ich würde sagen, ja. Sie ist Zenaida Kaschina, die Königin des Marjinski-Balletts«, erklärte der Herr. »Und sie hat Moskau mitten in einem schrecklichen Skandal verlassen. Sie ist der Grund dafür, daß einer der jüngeren Großfürsten soeben auf seine Besitztümer in Moldawien verbannt wurde. Jetzt ist sie auf Europa-Tournee. In jeder Stadt, in der sie auftritt, sind die Theater ausverkauft. Ein phantastische Frau!«
Das mochte sein. Aber sie machte eher den Eindruck eines jungen Mädchens, das sich mal richtig ausschlafen sollte. Adam betrachtete die kleine Ballerina mit den dunklen Augen, den dunklen Haaren und der schlanken Figur und wünschte sich, er wäre bereits in Paris.

Paris

Als der *Nord-Expreß* endlich in den lauten und geschäftigen Bahnhof der französischen Hauptstadt einfuhr, lehnte sich der junge Amerikaner aus dem Fenster seines Abteils und suchte mit den Augen den ganzen Bahnsteig nach Anja ab. Einige Leute warteten bereits auf den Zug, aber Anja war nirgendwo in Sicht. Nun, dachte er ein wenig enttäuscht, vielleicht hat die Verzögerung, die wir in Warschau hatten, die Pläne aller durcheinandergebracht.
Als er sie schließlich doch sah, stand sie neben Prinzessin Xe-

nia – zwei schlanke und elegante Damen in modischen Ausgeh-Kostümen aus schimmernder Seide. Xenia trug hellgrün, Anja rosa, beide einen passenden Hut dazu. Anja winkte ihm zu, enttäuscht darüber, daß er sie immer noch nicht entdeckt hatte.
»Anja!« rief er. Er war begeistert, sie trotz allem am Gleis vorzufinden. Er gestikulierte wild in der Luft, so daß beide Prinzessinnen lachen mußten.
Anja gab sich große Mühe, würdevoll zu erscheinen. Am liebsten wäre sie zum offenen Zugfenster gelaufen und hätte ihre Arme um ihn geschlungen, so wie ein paar junge Franzosen sich am Nachbarfenster begrüßten. Aber das war nicht schicklich. Es war schon seltsam, wie sehr die Sitten oft der menschlichen Natur zuwiderliefen, dachte sie ein wenig betrübt.
Der Gepäckträger nahm ihm sein Gepäck ab, und Adam ging auf Xenia zu, um ihr die Hand zu küssen. Dann wandte er sich Anja zu und nahm ihre beiden Hände in seine. Zärtlich sah er ihr in die Augen. Am liebsten hätte er sie in den Arm genommen. »Wie geht es Ihnen, Anjuschka?« hörte er sich sagen, als ob sie sich unter ganz normalen Umständen begegnen würden, und nicht in dieser von Gefühlen erfüllten Stimmung.
»Mir geht es schon viel besser«, lächelte sie. Ihre Wimpern zuckten nur unmerklich, als sie in seine dunklen Augen sah. »Adam Michailowitsch«, stammelte sie. »Ich bin so froh, daß Sie hier sind. Wenn wir zu Hause sind, möchte ich gleich mit Ihnen reden. Es ist sehr wichtig.«
»Natürlich«, antwortete er. Ihrem Gesichtsausdruck entnahm er, daß es sich um etwas sehr Wichtiges handeln mußte – was auch immer es sein mochte –, was Anja mit ihm besprechen wollte.
Prinzessin Xenia lächelte ihn liebenswürdig und geheimnisvoll an. Insgeheim betete sie, daß Anjas Vorhaben gelingen möge.
Vor dem Gare du Nord, wo der schwarze Benz der Familie Swiridow zwischen vielen anderen Privatfahrzeugen geparkt hatte, fand gerade eine seltsame Konfrontation statt. Eine zierliche kleine Person in schwarzem Reisemantel trat ungeduldig von einem Fuß auf den anderen, während ein hochgewachsener Herr

leise und eindringlich mit ihr sprach. Vor ihr stand ein schwarzer Benz. Erst auf den zweiten Blick erkannten die beiden Swiridow-Damen, daß er ebenfalls zu Sandros Fuhrpark gehörte. Hinter dem Chauffeur saß, halb verdeckt durch seinen Fahrer, Prinz Sandro höchstpersönlich.
Anscheinend hatte Madame Kaschina heute einen Verehrer zuviel. Die beiden Herren wurden auf diese Weise einander gegenübergestellt, und das schien die Primaballerina zu verärgern.
Wie kann er sich das nur antun? dachte Xenia, während sie die Szene beobachtete. Wie kann er nur derart seine Würde und seinen Stolz aufgeben? Was für ein alter Dummkopf!
Nach dem Mittagessen, das eine Ewigkeit zu dauern schien, schlug Xenia ihrer Nichte vor, Herrn Lowell den Garten zu zeigen. Später würde sie dann auch dazukommen. Zu ihrer Verärgerung war ihr Vater immer noch nicht wieder zu Hause. Offensichtlich war er anderweitig beschäftigt. Auch wenn das Spektakel Anja entgangen sein sollte, so hatte der junge Amerikaner die Szene mit Sicherheit richtig verstanden. Das konnte sie aus seinem Benehmen und aus der Art und Weise schließen, in der er aus Höflichkeit alle indiskreten Fragen mied.
In ihrem zartrosa Kleid sah Anja hinreißend aus. Neuerdings trug sie ihr Haar hochgesteckt, und diese Frisur ließ sie erwachsener aussehen – was ihr ausgesprochen gut stand, dachte Adam Lowell. Seit er sie kannte, hatte er sie nur mit offenen langen Haaren gesehen. Jetzt trug sie eine doppelte Perlenkette um ihren zarten Hals und feine Diamant-Ohrringe. Sie sah sehr elegant aus.
Anja führte ihren Gast zu einer kleinen Marmorbank im Garten. Außer zwei alten Gärtnern, die in einiger Entfernung eine Zierhecke beschnitten, war weit und breit niemand. Aus einem Fenster im ersten Stock behielt Prinzessin Xenia das junge Paar unauffällig und diskret im Auge. Sie setzte sich neben das Fenster und begann einen Brief an Andrej.
»Adam Michailowitsch«, sagte die junge Prinzessin leise, »ich bin so froh, daß Sie gekommen sind. Ich habe eine sehr schwierige Zeit hinter mir.«

Der junge Mann sah sie zärtlich an. Sie kämpfte mit sich, suchte nach den geeigneten Worten.
»Als ich Ihnen damals auf Bjelaja Berioschka versprochen habe, Ihnen zu helfen, wenn Sie nicht mehr weiterwissen, da habe ich das genau so gemeint, Anja.« Er blickte ihr zärtlich in die Augen. Die Blutergüsse im Gesicht waren nur noch als kaum merkliche Schatten auf ihren zarten Wangen zu erkennen. Ansonsten hatte ihre Haut ihren natürlichen seidigen Schimmer wiedererlangt.
Plötzlich schien sie all ihren Mut zusammenzunehmen und begann: »Adam Michailowitsch, Sie wissen doch, was damals im Wald von Bjelaja Berioschka passiert ist, nicht wahr?«
»Ja, ich war doch auch dort.«
Anjas Augenlider zuckten leicht, und die Perlenkette hob und senkte sich stärker durch Anjas Erregung.
»Nun«, sie zögerte noch ein wenig, »jemand hat Grand-père erzählt, daß es noch viel schlimmer gewesen sei. Es ist alles so schrecklich! Unglaublich. Die übelsten Gerüchte . . .«
»Anja«, flüsterte er und nahm dabei ihre Hand in seine. »Mir ist bekannt, worauf Sie anspielen. Glauben Sie etwa, daß ich auch nur ein einziges Wort davon glaube?«
»Ich wußte, Sie glauben es nicht. Aber andere Leute glauben es.«
Es war Anja, als ob sich ihre Kehle zuschnürte. Adam drückte sanft ihre Hand. Ihre Idee war ihr zuerst so brillant vorgekommen, aber jetzt, da er direkt neben ihr saß, hatte sie Angst.
»Anjuschka«, Adam sah sie wieder zärtlich an. »Sie bedeuten mir sehr viel. Ich habe Sie schon gemocht, als Sie noch ein kleines Mädchen waren und ich Sie damals im Jardin de Luxembourg spielen sah. Aber als ich Sie auf Bjelaja Berioschka wiedergetroffen habe, da habe ich in Ihnen zum ersten Mal eine erwachsene junge Frau gesehen.«
Anja war erstaunt. Mit großen blauen Augen sah sie ihn an. Adam bemerkte wieder, wie sich die Perlen um ihren Hals sanft hoben und senkten.
»Dieses Gerede bedeutet nichts für mich – außer der Tatsache,

daß es Ihnen wehtut. Wenn ich irgend etwas tun kann, um diesem Spuk ein Ende zu setzen, dann sagen Sie es mir, Anja«, versprach er.
»Das, worum ich Sie bitten will, ist sehr viel«, flüsterte sie. Ihre Hand umklammerte die seine, ihre Blicke trafen sich.
Einen Augenblick lang sah Adam sie sprachlos an. Er konnte immer noch nicht glauben, was er vermutete. Das konnte doch nicht wahr sein?!
»Adam Michailowitsch«, fuhr sie dann eilig fort. »Ich mag Sie sehr. Wenn Sie das wirklich ernst gemeint haben, was Sie gerade gesagt haben, dann möchte ich Sie darum bitten, bei meinem Grand-père um meine Hand anzuhalten.«
Jetzt war Adam erst recht sprachlos. Dann vergaß er sich einen Augenblick lang, lehnte sich zu Prinzessin Anja hinunter und gab ihr einen zarten Kuß auf den Mund. Das junge Mädchen zitterte aufgeregt und zutiefst bewegt, als er sie ganz nah zu sich heranzog. Eine lange Minute zögerte Adam noch mit seiner Antwort, bis er auch wirklich sicher war, sie richtig verstanden zu haben. »Ja, Anja.« Dann: »Wann?«
Mein Gott! Hatte er das wirklich gerade eben gesagt? Er war verwirrt, fühlte sich leicht schwindlig, als ob er nur geträumt hätte.
»Bald«, kam Anjas Antwort. Auch sie war sehr aufgeregt. Ihre Hand faßte nach den Perlen, sie sah Adam Michailowitsch erstaunt an. »So bald wie möglich.«
Xenia stand jetzt wieder am Fenster. Bei der plötzlichen Gefühlswallung im Garten war sie aufgestanden. Ich glaube, er hat *ja* gesagt, spekulierte sie und lächelte.
»Anja!« Adam hielt immer noch die Hand des jungen Mädchens. »Ich liebe dich, und ich möchte, daß du weißt, daß ich dir ein guter Ehemann sein will. Ich bin kein Mann, der leichtfertig in eine Ehe hineinschlittert. Wenn ich mein Wort gebe, dann ist es für das ganze Leben. Und dasselbe erwarte ich von dir.«
»Ja«, kam flüsternd Anjas Antwort. »Ich möchte niemals einen anderen haben, niemals.« Nun, dachte sie bei sich, sie hatte es geschafft. Und er hatte *ja* gesagt! Mit bewundernden Blicken sah sie den gutaussehenden dunkelhaarigen Mann an ihrer Seite an.

Sie wußte, daß er sie liebte. Er würde alles für sie tun. Soviel Macht war eine ganz neue Erfahrung für sie. Aber auch ein wenig beängstigend. Sie war doch erst siebzehn!
»Ich liebe dich«, flüsterte Anja fast unhörbar. Wie wunderbar das klang! Es war zwar eine lächerliche Nebensache, aber sie wußte schon nicht mehr, in welcher Sprache sie ihm den Heiratsantrag gemacht hatte. Mit Nicht-Russen sprach sie gewöhnlich Französisch, aber Russisch war die Sprache, die von Herzen kam, ihren Gefühlen konnte sie am besten auf Russisch Ausdruck verleihen. Es war ihrem Herzen am nächsten.
»Ich liebe *dich.*« Seine Antwort kam auf Russisch. Von diesem Augenblick an wußte sie, daß sie das Richtige getan hatte. Es war aus tiefstem Herzen gekommen und unmißverständlich.
Adam war über seine prompte Antwort auf ihren Heiratsantrag ebenso überrascht wie sie. Im Zug noch hatte er Vermutungen darüber angestellt, warum sie ihn wohl zu sich gebeten hatte. Auf einen Heiratsantrag wäre er niemals gekommen. Dennoch war es genau das, was auch er sich am sehnlichsten gewünscht hatte. Er war erst zum zweiten Mal im Leben verliebt, und seine Gefühle für Anja waren ebenso stark wie die, die er damals, vor Jahren, für seine erste Frau Catherine gehegt hatte.
Sobald ihre Verlobung in St. Petersburg bekanntgegeben würde, würde die ganze Stadt behaupten, er sei ein Mitgiftjäger, er würde Prinzessin Swiridowa nur wegen ihres Geldes heiraten. Was für ein Witz! Der Klatsch und Tratsch der russischen Hauptstadt war viel zu blasiert, als daß er auf die Wahrheit stoßen konnte. Das war alles zu einfach für sie. Adam Michael Lowell, ursprünglich aus Boston, Massachusetts, war in ein wunderschönes junges Mädchen verliebt, das ihm gerade eben seinen Lebensmut und die Freude am Leben wiedergegeben hatte.

Prinz Sandros Gespräch mit dem Verehrer seiner Enkelin entsprach allen guten Sitten und der Tradition. Bei einem offiziellen Termin in Sandros Privat-Suite – Xenia und Anja warteten unterdessen gespannt im Raum nebenan – bat Adam Michael

Lowell Prinz Alexander Alexandrowitsch Swiridow um die Hand von Prinzessin Anna Nicolajewna Swiridow.
Niemand war überrascht, als Prinz Sandro ja sagte. Drei Tage später wurde die Verlobung bei einer privaten Einladung, zu der Sandro etwa fünfzig seiner engsten Freunde in Paris eingeladen hatte, mit reichlich Champagner begossen. Nur Zenaida Kaschina glänzte durch Abwesenheit – zur großen Erleichterung von Prinzessin Xenia.
Jedesmal, wenn er seine zukünftige Frau betrachtete, schien der junge Bräutigam einen leicht verträumten Gesichtsausdruck zu haben. Seine Verlobte trug ein Diamantcollier, das den Kronjuwelen jedes der kleineren europäischen Fürstenhäuser zur Ehre gereicht wäre.

9

In seinem schmuddeligen kleinen Zimmer ging Oleg auf und ab, immer wieder auf und ab. Er dachte über seine Zukunft als Mitglied in Pawels Bande nach; er war in einem panikartigen Zustand. Ein heimlicher Verdacht bohrte in seinem Gewissen, sein Vertrauen in die Genossen war angeknackst. Trotzdem war da etwas ganz Seltsames, etwas, das ihn ziemlich durcheinanderbrachte. Katja Petrowna, Pawels eingebildete Geliebte, hatte ihn am Nachmittag beinahe verführt. Wie eine Katze hatte sie sich auf ihn gestürzt und ihm gesagt, sie wolle seine Gesellschaft und Unterstützung in Kiew, wo sie einen Auftrag ausführen sollten – *die* Hinrichtung des Jahrhunderts: den blutrünstigen Nikolaus und seinen reaktionären Premierminister auf einen Schlag. Ein Genosse war bereits vor Ort. Es handelte sich um Mordka Bogrow, einen farblosen Typen, der Verbindung zur Okhrana hatte, die sie unterstützen sollte – Jesus Maria!

Katjas Annäherungsversuche hatten Oleg dermaßen erregt, daß er drauf und dran gewesen war, sie zu nehmen. Aber ihr verdammter Freund hatte angefangen, an die Tür zu bollern, und Oleg mußte öffnen. Er konnte Katjas plötzlichen Gesinnungswandel immer noch nicht fassen. Sie wollte, daß *er* mit ihr zusammen Geschichte machte! Ausgerechnet *er!* Er sehnte sich danach, von einer Frau in dieser Weise verehrt und umschwärmt zu werden, aber bei Katja fühlte er sich seinen Trieben so ausgeliefert, daß er Angst vor ihr bekam. Außerdem, dachte er, war es schon ein Riesenschritt von den Malischews zu den Romanows. Und der Zar würde von Soldaten umgeben sein.

Der ganze Plan war hirnverbrannt, dachte er. Vielleicht war Katja auch nicht ganz klar im Kopf. Aber sie war *verflixt* hübsch. Sie konnte ihn so erregen, daß er nicht einmal mehr vernünftig denken konnte.

Im Grunde genommen mißtraute er der ganzen Bande. Sie schienen wenig Vertrauen in ihn zu haben. Aber sie waren nun einmal die einzigen Menschen, die ihm einen Weg eröffneten, wie er seinen Ehrgeiz befriedigen und seine vergangenen Fehler wieder gutmachen konnte. Sie waren aufeinander angewiesen. Aber diese Vorstellung tröstete ihn kaum. Heute abend quälte ihn seine Ungewißheit wieder besonders, sie machte ihn schier verrückt.

Die Leute im Haus starren mich immer so komisch an, überlegte er weiter. Man kann ihnen auf keinen Fall trauen. Er erinnerte sich an einen Vorfall, der ihm vor kurzem passiert war. Eine alte Schachtel, die zwei Türen weiter wohnte, hatte ihn mit ihren häßlichen Augen, die halb aus ihren Höhlen hervorzutreten schienen, angestiert, als er an ihr vorbei den Flur entlangging. War sie ein Polizeispitzel? Lebte er in einem Haus voller Spitzel? Er konnte es nicht darauf ankommen lassen, ob sein Verdacht sich bestätigen würde. Er würde ausziehen, beschloß er. Sofort. *Ihn* würde niemand so einfach der Polizei verraten. Er würde sich nicht von einem alten Drachen ausliefern lassen, der dann die Belohnung in einem einzigen Saufgelage durchbringen würde. Dafür war er viel zu gerissen.

Entschlossen, seine Nachbarn auszutricksen, holte er den Leinensack hervor, um seine wenigen Habseligkeiten zu verstauen.

St. Petersburg

Das Läuten der Glocke rief den Hausdiener an die Eingangstür. Er verbeugte sich und begleitete die Besucherin in das Foyer. Komtesse Natalja Grekowa sah auf dem schwarzweiß gekachelten Marmorboden und zwischen den weißen Marmorsäulen einen Augenblick lang aus wie ein Vogel, der sich auf ein Schachbrett verirrt hatte. Sie hielt einen Moment inne und wandte sich dann dem weiß-goldenen Salon zu, in dem Xenia und Anja bereits auf sie warteten.

Die Damen begrüßten sich mit Küssen auf die Wange. Xenia

und Anja fügten gleich hinzu, wie froh sie seien, wieder zu Hause zu sein, nach dem furchtbaren Schrecken, den ihnen Sandros Gesundheitszustand eingejagt habe. Das war nämlich die *offizielle* Begründung für ihren Aufenthalt in der französischen Hauptstadt.

»Es war sein Herz«, erklärte Xenia. Anja hatte Mühe, ein Lächeln zu unterdrücken. »Wir haben uns solche Sorgen um ihn gemacht, aber jetzt geht es ihm schon wieder viel besser.« Sandro hatte in der Tat das gesündeste »schlechte Herz« auf der ganzen Welt! Aber manchmal war das sehr praktisch!

»Dennoch«, fuhr Xenia sanft fort, »der Schreck hat Vater so verunsichert, daß wir Anjas Hochzeit vorverlegen mußten. Sie ist jetzt auf September angesetzt.«

»September!« kreischte die Komtesse entsetzt. Mein Gott! Sandro mußte ja todkrank sein, dachte sie. September bedeutete ein schlechtes Omen.

Die Traditionen waren Xenia wohl bekannt, aber sie zuckte nur die Schultern. »Anjuschka ist eine moderne junge Frau und läßt sich von dem Gerede alter Weiber nicht beeindrucken, und ich auch nicht.«

»Ich mache mir Sorgen um Grand-père«, warf Anja ein. »Ich möchte ihn dabeihaben.«

»Ist sie nicht großartig, Natalja? Als wir von Vaters Zustand erfuhren, da hat *Anja* auf eine großartige Hochzeit verzichtet, nur um Vater auch dabeizuhaben. Das war *ihr* Vorschlag.«

»Aber wie wollt ihr das denn machen? Wer entwirft das Brautkleid? Das ist doch wohl das mindeste, was erledigt werden muß.«

»Tantchen hat mir erlaubt, ihr Brautkleid zu tragen«, sagte Anja. »Das war schon immer mein Traum.«

»Aha«, war Nataljas Kommentar. »Ich bin sicher, du wirst eine elegante Braut sein.«

»Ja«, erwiderte Xenia. »Madame Brissac hier in Petersburg übernimmt die nötigen Änderungen. Es ist schon alles arrangiert.«

»Oh, das ist alles so aufregend!« rief Natalja aus. »Ich kann es ja gar nicht erwarten, Gigi alles zu erzählen!«

Als sie diesen Namen erwähnte, sah Xenia sie vorsichtig von der Seite an. In der ganzen Stadt waren die Gerüchte über Nataljas Verehrung für ihren geistlichen Beistand, Grigorij Efimowitsch Rasputin, bekannt, aber neuerdings kursierten auch noch Geschichten über ein angebliches Verhältnis, das sie mit ihrem Schwager haben sollte. »Oh, ist er denn schon wieder in Petersburg, *Chérie*? Ich dachte, er sei immer noch auf dem Balkan.«

»Er ist vor zwei Wochen zurückgekehrt.«

»Ach so. Er muß unbedingt einmal zum Tee kommen. Ich würde so gerne etwas über seine Abenteuer erfahren.«

Xenia und ihre junge Nichte bemerkten eine leichte Verunsicherung bei der Gräfin, wußten aber nicht, woher sie rührte. Ihre normalerweise blassen Wangen hatten sich ein wenig gerötet.

Natalja begann eilig zu reden. Es tat ihr schon wieder leid, ihren Schwager auch nur erwähnt zu haben. »Er hat ein paar wunderbare alte römische Gräber in Bulgarien gefunden. Haufenweise Schmuck. Und er hatte das große Glück, drei Tage in Montenegro verbringen zu dürfen, bei Stana und Militzas Papa, König Nikolai«, fügte sie hinzu.

Anja hörte nicht richtig zu. Sie träumte von Liebesgeschichten und Hochzeiten. Dennoch entging ihr nicht, daß Gräfin Grekowa mit ihrer Tante in erregtem Ton über die Verdienste ihres geistlichen Beistandes und Mentors, Gregorij Efimowitsch Rasputin, diskutierte. Sie war erstaunt, sie bei diesem Thema so engagiert argumentieren zu hören, denn sonst war Natalja immer gefaßt und ruhig, eine eher sanfte Frau, die sich für wenige Dinge außer ihrer unendlich großen Garderobe und ihrem Sohn interessierte. Dieses Gespräch war aufschlußreich. Sie war wie besessen von Rasputin. Er schien sogar noch wesentlich mehr Einfluß auf sie zu haben als Graf Grekow, der Archäologe, beobachtete Anja.

»Du rümpfst die Nase über ihn, Xenia«, erklärte Natalja mit bebender Stimme. »Du, Andrej, mein Gemahl, meine Schwiegermutter. Aber keiner von euch weiß, was für ein Heiliger er in Wirklichkeit ist. Er ist die Verkörperung Jesu Christi hier auf Erden.«

»Das ist Blasphemie.«
»Das ist die Wahrheit.« Natalja war jetzt so aufgebracht, daß Anja erstaunt aufblickte. »Er ist Jesus Christus, der wiedergeboren ist.«
»Um Gottes willen«, ereiferte sich Xenia. »Du hast doch die gleichen Geschichten gehört wie wir auch. Dieser Bestie wird gerade vorgeworfen, eine Nonne vergewaltigt zu haben, Natalja!«
Fassungslos starrte Anja die beiden Damen an. Sie konnte es kaum glauben, daß ihre Tante gerade so freimütig geredet hatte. Anja fühlte sich an jenen Tag erinnert, als sie überfallen worden war. Damals hatte ihre Tante einen Wutanfall bekommen.
Zitternd vor Wut und Entrüstung lief Natalja jetzt im Salon auf und ab. »Ihr seid alle dermaßen verbohrt und engstirnig. Grigorij Efimowitsch jedenfalls hat Mitleid mit euch, auch wenn ihr ihn immer noch und ununterbrochen verfolgt.«
»Natalja, *ich* habe ihn niemals verfolgt. Bitte gib nicht mir die Schuld an seinen Schwierigkeiten. Der *Premierminister* hat ihn aus Petersburg verbannt.«
»Dieser bösartige Mann. Glaub mir, Xenia, der Tag der Abrechnung wird kommen, auch für ihn. Und zwar eher, als er gedacht hat.«
Natalja blieb plötzlich stehen und schüttelte den Kopf. »Nein, das verstehst du nicht.« Es war, als spräche sie mit einem kleinen Kind. »Es ist Gottes Wille. Alexandra Fjodorowna ist nur sein Instrument. Es ist alles in Gottes Hand, und Er wird Seinen treuen Diener niemals im Stich lassen – nein, niemals.«
Anja starrte die Gräfin ungläubig an. Etwas peinlich berührt lächelte sie schnell und meinte, daß sie alle schon noch erfahren würden, ob es sich wahrhaftig um Gottes Willen handele.
»Siehst du, Xenia, das Kind versteht solche Dinge besser als du. Nur das unschuldige und unbelastete Herz kann solche Botschaften begreifen.«
Xenia wußte genau, daß ihre Nichte nur Natalja beruhigen wollte. Sie sagte nichts mehr. Sie hatte im Grunde genommen nicht die geringste Lust, mit Andrejs Cousine über Grigorij Efi-

mowitsch zu diskutieren. Es hatte sowieso keinen Sinn. Sobald es um Fragen der Religion ging, war Natalja zu naiv für solche Gespräche. Sie war naiv, gutgläubig – und langweilig. Das machte Xenia traurig, denn früher war sie mit Natalja gut befreundet gewesen. Sie mochte sie immer noch, trotz ihrer komischen Anwandlungen, aber sie hatte vor allem auch Mitleid mit ihr.

In der amerikanischen Botschaft in der Morkhowaja-Straße saß der dritte Sekretär in seinem Büro und sah aus dem Fenster. Er nahm nichts von dem wahr, was draußen vor sich ging, weder die Soldaten noch die Fußgänger auf der Straße. Es ärgerte ihn, daß das große Gebäude im Weg war, denn sonst hätte er weiter hinten den Swiridow-Palast am Französischen Ufer sehen können – sein zukünftiges Zuhause.
Adam hatte angenommen, daß Anja und er in seiner geräumigen Wohnung in der Nähe des Winterpalais wohnen würden. Die Gegend war angesehen und die Wohnung modern und schön. Aber Prinz Sandro hatte ihm gesagt, daß er ihnen den Flügel des Swiridow-Anwesens geben wollte, den früher Anjas Eltern bewohnt hatten. Kurz nach ihrem achtzehnten Geburtstag würde Anja also die Hausherrin eines Palastes werden, der die Länge eines halben Staßenzuges hatte. Für Adam war das alles noch ziemlich unwirklich.
Am Swiridow-Palast war er schon oft vorbeigefahren, wenn er auf Parties in der französischen Botschaft war. Das ganze Viertel war ein hervorragendes Beispiel für die klassizistische Bauweise im Rußland des achtzehnten Jahrhunderts: hohe Fenster, Kristall-Lüster, die Petersburg im Winter erleuchteten, wenn in den hohen Räumen rauschende Feste abgehalten wurden, vergoldete Eingangstore aus Schmiedeeisen, durch die heute elegante Autos fuhren, oder auch Schlitten und zierliche Vierspänner.
Dreimal war er im Swiridow-Palast gewesen. Er hatte dort mit seiner ersten Frau getanzt, er hatte russische Damen aufgefordert, einmal sogar Xenia Alexandrowna. Mit ihr hatte er – außer mit seiner Frau natürlich – am liebsten getanzt. Sie war, so

vermutete er, wohl die einzige schöne Frau in Petersburg, die ihrem Mann treu war.
Adam lächelte das Foto von Anja an, das jetzt auf seinem Schreibtisch stand – in einen emaillierten blauen Fabergé-Rahmen gefaßt –, und dachte, wie dankbar er sein konnte, daß Xenia seine zukünftige Frau aufgezogen hatte.

Je näher sein Hochzeitstag rückte, desto mehr verstand Adam, was für einen unwiderruflichen Schritt er getan hatte, als er um Anjas Hand anhielt. In seiner ersten Ehe war er ein ganz normaler Ehemann gewesen. Nun würde er Prinzgemahl sein.
Es war alles Sandros Idee gewesen. Hocherfreut zu sehen, welch präsentablen Herrn seine Enkeltochter trotz all der üblen Machenschaften heiraten würde, war der alte Prinz zur Vorbereitung der Feierlichkeiten nach Petersburg zurückgekehrt und hatte seiner alten Freundin, der Kaiserin-Mutter Maria Fjodorowna, seinen Wunsch mitgeteilt, daß sein zukünftiger Schwiegersohn bei seiner Heirat zum Prinzen Swiridow ernannt würde. Er machte einen Präzendenzfall geltend, den Fall der Prinzessin Jusupowa, die ebenfalls die letzte Erbin ihrer Familie gewesen war, und berief sich darauf, daß auch ihr Gemahl, Graf Sumakarow-Elston, Prinz geworden war. Die Geburt der beiden kleinen Prinzen hatte dann die Erbfolge wieder gesichert. Maria Fjodorowna wollte Sandro gerne gefällig sein und versprach, die Angelegenheit mit ihrem Sohn zu besprechen. Eine Woche vor der Hochzeit schließlich überbrachte ein livrierter Bote die Bestätigung in einer Note mit dem Wappen und dem Siegel des Zaren höchstpersönlich.
Adam verschlug es die Sprache. Niemand hatte ihn gefragt, ob er denn überhaupt Prinz werden wollte – und eigentlich legte er keinerlei Wert darauf. Er war sein Leben lang überzeugter Republikaner gewesen, und er sah nicht ein, warum er an seinem Status etwas ändern sollte. Er war sich sogar nicht einmal sicher, ob das alles überhaupt legal war. Es erschien ihm wie eine gigantische Anmaßung.
»Seine Majestät Zar Nikolaus II. hat den Bescheid unterzeich-

net«, erwiderte Sandro. »Hier geht es gar nicht um die Frage der Legalität.«
Vielleicht nicht in Rußland, dachte Adam, aber ich bin nun mal kein Russe. Nachdem er sich in der Rechtsabteilung der amerikanischen Botschaft informiert hatte – eine Handlung, die Anja und Xenia in höchstem Maße amüsant fanden –, konnte Adam Michailowitsch jedoch nichts finden, was die Russen daran hindern konnte, ihn zu nennen, wie es ihnen beliebte – vorausgesetzt, er behielt seine amerikanische Staatsbürgerschaft. Und so wurde aus Mr. Adam Lowell über Nacht Prinz Adam Swiridow, ein Titel, den seine Kollegen teilweise beeindruckend, teilweise aber auch lächerlich fanden, je nach Überzeugung. Letzten Endes, meinte Anja, sei es ja nun wirklich nicht so schrecklich, seinen Namen zu ändern – die Frauen täten das ja immer.
Das zweite Problem, das gelöst werden mußte, betraf seine Religion. Der Priester teilte ihnen mit, daß die Hochzeitszeremonie nur in äußerst schlichter, ja fast ärmlicher Version stattfinden könne, wenn Ihre Hoheit einen Protestanten heirate. Kaum hatte der Priester diese Worte geäußert, als Anja und Xenia auch schon entsetzt zu Adam hinübersahen. An ihren erschreckten Mienen erkannte Adam, daß ihm wohl keine Wahl bleiben würde: er wußte jetzt schon, worum sie ihn bitten würden.
»Ich bin getaufter Episkopaner«, versuchte er sich schwach zu verteidigen.
»Was ist das für eine Kirche?« wollte Xenia wissen.
»Fast katholisch.«
»Aber das ist ja nun wirklich nicht so weit weg vom orthodoxen Glauben«, murmelte Anja.
Zwei ganze Tage brauchte die Prinzessin, um ihn zu überreden, und schließlich gab Adam zu, daß ihm seine Konfession noch nie sonderlich wichtig gewesen sei, und obwohl er jeden Sonntag in die Kirche ging, war er auch schon einmal zu den Methodisten, den Lutheranern, den Baptisten und sogar zu den Katholiken in den Gottesdienst gegangen, wenn er im Ausland nicht die Möglichkeit hatte, in eine Kirche seiner eigenen Konfession zu gehen.

So kam es, daß Prinz Adam die schnellste Konversion zum russisch-orthodoxen Glauben vollzog, die es jemals in der Geschichte der Kirche Rußlands gegeben hatte. Er hoffte nur, Gott und seine amerikanischen Vorfahren würden für seine Wandelbarkeit Verständnis aufbringen.

Nachdem die Frage der Religion gelöst war, konnte sich das junge Paar den weltlicheren Fragen der Hochzeitsvorbereitung zuwenden: das Hochzeitsessen war eine gigantische Angelegenheit, für die mehrere hundert Gold- und Silbergedecke, echtes Sèvres-Geschirr, massive Silbertabletts und andere Kostbarkeiten, die die Swiridows über die Jahrhunderte angesammelt hatten, poliert und geordnet werden mußten. Der ganze Swiridow-Palast war eine einzige Schatzkammer. Einige Könige und Kaiser hätten inmitten dieser Schätze ihre ehemaligen Eigentümer wiedererkannt, und jetzt wurden all diese Gegenstände für Anjas Hochzeitsfeierlichkeiten hervorgeholt und inspiziert.

»Wird Jelisejew den Kaviar und die Sakuski liefern?« fragte Prinz Andrej.

»Natürlich. Und Vaters *Chef de cuisine* hat dem Schlachter schon seine Anweisungen für das Menü gegeben. Nataljas Lieferant sorgt für den Fisch, und unsere eigenen Küchenmeister kümmern sich um die Torten und das Dessert«, antwortete Xenia.

»Wie steht es mit Wein, Champagner und Wodka? Ist schon eine Bestandsaufnahme des Kellers gemacht worden?«

»Ja. Der Butler hat Inventur gemacht und entsprechende Nachbestellungen aufgegeben.«

»Großartig.«

Der Bräutigam war beeindruckt. Bei seiner ersten Hochzeit hatten seine Schwiegereltern ein gemütliches und ausgedehntes Frühstück veranstaltet. Dieses Mal war das eine vollkommen andere Sache.

»Wie viele Gäste sind denn eingeladen, Xenia Alexandrowna?« fragte er. Er dachte an eine verhältnismäßig geringe Zahl, da er selbst ja, außer seinem Halbbruder Billy, der vielleicht nicht einmal kommen würde, wenn er in Paris Ablenkung hatte, keinerlei Familie hatte.

»Ungefähr zweihundert. Leider sind viele Leute noch nicht wieder zurück in Petersburg«, fügte sie entschuldigend hinzu.
Adam lächelte und überlegte, wie lang die Gästeliste wohl geworden wäre, wenn sie während der Ballsaison geheiratet hätten.

Die Nachricht über Adam Lowells Verwandlung zum Prinzen Adam Swiridow machte in St. Petersburg innerhalb von vierundzwanzig Stunden die Runde. Nicht alle, die davon erfuhren, gratulierten. Gräfin Jelisaweta Derschawina war so aufgebracht über diese neuerliche Laune, die ihren Vater überkommen hatte, daß sie nach Luft schnappen mußte und auf der Stelle die Versammlung bei Komtesse Lili Worontsowa verließ, ohne sich zu verabschieden.
»Zu den Malischews, Moika-Kanal«, rief sie ihrem Fahrer zu, noch während der Butler ihr ins Auto half. »Ich möchte meine Schwester besuchen.«
Ich möchte meine Schwester am liebsten umbringen, dachte sie heimlich. Wütend trommelte sie auf den weichen Lederpolstern herum. Und besonders gern würde ich dieser blonden kleinen Hexe den Hals umdrehen. Wie können sie so etwas tun? Nach den Gerüchten, die ich überall in Europa gesät habe! Dabei war ich mir so sicher, daß ich sie endgültig ausgeschaltet hätte. Und jetzt macht Vater so etwas! Es ist einfach unglaublich!
Der Mann muß ein ganz durchtriebener Mitgiftjäger sein, dachte Lisa. Ich kann mich gar nicht mehr so genau an ihn erinnern. Groß, gutaussehend. Er spricht Englisch mit einem ziemlich seltsamen Akzent. Ein Amerikaner. Jetzt kann ich verstehen, warum er sie heiraten will! Er hat Vater wahrscheinlich gedroht, daß er sie nicht mehr haben will, wenn er den Titel nicht bekommt.
Als sie aus dem Fenster sah, bemerkte sie eine Gruppe von berittenen Gardeoffizieren, die in weißen Uniformen und Kappen und auf schwarzen Pferden den Liteinij-Prospekt hinunterritten. Sie nahm nur vage die Läden wahr, die, wie es in Rußland üblich war, den Namen des Eigentümers und den der Firma in kyrillischen und lateinischen Lettern trugen. Bei einigen Läden

war sogar noch von früher das Symbol ihrer Waren über der Eingangstür – eine überdimensionale Uhr beim Uhrmacher, ein Brotlaib beim Bäcker. In Rußland gab es immer noch viele Analphabeten, obwohl die besitzende Klasse hochgebildet war und mehrere Sprachen fließend sprach.
Im Fond ihres Wagens fluchte Lisa in Gedanken auf Russisch und Französisch.
Als sie bei Xenias Haus angekommen war – Andrej hatte von seinen Vorfahren einen beeindruckenden, ganz in Gelb und Weiß gehaltenen Palazzo geerbt, der von Quarenghi entworfen worden war –, scheuchte sie den Türdiener durch wildes Klingeln auf. Ohne ihn eines Blickes zu würdigen, fegte sie an ihm vorbei und fragte lautstark, wo sich ihre Schwester befände; der Diener antwortete hastig und nervös, woraufhin Lisa nach oben eilte.
»Hallo Lisa!« Xenia empfing ihre Schwester mit einem Lächeln. »Du scheinst die gute Nachricht auch schon erfahren zu haben.«
»Vor einer halben Stunde bei Komtesse Worontsowa. Warum hat man mich nicht davon informiert, *bevor* die ganze Stadt es weiß?«
»Du hast uns seit deinem Streit mit Vater immer gemieden. Ich habe dreimal versucht, dich anzurufen, seit der Zar Vater den Bescheid geschickt hat. Aber du hast nie zurückgerufen.«
»Diese Sache ist unverantwortlich!« Lisa schnaubte vor Wut. Ihre Augen funkelten mit ihrem Schmuck und dem schwarzen Seidenkleid aus Paris um die Wette. »Erst Mutters Collier, und jetzt dies! Es ist monströs!«
»Nichts ist hier monströs«, gab ihre Schwester zurück. Sie war aufgestanden und sah ihrer Schwester in die Augen. Auch sie war elegant gekleidet: ihr nachtblaues Seidenkostüm unterstrich vorteilhaft ihre schlanke, hochgewachsene Figur.
Die beiden Schwestern standen sich gegenüber und musterten sich gegenseitig. Von der Seite betrachtet, hatten sie fast das gleiche Profil. Beide waren ausgesprochene Schönheiten, hatten dunkle Augen und Wimpern – Lisas Augen waren blau, Xenias

grün wie das Meer –, sie hatten zierliche Nasen und sinnliche, feingeschwungene Lippen, die eine gewisse Entschlossenheit ausdrückten. Keine von beiden würde auch nur einen Zentimeter Boden aufgeben, keine würde der anderen gegenüber jemals nachgeben.
»Vater wünscht sich einen Erben von Anja, sobald sie verheiratet ist – vielleicht auch mehrere. Es gibt dafür einen Präzedenzfall.«
»Ja, das ist mir klar«, erwiderte die Gräfin. »Aber warum sollte ausgerechnet ein Mädchen wie Anja – nach allem, was mit ihr los war – mit Begünstigungen überhäuft werden? Wenn Vater will, daß unser Familienname weiterbesteht, warum dann nicht durch meine Tochter? Sie ist jedenfalls noch Jungfrau!«
»Wie kannst du es wagen, so etwas zu sagen? Untersteh dich, Anja irgend etwas dieser Art zu unterstellen! Das ist eine gemeine Lüge!«
»Ach, und warum ist das dann Tagesgespräch in allen Salons?«
»Weil ein Lügner eine unverschämte Verleumdungskampagne in Gang gesetzt hat! Das arme Mädchen hat furchtbar viel durchmachen müssen. Sie ist von einem Wahnsinnigen verprügelt worden, aber sie hat es geschafft, ihn sich vom Leib zu halten. Sie hat es in keiner Weise verdient, so behandelt zu werden, und zwar erst recht nicht durch dich!«
Lisa war so wütend, daß ihre Ohrringe anfingen zu zittern. Sie hörte es überhaupt nicht gern, eine Lügnerin genannt zu werden – auch wenn Xenia keine Ahnung hatte, daß sie gerade die Urheberin der ganzen Kampagne vor sich hatte, besonders aber, falls Xenia irgend etwas ahnen sollte!
»Und was war das mit Mutters Collier?« schrie sie. »Wird diese kleine Schlampe auch noch die Diamanten erben? Oder willst du die Steine zu gleichen Teilen aufteilen wie eine Diebesbeute?«
»Was für eine ungeheuerliche Unterstellung! Du mußt wohl völlig verrückt geworden sein!« Auch Xenia wurde jetzt langsam ernsthaft wütend. »Du bestehst anscheinend nur noch aus Eifersucht, weil deine Nichte bei einer Gesellschaft ein besonderes Schmuckstück tragen durfte. Dabei weiß ich ganz genau, daß du einen großen Tresor voll von Juwelen hast, die dir dein Ehe-

mann gekauft hat! Das ganze war nichts als eine freundliche Geste von Vater, Lisa. Die Steine sind hinterher gleich wieder in den Safe bei Boucheron gewandert.«

»Das ist mir egal. Ich will alles, was mir zusteht. Und du offensichtlich auch!«

Daraufhin holte Xenia aus und gab ihrer Schwester eine schallende Ohrfeige, die ihre Ohrringe quer durch den Salon fliegen ließ.

»Wage es nicht noch einmal, mir derartige Vorwürfe zu machen. Oder auch mir zu unterstellen, ich habe meine Fürsorgepflicht gegenüber Anjuschka vernachlässigt.« Xenias Stimme war jetzt leise und warnend. Ihre Schwester schnaubte wütend vor sich hin. »Dieser kleine Zwerg, den du da geheiratet hast, ist nichts als ein Halunke. Vater würde ihm niemals auch nur eine Kopeke anvertrauen, nach dem miesen Geschäft, das er mit der Bank gemacht hat. Und das ist noch nicht alles!«

»Was hat Derschawin denn damit zu tun? Ich habe nichts mit seinen Geschäften am Hut!«

»Gott sei Dank! Es geht ja auch schon das Gerücht um, die seltsamen Vorlieben deines Angetrauten würden ihn eines Tages noch hinter Gitter bringen, wenn er weiterhin ein gewisses Haus am Newski-Prospekt besucht.«

Die Gräfin starrte ihre Schwester an. Sie hatte nicht geahnt, daß sie davon etwas wußte. Und trotz ihrer zynischen Duldung dessen, was Serjoscha mit seiner Zeit anstellte – solange ihr nichts davon zu Ohren kam –, bekam sie einen Schrecken, als sie daran dachte, was für einen Skandal das geben könnte.

»Ich bin überzeugt davon, daß Derschawin sich wahrscheinlich mit Bestechungsgeldern jeder Bestrafung entziehen würde, aber für deinen Ruf kann so eine Geschichte doch wohl nicht sehr dienlich sein, Lisa. Stell dir nur einmal vor, dein ehrenwerter Angetrauter würde bei einer Polizeirazzia in einem Bordell mit lauter zwölfjährigen Mädchen erwischt und festgenommen werden. Vor allem, wo Tascha inzwischen fast genauso alt ist.«

»Wie kannst du es wagen, meine Familie so in den Dreck zu ziehen!«

»Dein Mann sollte wegen Verletzung der öffentlichen Moral eingesperrt werden. Und wenn du seine Aktivitäten nicht verhindern kannst, dann behalte wenigstens ein wachsames Auge auf deiner Tochter!«
»Du hast nicht das Recht, solche Unterstellungen zu machen!«
»Warum nicht? Ich kenne dich doch seit deiner Geburt. Und du kannst nur froh sein, daß ich mein Wissen für mich behalte. Bis zum heutigen Tage ahnt Vater noch nichts davon, wie du und Serjoscha früher, lange vor eurer Hochzeit, im Treibhaus hinter unserem Garten in Paris herumgetänzelt seid. Damals warst du gerade erst fünfzehn! Von deinen zahlreichen anderen Liebhabern ganz zu schweigen! Du kannst von Glück reden, daß Tascha noch nicht unterwegs war, als du ihn geheiratet hast!«
»Du Hexe!« kreischte Lisa. »Ich hasse dich!«
»Ach, Lisa, auf den Gedanken wäre ich niemals gekommen. Warum nur?«
Das war selbst für Lisa zuviel. In zwei Sätzen war sie am Kamin und ergriff den nächstbesten Gegenstand, den sie erwischen konnte: nacheinander schleuderte sie vier Figuren aus Dresdner Porzellan gegen ihre Schwester. Die hübschen kleinen Statuen krachten an die Wand und zerschellten auf dem Parkettboden. Sie traf Xenia aber nicht, was ihre Wut nur noch steigerte. Ihre Schwester saß lachend auf dem Sofa.
Nach diesem Ausbruch verließ Lisa das Haus. Xenia rief ihre Dienerin Daria zum Aufräumen. Daria sah ihre Herrin besorgt an und fragte: »Ist alles in Ordnung, Hoheit? Geht es Ihnen auch gut?«
»Ja, ja, Daria, mir geht es gut. Das war nur ein Familienstreit, nichts weiter.«

10

Kiew

An Anjas Hochzeitstag, dem 1. September 1911, kamen Oleg Iwanow und Katja im ehrwürdigen Kiew an, um sich mit Bogrow zu treffen und Schicksal zu spielen. Die Einwohner tummelten sich ausgelassen in den Straßen und versuchten, einen kurzen Blick auf Väterchen Zar zu werfen. Die Polizei arbeitete schwer, sie sperrte die Paraderoute ab, um zu verhindern, was im offiziellen Sprachgebrauch mit »Unannehmlichkeiten« bezeichnet wurde – oder einfacher gesagt, sie versuchte, Ausschreitungen des Pöbels zu unterbinden, dem man ja niemals, unter gar keinen Umständen, trauen durfte.

Heute allerdings schien der Mob lammfromm zu sein. Viele Stadtbewohner schwenkten Fähnchen oder Taschentücher, als die farbenprächtige Parade an ihnen vorbeidefilierte, und freuten sich über die Gelegenheit, einen Feiertag bei herrlichem Septemberwetter zu genießen.

»Nun gut«, seufzte Katja, als sie mit ihrem bärtigen Begleiter wieder im Hotel Dnjepr war. »Was hältst du von diesem ekelhaften Schauspiel?«

»Was meinst du mit ekelhaftem Schauspiel?« fragte Oleg nach, während er schmatzend eine warme Fleischpastete verzehrte.

»Du Ferkel! Alles, womit du dich beschäftigst, ist, wie du deine niederen Instinkte befriedigen kannst«, fuhr ihn Katja an. »Ich spreche von diesem lächerlichen Zur-Schau-Stellen zaristischer Überheblichkeit.«

Oleg wirkte gequält. »Ich finde, es war eine gute Vorstellung«, gab er zurück. »Auch wenn es nur eine dämliche, überspannte Revue gewesen ist und sie nur arrangiert wurde, um die Massen hinters Licht zu führen, so war es doch eine gute Vorstellung. Die Leute *mögen* Paraden. *Ich* mag Paraden.«

Katja wünschte sich, dieser Bauernlümmel hätte seinen Zweck bereits erfüllt. Sie konnte ihn kaum noch ertragen. Seine schlichte Weltsicht, seine abstoßenden Tischmanieren und vor allem seine zunehmend heftigeren Versuche, sie zu verführen, hatten ihre ohnehin schon angespannten Nerven noch weiter strapaziert. Sie war eine Närrin gewesen zu glauben, daß sie ihn jemals länger als zehn Minuten würde ertragen können.

»Du bist so typisch für diese seichte, stümperhafte, pseudoradikale, kleinbürgerliche Gesinnung«, zischte Katja. »Du bist kein Revolutionär, Oleg. Du bist noch nicht einmal nahe daran, ein Revolutionär zu sein. Du bist nichts weiter als einer, der sich vormacht, ein Revolutionär zu sein. Eine Null!«

Oleg schlang den letzten Bissen seiner Fleischpastete hinunter und wischte sich die Finger an der Hose ab. Er schaute mürrisch auf die keifende Xanthippe, die vor ihm stand. Diese Katja Petrowna wurde wieder sie selbst, sagte er sich. Sie war wieder die unausstehliche Hexe, die er kannte.

»Ich bedauere, mir die Mühe gemacht zu haben, hierher zu kommen.« Er konnte kaum seine aufsteigende Wut verbergen.

»Mir geht es ebenso«, erwiderte Katja. »Ich werde dich wissen lassen, wenn ich dich brauche.« Sie ging in ihr Zimmer und warf die Tür hinter sich ins Schloß.

Wütend über diese kurz angebundene Entlassung fluchte Oleg laut und vernehmlich über Katja, dann verließ er das Hotel, um sich darüber mit jedweder Zerstreuung hinwegzutrösten, die ihm Kiew nur zu bieten vermochte.

Gegen Abend war er wieder in seinem Zimmer und brütete dumpf vor sich hin. Da wurde er durch ein leises Klopfen aufgeschreckt. Mürrisch erhob er sich und sah überrascht, daß neben Katja ein schlanker junger Mann mit sehr dunklem Haar stand, der kränklich wirkte. Oleg wurde plötzlich klar, daß er seinem revolutionären Genossen Mordka Bogrow gegenüberstand.

Bogrow, dem Anlaß entsprechend in Abendkleidung, sah aus wie ein Mann, der zu allem fähig wäre, wenn es nur gut bezahlt wurde. Mit unterwürfigem Lächeln zog er ein großes Rosenbukett und ein längliches Paket hervor, trat ein, schloß die Tür hinter sich ab und begann, das Paket auszuwickeln. In einer Schachtel lagen zwei Brownings, Geschenke für seine Moskauer Kollegen.

Er berichtete, daß er sich am Anfang der Woche mit seinen Mitverschwörern von der Sicherheitsabteilung der Polizei getroffen habe. Sie hätten ihm die Pistolen gegeben und den Plan für den heutigen Abend ausgearbeitet. Die gleichen Mitglieder der Sicherheitsabteilung würden sie dann, nach dem letzten Schuß, beim Verlassen des Theaters begleiten und die Genossen aus Moskau über die Landesgrenze in Sicherheit bringen. Nichts könne schiefgehen.

»Also ist alles vorbereitet?« fragte Katja.

»Die Polizisten, die an dem Plan beteiligt sind, haben an alles gedacht.«

»Hast du die Passierscheine für die Oper bekommen?«

»Ja, hier« erwiderte er und überreichte Katja zwei Karten für die Abendgala. »Mit freundlicher Hochachtung vom amtierenden Chef der Okhrana in Kiew.«

»Wunderbar«, lächelte Katja.

Oleg bemerkte, daß Bogrow ihm kaum Aufmerksamkeit zollte. Der kleine Kriecher richtete seine Worte ausschließlich an Katja.

»Überprüfe das Bukett sorgfältig«, sprach er weiter. »Wir haben, zwischen den Blumen versteckt, Halterungen für die Brownings angebracht. Laß mich dir zeigen, wie man sie verbirgt.«

»O ja. Sehr raffiniert.«

»Kann man die Herkunft der Brownings bestimmen?« mischte sich Oleg ein. Er bemühte sich um einen fachmännischen Tonfall.

»Nein«, antwortete Bogrow und würdigte ihn endlich eines Blickes. »Sie stammen von der Polizei und werden nach dem heutigen Abend verschwinden. Es ist für alles gesorgt.«

»Und sie lassen uns wirklich entwischen, nachdem wir unsere Opfer getötet haben? Es fällt mir schwer, das zu glauben.«

Bogrow wirkte enttäuscht. »Die höchste Ebene der Okhrana ist darin verwickelt«, erklärte er steif. »Alles wird vor sich gehen wie geplant.«
Oleg war noch nicht überzeugt. »Aber warum sollten sie uns helfen, den Zar und seinen Premierminister um die Ecke zu bringen? Sie sind doch auf ihrer Seite. Und bekämpfen uns.«
Seine beiden Mitverschwörer schauten ihn angewidert an. Sie wollten sich ihren Plan nicht von ihm in Zweifel ziehen lassen.
»Die Okhrana versucht, jeden für ihre eigenen Ziele einzuspannen«, erklärte Bogrow. »Und manchmal decken sich ihre und unsere Ziele, ohne daß sie es beabsichtigen.«
Katja wurde ungeduldig: »Meinst du, die Reaktionäre der äußersten Rechten lieben unseren Premierminister? Unsere deutsche Zarin haßt ihn, weil er diesen degenerierten Wundertäter nicht billigt, den sie anhimmelt.«
»Und eine andere Gruppe der Ultrarechten brennt darauf, Nikolaus II. seines Amtes zu entheben und einen ihrer eigenen Kandidaten auf den Thron zu setzen«, ergänzte Bogrow. »Wir dagegen wollen, daß beide von der Bildfläche verschwinden, wenn auch aus völlig anderen Gründen.«
»So arbeiten wir Hand in Hand mit der Reaktion?«
»Genau.«
»O Gott!« Oleg war völlig verblüfft.
Katja und Bogrow beachteten seine Verwirrung nicht weiter und trafen letzte Absprachen. Unverzüglich nach der Pause würde Bogrow vor dem Premierminister stehen, während Katja und Oleg sich einen Weg zum Zaren bahnen würden.
Wenn dann die Schüsse gefallen waren, würden Agenten der Okhrana – ihre Mitverschwörer in gewöhnlichen Polizeiuniformen – sie nach draußen geleiten und ihnen die Flucht ermöglichen. Leichname aus dem Leichenschauhaus würden ihre Plätze einnehmen, um den unweigerlich folgenden Untersuchungsausschuß irrezuführen.
Und während dann der Zar und sein Premierminister in ihren Gräbern vermoderten, würden Katja, Oleg und Bogrow ihre

Heldentat in einer weit entfernten europäischen Großstadt feiern, bewundert, berühmt und in Sicherheit.
»Perfekt«, lächelte Katja.
Ich habe es hier mit Verrückten zu tun, dachte Oleg. Er überlegte, ob er es schaffen könnte, noch vor der Durchführung des Plans aus Kiew zu verschwinden. Dieses Doppel-Attentat kam ihm vor wie ein schlechter Traum. Er begriff einfach nicht, warum Katja soviel Wert auf seine Anwesenheit gelegt hatte. Nach der Aufmerksamkeit zu urteilen, die sie und Bogrow ihm schenkten, hatte er keinerlei Bedeutung. Und doch hatte ihn das Mädchen in Moskau eines Nachmittags geradezu vergewaltigt, damit er zustimmte und sie begleitete. Das machte ihm große Sorgen.
Als Bogrow gegangen war, um die letzten Vorbereitungen für den Abend zu treffen, wandte sich Oleg seiner Partnerin zu, packte sie am Arm und zog sie grob zu sich.
»Irgend etwas ist hier faul, riechst du das nicht? Dieser Bogrow ist verrückt, wenn er wirklich glaubt, daß uns die Okhrana helfen wird, den Zar zu ermorden. Was ist los mit dir, Katja? Merkst du denn nicht, daß das eine Falle ist?«
»Das einzige, was hier stinkt, bist du. Laß mich los!«
»Nein!«
»Zum Teufel mit dir! Laß mich los!«
Plötzlich fand sich Katja auf dem Bett wieder. Er hatte sie quer durch das Zimmer geschleift, obwohl sie wild mit den Armen herumgefuchtelt und wütende Schreie ausgestoßen hatte. Unangenehmerweise war Pawel Skriabin Hunderte von Kilometern entfernt.
»Du Schlampe«, grunzte Oleg. »Wenn ich schon sonst nichts von dem Ausflug hier haben soll, dann werde ich wenigstens herauskriegen, was zwischen deinen Beinen diesen Pawel so fesselt!«
Er riß ihr die Bluse vom Leib und versuchte, sie niederzuhalten, während sie mit beiden Fäusten auf ihn einschlug.
Oleg packte sie an den Schultern und kniete sich auf sie.
»Laß mich los!« schrie Katja. Er hatte sie schon beinahe unter sich zerquetscht. »Dafür ist jetzt wirklich keine Zeit.«

»Dafür ist immer Zeit«, grunzte Oleg und starrte mit seinen hellen Augen geradewegs in ihre. Katja schrie in hilfloser Wut. »Ich hasse diese Spielchen, die ihr Frauen treibt. Ihr seid alle gleich. Ihr seid alle kleine Huren.«

Für einen kurzen Augenblick wurde Katjas Gesicht zu Anjas, und das Hotelzimmer verwandelte sich in den Wald von Bjelaja Berioschka. Das rothaarige kreischende Mädchen wurde zu Anja, die mit ihm kämpfte, die ihn in die Hand biß und in rasender Verzweiflung mit ihren scharfen Fingernägeln zerkratzte.

Du lieber Himmel, dachte Katja Petrowna, er ist völlig übergeschnappt. Das sind die Augen eines Wahnsinnigen. Obwohl sein Blick auf ihr Gesicht gerichtet war, schien er sie nicht zu sehen. Was war sie doch für eine Närrin gewesen, zu glauben, daß sie ihn unter Kontrolle behalten könne. Und Pawel war ein Schweinehund, sie mit einem solchen Auftrag loszuschicken. Er hätte sie im Auge behalten müssen! Wenn er das getan hätte, wäre sie jetzt nicht in dieser Situation. Wie war es möglich, daß Pawel diese Gefahr nicht geahnt hatte? Dieser Verrückte mochte ja gut in den Plan passen, den sie, Pawel und Bogrow ausgeheckt hatten, um den Zar und seinen Premierminister zu ermorden – sie wollten Olegs Leichnam zurücklassen, damit ihre Mitverschworenen von der Polizei bei der Untersuchung etwas vorweisen konnten –, aber er konnte sie ebensogut schon umgebracht haben, bevor sie überhaupt die Oper erreicht hatten.

Oleg war so besessen davon, das Mädchen zu überwältigen – Katja, Anja, egal –, daß er ihr ins Gesicht schlug und sie vorübergehend das Bewußtsein verlor. Er knöpfte seinen Hosenschlitz auf und zog sich die Hose hinunter.

Vor Schmerz benommen und einen Augenblick von Olegs Gewicht befreit, sprang Katja vom Bett und rannte zu den Revolvern, die Bogrow neben dem Rosenbukett liegengelassen hatte. Sie riß einen an sich und bot Oleg die Stirn, der aus dem Bett heraus nur noch halb bekleidet und wütend hinter ihr her getaumelt war. Wenn sie auch nur im geringsten zögerte, würde er sie überwältigen.

Verblüfft starrte Oleg auf die Browning und fühlte sich betrogen. Katja Petrowna hatte ihn nach Kiew gelockt. Und nun bedrohte sie ihn, weil er einforderte, was sie ihm schuldig war. Verdammte Hure. Sie war wie diese andere, diese blonde, die meinte, sie sei zu gut für ihn. Wie die, die er in Bjelaja Berioschka umgebracht hatte. Er starrte Katja mit glasigen Augen an und hörte sie mit barscher Stimme befehlen, er solle seine Hose wieder anziehen.

»Du bist nicht gerade in einer Lage, in der du jemanden bedrohen kannst«, sagte sie zu ihm und richtete die Waffe direkt auf sein Herz. Sie hatte sie entsichert. »Deine Aufgabe ist zu gehorchen. Du hast mir heute abend zu helfen. Das ist alles, was du zu tun hast. Wenn du mich hintergehst, hetze ich die Polizei auf dich.«

Sie wird dich umbringen, dachte er, als er langsam seine Sinne wiederfand. Diese Betrügerin, diese Hure würde nicht eine Sekunde lang zögern, ihn umzubringen. Er starrte ihr wütend nach, als sie zur Tür ging und in ihrem Zimmer verschwand. Die ganze Zeit hielt sie die Browning in der Hand, jetzt allerdings durch das Bukett verdeckt. Als er sie beobachtete, wußte Oleg, daß er am Ende war. Nachdem sie ihn so getäuscht hatte, war ihm klar, daß sie zu allem fähig war – sie würde ihn sogar der Polizei übergeben, wenn er auch nur ein wenig zaudern sollte. Der Gedanke, daß die Okhrana bei einem Attentat auf den Zaren beteiligt war, grenzte an Wahnsinn. Egal, was Katja und der kleine *Jud* erzählten, es war heller Wahnsinn. Schlimmer noch, es war eine riesige Falle. Das sah er erst jetzt, wenige Stunden vor dem Anschlag, ganz deutlich.

Im Spiegel über der Kommode sah er sein bleiches, angsterfülltes Gesicht. Oleg fühlte sich gefangen. Seine törichte sinnliche Begierde hatte ihn zum zweiten Mal innerhalb von drei Monaten in tödliche Gefahr gebracht. Das hier hatte nichts mit einer revolutionären Aktion zu tun, das ähnelte mehr dem Verhalten eines Hirsches bei der Brunft, genau wie beim letzten Mal.

Was war los mit ihm? In solchen Momenten war er wie von einem Dämon besessen – wenn er von der Begierde nach der Frau gepackt war, war jeglicher andere Gedanke aus seinem Gehirn

ausgelöscht. Es ging über sexuelle Begierde weit hinaus. Es war Wahnsinn. Mit anderen Frauen amüsierte er sich; bei diesen beiden – die er nicht hatte besitzen können – war es, als ob schon eine Berührung ausreichte, ihn in den Wahnsinn zu treiben.
Sie waren ihm für alle Zeiten überlegen, sie verspotteten ihn, sie betrogen ihn, sie ließen das gleiche Gefühl in ihm aufsteigen wie damals Prinz Malischew, der seine Hand auf die Schulter des kleinen Oleg hatte herabschnellen lassen, und ihn so daran gehindert hatte, seiner Frau nahe zu kommen. Der ihn auf seinen Platz verwiesen hatte.
Gut, dachte er sich, die eine hatte er schon umgebracht. Vielleicht könnte er auch die andere ins Jenseits befördern. Er wußte, daß er es tun sollte, wenn er diese Nacht überleben wollte. Aber das würde bei dieser rothaarigen Hexe nicht leicht werden.

St. Petersburg

Anja saß im Schlafzimmer im Ostflügel des riesigen Malischew-Palastes. Sie war nervös, weinerlich und gereizt.
»Wo ist Tantchen?« schmollte sie, als die beiden Dienstmädchen bereits zum dritten Mal versuchten, den Brautschleier zu drapieren. »Sie versprach, mir zu helfen, und jetzt ist sie nicht da. Oh, Mascha, laß Sonja die Spitze legen. Vielleicht bringt sie es zuwege.«
Sonja, das Zimmermädchen, seufzte und legte nachdenklich ein eiskaltes nasses Taschentuch auf Anjas gerötete Augenlider.
Sonja war verantwortlich für das Brautkleid, den Schleier, die Unterwäsche, die Schuhe und die Strümpfe der Braut. Sie hatte Anja glanzvoll herausgeputzt. Die zukünftige Gattin von Prinz Adam Swiridow sah aus wie die Frauen auf den Gesellschaftsporträts des 18. Jahrhunderts, die in der Galerie ihres Großvaters hingen: eine blonde Schönheit in einem Kleid aus Satin, das unter dem Busen gegürtet war. Es war dem Modell nachgearbeitet, das ihre Ururgroßmutter bei ihrer Hochzeit 1798 getragen hatte. Der alte französische Schleier stammte aus der Garderobe von Kaiserin Josephine, die ihn einst einer Ahnin geschenkt hatte.

Xenia hatte sowohl das Kleid als auch den Schleier bei ihrer eigenen Hochzeit vor sechzehn Jahren getragen, und beides hatte ihr offensichtlich Glück gebracht. Das rief Sonja Prinzessin Anja in Erinnerung, um sie zu beruhigen.
Mascha arrangierte sorgfältig die vier Meter lange Perlenkette um den Nacken und die Schultern der jungen Dame. Sie stimmte jedesmal zu, wenn Sonja etwas sagte.
»Bist du angekleidet, *Malenkaja*?«
Das war Tantchens Stimme. Endlich.
»Sie ist eine entzückende Braut, Hoheit«, erklärte Sonja. »Aber bitte sagen Sie ihr, daß sie endlich aufhören soll zu weinen. Sie hat schon ganz geschwollene Augenlider.«
»Ich weiß gar nicht, was mit mir los ist. Ich bin so nervös.«
Die beiden russischen Dienstmädchen schüttelten den Kopf und zuckten ratlos die Schultern. Vielleicht glückte ihrer Hoheit, was ihnen nicht gelang.
Xenia entließ die beiden Mädchen, dann umarmte sie ihre Nichte und küßte sie zart auf die Stirn. »Du bist eine wunderschöne Braut, *Malenkaja*. Freu dich. Du wirst alle mit deiner Schönheit blenden.«
»Ich will nicht«, flüsterte Anja, von ihren Gefühlen überwältigt.
»Anja, du hast keine andere Wahl. Und außerdem liebst du Adam Michailowitsch. Du kannst ihn doch nicht einfach in der Kirche warten lassen?«
»Ich habe Angst, Tantchen. Ich weiß, daß ich Adam liebe, aber das ist nicht genug. Diese Hochzeit ist so übereilt. Ich weiß, daß ich es selbst so wollte, wegen dieser Skandalgeschichten, aber jetzt habe ich plötzlich solche Angst. Vielleicht wäre es besser gewesen zu warten.«
Prinzessin Xenia legte Anja den Arm um die Schulter und drückte sie an sich. »Liebling, wir können niemals die Zukunft voraussagen. Vielleicht wird nicht alles so leicht für dich sein, wie wir es dir wünschen. Vielleicht wird Adam lieblos sein. Vielleicht verliebst du dich in einen anderen Mann. Das kann keiner wissen. Aber wir dürfen uns durch solche Ängste nicht von dem abhalten lassen, was wir tun müssen.«

»Ich weiß nicht, was mit mir los ist«, murmelte Anja. »Ich liebe ihn. Ich glaube, daß er mich liebt. Und trotzdem habe ich solche Angst.«
»Liebling, setz dich hin und hör mir zu«, sagte Xenia beruhigend und forderte Anja mit einer Handbewegung auf, sich zu ihr auf das grünseidene Sofa neben dem Kamin zu setzen. »Ich weiß, daß du Angst hast und dir Sorgen machst; das ist menschlich. Aber das wird vorbeigehen. Anjuschka, ich war an meinem Hochzeitstag so hysterisch, daß ich mich dreimal übergeben mußte und die Halskette nicht finden konnte, die er mir zur Hochzeit geschenkt hatte. Ich war während der ganzen Zeremonie nicht voll bei Bewußtsein, und doch führe ich eine sehr glückliche Ehe – meistens.«
Anja war erstaunt. Nervosität war etwas, das überhaupt nicht zu Tante Xenia paßte. »Warum warst *du* nervös?« fragte sie.
»Weil ich wußte, daß ich es bei meinen Eltern sehr gut hatte. Ich hatte Angst, dem Leben entgegenzutreten und Verantwortung zu übernehmen. Ich war genauso ängstlich wie du heute.«
»Aber Onkel ist ein so guter Mensch.«
»Selbstverständlich ist er das. Das weiß ich auch. Aber das erleichterte mir nicht im geringsten diesen schrecklichen Augenblick, in dem ich ganz allein einer neuen Welt gegenüberstand.«
Die Prinzessin war so atemberaubend in ihrer silberbestickten und diamantenbesetzten weißseidenen Robe, daß es unfaßbar schien, daß sie sich jemals vor irgend jemand gefürchtet haben sollte, und schon gar nicht vor Andrej Nikolajewitsch. Aber Anja war getröstet. Sie wußte, daß ihr Tantchen nicht log.
»Es wird wundervoll werden, *Malenkaja*. Wart nur ab.«
»Ich weiß nicht so recht.«
»Aber ich. Nebenbei, wir müssen uns beeilen. Und ich habe noch etwas für dich.«
Xenia ging zum Ankleidetisch und kam mit einer großen blauen Samtschachtel zurück, in die der Stempel von Boucheron, ihrem Pariser Juwelier, eingeprägt war. Sie küßte ihre Nichte auf beide Wangen. »Als Zeichen unserer Liebe, Liebling«, und übergab sie feierlich dem Mädchen.

Anja war überrascht, öffnete vorsichtig die Schachtel und schnappte nach Luft. Auf dem weißen Satin lag eine dreireihige Kette aus großen milchigen Perlen. Es war ein großherziges Geschenk. »Oh, Tantchen, danke! Sie sind viel zu schön.«
»Unsinn! Sie sind vollkommen. Und im Gegensatz zu denen, die du trägst, darfst du sie behalten«, scherzte sie und machte sich damit über den rigiden Ausspruch ihres Vaters »aber morgen früh sind sie wieder im Tresor« lustig. Sandro erlaubte allen weiblichen Mitgliedern seiner Familie, sich jedes beliebige Schmuckstück auszuleihen, aber er machte immer sehr deutlich, daß sie ihm gehörten; die Damen hatten seinen Tod abzuwarten, bevor irgendein Stück in ihren Besitz überging. Das hatte ihm schon viele Scherereien erspart. Was sie damit machten, wenn sein letzter Wille verkündet war, blieb ihnen überlassen.
Xenia winkte Anja vor den hohen Spiegel und ging um sie herum, um die Wirkung der neuen Perlen zwischen den anderen zu begutachten. Einfach überwältigend! Und in der Mitte all dieser Perlen funkelte ein kleines Diamantkreuz, das Hochzeitsgeschenk von Adam.
»Denk daran, mein Liebling, daß sie ein Zeichen unserer Liebe sind. Denk an uns, wenn du sie trägst.«
»Ich werde immer daran denken«, versprach Anja. »Ich werde sie hoch in Ehren halten, solange ich lebe.«
Die beiden Frauen standen nebeneinander vor dem großen vergoldeten Spiegel, ein bezauberndes Bild in Weiß. Die Diamanten der ein wenig größeren schwarzhaarigen Prinzessin Malischewa sprühten Feuer. Sie hatte den Arm um ihre junge blonde Nichte gelegt. Beide hatten Angst vor der Zukunft, aber sie waren auch voller Hoffnung; vor ihnen lag ein neues Leben mit all seinen Versprechungen und Irrtümern.
Xenia brach das Schweigen. Sie umarmte Anja sehr sacht, dann sagte sie entschlossen: »*Allons-y!* Wir dürfen die anderen nicht länger warten lassen.«
Anja warf noch einen langen Blick auf ihr Ankleidezimmer, das mit vergoldeten Empire-Möbeln eingerichtet war; einer von Andrejs Vorfahren hatte sie 1816 in Paris gekauft. Ihr wurde klar,

daß es die letzte Nacht war, die sie hier, in Xenias Haus, als Mitglied des Haushaltes verbringen würde. Von nun an würde sie, wenn sie von ihren ausgedehnten Flitterwochen zurückgekehrt war, in dem karamelfarbenen und weißen Palast der Swiridows am Französischen Ufer leben, wo sie die ersten Lebensjahre verbracht hatte, bevor sie zu Onkel und Tante gezogen war. Und mit achtzehn Jahren würde sie dann, mit einem Gatten – und vielleicht sogar bald mit einem Kind – Hausherrin dieses Palastes sein. Es war ein ernüchternder Gedanke. Und doch fühlte sie eine neue Kraft in sich.

»Ich bin bereit, Tantchen. Für alles, was geschehen mag.«

Und indem Anja das Haus verließ, um zur Hochzeitszeremonie in der nahegelegenen St.-Nikolaus-Kirche zu gehen, schloß sie die Tür zu ihrer Kindheit und war bereit, was immer das Schicksal für sie als Frau vorsah, anzunehmen.

Die Hochzeitszeremonie verlief trotz Anjas Lampenfieber genau nach Plan. Die Gäste bewunderten die jugendliche Schönheit der Braut, die prachtvollen Perlenkaskaden und den ungewöhnlich gut aussehenden Bräutigam.

Als Anja mit ihrer Brautkrone aus Silberfiligran neben Adam stand, konnte sie sich nicht mehr erinnern, warum sie solche Angst gehabt hatte. Sie sah nur freundliche Gesichter um sich herum, die ihr alles Gute wünschten. Die Gesellschaft in Uniformen und Pariser Roben stand vor dem goldfarbenen Hintergrund, wo vor den Altarbildern ehrwürdige Heilige mit Heiligenscheinen aus Juwelen und wuchtige Säulen aus Halbedelsteinen glänzten. Weihrauchschwaden zogen durch die Kirche, und vornehm gekleidete Priester psalmodierten Gebete.

Dann kam der Teil der orthodoxen Hochzeit, der von den Zuschauern besonders genau beobachtet wird: Prinzessin Anja überraschte alle dadurch, daß sie den roten Teppich genau gleichzeitig mit ihrem Mann betrat, worauf einige Verwandte die Vermutung äußerten, daß Adam nicht allzu vertraut mit den Sitten und Gebräuchen war. Denn es hieß, daß derjenige, der als erster seinen Fuß auf den roten Teppich setzte, das Zepter des Haushaltes in der Hand halten würde.

Schließlich war Anja verheiratet und trug den zierlichen goldenen Ring an ihrem Finger. Sie fuhr mit ihrem frischgebackenen Bräutigam in einer antiken, vergoldeten und bemalten Holzkutsche, die jedem kaiserlichen Festzug Ehre gemacht hätte, in den Swiridow-Palast zurück. Passanten ließen die Neuvermählten hochleben; einige Bauern hielten sie für den Zar und die Zarin, was Adam sehr belustigte. Er winkte huldvoll und in würdevoller Haltung wie König Georg von England den Massen zu, während Anja seine freie Hand umklammerte und Kußhändchen warf.

In ihrem neuen Zuhause wurden sie von Xenia begrüßt, die mit Andrej in einem Auto dorthin gefahren war, um rechtzeitig genug vor ihrer Nichte dazusein und ihre Pflicht zu erfüllen, indem sie der Braut traditionsgemäß Brot und Salz überreichte. Anja schwebte auf einer Wolke von Musik, Parfüm und Entzücken. Die Swiridows, die erst unlängst entstandenen Gerüchte noch voll im Bewußtsein, hatten alles in ihrer Macht Stehende unternommen, so viel Prunk zu entfalten, daß auch die schlimmsten Klatschbasen nichts finden konnten, worüber sie sich hätten die Mäuler zerreißen können.

Und Prinz Sandro verkündete, daß ihm die kleine Anja so lieb war wie seine eigenen beiden Töchter, was für eine von ihnen ein schwerer Schlag war.

In der Dämmerung eines Herbstabends in St. Peterburg standen Schaulustige auf dem Gehsteig und bestaunten die nacheinander vorfahrenden eleganten Equipagen und blitzenden Automobile, aus denen am Eingang des Swiridow-Palastes die eleganten Fahrgäste ausstiegen. Hinter den großen Fensterscheiben über ihren Köpfen strahlten die Lichter von Dutzenden riesiger Kronleuchter, und jedes Kristallprisma warf den Glanz und das Gefunkel der Juwelen der Gäste hundertfach zurück. Und als die letzten schwachen Sonnenstrahlen über der Newa den Palast vergoldeten, bevor sie in der Schwärze des Flusses verschwanden, schien die ganze Fassade ein einziger Feuerschein zu sein.

Unter dem strengen Reglement von Xenia Alexandrowna hatte der führende Florist von St. Petersburg den Palast in einen riesigen Garten verwandelt. Blumengirlanden schmückten die Marmortreppen, die Korridore und Galerien. Der Ballsaal selbst war mit einer solchen Fülle von Gardenien und Rosen überhäuft, daß er wie ein Teil eines Gartens wirkte.
Der Appetit der Gäste wurde mit köstlichen Häppchen – den *Sakuski* – aus Kaviar, geräuchertem Stör, Rentierzungen und Dutzenden von anderen Delikatessen angeregt, die aus den schier unermeßlichen Vorräten Jelisejews stammten. Dann setzten sie sich an die Tische, die mit goldenen Tellern gedeckt waren, die Xenia für den ersten Gang gewählt hatte. Neben den Tellern standen Kelchgläser aus Baccarat-Kristall, die immer wieder mit verschiedenen französischen Weinen gefüllt wurden. Die Lakaien in ihren mit goldenen Litzen besetzten Uniformen waren eifrig darauf bedacht, die Bedürfnisse der Gäste zu befriedigen; kein Glas wurde leer. Sie waren ständig auf der Hut, auch nur das geringste Mißfallen ihres alten Meisters Matwei, Sandros Butler in St. Peterburg, zu erregen, der seine Truppen mit eiserner Strenge kommandierte.
In der riesigen Küche hatten Meisterköche und ganze Heerscharen von Untergebenen in nahezu kulinarischer Besessenheit gekocht und gebacken. Unter ihren Händen entstand eine endlose Folge von Suppen, Pasteten, Sorbets, Braten, Geflügel und Fisch. Auch den Gästen mit dem herzhaftesten Appetit fiel es schwer, diesem Hochzeitsessen in gebührendem Maße zuzusprechen.
Zu Xenias großem Verdruß hatte Zenaida Kaschina in blaßgrauer Seide einen großen Auftritt – sie trug Perlen im Werte von vielen Millionen Rubel, die sie alle von Sandro geschenkt bekommen hatte und die den Spekulationen der Prinzessin, daß diese Affäre vorbei sei, ein bedauerliches Ende bereiteten.
Andrej beobachtete lächelnd die Liebesaffären, die sich zwischen einigen Gästen – unter anderem zwei Romanows und verschiedene Prinzen – entwickelten. Ein gewisser Großherzog verärgerte seine füllige Gattin, indem er einer Dame in weißer

Charmeuse und mit Straußenfedern allzuviel Aufmerksamkeit schenkte. Am anderen Ende des Saales bemühten sich die Grekows eifrig darum, keine Notiz voneinander zu nehmen; die Gräfin Tamara und ihr älterer Sohn Gigi saßen zusammen an einem Tisch, der kräftige, rotblonde Wolodja und seine hübsche Natalja an einem anderen. Der Prinz bemerkte, daß Gigi seiner smaragdgrün gekleideten Schwägerin von Zeit zu Zeit einen begehrlichen Blick zuwarf. Natalja verärgerte ihren Gatten, indem sie reizend lächelte und so tat, als ob sie nicht bemerkte, was los war.

Natalja hat den Verstand eines kleinen Kindes, dachte Andrej. Sie hat absolut keine Vorstellung davon, was für eine Wirkung sie auf den armen Gigi hat. Er ist völlig vernarrt in sie und bereit, jegliche Torheit für sie zu begehen. Sie verdient eine solche Ergebenheit gar nicht. Und Gigi ist ein Dummkopf, daß er seinen Bruder herausfordert.

Prinz Adam hatte nur wenig Gäste eingeladen. Die meisten waren Diplomaten, von denen Mr. Marye, der amerikanische Botschafter, der ranghöchste war. Er stammte aus dem Mittleren Westen und war entzückt von den Russen, von ihren exzentrischen Manieren und ihrem Sinn für Humor. Neben ihm saß seine liebe Gattin, Mrs. Marye, und neben dieser wiederum William S. Whitmore, der sich auf Urlaub von seinen neuen Verpflichtungen in Paris befand.

Da er nicht das beste Verhältnis zu seinem Bruder hatte, war Billy erstaunt gewesen, die Nachricht von der Vermählung und eine Einladung zu erhalten. Er war von seinem Bruder streng ermahnt worden, ihm keine Schande zu machen; ansonsten würde er der völligen Verbannung anheimfallen. Nachdem Billy sowohl in Yale als auch in Princeton hinausgeworfen worden war, hatte er mit Adams Hilfe die diplomatische Laufbahn eingeschlagen. Er war vierundzwanzig, schlank, blond, gutmütig und absolut unzuverlässig. Adam bemühte sich, ihn – wenn irgend möglich – nach Marokko versetzen zu lassen. Dort waren vor kurzem einige Amerikaner entführt worden.

Als Prinzessin Swiridowa mit Adam unter den glitzernden Kristallüstern Walzer tanzte – ihr gutaussehender dunkelhaariger Gatte stand im Mittelpunkt des weiblichen Interesses –, lächelte sie. Sie erinnerte sich, wie sie Xenia gebeten hatte, Adam zu ihrem ersten Ball einladen zu dürfen. Schon damals hatte sie mit ihm in genau diesem Saal tanzen wollen, wenn auch nicht aus diesem Anlaß.

»Bist du glücklich?« flüsterte er. Er preßte sie fest an sich, als sie in diesem farbenprächtigen Rahmen aus Seide und Juwelen, die rotes, grünes und blaues Feuer sprühten, im Takt der Orchestermusik herumwirbelten.

»Ich bin sehr glücklich, Adam«, antwortete ihm seine Braut und verschränkte ihre Finger mit den seinen. »Es ist der schönste Tag in meinem Leben.«

Niemand war überrascht, daß die Derschawins erst nach dem Essen eintrafen, und auch das nur, weil Serjoscha fürchtete, sonst den Unmut seiner Schwägerin zu erregen, die ein gutes Verhältnis zu ihrem grimmigen Vater hatte und sich eines Tages vielleicht bei Sandro für ihn verwenden könnte.

Gräfin Lisa interessierte sich für Näherliegendes: sie wollte ein Auge darauf werfen, wer was trug. Als sie die mehrreihigen Perlenketten sah, die bis unter Anjas Taille fielen, hätte sie aufschreien mögen; aber sie beherrschte sich und machte lediglich ein paar säuerliche Bemerkungen darüber, daß manche aussahen wie heidnische Statuen – was sie auch noch einmal wiederholte, als sie neben Madame Kaschina stand, die nicht weniger herausgeputzt war.

Die Kaschina war ein wunder Punkt in Lisas Leben. Denn sie selbst hatte Sandro bei einem ihrer Feste, das sie zu Ehren des Russischen Balletts in Paris gegeben hatte, mit ihr bekannt gemacht. Er war ihr sofort verfallen. Und jetzt lag der alte Herr nicht nur mit seiner eigenen Tochter im Streit, sondern sprach sogar davon, diese Ballerina zu heiraten. Das traf sie noch härter als all das, was er für Anja getan hatte. Zenaida hatte bereits mehrere Vermögen im In- und Ausland durchgebracht und betrachtete die Millionen der Swiridows wahrscheinlich als eine echte Herausforderung.

Doch *das* würde Lisa nur über ihre Leiche zulassen!
Schließlich nahm Xenia ihre Nichte beiseite und flüsterte ihr zu, daß es Zeit sei zu gehen. Anja warf scheu einen flüchtigen Blick auf ihren frischgebackenen Ehemann. Dann fuhren sie in einem der englischen Automobile ihres Großvaters weg; Adam hatte den Arm um sie gelegt, und so saßen sie eng aneinandergeschmiegt auf dem bequemen Rücksitz.

Als Anja und der neue Prinz Swiridow in Xenias Haus am Moika-Kanal ankamen, wurden sie von Andrejs altem Butler traditionsgemäß begrüßt und in das Brautgemach, Anjas früheres Mädchenzimmer, geführt.
Während sich Adam in dem kleinen Zimmer nebenan umkleidete, half Sonja ihrer jungen Herrin aus dem wunderschönen, spitzenbesetzten Brautkleid, löste die Schnüre ihres Satinkorsetts und zog ihr die schichtenweise übereinanderliegenden Unterröcke aus. Dann holte sie Anjas Nachthemd und das Negligé.
Anja zog sich die Strümpfe aus, behielt aber ihre Schlüpfer schamhaft an, bis Sonja ihr das weißseidene Nachthemd übergezogen hatte.
Als Adam an die creme- und goldfarbene Doppeltür des Schlafzimmers klopfte, flüsterte Anja: »Komm herein.« Sie stand vor dem Kamin, ihr langes blondes Haar fiel über den Rücken, das spitzendurchbrochene Nachthemd betonte die sanften Rundungen ihres Körpers. Sie errötete ein wenig, als er in seinem seidenen Morgenrock eintrat und sie im Feuerschein zärtlich in seine Arme nahm.
»Du bist die schönste Frau, die ich je gesehen habe«, murmelte er und küßte sie zart. »Ich bin sehr stolz darauf, dein Gatte zu sein.«
Schüchtern legte Anja ihre Arme um ihn und gestattete ihm, sie an sich zu drücken. Sie fühlte die Wärme seines Körpers und wünschte sich nichts mehr, als ihm zu gehören.
Einen schrecklichen Augenblick lang erinnerte sie sich an jenen Tag im Wald, und die Widerwärtigkeit des Geschehenen ließ sie erschauern. Adam zog sie noch näher an sich und küßte ih-

ren zarten blonden Flaum im Nacken, dann ihr Ohr und ihre Stirn.
»Du brauchst keine Angst zu haben«, flüsterte er. «Ich werde dir niemals wehtun.«
Sie hatte keine Angst vor ihm. Sie dachte an jenen Tag im Juni, an jenen Verrückten. Selbst jetzt beunruhigte sie die Heftigkeit seines Verlangens. Sie fragte sich, ob alle Männer so gewalttätig werden konnten.
»Anja«, murmelte Adam. Er streichelte sie sanft, erforschte behutsam ihre seidenweichen Rundungen und küßte sie liebevoll. Zaghaft reagierte sie auf sein Kosen, sie fuhr ihm zart über den Nacken und ließ dann ihre Hand seinen Rücken entlanggleiten, während sie Kosenamen murmelte.
Wortlos hob Adam die Braut hoch und trug sie zu dem großen Mahagonibett, das die Form eines Schlittens hatte. Anja vergrub ihr Gesicht an seiner Schulter, und beide glitten zwischen Stapeln von spitzenbesetzten Seidenkissen auf das weiche Bett.
»Duschka«, murmelte er und küßte sie leidenschaftlich. Mein Gott, wie er sie begehrte. Er war völlig berauscht von ihr, von ihrer Haut, ihren Augen, ihrem Geruch, ihrer Schönheit, ihrer Sinnlichkeit.
Anja spürte Angst und Erregung zugleich, als Adam sie küßte und sie mit seinen starken, zärtlichen, liebevollen Händen überall streichelte. Er schmiegte sich näher in ihre Arme, während sie die Augen schloß und sich an den Nachmittag in ihres Großvaters Garten erinnerte.
»Ich liebe dich«, flüsterte sie. Adam löste die Schleife im Nacken des Negligés. Das hauchdünne Kleidungsstück glitt von ihren Schultern und fiel auf den chinesischen Teppich auf dem Marmorboden.
Er küßte ihren Nacken, ihre Schultern und ihre Brüste. Adam wollte sich in ihr verlieren. Er preßte sie an sich und murmelte Koseworte, als Anja ihre Arme um ihn schlang und ihn mit einer verträumten Sinnlichkeit zu streicheln begann, die zugleich zart und erregend war. Diese Mischung aus Unschuld und Sinnlichkeit reizte ihn unerträglich.

Seine Hand fuhr unter ihr seidenes Nachthemd. Er fühlte ihr schweres Atmen, als er ihre nackte Haut liebkoste; seine Berührung erregte sie, als er mit seinen Fingern ihren Körper entlangglitt und zart erforschte, was noch nie jemand berührt hatte.
»Adam«, murmelte sie und küßte ihn. Als er ihren Busen mit Küssen bedeckte, verschränkten sich ihre Finger miteinander, und er zog sie zu sich.
Er nahm sie und hatte das Gefühl, noch niemals in seinem Leben so überwältigt gewesen zu sein. Eigentlich besaß sie ihn, denn sie gab sich ihm auf die herrlichste und zärtlichste Weise hin.
»Ich liebe dich«, murmelte Anja und bohrte ihr Gesicht in seinen Brustkorb. »Ich werde niemals jemand anderen wollen.«
»Ich liebe dich mehr, als ich je irgend jemanden geliebt habe«, flüsterte er, wiegte sie in seinen Armen und küßte sie sacht.
Das Mädchen schloß die Augen und lauschte dem gleichbleibenden Pochen seines Herzens, das jetzt, genau wie ihres, viel ruhiger schlug. Adam gehört zu mir, dachte sie, dann kuschelte sie sich an ihn, und er schien zu verstehen.
Nun gab es nichts mehr, was sie noch jemals hätte trennen können; ein Leben lang.

II

Kiew

Als Oleg und Katja das Haus verließen, um in die Oper zu gehen, war Iwanow davon überzeugt, daß entweder er oder das Mädchen sterben mußte. Wenn es ihm gelang, sie umzubringen, noch bevor sie versuchte, den Zar zu ermorden, dann konnte er als freier Mann entfliehen und einen großen Abstand zwischen sich und die Skriabin-Brüder bringen – von der Polizei gar nicht zu reden. Katjas Bemerkung, daß man ihn auch der Polizei ausliefern könne, hatte ihn nervös gemacht. Seit dem Zeitpunkt wußte er, was er zu tun hatte.

Selbstverständlich war es eine Ironie des Schicksals, daß ausgerechnet er – der sein Leben der Revolution geweiht hatte – dabei war, das Leben des Zaren zu retten, indem er eine Genossin umbrachte. Nun gut, so war das Leben eben, dachte er, und klopfte leicht auf das Messer, das er unter seinem Hosenbein verbarg. In gewisser Weise war es auch amüsant.

»Bist du geistig vorbereitet auf das, was du zu tun hast?« verlangte Katja Petrowna zu wissen, als sie mit Oleg aus der Droschke stieg und sich einen Weg durch das Gewühl vor der Oper bahnte. »Der Bruchteil einer Sekunde kann entscheidend sein.«

Die gesamte Oberschicht der Stadt schien sich hier zu treffen. Die Damen trugen ganze Vermögen an Juwelen und kostbaren Roben, ihre Begleiter kamen entweder in farbenprächtigen Uniformen der verschiedenen Regimenter, die hier in Kiew stationiert waren, oder mit rot-blauen Schärpen, die anzeigten, daß der Träger ein Regierungsamt bekleidete. Jeder, der gesellschaftliche Ambitionen hatte, hatte sich um Eintrittskarten für die heutige Abendgala gerissen; das Vergnügen, in der Nähe des Zaren zu weilen, war eine Sensation, die sich niemand entgehen lassen wollte, gerade, weil es so selten Gelegenheit dazu gab.

»Ich weiß Bescheid«, nickte Oleg eifrig, um seine wirklichen Absichten nicht preiszugeben. »In der Pause eilen wir aus unserer Loge, um dem Zaren unsere Aufwartung zu machen, sobald seine Gesellschaft die kaiserliche Loge verläßt, um sich zu erfrischen und mit dem Theaterdirektor und den örtlichen Honoratioren zu plaudern.«

»Genau.«

Katja Petrowna fühlt sich unter diesen Aristokraten und hochrangigen Regierungsschmarotzern ziemlich wohl, bemerkte Oleg verbittert. Er bemühte sich, die ungewohnte Abendkleidung angemessen zu tragen. Außerdem hatte sie sich hierfür extra die Haare blond gefärbt; ihr rotes Haar war zu unverwechselbar, um der Aufmerksamkeit zu entgehen. Sie trug ein smaragdgrünes Abendkleid aus Satin, das unter dem Busen gegürtet und an den Säumen mit Goldlitze besetzt war; und da sie sich auch in ihrem Schmuck nicht von den anderen anwesenden Damen unterschied, zeigte sie deutlich, wo sie herkam – sie war die einzige Tochter eines vermögenden Provinzanwalts. Hier war sie unter den Ihren. Sie paßte so gut in diese Gesellschaft, daß auch der erfahrenste Polizist sie nicht hätte entlarven können. Neben ihr, die gerade zwischen einem Spalier von überdekorierten Gardeoffizieren die ausladende Marmortreppe emporstieg, war Oleg eine Null. »Wo hast du die Kleider für uns besorgt?« fragte er, um sich von den Mordgedanken abzulenken.

»Sie wurden von einem Genossen, der als Schneider arbeitet, aus einer Theatergarderobe gestohlen. Er hat ein gutes Augenmaß, das war sehr hilfreich.«

»Und deinen Schmuck?«

»Der stammt aus dem Tresor der Bank in der Malaja-Sadowaja-Straße. Steht mir gut, nicht? Wir werden ihn verkaufen, wenn ich wieder zu Hause bin.«

Oleg gefiel das »ich« in diesem Satz nicht. Ich bin also bereits abgeschrieben, dachte er finster.

»Die Gesellschaft des Zaren ist noch nicht da«, bemerkte Katja.

Sie stand auf der obersten Stufe der ausladenden Treppe und warf einen kurzen Blick auf die eleganten Paare, die hinter ihnen die mit rotem Teppich ausgelegte Marmortreppe emporstiegen. »Die Polizei besteht wahrscheinlich darauf, daß jeder auf seinem Platz sitzt, wenn er das Theater betritt. Das haben sie auch in Petersburg so gemacht.«

»Laß uns in unsere Loge gehen«, drängte ihr Begleiter, der sich inmitten all dieser Pracht äußerst unwohl fühlte. Wo sie sich auch aufhielten, überall erblickten sie in den verspiegelten Gängen ihr eigenes Abbild zwischen vergoldeten Kerzenhaltern und Kristallüstern, zwischen Obersten, die mit einer Vielzahl von Orden dekoriert waren, und den Kiewer Damen, die mit dem Inhalt ihrer Schmuckschatullen behängt waren und wie Christbäume glitzerten. Oleg verabscheute sie, aber er mußte auch zugeben, daß ihn die Atmosphäre auf bizarre Weise faszinierte. Dieser ganze Überfluß berauschte ihn wie ein schwerer Wein.

Katja nickte und stimmte seinem Vorschlag zu. Sie wollte das präparierte Bukett ablegen, denn es wurde ihr allmählich zu schwer. Und falls sie es aus Versehen fallenlassen sollte, wäre es nicht so einfach, für die beiden Brownings, die dann zum Vorschein kommen würden, eine einleuchtende Erklärung zu finden.

Die alte Dame, die auf diesem Stockwerk die Logen beaufsichtigte, schloß ihnen die Tür auf. Oleg war angenehm überrascht, daß er zuerst in einem großzügigen Vorraum stand, in dem es einen Spiegel, einen Kleiderständer und ein paar Stühle gab. Die eigentliche Loge lag hinter einer verschlossenen Tür, so daß man diesen Raum von außen nicht einsehen konnte. Oleg kam in bezug auf die spätere Verwendung dieses Raumes ein interessanter Gedanke.

Als Katja die Tür öffnete und ihren Platz einnahm, war sie entzückt, zu sehen, daß die kaiserliche Loge sehr nahe war, was das Vorhaben erleichterte. Plötzlich gab sie Oleg ein Zeichen. Sie hatte gerade unten im Parterre Mordka Bogrow erspäht, der mit zwei Herren, die nur Mitglieder der Okhrana sein konnten, in ein intensives Gespräch verwickelt war.

»Da ist er«, sagte sie halblaut.
»Sieht aus wie ein kleiner Affe, nicht wahr? Fehlt nur noch der Leierkastenmann.«
Das Mädchen überhörte diese Bemerkung, setzte sich in einen Samtsessel und nahm das Bukett auf den Schoß.
»Warum legst du es nicht lieber auf den Boden?« schlug Oleg vor.
»Ja, gut.«
»Wir verlassen die Loge, wenn das Licht zur Pause angeht?« fragte er und warf einen flüchtigen Blick auf das sich rasch füllende Haus.
»Nein«, antwortete das Mädchen. »Sobald das Orchester die letzte Note spielt, bevor der Vorhang fällt. Ich sage dir Bescheid.«
»Gehen wir gleichzeitig?«
»Ja. Wir schießen beide, sobald wir ihn im Visier haben. Denk daran – nicht überlegen. Sofort schießen.«
Ja, dachte Oleg. Das ist alles, was von mir erwartet wird – nicht zu denken. Du Miststück. Was für ein Dummkopf war ich doch, jemals zu glauben, daß du auf meiner Seite bist.
Plötzlich betrachtete er interessiert Katjas Juwelen und fragte sie beiläufig, um was für Steine es sich handele. Wenn sie so wertvoll waren, wie sie aussahen, überlegte Oleg, dann konnte er jahrelang sorgenfrei von dem Erlös ihres Verkaufs leben. Es war das mindeste, was Katja für ihn tun konnte.
»Smaragde und Diamanten. Warum?«
»Reine Neugier. Sie müssen ein Vermögen wert sein.« Richtig. Er konnte sicher einen Hehler dafür finden, egal, wohin es ihn verschlug. Die Welt war voller Gauner.
»Denk dran«, belehrte ihn Katja, »du eilst sofort nach draußen und erledigst deine Aufgabe. Keine Verzögerung.«
»Und die Okhrana wird uns aus den Klauen der empörten Umstehenden befreien«, fügte er mit einem sarkastischen Unterton hinzu.
»Ja.«
Wenn sie das tatsächlich glaubt, ist sie eine Närrin, dachte er an-

gewidert. Aber er wußte, daß Katja nicht dumm war. Sie war eine hinterhältige, verlogene kleine Hexe, die unzweifelhaft vorhatte, ihre eigene Haut zu retten, während er als scheinbar alleiniger Attentäter der Polizei in die Hände fallen sollte. Er konnte sich lebhaft vorstellen, wie sie mit Pawel und dem kleinen *Jud* den Plan dazu entworfen hatte. Das war der einzige Grund, weshalb er hier war. Verdammt sollte sie sein!

Olegs Haßtirade gegen Katja wurde einen Augenblick lang von der Aufregung unterbrochen, die beim Eintritt des Zaren und seiner Gesellschaft in die kaiserliche Loge entstand. Fast wie ein Mann stand das glitzernde Publikum beim ersten Takt der zaristischen Hymne auf und begann zu singen. Katja zog Oleg von seinem Sitz hoch, und sie fielen in den Gesang der Menge ein. Nur ein paar Logen weiter standen der Zar und seine Gesellschaft in Gala; die Männer trugen reich mit Goldlitze und glitzernden Epauletten besetzte rote Tuniken, die Damen hatten ihre schmalen, cremefarbenen und reich bestickten Roben mit den blauseidenen Schärpen des St.-Katharinen-Ordens geschmückt.

Die Hymne verhallte. Zar Nikolaus setzte sich, das übrige Publikum folgte seinem Beispiel. Der Dirigent senkte seinen Taktstock und gab damit das Zeichen, die Ouverture zu Rimski-Korsakows *Zar Sultan* zu beginnen.

Während sich das farbenprächtige Spektakel auf der Bühne entfaltete, nestelte Katja im Schutz des Halbdunkels die Revolver aus dem Blumenbukett. Einen steckte sie wieder zurück, den anderen gab sie verstohlen Oleg, der ihn sofort in seine Jackentasche gleiten ließ. Er biß die Zähne zusammen und mühte sich damit ab, das Stilett, das er unter seiner schwarzen Hose an seinem Bein befestigt hatte, herauszuziehen.

Er hatte sich entschieden, Katja mit dem Messer umzubringen. Ein Schuß wäre zu laut. Er mußte nur eine Minute mit ihr allein in diesem Vorraum verbringen, und schon wäre er dieses Miststück für immer los. Sollte doch dieser Affe Bogrow auf die Komplizenschaft der Okhrana bauen. Oleg wünschte ihm alles Gute – aus sicherer Entfernung. Es gab Attentate und es gab Selbstmord; er kannte den Unterschied.

Als er endlich das Messer aus seiner Befestigung gelöst hatte, rutschte es ihm am Bein entlang hinunter und landete geräuschlos auf dem Teppich zu seinen Füßen. Wie versehentlich ließ er sein Programmheft zu Boden flattern, dann bückte er sich und hob es zusammen mit dem Messer auf, wobei er seine Begleiterin die ganze Zeit im Auge behielt. Gut. Sie beobachtete den Zaren und hatte nicht bemerkt, daß er überhaupt etwas machte. Der ohrenbetäubende Lärm schien ihm schon eine Ewigkeit lang zu dauern. Da wurden die Geräusche leiser, und Katja gab ihm einen Stoß. »Jetzt«, zischte sie. »Laß uns gehen!«
»In Ordnung.«
Als Katja Petrowna in den Vorraum eilte, war ihr Schicksal bereits besiegelt. Sobald Oleg mit ihr zusammen in diesem Raum war, griff er von hinten nach ihr und preßte ihr seine riesige Hand auf den Mund, während sie um sich schlug und wütend kratzte. Oleg grunzte einmal laut auf, als er zustieß, und wuchtete das Stilett mit aller Kraft so tief wie möglich in ihr weiches Fleisch unter den Rippen hinein. Sie trug kein Korsett, das den Stich hätte ablenken können, und so durchbohrte die Klinge ihr Herz.
Katja war so überrascht, daß sie keine Zeit mehr hatte, auch nur einen Ton von sich zu geben außer einem leisen Stöhnen, während sie langsam zu Boden sank. Ein Rinnsal von Blut besudelte das tiefdunkle Grün ihres Kleides.
Sie lag mit weit aufgerissenen Augen auf dem Teppich, ihr Gesicht zeigte den Ausdruck ungläubigen Staunens. Oleg fühlte eine wilde Befriedigung. Sie hatte versucht, ihn reinzulegen, und er hatte sie ausgebootet. Diese Hexe war sich ihrer Gewalt über ihn so sicher gewesen, daß sie mit diesem Schicksal nie gerechnet hätte – die kluge Katja war von einem Bauern überlistet worden. So gefiel ihm das.
Oleg nahm dem Mädchen die Smaragde ab und stopfte sie in das Samttäschchen, das sie bei sich getragen hatte. Den Revolver legte er neben sie auf den Boden. Als er sich nervös seinen Weg durch den verstopften Gang bahnte, stand er plötzlich nur wenige Meter von Nikolaus II. entfernt. Der Zar war ein schlanker,

bärtiger Herr in der Uniform eines Obersten. Er war umringt von Adjutanten, die in ihren Uniformen ein wenig wie Spielzeugsoldaten aussahen. Die Frauen waren entzückend gekleidetete Püppchen mit Juwelen und leuchtenden Schärpen. Sie sind nicht ganz von dieser Welt, dachte Oleg und mußte plötzlich an Prinz Malischews Nichte denken.
Er bemühte sich verzweifelt, hier wegzukommen, bevor Katja entdeckt wurde – oder bevor Bogrow seinen Teil des Plans ausgeführt hatte –, und beschleunigte seine Schritte. Er tauchte immer wieder in der Menge unter, während er auf die große Treppe zusteuerte, die ihm die Freiheit versprach. Sehr schnell stürmte er die Treppe hinunter und mischte sich dabei unter die anderen Opernbesucher, die auf dem Weg zur Champagner-Bar waren. Da hörte Oleg einen lauten Knall aus dem Zuschauerraum.
Er hat es getan, dachte Oleg und ging noch schneller. Dieser Narr hatte auf den Premierminister geschossen.
Auf das Geräusch folgte eine merkwürdige Stille, die dann von Schreckensschreien und Rufen nach der Polizei durchbrochen wurde. Als auch in dem immer noch überfüllten Foyer hysterische Schreie laut wurden, hatte Oleg bereits den Eingang erreicht und ging nach draußen, wobei er fast mit dem ankommenden Polizeitrupp zusammenstieß.
Er winkte sich eine Mietdroschke herbei und war schon unterwegs, bevor noch manchem Opernbesucher klar war, was überhaupt geschehen war. Und lange, ehe Mordka Bogrow endlich dem Zugriff aufgebrachter Bürger entrissen war, die ihn lynchen wollten, war Oleg bereits am Bahnhof von Kiew und bestieg mit einer gelösten Fahrkarte ein Abteil zweiter Klasse nach Warschau.
Gut, dachte er. Mit diesem Verein war er fertig. Der einzige Haken an der Geschichte war, daß Pawel nun den Mörder seiner Geliebten würde umbringen wollen, und so wie die Dinge lagen, war er der einzige Tatverdächtige. Das gefiel ihm gar nicht. Aber darüber konnte er sich auch noch später Gedanken machen, dachte er erschöpft. Der Zug fuhr aus dem Bahnhof hinaus und durch die flachen, weiten Felder der Ukraine Richtung

russisches Polen. Und in diesem Augenblick fühlte sich Oleg, müde und überreizt wie er war, sicherer als je zuvor in den letzten Wochen.
Und er fühlte noch etwas. Während er in dem schäbigen Abteil zweiter Klasse zwischen Bauern, Soldaten und armen Kaufleuten saß, fühlte er eine tiefe Befriedigung darüber, daß es ihm gelungen war, Katja zu überlisten und genug Nerven besessen zu haben, sie in einem vollbesetzten Theater während eines aufsehenerregenden politischen Attentats zu töten. Zugegeben, das Attentat hätte noch mehr Aufsehen erregt, wenn auch der zweite Teil des Plans ausgeführt worden wäre, aber es war auch so schon beeindruckend genug.
Während er den Rauch einer billigen Zigarre tief in sich hineinsog, fragte sich Oleg, wohin er jetzt gehen solle. Das spielte keine Rolle. Er würde sich einer anderen Bande anschließen – die keine verdammten weiblichen Mitglieder hatte – und sich an vernünftigeren Aktionen versuchen. Attentate waren gut und schön, selbstmörderische und unzulängliche Phantastereien nicht.
Aber einer Sache war er sich jetzt sicher: In einer Situation auf Leben und Tod wußte er, wie er sich zu verhalten hatte. Niemand würde jemals wieder Oleg Iwanow bedrohen, ohne mit dem Leben dafür zu bezahlen.
Ungefähr eine Woche später fiel Oleg auf dem Hauptplatz in Warschau die Schlagzeile einer russischen Zeitung ins Auge, die das letzte Kapitel der Mordka-Bogrow-Geschichte veröffentlichte. JÜDISCHER ATTENTÄTER GEHÄNGT stand in großen Lettern in der *Nowaja Wremja*, die in ihrem Artikel dann gegen die Juden wetterte, die das Zarenreich bedrohten, und den Wert von Pogromen in höchsten Tönen pries.
Zusammenarbeit mit der Okhrana, dachte Oleg mit einem teuflischen Grinsen; das ist ihre Zusammenarbeit. Und er warf ein paar Kopeken in den Zeitungsständer, nahm sich ein Exemplar und setzte sich in ein nahegelegenes Café, um seine Schadenfreude zu genießen.

Zwei Wochen nach Anjas Hochzeit zerbrach die wackelige Ehe von Natalja Grekowa an ihren Problemen. Der junge Sohn der Gräfin war krank geworden und an einem Fieber gestorben. Die Eltern sahen einander über das Sterbebett ihres Kindes an und gestanden sich ein, daß sie sich fremd geworden waren und sich nur noch wünschten, nichts mehr miteinander zu tun zu haben. Von ihrem Verlust überwältigt, wandte sich Natalja den beiden Männern zu, die ihr am meisten bedeuteten – und denen der leicht aufbrausende Wolodja die Schuld an der Zerrüttung ihrer Ehe gab: es waren ihr Schwager Gigi und Grigorij Efimowitsch, ihr geistlicher Ratgeber. Sie wußte, daß sie auf beide zählen konnte, jeder der beiden war auf seine eigene Weise eine Stütze und bedauerte ihren schmerzlichen Verlust. Rasputin war vor kurzem unter großem Aufsehen nach St. Petersburg zurückgekehrt, nachdem sein unversöhnlichster Feind, der frühere Premierminister, ermordet worden war. Sein Tod schien deutlich zu zeigen, auf wessen Seite der allmächtige Gott war. Aber es entzog sich Nataljas Kenntnis, warum der liebe Herr, den sie verehrte, Nicki zu sich genommen hatte. Nichts kann mich dazu bringen, mich mit diesem Verlust abzufinden, dachte sie traurig.

»Es hat keinen Zweck, Grigorij Efimowitsch«, erklärte Natalja an einem dunklen, regnerischen Nachmittag, als sie mit dem *Starets* zusammen in ihrem blauweißen Salon Tee trank. »Ich versuche zu beten, ich versuche zu verstehen, aber es gelingt mir nicht. Mein wunderschöner Nicki war so jung, so lieblich. Warum wurde er auf diese Weise von mir gerissen? Das war grausam, Grigorij Efimowitsch, und nicht die Tat eines liebenden Gottes.«

»Gott richtet nach seinen eigenen Maßstäben, mein Täubchen. Versuche, daran zu denken.«

»Ich kann an nichts außer Nicki denken.«

Der *Starets* stand auf und ging zu ihr. Sanft hob er ihr Kinn. Sie sah traurig und elend aus, die Tränen liefen ihr übers Gesicht.

»Du mußt beten, Natalja Alexejewna.«

»Das tue ich. Ich bete unentwegt, aber es hilft mir nicht.«
Sie nahm Rasputins Hand, küßte sie und preßte sie an ihre Wange. Er beugte sich nieder, strich ihr sanft über das Haar und küßte sie zärtlich auf die Stirn.
»Fasse dich«, flüsterte er. »Du kannst so nicht leben. Du mußt hinnehmen, was du nicht ändern kannst.«
»Hilf mir dabei«, murmelte sie und schaute tief in seine eigenartigen Augen. Er schien sie mit seinem Blick zu durchbohren. »Hilf mir, Grigorij Efimowitsch. Laß nicht zu, daß Gott mich fallenläßt.« Sie hatte Vertrauen zu ihm. Er würde ihr helfen. Er mußte es tun.
»Laß uns vor den geweihten Ikonen knien und beten«, antwortete er und war sorgfältig darauf bedacht, den abgeklärten Ausdruck eines Gottesmannes beizubehalten, während er ihren üppigen Busen musterte. »Wo sind die Ikonen?«
»Warum fragst du? In meinem Schlafzimmer«, antwortete Natalja verwundert. Jeder gläubige Russe hatte dort einen Herrgottswinkel.
»Führe mich hin«, sagte er in gleichmütigem Tonfall. »Wir werden zusammen beten und Gott bitten, dich zu segnen und dir in deinem Elend Trost zu spenden.«
Zuerst zögerte Natalja, dann stand sie folgsam auf und führte ihren Ratgeber in das großartige weiß-gelbe Schlafzimmer, das sie mit Wolodja geteilt hatte. Sie legte ihr Schicksal in Rasputins Hand.
Drinnen verbeugte er sich tief und ehrfürchtig wie jeder Mönch vor ihren Heiligenbildern. Einige Ikonen waren kostbare, juwelenbesetzte alte Stücke aus dem 15. Jahrhundert.
»Laß uns niederknien und beten«, sagte der *Starets* besänftigend und respektvoll, als er seine Gastgeberin aufforderte, sich auf den Perserteppich zu knien.
Natalja folgte seiner Weisung und wunderte sich über den nachdenklichen Blick, mit dem seine stechenden kleinen hellblauen Augen sie geistesabwesend streiften. Er packte mit seinen rauhen Händen ihre Schultern. Dann kniete er sich plötzlich neben sie. Er trug einen rot bestickten Russenkittel, elegante schwarze Ho-

sen und glänzende schwarze Schuhe – alles Geschenke von wohlhabenden Bewunderern.

»Schau die geweihten Ikonen an, mein Täubchen. Sieh nur, wie wunderschön und freundlich das Gesicht Mariens ist. Schau, wie sie in dein Herz und deine Seele blickt.« Er rückte näher zu ihr. »Was würde dich glücklich machen, Kleines?« fragte Rasputin, als er mit seiner Hand über ihren Arm strich und ihn heftig drückte.

»Den Tod von Nicki zu verstehen«, murmelte sie. Sie war etwas gefaßter, seit sie ihre Seele in Rasputins Händen wußte.

»Wenn Gott dir einen anderen kleinen Jungen schenken würde, würde das es dir leichter machen?«

»Ja, aber das ist unmöglich. Mein Gatte ist dabei, sich von mir scheiden zu lassen.«

»Aber du hast mir von einem anderen Mann erzählt, der dich liebt, mein Liebes. Dein Schwager könnte als Instrument Gottes dienen und dir ein Kind schenken.«

»Es würde einen schrecklichen Skandal geben, Grigorij Efimowitsch. Mein Mann würde es nicht als seines anerkennen, und Gigi kann mich nur mit einem speziellen Ehedispens der Heiligen Synode heiraten.«

»Du hast Freunde, die das für dich arrangieren könnten. Ich würde dir helfen.«

Während Natalja sich diesen Vorschlag durch den Kopf gehen ließ, umfaßte er sie in einer leidenschaftlichen Umarmung, die in ihrer Heftigkeit überwältigend war. »Glaub mir, kleine Natalja, glaub mir«, flüsterte er. »Wenn du Gott und Grigorij Efimowitsch vertraust, dann werden deine Gebete erhört werden.«

Natalja barg ihr Gesicht in seinem Seidenkittel und seufzte. »Ich wünschte, ich könnte Gott wieder vertrauen. Ich wünsche es mir so sehr.«

Rasputin machte sich ärgerlich von ihr los und stand turmhoch in voller Körpergröße über ihr. Er sah aus wie ein finsterer Prophet aus dem Alten Testament, grimmig und ungehalten. »Es ist dein sündiger Stolz, der verhindert, daß Gott dich segnet. Ich sehe das jetzt ganz klar. Du bist eine Sünderin, Natalja Alexejew-

na, und noch nicht zur Buße bereit. Du mußt deinen Stolz besiegen und Demut zeigen, um Gnade zu erlangen.«
»Wie?« wimmerte Natalja und schaute ihn flehentlich an.
Zu ihrem Erstaunen löste er die Kämme aus ihrem Haar, so daß das lange blonde Haar wie ein goldener Strom über ihren Rücken fiel und im Lichte der Lämpchen vor den Ikonen schimmerte.
»Komm«, intonierte er ernst. »Besiege deinen Stolz. Tue Buße mit mir. Zuerst mußt du dich deiner Kleider entledigen. Bleibe nur mit dem reinen Licht deiner Seele bedeckt.«
Erstaunt, aber willig, gestattete Natalja Rasputin, ihr schwarzes Seidenkleid aufzuknöpfen. Sie zitterte, als er es ihr abstreifte und ihre Unterröcke auf den Boden fallen ließ. Dann zog er ihr das Korsett, die Schlüpfer und die schwarzen Seidenstrümpfe aus und warf alles unordentlich auf einen Haufen. Die Gräfin lag auf dem Teppich und sah zu, wie ihr Ratgeber sich den Russenkittel vom Leibe riß und sich hastig seiner Hose und seiner Schuhe entledigte.
»All das ist ein Teil unseres sündigen Stolzes, mein Täubchen«, erklärte er. Die Gräfin sah ihn nervös an. Er stand über ihr und zeigte ein ungewöhnlich großes erigiertes Glied. Da sie nur Wolodjas Penis kannte, war Natalja scheu und beklommen.
»Denke daran, mein Täubchen«, sagte Rasputin sanft, als er sich neben sie auf den Teppich legte, »auch der Stolz auf deine Tugendhaftigkeit ist eine Sünde. Sieh die heiligen Ikonen an und fühle, wie meine Gebete in deine sündige Seele dringen.«
Beklommen bemühte sie sich, andächtig zu werden. Sie zitterte, als Rasputin sie in seine starken Arme nahm und sie unter den Augen von achtundzwanzig Heiligen umarmte.
»Grigorij Efimowitsch«, flüsterte sie zaghaft, »ich weiß nicht . . .«
»Still! Ich bete.«
Erschreckt fühlte Natalja, wie ihr geistlicher Ratgeber ihre üppigen Brüste mit seinen rauhen Pranken packte und sie so fest drückte, daß sie vor Schmerz aufschrie. Als er sich auf sie legte, stockte ihr vor Überraschung der Atem; auf diese Form von geistlicher Verständigung war sie nicht vorbereitet, obwohl sie

den geflüsterten Erzählungen anderer Frauen entnommen hatte, daß Rasputin merkwürdigen religiösen Bräuchen huldigte. Nur den besonders Gesegneten wird die Ehre der Aufmerksamkeit des *Starets* zuteil, pflegten sie zu sagen. Eins zu sein mit ihm im Körper und im Geiste wurde fast dem Himmel auf Erden gleichgesetzt. Aber irgendwie war es schockierend!

»Grigorij Efimowitsch!«

»Besiege deinen Stolz«, befahl er und versuchte, in die bestürzte junge Frau einzudringen, der es an Inbrunst in ihrer Hingabe zu mangeln schien. »Wenn du dich selbst vor dem Herrn demütigst, wird er deiner gequälten Seele Frieden gewähren. Komm«, befahl er. Ihre halsstarrige Unschlüssigkeit machte ihn ungeduldig. »Öffne dich dem Herrn! Wenn du deine verruchte, sündige Seele erniedrigst, wird der Herr dich mit seinem Segen überschütten!«

Natalja hatte Angst, von den Armen dieses wilden Sibiriers erdrückt zu werden und schrie leise auf, als er grunzend und gierig wie ein Tier in sie eindrang.

»Oh!« stöhnte sie und schloß die Augen. Ihr Ratgeber stieß tiefer in sie hinein, er dürstete nach ihrer Seele.

Als sich dann der erste Schrecken gelegt hatte, war Natalja sehr erregt und gewann Gefallen an ihrer Buße. Sie erstaunte den *Starets* mit der Heftigkeit ihrer Selbsterniedrigung. Er war schier überwältigt, als sie auf ihn stieg und ihn vom Kopf bis zu den Zehen mit ihrem Mund, ihren Händen und ihrem langen, seidigen Haar liebkoste. Natalja war so entschlossen, ihre Seele zu retten, daß sie selbst dann noch einmal auf ihn stieg und nach mehr verlangte, als er sie bereits dreimal genommen hatte.

»Genug«, sagte er schließlich und stützte sich auf seinen Ellbogen, während sie neben ihm kniete und ihre blonden Locken über ihn warf. »Gott wird deine Gebete erhören, mein Täubchen. Das verspreche ich dir.«

12

Einige Tage nach der Hochzeit von Anja und Adam, die nach Europa gereist waren, traf sich Prinz Andrej mit Inspektor Roman Wassilijewitsch Petrow. Da sich Petrow so sicher gewesen war, den Fall Oleg zu einem schnellen Abschluß zu bringen, war Andrej gespannt darauf, seinen Bericht zu hören. Bedauerlicherweise wirkte der kleine Inspektor verwirrt und trübsinnig. Seinem Gesichtsausdruck nach hatte er schlechte Nachrichten. Und leider hatte Petrow seinem Auftraggeber auch nichts von wirklichem Interesse anzubieten. Er unterschlug einen Bericht über den Moskauer Zwischenfall, bei dem ihm Oleg entwischt war, weil er sich seiner Erfolglosigkeit schämte; aber er berichtete ihm, daß Katja Petrowna, eine von Olegs Kumpanen bei dem Bankraub, erstochen im Theater von Kiew aufgefunden worden war; und das am selben Abend, an dem das Attentat auf den Premierminister verübt worden war. Es war ein merkwürdiges Zusammentreffen.

»Ja gut, aber was ist mit Iwanow? Ihn will ich haben. War er beteiligt?«

»Das können wir nicht mit Bestimmtheit sagen, Hoheit«, murmelte Petrow verlegen.

Andrej beauftragte ihn, seine Suche fortzusetzen und erinnerte ihn an die Belohnung. Er sei ja wohl nicht so vermögend, daß er darauf verzichten könne, oder?

Roman Wassilijewitsch schien nervös zu werden. »Nein, Hoheit«, versicherte er ihm. »Glauben Sie mir. Unsere Organisation setzt ihre ganze Kraft daran, diesen Fall zu lösen. Ich nehme an, daß wir des Mannes habhaft werden, noch bevor der erste Schnee fällt.«

Mit einem skeptischen Lächeln stellte Andrej fest, daß dies bei

dem St. Petersburger Wetter nicht mehr viel Spielraum für Irrtümer ließ. Er verabschiedete sich von Petrow und gab ihm eine Adresse in Mittelrußland, wo man ihn während der nächsten Woche erreichen konnte – nur für alle Fälle.
Anschließend sei er dann in der Villa Rosa in der Nähe von Jalta auf der Krim, erst danach komme er wieder in sein Petersburger Palais am Moika-Kanal zurück.
Er hoffte, bald etwas zu hören. Er wollte nicht so lange warten, bis er graue Haare bekomme.

Moskau

Ganz im Gegensatz zu Prinz Andrejs düsterer Einschätzung der Lage verfolgte Petrow nicht allein Olegs Spur. Petrow war sogar bereit, für Informationen zu zahlen. Ja, er ging sogar so weit, den Skriabin-Brüdern gegen ernstzunehmende Hinweise Strafaussetzung anzubieten.
Mit den Skriabin-Brüdern in Kontakt zu kommen war leicht gewesen. Mischkin hatte zu diesem Zweck ganz nebenbei ein paar Worte auf der Straße fallenlassen, und kurz danach hatte Dimitrij, der jüngere der beiden, ein Treffen arrangiert, bei dem Mischkin und Pawel ihr Angebot unterbreiteten: 2500 Goldrubel und die Chance, ihre Unstimmigkeiten mit der Polizei zu beenden, wenn sie den Aufenthaltsort ihres früheren Genossen herausfanden und ihn der Okhrana – also Petrow – auslieferten.
Zuerst hatten die Skriabins gezögert, sie vermuteten eine Falle, da ja ihre bisherigen Aktivitäten die polizeiliche Wachsamkeit in störender Weise auf sich zogen; aber nach einer Bedenkzeit sahen sie ein, daß das Angebot einen gewissen Reiz hatte. Sie wollten, daß Oleg starb; und obwohl ihr Kontakt zur Okhrana in Bogrows Fall so verhängnisvoll gewesen war, fühlten sie sich doch moralisch dazu verpflichtet, Katja zu rächen; um so mehr, als Pawel sich schuldig fühlte, weil er sie mit einem Mann nach Kiew geschickt hatte, dem sie so sehr mißtraute.
»Pawel Iwanowitsch«, erklärte Petrow feierlich, »wir wollen beide, daß dieser Mörder seiner gerechten Strafe zugeführt wird.

Arbeiten Sie mit uns zusammen, und Sie erweisen sich selbst und der Okhrana einen Dienst.«
»Gut. Schicken Sie mich nach Europa, und ich werde ihn ausfindig machen, wo immer er sich auch aufhält. Mit unserem Netz von wechselseitigen Bekanntschaften dürfte das nicht lange dauern.«
Petrow putzte seine Brille und nickte. »Gut. Ich sorge für die Zugfahrkarte – und Sie sorgen für den Kadaver von Oleg.«
»Hier, meine Hand drauf«, bestätigte Pawel Skriabin.

St. Petersburg

Lisa und Serjoscha saßen in Serjoschas kunstvoll eingerichtetem Arbeitszimmer, das einen dunklen, höhlenartigen Eindruck machte. Die Decken und Wandvertäfelungen stammten aus einem italienischen Palazzo, der einst den Borgias gehört hatte. Gegenüber seinem reich mit Schnitzereien verzierten Schreibtisch – in den mit Halbedelsteinen Blumen eingelegt waren – hing ein Porträt von Niccolo Machiavelli, seinem Lieblingsautor. Mit diesem kurz angebundenen und verschlagenen Mann teilte er viele philosophischen Ansichten.
»Wir müssen Zenaida loswerden«, sagte Lisa.
»Das geht zu weit. Ich denke nicht daran, mich wegen deiner Eifersucht hängen zu lassen.«
»Ich rede nicht davon, dieses Weib umzubringen. Ich habe da eine bessere Idee.«
Serjoscha hörte sich ihren Vorschlag an und mußte zugeben, daß er Hand und Fuß hatte. Das einzige, was die Ballerina an Sandro interessierte, waren die Unsummen, die er für sie ausgab. Wenn ein anderer Mann signalisieren würde, daß sie von ihm noch mehr zu erwarten hatte, hätte Sandro das Nachsehen, vielleicht sogar vor aller Öffentlichkeit.
»Aber wer käme in Frage?« fragte der Graf.
»Dein Moskauer Freund, Winogradow.«
»Mein Gott, ich glaube, das könnte klappen.«
Leider mußten sie die Angelegenheit erst ins Rollen bringen. Es war ein sehr ausgeklügelter Plan. Da sie wußten, wie sehr

Alexej Winogradow die Ballerina verehrte, ließ Lisa ihren Mann einen Brief an die Kaschina schreiben – angeblich als Winogradow –, in dem er ihre künstlerischen Leistungen pries und seine unsterbliche Bewunderung für die so herausragend getanzte Esmeralda zum Ausdruck brachte; und er lud sie nach einer ihrer nächsten Vorstellungen zu einer Feier im kleinen Kreis in die Villa »Schwarzer Schwan« in Moskau ein. Das Billett wurde von einem Diener Lisas mit einem Korb voller Orchideen übergeben. Zwischen den Blumen lag ein Diamantarmband, eine Opfergabe von Serjoscha.
Als sich Graf Derschawin mit Winogradow in Moskau traf, um ihm den Plan in Umrissen darzulegen, tat er zuerst so, als sei es der alten Zeiten wegen. Er und Winogradow waren glühende Anhänger neuer technischer Entwicklungen, außerdem Kunstmäzene und, wie viele andere vermögende Industrielle, insgeheim Förderer revolutionärer Organisationen im In- und Ausland, die den Umsturz der Alleinherrschaft predigten.
Derschawin sah die Revolution von einem ganz anderen Standpunkt aus als Radikale wie Skriabin. Für ihn wie auch für andere – vermögende Männer, die keinerlei Möglichkeiten hatten, den allmächtigen Zaren zu beeinflussen – war die Revolution eine Chance, sich von einer überholten Alleinherrschaft zu befreien und einen Entwicklungsstand wie die fortschrittlichen parlamentarischen Staaten Westeuropas zu erreichen. Einmal an der Macht, würden diese Männer schon Mittel und Wege finden, die schmierigen kleinen Leute, die die Revolution möglich gemacht hatten, wieder zu unterdrücken.
Jeder Revolutionär hat seine eigene Vision von Utopia.
Zu Serjoschas großer Freude war Alexej Winogradow von seiner Geste so gerührt, daß er ihm noch am gleichen Tag, an dem er einen entzückten Brief der Tänzerin erhielt, die Auslagen für das Armband ersetzte.
Winogradow war hingerissen. Als Frauenkenner war er bereits der ergebene Bewunderer der berühmten italienischen Sopranistin Lina Cavalieri gewesen, die er mit einem ganzen Vermögen an Juwelen überschüttet hatte, bevor sie sich trennten. Dann

gab es ein Zwischenspiel mit der Tänzerin Carolina Otero, die mehrere Diamantketten und einen Zobelmantel in Empfang genommen hatte, bevor sie ihn wegen einem Großherzog sitzenließ. Und jetzt Zenaida Kaschina! Er war außer sich.

Während Winogradow in fieberhafter Spannung sein Rendezvous erwartete, machte sich Serjoscha unter der Regie von Lisa daran, den letzten Teil des Planes zu organisieren. Er heuerte einen Photographen mitsamt Assistenten an und beauftragte sie, in der Nacht des Rendezvous in die bekannte Villa »Schwarzer Schwan« zu kommen. Dort sollten sie Serjoschas Anweisungen Folge leisten und, falls sie gefragt würden, abstreiten, ihn je gesehen zu haben. Ein Schlitten würde auf sie warten, um ihnen einen raschen Rückzug zu ermöglichen.

Am Abend seiner Feier im kleinen Kreis – die Gästeliste war auf zwei beschränkt – ging Alexej Winogradow ins Bolschoi-Theater und applaudierte Madame Kaschina zu ihrer Paquita. Er hatte ihre Garderobe in ein Blumenmeer verwandelt und geleitete die Tänzerin nach der Vorstellung stolz zu seinem Schlitten.

Winogradow, ein gutaussehender Mann mit dunklem Haar und grünen Augen, war so vollkommen bezaubert von ihr, daß er bereits ihr nächstes Treffen plante. Zenaida, der seine Affären mit der Cavalieri und der schönen Otero bekannt waren, hatte seine finanziellen Rücklagen überprüfen lassen und lauschte interessiert.

Als sie den Nachtklub betraten – der schon mehr als nur einen Skandal erlebt hatte –, wurde Madame Kaschina mit großem Applaus begrüßt. Sie ging mit Winogradow in den hinteren Teil, wo ein Séparée für sie reserviert war. Die Kaschina trug zu diesem Anlaß ein violettes Abendkleid und ein eng am Hals anliegendes sechsreihiges Diamantcollier; Diamanten glitzerten auch in ihrem Haar, an ihren Fingern und an ihren Handgelenken – als wolle sie Winogradow zeigen, was sie erwartete.

Der kleine Raum funkelte wie das Innere eines Schmuckkästchens: eine sehr passende Umgebung, überall gab es abgeschrägte Spiegel und goldene Vertäfelungen. Ein riesiger Kronleuchter aus rubinrotem und vergoldetem Kristall schwebte über dem

runden Tisch, der mit dem feinsten Damast gedeckt war. Überall standen frische Blumen und wetteiferten mit dem Geruch von Zenaidas Lieblingsparfüm, *Le Fruit Défendu*, das speziell für sie bei Poiret in Paris zusammengestellt wurde und einen schweren exotischen, ja berauschenden Geruch verströmte.
Das Essen bestand aus einer köstlichen Consommé Célestine, einem exzellenten pochierten Steinbutt in Sauce Hollandaise und einem ausgezeichneten Fasan Souvarow. Gekrönt wurde das Mahl von Zenaidas Lieblingsdessert, *Poires Bourdaloue*, einer Kreation aus Mandelcremesahne, sehr reifen Birnen und gehackten Pistazien. Dann wagte sich Winogradow vor.
Zu Kaschinas Überraschung zog ihr Verehrer eine große Krokodilledertasche unter dem Tisch hervor und erzählte ihr, daß er sie mit dem Inhalt dieser Tasche – einem riesigen Stapel von Banknoten – bedecken wolle.
Zenaida war von der Originalität ihres Verehrers sehr beeindruckt und lachte. Noch nie hatte jemand an so etwas gedacht, und ihr gefiel die Idee.
»Zieh alles aus außer den Diamanten«, flüsterte Winogradow und zog eine Handvoll Hundertrubelnoten aus der Tasche, dann noch einen Stapel. Und noch einen . . . Währenddessen standen die beiden nervösen Handlanger Derschawins in dem kleinen Vorraum und schauten durchs Schlüsselloch.
Zenaida warf ihr Kleid über eine Stuhllehne und verteilte ihre grauseidenen Dessous auf dem roten Teppich. Sie lag langgestreckt auf dem Empiresofa und wartete neugierig darauf, wie viele Rubel Winogradow der Kunst opfern wollte.
Während der Textilmagnat zärtlich ein Vermögen auf jede nur verfügbare Rundung von Zenaidas verführerischem Körper verteilte, stieß der Assistent des Photographen plötzlich die Tür auf und hielt ein Blitzlicht hoch, so daß sein Chef die erste Tänzerin Rußlands in einer neuen Rolle auf dem Film festhalten konnte. Winogradow und die Kaschina waren von der plötzlichen Störung noch völlig verblüfft und blinzelten noch wegen dem grellen Blitzlicht, da schnappten sich der Photograph und sein Assistent bereits wieder ihre Ausrüstung; zwei Ober halfen ihnen

dabei. Dann eilten sie aus dem Nachtklub, den Beweis für Zenaidas Untreue in ihrer Hand.
Sie fuhren direkt zum Atelier, wo Derschawin schon darauf wartete, daß das belastende Bild entwickelt wurde. Dann ging er zum Bahnhof und fuhr nach St. Petersburg.
Am nächsten Nachmittag besuchte Gräfin Derschawina überraschend ihren Vater, der sich während der Wintersaison in der Stadt aufhielt. Sandro schlenderte, in die Betrachtung der Gemälde seiner Lieblingsgalerie des Ottocento versunken, hin und her, während ihm Lisa erzählte, daß sie sich unaufhörlich Sorgen um ihn mache. Insbesondere, seitdem er sich ihr gegenüber so kühl verhielt – aus Gründen, für die sie keine Schuld traf – und zuließ, daß seine Gutmütigkeit von Menschen ausgenutzt wurde, die ihn nicht wahrhaft liebten.
»Ich bin ein Menschenkenner, *ma Chère*«, murmelte Sandro, als sie dann im grünen Salon Tee tranken. »Ich glaube nicht, daß es viel zwischen Himmel und Erde gibt, was mich erschüttern könnte.«
Da zeigte ihm Gräfin Lisa die Photographie.
Bestürzt schaute er das Bild an, er wurde blaß und warf es plötzlich neben das Silbertablett auf den kleinen Rosenholztisch.
Es dauerte eine Ewigkeit, bis Sandro fragte: »Wann und wo?«
»Gestern abend im ›Schwarzen Schwan‹ in Moskau. Der Mann ist Alexej Winogradow, ein Industrieller. Er ist sehr vermögend.«
»Das kann ich mir denken.«
Das war das einzige, was Sandro jemals bezüglich dieser Angelegenheit über die Lippen kam; aber er fuhr noch am selben Tag in seinem Privatwaggon nach Moskau und ging schnurstracks zum Hotel National, in dem die Kaschina abgestiegen war.
Er ging sofort zu ihrer Suite und drückte die Tür auf. Seine Mätresse saß in einem Sessel und ließ sich maniküren.
»Sandro!«
»Ich habe hier etwas, das dir gehört«, sagte er und warf ihr das Bild ins Gesicht. »Ein sehr gewöhnliches Geschenk für eine sehr gewöhnliche Frau.«

Und noch während Madame Kaschina danach zu fassen versuchte, damit ihre Zofe keinen Blick darauf werfen konnte, war Sandro wieder gegangen und fuhr nach St. Petersburg zurück. Er hatte die letzten Worte zu Zenaida gesprochen, die er je in seinem Leben noch an sie zu richten gedachte.

Zum größten Erstaunen nahezu der ganzen Stadt schien Gräfin Lisa plötzlich ein besseres Verhältnis zu ihrem Papa zu haben als seit Monaten. Niemand verstand, warum – außer die Kaschina, die sich aus den Wortfetzen des erschreckten Winogradow ihren Teil zusammenreimte.

Aber Zenaida hatte ein gutes Gedächtnis. Eines Tages, schwor sie sich, würde sie den Damen der Swiridow-Familie diese Demütigung heimzahlen. Und zwar zu einem Zeitpunkt, wo sie am wenigsten mit ihrer Rache rechneten. Sie war die Kaschina. Und niemand beleidigte sie, ohne die Konsequenzen zu tragen. Nicht mal die Swiridows.

13

Paris

Oleg versuchte bei seinem kurzen Aufenthalt in Warschau hauptsächlich, die gestohlenen Juwelen von Katja an Hehler zu verkaufen. Dann entschloß er sich, sein Glück weiter entfernt zu wagen. Er fand, daß die polnische Hauptstadt als Zentrum der russischen Verwaltung für das besetzte Polen nicht gerade der geeignete Aufenthaltsort für ihn war. Es wimmelte hier von Polizisten, das war kein Ort für einen Mann auf der Flucht.
Also verließ er Warschau und fuhr zuerst nach Berlin und dann nach Genf. Doch in beiden Städten blieb er nur kurz. Er war enttäuscht von dem Diskussionsniveau der Genossen, die vorwiegend aus intellektuellen Kreisen stammten und mit denen er wenig gemein hatte. Er wollte Aktionen, keine Theoriedebatten – und suchte eine Möglichkeit, nach Rußland zurückzukehren und einen weiteren Anschlag auf Prinz Malischew oder ein anderes Mitglied seiner Familie zu verüben. Oleg bedauerte, daß der Prinz keine eigenen Kinder hatte. Es müßte die reine Freude sein, einen kleinen Prinzen nach dem anderen umzubringen, während die Eltern vor Schmerz verrückt würden – und sie dann ebenfalls zu ermorden. Prinz Malischew würde als letzter sterben.
Schließlich ließ er sich in Paris nieder und knüpfte Kontakt zu Jakob Bernstein. Mit ihm begann eine neue Phase revolutionärer Tätigkeit – das Schmuggeln. Oleg gefiel die Spannung dabei, und er arbeitete gerne mit Bernstein zusammen, der ein stiller Mann war und keine persönlichen Fragen stellte. Solange Oleg seine Aufgabe erfüllte, wollte Bernstein nichts von ihm wissen: weder seine Ansichten über die Welt noch seine Meinung zum Wetter. Er war ein merkwürdig sachlicher Mensch, der seiner

zweiten Familie und der Revolution treu ergeben war. Alles andere spielte für ihn fast keine Rolle.
Auf gewisse Weise war das Bernsteins Schutz vor Enttäuschungen. Er war ein großer, bärtiger Mann, der hinkte und noch die Narben von den Säbelhieben aus der Zeit des Pogroms im Jahre 1905 trug. Überbleibsel aus einer Zeit, in der er noch glaubte, daß man die Vorstellungen des Zaren verändern und seine Alleinherrschaft einschränken könnte. Er hatte damals auf andere Leute gehört. Deren Ansichten hatten sich aber als Irrtümer erwiesen, und er hatte seine Frau und zwei seiner Kinder verloren. Seit 1906 lebte er nun in Paris, hörte nur noch auf sich selbst und sprach kaum etwas. Und wenn er etwas sagte, ging es um geschäftliche Dinge, um die Druckerei, die seine Frau und seine beiden Kinder ernährte, oder um die Schmuggelware, die der Revolution zugute kam.
Er lebte für den Tag, an dem sein Vaterland von der Alleinherrschaft des Zaren befreit sein würde. Dafür lieferte er unermüdlich Schiffsladungen voll Propagandamaterial und Waffen an die Genossen in Moskau, St. Petersburg, Kiew und Helsingfors. Und wenn die Okhrana seine Kuriere aufgriff oder seine Sendungen beschlagnahmte, gab es immer noch genügend Nachschub. Für Bernstein würde der Kampf erst mit seinem Tod oder dem Sieg der Revolution enden. Und, um die Wahrheit zu sagen, er war nicht übermäßig optimistisch, was seine Chancen anging, die Revolution noch zu erleben.
»Jakob«, sagte Iwanow eines Morgens Anfang des Jahres zu ihm, »bei der letzten Waffenlieferung hatten wir ein wenig Probleme. Wir dachten schon, wir seien der Polizei in die Falle gegangen, aber dann klärte sich noch alles zum besten.«
»Wo lag das Problem?« fragte Bernstein. Er nahm sich eine Zigarette und bot auch Oleg eine an. »Hat dich jemand verraten?«
»Nichts dergleichen«, lachte der junge Mann, der sein Äußeres mit getönten braunen Haaren und einem herabhängenden Schnurrbart verändert hatte. »Es war ulkig, fast wie in einer Posse. Als mein russischer Kontaktmann und ich zu der Lieferadresse – einem verlassenen Sommerhaus in Finnland – kamen,

klopften wir wie verrückt. Aber niemand öffnete. Nach ungefähr zehn Minuten dachten wir schon, wir seien verkehrt. Da hörten wir drinnen Gelächter, und kurz darauf öffnet uns ein kleiner Mann die Tür, der sich gerade die Hose hochzog und versuchte, uns den Blick auf drei nackte Mädchen zu verstellen. Die hingen völlig besoffen über dem Treppengeländer und kicherten wie Geisteskranke. Keine von ihnen war älter als elf, da bin ich mir sicher.« Oleg inhalierte tief und schüttelte in frommem Zweifel sein Haupt. »Mit wem haben wir es denn da zu tun?«

Bernstein lächelte. »Mit Serjoscha Derschawin. Er hat genug Geld, um sich jede Gespielin zu kaufen, nach der ihm der Sinn steht. Er ist einer von diesen liberalen Narren, die uns Geld geben, damit wir ein System bekämpfen, das sie reich gemacht hat. Frag mich nicht, warum. Es ist wohl eine Art von Spiel bei ihnen.«

»Derschawin? Den Namen habe ich schon öfter gehört. Ist er bekannt?«

»Den Lesern des Wirtschaftsbulletins. Ihm gehören Textilfabriken in Moskau und St. Petersburg, und außerdem hat er noch in einer Reihe anderer Geschäfte seine Finger drin. Die Ironie der ganzen Sache liegt darin, daß seine Fabriken sich immer um fette Aufträge von der Regierung bemühen, während Serjoscha Tausende von Rubeln ausgibt, um den Zar zu stürzen.«

»Ist er verrückt?« wollte Oleg wissen.

»Wer weiß?« Bernstein zuckte die Achseln. »Es scheint bei manchen Mitgliedern der adligen Familien schick zu sein, denen zu helfen, die sie zugrunde richten wollen. Ich persönlich finde es ziemlich absurd, aber ich habe noch nie eine Spende zurückgewiesen.«

Auch Oleg zuckte die Achseln. »Selbstverständlich nicht.«

»Sie glauben, daß sie die Revolution unter Kontrolle behalten, wenn sie uns finanzieren«, lächelte der Drucker. »Eitle Hoffnung. Wenn wir erst die Macht übernommen haben, werden wir ihnen nur ein Privileg gewähren: sie dürfen die Gewehre für ihre Hinrichtung selbst laden.«

Bernstein zog wieder an der Zigarette und schaute nachdenklich auf eine Sammlung weltlicher Ikonen, die er in seiner schäbigen Druckerei aufgehängt hatte: Marx, Herzl und Kropotkin. Feierlich schaute er sie eine Minute lang an.
»Wir werden jeden benutzen, der uns von Nutzen sein kann, Oleg. Denk immer daran. Aber laß dich niemals von kurzfristigen Bündnissen täuschen, die aus der Notwendigkeit heraus geboren sind. Du mußt deine Feinde gut kennen, um sie vernichten zu können.«
Es war ein kluger Rat.

Die Brüder Skriabin suchten wild entschlossen nach Katjas Mörder. Auf dem Weg zu diesem Ziel sprachen sie mit einem Genossen nach dem anderen, der vielleicht etwas gehört oder gesehen haben könnte. Nach Dimitrijs Schätzung waren sie schon tausend Hintertreppen in der Hälfte aller europäischen Armenviertel hinaufgeklettert, überall dort, wo Exilrussen lebten.
Hartnäckig fuhren sie von Warschau nach Berlin, von Berlin nach Genf und von Genf nach Paris. Sie ließen nicht locker, bis sich ihre Unermüdlichkeit bezahlt machte. In Paris trafen sie eines Tages einen alten Freund von Bernstein.
Er hieß Peter Michailowitsch Drabkin und hatte ebenfalls die Moskauer Universität besucht. Hocherfreut, Besucher aus der alten Heimat zu treffen, lud er sie in ein nahegelegenes Café ein, um über die Lage in Rußland zu debattieren.
Drabkin war eine Frohnatur mit Glatze, hohen slawischen Wangenknochen und scharfen Augen. Als er eine Flasche Wein bestellte, waren die Brüder überrascht. Sie hatten mit Wodka gerechnet. »Es ist nicht so einfach, den guten Saft hier zu bekommen«, erklärte er.
»So, du kennst also unseren alten Freund Iwanow«, fragte Pawel lächelnd nach und hob sein Glas, »diesen kräftigen Blondschopf, der wie ein Ringkämpfer gebaut ist? Wie geht es ihm denn so?«
Drabkin war erstaunt. »Blond? Iwanow ist nicht blond. Er hat

braune Haare und einen dunklen Schnurrbart. Seid ihr euch sicher, daß wir den gleichen meinen?«
Dimitrij warf seinem Bruder einen kurzen, warnenden Blick zu. »Aber selbstverständlich«, griff er ein. »Pawel muß ihn mit einem anderen Iwanow verwechselt haben.«
»Ach ja«, nickte Pawel, »den Iwanow meinst du.«
»Was treibt er denn so?«
»Er arbeitet als Kurier für Bernstein. Er bringt Schmuggelware per Schiff in unsere Heimat und kommt mit Spenden zurück. Er ist wohl ziemlich gut auf dem Gebiet.«
»Hast du jemals etwas von einem Ding gehört, das er in Kiew gedreht hat?« fragte Pawel so beiläufig, daß sich Dimitrij über seine Beherrschung wunderte. Nur die grauen Augen verrieten seine Erregung, aber darauf achtete Drabkin nicht so genau.
»Nein. War es irgend etwas Besonderes?«
»Nur Gerüchte«, wich Pawel aus.

Als Pawel und Dimitrij das Café verließen und in der Nähe der Sacré-Coeur in eine enge Gasse einbogen, hatten sie mehr über die neue Karriere ihres früheren Freundes erfahren, als sie je zu hoffen gewagt hatten.
»Sollten wir diesen Bastard nicht einfach erledigen, wenn er uns über den Weg läuft?« fragte Dimitrij. Er schlug den Kragen hoch, als sie die Stufen des Montmartre hinabstiegen. Es war früh am Morgen. Die einfachen Leute – Milchfrauen, Handwerker und Fabrikarbeiter – eilten auf dem Weg zu ihrer täglichen Arbeit an ihnen vorbei. Das Hufgeklapper auf den Pflastersteinen und das Knattern eines Automobils mischten sich in den Straßenlärm – Geschrei, Pfiffe und Gutenmorgenrufe –, der die Luft erfüllte. Die Arbeiterklasse von Paris sah einem neuen Tag entgegen.
»Wenn wir ihm hier einen Hinterhalt legen, riskieren wir, als Mörder verhaftet zu werden«, erklärte Pawel seinen Einspruch. »Zu Hause wird die Okhrana es als Dienst an der Allgemeinheit betrachten. Und nachdem wir auch das Geld brauchen, müssen wir abwarten, bis wir wieder in Rußland sind.«

»Glaubst du, daß man diesem Petrow trauen kann?« Dimitrij schien skeptisch.
»Soviel wie er uns.«
»Das ist nicht gerade beruhigend.«
»Bis jetzt ist es die beste Möglichkeit.«
Es schien auch die einzige Möglichkeit zu sein, die ihnen offenstand; so eine Lage machte Dimitrij immer nervös, denn sie konnte unmittelbar ins Verderben führen.

St. Petersburg

»Xenia, *Chérie*, schau nur, ist es nicht exquisit? Mein Gott, wie sehr muß er mich lieben!«
Xenia Alexandrowna lächelte. Nataljas Hochzeitsgeschenk von Gigi war überwältigend – ein Collier aus Diamanten und Saphiren: die Steine waren so groß wie Wachteleier.
»Es ist atemberaubend«, bestätigte die Prinzessin und umarmte die Freundin. »Ich wünsche dir viel Freude damit.«
»Oh, Gigi ist so gut zu mir. Wenn es ihn und Grigorij Efimowitsch nicht gegeben hätte, hätte ich den Tod meines armen kleinen Nicki nicht überlebt.«
Xenia verspürte keine Lust, über Rasputin zu diskutieren und drängte Natalja sanft, sich zu beeilen, damit sie nicht zu spät zu ihrer Hochzeit kam. Der Skandal war ohnehin schon groß genug.
Obwohl Natalja im vierten Monat schwanger war, wurde sie angesichts ihrer annullierten Ehe als Jungfrau anerkannt und war im Begriff, als solche ihren früheren Schwager, Graf Georgij Kyrillowitsch Grekow, zu ehelichen.
Gigis Mutter würde nicht bei der Hochzeit dabeisein; und eine Reihe anderer Familienmitglieder ebenfalls nicht. Sie sahen die ganze Angelegenheit als einen Schlag ins Gesicht der orthodoxen Kirche an – und als eine öffentliche Demütigung für den geduldig leidenden Wolodja, der es verdient hätte, daß die Scheidung von seinem ehebrecherischen Weib in aller Stille vollzogen und damit die Schuld auch der tatsächlich schuldigen Seite zugeschoben worden wäre.

Ehebrecherische Frauen waren nichts Ungewöhnliches in St. Petersburg; um der Wahrheit die Ehre zu geben, sie waren eine sich vermehrende Brut, aber normalerweise zahlten sie einen hohen Preis für ihre Abenteuer. Daß man aber mit einer solchen Unverfrorenheit darauf gestoßen wurde und zusehen mußte, daß es auch noch von höchster Stelle legitimiert wurde, war ein einzigartiger Vorgang. Von einigen Herren war bereits bekannt, daß sie über Rasputin murrten, er habe die Grundlagen der Gesellschaft und die Unantastbarkeit der Familie in Frage gestellt. Und sie fragten sich, ob der Metropolit von St. Petersburg von allen guten Geistern verlassen war, daß er dem frevelhaften Druck der Rasputin-Clique – der Zarin und ihren Vertrauten – nachgab.
Wenn ein Mann über eine so schändliche kleine Schlampe wie Natalja nicht mehr Schimpf und Schande bringen konnte, indem er sich mit dem Ausdruck höchster moralischer Entrüstung von ihr scheiden ließ, welchen Trost sollte er dann noch aus seiner Religion schöpfen? Es war alles sehr regelwidrig und roch nach fauler Politik und willkürlichem Eingreifen in das sittliche Wohlergehen der Nation.
Prinzessin Xenia sah, wie selbstvergessen die Gräfin ihr entzückendes Spiegelbild anlächelte und fragte sich, ob ihr eigentlich bewußt war, daß sie den Gegnern der Zarin den Beweis für Rasputins verderblichen Einfluß am Hof an die Hand gab. Nataljas seltsame Eheannullierung wurde in jeder Zeitung in St. Petersburg und Moskau erwähnt, und jeder konnte daraus ersehen, welche Rolle Rasputin dabei gespielt hatte. Am deutlichsten tadelte *Golos Moskwij* Rasputin und die Heilige Synode, die den Kotau vor ihm gemacht hatte. Überraschenderweise war der Artikel durch die Zensur gekommen.

14

Als Pawel Skriabin wieder in St. Petersburg war, schrieb er an Bernstein. Er gab vor, für eine radikale Gruppe in Narwa, dem Industriegebiet der Stadt und einer Brutstätte der Agitation, Unterstützung zu suchen. Er behauptete, die Arbeiter brauchten zwei Dutzend Gewehre, um sich vor der Polizei zu schützen. Das Geld – es stammte aus dem Schmiergeldfonds der Okhrana – legte er bei.

Bernstein telegrafierte, daß die Fracht bereits unterwegs sei. Petrow war begeistert.

Die Nacht, in der das Treffen mit dem Waffenschmuggler stattfinden sollte, war festgelegt. Petrow traf sich mit seinen Handlangern – Mischkin, Pawel und Dimitrij –, um das endgültige Vorgehen zu besprechen. Es wurde ausgemacht, daß sich Oleg an der Anischow-Brücke mit Mischkin, einem St. Petersburger Kumpan, treffen und ihn zu dem Platz bringen sollte, wo die Waffen versteckt waren. Mischkin wurde deshalb ausgewählt, weil Oleg ihn nicht kannte; und weil er eher wie ein Arbeiter aussah als Petrow, der einen ausgesprochen gebildeten Eindruck machte.

Genau um neun Uhr dreißig an einem kühlen Frühlingsabend erschien Oleg am Ende der Brücke und zündete sich eine Zigarette an. Er starrte in das dunkle Wasser der schnell dahinfließenden Newa und wartete auf seinen Kontaktmann, der sich mit der Parole »Ein guter Platz zum Angeln hier« zu erkennen geben sollte. Er mußte nicht lange warten. Schon nach fünf Minuten schlenderte Mischkin über die Brücke auf ihn zu. Er trug einen schäbige blaue Jacke, abgewetzte Hosen und abgetragene Schuhe.

In einer Droschke, nicht weit von der Brücke entfernt, warteten

Petrow und die Skriabins gespannt auf Mischkins Signal für ihr Eingreifen. Sie sahen, wie er auf Iwanow zuging, ein paar Worte mit ihm wechselte und ihm auf den Rücken klopfte.
»Das ist unser Mann«, gluckste Roman Wassilijewitsch. »Na dann los!«
Petrow war mit einem blauen Kaftan und einem runden Hut als Kutscher verkleidet. Er löste die Bremsen und schnalzte. Als er in gemächlichem Tempo auf die Brücke zufuhr, mußte er mehrere Fahrgäste abwimmeln, die versuchten, ihn anzuheuern.
Auf der Brücke sah Mischkin, der sich immer noch mit Iwanow unterhielt, wie die Droschke näher kam und Pawel die Tür öffnete. Ohne Warnung griff Mischkin nach Iwanow, der das Gleichgewicht verlor, und stieß ihn in die Droschke. Dann sprang auch er hinein.
»Was zum Teufel geht hier vor?« war alles, was Iwanow noch sagen konnte. Mischkin boxte ihm ins Gesicht und brachte ihn zum Schweigen. Dann trommelten die beiden Skriabins mit Fäusten auf ihn ein. Mischkin hielt für alle Fälle seinen Revolver in der Hand.
So schnell er konnte, kutschierte Petrow über die Brücke und den Newski-Prospekt. Er wollte über die Brücke an der Börse zum Newakai fahren, wo ganz in der Nähe ein konspiratives Haus der Okhrana lag. Leider hinderte ihn ein Verkehrsunfall, in den ein Automobil und eine Pferdedroschke verwickelt waren, daran, den ursprünglich geplanten Weg zu nehmen; und so dauerte es recht lange, bis sie den Bestimmungsort erreichten. Den Männern im Wagen schien es wie eine Ewigkeit.
Als sie an dem geheimen Ort angekommen waren, zog Petrow die Bremsen an und machte die Zügel an einem Pfosten fest. Dann sprang er vom Kutschbock und tätschelte die Pferde, bevor er den Wagenschlag öffnete. Doch der sprang bereits auf, und ins Gras flog ein stark lädierter Iwanow.
An einem so abgelegenen Ort wie hier – das Haus war von einem hohen Holzzaun umgeben – konnte niemand hören oder sehen, wie es dem heutigen Gast erging. Und das offizielle Verhör hatte noch nicht begonnen.

Mischkin befahl den Skriabins, Oleg ins Haus zu tragen. Er und Petrow folgten ihnen und zündeten die Gaslampen an. Sie befanden sich in einem kleinen schmucklosen Raum, das Mobiliar bestand nur aus vier Stühlen, einem Tisch und einem Sofa. Die Wände waren aus rohen Kiefernbrettern gefertigt, die einen aromatischen Harzgeruch verströmten. Nicht ein einziges Bild, ja nicht einmal ein billiger Druck belebte den Raum. Dieses Haus war nicht zum Wohnen gedacht, es erfüllte einen speziellen Zweck, und seine Besucher brauchten nicht allzuviel Zerstreuung.

Oleg landete unsanft auf dem Holzboden und fühlte, wie sein Kopf dröhnte. Er blinzelte ein wenig und versuchte, seine Entführer zu erkennen, die ihn in der Droschke fast bewußtlos geschlagen hatten. Im Innern des Gefährts war es nicht möglich gewesen, etwas Genaueres über sie zu sagen. Zwei von ihnen waren stumm geblieben und hatten ihn nur fürchterlich verprügelt. Der dritte, der gesprochen hatte – Genosse Stepanowitsch –, war ihm nicht bekannt. Er konnte ihr Spiel nicht durchschauen.

Die Situation wurde ihm schlagartig klar, als er schließlich Pawel und Dimitrij Skriabin erkannte, die über ihm standen, um von neuem auf ihn einzuprügeln. »Jesus Christus!« kreischte er. Es war die einzige Bemerkung, die er noch herausbrachte, bevor die Skriabins wieder über ihn herfielen und ihn mit ihren schweren Schuhen traktieren. Sie fluchten, während sie auf ihn einschlugen; die beiden anderen Männer schauten zu wie bei einem Ringkampf.

»Du Schweinehund!« brüllte Pawel. »Du hast Katja ermordet. Dafür bringe ich dich um!«

Petrow ließ Pawel und Dimitrij ihre Wut austoben. Er schaute dem Spektakel unbeteiligt zu, weder besonders interessiert noch angewidert. Er hatte schon zu viele solcher Szenen erlebt. Sie gehörten zu seinem Beruf. Er ließ die Skriabins gewähren, das war alles.

Als Oleg nur noch ein wimmerndes, blutendes Bündel war, das leblos ausgestreckt dalag, schnippte Petrow mit den Fingern.

Die erschöpften Skriabins drehten sich um und warteten auf Befehle.
»Oleg Iwanow«, begann der bebrillte Glatzkopf das Schauspiel, »du bist heute abend hier zum Verhör. Du bist des versuchten Mordes und eines Überfalls angeklagt, in Bjelaja Berioschka in der Moskauer Provinz, und zwar im letzten Juni . . .«
»Und eines Mordes in Kiew«, schaltete sich Pawel ein. Er kassierte dafür einen ärgerlichen Blick von dem mit der Brille.
»Ich bin hier zuständig«, sagte der Mann mit leiser, aber schneidender Stimme. »Unterbrich mich nicht.«
Pawel verstummte und sank gekränkt, aber ohne Murren in seinem Stuhl zusammen. Es muß ihn hart treffen, Befehle zu bekommen, dachte Oleg.
»Mit dem versuchten Mord liegt ihr falsch«, brachte er mühsam heraus. Trotzig hob er den Kopf. »Ich habe dieses kleine Aristokratenbiest umgebracht.«
»Du hast sie nur verletzt«, erwiderte der mit der Brille. »Sie ist wohlauf und gerade frisch verheiratet. Bleib bei den Tatsachen.«
»Lügner«, brüllte Iwanow. Sein Gesicht war genauso entstellt und zerschlagen wie damals Anjas. »Ich habe sie umgebracht. Sie hat nicht überlebt.«
Sie muß tot sein, dachte er rasend. Wenn sie noch lebte, dann hätte sie ihm genauso ein Schnippchen geschlagen wie seinerzeit Prinz Malischew. Nein. Das konnte nicht sein. Er hatte sie beide erledigt, Katja und diese Prinzessin. Das war die Wahrheit. »Ich habe sie umgebracht«, wiederholte er verstockt. Er sah dem Mann, der ihn verhörte, in die Augen. »Sie war tot, als ich von ihr wegging.«
Mischkin und Petrow wechselten einen Blick. Es geschah nicht sehr oft, daß sie mit Verbrechern zu tun hatten, die die gegen sie vorliegende Beweislast noch vergrößerten. Dieser hier mußte ebenso verrückt wie bösartig sein.
»Sei dem, wie es sei«, brummte der mit der Brille. »Ihre Familie hat eine Belohnung ausgesetzt, um dich zu fangen, und wir sind dabei, sie zu kassieren.«

»Wer hat ein Kopfgeld ausgesetzt?« brüllte Oleg und versuchte, aufzuspringen. »Diese *Bojaren*?«
Mischkin stieß ihn auf den Stuhl zurück und grinste. »Ja. Genau die. Sie sind ganz wild darauf, dich zur Strecke zu bringen. Sie scheuen weder Kosten noch Mühe. Es ist nur bedauerlich, daß Seine Hoheit sich gerade im Ausland befindet. Sonst wäre er selbst hier und würde dir eine Kugel durch den Kopf jagen.«
Petrow nickte düster. Er dachte darüber nach, was für einen Beweis sie Prinz Malischew vorlegen könnten, nachdem er bei der Exekution nicht anwesend sein konnte. Er würde etwas Stichhaltiges erwarten.
Er stand auf und riß Oleg das Hemd auseinander, um etwas Brauchbares zu finden. Sein Blick fiel auf ein Medaillon an einer goldenen Kette.
»Was ist das?« wollte er wissen.
»Ein Geschenk meiner Mutter«, kam mürrisch die Antwort.
Petrow riß es ihm vom Hals und las die Gravierung: MEINEM OLEG VON MAMA 1909. Er sah Iwanow an. »Hübsch«, sagte er.
»Gib es mir wieder. Es gehört mir.«
»Du wirst es nicht mehr brauchen können. Mach dir darum keine Sorgen.« Der kleine Mann steckte es in die Tasche.
Oleg fühlte, wie seine Angst immer größer wurde. Er sah sich um und betrachtete die Männer, die ihn gefangengenommen hatten. Sie würden ihn umbringen, wenn sie mit ihm fertig waren. Das wußte er jetzt mit Sicherheit. Er hatte schreckliche Schmerzen von den Schlägen und nicht mehr genügend Kraft, um gegen alle vier zu kämpfen. Er war dem Untergang geweiht.
Als ihm klar war, was passieren würde, versuchte er, vom Stuhl hochzuschnellen. Doch Dimitrij boxte ihn nieder und hielt ihn fest, während Pawel ein riesiges Fleischermesser von ungefähr 30 cm Länge in die Hand nahm. Das letzte, was Oleg noch mitbekam, war, daß er mit Dimitrij rang. Alles weitere ging in seinen Schmerzensschreien unter.
Eine Stunde später kutschierte Petrow Mischkin, die Skriabins und ihr Frachtgut zu Olegs letztem Bestimmungsort. Sie hiev-

ten ihn in ein Boot und ruderten auf die Newa hinaus. Der Himmel war klar und wolkenlos. Niemanden störte das laute, klatschende Geräusch, als der Körper ins Wasser fiel. Oleg war erledigt.
Und Petrow und seine Kumpane brannten darauf, die Belohnung zu kassieren.

Genf

Andrej und Xenia waren nach Genf gereist und erwarteten tagtäglich die Geburt von Anjas Baby. Doch das Ereignis verzögerte sich. Nachdem sie sich länger als eine Woche ständig in Anjas Nähe herumgetrieben hatten, beschlossen die Malischews, eine Rundfahrt auf dem Genfer See zu machen. Sie wollten an Bord des Schiffes, das verschiedene Sehenswürdigkeiten ansteuerte, einen Imbiß zu sich nehmen und einen kleinen Abstecher ins Kasino auf der französischen Uferseite wagen. Zwei Stunden, nachdem Xenia und Andrej das Hotel verlassen hatten, spürte Anja die erste Wehe.
Der Schmerz kam so plötzlich, daß sie nach Luft schnappte. Sie meinte, zerrissen zu werden. Hilflos starrte sie ihre Zofe Mascha an, die sofort den gnädigen Herrn rufen ließ. Er besuchte gerade einen alten Bekannten im amerikanischen Konsulat. Während Adam hektisch versuchte, sein vorübergehendes Zuhause in der Rue Calvin zu erreichen, schickte Anja ihren Diener zu einem Arzt. Dr. Moreau war ein Schweizer, der mit seinem weißen Haar, seinem weißen Bart und seinen rosigen Wangen sehr erfahren und beruhigend wirkte.
Als die Prinzessin Mascha anwies, das Bett mit den keimfreien Laken zu beziehen, klammerte sie sich plötzlich an den nächstbesten Stuhl. Eine weitere Wehe war ihr durch den Unterleib gefahren und ließ sie schwach werden.
Mein Gott, dachte sie, erst all dieses Getue, und jetzt, wo ich sie brauche, sind alle weg. Sie schleppte sich nach oben. Anja spürte, daß es nicht gutgehen konnte; sie war nicht darauf vorbereitet, die Geburt allein durchzustehen. Adam sollte hier sein, dachte sie. Es war schrecklich, genau in dem Moment von allen

verlassen zu werden, in dem sie jeden um sich brauchte. Es war so herzlos von ihnen.
Wieder durchbohrte sie der Schmerz, sie durchlitt Höllenqualen, bis sie das Schlafzimmer im zweiten Stock erreicht hatte. Was für schreckliche Schmerzen, dachte sie und atmete schwer. Sie beschloß, keine weiteren Kinder mehr zu bekommen. Wenn sie das Glück haben sollte, dieses hier zu überleben, dann wollte sie ihre Familie als vollständig betrachten. Von jetzt an nur noch Haustiere, dachte die junge Prinzessin. Einen Hund vielleicht.
Endlich kam Dr. Moreau an, und Anja fand, daß er schrecklich munter tat. Er untersuchte sie und brachte sie zu Bett. Dann erklärte er ihr, daß dies erst der Beginn sei. Der ganze Geburtsvorgang würde sich noch über mehrere Stunden hinziehen, sagte er und bemühte sich dabei, es nicht so erschreckend klingen zu lassen, als es war. Er versprach, ihr bei jedem Schritt zu sagen, was vor sich ging und tätschelte ihre Hand.
Als Adam endlich das Haus betrat, nahm er zwei Stufen auf einmal. Gerade, als er an der Schlafzimmertür stand, schrie Anja laut auf. Mascha hielt sich die Ohren zu und brach in Tränen aus. Der Doktor wurde ärgerlich, weil er nicht wollte, daß seine Patientin durch die Ängstlichkeit anderer noch zusätzlich erschreckt wurde.
»Wie geht es dir, Anjuschka?« fragte ihr Gatte. Er beugte sich über sie und küßte sie auf die Wange. »Ist alles in Ordnung?«
»Nein«, kam die Antwort. »*Nichts* ist in Ordnung. Ich habe Schmerzen. Und ich will nicht hier sein! Wo ist Tantchen? Ich will, daß sie kommt. Es geht mir bestimmt besser, wenn sie da ist.«
»Aber, Madame«, lächelte Moreau, »Ihr Gatte ist doch bei Ihnen.«
Der Dummkopf versteht überhaupt nichts, dachte Anja. Schließlich ist es Adams Schuld, daß ich Schmerzen habe. Hoffentlich hat er wenigstens Gewissensbisse. Aber er weiß ja gar nicht, wie weh es tut.
Anja sah, wie die Männer den Raum verließen und sich auf dem Gang miteinander besprachen – sicher beschlossen sie, was mit

ihr zu tun sei, wenn sie sterben würde, dachte die Prinzessin. Sie fragte sich, ob Adam genauso schnell wieder heiraten würde wie nach dem Tode seiner ersten Frau. Wahrscheinlich, dachte sie.

Anja schaute sich in dem Schlafzimmer um. Ihre Augen wanderten über die freundliche Einrichtung, die weißen Spitzengardinen, die bezaubernden weiß-blauen Tapeten, die vielen Blumen in den Kristallvasen. Ihr Blick blieb an der Ikone hängen, die sie von zu Hause mitgebracht hatte. Als sie sich wieder vor Schmerzen krümmte, fragte sie sich, ob wohl auch die Madonna solche Schmerzen erduldet hatte. Aber bei *ihr* war es selbstverständlich ein Wunder gewesen. Sie hingegen war nur Mittelmaß.

»Oh, Mascha!« wimmerte sie. »Es ist so schrecklich!« Kümmerte es die anderen denn nicht?

Als er den Aufschrei Anjas hörte, eilte Adam zurück, um sie zu trösten. Er setzte sich auf einen Stuhl neben ihrem Bett, hielt ihre Hand und unterhielt sich mit ihr. Er tat sein Bestes, um es ihr leichter zu machen; da biß sie die Zähne zusammen und kämpfte mit sich, um nicht laut zu schreien.

»Anjuschka«, flüsterte er und küßte sie auf die Stirn. Er hielt ihre Hand fest. »Ich liebe dich, und ich weiß, daß dies alles sehr schmerzhaft für dich ist. Ich verspreche dir, daß ich hierbleiben werde, bis alles vorbei ist und wir unser Baby haben.«

»Du wirst nicht weggehen?« fragte sie und schaute immer noch ängstlich drein.

Es war ihre größte Sorge, daß sie mit Dr. Moreau und Mascha allein bleiben mußte. Moreau war zwar ein netter Mann, aber sie kannte ihn kaum. Und Mascha war genauso unerfahren im Kinderkriegen wie ihre junge Herrin, sie war wirklich keine große Hilfe. Im Moment stand sie drüben in der Ecke, faltete Laken zusammen, schluchzte und wirkte vollständig hilflos. Adam war der einzige Mensch im Zimmer, zu dem Anja Vertrauen hatte. Nebenbei, dachte sie, ist es schließlich sein Baby. Sie hoffte, daß er von all ihrem Schmerz und Leid auch gebührend beeindruckt war.

»Ich werde ganz sicher nicht weggehen«, antwortete er und

mußte sich anstrengen, um nicht laut zu lachen. Manchmal hatte sie solche merkwürdigen Vorstellungen. Wie sollte er sie jetzt allein lassen können?
»Manche Ehemänner tun das.«
Nach Dr. Moreaus Erfahrung taten es *alle* Ehemänner. Dies hier war ziemlich außergewöhnlich. Vielleicht war Seine Hoheit ein wenig überspannt, überlegte er.
»Nun gut, ich verspreche feierlich, an deiner Seite auszuharren. Du bist mir viel zu teuer, als daß ich dich im Stich lassen könnte.« Er beugte sich über sie und strich ihr sanft übers Haar.
Mascha hätte vor Schreck fast den Krug mit heißem Wasser, um den Dr. Moreau gebeten hatte, fallen lassen, als sie diese Bemerkung hörte. Ein Ehemann, der dabeibleiben und *zuschauen* wollte? Fassungslos starrte sie den Prinzen an und fragte sich, was für einen Menschen Ihre Hoheit da geehelicht hatte. Es war in höchstem Maße befremdlich. Noch verblüffter allerdings war sie darüber, daß Dr. Moreau ihn gewähren ließ. Wirklich, diese Ausländer waren ein merkwürdiges Völkchen! Normalerweise schickten die Damen ihre Gatten in ihre Klubs, damit sie die Zeit totschlugen, bis ihre kreischenden Sprößlinge anständig in weiches Leinen gewickelt waren und in den Armen ihrer Ammen lagen. Was würde Prinzessin Xenia nur sagen, wenn sie zurückkam?
Adam hielt Anjas Hände in den seinen und versicherte ihr, daß es bald vorüber sei. Dr. Moreau machte ein Schmerzmittel fertig, das er aus verschiedenen, scharf riechenden Arzneien zusammenbraute. Er tröpfelte es auf ein sauberes keimfreies Tuch, hielt es vorsichtig über Anjas Nase und bat sie, tief einzuatmen. Anja beeilte sich, zu gehorchen; dabei umklammerte sie krampfhaft Adams Hand. Er beobachtete gespannt ihren Gesichtsausdruck und sah, daß sie sich allmählich entspannte. Der Druck ihrer Hand ließ nach, und sie sank in die Kissen zurück. Die Wirkung der Drogen war bemerkenswert. Anja schien jeglichen Schmerz vergessen zu haben, lachte lebhaft und begann, allen möglichen Unsinn zu erzählen. Unter anderem ein paar Skandalgeschichten aus St. Petersburg, bei denen Adam und

Mascha Tränen lachten. Moreau verstand zum Glück nicht, worum es ging, weil Anja wieder ins Russische gefallen war. Insbesondere die Zofe war erstaunt, ihre junge Herrin so reden zu hören. Ihre Hoheit hatte eine spitze Zunge!
»Es geht ihr gut«, beteuerte der Arzt, als er einen Blick des Gatten auffing. »Kein Grund zur Beunruhigung.«
Und als ob sie es bestätigen wollte, lachte Anja sie beide aus.

Vier Stunden nach dem Beginn der Wehen hörte Anja endlich die langersehnten Worte.
»Ich sehe den Kopf«, verkündete Moreau. »Es ist fast vorüber. Nur noch ein wenig fester.«
Anja stöhnte auf. Sie hielt sich am Arm ihres Gatten fest und versuchte mit aller Kraft zu tun, was man ihr sagte. Das Schmerzmittel hörte allmählich auf zu wirken, und sie spürte wieder diesen schneidenden Schmerz, der den Schleier ihres Dämmerzustandes zerriß.
»Es soll endlich vorbei sein«, schmollte Anja und griff nach Adam. »Laß es aufhören!«
»Nur noch ein ganz klein wenig«, erwiderte Adam und küßte sie auf die Stirn. »Nur noch ein bißchen.«
»Der Kopf ist draußen!« verkündete Moreau und lächelte. »Noch einmal kräftig pressen!«
Anja keuchte und grub ihre Fingernägel in Adams Arm. Sie hatte ihre Augen zusammengekniffen. Plötzlich spürte sie eine ungeheure Erleichterung: das Baby war draußen. Rot, schmutzig und mit Schleim bedeckt lag es zwischen den Schenkeln seiner Mutter und versuchte, seine winzigen Arme und Beine zu bewegen.
»Oh«, ächzte sie, »ist es endlich vorüber?« Der Raum drehte sich um sie.
»Jawohl, Madame«, verkündete der Arzt und hob das Baby hoch, um es ihr zu zeigen. Er gab ihm einen kräftigen Klaps auf seinen kleinen Popo. »Sie haben einen gesunden kleinen Jungen.«
Prinzessin Swiridowa war von der Tortur wie betäubt. Als sie das rote und zerknitterte kleine Geschöpf betrachtete, fand sie,

daß es einem jungen Eichhörnchen ähnelte. Man stelle sich vor, dachte sie, wegen so etwas das ganze Theater. Es sah wirklich nicht so aus wie die hübschen blonden Babys, die man mit ihren Kindermädchen in den Parks sehen konnte. Es war eher, ja, ein junges Eichhörnchen. Und das war jetzt also ihr Kind. Sie war sich nicht ganz sicher, ob sie es jetzt noch wollte.

Erschöpft legte sie sich zurück und schloß die Augen. Sie war froh, daß die Geburt vorüber war. Nichts erschien ihr nun wirklich, alles war so fremd. Das Zimmer verschwamm vor ihren Augen wie in einem Traum, und Dr. Moreau präsentierte ihr ein kleines krebsrotes Geschöpf, das höchst unangenehm brüllte.

»Anja«, flüsterte ihr Gatte und küßte sie wieder auf die Stirn. »Wir haben einen wunderbaren Prinzen Swiridow. Du hast mir einen wunderschönen Sohn geschenkt. Er gleicht dir aufs Haar.«

Anja schaute Adam an und fragte sich, ob er verrückt war. Ganz sicher sah dieses Kind nicht aus wie sie oder wie irgend jemand sonst. Zum ersten Mal sah sie Adam weinen, die Tränen liefen ihm übers Gesicht.

»Ich liebe dich«, schluchzte er. »Und ich werde gut auf euch beide aufpassen.«

Anja lächelte schwach und drückte zart seine Hand. Daran hatte sie keinen Zweifel. Aber sie wünschte sich sehr, daß ihr Baby etwas menschlicher aussähe!

Als Prinz Sandro in Genf ankam, um seine Glückwünsche zu überbringen, ging er nach dem Betreten des Hauses schnurstracks ins Kinderzimmer. Dort lag in den Armen seiner kräftigen blonden Amme Prinz Michail Adamowitsch Swiridow, das Kind, auf das er die ganzen Jahre seit dem Tode seines Sohnes Nicki gewartet hatte. Sandro befand sich in einem Zustand der Glückseligkeit. Nun kann ich endlich glücklich sterben, dachte er sich.

Während die Männer im Speisesaal die Champagnerkorken knallen ließen, beugten sich die junge Mutter und ihre Tante Xe-

nia im Kinderzimmer über die Wiege und machten viel Aufhebens um Anjas kleinen Sohn.
»Mein kleines Eichhörnchen ist doch entzückend, oder?« lächelte seine Mutter. »Ich habe ihm den Spitznamen Bjeloschka gegeben, weil er bei seiner Geburt wie ein Eichhörnchen ausgeschaut hat. Aber jetzt ist er sehr hübsch geworden.«
Ihre Tante lachte über die Namenswahl und umarmte ihre Nichte. »O Anjuschka, du hast deinen Großvater so glücklich gemacht, wie er es seit Jahren nicht mehr gewesen ist. Dieses kleine Eichhörnchen wird die Stufenleiter höher erklimmen als je ein ehrwürdiger Ahne vor ihm, da bin ich mir sicher.«
Um seiner Freude über seinen Urenkel Ausdruck zu verleihen, schenkte Prinz Sandro Anja ein großartiges Zeichen seiner Wertschätzung – einen Diamantanhänger von siebeneinhalb Karat, der an das Geburtsgewicht von Bjeloschka erinnern sollte. Der Rest der großzügigen Taufgeschenke erwartete die jungen Eltern bei ihrer Heimkehr. Darunter ein blendendes Smaragdgeschmeide, das auch nach russischen Maßstäben aufsehenerregend war.

St. Petersburg

Nachdem Prinz und Prinzessin Malischew einige Wochen mit dem jüngsten Zuwachs der Familie in Europa verbracht hatten, kehrten sie in die russische Hauptstadt zurück. Die erste Person, mit der sich Prinz Andrej treffen wollte, war Roman Wassilijewitsch Petrow, der eine diskrete Nachricht hinterlassen und um ein Zusammentreffen gebeten hatte. Der Prinz war auf neuerliche Entschuldigungen gefaßt und somit überrascht zu hören, daß Petrow es anscheinend geschafft hatte.
Während er mit dem Inspektor die Allee am Schwanenkanal entlangging, lauschte er gespannt Petrows Schilderung der Gefangennahme und nickte, als Petrow ihr listiges Vorgehen, die Rolle der Skriabins, das Verhör und das Ende von Oleg Iwanow im kalten Wasser der Newa beschrieb.
Dem Inspektor schien sein vornehmer Auftraggeber fast zu gelassen. Dann aber dachte er sich, daß es gar nicht zu ihm passen

würde, vor Freude zu brüllen, selbst wenn ihm danach wäre. Er war schließlich ein Prinz und ein vornehmer Herr, nicht einer von denen, mit denen Petrow sonst zu tun hatte. Die einzige Bewegung zeigte Seine Hoheit, als Petrow ihm den Beweis für den Mord vorlegte – das goldene Medaillon.

»Es war ein Geschenk seiner Mutter«, erklärte Petrow überflüssigerweise, denn das las Andrej gerade selbst.

Maria Andrejewna hatte es ihrem Sohn mit all ihrer Liebe in dem Jahr geschenkt, als er ihn nach Sibirien verbannen ließ. Ein Zeichen der Zuneigung einer Mutter. Brüsk gab er es wieder dem Inspektor, als ob er sich daran schmutzig machen könnte.

»Ja«, nickte Andrej, »ich akzeptiere das als Beweis.« Mein Gott, dachte er. Er hatte das Bild von Maria Andrejewna vor Augen, wie sie vor drei Jahren in seinem Arbeitszimmer schluchzte und flehentlich für ihren Sohn um Gnade bat.

Er hatte keine Schuldgefühle. Die Erinnerung an Anja, die fast totgeschlagen in ihrem Bett gelegen hatte, verhärtete ihn gegen jegliches Mitleid. Bis an sein Lebensende würde Andrej Nikolajewitsch davon überzeugt sein, richtig gehandelt zu haben. Was ihn störte, war die *Art* des Mordes. Er hätte es selbst erledigen sollen. Das zerrte und nagte an ihm.

Als der Prinz zu Hause Xenia die Neuigkeit mitteilte, war er so gelassen, daß sie zuerst gar nicht verstand, wovon er sprach. Sie unterbrach ihre Tätigkeit – sie war gerade dabei, eine neue Farbzusammenstellung für das Musikzimmer auszuwählen – und starrte ihn an.

»Er ist tot«, wiederholte Andrej. »Petrow hat ihn umgebracht, während wir in Genf waren. Die Angelegenheit ist endlich erledigt.«

Xenia warf sich dem Prinzen in die Arme. Tränen der Dankbarkeit flossen ihr übers Gesicht. Dann sank sie voller Erleichterung auf ein Sofa. »Wir müssen es Anja mitteilen«, sagte sie, als sie wieder Worte fand. »Sofort. Andrej, das ist einer der schönsten Momente meines Lebens! Ich bedauere nur, daß ich nicht dabeisein konnte.«

Wie gut er sie verstand.

Als Prinzessin Anja die Nachricht von Iwanows Tod erhielt, erfuhr einer ihrer Verwandten in St. Petersburg ebenfalls von einem Mord, und ebenfalls von einem nicht besonders schönen. Graf Derschawin beriet sich mit einem seiner Freunde vom linksradikalen Flügel.

»Bernstein ist tot«, teilte der Gast ihm mit und nahm dankend ein Glas Madeira an.

»Meine Güte, ich hatte keine Ahnung! Wie ist es denn passiert?«

»Irgend jemand hat ihn verraten. Der Chef der Okhrana in Paris hat vom Polizeipräfekten etwas in die Hand bekommen und eine Razzia veranlaßt. Jakob hat einen der französischen Polizisten erschossen, als sie anfingen, seine Druckerpresse zu zertrümmern. Die anderen eröffneten dann das Feuer auf ihn.«

Der Industrielle blinzelte nervös in sein Weinglas. Er hatte Bernstein zwar nicht persönlich gekannt, aber er hatte die letzten eineinhalb Jahre oft mit ihm zu tun gehabt, wenn er die kleinen Waffenlieferungen für verschiedene radikale Gruppen einschleuste.

Nachdem sein Freund gegangen war, goß sich Derschawin noch ein Glas Madeira ein und dachte über die unerfreulichen Folgen nach, die die Nachforschungen nach Bernsteins Kontakten im In- und Ausland nach sich ziehen würden. Der Gedanke erfüllte ihn mit Furcht.

Während er noch verbissen in die Flammen des gemeißelten Marmorkamins starrte, wurde er durch Schritte auf dem Teppich hinter sich aufgeschreckt; dann hielten ihm zwei Hände die Augen zu.

»Tascha, mein Liebling«, lächelte er gerührt. »Meine süße Kleine.«

»Ach Papa! Ich wollte dich überraschen«, schmollte das Mädchen und schlang seine Arme um ihn. Er hob sie hoch und trug sie zu einem großen bequemen Sessel. Dort setzte er sich und nahm sie auf den Schoß. Verspielt streichelte er sie unter ihren Unterröcken aus weißem Batist, während sie ihre langen Beine

bald würde er auch alles andere an ihr erforschen, in der prunkvollen Abgeschiedenheit eines der elegantesten Bordelle von St. Petersburg, seinem zweiten Zuhause.
»Du süße Unschuld«, lächelte er und gab ihr einen zärtlichen Klaps.

15

St. Petersburg

Prinzessin Anja Swiridowa hatte einen Nachmittag vor sich, der ihr eine äußerst seltene Ehre bescheren sollte, eine Auszeichnung, die sehr rar war und ihr mehr Ansehen verlieh als jeder noch so aufwendige Orden: sie sollte von Ihrer Kaiserlichen Majestät, Alexandra Fjodorowna, Zarin von Großrußland, zum Tee im Alexanderpalast in Zarskoje Selo empfangen werden. Anjuschka war schon sehr aufgeregt.

Die junge Prinzessin saß vor ihrem Spiegel im Ankleideraum und überlegte, was sie zu diesem Anlaß am besten anziehen sollte. Sie wollte keinen falschen Eindruck auf die Zarin machen. Sie wollte sich angemessen kleiden und benehmen. Von diesem Augenblick an bis zu dem Moment, in dem sie das kaiserliche Anwesen wieder verlassen würde, wollte sie Würde ausstrahlen, so wie es von ihr als Mutter und *Grande Dame* erwartet wurde. Das einzige Problem dabei war, überlegte Anja, daß sie vor Freude und Übermut am liebsten ununterbrochen kichern würde.

Ein Kleid nach dem anderen holte ihre Zofe Sonja hervor, aber die Prinzessin konnte sich einfach nicht entscheiden. Sie bestand darauf, etwas Würdevolles anzuziehen. Würde war für Alexandra Fjodorowna sehr wichtig, hatte Natalja ihr gesagt, und die mußte es ja wissen. Außerdem hatte Natalja diese Einladung arrangiert.

»Irgendwie«, hatte Adam gemeint, als er von der Einladung erfuhr, »irgendwie habe ich große Schwierigkeiten damit, mir Gräfin Grekowa als Vertraute der Zarin vorzustellen.«

»Was die beiden verbindet, ist ihre gemeinsame Liebe zu diesem Rasputin«, hatte seine Frau erklärt. »Alle beide halten ihn für ei-

nen Heiligen. Jeder, der ihrer Meinung ist, ist ihnen willkommen; jeder, der ihn verachtet, wird ausgeschlossen. Ich hoffe, mir wird es gelingen, meinen Mund zu halten, wenn sie anfängt, mir von seinen Wundertaten vorzuschwärmen. Grand-père ist der Meinung, er sollte dafür gehängt werden, daß er die Zarin zugrunde richtet.«
»Ihn wird man sicher niemals nach Zarskoje einladen«, war Adams Kommentar.
»Er würde auch überhaupt keinen Wert darauf legen«, erwiderte seine Frau. »Seiner Meinung nach ist die Zarin verrückt.«
Während er seine Frau bei ihren Vorbereitungen für den Besuch bei der Zarin beobachtete, fragte Adam sich, ob er nicht in einer Traumwelt lebte. Seine hinreißende achtzehnjährige Frau, die so gerne im Schnee herumlief und auf dem Geländer im Garten ihrer Großvaters hinunterrutschte, war in diesem Augenblick dabei, in ein Pariser Modell zu schlüpfen, das mehr gekostet hatte als das Jahresgehalt eines mittleren Büroangestellten. Die dreifache Perlenkette, die noch darauf wartete, um ihren schlanken Hals gelegt zu werden, konnte gut und gerne eine ganze kleine Stadt mehrere Jahre lang ernähren. Und er selbst hatte mit all dem nichts zu tun. Das gehörte alles zu dem Leben, das sie von diesen Swiridows geerbt hatte, deren Porträts die Eingangshalle schmückten – imposant und unberührt von den alltäglichen Problemen des Lebens.
Manchmal fragte sich Adam, durch welches Wunder seine Frau trotz dieses Ballasts der Geschichte, der auf ihr lastete, so charmant und natürlich bleiben konnte. Und gelegentlich wunderte er sich auch darüber, wieso sie ihm, einem einfachen Amerikaner, überhaupt erlaubt hatten, sie zu heiraten.
»So«, fragte Anja, nachdem es Sonja und ihr gelungen war, sie in eine große Dame zu verwandeln. »Wie findest du mich jetzt?«
»Wunderschön, mein Schatz. Du siehst aus, als wärest du geradewegs aus einem Gemälde von Velazquez herausgetreten. Sehr würdevoll.«
»Und jetzt sag mir, was du von meinem Hofknicks hältst.« Sie führte ihm einen vor.

»Perfekt.«
»Ganz sicher?«
Prinzessin Anja hätte ihm am liebsten geglaubt, aber sie hätte sich doch sicherer gefühlt, wenn ihre Tante dagewesen wäre, um es zu beurteilen. Xenia war auch schon einmal am Zarenhof gewesen, und sie war eine Expertin in Fragen des Stils, eine unvoreingenommene Lehrerin. Adam war von allem, was Anja tat, begeistert, und außerdem kam er aus einem Land, in dem die Damen keinen Hofknicks zu machen brauchten. Deshalb mißtraute sie seinem Urteil ein wenig. Sie würde eben später noch einmal mit Natalja üben müssen, dachte sie bei sich.
Als Prinzessin Swiridowa einige Minuten später über die breite Marmortreppe in die Halle hinunterschwebte, sah sie wirklich hinreißend aus in ihrem schwarzen Samtkleid aus Paris, den herrlichen Perlen um Hals und Armgelenke und den passenden Perlenohrringen. Darüber zog sie einen wunderbar leichten und seidig schimmernden Zobelmantel. Am Arm ihres Ehemannes machte sie sich auf den Weg zum Expreßzug, der sie nach Zarskoje Selo bringen sollte.
Während Anja mit Ihrer Kaiserlichen Hoheit Konversation machte und exquisites Gebäck knabberte, würde ihr Mann Gigi Grekow in seiner Villa in der Nähe besuchen. Natalja war ebenfalls bei der Zarin eingeladen, und Adam wollte die Gelegenheit nutzen, mit ihrem Mann darüber zu reden, wie weit der Einfluß von Rasputin auf den engeren Kreis um den Zaren ging. Diesbezüglich waren die wildesten Gerüchte in Umlauf. Einige waren so seltsam, daß sie eigentlich gar nicht mehr glaubhaft waren.
Als die Swiridows an dem für Gäste der Zarenfamilie reservierten Bahngleis ankamen, wartete Gräfin Grekowa bereits auf die Prinzessin. Adam verabschiedete sich für ein paar Stunden, und Anja stieg in das Automobil, das die Zarin geschickt hatte. Natalja setzte sich neben sie. Anja hatte große Mühe, ruhig und gelassen zu bleiben, denn ihr Herz klopfte schon gewaltig.
Während der Fahrt unterhielt sich Anja höflich mit ihrer Begleiterin, innerlich jedoch dachte sie darüber nach, warum die Zarin sie wohl eingeladen haben mochte. Alexandra Fjodorow-

na hatte für die Petersburger Gesellschaft nichts übrig. Sie lebte zurückgezogen auf Zarskoje Selo und begab sich nur dann in die Hauptstadt, wenn es unumgänglich war. Die großen russischen Familien, die dort residierten, bezeichnete sie als »leichtlebig« und »frivol«.

Als Anja so vom Bahnhof zum Eingangsportal des schlichten neoklassizistischen Alexanderpalastes fuhr, wünschte sie, sie wäre an einem ganz anderen Ort, fast wünschte sie, *irgendwo* anders zu sein – nur nicht hier. Was sollte sie nur zu Alexandra Fjodorowna sagen? Sie war noch niemals einem Mitglied der kaiserlichen Familie begegnet; nur als kleines Mädchen hatten ihr Angehörige verschiedener königlicher Familien den Kopf gestreichelt, wenn sie ihren Großvater besuchten. Das hier war eine vollkommen andere Sache.

Als Anja mit Natalja aus dem kaiserlichen Fahrzeug ausstieg, klammerte sie sich an ihren weichen Pelzmantel, als ob sie sich festhalten müsse, und marschierte an Dienern in Livree vorbei in den Alexanderpalast. Die beiden Damen durchquerten einen Raum nach dem anderen, jeder für sich ein Schmuckstück an Innenarchitektur, bis sie zu den Privatgemächern der Kaiserin gelangten.

Beeindruckt von soviel Glanz und Reichtum, folgte Anja dem Majordomus, der in seiner Uniform selbst ein Musterbeispiel an Würde war. Anja betrachtete aufmerksam die Edelholzvertäfelungen um sich herum, dicke Brokat-Stickereien, hohe Porzellanvasen, zarte Kristallgefäße mit Blumen aus dem Treibhaus, exquisite Perserteppiche. Allmählich beruhigte sie sich. Es war nicht viel anders, als wenn sie durch die langen Gänge des Swiridow-Palastes ging.

Natürlich war da schon ein Unterschied, dachte sie dann aber in einem selbstkritischen Augenblick. Denn der Zar wohnte nun einmal nicht im Swiridow-Palast, sondern hier. Und genau aus diesem einen Grund hatte sie Schmetterlinge im Bauch.

Als sie endlich in den Privatgemächern der Zarin ankamen, holte Anja tief Luft und hielt sich sehr gerade. In zwei Minuten

würde sie Alexandra Fjodorowna begegnen. Wieder begann ihr Herz wie wild zu klopfen.
Als Gräfin Grekowa durch die Tür zum Boudoir der Zarin trat – das war der Lieblingsraum der Herrscherin –, stand Anja endlich der Zarin gegenüber. Schnell folgte sie Nataljas Beispiel und machte einen tiefen Hofknicks. Schade, daß Xenia nicht da war, um sie zu sehen, denn der Knicks war perfekt.
Alles, woran sich Anja später noch erinnern konnte, wenn sie an diesen ersten Augenblick im Angesicht der Zarin dachte, waren Perlen – Perlen, Perlen, Perlen überall. Alexandra streckte ihr ihre Hand entgegen, damit Anja sie küssen konnte. Die langen Reihen von Perlen tanzten vor ihren Augen.
Als die Prinzessin wieder aufstand, stellte sie fest, daß sie fast ebenso groß war wie die Zarin, die ein paar Jahre älter sein mußte als ihre Tante Xenia. Dennoch schien sie um Jahrzehnte älter. Sie glich kaum noch den offiziellen Porträts, die sie als junge Braut darstellten. Sie sah aus wie eine Frau, die viel und stark gelitten hat. Ihr Mund war schmal wie ein Strich, ihre Nase wie ein langer dünner Schnabel. Sogar ihre blauen Augen blickten traurig und schienen zu klagen, wie schwer das Leben ist.
Anja war fasziniert davon, einer Frau gegenüberzustehen, der man vorwarf, die Monarchie zu zerstören. Sogar einige der glühendsten Monarchisten in Rußland beschuldigten die Zarin. Anja stellte fest, daß die beiden Frauen, Alexandra und Natalja, sich in Freundschaft zugetan waren. Von einem üblen Geist, der angeblich von der Zarin ausgehen sollte, konnte Anja beim besten Willen nichts feststellen. Sie schien ernsthaft daran interessiert zu sein, wie es Nataljas und Anjas Kindern ging. »Mütterlich« war das richtige Wort, um sie zu charakterisieren, dachte die junge Prinzessin.
Als der Tee vorüber war, wandte sich die Zarin noch einmal Anja zu und sagte ihr, wie sehr sie sich freue, die Bekanntschaft einer jungen Prinzessin gemacht zu haben, die durch das ausschweifende Leben in St. Petersburg offensichtlich nicht verdorben worden war. Anja dachte, daß sie wahrscheinlich alle Geschichten und Gerüchte um und über ihre Tante Lisa gehört

hatte. Alexandra gab ihrem Wunsch Ausdruck, mehr junge Damen möchten sich so wie Anja um ihre Kinder kümmern. Schließlich überreichte die Zarin ihrem Gast noch ein wunderschönes Photo von der kaiserlichen Familie, das in einem blauweiß emaillierten Fabergé-Rahmen gefaßt war – eine schöne Erinnerung an dieses denkwürdige Ereignis.

Als die Prinzessin mit einem Knicks den Raum verließ und dabei das kaiserliche Audienz-Photo an sich drückte, hatte sie das Gefühl, soeben eine Prüfung durchgemacht zu haben – nur wußte sie nicht, was das für eine Prüfung gewesen sein sollte.

Als Natalja und Anja ihre Ehemänner wiedertrafen, stellte die junge Prinzessin fest, daß Gigi zwar höflich war, aber von dem Aufstieg seiner Frau in die allerhöchsten Kreise des Landes ziemlich unbeeindruckt zu sein schien. Bei sich dachte er, daß sowohl Natalja als auch Alexandra reif für die Irrenanstalt waren. »Hat Ihre Majestät dich auch gefragt, ob du eine Anhängerin von ihrem bäuerlichen Wundertäter bist?« wollte er von Anja wissen.

»Nein, sie hat ihn mit keinem Wort erwähnt. Ich hatte erwartet, daß sie das Gespräch auf ihn lenkt, aber das hat sie nicht.«

Natalja sah ihren Mann verärgert an. »Ihre Majestät spricht nur von Vater Grigorij, wenn sie sicher ist, daß Gläubige anwesend sind.«

»Sie war sehr freundlich«, sagte Anja, als müsse sie sich oder die Zarin verteidigen. »Es fällt mir schwer, die Geschichten, die kursieren, zu glauben.«

Auf ihrem Rückweg zum Bahnhof unterhielten Prinz und Prinzessin Swiridow sich unbeschwert auf dem Rücksitz von Gigis Auto. Plötzlich fragte Anja: »Hat Gigi dir eigentlich erzählt, warum er so gegen die Freundschaft zwischen Natalja und der Zarin ist? Ihre Majestät scheint sehr freundlich zu sein.«

»Mein Schatz«, lachte Adam. »Er befürchtet, daß die beiden sich von diesem Scharlatan haben einwickeln und betrügen lassen. Das ist ein nationaler Skandal.«

»Aber warum denn?« fragte sich die Prinzessin laut. »Was kann er Alexandra Fjodorowna und Natalja denn schon antun?«
Prinz Swiridow lächelte. Anjuschka konnte manchmal so herzerfrischend naiv sein. »Die Leute vermuten eine Art körperliche Anziehungskraft«, erklärte er schließlich. »Zumindest ist das die allgemeine Ansicht.«
»Dann haben diese Leute unrecht. Ihre Majestät ist ganz anders.«
»Mein Schatz«, wandte Adam ein. »Die Menschen spielen bei unterschiedlichem Gegenüber unterschiedliche Rollen. Du hast sie doch erst ein einziges Mal getroffen.«
Dennoch schüttelte die Prinzessin stur ihren hübschen Kopf. »Tante Lisa ist eine sinnliche Frau, aber Alexandra Fjodorowna ganz bestimmt nicht. Und außerdem«, fügte sie hinzu, »hast du sie noch nicht ein einziges Mal getroffen.«
Er mußte lachen. Anja hatte recht.
Während des ganzen Rückwegs dachte Anja darüber nach, warum Alexandra Fjodorowna wohl so geworden war, wie sie war. Sie war ihr so gar nicht wie die bösartige Zarin vorgekommen, als die sie im allgemeinen Tratsch immer dargestellt wurde. Wenn sie sie beschreiben sollte, würde sie sie als sanft und freundlich bezeichnen. Sie mußte eine freundliche und nette Frau sein, wenn sie sich mit Natalja Grekowa anfreundete, dachte Anja. Natalja konnte einem manchmal schon sehr auf die Nerven gehen, besonders wenn es um das Thema Rasputin ging. Aber natürlich war das für die Zarin etwas anderes, denn auch sie hielt große Stücke auf ihn.
»Nun, mein Schatz«, meinte Adam nach einer Weile. »Jetzt hast du etwas getan, das noch kein anderes Familienmitglied jemals getan hat.«
»Was?«
»Mit Alexandra Fjodorowna Tee getrunken, in ihren Privatgemächern. Ab heute wirst du von den Damen der Gesellschaft belagert werden, die jede Einzelheit von dir erfahren wollen. War es wirklich so großartig?«
Anjuschka lächelte. »Es war ... gemütlich«, antwortete sie

schließlich. »Gemütlich« war ihr Lieblingswort in Adams Muttersprache. Sie lehnte sich an seine Brust und kitzelte ihn dabei mit ihrem Zobel. »Und das werde ich auch den ganzen Klatschtanten erzählen, wenn sie mich fragen. Dann haben sie bestimmt genug Stoff zum Nachdenken. Es wird sie verwirren.«

16

Die junge Komtesse Tatjana Sergejevna Derschawina – in Familienkreisen Tascha genannt – war so aufgeregt, daß sie ihr Glück kaum fassen konnte. Nach einer Serie von Familienkrächen hatte ihre Mutter beschlossen, sie brauche jetzt erst einmal Ruhe und Erholung in einem der Kurorte auf der Insel Ischia in Italien, und sie war tatsächlich abgereist. Ihre Zofe, dreißig rote Lederkoffer mit Kleidung und ein schlanker, dunkelhaariger junger Mann, der angeblich ihr Sekretär war – als solcher wurde er jedenfalls überall vorgestellt –, begleiteten die Gräfin. Tascha wußte nicht, wofür ihre Mutter wohl einen Sekretär brauchte, da sie ja nie schrieb, aber es war ihr auch egal.
Um ihre Freiheit zu feiern, gingen die zurückgebliebenen Derschawins in ein sehr schickes Restaurant, bestellten *Caille farcie aux raisins*, exquisit zubereitetes Gemüse, das in St. Petersburg im Treibhaus gezogen worden war, während der russische Schnee um die Dächer wirbelte; dazu tranken sie Champagner. Den Abschluß des Diners bildeten reife Beeren, die mit dem Zug von der Krim in die Hauptstadt transportiert worden waren.
Zu Taschas Überraschung fuhr ihr Vater mit ihr nach dem Essen nicht nach Hause in ihre weitläufige Villa am Fontanka-Kanal, sondern zu einem anderen großen Haus in einer Seitenstraße in der Nähe des Newski-Prospekts. Ein gutes Dutzend teure Schlitten parkten vor diesem Gebäude; Derschawin ließ seinen dazustellen. Die Kutscher vertrieben sich die Kälte und die Zeit, indem sie kleine Feuer am Straßenrand machten, sich die Hände daran wärmten und sich unterhielten, bis ihre Herren wieder aus dem Haus zurückkamen.
Derschawin und seine Tochter, die beide dicke Pelzmäntel und

-stiefel zum Schutz vor der Kälte und dem Schneetreiben trugen, stiegen aus und wurden am Hauseingang von einer jungen Frau begrüßt. Sie führte sie in ein großzügig eingerichtetes Foyer, in dem überall Kristall-Lüster an den Wänden glitzerten. Ein adrett gekleidetes junges Mädchen nahm ihnen Mäntel und Stiefel ab und half ihnen dabei, die wertvollen Schuhe, die sie aus dem Schlitten mitgebracht hatten, anzuziehen. Dann, nachdem Derschawin einer eleganten älteren Dame in grünem Seidenkleid mit Perlen etwas ins Ohr geflüstert hatte, wurden Vater und Tochter nach oben in den sonderbarsten Raum geführt, den Tascha in ihrem ganzen bisherigen Leben gesehen hatte.
Ihr Vater lächelte seine Tochter in ihrem weißen Seidenkleid an. Tascha sah nach oben und entdeckte, daß die ganze Zimmerdecke aus einem großen Spiegel bestand, der die seltsame Zimmerausstattung reflektierte: Treibhauspflanzen, blühende Blumen, mehrere farbenfrohe Perserteppiche, haufenweise dicke, bestickte Kissen überall im Zimmer verstreut, mindestens fünf Vogelkäfige, in denen sich kleine buntgefiederte Singvögel befanden, und in der Mitte des Raumes ein übedimensionales Bett in Schwanenform mit vergoldetem Holzrahmen, umgeben von Palmen und Farnen. Die Wände – soweit sie zwischen dem vielen Grün überhaupt sichtbar waren –, waren bunt bemalt mit nackten Wilden, die die unvorstellbarsten Verrenkungen machten.
»Papa«, fragte Tascha und sah ihn verängstigt an. »Was ist das hier für ein Ort?«
Serjoscha lächelte, gab aber keine Antwort. Statt dessen nahm er das verwirrte kleine Mädchen in den Arm und setzte sie auf das Schwanenbett. Dann begann er, sie auszuziehen. Zuerst protestierte seine Tochter, gab aber dann seinen Liebkosungen und dem sanft-beschwörenden Ton seiner Stimme nach.
»Du hast deinen Papa doch lieb, nicht wahr?«
»Ja«, antwortete sie beunruhigt. Hier war alles so seltsam. Unheimlich.
»Gutes Mädchen. Dann mußt du jetzt ganz brav und lieb zu ihm sein, damit er glücklich ist.«

Plötzlich kam ein blondes junges Mädchen herein. Sie trug ein Tablett mit einer Flasche Moët und drei Champagnerkelchen darauf. Derschawin öffnete die Flasche, und währenddessen umarmte das Mädchen beide und lächelte Tascha aufmunternd zu. Und dann, innerhalb von Sekunden, hatten Serjoscha und das blonde Mädchen sich ebenfalls ausgezogen und lagen neben ihr auf dem Schwanenbett. Tascha bekam einen Riesenschreck, als sie bemerkte, wie die junge Frau und ihr Vater über ihren Kopf hinweg leise miteinander flüsterten.
Als sie meinten, Tascha habe genug getrunken, begannen die beiden, Tascha zu streicheln, aber das Kind wurde dadurch nur noch mehr eingeschüchtert. Sie wand sich wie ein gefangenes Tier und versuchte, diesem sonderbaren Spiel zu entkommen.
»Tascha, du wirst doch lieb mit Papa sein, mein Engel?« flüsterte er ihr zu und küßte ihre kleinen Brüste; dabei hielt das blonde Mädchen sie sanft, aber energisch fest.
»Ja«, stammelte Tascha. Sie war vollkommen verängstigt, blinzelte die Blonde ohnmächtig-wütend an und sah dann zu ihrem Vater hinüber.
Derschawin und die Blonde tauschten verschwörerische Blicke aus, und dann kletterte er auf das Kind, das jetzt wie versteinert auf der Seidendecke lag. Er drückte ihre zierlichen Schenkel auseinander. Nathalie, die Blonde, drückte sie auf das Bett und gab ihr flüsternd Anweisungen, wie man einem Mann Freude bereite. Allmählich löste sich Taschas Schreck in Wut auf, und sie versuchte, um sich zu schlagen. Als ihr das nicht gelang, biß sie Serjoscha und Nathalie.
Derschawins Reaktion war eine schallende Ohrfeige, die schließlich all ihren Widerstand brach, und einen Augenblick später drang er in sie ein. Das Kind hatte das Gefühl, es würde in Teile zerrissen, sie hatte noch niemals in ihrem Leben derartige Schmerzen empfunden. Der ganze Raum verschwamm vor ihren Augen, sie schrie aus vollem Halse und mußte die ganze Szene auch noch im Deckenspiegel mitansehen, der ihr jeden Schritt ihres Schmerzes und ihrer Erniedrigung zeigte.
»Gutes Kind«, murmelte Graf Derschawin, während er sie unter

seinem Körper fast erdrückte. Gleichzeitig wurde sie von Nathalie mit Küssen beinahe erstickt. Ihr Atem roch nach Schweiß, schwerem Parfum und Champagner. Diese Mischung war so abstoßend wie die ganze Tortur, die Tascha in diesem perversen Raum mitten in der zivilisiertesten Stadt Rußlands ertragen mußte.

Zwei Stunden später, als Derschawin und Tascha auf dem Heimweg waren, war das Kind immer noch steif und stumm vor Angst und Schrecken. Sie hatte unbeschreibliche, klopfende Schmerzen zwischen ihren Beinen und im Unterleib. Als ihr Vater seinen Arm um sie legte und sie beschwor, niemandem – und ganz besonders nicht Mama – etwas von ihren geheimen Spielen zu erzählen, schreckte sie zusammen und versuchte, seiner Umarmung zu entkommen. Verärgert packte Serjoscha sie bei den Schultern und schüttelte sie so lange, bis sie es ihm versprach.

»So ist es schon besser«, murmelte er; er wertete ihr herausgepreßtes und gequältes *Ja* als Garantie für ihre Komplizenschaft. »So, du bist mein liebes Mädchen«, lächelte er und küßte sie auf ihre kalte Wange. »Du hast Papa doch lieb, nicht wahr?«

Zwei dicke Tränen rollten Tatjana Sergejewna über die Wangen, schnell wischte sie sie mit ihrem Handschuh weg, damit sie in der Eiseskälte nicht gefrieren konnten. »Ja«, schluchzte sie.

»Gut.«

Plötzlich schien sie Mut gefaßt zu haben. »Du hast mir wehgetan, Papa. Ich habe das gar nicht gemocht. Und diese Nathalie mag ich auch nicht.« Ihre Gefühle gegenüber ihrem Vater hatten sich verändert. Sie empfand Abscheu.

»So schlimm war es nun auch wieder nicht«, antwortete er verärgert. »Ich dachte, du magst unsere kleinen geheimen Spielchen. Mir hat es auf jeden Fall Spaß gemacht.« Sie war die beste kleine Geliebte von allen.

»Du hast mir wehgetan, Papa. Das hat mir überhaupt nicht gefallen.«

»Du wirst dich daran gewöhnen, *Chérie*, und dann tut es auch

nicht mehr weh. Du wirst schon sehen. Beim ersten Mal sagen das alle.«
»Ich will das nie wieder tun. *Niemals!*«

Aber sie taten es wieder, es wurde sogar eine Art Sport für Derschawin. Tascha war gefangen in einem schmerzhaften, beängstigenden Alptraum, aus dem sie nicht herauskonnte, und den sie niemandem mitteilen konnte. Sie schämte sich zu sehr, befürchtete, man würde ihr nicht glauben, und sie hatte Angst vor ihrer Mutter, falls diese etwas über die Angelegenheit erfahren sollte. Sie wurde in eine seltsame und abstoßende Welt hineingezogen, in der scheußliche Spiele und sonderbare Menschen die Hauptrolle spielten, sie mußte ihren Vater in die verruchtesten Häuser der Stadt begleiten.
Alles hatte so unschuldig und unverfänglich begonnen, überlegte sie. Am Anfang hatte sie gar nicht einmal verstanden, was ihr Vater da tat. Er hatte ja auch gesagt, es sei in Ordnung.
Sie spürte, daß es nicht in Ordnung war. Aber das half ihr nicht viel, denn sie wußte nicht, wie sie es verhindern konnte. Das Schlimmste war ihre Einsamkeit: sie konnte sich niemandem anvertrauen, nicht einmal den Bediensteten. Mama stand ausgesprochen schlecht mit den Swiridows – warum also sollten ihre Verwandten ihr helfen? Außerdem befürchtete sie, man würde *ihr* an allem die Schuld geben. Sie war ungezogen gewesen, und das passiert dann eben mit Mädchen wie ihr.
In ihrer abgrundtiefen Verzweiflung begann sie sogar, sich nach der Rückkehr ihrer Mutter zu sehnen. Das hatte sie sich noch nie im Leben gewünscht. Wenn sie da wäre, so überlegte sie, würde Papa aufhören. Ja, das war es!
Mit diesem Gedanken begann das kleine Mädchen, lange und liebevolle Briefe an die Mutter zu schreiben, in denen sie ihr mitteilte, wie sehr sie sie vermißte und sie bat zurückzukommen. Mama war ihre einzige Hoffnung.

Als Roman Wassilijewitsch nach einem längeren Aufenthalt in Moskau nach St. Petersburg zurückkehrte, hatte er mehr denn

je mit seiner Nervosität zu kämpfen. Mischkin war unter mysteriösen Umständen ums Leben gekommen. Jetzt kam Pawel Skriabin daher und erzählte ihm eine ähnliche Geschichte: Dimitrij war in seinem kleinen Dachzimmer in einer billigen Herberge tot aufgefunden worden – in Stücke zerrissen, wie durch eine Bombe. An der Tür zu seiner Bude war eine Mitteilung gefunden worden.
»Sind Sie sicher?« fragte Petrow, als Pawel Skriabin und er auf der schneebedeckten Sängerbrücke standen und auf die zugefrorene Newa hinausblickten.
Pawel runzelte ungeduldig die Stirn und bewegte die Hände in den dicken Handschuhen, um die Kälte zu vertreiben.
Petrow lief in der Eiseskälte ein Schauder über den Rücken. Hinter ihm glitten elegante Schlitten über die Schneedecke, dazwischen ein wenig heruntergekommene Mietschlitten, Glokken klingelten, und die Hufe der Pferde machten gedämpfte Geräusche im Schnee. Hübsche junge Mädchen in teuren Pelzmänteln lachten, als sie durch die Allee und an ernsten Bürokraten und älteren Offizieren vorbeifuhren, die zu einer Besprechung im Generalhauptquartier unterwegs waren. Ganz Petersburg schien an diesem strahlenden Wintertag auf den Beinen zu sein. Niemand beachtete die beiden schäbig gekleideten Männer auf der Brücke.
»Wer hatte Ihrer Meinung nach ein Interesse am Tod Ihres Bruders?« fragte Petrow nach einer Weile.
»Ich habe nicht die geringste Ahnung«, schnauzte Pawel. »Was mich vor allem interessiert, ist, daß der Mörder sich nicht meine Person als nächstes Opfer aussucht, verstehen Sie?«
Petrow hielt das für eine ausgesprochen egoistische Herangehensweise. Er hatte zumindest eine Spur von Trauer vom älteren Bruder des Opfers erwartet. So ein arroganter Kerl!
Als er sich schließlich auf den Weg machte, um die Straßenbahn noch zu erwischen, die gerade kam, drehte Petrow sich noch einmal zu seinem Gesprächspartner um und rief ihm zu: »Seien Sie vorsichtig, Skriabin!«
Pawel lachte nur und sah dem kleinen, unscheinbaren Mann in

seinem von Motten zerfressenen Mantel nach, wie er auf die Tram zulief. »Sie auch!«
Aber Petrow war schon zu weit weg. Er konnte ihn nicht mehr hören. Außerdem wußte er auch ohne Pawel Skriabins Ratschläge, was er zu tun hatte. Er war schließlich nicht dumm.

Die gesamte Familie freute sich über Anja, ihren Mann und ihr Baby – sie verwöhnten sie, schwärmten von ihr, machten ihr Geschenke –, im krassen Gegensatz dazu stand das Verhältnis zu Gräfin Lisa, die ein Jahr zuvor den folgenschweren Fehler begangen hatte, das Gerücht über die angebliche Vergewaltigung in die Welt zu setzen. Jeder wußte, was für ein Tyrann Sandro war. Wenn seine Enkelin Schande über ihn gebracht hätte, dann wäre sie jetzt nicht Hausherrin von einem der großartigsten Anwesen in Petersburg, und er hätte sie schon längst auf die Straße gesetzt. So kam es, daß die einzige Person, die letztendlich den Schaden davontrug, die Urheberin der Verleumdungskampagne war: Gräfin Derschawina.
Trotz allem Familienzwist hatte die Geburt des kleinen Bjeloschka Sandro so viel Glück gebracht, daß er den Verlust einer Tochter kaum zur Kenntnis zu nehmen schien. Sein Großenkel oben in seiner Suite machte den Verlust wieder gut; er betete das Kind an, beauftragte Boldini damit, ein lebensgroßes Gemälde von Anja mit ihrem kleinen Sohn anzufertigen, und ließ die ganze Suite, die er für seinen Enkel vorgesehen hatte, mit Wandgemälden aus alten russischen Märchen auskleiden. Adam machte sich Gedanken, ob Sandro das Kind nicht im Laufe der Zeit immer mehr verwöhnen und verziehen würde.
In ihrem ersten Jahr als verheiratete Frau stellte Anja nach und nach fest, wie unterschiedlich die Erziehung, die sie genossen hatte, von der ihres Mannes war. Er neigte dazu, sie als seinen Besitz zu betrachten. Wenn sie zum Beispiel auf einem Ball zu lange mit anderen Männern tanzte, störte ihn das, und er wurde gereizt. Wenn sie bekundete, sie habe Interesse daran, fliegen zu lernen, antwortete er, das sei zu gefährlich. Wenn sie um vier Uhr morgens ein Fest verlassen wollte, um den Rest der Nacht

in einem Nachtclub mit Zigeunermusik zu verbringen, meinte er, sie könne ihre Zeit doch wirklich besser und sinnvoller nutzen. Aber jeder tue das, das sei allgemein so üblich, protestierte die junge Prinzessin. Das könne wohl sein, erwiderte Adam Michailowitsch, aber in Massachusetts tue man das nicht.
»Ach«, rümpfte Anja ihre kleine Nase, »dann sei doch froh, daß du dort nicht mehr lebst. Das hört sich ja schrecklich an, langweilig und öde!« Und dann lief sie zu Xenia, um sich bei ihr über die Herrschsucht der Ehemänner auszuweinen.
Wenn Adam seine Ehe mit der seines Freundes Gigi Grekow verglich, dann wurde ihm wieder klar, daß er sich eigentlich wirklich nicht zu beklagen hatte. Aber je mehr er die Petersburger Gesellschaft kennenlernte, desto mehr störte es ihn zu sehen, wie Anja, die er ja schließlich liebte, sich so schnell der allgemeinen Vergnügungssucht anpaßte. Wenn sie nicht so geradeheraus wäre und wenn sie ihren gemeinsamen Sohn nicht so sehr liebte, dann würde er sich ernsthaft Sorgen machen. Untreue war eine allgemeine Erscheinung in St. Petersburg. Wenn Anja ihn betrügen würde, bräche ihm das Herz.
Nach dem zu urteilen, was er von seinem Freund mitbekam, brach es Gigi das Herz.
Eines Nachmittags saßen die beiden Männer beisammen und redeten über die neuerlichen Unruhen in den Industriegebieten, als er ein gutes Dutzend Ölporträts in Gigis Büro entdeckte. Auf Adams Frage erklärte Gigi, es handle sich um Bilder seiner Familie aus den letzten beiden Jahrhunderten, also seit etwa 1700.
»Hast du vor, sie alle zusammen aufzuhängen?« fragte Adam, der sich über Gigis Interesse an Ahnenkunde wunderte.
»Nein«, lautete die Antwort. »Ich habe nur versucht, eine gewisse Ähnlichkeit festzustellen. Es gibt da ein Verwandtschaftsmerkmal, das sich durch alle Generationen zieht. Es ist reine Neugierde meinerseits.«
Prinz Adam stellte bei genauerer Betrachtung fest, daß die Grekows eine Tendenz zu dunkler Hautfarbe, dunklen Augen und sehr scharf geschnittenen Gesichtszügen aufwiesen. Wolodja dagegen schlug eher in die Richtung von Tamara Michailownas

Familie – blonde, schwerer gebaute Abkömmlinge eines Deutschen, der unter Peter dem Großen an der Seite der Russen gekämpft und sich dabei eine Auszeichnung erworben hatte.
Der letzte Sproß der Grekows, Gigis Sohn Nicki, sah keinem in der Familie ähnlich. Ja, schlimmer noch, er sah auch keinem Familienmitglied von Nataljas Seite ähnlich. Das Baby, das der Grund für diese Ehe gewesen war, sah überhaupt niemandem im entferntesten ähnlich.
Niemandem – außer Rasputins Tochter Maria.
Gigi wußte das, da Natalja, als sie einmal gemeinsam ausgefahren waren, ihm das Mädchen gezeigt und zu ihrem Mann gemeint hatte, der Heilige würde es mit Sicherheit nicht gerne sehen, daß seine Tochter allein, nur in Begleitung einer Freundin, auf der Straße war.
»Wie konventionell!« hatte der Graf geantwortet. Dann hatte er sich das Mädchen genauer angesehen. Sie sah freundlich aus, hatte hellblaue Augen, helle Haut und die flache Nase der Bauern. Sein Sohn sah ihr so ähnlich, daß er ihr Bruder hätte sein können. Zu Gigis Entsetzen war die Ähnlichkeit ausgesprochen auffällig. Das war die Ursache für sein Interesse an Ahnenkunde. Zu seiner Verzweiflung ähnelte Nicki niemandem in der Familie, weder in seiner, noch in der seiner Frau. Nur Rasputins Tochter.
Von dem Augenblick an begann Graf Grekow, das Kind zu hassen. Er war davon überzeugt, daß Nicki ein Bastard war, aber er war viel zu stolz, um diese Möglichkeit irgend jemand gegenüber zu erwähnen. Er fühlte sich betrogen. Als ob sie seine Demütigung noch weitertreiben wollte, beschloß Alexandra Fjodorowna, seine dümmliche Frau zur *Dame à portrait* zu ernennen, ein Titel, der es ihr gestattete, bei allen offiziellen Gelegenheiten am Hof ein kleines Bild der Zarin in einer Fassung aus Diamanten und goldenen Verzierungen um den Hals zu tragen; diese Geste bedeutete möglicherweise den ersten Schritt hin zur Hofdame der Kaiserin. Fast wünschte Gigi sich das sogar. Denn auf diese Weise würde sie so beschäftigt sein, daß er ihren Anblick nicht mehr sehr oft würde ertragen müssen.

Für Grekow empfand Adam Sympathie – für seinen Halbbruder Billy nicht im geringsten: Gegen Ende des Jahres 1912 hatte er es endlich geschafft und wurde an die Botschaft in St. Petersburg versetzt. Trotz der wohlklingenden Lobesworte, die der Botschafter für Billy fand, und obwohl Billy verkündete, er sei jetzt endlich erwachsen, betrachtete Adam es immer noch als seine Verantwortung, auf seinen jüngeren Bruder zu achten.
Die Vorstellung, dieser charmante Taugenichts würde sich an Anja und seinen Sohn heranmachen, erfüllte Adam mit Haß. In den Augen von Prinz Adam war Billy Whitmore ein verdammter Albatros, und an dieser Meinung änderten auch die Worte eines außenstehenden Zeugen überhaupt nichts.
Die Zeit bis zum offiziellen Beginn der Ballsaison verbrachte Anja damit, mit ihrem Sohn, einem goldigen kleinen, blauäugigen Baby von sechs Monaten, zu spielen. Gelegentlich machte sie auch eine Schlittenfahrt, wo sie dann andere Damen der Petersburger Gesellschaft traf, die sie mittlerweile von den verschiedenen Festen her kannte. Einmal sah sie sogar Madame Kaschina in einem sehr eleganten Schlitten. Die beiden Damen mieden sich geflissentlich, doch Anja bemerkte, daß die Ballerina jetzt in Begleitung eines Großfürsten zu sein schien.

17

Die Weihnachtstage des Jahres 1912 wurden wie immer mit Festen, Tanzveranstaltungen und Galavorstellungen im Theater gefeiert. Der amerikanische Botschafter in Rußland veranstaltete ein großes Fest für die Kinder seiner Mitarbeiter, zu dem auch Bjeloschka ging. Es war sein erstes größeres gesellschaftliches Ereignis. Die elegante Erscheinung seiner Mama – sie trug ein Kostüm aus dunkelblauem Wollstoff mit zarten schwarzen Samtapplikationen und dazu ihren Zobel – war Gegenstand allgemeiner Bewunderung. Anjuschka war überhaupt der Mittelpunkt, sie wurde bewundert und verehrt, und das machte ihren Mann sehr stolz.
Um Adam eine Freude zu machen, nahm Anja sich vor, herauszufinden, wie Amerikaner das Weihnachtsfest feierten. Dabei stieß sie auf die seltsame Sitte, Bänder aus roten Beeren und Popcorn für den Christbaum anzufertigen. Aber niemand in der Küche hatte eine Ahnung, wie man Popcorn herstellte, und so mußte es genügen, wenn die Dienstmädchen rote Beeren aneinanderflochten. Als Adam das Ergebnis sah, war er hocherfreut und erklärte, das sei gerade so wie in Massachusetts. Sie hatten viel Spaß dabei, den Baum mit Beeren, Glaskugeln und kleinen silbernen Eiszapfen zu verzieren. Dazu kamen noch Dutzende von roten Kerzen. Schließlich beschlossen sie, die Feiertage zu verlängern und sowohl das orthodoxe als auch das westliche Fest zu feiern.
Prinz Sandro, der eine Woche vor Weihnachten nach Petersburg zurückgekehrt war, verteilte seine Geschenke an die Angestellten, wobei Anja und Adam ihm assistierten. Immerzu kamen Geschenke von Freunden und Verwandten an und hielten Anja auf Trab, denn sie mußte sich dafür bedanken und Antwortkar-

ten schreiben. Von den Derschawins jedoch kam nicht einmal ein Weihnachtsgruß, was man als Affront gegen Sandro auffaßte.

Zur großen Überraschung aller vertraute Gräfin Natalja Grekowa Anja am Tage des Neujahrsempfangs beim Zaren ein Geheimnis an: Sie und Gigi erwarteten ihr zweites Kind. Anja und Xenia konnten es kaum glauben.
»Was!« rief Xenia aus, die hinter Natalja stand, um auf den Zaren zu warten, der ihnen ein gutes neues Jahr wünschen würde.
»Vor drei Tagen hat mir der Arzt definitiv mitgeteilt, daß es stimmt.« Natalja flüsterte kaum hörbar. Ihre Augen sahen zu den Romanows hinüber, die gerade eben hereingekommen waren.
Während der Zar, die Zarin sowie ihre gesamte Familie die Reihe abschritten und sich die Gäste einer nach dem anderen tief verbeugten, hatten die beiden Prinzessinen fast denselben Gedanken. Entweder Natalja oder Gigi – oder auch beide – mußten verrückt geworden sein. Gigi haßte seinen Sohn. Warum wollte er dieses Risiko noch einmal eingehen, fragten sie sich.
»Vielleicht hat ihn die Leidenschaft überwältigt«, gab Adam später zu bedenken. »Das soll schon vorgekommen sein, nicht wahr?«
»Aber Natalja schläft kaum noch mit ihrem Mann, das hat sie mir selbst anvertraut.«
»Um Gottes willen, ich hoffe doch, ihr diskutiert solche Dinge nicht!«
Anja lächelte ihren Mann an. »Nein, aber ich kann meine Ohren ja auch nicht zuhalten, wenn Natalja mir so etwas erzählt.«
»Meiner Meinung nach sagt Natalja da mehr, als gut ist. Diese Frau scheint keinen Schimmer von Anstand mehr zu haben.«
Anja unterdrückte ein Kichern. Ihr Ehemann würde wahrscheinlich zutiefst erschrecken, wenn er wüßte, was sich die feinen Damen alles erzählen. Anja trug zu diesen Gesprächen nie etwas bei, aber sie hörte auch nicht weg. Schon aus Angst um ihren eigenen Mann wollte sie nichts aus ihrem Intimleben erzäh-

len, denn wenn die anderen Damen der feinen Gesellschaft erfuhren, wie glücklich sie mit Adam war, dann würden sie ihm möglicherweise schöne Augen machen. Sie wußte jedenfalls, daß ihre harmonische Ehe die absolute Ausnahme war.
Anja sah in Adam einen Hafen der Sicherheit und Beständigkeit im allgemeinen Wirbel der Gesellschaft. Sie liebte es, ihm beim Spielen mit Bjeloschka zuzusehen, sie war froh zu wissen, daß ihr Großvater und ihr Mann gut miteinander auskamen, sie freute sich, daß ihr Großvater so reges Interesse an Adams Hobby, der Fliegerei, nahm, obwohl sie als seine Frau doch Angst um ihn hatte, wenn er in so großer Höhe Rennen flog.
Im März feierten die Romanows den dreihundertsten Jahrestag ihrer Dynastie; anläßlich dieses Jubliäums waren alle gesellschaftlichen Veranstaltungen besonders ausgefallen, und die Ballsaison dauerte länger als gewöhnlich: sie reichte bis ins Frühjahr hinein. In St. Petersburg, der Hauptstadt, war es natürlich am glanzvollsten: Prozessionen, Te-Deum-Gottesdienste, Militärparaden, Bälle und Wohltätigkeitsveranstaltungen. Die adelige Gesellschaft genoß die seltene Ehre, Zar und Zarin in ihrer Mitte zu haben und zu Empfängen und Bällen in das Winterpalais eingeladen zu werden, um die Dynastie zu ehren.

Der Höhepunkt der glanzvollen Ballsaison war zweifelsohne der große Kostümball im Winterpalais. Alle Gäste sollten in Kleidern erscheinen, wie sie am Hof der Romanows im Jahre 1613 getragen worden waren. Der Phantasie und der Extravaganz schienen keine Grenzen gesetzt zu sein.
Anläßlich eines Abendessens bei den Grekows fragte Adam beiläufig, wie denn damals die *Bojaren* gekleidet gewesen seien. Seit Tagen überlegte er, wie er seine Wissenslücke füllen sollte, denn die Kleidung der Amerikaner zu jener Zeit konnte kaum angebracht sein: Federschmuck, Büffelleder, Perlenketten, Pfeil und Bogen.
»Nun«, erwiderte der Graf, »wir können wirklich nicht zulassen, daß Adam als Indianer verkleidet kommt, nicht wahr?« Er bot seinem Freund an, ihm die entsprechende Kleidung aufzu-

zeichnen; daraufhin baten Prinzessin Anja, Prinzessin Xenia, Prinz Andrej und sogar Prinz Sandro um den gleichen Gefallen, denn schließlich war Gigi Historiker. Bevor er wußte, wie ihm geschah, war Gigi auch schon in Verhandlungen mit Schneidern und Kostümherstellern verwickelt. Gemeinsam stöberten die Grekows, die Malischews und die Swiridows Bilder und Skizzen aus jener Zeit auf und ließen sich ausstaffieren. Als alles fertig war, sahen sie sehr beeindruckend aus. Allein die Kosten für die diversen Pelzbesätze betrugen ein Vermögen.
Gigi lieh sich aus Sandros Schatz die entsprechenden Juwelen aus und schmückte die Damen damit: Perlenketten, Perlenstickereien, Goldgeschmeide, Brokatstickereien, Zobelbordüren und Samtumhänge. Die Männer waren etwas bescheidener gekleidet, standen ihren Damen jedoch in ihren Samtjacken mit Goldbrokat nicht viel nach; sie mußten sich allesamt einen Bart stehen lassen – zum lauthals geäußerten Protest ihrer Gemahlinnen.
Mit seinem schlohweißen Haar und Bart sah Sandro am beeindruckendsten aus. Die Tatsache, daß er mehrere Pfund schwere antike Goldketten um den Hals trug, unterstrich seinen würdevollen Anblick noch zusätzlich. Alle diese Schätze stammten noch von einem alten Vorfahren aus Italien. Adam, Gigi und Andrej konnten lediglich auf ein paar kleinere und zierlichere Schmuckstücke aus den Kassetten ihrer Ehefrauen zurückgreifen.
Gigi schien zum ersten Mal seit Jahren wieder glücklich und gelöst zu sein. Das war der Schwangerschaft seiner Frau zu verdanken. Trotz seiner Abneigung gegenüber dem kleinen Nicki versuchte er hartnäckig, jeden Gedanken an die mögliche Untreue seiner Frau zu verdrängen. Er war gespannt darauf, zu sehen, wie das zweite Baby aussehen würde. Sollte auch dieses Kind wieder blauäugig und kartoffelnasig sein, dann würde er es mitsamt der Mutter umbringen, schwor er sich insgeheim. Wenn nicht, dann wäre er zufrieden. Zu ihrem Glück wußte Natalja nichts von den Gedanken ihres Mannes. Sie deutete seine Freundlichkeit und Rücksicht als Zeichen der Versöhnung.
Das Land, das schon seit langer Zeit immer wieder durch Unru-

hen erschüttert wurde, stellte sich auf die Dreihundert-Jahres-Feierlichkeiten ein und hieß seinen Herrscher in der Hauptstadt willkommen. Bei allen öffentlichen Auftritten begegneten dem Zaren Jubel und Zustimmung. Es schien keinerlei Spannungen zwischen dem Herrscher und seinem Volk zu geben; anscheinend waren alle Schwierigkeiten von den Bürokraten, der Intelligenz und einigen Adeligen ausgegangen. Das jedenfalls war die offizielle Version, die die Zarin vertrat.
Am Abend des lange erwarteten und herbeigesehnten Kostümballs versammelten sich die Swiridows und die Malischews in der vollen Tracht des siebzehnten Jahrhunderts im Swiridow-Palast. Von dort aus wollten sie gemeinsam zum Winterpalais fahren. Anja und Xenia sahen in ihren Roben atemberaubend schön aus: safranfarbene Brokatkleider mit Goldfäden und zobelbesetzten Säumen, kurze Jacken, die ebenfalls mit Zobel gesäumt waren, kegelförmiger Kopfschmuck mit Perlenstickerei und dazu reichlich alter Familienschmuck; Anja trug Safran mit Violett, Xenia Safran mit Dunkelgrün und Gold. Sie sahen beide wunderschön aus. Auch ihre Männer wirkten entsprechend großartig und beeindruckend.
Als die beiden Autos beim Winterpalais ankamen, stieß Anja einen entzückten Schrei aus: alle Fenster waren hell erleuchtet, reihenweise standen bereits elegante Automobile und Schlitten vor der Einfahrt und entließen kostümierte Gäste. Eine Menge Zuschauer säumte, in dicke Pelzmäntel gehüllt, den Zufahrtsweg, um sich das Schauspiel anzusehen.
Palastdiener in Kniehosen und goldbestickten Purpurjacken geleiteten die Gäste in den Palast. Die *Bojaren* und *Bojarinnen* stiegen zwischen zwei Reihen von Paradeoffizieren die weitläufige Treppe hinauf nach oben. Riesige Säulen aus blaugrünem Marmor mit vergoldeten korinthischen Kapitellen überragten die Gäste, und der Stuck der Decke schwebte wie eine vergoldete Spitze über ihren Köpfen. Mehrere tausend Adelige der Petersburger Gesellschaft strömten durch den riesigen Palast. Es war ein unvergleichliches Schauspiel aus Farben, Musik und Lichtern.

Als Anjas Gruppe die breite Marmortreppe nach oben schritt, links und rechts dabei Freunden und Bekannten zunickte, wurde die Menschenmenge immer dichter. Die meisten Gäste hatten sich bereits in der großen, eleganten St.-Georgs-Halle versammelt. Anja hatte den Eindruck, daß ganz St. Petersburg sich ein Stelldichein gab. Gold und Silber blitzten überall, Brokat, Samt, Seide und Zobel schimmerten um die Wette, die gesamten Weltvorkommen an Perlen und Edelsteinen schienen an diesem Ort versammelt zu sein. Sie schmückten das Haar sämtlicher Damen und ihre Kleider und umrahmten ihre Gesichter. Es war verwirrend.

Der Zar und die Zarin eröffneten den Ball mit der traditionellen Polonaise. Prinzessin Anja Swiridowa entdeckte Natalja und Gigi ganz in der Nähe des kaiserlichen Paares. Nataljas Zustand war geschickt unter dem Faltenwurf ihres rotgoldenen Brokatkleids verborgen.

»Sie sieht großartig aus«, flüsterte Anja ihrer Tante ins Ohr. »Ich hoffe nur, daß mit Gigi alles in Ordnung ist.«

»Er will dieses Kind unbedingt haben. Er versucht, so freundlich und umgänglich wie möglich zu sein«, erwiderte Xenia.

Im Verlaufe des Abends hatten Anja und Xenia mehrere Male die Ehre, mit dem Zaren zu tanzen, und Prinz Sandro forderte die Zarin-Mutter zur Polonaise auf, die sie dann gemeinsam anführten. Es war ein herrliches Erlebnis.

Erst am nächsten Tag stellte man fest, daß eins der schillerndsten Paare sich nicht die Ehre gegeben hatte: niemand hatte Lisa und Serjoscha gesehen.

Wer die Gräfin kannte, wußte, daß nur höhere Gewalt sie hatte daran hindern können, an dem Ball des Jahres teilzunehmen. Man konnte sich nur wundern.

Am Nachmittag vor dem Ball hatte Serjoscha seine Tochter in ihrem Zimmer zu fassen bekommen. Er hatte gedacht, daß seine Frau noch nicht wieder von ihrer täglichen Ausfahrt zurückgekehrt sei, und angefangen, Tascha zu belästigen. Ihr Flehen und Betteln, er möge sie in Ruhe lassen, beachtete er nicht. Ungerührt riß er ihr die Kleider vom Leib.

»Ich werde alles Mama erzählen«, schluchzte das kleine Mädchen verzweifelt. »Und dann wird sie dich der Polizei übergeben. Das hat sie dir schon einmal angedroht. Sie macht das bestimmt wahr!«
»Gar nichts wird sie tun«, zischte Serjoscha. »Und jetzt komm her!«
Tascha hatte alle Hoffnung aufgegeben. Wenn er sich nicht einmal scheute, sie anzurühren, wenn ihre Mutter in der Stadt war, dann hatte sie keinerlei Möglichkeit mehr, sich zu schützen. Sie schluchzte immer noch vor Wut, versuchte, sich ihren Vater mit Fäusten und Zähnen vom Leib zu halten, trat ihn, kratzte ihn und biß. Sie brüllte so laut, daß sich die Bediensteten besorgt in der Halle versammelten, wo sie jeden Schrei mitbekamen. Sie wagten aber nicht, die Tür zu öffnen. Als die Gräfin zurückkehrte, standen sie immer noch da. Jetzt waren sie neugierig darauf, zu erfahren, was da vor sich ging. Um keine Fragen beantworten zu müssen, schauten die Bediensteten hinunter auf den Parkettboden und sagten kein Wort.
»Macht die Tür auf!« befahl Lisa.
Niemand wagte es, ihr zu gehorchen. Hinter der Tür hörte man das Schluchzen der kleinen Tascha. Sie lag jetzt zusammengekauert auf dem Boden. Serjoscha wurde bleich vor Schreck, als er die Stimme seiner Frau vernahm. Auch er machte keinerlei Anstalten, die Tür zu öffnen.
»Serjoscha, wenn du nicht sofort aufmachst, dann laß ich die Tür aufbrechen!«
Als sie immer noch keinerlei Antwort erhielt, machte sie eine ungeduldige Geste zur Tür hin. Ein Diener brach mit der Schulter die Tür auf. Ein Blick genügte, und Lisa wußte, was gespielt wurde. Sie schob die Tür hinter sich zu und starrte ihren Mann an. Dann zog sie ihre Tochter an ihrem langen schwarzen Haar vom Boden auf und warf sie Serjoscha in den Arm.
»Wie lange geht das schon hier?« schrie sie außer sich. »Antworte mir, du dreckiges Wiesel! Wie lange?«
Als sich der Graf weigerte, zu antworten, ergriff Lisa den nächstbesten Gegenstand und schleuderte ihn ihm ins Gesicht – dabei

verfehlte sie ihr Ziel und traf statt dessen Tascha, die sich erschreckt duckte.
Derschawin war blaß vor Schreck. Er schubste seine Tochter auf den Boden und warf seine Arme um seine Frau, bekam jedoch für seine Bemühungen nur eine Ohrfeige verpaßt, und die Drohung mit der Polizei.
»Bitte«, bettelte er. »Das darfst du nicht tun: es ist alles nur ihr Fehler. Sie ist immerzu hinter mir her gewesen, und da konnte ich einfach nicht widerstehen.«
Seit er vor Jahren begonnen hatte, das Kind zu liebkosen, hatte Lisa geahnt, daß das eines Tages passieren würde. Aber der Beweis für seinen Ehebruch mit ihrer eigenen Tochter war so abstoßend, daß sie am liebsten alle beide umgebracht hätte.
Jetzt wandte sich Lisa ihrer Tochter zu, packte sie bei den Haaren und verpaßte ihr einen Schlag nach dem anderen. Tascha schluchzte laut vor Schmerz.
»Er hat mich in ein ganz entsetzliches Haus gebracht, Mama, damals, als du auf Ischia warst. Ich wollte, daß du mich beschützt, aber du warst ja nicht da! Du hast mich Papa ausgeliefert. Du hättest mir helfen müssen!«
Als Lisa sie losließ und Serjoscha anschrie, sprang Tascha auf und griff nach einer Schere, die auf ihrem Ankleidetisch lag. Lisa versuchte, ihr die Waffe wieder zu entreißen, sie schlug auf ihre kleine Tochter ein, riß an ihren Haaren und griff nach der Schere. Tascha holte aus und zielte auf den Brustkorb ihrer Mutter. Lisa sank zu Boden. Die Schere steckte bis zum Griff in ihrem Herzen. Tascha, die aus mehreren Wunden blutete, stand starr vor Schreck vor ihr.
Ich habe sie getötet, dachte sie. Sie mußte sich festhalten. Sie bewegt sich nicht mehr, sie ist tot. O mein Gott!
»Lisa!« schrie Serjoscha entsetzt.
Lisa bewegte sich nicht. Ein feiner Blutstrom floß langsam aus der Wunde.
Tascha sah ihrem Vater dabei zu, wie er zu seiner Frau lief. »Du hast sie umgebracht. Du hast sie mit der Schere erstochen«, sagte

Tascha ganz ruhig. Sie wußte jetzt, wie sie Serjoscha bestrafen würde.
»Tascha, was sagst du da?«
»Du hast sie umgebracht«, wiederholte sie. Sie genoß es, Angst in seinen Augen zu sehen. »Ich habe alles gesehen!«
»Du kleines Monster!«
Tascha lief aus dem Zimmer, nackt wie sie war, und schrie, daß ihr Vater ihre Mutter umgebracht hätte, und daß er jetzt hinter ihr her sei.
Vollkommen erstaunt bewegten sich die Bediensteten langsam vom Fleck. Sie konnten nicht glauben, was sie gerade gehört hatten. In Taschas Zimmer sahen sie die Gräfin in einer Blutlache auf dem Boden liegen, Derschawin starrte sie an.
»Ich habe das nicht getan, ich nicht!« schrie Serjoscha verzweifelt.
Er drehte sich um und lief hinter seiner Tochter her. Tascha suchte Schutz bei den Bediensteten.
»Hilfe! Jetzt will er mich auch noch umbringen! So helft mir doch!«
Ein junger Diener stellte sich seinem Herrn in den Weg. Die beiden Männer rangen auf der Treppe miteinander, bis der Diener das Gleichgewicht verlor, sich an seinem schreienden Herrn festklammerte und über das Marmorgeländer hinunter ins Foyer fiel.
Vor den entsetzten Blicken seiner Untergebenen landete Graf Derschawin auf einer antiken Uhr. Das Interessante an dieser Uhr war ihr spießförmiger Aufsatz, der jetzt den Grafen durchbohrte. Er sah aus wie ein präpariertes Insekt. Zu seinen Füßen, auf dem Marmorboden, lag der Diener, der sich im Fall das Genick gebrochen hatte. Tatjana Sergejewna blickte auf ihren Vater, der sich im Todeskampf wand, und fiel in Ohnmacht.

Prinz Sandro ließ keinerlei Diskussion über eine eventuelle Doppelbestattung zu. Derschawins Familie sollte sich um ihren Angehörigen kümmern, damit wollte Sandro nichts zu tun ha-

ben. Tascha war einverstanden. Sie hielt sich an die Familie ihrer Mutter.
»Jetzt bin ich ganz allein«, erklärte die junge Komtesse, als sie nach der Beerdigung zum Auto gingen. »Ich weiß nicht, wohin ich gehöre.«
Auf der Rückbank des großen Mercedes lehnte sich Tatjana an ihre Tante. Xenia hatte Mitleid mit der jungen Waise und legte tröstend den Arm um sie. Andrej wunderte sich, wie man seiner verstorbenen Schwägerin nachtrauern konnte, überlegte dann jedoch, daß das für die Tochter natürlich anders sein konnte.
Ich bin zum Feind übergelaufen, dachte Tatjana. Sie vergrub ihr Gesicht in Xenias dichtem Pelz.
»Du hast Schreckliches durchmachen müssen, Tascha«, flüsterte ihr Xenia ins Ohr. »Aber von jetzt an wird alles wieder gut. Grand-père wünscht, daß du im Swiridow-Palast wohnst, denn nach dem Tod deiner Eltern kannst du nicht allein in ihrem Haus bleiben. Außerdem ist Anjuschka in der Nähe. Sie hat inzwischen ein kleinen Sohn, weißt du.«
»Anjuschka und meine Mutter haben sich nicht gemocht. Ich weiß nicht, ob Anja das recht ist.«
»Unsinn«, schaltete sich Andrej ein. »Anjuschka ist das nicht wichtig; was jetzt zählt, bist du. Von diesen alten Geschichten läßt sich Anja nicht beeinflussen.«

Das neue Leben der Komtesse Tatjana Derschawina im Swiridow-Palast war vollkommen anders als das, welches sie bisher mit ihren Eltern Lisa und Serjoscha geführt hatte. Ihre anfängliche Euphorie über ihren Triumph – beide Eltern in einem einzigen Handstreich, mit einem einzigen Blutbad, losgeworden zu sein – verebbte allmählich. Als sie versuchte, sich dem konservativen Haushalt ihrer Cousine anzupassen, fühlte sie sich einsam.
Trotz ihrer Abscheu gegenüber all dem, was ihr Serjoscha angetan hatte, vermißte sie die Spannung und Aufregung, die sie empfunden hatte, wenn sie durch die Halbwelt der Stadt zogen. Diese Glitzerwelt, diese Faszination fehlten ihr auf einmal.

Anja und Xenia lief es kalt den Rücken hinunter, wenn sie versuchten, sich ein Leben zwischen Lisa und Serjoscha vorzustellen. Sie versuchten, die scheue, kleine, blauäugige Schönheit, die sie geerbt hatten, zu bemuttern. Aber Tascha war zu *sauvage**. Sie kam Anja wie ein verwundetes kleines Tier vor, das nach soviel Leid nicht mehr zutraulich wird. Sie war so mißtrauisch.

Tascha ihrerseits wollte einfach nur in Ruhe gelassen werden. Sie zeigte nicht das geringste Interesse an Bjeloschka, hatte somit auch kaum ein gemeinsames Gesprächsthema mit Anja und wäre am liebsten jeden Abend ins Theater gegangen – so wie früher mit Serjoscha. Da sie sich jedoch noch in der Trauerzeit befanden, kam das nicht in Frage. Die Abende im Kreise der Familie waren angenehm – aber unendlich langweilig.

Schließlich gab Anja es auf und bat ihre Cousine nicht länger, die Abende mit ihrer Familie zu verbringen. Sie ließ Tascha tun und lassen, was ihr beliebte. Also wanderte Tascha durch den riesigen Palast, sah sich die Schätze an, die ihre Vorfahren in mehreren Jahrhunderten angesammelt hatten, und verglich sie mit den Kostbarkeiten, die Derschawin erworben hatte – und die jetzt ihr gehörten.

Tatjana Sergejewna zerstreute sich aber noch auf andere Weise. Wie Lisa liebte sie es über alles, sich in jeder nur möglichen Weise herauszuputzen und zurechtzumachen. Jetzt hatte sie all ihren Schmuck geerbt. Ein Großteil davon lag im Tresor in der Bank, aber einige Stücke hatte sie auch bei sich. Sie zog Kleider ihrer verstorbenen Mutter an, legte Schmuck um und schminkte sich das Gesicht wie eine kleine Kurtisane.

Während Anja mit ihrem Mann nach dem Abendessen im Salon saß und sich mit ihm über Flugzeuge, ihren Sohn oder Pilotenanzüge unterhielt, verkleidete sich Tascha in ihrem Zimmer nach allen Regeln der Kunst.

Tascha beauftragte Anjas Dienerin, ihr einige Kleider zu ändern. Und wenn sie eine von Lisas unendlich vielen Perücken trug,

---

* wild (Anm. d. Übers.)

konnte sich das brave kleine Schulmädchen innerhalb von zwanzig Minuten in eine atemberaubende Kurtisane verwandeln, ganz in Seide gehüllt, geschminkt, mit wertvollen Pelzen und Schmuckstücken behangen und verführerisch duftend.
Begeistert von ihrer eigenen geheimnisvollen Erscheinung gab sich Tascha einen »Künstlernamen«: Tata. Das klang exotisch und unbeschwert, verführerisch und französisch – eine Figur, der Serjoscha mit Sicherheit den Hof gemacht hätte, dachte sie.
Von Mal zu Mal perfektionierte Tascha ihr zweites Ich. Sie setzte sich sogar vor den Spiegel und übte die passende Gestik ein: ein kleines Lächeln, Handbewegungen, die Selbstsicherheit andeuteten, Schmollmund, einen verführerischen und hintergründigen Augenaufschlag. Geduldig wartete sie darauf, die Halbwelt von St. Petersburg mit ihren Auftritten zu beglücken.
Das schwierigste Hindernis, das sie dabei überwinden mußte, saß unten im Salon: Onkel Adam. Noch hatte Tascha keinen Plan, wie sie ihn umgehen könnte, wie sie das Haus unbemerkt verlassen könnte. Aber, wie ihr Religionslehrer, Vater Tikhon, immer zu sagen pflegte, es gab kein Problem auf der Welt, das nicht letztendlich durch sorgfältige Überlegungen und Meditation gelöst werden konnte. Sie brauchte nur Zeit. Die Bestechung der Bediensteten, die sie begonnen hatte, war kein schlechter Anfang.

18

Moskau

Zu den wenigen Dingen, die trotz der Trauer erlaubt waren, gehörte der Flugsport. Als verhältnismäßig neuer Zeitvertreib stellte er eine Grauzone dar, während jedoch Bälle, Einladungen und Tanztees verboten waren. Sein Leben in der Luft aufs Spiel zu setzen war vollkommen akzeptabel, und so setzte die Familie ihre ganze Hoffnung auf Adam, der im Juni zu einem Wettfliegen antrat.

An dem Tag, an dem das große Ereignis stattfinden sollte, versammelten sich Hunderte von Schaulustigen – darunter auch viele Bauern aus der Umgebung – auf dem grasbewachsenen Landeplatz außerhalb von Moskau. Aus der Moskauer Garnison waren Soldaten abgestellt worden, um bei einem eventuellen Unfall sofort eingreifen zu können.

Prinzessin Swiridowa und Prinzessin Malischewa hatten sich zu dieser Gelegenheit besonders schön gemacht. In ihren leichten, hellen Sommerkleidern mit Spitzenbesatz, Perlenketten und mit den breitkrempigen Sommerhüten zum Schutz vor der Sonne sahen sie wie Frühlingsköniginnen aus.

»Es gibt doch nichts Besseres als eine Gruppe schöner Frauen, wenn es darum geht, ein sportliches Ereignis aufzuwerten«, bemerkte Franz, ein Freund von Billy, den er in Paris kennengelernt hatte. »Ich muß schon sagen, unsere beiden Prinzessinnen sehen heute wieder ganz besonders reizend aus. Dein Bruder ist ein Glückspilz, Billy.«

»Daran besteht kein Zweifel«, bemerkte Adams Bruder.

Billy nickte einigen Bekannten, die eigens aus St. Petersburg angereist waren, zu. Sie wünschten ihm für seinen Bruder Glück. Jeder schien Adam zu mögen, und Billy war stolz darauf.

Zum ersten Mal in ihrem Leben kamen sich die beiden Halbbrüder ein wenig näher. Billy schrieb Adams Aufgeschlossenheit dem Einfluß der schönen Frau zu, die er geheiratet hatte. Er staunte immer wieder darüber: sein Bruder hatte tatsächlich eine richtige Prinzessin geheiratet. Aus dem Frosch war ein Prinz geworden, dachte Billy belustigt.

Er sah zu den Swiridow- und Malischew-Damen hinüber und stellte fest, daß sie in Begleitung eines jungen Mädchens waren; er kannte sie als Anjas Cousine. Jetzt schien sie noch etwas jung zu sein, aber in sechs Jahren wäre sie eine atemberaubende Schönheit. Billy erinnerte sich, daß er ihre Mutter schon einmal gesehen hatte. Inzwischen wunderte er sich darüber, daß ihr Mann sie nicht schon viel früher umgebracht hatte. Sie war ein Biest gewesen. Und nun erbte diese niedliche kleine Person mit den großen blauen Augen und dem Schmollmund einen nicht unwesentlichen Teil der Petersburger Textilindustrie. Diese Freundschaft muß ich pflegen, dachte er. Sie war ja eigentlich sogar fast eine Verwandte; Billy schmunzelte.

Als Billy und Franz zu den Damen, Andrej und Sandro hinübergingen, waren alle Augen und Ferngläser bereits gen Himmel gewandt und suchten nach dem ersten Flugzeug. Aber es war noch zu früh.

Franz sah sich in der Menge um und stellte fest, daß sich eine beträchtliche Anzahl von hochrangigen Offizieren eingefunden hatte. Sie hatten nicht nur ein rein sportliches Interesse an Flugzeugen. Sie begutachteten die neueste Waffe.

Plötzlich ließ jemand in der Menge einen Sektkorken knallen und rief: »Sie kommen!«

Anja hatte das Gefühl, ihr Herz würde stehenbleiben. Sie zitterte, als sie mit dem Fernrohr den Himmel absuchte. Noch war das erste Flugzeug nicht nah genug, um zu erkennen, wer darin saß.

»Adam! Das muß Adam sein!« schrie sie außer sich vor Aufregung.

Sandro und Andrej sahen ihrer jungen Verwandten belustigt zu. Wie ein Kind hüpfte sie auf und ab, schrie Xenia etwas in die

Ohren, und die beiden Damen lachten lauthals und jubelten dem Flieger zu.
»Wartet doch ab, da kommt ja noch einer!« kommentierte Billy fachmännisch.
Anja stieß einen entsetzten Schrei aus. Wie ihr eigener kleiner Sohn, dachte Tascha belustigt.
»Nein! Er muß gewinnen, er muß einfach!« wiederholte Anja immer wieder.
»Kein Angst, meine Damen, wir haben ihn auf alles vorbereitet«, erklärte Franz ruhig. »Er weiß genau, wie er sich in so einer Situation verhalten muß, glauben Sie mir.«
Überall um sie herum wurden jetzt Sekt- und Champagnerflaschen geöffnet, Ferngläser weitergereicht, Picknickkörbe ausgepackt. Aber Anja konnte nichts essen. Sie klammerte sich an Tascha und bat sie, mit ihr die Daumen zu drücken.
Oben in der Luft, das Gesicht im scharfen Fahrtwind, seine Augen hinter einer Schutzbrille deutscher Herstellung verborgen, versuchte Adam, auf dem Landeplatz eine bekannte Person zu entdecken. Aber er war noch nicht nah genug. Es war unmöglich. Irgendwo in diesem unendlichen Gewühl von Menschen mußte Anja sein. Wahrscheinlich hielt sie es kaum noch aus vor Aufregung, sie konnte seine sichere Landung gar nicht mehr erwarten. Franz mußte auch da sein, im Geiste jeden seinen Handgriffe nachvollziehen, seine Anweisungen wiederholen, ihm zu Ruhe und Besonnenheit raten.
Im Cockpit des *Vierblättrigen Kleeblatts* überprüfte Adam noch einmal seine Instrumente. Und einer plötzlichen Eingebung folgend, sah er sich kurz um.
»Verdammt!« rief er. Tertschenko, ein routinierter Pilot aus St. Petersburg, Eigentümer einer kleinen Textilfabrik, folgte ihm in geringer Entfernung. Er holte auf. Die Distanz zwischen den beiden Flugzeugen verringerte sich ständig. Jetzt hatte die Maschine, die Adam nach einem Glücksbringer getauft hatte, ernsthafte Konkurrenz bekommen. Tertschenko war schon immer, laut Franz von Murnau jedenfalls, der gefährlichste Rivale gewesen. Seine Vermutungen hatten sich bewahr-

heitet. Tertschenko winkte seinem Konkurrenten zu – und kam immer näher.
»Verdammt«, wiederholte Prinz Swiridow. »Jetzt kommt es darauf an: jetzt oder nie!«
Adam nahm den Knüppel in die Hand und setzte zur Landung an.
Auf dem Landefeld zog Franz nervös und aufgeregt an seiner Zigarette. Er beobachtete jeden Handgriff seines Schülers. Ob Adam sich darüber im klaren war, daß ihm Tertschenko auf dem Fuße folgte? Seine plötzliche Landung konnte bedeuten, daß er ihn gesehen hatte – oder war er nur waghalsig? Wie dem auch sei, Adams Landemanöver war gefährlich. Er mußte vorsichtig sein, wenn er keine Bruchlandung machen wollte. Und Franz legte keinen Wert darauf, das mitansehen zu müssen.
»Ist er nicht phantastisch?« rief Anja stolz. Sie nahm das Fernglas nicht mehr von den Augen. »Sehr nur, wie er fliegt!«
Tertschenko war unmittelbar hinter dem *Kleeblatt*. Auch er hatte die Geschwindigkeit gedrosselt und setzte zur Landung an. Jetzt tauchte auch noch ein drittes Flugzeug auf. Es war noch sehr weit weg, hoch oben am Himmel. Abrupt und ohne Warnung ging Adam wieder ein Stück in die Luft. Franz war jetzt davon überzeugt, daß Adam sich verkalkuliert hatte. Er mußte verrückt geworden sein, denn bei seinem zweiten Landeversuch verlor er viel zu schnell an Höhe. Wenn er jetzt nicht aufpaßte, würden seine Manöver noch tödlich enden, das war so gut wie sicher.
Prinz Sandro legte beschützend den Arm um Anja und drückte sie an seine starke Brust. Er wußte, daß sie jetzt große Angst hatte. Ihr Mann war zu tollkühn.
Anja sah zum Himmel. Sie fühlte sich schwach und hilflos. Dieses Spiel war so wild, keiner schien es mehr unter Kontrolle zu haben. Adams Landemanöver sahen vollkommen anders aus als bei den Übungsflügen, bei denen sie zugesehen hatte. Es war ihr völlig gleichgültig, ob er gewann, sie wollte ihn nur sicher zurückbekommen.
Adam stellte entsetzt fest, daß Tertschenko alles, was er tat, nachmachte. Wenn er nicht aufpaßte, dann würde sein Rivale

einen Zusammenstoß in der Luft provozieren. Das wäre ihrer beider Ende.
Entschlossener als zuvor setzte Adam zu der S-Schleife an, die Franz ihm immer geraten hatte, wenn es knapp werden sollte. Dadurch konnte ein gefährlicher direkter Aufprall verhindert werden.
»Ja, gut, endlich!« rief Franz erleichtert. »Jetzt hat er die Maschine wieder im Griff.«
Die Brise, die von der nahen Moskwa herüberwehte und den Zuschauern eine kleine Erholung von der Sonnenhitze verschaffte, war in der Höhe ein ziemlich gefährlicher Wind, der Adam ins Gesicht peitschte und an den Flügeln seiner Maschine riß.
Ein paar Soldaten machten eine Landebahn frei.
»Der andere ist wieder so dicht hinter ihm!« schrie Anja entsetzt. War der Mann verrückt? Sah er Adam denn nicht?
»Runter, jetzt, Swiridow!« rief Franz. »Es ist höchste Zeit!«
Adam suchte das Feld nach Anja ab. Dann richtete er seinen Blick wieder nach vorne. Gleich hatte er es geschafft. Noch ein paar Minuten ... da bemerkte er ein großes Durcheinander auf der Wiese. Hoffentlich rennen mir diese Leute nicht in den Weg, dachte er.
Adam steuerte direkt auf sie zu. Anjas Herz schien einen Augenblick lang stehenzubleiben. Er hatte es fast geschafft! Und er hatte bestimmt gewonnen! Jetzt war er nur ein paar Meter über dem Boden. Die Zuschauer begannen schon zu klatschen.
»Sie schulden mir 10000 Rubel«, lachte Xenia zu einer Bekannten hinüber.
In letzter Minute verlor Adam die Kontrolle über die Maschine. Ein Windstoß riß ihm das Steuer aus der Hand. Der rechte Flügel streifte die Erde, die Maschine kam ins Schleudern und krachte auf den Boden. Durch den Aufprall barst sie in zwei Teile, als ob sie von einem riesengroßen Messer aufgeschlitzt worden wäre.
»Adam! Adam!!« schrie Anja. »Helft ihm, so helft ihm doch! Schnell!«
Billy und Franz rannten auf das Flugzeug zu, um den Piloten zu

retten. Wenn der Benzintank Feuer fing, würde er innerhalb von Sekunden mit der gesamten Maschine explodieren. Andrej lief hinter den beiden anderen Männer her. Er befürchtete, daß Anjas Mann schon durch den Aufprall getötet worden oder verletzt im Wrack eingekeilt und in großer Gefahr war.
Inzwischen war Tertschenko elegant gelandet, doch das hatte niemand bemerkt.
Die Soldaten versuchten, die hysterische und neugierige Menge der Schaulustigen zurückzuhalten. Jeder wollte so nah wie möglich am Ort des Geschehens sein und alles sehen. Nach einigem Hin und Her gelang es Anja endlich, sich durch die Menschenmenge zu wühlen und mit Xenia und Tascha zum Flugzeug zu laufen. Die drei Frauen wußten zwar nicht, daß Feuergefahr bestand, aber sie hatten Angst um den Prinzen. Anja war zu Tode erschrocken, sie hatte panische Angst, daß ihrem Mann etwas passiert sein könnte.
»Laß ihn nicht sterben!« heulte und schrie sie immer wieder, während sie zum Unglücksort liefen. »Lieber Gott, bitte hilf ihm!«
Prinz Swiridow saß vollkommen verwirrt im Cockpit des *Vierblättrigen Kleeblatts*. Er wußte nur, daß er eine sehr schlechte Landung gemacht hatte, daß ihm der Wind einen Strich durch die Rechnung gemacht hatte, gerade im dem Moment, als er seinem Triumpf so nah gewesen war. Vage nur nahm er die große Aufregung auf dem Landeplatz wahr, die vielen Menschen, die auf ihn zuliefen. Erst als er Billy erkannte, kam er wieder richtig zu sich. Jetzt konnte er wieder klar denken. Er mußte so schnell wie möglich das Flugzeugwrack verlassen.
Mit letzter Kraft erhob er sich. Billy und Franz waren auf den linken Flügel geklettert. Sie packten ihn und zogen und zerrten ihn aus der Maschine. Um sich herum hörte er panikartige Schreie.
Billy und Franz trugen Adam so schnell wie möglich von der Maschine weg. Die Explosion konnte jeden Augenblick losgehen. Als sie endlich an der Stelle ankamen, wo die Offiziere Anja und Xenia zurückgehalten hatten, ließen sie ihn langsam auf

den Boden. Anja schlang die Arme um ihren Mann und schluchzte vor Erleichterung.
»O mein Gott, ich liebe dich!« flüsterte sie unter Tränen. »Bitte, Adam, du darfst jetzt nicht in meinen Armen sterben!«
»Das habe ich auch nicht vor«, antwortete er.
Zwei Sekunden später war das *Vierblättrige Kleeblatt* ein einziges Flammenmeer. Schwarze Wolken stiegen in den Himmel, aus dem das Flugzeug gekommen war.

St. Petersburg

Die St.-Georgs-Halle im Winterpalais war voll. Die gesamte Elite der Petersburger Gesellschaft war versammelt, als Zar Nikolaus II. eintrat. Zu Ehren seiner Untertanen trug er die Paradeuniform der Husaren und schritt zur Tat: der Preisverleihung an den Sieger des Wettfliegens.
Eigentlich wäre die Sache ganz einfach gewesen, aber nach der Bruchlandung von Adam hatte Tertschenko seinen Anspruch geltend gemacht, daß er der Sieger sei.
Schließlich hatte er seine Maschine sicher und unversehrt auf den Boden gebracht. Die Jury konnte sich nicht entscheiden, und so wurde die Frage überall wochenlang diskutiert. Nikolaus hatte schließlich ein Machtwort gesprochen und den Streit dadurch beendet, daß er zwei Preise zur Verfügung stellte – einen für den ersten, der gelandet war, und einen für den ersten, der *heil* gelandet war.
»Meinen Glückwunsch, Prinz Swiridow.« Der Zar lächelte, als er den goldenen Pokal aus den Händen seines Adjutanten nahm, um ihn Adam zu überreichen. »Ich habe in der Wochenschau Ihre Landung gesehen, wissen Sie. Es ist wirklich ein Wunder, daß Sie das überlebt haben. Augenzeugen haben mir berichtet, daß Sie einen bemerkenswert klaren Kopf in dem ganzen Durcheinander bewahrt haben.«
Das hat er nett gesagt, dachte Adam. Ich war ja so verwirrt, ich wußte gar nicht mehr, was eigentlich los war. Der Zar von Rußland war wirklich ein gebildeter Mann. Adam stellte erstaunt fest, daß sein Englisch flüssig und mühelos klang.

»Vielen Dank, Eure Majestät«, antwortete er und verbeugte sich genau so, wie Xenia und Sandro es mit ihm geübt hatten. »Ich habe ja auch viel, für das es sich zu leben lohnt.«

Zar Nikolaus II. lächelte. Er kannte die Familie Swiridow. Der Prinz hatte recht.

19

Zu seiner Beunruhigung erholte sich Prinz Adam nicht so schnell, wie er gehofft hatte. Er konnte nicht mehr mit seinem temperamentvollen Sohn spielen, denn dieser hatte die Angewohnheit, auf ihm herumzuturnen, sobald sein Vater sich zu ihm auf den Teppich setzte. Die Schmerzen, die ihm solche Turnübungen bereiteten, waren manchmal unerträglich.

Anja verbrachte Stunden um Stunden damit, ihm seinen Rücken zu massieren und ihm Heilbäder zu bereiten, aber er machte kaum Fortschritte. Prinz Swiridow beschloß, einen weiteren Arzt zu Rate zu ziehen, diesmal in Paris.

Auf ihrem Weg zum Bahnhof, wo das junge Paar in Sandros Privat-Waggon steigen würde, wurden Anja und Adam von Billy und den Malischews begleitet. Bjeloschka würde während ihrer Abwesenheit auf Bjelaja Berioschka verbringen, zusammen mit seiner Amme, dem Kindermädchen und Xenia, die ihn heiß und innig liebte. Anja hatte Angst, daß sie ihn noch mehr verwöhnen würde als Sandro. Aber Andrej versprach, sein Bestes zu tun, sie dabei zu bremsen.

Paris

Der erste Rat, den Adam nach der Untersuchung durch den europäischen Spezialisten erhielt, war, eine Rückenstütze zu tragen.

»Ich werde doch nicht verrückt sein, und so ein Folterinstrument tragen«, protestierte Adam. »Das ist doch lächerlich!«

»Dann eben nicht.« Der Arzt zuckte die Schultern. »Wenn Sie nicht gesund werden wollen, dann kann ich Ihnen auch nicht helfen. Aber die Stütze würde die verletzten Knochen in der richtigen Position halten. Das ist wichtig für die Heilung.«

Das Ding sah aus wie ein Korsett. Adam kam sich völlig idiotisch damit vor. Aber schon nach einer Woche spürte er, wie sein Rücken sich erholte.
Um sich ihren Aufenthalt in Paris so angenehm wie möglich zu gestalten, gingen die Swiridows ins Theater. Sarah Bernhardt gab eine ihrer berühmten Vorführungen von *L'Aiglon*. Anja genoß es. Die Bernhardt war ihre Lieblingsschauspielerin, seit sie sie einmal persönlich kennengelernt hatte: Vor ein paar Jahren war sie bei einer Einladung in Sandros Palais in Paris gewesen. Sie war schlank und beweglich, hatte lebhafte Augen und war sehr charmant. Damals hatte die große Mimin die junge Prinzessin angesehen, festgestellt, sie sei *pas moche** – und ihr zu verstehen gegeben, daß sie für so ein kleines Persönchen schon recht interessant sei.
Die meisten Zuschauer gehörten zur Mittelklasse. Da es Sommer war, weilten die Adligen noch an der Côte d'Azur oder in Norditalien. Anja hatte ein schlichtes Kleid ausgesucht – Georgette, Dreiviertel-Ärmel und Stehkragen. Am Busen und im aufgesteckten Haar trug sie Sträußchen aus echten Gardenien.
Adam sah sie an und dachte, daß er sie noch nie so schön gesehen hatte.
Während der Pause blieben sie in ihrer Loge, denn Adam wollte seinen Rücken schonen. Um sie herum richteten Zuschauer ihr Opernglas auf das junge Paar. Sie tuschelten und fragten sich gegenseitig, wer die junge blonde Schönheit sei.

Eines Morgens – Adams Rücken war schon viel besser geworden – beschlossen Adam und Anja, den Louvre zu besuchen. Prinz Sandro hatte dem Museum ein Militär-Fernglas, eine Uniform, einige Schlachtpläne und ein Tagebuch seines Vorfahren General Denis Borissowitsch Swiridow für eine Ausstellung über Napoleons Feldzüge zur Verfügung gestellt. Anja wollte sehen, wie die Stücke präsentiert wurden. Während der Borodino-Feierlichkeiten in Rußland hatte die Familie eine Gedenksta-

---

* nicht schlecht, nicht häßlich (Anm. d. Übers.)

tue zu Ehren von Denis Borissowitsch enthüllt. Die kaiserliche Familie war bei der Zeremonie anwesend gewesen. Anja hoffte, seine ehemaligen Feinde behandelten ihren Vorfahren mit dem ihm gebührenden Respekt.

Paul, der Chauffeur, der zwei Jahre zuvor Zeuge von Anjas Verzweiflungstat geworden war, fuhr sie zum Louvre.

»Sie brauchen nicht auf uns zu warten«, sagte Adam zu ihm, als sie ausgestiegen waren.

»Sind Sie sicher? Es wäre kein Problem, Monsieur.«

»Wir nehmen ein Taxi.«

In Wirklichkeit hatte Anja ihrem Mann das Versprechen abgenommen, mit der Metro zu fahren. Das fand sie wahnsinnig aufregend. Bisher hatte ihr noch niemand erlaubt, es auszuprobieren.

Grand-père würde sicherlich einen Herzinfarkt bekommen, wenn er es wüßte ...

Zusammen mit einer Gruppe deutscher Touristen betraten sie das berühmte Museum. Adam trug einen Marineblazer und graue Flanellhosen, Anja eine schlichte Spitzenbluse, einen weißen Rock und dazu einen bunten Strohhut. Gemächlich sahen sie sich alte römische und griechische Funde an, gingen an der berühmten Venus von Milo vorbei und wanderten dann zur Napoleon-Ausstellung.

Als sie vor der Vitrine mit Denis Borissowitschs Erinnerungen standen, hielt Anja einen Augenblick inne. Die Gegenstände sahen hier so seltsam aus: hinter Glas und mit den kleinen Karten daran, die erklärten, um was es sich handelte.

Über der Eingangstür hing ein großes Plakat mit der russischen und der französischen Fahne über einer blumigen Lobeshymne auf die französisch-russische Freundschaft und die *Triple Entente*. Die Nationen, die noch vor 100 Jahren erbitterte Feinde gewesen waren, hatten inzwischen freundschaftliche Beziehungen entwickelt. Porträts von Zar Nikolaus II. und Präsident Poincaré bildeten den Abschluß der Ausstellung.

Als die Swiridows den Raum wieder verließen, folgte ihnen ein stämmiger, mittelgroßer Mann, der offensichtlich zu einer

Gruppe englischer Touristen gehörte. Weder Anja noch Adam hatten ihn bemerkt. Anja war es gewohnt, Blicke anderer Leute auf sich zu ziehen. Sie schenkte ihm keinerlei Beachtung.
Im Erdgeschoß entdeckten Adam und Anja eine Reihe römischer Ausgrabungen. Sie gingen in einen kleinen separaten Raum nebenan, wo noch mehr solcher Gegenstände ausgestellt waren.
Der stämmige Mann lächelte. Genau da hatte er sie haben wollen. Allein. Von dicken Mauern umgeben. Nur ein einziger Ausgang. Gefangen.
Er hatte sie seit ungefähr einer Stunde unauffällig verfolgt, hin und wieder einen Gesprächsfetzen aufgeschnappt und sie beobachtet.
Der Mann war ihm gleichgültig. Ihm kam es nur auf die junge Frau an. Aber sie hatte nichts bemerkt. Er freute sich jetzt schon auf ihren großen Schreck, bevor sie endgültig sterben würde. Dieses arrogante kleine Aristokraten-Biest. *Diesmal* würde sie sterben. Jetzt konnte nichts mehr schiefgehen, dachte er, als er in seiner Jackentasche nach dem Revolver tastete. Nach all dem, was sie und dieser Prinz Malischew ihm angetan hatten, mußte sie sterben.
»Was bedeutet denn diese Inschrift?« fragte Anja, als sie vor einem Sarkophag standen.
»Helene, Gemahlin des Phineas, ruhe in Frieden.«
»Du bist wirklich gebildet«, lächelte Anja. »Grand-père ist sicherlich froh, daß es endlich noch einen wissenschaftlich interessierten Menschen in der Familie gibt.«
»Nur ein Jammer, daß er das niemals erfahren wird«, hörten sie plötzlich eine Stimme hinter ihrem Rücken.
Prinz und Prinzessin Swiridow drehten sich erschrocken um. Vor ihnen stand ein kräftig gebauter Mann, der mit seinem Körper die Tür verstellte. Er hatte eine Halbglatze. In der rechten Hand hielt er einen Revolver. Der kleine Finger seiner linken Hand fehlte.
Zu Tode erschrocken erkannte Anja Oleg Iwanow. Sie glaubte, den Verstand zu verlieren.

Dann schlug sie zu.
Der erste Gegenstand, den sie zu fassen bekam, war eine unbezahlbar wertvolle Marmorstatue. Sie schleuderte sie ihrem Widersacher, der sie vor zwei Jahren beinahe ermordet hatte, ins Gesicht. Iwanow feuerte seinen Revolver ab, aber der Schuß ging ins Leere. Ein paar Glasvitrinen gingen zu Bruch. Anja und Adam hatten sich instinktiv zu Boden geworfen und nahmen jetzt hiner dem Steinsarkophag Deckung.
Draußen war der Schuß gehört worden: Schreie und Schritte näherten sich dem kleinen Ausstellungsraum.
Mit zum Zerspringen pochendem Herzen sah Anja, wie sich Adam auf seinen Widersacher stürzte, ohne zu wissen, wen er da vor sich hatte.
»Sei vorsichtig!« schrie sie. Die beiden Männer keilten sich in einem mörderischen Ringkampf ineinander. Sie schlugen wild aufeinander ein. Adam versuchte, Iwanows Waffe zu fassen.
Er wird Adam umbringen, dachte sie zitternd. Angeblich sollte er doch tot sein! Wie konnte so etwas nur passieren? Er schien zu allem entschlossen zu sein. Er war sehr gefährlich.
Plötzlich sah Anja, wie Adam Iwanow die Waffe abnahm und sie quer durch den Raum schleuderte. Sie bückte sich und hob sie auf. Dann schrie sie ihrem Mann zu, er solle von dem Monster ablassen, damit sie Iwanow erschießen konnte.
Iwanow war außer sich vor Wut: eine *Frau* hatte seinen Hinterhalt, die sorgfältig vorbereitete Falle, zunichte gemacht! Er rappelte sich auf und ließ den hochgewachsenen, schlanken Prinzen auf dem Boden liegen. Als er vor der jungen Frau stand, hinter sich Schritte und Schreie hörte, zögerte er. Wenn man ihn erwischen würde, dann würde er im Gefängnis landen. Und alles nur wegen diesem kleinen Aristokraten-Biest.
Sie war die Ursache all seiner Probleme. Sie war böse, dachte er und starrte sie an. Sie mußte endlich sterben. Er machte ein paar Schritte auf sie zu.
Anja zitterte am ganzen Körper. Der schreckliche Alptraum von vor zwei Jahren war wieder Realität geworden.
Sie zielte auf sein Herz und drückte ab. Nichts rührte sich.

Als Iwanow bewußt wurde, was sie vorhatte, zögerte er einen Augenblick zu lange. Inzwischen war Adam aufgestanden und stürzte sich wieder auf ihn. Anja schleuderte ihrem Feind die nutzlose Waffe an den Kopf.
Oleg ergriff die Waffe, sprang wieder auf die Füße und feuerte wild auf die Menschen, die jetzt zu Hilfe gekommen waren. Er sah sich noch einmal kurz um und floh dann, wobei er noch auf die Wachen schoß, die ihn zu verfolgen versuchten.
Anja konnte es immer noch nicht fassen: Sie hatte gerade den zweiten Anschlag auf ihr Leben überstanden. Sie war verwirrt. Adam und sie waren plötzlich von lauter fremden Menschen umringt.
Erst später wurde ihr klar, daß sie mit einer geladenen Waffe auf Iwanow geschossen hatte.
Oleg hatte einen guten Vorsprung vor seinen Verfolgern. Rücksichtslos stieß er alle Menschen beiseite, die ihm im Weg waren. Er rannte, so schnell er konnte, die Treppen hinunter, durch den Park, auf die Straße, zur nächsten Metro-Station.
Er hatte panische Angst vor einer Verhaftung. Gerade noch erwischte er einen Zug, der ihn zur Place de la Concorde brachte. Vollkommen außer Atem ließ er sich auf einen Sitzplatz fallen. Er konnte immer noch nicht glauben, daß er tatsächlich Prinz Malischews Nichte vor dem Rohr gehabt, dann aber alles vermasselt hatte. Diese kleine Hexe hatte damals schon den Schuß, den er ihr verpaßt hatte, überlebt, und jetzt war sie zurückgekehrt, um ihn zu verfolgen. Sie war gefährlich. Sie war sogar in der Lage, ihn zu töten.
Aber es war noch nicht vorbei, o nein, dachte Oleg. Er würde niemals zulassen, daß sie und ihre ganze Sippe ohne Rache davonkamen. Katja Petrowna war ihr zweites Ich gewesen. Die hatte er umgebracht. Aber anscheinend hatte diese kleine Hexe daraus gelernt. Sie ließ sich nicht so einfach überrumpeln.
Aber da hatte sie ihn unterschätzt, denn er war unbesiegbar. Diese Skriabins hatten versucht, ihn zu erstechen, bewußtlos hatten sie ihn in die Newa geworfen. Aber das kalte Wasser hatte ihn wieder zum Leben erweckt, er hatte es geschafft, sich an ei-

nem Baum festzuhalten. Ein Fischer hatte ihn aus dem Wasser geholt, bevor er erfroren war.
Mehr tot als lebendig hatte man ihn im Kaiser-Paul-Hospital abgeliefert, wo ihn die Ärzte wieder zusammengeflickt hatten.
Zwei Monate hatte es gedauert, bis er wieder aufstehen konnte. Aber er hatte es überlebt, und er würde sich an allen rächen, die ihm nach dem Leben getrachtet hatten.
In Paris hatte er sich dann von Wanda gesundpflegen lassen. Er war ihr Zuhälter geworden. Gemeinsam hatten sie angefangen zu sparen. Durch ein paar kleinere Raubüberfälle hatte er ihr Einkommen aufgebessert.
Jetzt waren alle ihre Pläne in Gefahr, weil diese kleine blonde Hexe hinter ihm her war. Er hatte seinen Augen kaum getraut, als er sie neulich im Theater entdeckt hatte. Er war davon überzeugt gewesen, daß sie längst tot war. Nach der Vorstellung hatte er sie aus den Augen verloren, aber für eine kleine Summe hatte ihm der Taxifahrer verraten, wo er das Paar hingefahren hatte: in die Rue du Faubourg St. Honoré. Seit heute morgen hatte er sie verfolgt.
Der Besuch im Louvre war eine hervorragende Gelegenheit gewesen.
Das nächste Mal würde er vorsichtiger vorgehen müssen.
Zu Hause befahl er Wanda, die Sachen zu packen. Sie würden Paris verlassen.
»Wann?« fragte Wanda erstaunt.
»Heute abend.«
Wanda fragte, ob er verrückt geworden sei. Und wohin er denn wolle.
»Nur weg von hier. Mit ist es gleich, wohin wir gehen, du kannst es dir aussuchen. Aber ich muß raus aus Paris. Ich bin hier nicht mehr sicher.«
»Polizei?« Wanda hatte plötzlich Angst. Sie hielt ihre weiße Katze im Arm und streichelte sie.
»Ja.«
Das ließ sie sich nicht ein zweites Mal sagen. Am nächsten Mor-

gen waren Oleg, Wanda und Koschka aus ihrer Bude am Montmartre verschwunden.
Sie hatten auf diese Weise sogar die fälligen Mietzahlungen umgangen. Ihr Vermieter fluchte, als er das leere Zimmer vorfand.

Anja war deprimiert. Am nächsten Tag stand ihre Geschichte in allen Zeitungen. Von den französischen Blättern übernahmen Petersburger Zeitungen die Geschichte, allen voran die *Nowaja Wremja*, die größte Zeitung in der russischen Hauptstadt. Sogar die *New York Herald* rief an und bat um ein Interview. Adam gab dem Butler Anweisungen, niemanden hereinzulassen. Er engagierte sicherheitshalber noch zwei Privatdetektive für die Dauer ihres Aufenthalts in Paris.
Anja konnte es immer noch nicht glauben. Andrej hatte gelogen. Xenia hatte gelogen. Er war immer noch nicht tot. Wie konnten sie ihr so etwas antun? Sie konnte ihres Lebens nicht mehr sicher sein.
Es bestand kein Zweifel daran, daß es Iwanow gewesen war. Selbst mit Halbglatze war er unverkennbar. Wie konnte so etwas nur geschehen?
Anja war schlecht vor Abscheu und Angst. Jetzt hätte dieses Monster fast auch noch Adam umgebracht. Wer würde sein nächstes Opfer sein? Ihr Sohn? Diese Vorstellung war so grauenhaft, daß sie nicht mehr zur Ruhe kam.
Und ich hatte ihn vor mir, die Pistole in der Hand, und trotzdem habe ich es nicht geschafft! Wenn ich ein Gewehr gehabt hätte, dann wäre es mir gelungen, dieses Schwein auszuschalten. Ich hätte es geschafft . . .
Schlimme Erinnerungen verfolgten sie Tag und Nacht. Er mußte sie beobachtet haben. Wie scheußlich, dachte sie.
Ihre männlichen Angehörgen hatten sie enttäuscht. Sie konnten sie nicht schützen. Andrej hatte versucht, ihn zu töten, Adam hatte versucht, sie zu verteidigen, und beide waren gescheitert. Sie wußte, daß sie keine Wahl hatte. Es blieb ihr nichts anderes übrig, als sich selbst darum zu kümmern. Sie würde ihn eines

Tages töten, es würde ein schreckliches Duell geben: die Prinzessin und der Bauer, darauf würde es hinauslaufen.
Ihre nächste Begegnung würde einer von ihnen nicht überleben.

Bjelaja Berioschka

Als Xenia den Brief ihrer Nichte mit einem genauen Bericht über den Überfall im Louvre erhielt, dachte sie zuerst, sie hätte den Verstand verloren und litte unter Verfolgungswahn. Dann erst wurde ihr bewußt, wie klar und vernünftig Anja geschrieben hatte – auch wenn das, worum es in dem Brief ging, unvorstellbar war. Die schrecklichen Ereignisse von vor zwei Jahren kamen wieder hoch, vor ihren Augen sah sie nur noch verschwommene Bilder.
Dann machte Prinzessin Xenia sich auf die Suche nach ihrem Mann.
»Andrej! Bist du schwachsinnig oder verlogen oder beides?« fauchte sie ihn an und warf ihm Anjas Brief ins Gesicht. »Lies, und dann sag mir endlich die Wahrheit!«
Vollkommen erstaunt über diesen plötzlichen Wutausbruch tat der Prinz, wie seine Frau befohlen hatte.
Noch während er las, wurde Andrej blaß und äußerte einen Fluch, den er unter normalen Umständen vor seiner Frau niemals gebraucht hätte.
»Da hast du es! Er lebt noch, Andrej, und du hast mir die Wahrheit vorenthalten. Wie konntest du nur!«
»Nein, da muß es irgendwo einen Irrtum geben. Sie haben mir sein Medaillon gegeben, als Zeichen für seinen Tod, als Beweis.« Er warf den Brief auf einen kleinen Tisch und ging im Zimmer auf und ab. Dieser verdammte kleine Polizist hatte ihn von Anfang an belogen. Dieser Betrüger!
»Ich wußte, daß ich hätte dabei sein sollen, ich wußte, warum«, überlegte er. »Dann wäre dieses Schwein nicht einfach so davongekommen.«
Xenia zitterte immer noch vor Wut.
»Jedenfalls ist er noch am Leben und hat sogar versucht, Anja

und ihren Mann zu töten. Weiß der Himmel, was ihm als nächstes in den Sinn kommt. Aber eines sage ich dir, *Dorogai*, wenn er es wagen sollte, sich an Bjeloschka heranzumachen, dann bringe ich ihn höchstpersönlich um. Und *ich* werde dabei nichts vermasseln.«

»Gut, vielleicht kannst du mir ja dann auch einen Tip geben, wie ich es hätte anstellen sollen, meine Liebe?« erwiderte er sarkastisch.

Xenia sah ihren Mann an. »Ich hätte ihm die Kehle durchgeschnitten, sein Herz herausgerissen und den Rest den Hunden zum Fraß vorgeworfen. So hätte ich es angestellt.«

Sie drehte sich auf dem Absatz um und verließ ohne ein weiteres Wort den Raum.

Er würde mit Petrow reden müssen, dachte Andrej.

St. Petersburg

Bei ihrer Rückkehr aus Europa war Anja immer noch sehr aufgebracht über den Zwischenfall mit Iwanow. Das einzige, worauf sie sich freute, war das Wiedersehen mit ihrem Sohn. Doch sie kannte Andrej zu gut, um wirklich zu glauben, daß er sie absichtlich angelogen hatte. Andererseits hatte Iwanow ihnen im Louvre nach dem Leben getrachtet. Was konnte es für dieses Durcheinander bloß für eine Erklärung geben?

Anjas Magen krampfte sich zusammen, als Adam und sie durch das schmiedeeiserne Eingangsportal zum Malischew-Palast fuhren. Der Butler half ihnen beim Aussteigen.

Andrej und Xenia waren zu diesem Treffen eigens aus Bjelaja Berioschka zurückgekehrt. Xenia stand mit Bjeloschka auf dem Arm am Fenster. Der Kleine hatte seine Eltern schon entdeckt.

»Mama!« rief er.

Trotz des Zwischenfalls im Louvre sah Anja blendend aus. Sie trug ein elegant geschnittenes, cremefarbenes Reisekostüm mit weiten Ärmeln und Spitzenkragen, eine zweireihige Perlenkette um den Hals und einen neckischen, kleinen Hut, der etwas schräg saß wie eine Kappe. Adam schien sich erholt zu haben.

Er hatte seinen kraftvollen Schritt wiedergewonnen. Er sieht wirklich phantastisch aus, dachte die Prinzessin.
In der Eingangshalle krabbelte dem jungen Paar schon ihr kleiner Sohn entgegen. Er plapperte aufgeregt vor sich hin. Prinzessin Anja war ihm dafür dankbar, denn sie war nervlich so angespannt, daß sie um jede Ablenkung froh war.
Adam spürte die Spannung im Raum ebenfalls. Er umarmte seinen Sohn. Xenia und Andrej sahen nervös aus, und seine Frau ebenfalls. Die glücklichste Familie, die er kannte, war durch diesen scheußlichen Vorfall in gegenseitiges Mißtrauen geraten.
Anja übergab Bjeloschka der Amme und begrüßte ihre Tante und ihren Onkel mit flüchtigen Küssen auf die Wange. Dann setzte sie sich neben Xenia auf das gelbe Seidensofa. Adam nahm in einem Sessel in der Nähe des Fensters Platz.
»Wie konnte das nur passieren?« begann die Prinzessin, als die Amme den Raum verlassen hatte. Sie war wütend. »Ich habe zu dir Vertrauen gehabt, Onkel. Hast du mich angelogen?«
»Anja!« Adam war entsetzt über Anjas Ton. Er wollte sich einer solchen Anklage nicht anschließen. Er kannte Andrej und wußte, daß er absolut vertrauenswürdig war. Anja hatte ihn beleidigt. Das hätte er von seiner Frau nicht erwartet, denn schließlich kannte sie Andrej schon wesentlich länger als er. Andrej und Xenia hatten sie aufgezogen.
»Das macht nichts, Adam Michailowitsch«, wandte der Prinz ein. »In dieser Situation ist es vollkommen natürlich, daß Anja diese Frage stellt.«
Xenia war erstaunt, sagte aber vorerst nichts.
»Ich hatte einen Inspektor der Okhrana damit beauftragt, Oleg Iwanow zu finden und ihn zu töten«, erklärte Andrej. »Als wir wegen der Geburt deines Sohnes in Genf waren, hat dieser Inspektor mit seinen Assistenten Oleg Iwanow gefunden, sie haben ihn in ein Haus gebracht, das sie für diesen Zweck vorbereitet hatten, und dann haben sie auf ihn eingestochen und ihn geschlagen, bis sie glaubten, er sei tot. Anschließend haben sie ein Ruderboot genommen und ihn in die Newa geworfen. Petrow, der Mann, der die Verantwortung für die Aktion hatte, hat

mir als Beweis für Iwanows Tod sein Medaillon gegeben – ein goldenes kleines Schmuckstück, das er um den Hals getragen hat, und das mit einer Inschrift von seiner Mutter versehen war. Außerdem einen abgetrennten Finger.«

Prinzessin Anja stand auf und umarmte ihren Onkel. »Es tut mir so leid«, flüsterte sie. »Ich war gemein zu dir. Das hast du nicht verdient.«

Prinz Andrej küßte sie auf die Stirn. »Ich bin gescheitert. Ich habe es versucht, aber es ist mißlungen. Ich schäme mich dafür.«

Beide Damen begannen leise zu weinen. Sie tupften sich die Augen mit Taschentüchern aus Spitze ab. Nach dieser Aussprache waren sie erleichtert; in der Familie waren alle Unstimmigkeiten beseitig, aber jetzt mußte die Jagd nach Iwanow wieder von vorne losgehen.

Prinzessin Anja erklärte, daß sie jetzt schießen lernen wollte. Sie fragte ihre Tante, ob sie sich ihr nicht anschließen wollte. »Entweder er oder wir – dazwischen gibt es nichts. Ich werde lernen, wie man mit einem Revolver umgeht.«

Xenia nickte zustimmend.

Billy wollte in allen Einzelheiten darüber informiert werden, wie weit Deutschland mit seinen Kriegsvorbereitungen war. Schließlich hatte er sich nicht umsonst mit Franz angefreundet, erklärte er. Während Franz sich für das russische Militär interessierte, behielt Billy ihn im Auge. Der deutsche Graf war eine wahre Goldgrube, besonders in betrunkenem Zustand.

»Sag nur, du hast deine Finger in Spionage drin?« fragte ihn sein Bruder belustigt.

»In gewisser Weise, ja«, lautete die Antwort.

Wunderbar, dachte Adam. Billy hatte endlich seine Nische im Leben gefunden – als Botschaftsspitzel. Es war irgendwie komisch, obwohl Billy das alles ziemlich ernst zu nehmen schien. Nun ja, in St. Petersburg lernte man eben schnell, zwischen den Zeilen zu lesen und manche Dinge nicht an die Oberfläche kommen zu lassen.

Das ganze Land war ein einziges riesiges Informationsbeschaffungssystem. Die Okhrana war dabei die größte Spezialabteilung, aber es gab einige ernst zu nehmende Konkurrenzzweige, die für den Kaiserlichen Hof arbeiteten oder von den verschiedenen Ministerien eingesetzt worden waren, und noch einige mehr – ganz zu schweigen von den Einzelpersonen, die sich als Privatdetektive ihr Geld verdienten.

Jeder Türsteher und jede Hausmeisterin stand im Dienste irgendeines Schnüfflers, Spitzels, Informanten oder Privatdetektivs. Warum sollte Billy da nicht auch noch ein wenig mitmischen? Diese russische Manie, die Nachbarn auszuhorchen und zu belauschen, war der reinste Volkssport, und wurde nur noch durch eine zweite Lieblingsbeschäftigung der Russen übertroffen: Informationen zurückzuhalten. Vielleicht war so jemand ja eines Tages auch ganz nützlich in der Familie.

»Hast du General von Murnau kennengelernt, als du Franz in Deutschland besucht hast?« wollte Billy wissen, als sie die Newa entlangspazierten. Sie waren auf dem Weg in den Kaiserlichen Jacht-Klub, einem der exklusivsten Klubs in der Hauptstadt.

»Ja, habe ich. Wir waren zum Essen bei ihm eingeladen. Der alte Herr hat die ganze Zeit auf die Banditen aus dem Balkan geschimpft – damit meint er Serbien. Er haßt die Serben und würde sie am liebsten allesamt noch vor ihrer Geburt umbringen. Er ist ein glühender Anhänger des Kaisers. Er hat mich seiner Kaiserlichen Hoheit sogar vorgestellt, als wir bei einem Schaufliegen in der Nähe von Berlin waren.«

»Sie rüsten auf. Und die Russen spielen in dem ganzen Chaos auf dem Balkan ein gefährliches Spiel. Sie finanzieren Revolutionäre, die gegen Österreich sind. Sie schütten dadurch Öl auf das Feuer der anti-slawischen Stimmung in Deutschland und Österreich. Franz glaubt, daß Rußland da in einen ganz üblen Teufelskreis hineingezogen wird.«

Die beiden Brüder waren jetzt beim Klub angekommen, wurden vom Butler empfangen und zu ihrem Tisch gebracht. Sie hatten gerade erst ihren Whisky bekommen, als sie Stimmengewirr und Schreie auf der Straße hörten.

Billy sprang auf und lief zum Fenster; er schob die schweren dunklen Vorhänge einen Spalt breit auseinander. »Um Gottes willen, sieh dir das an!« rief er.

Am Kai verfolgten einige berittene Polizisten eine Gruppe von schäbig gekleideten Arbeitern. Sie schwangen Peitschen und Knüppel und prügelten damit auf die Arbeiter ein.

»Streikende«, erklärte ein älterer Herr. Er besaß eine Textilfabrik. »Das geschieht ihnen recht. Sie haben es verdient. Dieses Pack ist die Ursache dafür, daß fast die Hälfte der Textilbetriebe in Wyborg schließen mußte. Sie sind alle aufgehetzt von diesen Radikalen.«

Allmählich wurden die Schreie und das Klappern der Hufe leiser. Billy und Adam kehrten zu ihren bequemen Sesseln zurück.

»Wenn es dem Zar nicht gelingt, diese Arbeitskämpfe zu beenden, dann kann es noch übel werden. Es fehlt nicht mehr viel, und dann werden wieder Barrikaden in den Straßen errichtet, wie damals, 1905. Schon siebzehn Streiks in großen Betrieben, allein diese Woche«, erklärte Adam. Diese Informationen hatte er von Andrej. »Es *steht ernst.*«

Als ob er nicht schon genügend Probleme mit diesem Iwanow hätte, dachte er bei sich. Prinz Andrej hatte pessimistisch geklungen. Täglich wurden es mehr Streiks. Andrej befürchtete wieder einmal die totale Anarchie in St. Petersburg. Er hatte kein Vertrauen mehr in die Regierung. Nikolaus II. schien ratlos zu sein, seine Autorität war untergraben, die Zarin beeinflußte sogar die Wahl seiner Minister – und stand dabei selbst unter dem Einfluß von Grigorij Efimowitsch Rasputin, der von sich behauptete, göttlichen Eingebungen zu folgen.

Der Prinz meinte, das sei alles ziemlich lächerlich. Es sei wie ein Spiel mit zu hohem Einsatz. Rußland konnte froh sein, wenn es das Jahr überstehen würde – bei seinem jetzigen Zustand, dachte Prinz Swiridow.

Aber Rußland hatte schon viele schwierige Perioden überstanden. Dieses Jahr würde es auch noch durchhalten, und noch mehr.

20

Einer aus Adams Freundeskreis wußte sehr genau über die Zarenfamilie und den Hof Bescheid – Gigi Grekow. Er sagte eine Palastrevolution voraus. Mehrere Verwandte des Zaren befürworteten bereits einen Staatsstreich; Nikolaus sollte abdanken und dem Zarewitsch den Platz räumen, für den dann einer seiner Onkel oder Cousins das Zepter schwingen würde, bis er volljährig war. Der Zarin sollte für den Rest ihrer Tage der Zutritt zu ihrem Sohn verwehrt bleiben.
»Ist das eine reale Möglichkeit?« fragte Adam erstaunt.
»Wahrscheinlich nicht«, antwortete der Graf. »Das Problem der Romanows ist das gleiche wie das Rußlands: Unentschlossenheit. Sie können sich nicht einigen, wer Nikolaus ersetzen soll.« Und nach allem, was Gigi wußte, gab es auch nicht allzu viele, die es besser machen würden.
Graf Grekow begleitete Natalja oft nach Zarskoje Selo und kam dort häufig mit der Zarin, seltener mit dem Zaren zusammen. Sein Eindruck von Alexandra war der einer schwermütig-neurotischen Hysterikerin; er nannte es: zaristische Macht, kombiniert mit dem blinden und unerschütterlichen Glauben an merkwürdige Heilige, die eher zu Bauernmönchen taugten. Ihr und Natalja war es vom Schicksal bestimmt, Freundinnen zu werden.
Das einzige, woran Gigi in diesen Tagen seine Freude hatte, war der kleine Konstantin Georgijewitsch – für seine Eltern Kolja. Die Gräfin hatte einen gesunden Jungen zur Welt gebracht, der wie ein richtiger Grekow aussah und seinen Vater ins Schwärmen brachte.
Bei seiner Taufe hatte Kolja laut geweint, als der Priester ihm das Weihwasser über den dunkel gelockten Flaum auf seinem Köpf-

chen goß. Seine entzückende Taufpatin Prinzessin Malischewa lächelte verwirrt, weil sie nicht die leiseste Ahnung hatte, wie man ein schreiendes Baby beruhigt. Xenia äußerte danach gegenüber Andrej, es sei eine wahre Schande, daß die Mütter traditionsgemäß von dieser Feierlichkeit ausgeschlossen waren. Es wäre eine der seltenen Gelegenheiten gewesen, bei denen sich Natalja hätte nützlich machen können.

Kaum begann sich die Gräfin von den Strapazen der Geburt zu erholen, traf Gigis Voraussage ein, und Alexandra Fjodorowna ernannte sie zur Hofdame. Damit befremdete sie mindestens ein Dutzend anderer Kandidatinnen und gab den Gerüchten um den verderblichen Einfluß der Rasputin-Clique neue Nahrung.

Trotz all ihrer Angst vor einem erneuten Auftauchen Iwanows gab es etwas, das Anja die letzten Frühlingstage des Jahres 1914 versüßte. Sie entdeckte, daß sie wieder ein Kind erwartete. Dies war der erste Hoffnungsstreifen am Horizont seit jenem schrecklichen Tag im Louvre. Sie sah sich trotz ihrer Angst vor der Zukunft gezwungen, die Verantwortung für ein neues Leben zu übernehmen, das Gestalt annahm und sich ohne zu fragen ihr aufbürdete, als ob es wüßte, daß sie stark genug war. Gut, dachte sie sich, dann bin ich es wohl auch.

Und Anja freute sich ehrlich, trotz all der Qualen ihrer ersten Entbindung. Sie wollte nicht, daß Bjeloschka alleine aufwuchs. Anja hatte sich immer Geschwister gewünscht. Und sie war sich sicher, daß ihr Sohn sich über einen Bruder freuen würde.

Am 28. Juni 1914 übergaben die Swiridows Bjeloschka seiner Tante Xenia und verließen mit 24 Lederkoffern St. Petersburg. Sie fuhren mit dem Zug nach Deutschland, wo Graf von Murnau in dem verschlafenen Mecklenburg heiratete.

Als sie sich irgendwo zwischen St. Petersburg und Berlin befanden, ereignete sich weit entfernt in Sarajewo ein Zwischenfall, der alle ihre Pläne umstürzen sollte. Dort war an einem Sonntagnachmittag in einer der abgelegensten, rückständigsten Provinzen Europas der österreichische Thronfolger von einem ser-

bischen Terroristen erschossen worden. Durch dessen Kugeln wurde ein Krieg von solch gigantischem Ausmaß ausgelöst, daß die Welt vor Schreck erstarrte.
Es war so merkwürdig, dachte Anja später; zum Zeitpunkt des Attentats schien außer den Franzosen niemand ernstlich besorgt zu sein. Der gallische Verbündete der Russen war sensibel gegenüber sich verschiebenden politischen Kräfteverhältnissen und hatte Konflikte vorausgesagt. Die Franzosen brachten ihr Unbehagen während des Staatsbesuchs des Präsidenten Poincaré am russischen Hof zum Ausdruck.
In der österreichischen Presse wurde der Tod des Thronfolgers mit relativer Gelassenheit aufgenommen; vielleicht eine Auswirkung dessen, daß der alte Kaiser den unglücklichen Erzherzog nicht leiden konnte. Ein anderer Habsburger nahm ohne großes Aufheben den Platz des unbetrauerten Franz Ferdinand in der Thronfolge ein; und auch die Kurse an der Wiener Börse schwankten kaum, was als sicheres Zeichen der Stabilität galt.
*La Guerre Européenne?** fragte ein Redakteur einer angesehenen Pariser Tageszeitung. Er erläuterte dann, in welcher Form die nationale Begabung für Diplomatie und die Präsenz solch schrecklicher moderner Waffen wie des Giftgases einen Krieg für jeden zivilisierten Menschen undenkbar erscheinen ließen.

Mecklenburg

Am Nachmittag der Hochzeit von Graf Murnau und der bezaubernden Sissi von Walther wurden Braut und Bräutigam durch das Erscheinen des Generals von Murnau in den Hintergrund gedrängt. Er kam direkt von einer zweitägigen Konferenz aus Berlin. Seine Anwesenheit rief helle Aufregung unter den jungen Offizieren hervor, die bei der Feier ihre Begleiterinnen stehenließen und sich in Scharen um den alten General drängten. Sie waren begierig, die neuesten Nachrichten aus Berlin zu hören.

---

* Der europäische Krieg (Anm. d. Übers.)

»Höchstens noch zwei Wochen, meine Herren.« Der alte Herr zwinkerte ihnen vertraulich zu. Seine Medaillen funkelten im Sonnenlicht. »Wir gehen schicksalsträchtigen Zeiten entgegen. Seien Sie immer eine Zierde ihres Vaterlandes, egal, was geschieht.«

Und so war die frisch vermählte Gräfin von Murnau an dem Tag, der doch der schönste in ihrem Leben sein sollte, den Tränen nahe. Die Neuigkeiten ihres Schwiegervaters bedeuteten, daß sie Franz vielleicht bald verlieren sollte. Ihr brach fast das Herz.

»Anja«, erklärte Sissi entschlossen, als sie sich frischmachte, um in die Flitterwochen zu reisen, »Sie müssen sofort abreisen. Der General erwartet den Krieg gegen Rußland viel eher, als er es diesen jungen Menschen bei der Feier gesagt hat. Ich bin mir sicher, daß Franz zu seinem Regiment zurückbeordert wird, noch ehe wir unseren Bestimmungsort erreicht haben.«

»Nichts wird es verhindern, oder? Aber warum wollen sie es denn unbedingt?«

»Ich persönlich nehme an, daß es sich um einen Fall von Massenhysterie handelt, aber bitte erwähnen Sie es nicht gegenüber meinem Gatten. Meine einzige Hoffnung ist, daß sie es kurzmachen und nicht allzu viele Menschen dabei umkommen.«

Die beiden jungen Frauen standen nebeneinander vor dem Spiegel und sahen darin ihre besorgten Gesichter – zwei Schönheiten in weißbesticktem Leinen, die eine blond, die andere brünett. Keine von ihnen sah das Antlitz einer Feindin.

»Reisen Sie so früh wie möglich ab und sorgen Sie dafür, daß Sie noch vor Einbruch der Dunkelheit die Landesgrenze erreichen. Sie würden es bedauern, hier gefaßt zu werden, wenn wirklich der Krieg erklärt wird«, riet die Gräfin. »Glauben Sie mir, hier sind Sie nicht sicher.«

»Ich habe nicht vor, unnötige Risiken auf mich zu nehmen«, lächelte Anja. »Ich habe zuviel zu verlieren.«

Gräfin von Murnau legte die Arme um das russische Mädchen und drückte sie herzlich an sich. Sie mochte die hübsche Prin-

zessin und bedauerte wirklich, daß es möglicherweise ihr letztes Treffen war. Dummer Krieg!
Es klopfte an der Tür, und der Kammerdiener von Franz erkundigte sich, ob Frau Gräfin bereit sei abzureisen.
»Ich komme.«
Sie machte eine hilflose Geste zu Anja hin und umarmte sie noch einmal. Dann ging sie hinaus. Sie wischte sich die Tränen vom Gesicht: eine große, schmale Gestalt in einem eleganten weißen Sommerkleid auf dem Weg in eine ungewisse Zukunft.

Am nächsten Morgen erwachte die Prinzessin so früh, daß sie mit dem ersten Zug nach Hause reisen konnten. Mascha hatte ihre Koffer bereits in der Nacht gepackt, sie standen unten in der Halle, um zum Bahnhof gebracht zu werden.
Anja war nach dem Aufstehen ein wenig schwindelig. Sie schrieb es ihren Nerven zu und eilte in das Badezimmer, das die Schlafzimmer miteinander verband; es gab dem Ganzen eine wundervolle moderne Note, die ihr jetzt erst bewußt wurde.
»*Duschka*«, murmelte Adam schläfrig, »geht es dir gut?«
»Nein«, antwortete sie. »Ich fühle mich nicht wohl.«
Sie klammerte sich an den weißen Türknauf aus Porzellan und versuchte, ihren Gatten zu erkennen. Es fiel ihr schwer, denn der ganze Raum drehte sich um sie; sie sah nur noch blaue und weiße Flecken, die vom hellen Sonnenlicht durchflutet wurden. Irgendwie war das eigenartig, dachte sie. Es sah aus, als blicke sie durch einen Zerrspiegel. Adam, der im Bett lag, schwamm hin und her und schien aus großer Entfernung zu ihr zu sprechen. Was sagte er? Sie konnte ihn so schwer verstehen.
»Vielleicht deine Periode?« wiederholte er.
Es dauerte einige Sekunden, bis Anja die Worte verstanden hatte, dann schüttelte sie den Kopf. Sie machte eine heldenhafte Anstrengung zu sprechen, während sie matt an der Tür lehnte.
»Nein«, murmelte sie schwach, »das kann nicht sein.«
»Bist du dir sicher? Du hast einen Fleck hinten am Negligé. Was sonst könnte es sein?«
Als ihr die Bedeutung seiner Worte klar wurde, starrte Anja ihn

an wie den Überbringer einer Todesnachricht und sank dann langsam auf einem Haufen zerknitterten, weißbestickten Batists zusammen: ihre Beine versagten ihr den Dienst, als der Schmerz sie überwältigte.
»O Gott!« stöhnte die Prinzessin auf. »Ich verliere unser Kind!«
Augenblicklich war ihr Gatte aus dem Bett gesprungen und an ihrer Seite, bevor sie noch auf den Boden aufschlug.
Anja war so benommen, daß sie nicht mehr wußte, wo sie war oder was mit ihr geschah. Das Schwindelgefühl vernebelte ihr Hirn, und sie stammelte nur noch unzusammenhängendes und unsinniges Zeug.
Sie bemerkte noch, daß sie ins Bett gebracht wurde und Adam um Hilfe rief. Deutsche Rufe drangen von unten aus der Halle herauf. Dann verlor sie das Bewußtsein und nahm Zuflucht im Reich des Vergessens.

Als Prinzessin Anja wieder erwachte, stand ein fremder Mann über sie gebeugt und sprach mit Adam. Er sprach deutsch, was zwar Adam verstand, aber nicht sie. Sie fühlte sich wie ein Versuchskaninchen auf einem Labortisch: beobachtet, abgetastet und erörtert.
»Adam«, murmelte sie russisch, »was ist los? Wer ist dieser Mann?«
»Es ist der Leibarzt der Gräfin. Er sagt, daß du das Kind fast verloren hättest, aber es sei am Leben.«
Anja schluckte die Tränen hinunter. »Gott sei Dank«, hauchte sie. »Dann laß uns fahren.«
»Das kommt überhaupt nicht in Frage«, antwortete ihr Gatte. »Du brauchst eine Zeitlang Bettruhe. Es steht immer noch auf Messers Schneide.«
»Nein!«
Die Bestimmtheit dieses *Nein* erstaunte den Arzt. Pikiert sah er den Prinzen an. Adam hüstelte vor Verlegenheit. Anna Nikolajewna war dickköpfig wie alle Swiridows. Sie wollten ihren Kopf durchsetzen und akzeptierten keine andere Lösung.
»Er kann nicht für deine Sicherheit garantieren, wenn wir jetzt

abreisen. Meinst du, ich lasse zu, daß du dein Leben aufs Spiel setzt? Wir bleiben!«
»Ich will abreisen«, beharrte die Prinzessin. »Ich habe viel zuviel Angst, um noch einen Tag länger hierzubleiben.«
»Kommt nicht in Frage.«
Anja sah sich in dem Raum mit seiner entzückenden Jugendstileinrichtung um; sie roch die Blumen in den Vasen und fühlte sich wie in einer Falle. »Sie sind dabei, uns den Krieg zu erklären, und wenn wir hier gefaßt werden, wird es schrecklich enden.«
Adam sieht müde aus, dachte sie, als er sie streichelte und ihr sanft über das lange blonde Haar strich. Sie bemerkte einen grimmigen Zug um seine Mundwinkel, den sie noch nie gesehen hatte. Er machte sich wirklich Sorgen, und sie wußte, daß er kein Schwarzseher war.
»Die Diplomaten müssen ihre Geschicklichkeit unter Beweis stellen, bevor ein Krieg erklärt werden kann. Noch reden sie miteinander«, sagte er schließlich.
»Aber in der Zwischenzeit planen die Deutschen bereits ihre Truppenbewegungen.«
»Die Feindseligkeiten können erst eröffnet werden, wenn die Diplomatie fehlgeschlagen ist. Und das ist nicht der Fall. Bis jetzt noch nicht. Und wenn wir Glück haben, werden unsere Außenminister es überhaupt verhindern.«
Aber ernsthaft scheint er nicht allzuviel Vertrauen in sie zu setzen, dachte die Prinzessin. Sie hielt Adams Hand und bemühte sich, gelassen und nachgiebig zu wirken. Aber tief in ihrem Herzen war sie fest entschlossen, die erste Möglichkeit, hier wegzukommen, zu nutzen.

21

Nach drei Wochen der verordneten Bettruhe war Prinzessin Anja noch besorgter. Auf ihrem Nachtkästchen türmten sich die Telegramme von Xenia, die sie aufforderte, sobald es menschenmöglich sei, unverzüglich nach Hause zu kommen. Sie warnte vor der zunehmenden Kriegsbegeisterung in Rußland – der Zar wurde unerbittlich in den Konflikt hineingezogen. Verschwindet dort, solange es noch geht, beschwor sie die Prinzessin. Zaudert nicht, sonst ist es zu spät.

In der letzten Juliwoche packte Anja ihre Sachen, zog ein maßgeschneidertes blaues Reisekostüm an und teilte Adam mit, daß sie auf dem Weg zum Bahnhof sei.

»Gräfin Murnau hat mir gerade erzählt, daß Franz nach Berlin in die Kaserne beordert wurde und Sissi auf dem Weg in ihr Vaterhaus ist«, verkündete Anja und setzte sich einen federgeschmückten Toque mit Schleier auf. »Und dein medizinisches Genie sagte mir, daß ich mit achtzigprozentiger Sicherheit unser Kind behalten würde. Also reise ich ab, lieber Adam, mit dir oder allein. Der alte General hat seine Gattin aufgefordert, uns rauszuwerfen. Du weißt, was *das* bedeutet.«

»Anja, es ist immer noch gefährlich. Du hast noch Temperatur und gerade erst aufgehört zu bluten.«

»Hör auf, dich wie mein Kindermädchen aufzuführen! Ich fühle mich wohl genug, um abzureisen, und nichts, aber auch gar nichts wird mich noch eine Sekunde länger in diesem verrückten Land verweilen lassen. Das Auto wartet unten, das Gepäck ist bereits am Bahnhof.«

Prinz Swiridow musterte seine Gattin sorgfältig. Die Erregung hatte ihre Wangen gerötet, aber andererseits schien es ihr besser zu gehen. Es war zwar immer noch heller Wahnsinn, unter diesen Umständen zu reisen, aber sie hatten keine Wahl.

»Also gut, Anja«, stimmte er zu. »Wir reisen ab.«

Mit ihren beiden verängstigten Bediensteten Mascha und Fjodor an der Seite machten sich die Swiridows schweigsam auf den Weg nach Berlin. In der deutschen Hauptstadt wollten sie den *Nord-Expreß* nehmen und über Warschau nach St. Petersburg reisen, wo ihre Verwandten sich so viele Gedanken um sie gemacht hatten, daß sie ihnen stapelweise beschwörende Telegramme in das Schloß Murnau geschickt hatten.

Anja lehnte sich an das Fenster ihres Erste-Klasse-Abteils und schaute hinaus in die schöne spätsommerliche Landschaft Deutschlands. Sie nahm Adams Hand und fragte sich, was mit ihnen allen geschehen würde, falls es zum Krieg käme.

Xenia und Andrej waren zu Hause in Sicherheit. Ebenso Bjeloschka, Gott sei Dank! Wolodja Grekow war kürzlich wieder zu seinem Regiment gerufen worden, er wäre sicherlich im Brennpunkt der Kampfhandlungen. Großvater war in Frankreich; als Verbündeter würde Frankreich wahrscheinlich von den Deutschen überfallen und verwüstet. Anja sorgte sich um ihn und um das elegante Haus in der Rue du Faubourg St. Honoré. Die schrecklichen Erzählungen von der Belagerung von Paris im Jahr 1870 kamen ihr in den Sinn, die Geschichten von den hungernden Parisern, die sich von Hunden und Katzen ernährten, während die Deutschen sie umzingelt hielten und auf ihre Kapitulation warteten. Mein Gott, dachte Anja. Großvater war nicht gerade jemand, der Katzen verspeiste. Es würde ihn umbringen.

Als der Zug in die nähere Umgebung von Berlin kam, sahen die Swiridows und ihre Bediensteten Truppenkonvois auf der Straße. Lastwagen mit Militärbeschriftung fuhren Hunderte von Kompanien zu unbekannten Bestimmungsorten. Die Russen beobachteten angstvoll das Geschehen und befürchteten, daß der Krieg erklärt worden war, während sie sich zwischen Mecklenburg und Berlin befanden.

»Adam«, wollte seine Gattin wissen, »wenn es bereits geschehen wäre, hätten sie es dann nicht bekanntgegeben?«

»Wenn sie nur ein Sterbenswörtchen gehört hätten, dann hätten sie es getan. Hab keine Angst. Wir haben noch Frieden.«
Aber er schätzte nicht, daß es bis zum Krieg noch lange dauern würde.
»Schauen Sie, Prinzessin. Husaren«, murmelte Mascha.
Hinter dem Truppenkonvoi kam ein Husarentrupp im Gänsemarsch die Straße heruntergeritten. Die Husaren trugen elegante Uniformen mit goldenen Tressen und schnittige Kopfbedeckungen. Die Regimentsfahne flatterte im Wind, als sie wie Spielzeugsoldaten losgaloppierten. Ihre Pferde waren gut gestriegelte, feurige schwarze Schönheiten.
»Ich schätze, ähnliches passiert gerade auch in St. Petersburg und Krasnoje Selo«, bemerkte Adam. »Alle Generäle bewegen ihre Truppen, um den Kampfgeist anzustacheln.«
»Ich würde aber lieber unsere eigenen Truppen sehen als diese hier«, murmelte Anja und drückte seine Hand.
»Bald«, lächelte er und verschränkte seine Finger mit den ihren. »Hab keine Angst.»
Endlich kam das große, ordentlich beschriftete Schild BERLIN in Sicht und beruhigte Prinzessin Anja. Jetzt dauert es nur noch eine Stunde, bis wir im *Nord-Expreß* sitzen und nach Hause fahren können, dachte sie. Wie gut.
Doch da wurde ihre Abteiltür geräuschvoll aufgestoßen, und vor ihnen standen der Schaffner und zwei uniformierte deutsche Polizisten.
»Was geht hier vor?« fragte Adam. Anja wurde starr vor Schreck. Sie starrte die Deutschen an, und ihr wurde flau im Magen. Der Schaffner hatte ihnen schon während der ganzen Fahrt argwöhnische Blicke zugeworfen. Und jetzt hatte er die Polizei geholt. Sie hatte recht behalten.
»Die Pässe, bitte«, forderte der Mann und ignorierte Adams Frage.
Als die vier Reisenden ihre Pässe vorgezeigt hatten, schauten die Deutschen grimmig. »Meine Dame, mein Herr, bitte folgen Sie uns. Wir werden Sie aus dem Zug begleiten. Die Bediensteten bitte auch.«

»Warum?« wollte Adam wissen. »Wo liegt das Problem? Ich bin amerikanischer Diplomat und kehre auf meinen Posten nach St. Petersburg zurück. Meine Frau ist schwer krank und muß sich zu Hause sofort in medizinische Behandlung begeben. Halten Sie uns um Gottes willen nicht auf.«
Als er seinen Diplomatenstatus erwähnte, schauten sich die Deutschen an. Adam bemerkte ihr Zögern und verlangte, einen ihrer Vorgesetzten zu sprechen. Er beklagte sich lauthals über diese »ungeheuerliche Amtsanmaßung gegenüber unschuldigen Reisenden« und drohte, sich über die amerikanische Botschaft von Berlin und St. Petersburg in der Wilhelmstraße zu beschweren.
Die drei blickten zuerst sich und dann den Amerikaner, der ihnen in ausgezeichnetem Deutsch drohte, unbehaglich an.
»Sehr wohl, mein Herr. Wir werden Sie zu unserem Vorgesetzten bringen«, erwiderte einer der Polizisten. »Kommen Sie bitte mit uns. Die anderen drei Personen bleiben im Warteraum.«
Anja beunruhigte die Vorstellung, unter diesen Umständen von ihrem Gatten getrennt zu sein; aber sie wußte, daß er herausfinden wollte, was los war. Wenn die Deutschen lediglich die russischen Reisenden von den anderen trennten, während diese auf ihre Züge warteten, wäre das nicht allzu schlimm. Aber warum war die Polizei dabei? Ihr Magen krümmte sich zusammen.

Berlin

Adam Lowell, der Diplomat, wurde in ein kleines Büro im Bahnhof gebracht und stand dort einem Beamten gegenüber, der seinen Schnurrbart wie der Kaiser hochgezwirbelt trug, dessen großes Porträt an der grüngestrichenen Wand hinter dem Schreibtisch hing. Die aufgedunsenen Backen des Burschen glühten vor Erregung, als Adam gegen seine Behandlung durch die deutschen Bahnbeamten protestierte.
»Warum werden die Russen herausgegriffen?« fragte er. »Wird das einen längeren Aufenthalt zur Folge haben? Und wenn das so ist, wer hat den Befehl dazu erteilt?«
»Der Befehl kommt von der obersten Bahnbehörde und dem

Kommandeur der Berliner Garnison. Ich kann leider nichts dagegen tun.«
»Und wie lange sollen die russischen Reisenden hier festgehalten werden?«
»Bis der Befehl kommt, sie wieder freizulassen.« Der Beamte musterte Mr. Lowell neugierig. »Sie fallen nicht unter diese Bestimmung. Sie können Ihre Reise selbstverständlich fortsetzen.«
»Ich nehme an, das gilt auch für meine Frau und meine Dienerschaft.«
»Nein. Als Russen müssen sie hierbleiben.«
»Ich genieße Immunität. Ich fordere die gleiche Behandlung für die Mitglieder meines Haushalts.«
»Bedauere, sie müssen hierbleiben.«
»Ich denke gar nicht daran, das zuzulassen.«
Die Auseinandersetzung zog sich hin, während sich der Warteraum, im dem auch Prinzessin Swiridowa und die Diener saßen, mit anderen Russen füllte. Voller Angst und gleichzeitig aufgebracht gaben sie ihrer Enttäuschung wortreich Ausdruck. Sie alle waren am Berliner Bahnhof mit der Mitteilung aus dem Zug geholt worden, es gebe eine Verzögerung. Sonst hatten die Deutschen ihnen nichts gesagt, und inzwischen fuhr der *Nord-Expreß* gerade ab.
Durch das Fenster des Warteraums beobachtete Anja, was auf dem Bahnsteig vor sich ging. Es waren viel mehr Soldaten als gewöhnlich unterwegs, das verhieß nichts Gutes.
Um sie herum war die Hölle los. Kinder schrien, ihre Mütter versuchten, sie zu beruhigen. Männer schnappten sich ihre Frauen. Es war gräßlich. Noch nie hatte sie sich bisher mit so etwas abfinden müssen, und sie hatte nicht vor, das jetzt zu tun.
Als Adam endlich zurückkam, waren sie sehr erleichtert. Doch seine Neuigkeiten schockierten sie.
In diesem Augenblick öffneten Soldaten, die Gewehre mit Bajonetten trugen, die Tür; einer brüllte: »Alle Leute – hier entlang. Immer zu zweit. Zusammenbleiben und mir folgen!«
Anja und Mascha schreckten beim Klang dieser Stimme hoch und wechselten einen besorgten Blick.

»Hier entlang«, befahl der Deutsche und zeigte mit seinem Gewehr den richtigen Weg.
Langsam und unsicher marschierten die Russen aus dem Raum. Die Deutschen auf dem Bahnsteig musterten sie wie Verbrecher.
Im Sonnenlicht des späten Nachmittags machte Berlin den Eindruck einer verschlafenen und wohlhabenden Stadt. Nichts wies auf den drohenden Krieg hin. Die Männer und Frauen, die über den Kurfürstendamm bummelten, waren leicht bekleidet und trugen Strohhüte; die der Damen waren mit Bändern geschmückt. Der einzige Mißton waren die Hochrufe der Passanten, als ein Truppenkonvoi vorbeikam. Die Herren schwenkten ihre Hüte, die Damen Taschentücher. Die Soldaten stießen angesichts dieses Empfangs Freudenschreie aus und winkten zurück.
»Wohin bringen sie uns wohl?« fragte Anja.
Diese Frage wurde innerhalb der nächsten Minuten beantwortet, als sie vor dem Hotel Continental hielten und barsch von einem Offizier hineingerufen wurden, der ihnen als erstes versicherte, daß sie in Kürze ihre Gepäckscheine erhalten würden.
»Typisch deutsch«, brummte Anja. Sie klammerte sich an Adam. Die Angst und die Hitze hatten sie benommen gemacht, und sie fürchtete, ohnmächtig zu werden. Mit aller Kraft versuchte sie, das zu verhindern.
Dann wurden ihnen die Räumlichkeiten gezeigt, in denen sie weiter festgehalten werden sollten – mehrere große Zimmer im zweiten und dritten Stock des Gebäudes, jeweils fünfzig Personen in einem Raum.
»O Gott«, stöhnte Anja. Sie machte mit Mascha ihren Anspruch auf einen Platz bei den Fenstern geltend. »So muß es im Gefängnis sein.«

Die Nacht brach herein. Die Deutschen brachten den Inhaftierten etwas zu essen, aber sie weigerten sich beharrlich, Auskünfte zu erteilten. »Befehl ist Befehl. Eßt.«
Zusammengequetscht wie Sardinen in einer Büchse zankten sich die Russen um die Plätze, beklagten sich über die knapp bemessenen Portionen und stellten eine Theorie nach der anderen

auf, warum die Deutschen sie festhielten. Kinder weinten, Ehepaare stritten sich, und jeder ging jedem auf die Nerven.
Prinzessin Anja lehnte sich an Adam und flüsterte ihm ins Ohr, daß dies die schrecklichste Reise ihres Lebens sei. Diese Menschen hätten alle keine Manieren. »Alle Frauen führen sich auf wie Tante Lisa«, murmelte sie. Darüber mußte ihre Gatte herzlich lachen. Aber sie hatte recht. Es befanden sich einige bemerkenswert zänkische Weiber in diesem Haufen. Eine russische Matrone fiel besonders auf. Sie teilte der ganzen Welt laut und vernehmlich mit, daß sie zu Hause über vier Dienstboten verfüge und keinen Finger rühren müsse.
»Als ob andere Menschen keine Dienstboten hätten«, bemerkte die Prinzessin verblüfft.
Prinz Swiridow drückte zärtlich ihre Hand und küßte sie spielerisch. Anja lächelte. Sie ertrug es besser, als er erwartet hatte. Er war sehr dankbar dafür.
Prinzessin Anja und ihr Gatte legten sich neben Mascha auf den Boden. Aufgestützt auf ihre Ellenbogen sprachen sie von Bjeloschka, von Xenia und sogar von Tascha.
»Ich bin froh, daß keiner von denen, die wir lieben, das durchmachen muß«, sagte die Prinzessin. »Es wäre zu schrecklich.«
»Wenn sich dieser verdammte Beamte doch nur mit irgend jemand in Verbindung setzen wollte, der uns helfen könnte«, murmelte Adam.

Nach einer ruhelosen Nacht, in der außer Mascha und einigen Kindern wohl kaum jemand geschlafen hatte, wurden sie von einem deutschen Soldaten geweckt. Steif verkündete er ihnen, daß sie innerhalb der nächsten Stunde in ihre Botschaft gebracht würden. Dort würden sie auch mit Essen versorgt werden.
Schon bei dem Gedanken an Essen wurde Prinzessin Anja übel. Sie flehte darum, jetzt nicht krank zu werden, nicht unter diesem Pöbel, unter all diesen Fremden. Sie sieht krank aus, dachte Adam erschrocken; sie ist leichenblaß und hat dunkle Ringe unter den Augen, wie an dem Morgen, an dem sie fast das Kind verloren hätte.

»Wenn wir in der Botschaft sind«, hörte Adam einen Russen den Wächter fragen, »wie lange dauert es dann noch, bis wir Deutschland verlassen können?«
»Das weiß ich nicht. Sie werden rechtzeitig benachrichtigt werden.«
Dann nahte der Moment der Überführung. Die Deutschen wiesen die Gruppe an, nach unten in die Hotelhalle zu gehen, das Hotel durch einen Seiteneingang zu verlassen und in die dort wartenden Lastwagen zu steigen.
»Fjodor«, sagte Adam, »wir beide nehmen jeweils einen Arm von Prinzessin Anja. Stütze sie auf dem Weg nach unten. Mascha, paß auf, daß du bei uns bleibst. Halte dich dicht hinter uns. Wenn einer dieser Deutschen dich daran hindern will, erzähl ihnen, daß du zur Familie gehörst. Erzähl ihnen irgend was, aber sorge dafür, daß wir nicht getrennt werden.«
Mascha kicherte über diesen einzigartigen Vorschlag und nickte. Nichts und niemand würde sie von dem Prinzenpaar trennen. Dazu hatte sie viel zuviel Angst vor den Deutschen.
Trotz Adams Ängsten brachten er und Fjodor Anja wohlbehalten nach unten. Mascha bildete die Nachhut. Die Überführung in die Botschaft verlief ohne Zwischenfall. Es gab lediglich ein paar ärgerliche Rufe des Berliner Pöbels, der zusah, wie die Russen das Botschaftsgebäude betraten.
Drinnen wurden die Festgenommenen nicht gerade überschwenglich von den Botschaftsangestellten begrüßt, die sie nur als zusätzliche Last empfanden. Müde und gereizt durch den Schlafmangel der letzten Tage und die ständige Alarmbereitschaft, war das Personal damit beschäftigt, Papiere in den offenen Kaminen zu verbrennen. Alle schwitzten in der Julihitze. Das letzte, womit sie sich herumschlagen wollten, war ein Haufen von Bürgern ihres Landes, die darauf bestanden, unverzüglich nach Hause befördert zu werden. Sie hatten andere Probleme.
Adam stand hinter den Damastgardinen im Erdgeschoß der Botschaft und sah, wie sich die Menge auf der Straße ständig vergrößerte. Jetzt schienen es schon einige hundert jugendliche

Schlägertypen zu sein, die antirussische Parolen, Verwünschungen und Drohungen schrien. Zu viele schürten ihren Patriotismus mit Schnaps, fiel ihm auf. Die Polizei war verrückt, nicht dagegen einzuschreiten.
»Am Vorabend eines Krieges müssen sie Angehörigen fremder Nationalitäten erlauben, das Land zu verlassen, oder?« wollte Anja wissen. Sie saß auf einer Treppenstufe.
»Ja, das ist so üblich.«
Sie machte ihrem Mann ein wenig Platz und schmiegte sich an ihn. Der arme Adam hatte sich nicht rasieren können und sah ein wenig ungepflegt aus, was so gar nicht seiner Art entsprach. Wir sehen wohl beide etwas vernachlässigt aus, dachte Anja. Sie hatte in einem Spiegel kurz einen Blick auf sich geworfen und war schockiert, was die letzten vierundzwanzig Stunden angerichtet hatten. Sie sahen wie Bettler aus, nicht wie ein Prinzenpaar.
Am unerträglichsten war die Hitze. Sie konnten sich nicht richtig waschen, und die Kleider, die sie seit ihrer Festnahme nicht gewechselt hatten, waren schweißdurchtränkt. Für Anja, die außerordentlich heikel war und sich mehrmals am Tag umzuziehen pflegte, war es ekelerregend. Daß sie und Adam schmuddelig waren, empfand sie als eine Demütigung.
Draußen auf der Straße schien die Menge von Stunde zu Stunde größer zu werden, obwohl Polizeiposten aufgestellt waren. Die ersten Steine flogen durch die Fenster im Erdgeschoß, die Glassplitter der zerbrochenen Scheiben lagen über Teppiche und Möbel verstreut, ja, auch auf einigen Russen, die unglücklicherweise in Reichweite gewesen waren. Die Menschen begannen, sich in der Mitte des Raumes zu sammeln, um nicht zu nahe an den Fenstern zu stehen.
Die Steinbrocken waren das eine, aber dann griff eine Gruppe aufgestachelter Jugendlicher die Botschaft an. Die russischen Wachtposten eröffneten das Feuer und zerstreuten die Angreifer, die über den Zaun sprangen, um den Kugeln zu entgehen. Dabei hatten die Posten nur in die Luft geschossen.
Drinnen stieß Adam seine Frau zu Boden und warf sich über sie.

Er befürchtete, daß die Deutschen die Schüsse abgegeben hatten. Allmählich verebbte der Lärm der Schießerei, und er entspannte sich; aber er bestand darauf, daß sich Anja in einem der oberen Stockwerke aufhielt. Sie war sehr mitgenommen und gehorchte. Zusammen mit Mascha ging sie in den zweiten Stock, wo sie eine geschützte Ecke fanden. Dort begannen sie, Täschchen in ihre Mieder zu nähen und den Schmuck der Prinzessin – ihre Perlen, ein Diamantencollier, ein dazu passendes Armband, Diamantohrringe und einige kleinere Stücke – darin zu verstecken. Die Prinzessin verstaute dort auch die großen, verschnörkelten Ohrringe, die sie trug; sie ersetzte sie durch einfache Goldreifen.

Als sie fertig waren, fühlten sich die beiden Frauen zwar immer noch unbehaglich, aber sie waren froh, den Schmuck gut untergebracht zu haben. Prinzessin Anja hatte nicht vor, den Deutschen ihre Hochzeitsperlen zu überlassen. Oder sonst etwas.

Im Erdgeschoß flogen weiterhin Steine durch die Fensterscheiben, aber man hörte keine Schüsse mehr. Das nervöse Personal der Botschaft gab die Tagesberichte aus St. Petersburg bekannt, die auf das Unausweichliche schließen ließen.

In der Kapelle beteten Frauen inbrünstig zur Madonna von Kazan, deren Ikone vor dem Altar auf einem Ehrenplatz stand. Lauter als jede andere betete die Matrone mit den vier Dienern. Viele Kerzen wurden für die Befreiung aus deutscher Hand und eine rasche Heimkehr noch im Frieden angezündet; aber diese Möglichkeit schien von Stunde zu Stunde ferner zu rücken.

Und dann, nachdem alle schon die Hoffnung aufgegeben hatten, Berlin jemals zu verlassen, erschien ein Deutscher in Uniform, sammelte die Russen um sich und verkündete: »Sie werden das Gebäude in genau fünfzehn Minuten in Fünfergruppen verlassen und mit Lastwagen zum Bahnhof gebracht werden. Halten Sie Ihre Gepäckscheine bereit.«

Die letzte Anweisung ließ Anja hysterisch auflachen. Diese Pedanterie war so typisch deutsch.

»Anja«, sagte ihr Mann ernst und nahm sie fest in den Arm, »hör mir bitte genau zu. Wenn wir hinausgehen, werden Fjodor und ich dich stützen und Mascha wird uns folgen, genau wie vorher. Nimm meine Jacke und lege sie dir über die Schultern.«
»Aber dafür ist es viel zu warm«, wandte sie überrascht ein. War er von Sinnen?
Adam sah ihr in die Augen und wiederholte: »Tu bitte, was ich dir sage. Trag die Jacke.« Er war nicht gewillt, darüber zu diskutieren.
»Nun gut.« Die Prinzessin zuckte die Achseln. Sie hatten genug Probleme, warum sich um solche Kleinigkeiten streiten.
Als sie an die Reihe kamen und zum Lastwagen gingen, waren Prinzessin Anja und ihre Begleiter entsetzt, als sie den Pöbel auf der Straße sahen. Es war die erschreckendste Ansammlung von Schlägertypen, die jemals in dieser vornehmen Gegend gesehen worden war. Die Polizei griff kaum ein, als Jungen und Männer in schäbigen Kleidern und mit Kappen aus grobem Stoff Verwünschungen gegen die Russen schrien, leere Schnapsflaschen auf sie warfen und sie mit Steinen bombardierten. Die Frauen riefen in Sprechchören etwas, das wie »Bringt die Russkis um!« klang.
»Um Gottes willen«, flüsterte sie Adam zu, »sie wollen uns umbringen!«
Adam schirmte seine Gattin, so gut er konnte, ab. Er zog ihr die Jacke über den Kopf und versuchte zu verhindern, daß sie von dem Abfall besudelt wurde. Um sie herum wurden die Menschen von vergammeltem Gemüse und vereinzelten Steinen getroffen. Die Kinder weinten vor Schreck über die Schreie des Pöbels und die haßverzerrten Gesichter der Menge; sie klammerten sich an ihre Mütter.
Adam hielt Anja fest an sich gepreßt und verlor fast die Hoffnung, unbeschadet diesem wütenden Mob zu entkommen. Die Fahrer fuhren in so langsamem Tempo, daß der Pöbel Schritt halten konnte und die Fahrgäste dadurch in enormer Gefahr schwebten.
»Duck dich«, warnte Adam, als ein Stein direkt an seinem linken Ohr vorbeiflog. »Schau nicht hoch.«

Einer, der neben ihnen saß, wurde von einem gut gezielten Stein bewußtlos geschlagen und sank ihnen vor die Füße. Adam konnte fühlen, wie seine Frau zitterte. Er hielt sie noch fester und wisperte ihr zu, sie solle versuchen ruhig zu bleiben.
»Wie geht es unserem Sohn?« fragte er. »Gibt es Schwierigkeiten?«
»Nein. Er wird sich als Tiger entpuppen, nachdem er all dies durchgestanden hat«, antwortete sie immer noch zitternd. Der Pöbel stürmte von allen Seiten auf sie ein und stieß wüste Drohungen aus.
Im selben Augenblick sprang ein Junge, der seine Wut austoben wollte, auf den langsam fahrenden Lastwagen. Anja schrie vor Schreck auf, als er auf die erste Person in Reichweite einschlug – Adam. Er hieb dem Prinzen mehrmals bösartig mit einem großen, kantigen Stein auf den Kopf, dann verlor er endlich das Gleichgewicht und rutschte, sehr zufrieden mit sich und der Welt, vom Lastwagen runter und verschwand in der Menge.
Adam war am linken Auge und an der Schläfe getroffen worden. Er taumelte vor Schmerz und sank dann bewußtlos in Anjas Arme. Als er auf den Boden rutschte, warf sich die Prinzessin, vor Angst fast hysterisch, über ihn. Sie war von oben bis unten mit dem Blut bespritzt, das aus Adams Wunden floß.
»Adam!« schrie sie und schlug hektisch nach den Menschen, die praktisch über sie fielen, weil in dem Gefährt so wenig Platz war. »Adam! Mein Gott! Hilfe!« Sie hatte noch niemals soviel Blut gesehen.
Aber die anderen waren mit ihren eigenen Problemen beschäftigt; insbesondere waren sie bemüht, Adams Schicksal zu entgehen. Außer ihren beiden Dienstboten rührte keiner einen Finger, um etwas für den Prinzen zu tun.
Fjodor war davon überzeugt, daß sein Herr tot war. Das Blut floß in Strömen aus seinen Kopfwunden. Der gräßliche dumpfe Aufprall des Steins auf dem Schädel von Prinz Swiridow war so laut gewesen, daß der Diener ihn gehört hatte. Er glaubte nicht, daß irgend jemand eine so grobe Mißhandlung des Schädels überleben konnte.

Anja preßte ihren Kopf an Adams Brust und versuchte verzweifelt, seinen Herzschlag zu hören. Ja, dachte sie, während sie von den Fremden, die sie weiterhin bei jeder Bewegung des Fahrzeuges anrempelten, halb zerquetscht wurde, ja, ich höre etwas. Er *lebt*. Er darf nicht sterben und mich allein lassen. Das lasse ich nicht zu!

Fjodor gab sich große Mühe, Adam in einer sitzenden Haltung gegen die Wand des Wagens zu lehnen. Aus seinem sauberen Taschentuch bastelte er eine behelfsmäßige Bandage und verband damit Adams Kopf.

Prinzessin Anja hielt ihren Mann in den Armen und war der Verzweiflung nahe. Er brauchte einen Arzt. Schnell. Wenn diese Deutschen sie nicht endlich von dem verrückten Pöbel wegbrachten, würde Adam sterben. Er atmete zwar, aber er war bewußtlos. Und die Kopfwunde war tückisch. Sie wiegte ihn in ihren Armen, streichelte fahrig sein Haar, sprach zu ihm und versuchte, ihn wiederzubeleben; sie weinte vor Enttäuschung, denn all ihre Bemühungen waren vergeblich. Der Prinz reagierte nicht. Die Prinzessin und die Diener kauerten sich um Adam, damit er nicht zertrampelt wurde. Da gab es einen plötzlichen Ruck, und sie verloren das Gleichgewicht. Der Lastwagen war abrupt stehengeblieben.

»Wo sind wir?« fragte Anja. Sie hatte jegliche Orientierung verloren.

»Am Bahnhof«, gab Fjodor Antwort.

Die Soldaten zeigten auf einen Waggon der Zweite-Klasse-Kategorie und stießen die Russen in seine Richtung. Die Verwundeten trugen sie wie Gepäckstücke.

»Besorgen Sie einen Arzt«, befahl die Prinzessin, als ein Deutscher sie mit Mascha und Fjodor zusammen die Treppen hochstieß. »Ich ziehe Sie persönlich zur Verantwortung, wenn Adam stirbt. Wo ist Ihr Offizier? Ich will ihn sofort sprechen!«

»Prinzessin«, bat Fjodor, »machen Sie ihn nicht wütend. Das sind wirkliche Rohlinge.«

Aber Anna Nikolajewna war zu empört, um sich im Zaum zu halten. Ihr war heiß, sie war schmutzig, müde und wütend. Vielleicht starb ihr Mann an seiner Verletzung, und sie war sich auch nicht mehr sicher, ob sie ihr Kind bis zur russischen Grenze nicht verlieren würde. Und alles wegen diesen verdammten deutschen Bastards!

»Steigen Sie in den Zug!« brüllte ein Feldwebel und fuchtelte mit seinem Gewehr vor Anjas Nase herum, was sie noch mehr aufbrachte.

Noch bevor Anja reagieren konnte, schnappte Fjodor sie am Arm und zerrte sie die Stufen hoch. Er hatte zuviel Angst vor den Deutschen, um sich über dieses unschickliche Benehmen Gedanken zu machen. Anja war so verblüfft, daß sie sich widerstandslos in den Waggon ziehen ließ. Dort landete sie mitten in einem schrecklichen Getümmel von Menschen, die sich drängelten, um Sitzplätze zu ergattern, nach Familienmitgliedern riefen und über das verlorengegangene Gepäck jammerten.

Adam wurde wie die anderen Verwundeten als Sonderfall deklariert und von den Deutschen in ein Erste-Klasse-Abteil gebracht, zu dem den Angehörigen nur widerwillig Zutritt gewährt wurde. Dort war mehr Platz, aber was wohl das Wichtigere war: die Verwundeten konnten nicht gleich gesehen werden. So konnten die Deutschen behaupten, die Russen gut behandelt zu haben.

Anja und die Dienstboten gruppierten sich um Adam, der immer noch bewußtlos war. Der Zug begann loszufahren, aber er verließ Berlin in Richtung Dänemark und fuhr nicht gen Osten.

Adam wird sterben, noch ehe wir Kopenhagen erreicht haben, dachte die Prinzessin und starrte auf den blutdurchtränkten Verband. Wenn sich nicht bald jemand seiner annimmt, wird er sterben. Die Wunde sah häßlich aus, sie klaffte weit auseinander und ging von seinem Auge über die ganze Schläfe; er brauchte dringend medizinische Behandlung, und in dem Zug dieser Deutschen gab es nicht einmal einen Erste-Hilfe-Kasten.

Der Gedanke, daß sie Adam verlieren könnte, lähmte Anja. Sie schaute ihn mit leerem Blick an und erinnerte sich an die Verzweiflung, die sie zu ihrem Selbstmordversuch in Paris bewogen hatte – zu dieser lächerlichen Eskapade. Sie fühlte sich ebenso hilflos wie damals.

22

Warschau

Ein Jahr lang hatten die Anwohner der Alexanderstraße ungewöhnlich große Betriebsamkeit an einem Haus beobachtet, das zuvor mit Brettern vernagelt gewesen war. Handwerker reparierten das Dach und die großen Glastüren und hängten die schmiedeeisernen Pforten wieder in die Angeln. Offensichtlich hatte jemand das Haus gekauft und war willens, sich die Instandsetzung etwas kosten zu lassen. Die einzige Frage war, *wer?*
Eines der dreisteren Nachbarskinder war einmal über den Eisenzaun geklettert, hatte den Rasen überquert und war hinter das Haus gehuscht, um durch ein Fenster hineinzuspähen. Es preßte die Nase gegen die Fensterscheibe und sah Möbel, die mit Laken zugedeckt waren, aufgerollte Teppiche und einen riesigen Kristallüster in einer Ecke. Aber keine Menschenseele. Enttäuscht darüber, nicht die Spur einer Familie entdeckt zu haben, schlenderte der Bursche wieder nach Hause. Das ist alles sehr merkwürdig, sagte er zu seinen Kameraden.
Einige Tage später hatte ein Wagen vor dem Eingang gehalten. Ein Herr und drei Damen stiegen aus. Oder eher drei Frauen, denn auf die Weiber, die den Mann begleiteten, traf wohl keine der Beschreibungen zu, die man mit dem Wort »Dame« verbindet. Sie waren grell, billig und aufdringlich gekleidet. Eine von ihnen trug eine fette, weiße Angorakatze. Die beiden anderen schleppten Reisetaschen.
Der Mann trug lediglich eine selbstzufriedene Miene zur Schau. Sie betraten die Eingangshalle, die mit Parkettfußboden ausgelegt war und von einer kleinen, aber elektrischen Kristalllampe – wie die blonde Frau stolz erklärte – erhellt wurde. Dann gingen sie durch den Empfangssalon, in dem die verzierten Tä-

felungen und der kunstvolle Fußboden unter einem imitierten Perserteppich verborgen waren. Als sie dies genügend bewundert hatten, führte die blonde Frau die Gruppe nach oben in den Arbeitsbereich.

Die blonde Frau, die von den anderen Wanda genannt wurde, öffnete die doppelten Türen zu vier Schlafzimmern, die links und rechts des Ganges lagen. Die beiden dunkelhaarigen Frauen gingen in die Zimmer, plauderten vergnügt und nickten bewundernd zu der Einrichtung – Täfelungen, weiche Teppiche, große Spiegel und riesige, mit Schnitzwerk verzierte Betten, auf denen sich mit Gänsedaunen gestopfte Kissen türmten und Seidendecken lagen.

»Sehr edel«, stellte der Mann fest; er war ein stämmiger Bursche zwischen zwanzig und dreißig, aber durch seinen kahlgeschorenen Schädel wirkte er viel älter. Er sah eher aus wie der starke August in einem Zirkus und paßte am wenigsten in dieses Haus, dessen Besitzer er war. Er wurde durch die Pracht ein wenig in den Schatten gestellt. Der fehlende Finger an seiner linken Hand zeugte von einem harten und entbehrungsreichen Leben, und seine verbissene Miene verstärkte diesen Eindruck.

»Nun, Monsieur Mossolow?« fragte Wanda, nachdem ihr Stammpersonal nach oben gegangen war, um das zweite Stockwerk zu erkunden. »Was halten Sie davon? Habe ich meine Aufgabe nicht glänzend gelöst?«

»Gut, Wanda, sehr gut. Das einzige, woran ich mich nur schwer gewöhnen kann, ist, Timofej Mossolow zu sein. Ich bin mir nicht sicher, ob mir das gefällt.«

Das polnische Mädchen warf ihm einen angewiderten Blick zu. »Ich hätte nicht gedacht, daß du sentimental bist. Oleg Iwanow ist tot. Und wenn er das nicht ist, so wird er es in Kürze sein, sobald die russische Polizei ihn ausfindig gemacht hat. Ich dachte, wir sind uns über den neuen Namen einig.«

»Du hast ihn ausgesucht. Es war nicht meine Entscheidung.«

»Ja gut, und ich habe auch das Haus und das Mobiliar ausgesucht und eine verdammt gute Wahl getroffen. Glaub mir, als Monsieur Mossolow wirst du zwanzig Jahre länger leben.«

Oleg und Wanda hatten das Gebäude billig erworben, als sich die Kinder des früheren Besitzers nach dessen Tod entschlossen hatten, es so schnell wie möglich loszuwerden. Oleg und Wanda hatten sich darangemacht, es zu säubern und zu renovieren. Es lag in einem kleinen Park, ein wenig zurückgesetzt von der Straße. Die Abgeschiedenheit wurde durch den hohen Zaun noch verstärkt. Das Haus stand unter einigen Rotbuchen und machte einen gediegenen Eindruck. Es fügte sich gut in die anständige und durchschnittliche Nachbarschaft ein.
Es erweckte genau den Anschein, der für ihre zukünftigen Geschäfte notwendig war.

Schon innerhalb eines Jahres hatte er sich bei den Offizieren der großen russischen Garnison in Warschau einen Namen gemacht. Nun beunruhigten Monsieur Mossolow die alarmierenden Nachrichten aus Österreich, und er fragte sich, ob er nun alles wieder verlieren würde.
Er saß in seinem überladenen Büro und schwitzte trotz der offenen Fenster. Monsieur Mossolow alias Oleg Iwanow betrachtete nachdenklich das jüngste Mitglied seines Pesonals. Die Dame entkleidete sich gerade. Mit einem süßlichen Lächeln blickte sie in die kleinen Schweinsäuglein von Monsieur und begann, die Bänder ihres Korsetts zu lösen.
»Sehr hübsch«, brummte Oleg und winkte sie zu sich; sie zog sich im Näherkommen weiter aus und ließ ihre kleine, rosafarbene Zunge über die Lippen huschen. Dann gestattete sie ihrem Arbeitgeber einen Blick auf ihr Kapital, das üppig aus dem rosafarbenen Satinkorsett hervorquoll.
»Oh, große«, lächelte er. Sein Mund war nur wenige Zentimeter von Olgas zartrosa Brüsten entfernt, die sie ihm entgegenschob. »Gut, ich mag sie groß.«
Er faßte das Mädchen um die Taille und zog sie auf seinen Schoß, preßte sein Gesicht in ihr bezauberndes Dekolleté und küßte es unter gierigen, schmatzenden Geräuschen. Er saugte an ihren Brustwarzen wie ein Schwein auf Trüffelsuche. Olga ergab

sich seinem Gegrabsche und fingerte an den Knöpfen seines Hosenschlitzes.
In dem Moment bemerkte sie den Eindringling, der in der Tür stand und vor Wut zuckte.
Wanda!
»Monsieur Mossolow!« schrie das Mädchen. »Sie haben Besuch!«
»Ich will nicht bei wichtigen Angelegenheiten stören«, zischte Wanda. Ihre Worte trieften vor Gehässigkeit. »Ich wollte dich lediglich wissen lassen, daß ich mit meiner Vermutung gestern abend recht behalten habe. Mein Oberst aus dem Generalstab sagt, es sei so gut wie sicher, daß noch in dieser Woche der Krieg ausbricht. Aber ich sehe, daß du mit anderen Dingen beschäftigt bist. Entschuldige, daß ich gestört habe.«
Mit diesen Worten rauschte Madame Wanda mit wehenden weißen Volants hinaus. Ihre aufgeplusterte weiße Angorakatze folgte ihr. Sie begleitete sie überall hin, sogar ins Bett.
»Warte eine Minute«, rief Oleg hinter ihr her, nachdem er Olga rüde weggestoßen hatte. »Wenn das stimmt, sollten wir besser so viel Alkohol kaufen, wie wir nur bekommen können. Vielleicht rationieren sie ihn.«
»Kümmere dich darum«, antwortete Wanda, während sie aus seinem Blickfeld verschwand und zum Haupteingang stolzierte. Sie war zu wütend, als daß sie noch länger mit ihm hätte reden können. »Du bist der Mann im Haus, oder nicht?«
»Verdammt«, murmelte er, »das ist entweder gut fürs Geschäft, oder es bringt uns alle um.«
Im Falle eines Krieges würden die Russen noch mehr Männer nach Warschau schicken. Sein Haus wäre dann bis zur Kapazitätsgrenze ausgelastet. Jetzt war der Zeitpunkt, sich zu vergrößern, bevor die Preise stiegen. Er hatte zwei Anwesen im Sinn, die nicht weit entfernt waren. Bei der wachsenden Zahl von diensthabenden Offizieren konnten ihn zwei weitere Etablissements zum Millionär machen.
»Krieg«, brummte er, »verdammt noch mal.«
Er machte sich auf und wollte sehen, was sich bei den beiden

Häusern machen ließ. Bei all dem Geld, das er mit seinem Etablissement verdiente, wäre er ein Narr, wenn er diese Chance nicht nutzen würde.

Kopenhagen

Als der russische Zug in Kopenhagen angekommen war, verlor Prinzessin Anja keine Minute und sorgte dafür, daß Adam in das nächste Krankenhaus gebracht wurde. Dann setzte sie sich mit Hilfe des Internationalen Roten Kreuzes mit der russischen Botschaft in Verbindung. Der Gesandte war ein alter Studienfreund von Sandro und überglücklich, dessen Enkelin gefällig sein zu dürfen.

Wenige Stunden nach ihrer Ankunft in der Stadt war Prinzessin Anja in einem Gästezimmer der Botschaft untergebracht und Adam operiert. Er wurde vom Leibarzt der königlichen Familie von Dänemark behandelt, der die Deutschen scharf tadelte und ihr schlechtes Benehmen der Tatsache zuschrieb, daß der Gesandte nach St. Petersburg zu einer Unterredung mit dem Zaren gerufen worden war.

Die Verletzung war gefährlich. Sie hatte eine starke Zunahme der Gehirnflüssigkeit verursacht, die auf empfindliche Sehnerven drückte. Bei der Operation hatte man zwar Flüssigkeit abgesaugt, aber durch den Schlag auf den Kopf war das linke Auge beschädigt worden, möglicherweise auf Dauer. Außerdem hatte der Prinz Fieber, was nicht gerade Hoffnung machte, aber auch nicht so ungewöhlich war.

»Wird er überleben?« fragte Anja. Sie zitterte vor Angst, während sie dem dänischen Arzt zuhörte. Sie hatte Mühe, ihn zu verstehen, weil sein Französisch – die Sprache, in der sie sich miteinander verständigten – einen starken Akzent hatte.

»Wahrscheinlich schon, falls keine Komplikationen auftreten.«

Das war nicht das klar *Ja*, das Anja zu hören gehofft hatte.

Sie stand allein in dem Krankenhauszimmer mit den kahlen weißen Wänden an Adams Bett und weinte. Er sah so hilflos aus mit diesem Gazeverband, der den oberen Teil seines Gesichts verdeckte. Er war vor der Operation kahlrasiert worden. Eine

scheußliche Sache, dachte Anja, warum machen sie so etwas im Krankenhaus? Sie bedauerte den zeitweiligen Verlust seines dichten schwarzen Haares.
Bitte, stirb nicht, flehte sie dann lautlos und setzte sich neben ihn. Sie streichelte seine Hand, obwohl er nicht reagieren konnte. Bitte verlaß uns nicht, mich und unseren Sohn. Ich liebe dich. Und ich will, daß du unser Baby siehst. Nach all dem, was es durchmachen mußte, sollte es seinen Vater kennenlernen dürfen.
Sie bekam keine Antwort.

Peterhof-Palast

Am 1. August 1914 leistete Gräfin Natalja Grekowa der Zarin in den Privatgemächern des Peterhof-Palastes Gesellschaft, während Nikolaus II. mit den Mitgliedern des Kaiserlichen Rates eine Dringlichkeitssitzung abhielt. Die Männer sahen verbittert aus, und bitter war auch das Thema, um das es ging. Während die Hofdame die Zarin über den Korridor in ihr Boudoir geleitete, verkündete der Zar in einem anderen Flügel des Palastes seine Entscheidung, Deutschland den Krieg zu erklären und damit die deutsche Kriegserklärung zu erwidern, die Graf Pourtalès, der deutsche Gesandte in St. Petersburg, an diesem Nachmittag dem russischen Außenminister übergeben hatte.
Beide Frauen hatten eine düstere Vorahnung und weinten. Sie waren davon überzeugt, daß der Krieg die Zerstörung Rußlands bedeutete. Rasputin warnte so sehr davor; er verkehrte von seinem Krankenbett in Sibirien aus über Telegramme mit der Zarin; er erholte sich dort von einem Mordanschlag, den ein früherer Anhänger auf ihn verübt hatte. Aber diesmal schenkte der Zar dem religiösen Ratgeber seiner Frau nicht die geringste Aufmerksamkeit.
Der Zar wußte, wie schlecht Rußland auf einen Krieg vorbereitet war; er traf diese folgenschwere Entscheidung im Vertrauen auf Gott und seinen Kriegsminister.
Als Gräfin Natalja an diesem Abend die kaiserlichen Gemächer verließ, hatte sie die Nachricht von der Entscheidung des Zaren

noch nicht vernommen; aber auf dem Weg zu ihrer Datscha fiel ihr auf, daß ungewöhnlich viele Offiziere in Begleitung ihrer Adjutanten unterwegs waren. Außerdem trieben sich viele Beamte aus St. Petersburg hier herum.
Als Natalja ihre Datscha betrat, überreichte ihr der alte Diener einen Brief, der von einem kaiserlichen Boten überbracht worden war. Die Gräfin erbrach das Siegel und hielt den Atem an, dann bekreuzigte sie sich dreimal und flüchtete in ihr Schlafzimmer. Weinend suchte sie Trost bei den Heiligen.
Der Diener war angesichts ihres Verhaltens verwirrt und bückte sich, um den Brief aufzuheben, der auf den Boden geflattert war. Doch kaum hatte er zu lesen begonnen, verstand er. »Der Zar hat sich genötigt gesehen, die deutsche Kriegserklärung zu erwidern. Morgen reisen wir in den Winterpalast, um diese Entscheidung offiziell bekanntzugeben. Beten Sie für uns. Alexandra.«

Kopenhagen

Prinzessin Anja stand am Krankenbett ihres Mannes im König-Christian-Gedächtnis-Krankenhaus und weinte Tränen der Freude. Um zehn Uhr fünfzig an diesem Morgen hatte Adam das Bewußtsein wiedererlangt und sich über seine Verbände gewundert. Er hatte zu sprechen begonnen und laut eine Erklärung auf Deutsch verlangt. Die diensthabende Schwester hatte erstaunt aufgeschrien und den Arzt gerufen.
Anja war zuerst zu bewegt, um sprechen zu können. Die Tränen flossen ihr übers Gesicht. Sie setzte sich neben ihren Gatten, nahm seine Hand in ihre Hände und murmelte etwas Unverständliches. Da hörte sie ihn ihren Namen sagen und ihn fragen, wo sie seien.
»In Kopenhagen«, antwortete sie. »Wir sind nicht mehr in Deutschland.«
»Gott sei Dank!« hauchte er. »Aber was ist mit meinen Augen?«
Diese Frage war zu heikel, um sie einfach zu beantworten, dazu brauchte man den Arzt.
Als die Nachricht von der Kriegserklärung die dänische Haupt-

stadt erreichte, ging Prinzessin Anja mit ihrem Onkel und ihrer Tante – die sofort nach Kopenhagen gereist waren, nachdem sie die Nachricht von Adams Verwundung erhalten hatten – in die russische Botschaft. Dort nahmen sie an einer Messe in der Kapelle teil, und die junge Prinzessin fügte dem Gebet um den Sieg noch ein Gebet für die Gesundung ihres Gatten hinzu. Sie flehte, daß er vollständig gesunden und sein Augenlicht wiedererlangen möge.

Denn wenn Adam wegen diesem Berliner Balg für den Rest seines Lebens blind wäre, würde ihn das umbringen. Es wäre das Ende seiner Laufbahn als Diplomat. Für Anja hätte das keine Bedeutung, er könnte auch zu Hause bleiben oder seine Zeit in Klubs verbringen, sie würde schon für ihn sorgen. Aber Adam würde sich nie wieder erholen. Er hatte das Bedürfnis zu arbeiten, er brauchte das Gefühl, etwas Nützliches aus seinem Leben zu machen. Ohne diese Gewißheit würde er verfallen.

Und für seinen Beruf brauchte er sein Augenlicht.

23

St. Petersburg

Während die russische Hauptstadt in einen Taumel der Kriegsbegeisterung gerissen wurde und die Menschen den zahlreichen Truppenkolonnen zujubelten, die über den breiten Newski-Prospekt zum Bahnhof marschierten, um dann zur Front zu fahren, waren einige Bürger mehr an ihrem eigenen Schicksal interessiert als an dem ihres Landes.

Für Komtesse Tatjana Derschawin war endlich der Moment gekommen, dem sie seit Monaten entgegengefiebert hatte – Tante Xenia und Anja waren zu gleicher Zeit nicht in der Stadt, und sie konnte ihren Launen bis zum letzten nachgeben.

Die Dienerschaft war eine käufliche Bande, und so sahen sie nicht, wenn Tascha das Anwesen der Malischews verließ. Sie wohnte dort, seit Anja nach Deutschland gefahren war. Tascha schlüpfte in die aufgeputzten Abendkleider von Lisa und stürzte sich als *Femme fatale* ins schillernde Nachtleben.

Eines Abends saß sie mit einem ihrer Verehrer – deren Anzahl sich ständig vergrößerte –, einem jungen Offizier aus dem Generalstab, im Nachklub *Rose Noir.* Sie äußerte sich abfällig über die Starsängerin und meinte, sie klinge wie ein abgehetzter Bassethund. Ihr Begleiter schlug ihr daraufhin lachend vor, doch selbst einmal vorzusingen. Zu seiner Überraschung tat sie das. Zu ihrer Überraschung wurde sie engagiert.

An dem Abend ihres Debüts als »Tonia« sang sie französische Lieder wie ›Mein Geliebter hat mich verlassen, und nun bin ich zutiefst verzweifelt‹. Sie machte sich übertrieben große Hoffnungen auf Erfolg. Obwohl sie erst vierzehn Jahre alt war, hatte Tatjana Sergejewna doch schon so viel durchgemacht, daß sie kein Lampenfieber hatte. Das einzige, wovor sie wirklich Angst hatte, war, von ihren Verwandten entdeckt zu werden. Und das war durch deren Reise in den Westen zum Glück ausgeschlossen.

In dem dunklen und rauchgeschwängerten Raum saß an diesem Abend ein gemischtes Publikum. Vorwiegend waren es mittlere Angestellte der französischen und britischen Botschaft, auch einige Amerikaner waren darunter. Die Männer applaudierten freundlich, als die Sängerin, als Vamp zurechtgemacht, in den pinkfarbenen Lichtkegel neben das Piano trat.

Während Gläser und Flaschen klirrten, begann Tatjana Sergejewna mit ihrer ersten Darbietung, einem Lied mit dem Titel »Bébé d'Amour«, das von den französischen Gästen erfreut und mit zustimmendem Beifall aufgenommen wurde.

Nach diesem Erfolg stürzte sich Tascha mit Begeisterung in ihre zweite Nummer. Sie ging von Tisch zu Tisch, wie es der Barbesitzer vorgeschlagen hatte, und blickte den Gästen tief in die Augen, während sie von den Schattenseiten der unsterblichen Liebe sang.

Als die Chansonette an seinem Tisch verweilte, fiel dem jungen Mann fast das Glas aus der Hand. Er meinte, sie unter den dicken Farbschichten erkannt zu haben. Jesus Christus! Das konnte doch nicht wahr sein? War er verrückt geworden?

Billy Whitmore hatte an diesem Abend schon ein paar Gläser geleert, als seine Freunde vorschlugen, noch das *Rose Noir* aufzusuchen. Er hatte sich ihnen angeschlossen, um noch einige nützliche Informationen aufzuschnappen. Das letzte, womit er jemals gerechnet hätte, war, daß hier eine Verwandte von Prinzessin Anja arbeitete – noch dazu viel zu stark geschminkt und in einem allzu offenherzigen schwarzen Kleid. Ob sie durchgebrannt war? Um Himmels willen! Wenn Anja das erfahren würde! Sie würde vor Scham im Boden versinken, dachte er amüsiert. Aber verdammt noch mal, dieses kleine Biest war ein abenteuerliches Flittchen. Und was ihr an Schicklichkeit fehlte, das machte sie durch ihre Unverfrorenheit mehr als wett. Und Geld hatte sie auch.

Billy dachte über all die Mißgeschicke nach, die einem jungen

Mädchen in düsteren Nachtklubs zustoßen konnten und kam zu dem Schluß, daß die junge Komtesse einen Beschützer brauchte, der sie sicher nach Hause brachte. Unmittelbar nach ihrem Auftritt stand er auf und ging zu ihrer Garderobe.
Er klopfte höflich an die Tür und war sehr überrascht, drinnen eine männliche Stimme zu hören. Unerschrocken klopfte er noch einmal. Dieses Mal wurde die Tür von einem gutaussehenden blonden Burschen geöffnet, der ihm mitteilte, daß er verschwinden solle.
»Entschuldigung«, antwortete Billy, »ich bin ein Freund der jungen Dame, und sie begleitet mich jetzt entweder nach Hause, oder ich rufe die Polizei und lasse Sie wegen Verführung Minderjähriger einsperren.«
Von dieser Vorstellung erschreckt, wandte sich der junge Offizier an »Tonia« und fragte sie: »Kennst du ihn?«
Tascha war angesichts von Adams Bruder vor Schreck aschfahl geworden und nickte. Sie starrte Billy an. Er wird mein Geheimnis verraten, dachte sie. Ich bin verloren.
»Ich an Ihrer Stelle würde verschwinden«, sagte Billy zu dem Offizier. »Anklagen wegen Sittenverstößen sind in der Regel eine üble Angelegenheit. Sie schaden der Karriere.«
Der blonde Hauptmann starrte den Eindringling wütend an, küßte dann Taschas kleine Hand und verschwand, ohne den Besucher noch eines weiteren Blickes zu würdigen.
»Werden Sie es meiner Familie mitteilen?« fragte Tascha voller Angst. Billy lächelte sie an und bewunderte dabei ihr schönes angemaltes Gesicht und ihre ansehnliche Figur.
»Nicht, wenn Sie es nicht wieder tun«, antwortete er. »Packen Sie Ihre Sachen. Wir verlassen diese Neppbude.«
»Wohin gehen wir?«
Er lächelte sie an. »Wohin Sie wollen. Sie haben die Wahl. Sie können direkt nach Hause gehen. Oder mit mir eine Spazierfahrt an der Newa machen. Oder«, hier zögerte er, »mich nach Hause begleiten.«
Zum ersten Mal kam Tatjana Sergejewna der Gedanke, daß in Adams Familie vielleicht doch nicht alle ein solcher Ausbund

an Tugend waren wie er. Dieser jüngere, kleinere und nicht so farblose Bruder war jemand, mit dem sie vielleicht auskommen konnte, so recht ein Mann nach ihrem Herzen.
Sie schaute Billy verschmitzt an, der damit beschäftigt war, ihr in den tiefen Ausschnitt zu blicken, neigte ihr hübsches Köpfchen zur Seite und erklärte, daß sie nichts lieber täte, als um Mitternacht an der Newa entlangzufahren.
»Alles, was Sie nur begehren«, murmelte er und hielt ihr die Tür auf.
Die junge Komtesse kassierte beim Verlassen des Klubs noch einige harte Worte des Besitzers, dann stieg sie in Billys Auto und schmiegte sich an ihn. Er fuhr die Newa entlang und hielt kurz vor Morgengrauen vor dem Malischew-Palast am Moika-Kanal.
»Werden Sie es schaffen, sich hineinzuschleichen?« fragte Billy.
»Selbstverständlich, ich habe die Dienerschaft bestochen.«
»Ich hätte es wissen müssen.«
»Billy«, flüsterte sie mit weicher Stimme, »werden Sie mich verraten?«
Er lächelte. »Was glauben Sie?«
»Ich glaube, daß Sie genauso verdorben sind wie ich«, lächelte sie zurück. »Ich glaube, es ist uns bestimmt, Freunde zu sein.«
Auch Billy war dieser Meinung.

Als Adam endlich seinen unfreiwilligen Aufenthalt in Kopenhagen beenden konnte, reisten er, Anja und die Malischews in die russische Hauptstadt zurück. Die Auswirkungen des Krieges überraschten sie. Plötzlich gab es keine Streiks mehr, man drohte nicht einmal mehr damit. Die Arbeiter erklärten ihre Liebe zum Vaterland und die Notwendigkeit, die Deutschen vernichtend zu schlagen, bevor sie noch mehr Schaden anrichten konnten. Soldaten paradierten auf dem Weg zum Bahnhof über den Newski-Prospekt und schienen bereit zu sein, für Nikolaus II. und das heilige Rußland alles zu geben.
Die Straßen waren mit dreifarbigen Flaggen geschmückt, auch zu Ehren der Alliierten – Frankreich und Großbritannien hatten die gleichen Farben wie Rußland in der Nationalfahne. Für

einen zufälligen Beobachter bot sich ein Bild der Pracht, das Bild einer Nation, die sich des Sieges gewiß war.
Anja und ihr Mann machten einen kurzen Halt in Xenias Haus, um ihren Sohn abzuholen, der sehr glücklich darüber war. Dann fuhren sie zum Swiridow-Palast und waren erleichtert, als sie Sandro dort vorfanden. Solange er in Europa gewesen war, hatten sie sich große Sorgen um seine Sicherheit gemacht.
Bei einem Gespräch in Anjas Wohnzimmer über die Lage in Europa und die Chancen Rußlands, den Krieg zu gewinnen, sagte Sandro zu Adam: »Dein Diplomatenstatus kann für die Familie von großem Nutzen sein.« Vorsichtig betrachtete er den jungen Mann.
»In welcher Hinsicht, Sir?« fragte Adam und stellte sein Glas auf den Tisch.
»Ich möchte unsere besten Gemälde und einige kleinere Kunstgegenstände nach Schweden verschiffen«, antwortete der Prinz. »Falls die Truppen des Kaisers jemals diese Stadt betreten, würde es mich umbringen, mit ansehen zu müssen, wie diese fetten Deutschen das Erbe deines Sohnes in Besitz nehmen. Erinnere dich«, fügte er grimmig hinzu, »sie haben bei ihrem Durchmarsch durch Belgien die Bibliothek der Louvain-Universität niedergebrannt – in einem neutralen Land! Das ist der Respekt, den diese Barbaren dem Gesetz und der Gelehrsamkeit zollen.«
Das stimmte. Es war nicht gerade ein beruhigender Gedanke. Selbst wenn man bei den Berichten über das Verhalten der deutschen Truppen in Belgien einiges der Propaganda der Alliierten zuschrieb, so wollte man doch seiner eigenen Familie derartige Erfahrungen ersparen. Falls es zum Schlimmsten kommen sollte, müßten die Swiridows sich nach einem sicheren Zufluchtsort im nächstgelegenen neutralen Land umsehen. Wenn sie dann ein Versteck für ihre Wertgegenstände hätten, könnten sie dort in Ruhe abwarten, bis sich die Wogen wieder geglättet hätten.
Adam sah Prinz Sandro in die Augen. »Ich werde alles tun, um unsere Familie zu schützen«, antwortete er und fügte noch lächelnd hinzu: »Sei es mit Hilfe meines Diplomatenstatus oder obwohl ich ihn habe.«

Sandro nickte zufrieden. Mit diesem Adam Michailowitsch hatte seine Enkelin eine gute Wahl getroffen.
Unter den gegenwärtigen Umständen war es ein beruhigender Gedanke. Wenn der Bursche nur in besserer gesundheitlicher Verfassung wäre. Dieses fürchterliche Erlebnis in Berlin hatte ihn ziemlich mitgenommen, und er sah so krank aus, daß sich der Prinz Sorgen um ihn machte.
Und für seine Pläne mußte Adam bei Kräften sein.

Die Kriegsbegeisterung war inzwischen durch die gräßlichen Verluste von Tannenberg und bei den masurischen Seen ein wenig gedämpft worden. In der Stadt wurden die langen Verlustlisten ausgehängt, und die Regierung hatte hart darum zu kämpfen, daß das Volk den Mut nicht sinken ließ. Die Künstler der zaristischen Theater wurden aufgefordert, ihren Beitrag dazu zu leisten und die Truppen zu unterhalten. Die Primaballerinen des Marjinski- und des Bolschoi-Balletts tanzten bei Wohltätigkeitsveranstaltungen für die Verwundeten, sowohl an der Front als auch in den großen Städten des Reiches.
Als er las, daß Madame Kaschina fünf Vorstellungen in St. Petersburg, Moskau, Kiew, Warschau und Tiflis zugesagt hatte, mußte Sandro lächeln. Zenaida war schon immer eine erbitterte Rivalin gewesen, insbesondere, wenn sie vermutete, daß sie von einer anderen Ballerina überflügelt werden könnte. Wenn nun also die Künstler patriotisch wurden, dann würde die Kaschina auch die patriotischste sein.
Um der Wahrheit die Ehre zu geben, muß man zugeben, daß die Zeit Sandro in bezug auf Zenaidas schamlose Untreue milder gestimmt hatte. Er vermißte sie eher, aber er war zu stolz, um nachzugeben. Und nebenbei war sie inzwischen mit Konstantin Andrejewitsch liiert, und auch wenn Treue nicht ihre starke Seite war, so war Zenaida ihre Verbindung zum Hause Romanow wohl doch zu wichtig, um sie leichtfertig aufs Spiel zu setzen. Ein Großherzog war für eine Frau wie sie das Ziel aller Wünsche.
Sandros Problem war, daß er Frauen wie ihr verfallen war, ein schwacher Punkt seiner sonst so scharfsinnigen Persönlichkeit.

Während sich Rußland und seine europäischen Verbündeten wie besessen in den Krieg stürzten, standen andere am Rande des Geschehens und wollten unbedingt einen Beitrag leisten, sei es, um etwas zu tun oder auch nur, um herauszufinden, was geschah. Zu ihnen gehörte Billy Whitmore. Er hatte einen Plan, der beiden Zielen Rechnung tragen und dennoch die Neutralität der Vereinigten Staaten nicht im geringsten verletzen würde. Der junge Amerikaner war zu dem Schluß gekommen, daß es seiner Regierung wohl anstünde, sich für die humanitären Belange des russischen Volkes in dieser Zeit seiner schweren Prüfung zu engagieren. Niemand konnte ihm daraus einen Vorwurf machen, und die Spenden würden die Summe, die in dieses Unternehmen investiert werden müßte, bei weitem aufwiegen.
Zu Hause stellte er fest, daß die Menschen ganz begierig darauf waren, den Alliierten in irgendeiner Form ihr Wohlwollen zu zeigen – solange Amerika ihnen keine Truppen zur Unterstützung sandte. Ein kleiner Kriegsentlastungsfonds konnte das Ansehen der Amerikaner bei ihren Gastgebern steigern und auch Billys Position unter seinen Kollegen in der Diplomatenkolonie festigen. Und mit Adams Verbindungen konnte die Amerikanisch-Russische Freundschaftsgesellschaft eines Tages vielleicht die Eintrittskarte zu einer Stellung als Botschafter sein – wenn alles gutging.
Bei einem Gespräch mit seinem Bruder zeigte sich Billy einigermaßen betroffen, als er erfuhr, daß Adam nur knapp aus deutscher Hand entkommen war. Dann ließ er sich lang und breit über die allgemeine Stimmung in der Botschaft aus, wo die Bereitschaft zur Unterstützung der Alliierten allmählich die Überhand gewann – bei aller gebührenden diplomatischen Zurückhaltung natürlich.
Wie er weiter ausführte, war der Botschafter bereits ziemlich willig, den Startschuß für die Gründung der Amerikanisch-Russischen Freundschaftsgesellschaft zu geben, die den Verwundeten Hilfe leisten und die notleidende Bevölkerung unterstützen sollte – ähnlich wie das Rote Kreuz. Und tatsächlich, so fügte er stolz hinzu, hatte sein Projekt bereits die Unterstützung

einiger Senatoren gewonnen, deren Wählerschaft zum größten Teil aus Slawen bestand.
»Wer soll die Geschäfte der Freundschaftsgesellschaft führen?« fragte Adam, der die Abneigung seines Bruders gegen ernsthafte Arbeit kannte.
»Wir beide, mit Unterstützung einer Gruppe von wohl meist russischen Ärzten, Krankenschwestern, Verwaltungsangestellten und so fort.«
»Was für russische Kontakte hast du? Ist jemand dabei, der der Zarenfamilie nahesteht?«
»Die Kaiserin-Witwe Maria Fjodorowna hat ihren Wunsch zum Ausdruck gebracht, Schirmherrin unserer Organisation zu werden. Und Prinzessin Xenia hat uns soeben gestattet, unsere Einsatzzentrale in einem ihrer Häuser auf dem Liteinij-Prospekt einzurichten. Na, reicht das an russischen Kontakten?«
»Nicht schlecht«, antwortete Adam. »Aber sobald ich wieder auf den Beinen bin, werde ich mich bei der russischen Luftwaffe melden.«
Doch daraus wurde nichts, denn Prinz Swiridow wurde von den Ärzten bei der Rekrutierungsstation ausgemustert. Sie teilten ihm schonungslos mit, daß die Sehkraft seines linken Auges so stark beeinträchtigt sei, daß er ein toter Mann wäre, noch bevor er vom Boden abgehoben hätte.
Zu Anjas Erleichterung beschloß der Prinz daraufhin, Billy beim Wort zu nehmen, und begann, alle notwendigen Kräfte anzuwerben, vom Arzt bis hin zur Küchenmannschaft.
Innerhalb eines Monats war das erste Hospital eingerichtet – vorerst eine kleine Einrichtung mit nur achtzehn Betten. Nach einem Mittagsmahl wurde das Grundstück in Gegenwart zweier Großherzoginnen – den Schirmherrinnen – von einem Priester geweiht, und der erste Verwundetentransport traf ein. Die Amerikanisch-Russische Freundschaftsgesellschaft begann zu arbeiten.
Prinzessin Anja, die sich in den letzten Wochen ihrer schwierigen Schwangerschaft befand, war glücklich darüber, daß Adam sich um die Freundschaftsgesellschaft zu kümmern begann. Als

Angehöriger einer neutralen Nation – der noch dazu verwundet war – konnte er nicht gut am Kampfgeschehen selbst teilnehmen; aber als Prinz Swiridow wäre es auch undenkbar gewesen, daß er teilnahmslos zusah, wie die Russen auf den Schlachtfeldern Europas verbluteten. Die Freundschaftsgesellschaft war die perfekte Lösung.

Sein Ruhm als Gewinner des Flugrennens von St. Petersburg nach Moskau half ihm dabei, öffentliche Unterstützung zu gewinnen, und die Geschichte der stürmischen Abreise des jungen Paares aus Berlin – von Billy immer und immer wieder erzählt – tat ein übriges, um die Russen davon zu überzeugen, daß der Prinz sich engagiert in den Kampf gegen die Deutschen einmischen wollte, auch wenn ihm das auf andere Weise verwehrt war.

Und wenn Billy seinen Kopf durchsetzen konnte, dann würde die Freundschaftsgesellschaft ein ebensolches Symbol für den Kampf gegen die Deutschen werden wie die Ikone von St. Nikolaus, dem Wundertäter, unter dessen Banner das russische Heer in den Krieg zog.

Mit dem Krieg ging die Ablehnung alles Deutschen einher. Und der Zar hatte ausdrücklich gewünscht, den Krieg als einen Kreuzzug zu führen. Diesen beiden Bedingungen fielen zwei langjährige russische Einrichtungen zum Opfer: der Name der Hauptstadt wurde russifiziert, sie hieß nun Petrograd; und der Verkauf von Alkohol wurde für die Dauer des Krieges untersagt, eine außerordentlich unbeliebte Maßnahme bei einem Volk durstiger Kehlen.

Eine innig geliebte Sitte allerdings war weiterhin höchst lebendig – das Ballett. Es schien erst jetzt richtig in Blüte zu stehen.

Eine Gala nach der anderen wurde inszeniert, um den Verwundeten, ihren Familien, den Flüchtlingen aus den baltischen Provinzen oder irgendeiner anderen bedürftigen Gruppe zu helfen. Billy Whitmore war so hingerissen von der Vorstellung einer Wohltätigkeitsveranstaltung zugunsten der Amerikanisch-Russischen Freundschaftsgesellschaft, daß er mit mehreren tonangebenden Ballerinen in Verhandlung trat. Doch dies führte zu nichts, bis er die Garderobe von Madame Kaschina in ein Meer aus kostbaren Blumen verwandelte und sie in einem Billett um eine Unterredung bat. Er erwähnte dabei seine diplomatischen Verbindungen und seine Verwandtschaft mit den Swiridows. Plötzlich hatte Madame Kaschina Zeit für ihn.

Dank ihrer schnellen Auffassungsgabe durchschaute sie dieses blonde Plaudertäschchen sofort; viel Gerede und nichts dahinter, dachte sie. Doch sie war belustigt von seiner Art, Eindruck zu schinden, indem er ständig irgendwelche angeblich prominenten Bekannten erwähnte; und davon, daß er von ihrer Liaison mit Sandro offensichtlich nichts zu wissen schien. Wie konnte das sein? fragte sie sich. Ganz Europa wußte doch Bescheid. Nun gut, vielleicht war ja sein beschränkter Horizont das Vehikel, auf das sie gewartet hatte, um dieser unerträglich anmaßenden Familie ihre tiefe Demütigung heimzuzahlen. Sie wollte diese Gelegenheit nicht ungenutzt verstreichen lassen. Zwar war Gräfin Lisa tot, aber Sandro hatte andere Nachfahren, die für diese Episode mit Winogradow und dem verdammten Photographen geradestehen konnten.

Die Kaschina war eine wunderschöne, sinnliche und rachsüchtige Frau. Und sie hatte nicht vor, ihre Natur auch nur im geringsten zu unterdrücken.

Einige Tage später hatte das Treffen zwischen Billy und der Ballerina ein bedauerliches Nachspiel in Anjas weiß-blauem Boudoir. Prinzessin Anja war Feuer und Flamme für alles, was die Russen in diesem Krieg unterstützen und das Ansehen ihres Gatten erhöhen konnte, aber bei »diesem Weib«, wie sie Madame Kaschina nannte, war Schluß.

Dieses hergelaufene Frauenzimmer hatte Sandro umgarnt, ihn dann zugunsten eines recht gewöhnlichen Moskauer Millionärs fallengelassen, und *diesen* dann wegen einem Großherzog abserviert, der Schimpf und Schande über die Zarenfamilie gebracht hatte, weil er ihretwegen Weib und Kind verlassen hatte. Anja

wünschte nicht, daß Adam mit dieser Sorte Frauen Umgang pflegte. Insbesondere jetzt nicht, da sie hochschwanger war und wie ein Kürbis auf Stelzen durch die Gegend watschelte.
Eigentlich, dachte die junge Prinzessin, war es schade, daß Adams schönes Haar gerade jetzt so gut nachwuchs. Sie hätte sich wohler gefühlt, wenn er bei dem Treffen mit diesem männermordenden Vamp aussehen würde wie ein soeben entlassener Sträfling. Die Kaschina schien sich nämlich nur für gutaussehende Männer zu interessieren. Vielleicht würde sie die Narbe über seinem linken Auge ja abstoßen.
Der Prinz wußte, wie Anja sich angesichts des Fauxpas seines Bruders fühlte und bemühte sich, sie aufzuheitern. Aber es wurde ihm nicht leicht gemacht. Prinzessin Anja war entschieden dagegen, daß die Kaschina eine Wohltätigkeitsvorstellung zugunsten der Freundschaftsgesellschaft gab, und mehr hatte sie dazu nicht zu sagen.
»Bist du sicher, daß du mich nicht in die Höhle des Löwen begleiten willst!« neckte er sie. »Es ist deine letzte Chance.«
»Tut mir leid, Liebling«, erwiderte sie, »aber ich fühle mich nicht wohl genug, um ein ganzes Essen im Beisein dieses Weibes durchzustehen. Du und Billy müßt schon alleine mit ihr zurechtkommen.« Sie hatte ein böses Glitzern in ihren lieblichen blauen Augen.
»Ich habe gehört, sie verschlingt Männer zum Frühstück.«
»Dann dürfte sie zu dem Zeitpunkt, wo ihr euch trefft, ziemlich übersättigt sein. Wenn dennoch ein Notfall eintreten sollte, gebe ich dir die Erlaubnis, deinen Bruder an sie zu verfüttern.«
»Das würde ihm gefallen«, lächelte Adam. »Er hat eine Schwäche für zarte kleine Dinger wie die Kaschina.«
»Ja«, nickte die Prinzessin, »und keinen Funken von Urteilsvermögen.«
Sie war ärgerlich und nicht gewillt, nachzugeben. Zenaida Kaschina war bei den Swiridows *Persona non grata*, und wenn Billy Whitmore zu blöde war, um zu verstehen, was das hieß, Adam war es nicht. Er hatte kein Recht, Billys Plan einfach weiterzu-

verfolgen. Was sollte Grand-père nur denken? Es war schrecklich taktlos.
Adam kannte die Geschichte von Kaschinas und Sandros Trennung, aber sein Bruder nicht – bis Adam sie ihm erzählte. Aber da war es schon zu spät. Kaschina hatte bereits die Zusage für ihren Auftritt gegeben. Sie war einer der größten Stars des Marjinski-Balletts. Wenn sie plötzlich ihre Anfrage zurückziehen würden, wäre das ein Minuspunkt für das Programm und eine Beleidigung von Kaschina; auf jeden Fall war es ein schrecklicher Schlamassel.
»Wenn du damit weitermachst«, drohte Anja, »werde ich bei der Aufführung nicht anwesend sein, und Xenia auch nicht.«
O Gott, dachte Adam, ein weiterer Skandal.
»Anjuschka«, sagte er und küßte sie auf den Nacken, »wenn dein Großvater mir und meinem Bruder diese schlechte Entscheidung vergeben sollte, willigst du dann ein, bei der Aufführung dabeizusein? Es wäre eine Katastrophe, wenn du fehlen würdest.«
Anja drehte sich zu ihm und streckte ihr Näschen in die Luft. »Wenn Großvater dafür Vergebung gewährt, dann ja. Aber unter keinen anderen Umständen.«
Er lächelte. Es war zwar kein großes Zugeständnis, aber besser als nichts. Und Sandro *hatte* Kaschina geliebt. Er würde wohl mehr Verständnis zeigen als sein Enkelin.
Zumindest betete Adam darum.
Er küßte seine Gattin und brach zu seiner Verabredung auf. Fast war er schon aus der Tür, da hielt ihn der Butler auf und übergab ihm eine Nachricht, die gerade von Mr. Whitmore eingetroffen war.
Adam öffnete überrascht das Billett. Schlechte Neuigkeiten. Wegen einer überraschenden Sitzung mit einem Beamten des Außenministeriums konnte Billy nicht an dem Essen teilnehmen, und nun fiel es Prinz Adam zu, die Dame fürstlich zu bewirten. Er solle wohlwollend und höflich sein, damit sie ihre Zusage nicht zurückzog. Die Amerikanisch-Russische Freundschaftsgesellschaft brauchte diese Aufführung.

»Verdammt«, murmelte Adam. Er zerknüllte das Blatt und ließ es fallen. In erster Linie war Billy für die Sache verantwortlich. Er selbst hatte nur zugestimmt, bei dem Essen dabeizusein, um festzustellen, ob es nicht doch eine Möglichkeit gab, daß Kaschina ihr Versprechen nicht halten konnte – vielleicht konnte er so seine Probleme mit Anja aus der Welt schaffen. Und jetzt hatte er selbst mit der Primadonna zu verhandeln. Er freute sich wirklich nicht darauf.

Als er im Restaurant ankam, wechselte er einige Wort mit dem Oberkellner. Der nickte ihm diskret zu, lächelte und geleitete ihn in ein Séparée im zweiten Stock. Der Tisch dort war sorgfältig mit feinstem Leinen, Kristall und Silber gedeckt; ein Blütenbukett von der Krim strafte die Graupelschauer des späten Oktobers vor den großen Fenstern Lügen. Er blinzelte nervös in den Spiegel und wünschte sich, daß dieses Essen bei ihm zu Hause stattfände.

Zu seiner Überraschung ließ ihn Madame Kaschina nicht warten. Er war kaum zwei Minuten da, schon öffnete sich die Tür, und herein trat eine winzige Schönheit in einem duftigen, silberfarbenen Chinchillapelz. Ihre Wangen waren durch die Kälte gerötet. Neckisch lugte sie aus samtbraunen Augen unter ihrer Pelzkappe hervor und musterte ihn. Adam stand auf, um sie zu begrüßen. Er war von ihrer überwältigenden Weiblichkeit hingerissen.

»*Enchanté*, Madame«, murmelte er und küßte ihre kleine Hand. »Es ist sehr freundlich von Ihnen, sich mit mir zu treffen.«

Kaschina sah sich in dem Raum um und lächelte belustigt. »Ich dachte, Sie waren zu zweit.«

»Mein Bruder bittet Sie, ihn zu entschuldigen. Er wurde vom Außenminister aufgehalten.« Oder zumindest von dessen Günstling.

Das störte Kaschina nicht weiter. Prinz Swiridow war ausgesprochen reizend. Und er hat die natürliche Grazie eines Athleten, dachte sie. Als Tänzerin hatte sie immer schon Männer bewundert, die sich zu bewegen wußten. Es war eine seltene Eigenschaft, die als Waffe der Verführung völlig unterschätzt wurde. Kaschina bewegte sich wie eine Göttin – in Pelzen, in Seide, oder auch in nichts von alledem.

Der Kellner huschte diskret um sie herum, er öffnete den Champagner und servierte Hummer – Kaschinas Lieblingsessen –, bevor er hinter der reich verzierten Eichentür verschwand. Adam nutzte die Gelegenheit, unter dem Deckmantel der leichten Plauderei seinen Gast näher zu begutachten. Sie war von zerbrechlicher Schönheit. Sie hatte große, dunkle Augen, feine Züge und eine schlanke, doch wohlgeformte Gestalt mit einer so schmalen Taille, daß es in Petrograd als Kompliment galt, wenn man eine Taille an ihrer maß. Ihr graues Wollkleid war eine Kreation von Redfern in Paris, ihre Perlenketten waren ein Geschenk ihres jetzigen Lebensgefährten.

»Gibt es irgendwelche Probleme, was die geplante Gala angeht?« fragte Adam und hoffte dabei zu hören, daß sie verhindert sei.

»Tatsächlich«, sagte die Ballerina, »kommt mir der Zeitpunkt nicht ganz gelegen.«

»Oh«, erwiderte der Prinz und sah bestürzt drein. »Hält Sie etwas vom Kommen ab? Ist es so ernst?« Er hoffte es.

Kaschina lächelte süßlich. Sie konnte sich die Szene im Swiridow-Palast vorstellen, als dieser Amerikaner seiner Gattin mitteilte, was sein Bruder arrangiert hatte. Sie fragte sich, ob Sandro davon wußte.

»Oh, so schlimm ist es nicht, es ist nur ein Problem der Zeitplanung. An dem geplanten Abend kehre ich gerade von einem Engagement aus Kiew zurück. So kommt eine ganze Vorstellung für mich nicht in Frage. Aber«, fuhr Kaschina fort, »das heißt nicht, daß man nicht eine andere Form der Programmgestaltung wählen könnte, bei der sich die darbietenden Künstler abwechseln. Das ist bei diesen Aufführungen sehr beliebt. Ich bin mir sicher, daß ich einige Tänzer und Tänzerinnen gewinnen kann. Und auf diese Weise läge nicht die ganze Last allein auf meinen Schultern, und ich könnte mein Bestes geben.«

»Oh, das wäre zu gütig, Madame. Wir stehen tief in Ihrer Schuld.«

Und vielleicht wäre es so auch weniger schwierig, die Swiridows zum Einlenken zu bewegen – Adam hoffte es.
Kaschina lächelte. »Ich würde gern den Pas de deux aus *Paquita* tanzen. Haben Sie mich schon einmal tanzen sehen?« Sie liebkoste ihn mit den Augen.
»Leider nein«, erwiderte Adam. Er blickte tief in diese großen, samtenen Augen, die so zärtlich und räuberisch zugleich waren; eine phantastische Kreuzung aus der Sanftmut eines Rehs und der Wildheit einer Raubkatze.
»Dann müssen Sie diese Woche das Marjinski-Theater aufsuchen und mich tanzen sehen. Ich gebe *Esmeralda*, es ist meine Lieblingsrolle, meine Paraderolle. Ich bin eine goldige kleine Zigeunerin, der ein grausamer Adliger das Herz bricht. Jedem kommen die Tränen, wenn ich sterbe, auch mir. Es ist überwältigend«, lachte die Ballerina. »Ich schwärme dafür.«
Kaschina beobachtete den Prinzen diskret im Spiegel und bemerkte in seinen dunklen Augen ein Interesse, das sein Gesichtsausdruck leugnete. Wunderbare Augen, dachte sie, dunkel und geheimnisvoll wie die des Arabers oder eines Armeniers. Dieser blonde und blauäugige Bruder hielt einem Vergleich nicht stand.
Dann dachte sie daran, daß die Swiridows ihn ihr kostbares Prinzeßchen hatten heiraten lassen. Das hieß einiges. Kaschina fragte sich, ob Treue eine seiner starken Seiten war.
Sie nahm seine Hand in die ihre, als ob sie eine Wahrsagerin sei.
»Sagen Sie die Zukunft voraus, Madame?« fragte Adam. Er war überrascht, daß diese zarte Berührung so angenehm prickelte.
»Ja«, erwiderte sie. »Meine Großmutter war eine Zigeunerin. Alle Frauen unserer Familie haben diese Gabe.«
»Liegt eine interessante Zukunft vor mir?« fragte er. Ein Lächeln umspielte seine Lippen, seine Augen lösten sich nicht von ihrem Gesicht.
»O ja«, murmelte sie und fuhr von oben nach unten über eine seiner Handlinien. Das erregte ihn noch mehr. »Sie haben eine lange Lebenslinie, Prinz. Und hier«, sie lächelte, »ist ihre Liebeslinie.«

»Ah.«
»Drei Einschnitte. Drei große Lieben.«
Adams Augen trafen sich mit Kaschinas, die nun feurig glühten wie die einer Raubkatze.
»Zweimal trat eine große Liebe in mein Leben«, antwortete er. »Ich glaube, ich habe mein Maß an Glück schon erhalten.«
Kaschinas Finger verschränkten sich plötzlich mit seinen, dann ließen sie ebenso plötzlich wieder los.
»Drei hat Ihnen das Schicksal zugestanden, Prinz«, sagte sie bedeutungsvoll. »Weisen Sie diese Gabe nicht so leichtfertig zurück.«
Seine Augen immer noch fest auf Kaschina gerichtet, nahm Adam ihre Hand und küßte sie.
»Ich danke Ihnen für die Weissagung, Madame«, murmelte er. »Nur ein Dummkopf würde die Verheißung einer Liebe zurückweisen.«
Aber, dachte er sich, als er ihre kleine Hand hielt und den betörenden Parfümgeruch atmete, ebenfalls nur ein Dummkopf würde sich blindlings in eine unsichere neue Liebesaffäre stürzen, wenn er zu Hause einen Schatz hat. Anja war das wirkliche Leben; Kaschina war ein prachtvoller Traum, komponiert aus Champagner und Parfüm – eine schillernde und vielschichtige Schönheit, die Abend für Abend vor tausend Augenpaaren im Rampenlicht stets neu erstand. Ein engelsgleicher Mythos mit samtbraunen Augen.

24

Petrograd

Obwohl Gigi daraus Trost schöpfte, daß ihm sein zweiter Sohn Kolja wie aus dem Gesicht geschnitten war, konnte er doch den Gedanken an die Ähnlichkeit Nickis mit Rasputins Tochter nicht verdrängen. Er haßte dieses Kind und zeigte es immer deutlicher, so daß sogar schon das Kindermädchen dafür sorgte, daß ihm Nicki nicht über den Weg lief.

In den Petrograder Salons gab die Ähnlichkeit des Kindes mit Rasputins Tochter vielen Gerüchten Nahrung, und dieses Thema kam auch Anja zu Ohren. Sie war entsetzt von dieser Möglichkeit. Jeder wußte schließlich, wie der Einfluß der Rasputin-Clique Natalja die Scheidung von Wolodja ermöglicht hatte; und jetzt schien es, als wäre Gigi der Gelackmeierte gewesen.

Seit der Gründung der Amerikanisch-Russischen Freundschaftsgesellschaft weilte Adam so oft fern von zu Hause, daß Anja unzufrieden war. Sie war zwar wirklich froh, daß er sich einen Namen als großer Wohltäter machte, aber sie litt darunter, daß er mit seinen Frontbesuchen ein unnötig hohes Risiko auf sich nahm. Seine Frau brauchte ihn ebensosehr wie die russische Armee, und Anja meinte, daß ihm dies klar sein müßte.

Im letzten Stadium ihrer Schwangerschaft lebte sie in ständiger Furcht, daß Billy ihr eines Nachts die Nachricht überbringen würde, Adam sei in einem gottverlassenen Schützengraben in Polen gefallen.

Das war ein weiterer wunder Punkt. Während ihr Gatte sich mit Prinz Sandros Privatwaggon an der Front herumtrieb – er hatte diesen in eine mobile Einsatzzentrale verwandelt –, machte sich Billy Whitmore in Petrograd ein angenehmes Leben und

erledigte weniger beschwerliche Aufgaben. Zwar war ausgemacht, daß sich die beiden die Verantwortlichkeit aufteilten, aber Anja fragte sich doch, ob sich Adam nicht um alles kümmern mußte.
Zu Anjas Überraschung hatte Prinz Sandro keine Einwände gegen Madame Kaschinas Auftritt bei der Galavorführung, die zugunsten der Freundschaftsgesellschaft gegeben werden sollte. Sie konnte es nicht fassen. Wie konnte er das zulassen? Es war so – unschicklich!
»Papa hat viele Launen«, seufzte Prinzessin Xenia, als sie eines Nachmittags zusammen Tee tranken. »Ich glaube nicht, daß er jemals über sie hinweggekommen ist. Angeblich gibt es verschiedene tropische Krankheiten, die ähnlich wirken und in unerwarteten Momenten immer wiederkehren.«
»Es ist eigentlich weniger Großvater, der mir Sorgen macht«, gab Anja zu. »Ich hoffte, daß er sich gegen Kaschinas Auftritt ausspricht, aber aus einem anderen Grund.« Sie wollte es nicht sagen, aber sie war sehr, sehr eifersüchtig.
»Du willst nicht, daß Adam in ihre Nähe kommt«, lächelte Xenia. »Gut, dafür kann ich dich nicht tadeln. Aber ich denke, daß du dir da wirklich keine Sorgen zu machen brauchst. Er ist viel zu beschäftigt, um Zeit für Kaschina zu finden.«
»Er ist zu beschäftigt, um Zeit für seine Frau zu finden, das ist das Schlimme!«
Das fand Prinzessin Xenia eigentlich auch, aber sie hütete sich, es zu äußern. Der Mann, der vor wenigen Monaten noch fast seiner Verwundung aus Berlin erlegen war, verbrachte jetzt mehr Zeit an der Front als mancher General, den Xenia kannte. Es zeigte Adams große Begeisterung, aber Xenia wußte, wie ihre Nichte darunter litt, insbesondere jetzt, da jeden Moment das Kind kommen konnte.
Zwar war Anja von einem ganzen Stab von Dienern und von ihren Verwandten umgeben, die alles für sie tun würden, aber sie wollte ihren Gatten bei sich haben. Sie fand es unerträglich, ohne seinen Beistand zu sein.

Am Abend der Galavorstellung erhielt Anja über Billy die Nachricht, daß Adam in Warschau aufgehalten worden war. Wenn er noch einen Zug erwischen sollte, der nach Petrograd fuhr, so würde er direkt ins Theater kommen. Falls nicht, so sollten sie Madame Kaschina bitte sein aufrichtiges Bedauern aussprechen und ihr ein goldenes Armband von Fabergé als Zeichen der Anerkennung übergeben.

»Aber Adam hat versprochen, rechtzeitig zurück zu sein«, sagte Anja. »Was hat ihn aufgehalten?«

»Probleme mit dem Nachschub. Der Offizier im Depot hintergeht uns, und Adam wollte die Angelegenheit ein für allemal aus der Welt schaffen. Die Lage in Polen ist sehr ernst, Prinzessin Anja. Ungeheuer ernst.«

»Nun denn, werde ich dich heute abend sehen? Einer von euch beiden sollte dort sein, um die Freundschaftsgesellschaft zu repräsentieren.«

»Selbstverständlich«, erwiderte Billy. »Sollen wir uns im Theater treffen, oder soll ich vorher bei euch vorbeikommen?«

»Komm bitte vorher hierher. Großvater wird mein Begleiter sein, und es wäre sehr nett, wenn du Komtesse Derschawina begleiten würdest.«

»Komtesse Derschawina?« Billy täuschte Unwissen vor.

»Meine kleine Cousine«, lachte die Prinzessin. »Du hast sie bei dem Flugtag letztes Jahr kennengelernt. Erinnerst du dich?«

»Ja, selbstverständlich.« Mich erinnern? dachte Billy. Wenn Anjuschka wüßte!

»Nachdem das heute abend so eine Familienangelegenheit ist, haben wir Tascha erlaubt mitzukommen. Sie ist ziemlich aufgeregt. Sei ein Schatz und behandle sie wie eine Erwachsene. Sie wird sehr geschmeichelt sein.«

Billy verzog unmerklich seine Lippen zu einem Lächeln. »Ich werde mein Möglichstes tun, ihr einen reizenden Abend zu verschaffen«, versprach er.

Als Prinz Sandro sich an diesem Abend bereit machte, das Haus zu verlassen, mußte er zwischen seinem Schlafzimmer und der

Treppe stehenbleiben. Ein so schneidender Schmerz durchfuhr seine Brust, daß er die Fäuse ballte, um nicht aufzuschreien. »Verdammt«, murmelte der Prinz, »nicht ausgerechnet heute abend.«
Das war nun schon das dritte Mal innerhalb von zwei Tagen. Wenn er nicht so viele Einwände gegen seinen Petrograder Arzt hätte, hätte er ihn jetzt rufen lassen. Aber so entschied sich Sandro, das nächste Mal abzuwarten. Er hatte das auch schon in Paris erlebt, es war nichts Neues für ihn.

Obwohl Adam nicht anwesend war, war der Abend ein voller Erfolg. Sandros Gesellschaft nahm in seiner Loge Platz und ließ ihre Blicke über das vollbesetzte Haus schweifen. Die elegantesten Damen Petrograds waren erschienen und versuchten, sich gegenseitig auszustechen. Prinz Andrej und Prinzessin Xenia, die im Theater zu ihnen gestoßen waren, gratulierten dem Amerikaner zu dem Publikum, das erschienen war – es war die Crème der Petrograder Gesellschaft.
Auf bloßen Armen, Schultern und Dekolletés funkelten Diamanten, Rubine, Saphire und Smaragde. Die Kreationen der führenden Petrograder Modeschöpfer Brissac und Bulbenkowa machten den Pariser Roben Konkurrenz. Offiziere in den Uniformen der Alliierten und mindestens ein Dutzend russischer Regimenter – alle in farbenprächtigen Galauniformen – begleiteten diese Engel und flirteten ausgelassen mit ihnen. Vielleicht war es die letzte Gelegenheit, bevor sie wieder an die Front mußten.
Trotz ihrer früheren Vorbehalte mußte Anja zugeben, daß es großartig war. Und Adam erlebt es nicht, dachte sie traurig.
Komtesse Derschawina andererseits war völlig begeistert, daß sie bei einer Veranstaltung der Erwachsenen dabeisein durfte, ohne Ausflüchte gebrauchen zu müssen. Sie genoß Billys Aufmerksamkeiten in vollen Zügen und ignorierte Anjas melancholische Stimmung. Sorgfältig musterte sie jeden jungen Offizier, der in ihr Blickfeld kam, und träumte von der Zeit, da sie in die Gesellschaft eingeführt war und die Nächte der Saison mit

genau solchen Männern durchtanzen würde, die an diesem Abend das Theater füllten – wenn dieser schreckliche Krieg einige von ihnen verschonen würde. Tascha war so sehr auf Gefolge angewiesen, daß sie täglich um Frieden betete.

Als Kaschina die Bühne betrat, applaudierte das Publikum wild und begrüßte die zarte, dunkelhaarige Ballerina mit dem gewohnten Überschwang. Sie lächelte zu der Loge ihres Gönners, des Großherzogs, hinauf und begann dann mit dem von ihr gewählten Stück. Ihr Partner bei diesem Pas de deux war Legat.

»Ist sie nicht atemberaubend?« fragte Tascha und richtete ihr Opernglas auf die zierliche Figur in dem weißgoldenen Meer aus Tüll.

Und während Kaschina halb über die Bühne schwebte, halb glitt, fühlte Sandro einen scharfen, stechenden Schmerz in seiner Brust; er nahm ihm fast den Atem. Eisern hielt er seinen Blick auf die Tänzerin gerichtet und war entschlossen, seiner Pein standzuhalten.

Anja bemerkte als erste, daß etwas nicht stimmte. Sie sah, daß sich Sandro mit gesenktem Kopf nach vorne beugte und faßte ihn sacht am Arm.

»Ist alles in Ordnung, Großvater?« wisperte sie. »Sollen wir einen Arzt rufen?«

»Sei nicht albern. Es ist nur mein übliches Zipperlein«, brummte er. »Kein Grund zur Aufregung.«

Aber der Schmerz verschwand nicht. Während die anmutige Ballerina ihre Bewunderer durch den reinen Fluß ihrer Bewegungen bezauberte, schnappte Sandro nach Luft, faßte sich an die Brust und fiel vom Stuhl. Er rollte Anja direkt vor die Füße. Ihr blieb fast das Herz stehen.

»Großvater! Mein Gott! Einen Arzt!« Warum ist er hierhergekommen? fragte sie sich. Warum nur?

Billy Whitmore sprang herbei und brachte den Prinzen in eine sitzende Position. Dann trug er mit Andrej zusammen Sandro in den Gang. Die in unmittelbarer Nähe von Sandros Loge Sitzenden stießen verängstigte Schreie aus. Sie befürchteten das Schlimmste.

Anja stand ebenfalls im Gang und war schreckensbleich. Ein eilig herbeigerufener Arzt riß Sandro das Hemd auf, damit er leichter atmen konnte, doch Sandro lag keuchend und nach Luft schnappend auf dem Boden. Seine Gesichtsfarbe wechselte ins Bläuliche, und sein Atem kam nur stoßweise. Krämpfe schüttelten ihn. Er war nur halb bei Bewußtsein und erkannte niemanden.
Stumm vor Gram schaute Anja ihn an und wußte, daß er vor ihren Augen sterben würde. Sie wußte, daß sie ihn trotz all der verzweifelten Versuche des Arztes verlieren würden. Sandro Swiridow, der Erbe eines der größen Vermögen Rußlands, Kenner der Frauen und der Kunst, starb unter Schmerzen, während er sich noch mit all seiner Kraft gegen das Unausweichliche sträubte. Während der Prinz um sein Leben kämpfte und der Arzt sich um ihn bemühte, rief sich Anja den schauerlichen Abend ins Gedächtnis, an dem sie mit Xenia in Paris eingetroffen war. An diesem Abend hatte Großvater ihr mitgeteilt, daß sie ein Schandfleck sei und niemals heiraten würde. Und wie nachgiebig war er dann geworden.
Mein Gott, das ist ungerecht, dachte Anja. Ihre Tränen fielen auf den Teppich, als sie Sandros Gesicht betrachtete, dessen Farbe jetzt in Purpur überging. Ein erschreckender Laut entrang sich seiner Kehle. Wie war es möglich, daß er so endete. So schwach, so mitleiderregend.
Xenia kniete neben ihrem Vater und schluchzte. Sie nahm ihn in die Arme und achtete nicht darauf, wer ihr zusah. Sie hielt ihn fest, bis er aufhörte zu atmen und leblos zusammensank.
»Papa!« Weinend preßte seine Tochter ihr Gesicht an seine Brust. Sie konnte nicht glauben, daß Sandro von ihnen gegangen war.
»Es tut mir leid«, sagte der Arzt und hob hilflos die Hände. »Er ist verschieden.«
Er hatte den Puls gefühlt. Nichts.

Um drei Uhr morgens kam Prinz Adam Swiridow am Petrograder Bahnhof an, der trotz der späten Stunde von Truppen überfüllt war, die darauf warteten, an die Grenze gebracht zu werden; in diesem Alptraum des Chaos, dem er gerade entronnen war. Er betrachtete die jungen, gesunden Rekruten und bemitleidete sie. Sie hatten keine Ahnung, was sie erwartete. Innerhalb weniger Tage würden sie Kanonenfutter für die Deutschen sein. Nur wenige aus ihrer zweihundertköpfigen Truppe würden überleben – fünf oder sechs vielleicht. Er wußte das von den Verwundeten bei den Erste-Hilfe-Stationen.

Er nahm einen Schlitten und ließ sich zum Swiridow-Palast am Französischen Ufer bringen. Er war nahezu froh darüber, daß er die Galavorstellung im Marjinski-Theater versäumt hatte. Nach diesen schrecklichen Szenen, die er in Polen gesehen hatte, wäre ein Galaabend im Ballett zuviel für ihn gewesen.

Der Schlitten fuhr schnell durch die dunklen Straßen der russischen Hauptstadt. Die Fenster der Palais am Newa-Ufer waren hell erleuchtet, man sah die Festbesucher, und Adam fragte sich, ob der Petrograder Gesellschaft eigentlich klar war, daß Krieg herrschte. Die vorwiegende Stimmung in der Stadt war eine verzweifelte, überschäumende Fröhlichkeit. Kriegsgewinnler mischten sich in den glitzernden Salons unter den Adel, und jeder versuchte, seinen Nachbarn in dem hektischen Trachten nach Vergnügen zu übertrumpfen. Es war der letzte Atemzug einer dekadenten Kultur. Verglichen mit der Atmosphäre in Petrograd waren die Hospitäler an der Front ein Hort des gesunden Menschenverstandes.

Er beobachtete einen Haufen lärmender und schwankender Betrunkener, die aus einem hellerleuchteten Haus am Fontanka-Kanal taumelten. Sie schlitterten die schneebedeckte Straße entlang und lachten laut. Adam wunderte sich, daß die jungen Männer nicht bei ihrem Regiment waren. Sie trugen die Uniform der Elisabetgrad-Husaren, die er letzte Woche in der Nähe von Rowno gesehen hatte. Dort steckten sie bis zum Hals im Dreck und kämpften gegen die Deutschen. Passierscheine wurden nicht ausgegeben. Und wenn diese jungen Männer kriegsbeschädigt waren, dann waren sie der gesündeste Haufen von Ver-

wundeten, den Adam je zu Gesicht bekommen hatte. Offensichtlich hatte man einen einflußreichen Papa.
Adam erreichte den Swiridow-Palast und war erstaunt, das ganze Haus in Aufruhr vorzufinden. Andrejs Benz parkte im Innenhof, die Dienerschaft lief weinend hin und her und rückte Möbel.
»Was ist passiert?« fragte er besorgt den alten Pförtner, der ihn einließ. Die Tränen liefen dem Mann über die faltigen roten Bäckchen.
»Es ist so schrecklich, Hoheit«, schluchzte er. »Gott sei Dank, daß Sie da sind.«
Adam packte den Pförtner am Arm. »Ist etwas mit Prinzessin Anja?«
»Oh, nein«, erwiderte er, »mit dem alten Prinzen. Welch eine Tragödie! Welch ein Verlust!«
»Adam!« Prinz Andrej trat aus Sandros Arbeitszimmer und umarmte ihn kurz. »Gott sei Dank, daß du zurück bist«, rief er. »Es ist unfaßbar!«
»Was ist passiert?« wollte er wissen. Er befürchtete das Schlimmste. »Hatte Anjas Großvater einen Anfall?«
»Ja«, erwiderte Andrej. »Er hat im Theater einen Schlag bekommen. Es ist alles vorüber. Anja, Xenia und ich waren bei ihm, als er starb. Bei der Kleinen setzten die Wehen ein, als wir nach Hause kamen.«
Adam starrte Prinz Andrej an und umarmte ihn voller Anteilnahme, dann fragte er schnell: »Und ist mit meiner Frau alles in Ordnung? Es muß ein schwerer Schlag für sie gewesen sein.«
»Ja. Xenia und der Arzt sind bei ihr, aber sie verlangt nach dir. Geh hoch, Adam. Sie braucht dich.«
Er blieb noch kurz stehen, bevor er die Marmortreppe nach oben stürzte, und fragte leise: »Hat es Xenia sehr mitgenommen?«
»Sie bemüht sich, Anja zuliebe stark zu sein, aber sie ist am Boden zerstört. Niemand konnte das vorhersehen. Wir sind heute nacht alle in einem Schockzustand.«

»Es tut mir leid.« Sandro ist tot, dachte er. Mein Gott! Es schien nicht möglich zu sein.
Prinz Andrej seufzte, klopfte Adam auf die Schulter und nickte. »Nun«, sagte er gütig, »hör auf, deine Zeit hier zu verschwenden und tröste Anja. Ich kümmere mich um Sandros Aufbahrung.«
Als Adam neben dem Bett seiner Frau stand, starrte sie ihn aus verhärmten, schmerzerfüllten Augen an. Sie war dankbar, daß er endlich bei ihr war.
»Anja«, fragte er leise, nahm ihre Hand und küßte sie, »wie ist es dazu gekommen? Wann haben die Schmerzen angefangen?«
Aber Prinzessin Swiridowa konnte nur ihr Gesicht verziehen, sie war von den Schmerzen zu mitgenommen, um zu antworten.
Ärgerlich fuhr Adam den Arzt an: »Warum lassen Sie sie leiden wie ein Tier? Geben Sie ihr ein Schmerzmittel!«
Der Arzt schüttelte verneinend den Kopf und begann, Adam zu erklären, daß es Schwierigkeiten gab. In bewußtlosem Zustand könnte Anna Nikolajewna nicht pressen, wenn die Zeit kam, das aber sei unbedingt vonnöten, sonst würde sich der Geburtsvorgang endlos lang hinziehen, sie noch mehr schwächen und eine ohnehin schon komplizierte Geburt noch mehr verzögern. Das Kind war ausgesprochen wenig zur Mithilfe bereit und lag zudem noch falsch.
Als Xenia das hörte, zuckte sie zusammen. Ihre Mutter hatte eine so schwere Geburt bei ihrem letzten Kind; es war eine dreitägige Tortur gewesen, die sie fast nicht überstanden hätte. Xenia war damals bereits fünfzehn Jahre alt, alt genug, um zu verstehen, was da vor sich ging. Wenn Sandro damals nicht dem Arzt befohlen hätte, das Leben der Mutter zu retten, auch wenn es das Leben des Kindes kosten würde, hätte Prinzessin Tatjana wohl nicht überlebt. Das Kind, ein Mädchen, war dann gestorben; es war von seinem Vater bewußt geopfert worden. Aber Sandro hatte seine Entscheidung gefällt und stand dazu.
Prinzessin Xenia musterte Adam und fragte sich, wie er wohl entscheiden würde. Wenn er auch nur das geringste Zögern an den Tag legen würde, wenn es darum ging, Anja den Vorrang zu

geben, dann würde sie einschreiten – nichts konnte sie davon abhalten. Sie war nicht gewillt, zwei Swiridows in einer Nacht zu verlieren.
Noch während Prinzessin Xenia ihren angeheirateten Neffen angstvoll anblickte, wandte sich Adam Michailowitsch an den Arzt und sagte leise: »Wenn eine Entscheidung getroffen werden muß, dann tun sie alles in ihrer Macht Stehende, um das Leben meiner Frau zu retten.«
Er setzte sich auf einen Stuhl neben das Bett und küßte sanft Xenias Hand. »Ich war erschüttert, von Prinz Sandros Ende zu hören«, flüsterte er. »Ich empfinde schmerzhaft den Verlust.«
»Danke«, murmelte sie. »Das ist sehr freundlich von dir.« Sie war wie betäubt.
Als sich die Prinzessin neben ihn setzte, erinnerte sich Adam an den Tag in Deutschland, als seine Frau dieses Kind fast verloren hätte. Was für einen Schrecken hatte ihnen dieses Kind eingejagt. Aber dann, während ihres gräßlichen Aufbruchs aus Berlin und bei dem erzwungenen Aufenthalt in Kopenhagen, hatte es sich sehr gut benommen. Und jetzt, im letzten Augenblick, machte es wieder Schwierigkeiten.
Arme Anja, dachte Adam und strich ihr über die geröteten Wangen. Sie hatten bereits genug mit diesem Kind durchgemacht. Der Gedanke, daß er sie plötzlich verlieren könnte, streifte ihn. Es war fast zu schrecklich, um daran zu denken. Das durfte nicht geschehen. Nicht dieses Mädchen. Nicht nach all dem, was sie erlitten hatte.
Während Adam die Hand seiner Frau hielt und beruhigend auf sie einsprach, wandte sich der Arzt an Xenia. Sie wurde kreidebleich.
»Nein«, protestierte sie. »Dazu wird es nicht kommen!«
»Hoheit«, murmelte der Arzt, ein kleiner, dunkelhaariger Mann. »Mich träfe die Schuld, wenn ich Sie nicht darauf hinweisen würde.«
»Was ist los?« wollte Adam wissen, der den Wortwechsel nicht mitbekommen hatte.
Prinzessin Xenia sah ihm völlig ausdruckslos ins Gesicht. »Er

sagt, wir sollen einen Priester rufen«, wiederholte sie. »Entweder für sie oder für das Kind.«

Am anderen Ende der Stadt war ein Mitglied der Familie nach einer durchzechten Nacht auf dem Heimweg. Komtesse Derschawina schmiegte sich in einer Troika, deren Silberglöckchen klingelten, an Billy Whitmore. Sie kicherte fröhlich, als der Schlitten durch die dunklen Straßen glitt und die Pferdehufe den Schnee hochwirbelten.

Tascha war vom Champagner ein wenig beschwipst. Warm eingepackt in einen glänzenden, dicken Zobelmantel, küßte sie Billy wie eine Wildkatze. Ausgelassen forderte sie die Vorübergehenden auf, mit ihnen zu den Zigeunern zu gehen.

Die mürrischen Fabrikarbeiter, die als einzige zu dieser frühen Morgenstunde auf der Straße waren, erwiderten nichts. Im stillen verwünschten sie die Reichen, während sie sich mühsam durch den Schnee schleppten. Vor ihnen lag ein zermürbender Arbeitstag von vierzehn oder noch mehr Stunden in den riesigen, düsteren Mühlen von Wyborg, dem Industriegebiet von Petrograd.

Der Kutscher fuhr um die Ecke in die Milljonaja, ein vornehmes Viertel. Dort lebte Billy in der früheren Wohnung von Adam. Plötzlich hielt der Kutscher an und öffnete den Wagenschlag.

»Wo sind wir?« wollte Tascha wissen. »Ist hier noch ein Nachtklub?«

»Nein, Liebling«, antwortete er und küßte sie zart auf den Mund. »Hier ist meine Wohnung.«

Billy lebte gefährlich. Er hatte den Auftrag erhalten, die junge Komtesse in das Malischew-Palais zu bringen, wo sie bei ihrer Tante und ihrem Onkel wohnte; aber er hatte sich ausgerechnet, daß Andrej und Xenia wegen der Aufbahrung von Sandro und angesichts des Zustandes von Prinzessin Anja wohl am nächsten Vormittag nach Hause kommen würden. Um diese Zeit läge Tascha schon dösend in ihrem Bett und könnte dem Bericht ihrer Tante über Anjas Befinden und die Begräbnisfeierlichkeiten lauschen.

Tascha war überrascht. Damit hatte sie nicht gerechnet.
Billy zahlte den Kutscher und gab ihm ein großzügiges Trinkgeld. Dann schickte er ihn weg. Tascha lächelte. Sie betrachtete den Amerikaner im Licht der Straßenlaternen. Er sah gut aus, entschied sie. Sie könnte es ertragen, wenn er auf ihr herumkrabbelte, wie Serjoscha es zu tun pflegte; im Gegenzug würde sie so viel Nutzen aus ihm ziehen wie nur möglich. Dieses Arrangement hätte für sie beide seine Vorteile.
Billy wurde von einem betagten Pförtner in dem Gebäude begrüßt. Er drückte ihm zehn Rubel in die Hand, um sich sein Stillschweigen zu erkaufen. Tascha fragte sich, ob ihr Freund häufig minderjährige Mädchen nach Hause brachte. Wahrscheinlich war sie nicht die erste, genauso wenig wie bei Serjoscha.
»Eine sehr hübsche Wohnung«, sagte Tascha höflich und begutachtete den großen, gemütlichen Salon. Einer der führenden Antiquitätenhändler von Petrograd hatte ihn in russischem Empirestil eingerichtet. Irgendwie erinnerte er sie an die Wohnung ihrer Eltern.
Billy verlor keine Zeit, nahm sie ohne Umschweife in die Arme und küßte sie leidenschaftlich. Er hielt sie so fest, daß sie nach Luft schnappte und fürchtete, zerquetscht zu werden.
»Zieh dieses Prachtstück aus«, murmelte er und streifte ihr den Zobel ab. »Du bist ein Tierchen, das ohne Pelz besser aussieht.«
Er warf seinen eigenen Pelz auf den Boden und küßte Tascha erneut, hob sie hoch und trug sie zum offenen Kamin, in dem ein Feuer loderte. Die chinesischen Sitzkissen auf dem Boden waren ein bequemes Liebesnest. Mit einer Hand knöpfte er ihr geschickt den Rücken ihres Kleides auf, während er sie küßte und mit der anderen Hand streichelte.
Als Tascha fühlte, wie ihr der Seidenstoff von der Schulter glitt, setzte sie sich verwirrt auf. Jetzt verstand sie, was er vorhatte, und hoffte dennoch das Gegenteil. Keiner würde dies bei Anjuschka wagen, dachte sie und zauderte.
Billy bemerkte ihre Unschlüssigkeit. Er streichelte sanft ihre Schulter und murmelte Koseworte. Er wollte dieses Mädchen

haben. Er würde ihr alles erzählen, was sie hören wollte, aber er dachte gar nicht daran, sie gehen zu lassen. Dazu war sie viel zu wichtig für ihn. Sie bedeutete Geld, die Sorte Geld, die Adam durch seine Heirat mit der lieben, süßen Anja ergattert hatte.
»Stimmt etwas nicht, Liebling?« flüsterte Billy und küßte sie noch einmal. »Ich dachte, wir seien Freunde?«
»Das ist nicht recht«, zierte sich die Komtesse und zog sich das Kleid wieder hoch. »Es schickt sich nicht für mich, so mit dir allein zu sein.«
»Aber Tascha, liebe, süße Tascha«, flüsterte er und nahm sie in die Arme. »Hast du Angst vor mir? Das brauchst du nicht. Ich werde dir niemals weh tun.«
Sie hätte fast herausgelacht, preßte aber dann ihr Gesicht an seine Brust und schmiegte sich eng an ihn.
»Tascha«, murmelte er, »du hast mir heute abend gesagt, daß du gern öfter ausgehen würdest. Wenn wir Freunde wären – gute Freunde –, könnte ich dir dabei helfen. Du müßtest nicht mehr so dumme und gefährliche Streiche machen wie damals im *Rose Noir*. Es könnte so einfach sein.«
Die Komtesse neigte den Kopf zur Seite und musterte ihn wie einen Straßenhändler, der versuchte, ihr etwas Wertloses anzudrehen.
»Heute abend konnten wir durchbrennen, weil Großvater gestorben ist. Xenia Alexandrowna war nicht ganz bei Sinnen, als sie dich bat, mich nach Hause zu bringen. Und wir sind sicher, weil sie und Onkel Andrej bis morgen im Swiridow-Palast sein werden. Aber so leicht wird es nicht immer sein.«
Tascha blickte in die tanzenden Flammen im Kamin und schmiegte sich an Billy. Sie lächelte. »Sie vertrauen dir wahrscheinlich, weil du Adams Bruder bist. Er ist ja praktisch ein Heiliger, was man von dir nicht gerade behaupten kann. Das war ihnen wohl nicht klar, obwohl Xenia sonst sehr scharfsinnig ist. Sie würde sterben, wenn sie wüßte, was du mit mir vorhast. Bei solchen Sachen ist sie sehr altmodisch.«
»Nun gut«, murmelte Billy. »Dann sollten wir dafür sorgen, daß Ihre Hoheit es niemals erfährt.«

Tascha wandte sich ihm wieder zu und lächelte ihn aus ihren katzenartigen, blauen Augen an. »Du mußt sehr zärtlich und nett zu mir sein. Ich bin ja noch ein Kind.«
»Liebling«, flüsterte er und küßte sie. »Ich werde so zärtlich sein, als wenn du mein eigenes Kind wärst.«
Zu seinem großen Erstaunen sprang sie wütend auf.
»Nenn mich niemals so!« schrie sie. »Du bist nicht mein Vater. Er ist tot, und ich will nicht, daß du mich je wieder so nennst!«
»Ja, gut, Liebling«, versprach er, völlig überrascht von diesem Ausbruch. »Ich werde so etwas nie wieder sagen, großes Ehrenwort.«
Billy war regelrecht eingeschüchtert von dem aufbrausenden Temperament der Komtesse und fragte sich, ob er nicht besser aufgeben und sie nach Hause bringen sollte. Wenn sie sich wieder beruhigt hatte, dachte er, konnte er es ja noch einmal probieren, obwohl die Gelegenheit heute nacht sehr günstig war. Das letzte, was er riskieren wollte, war, daß ihn Adams kleine russische Verwandte bezichtigte, sie vergewaltigt zu haben. In ihrer jetzigen Stimmung konnte das leicht passieren.
Zu seiner Überraschung und seiner Erleichterung legte sich Tascha wieder auf die chinesischen Seidenkissen neben ihn, als ob nichts geschehen sei.
»Geht es dir gut, Liebling?« fragte er und nahm sie in die Arme.
»Ja.«
Zaghaft küßte Billy sie auf den Mund und streichelte ihren Busen. Es schien alles in Ordnung zu sein. Tascha seufzte nur ein wenig und rollte sich in seinen Armen wie eine Katze. Sie erwiderte seine Küsse wie eine Frau, die viel Erfahrung hatte. Sie neckte ihn mit ihrer kleinen, rosafarbenen Zunge und fand genau die richtige Stelle, an der er besonders empfindlich für ihr zartes Streicheln war.
Er begann wieder, sie auszuziehen und streifte das bereits geöffnete Kleid von ihrem liegenden Körper. Er machte dies so bedächtig, so sanft und zärtlich, als enthülle er ein lebendes Kunstwerk.

»Du mußt sehr vorsichtig sein«, flüsterte Tascha. »Ich habe es noch nie gemacht.«
Sie brachte diesen Satz über die Lippen, ohne die Miene zu verziehen. Immer wollten sie diese Lüge hören. Sie verachtete sie dafür.
Billy nickte nachdrücklich und zog sich hastig alles vom Leib, um zum Ziel zu kommen. »Liebe Tascha«, murmelte er, »du machst mich sehr glücklich.«
»Laß uns ins Schlafzimmer gehen«, schlug die Komtesse vor. »Ich will nicht hier auf dem Boden liegen.«
»Wie du willst, Liebling.« Billy hob sie hoch und trug sie ins Schlafzimmer. »Hier ist es bequemer.«
Es war ein schlichter Raum. Nur das nachlässig aufs Bett geworfene Luchsfell gab dem Raum eine exotische Note: alle anderen Kostbarkeiten hatte Billy für seinen Salon aufgespart. In seiner spartanischen Einfachheit war es der typische Aufenthaltsort eines Junggesellen.
»Welch ein wundervolles Fell«, staunte Tascha und warf sich darauf. Sie rollte sich wie ein spielendes Kätzchen hin und her und streichelte seine weiße und lohfarbene Duftigkeit. Sie kitzelte sich mit einem der langen, silberfarbenen Schnurrhaare an der Brust, an den Armen, an den Schultern und an ihrem Bauch. Das kostbare Luchsfell auf ihrer bloßen Haut erregte sie.
Billy lag neben ihr auf dem Luchs und genoß das Schauspiel. Das zartrosafarbene Fleisch wurde sanft von dem Fell gestreichelt. Taschas sinnliches Genießen dieser Tierhaut erregte ihn.
»Komm her«, flüsterte er und nahm sie in die Arme. »Ich will dich!«
Tascha zitterte unwillkürlich ein wenig, als sie fühlte, wie der Mann vor Begierde bebte. Er berührte sie mit seinen warmen Händen und streichelte sie von oben bis unten, als wenn er blind wäre und zum ersten Mal eine Frau ertastete, voller Ehrfurcht und zugleich ungeduldig, sie zu besitzen.
Als Billy begann, ihre Brüste zu küssen, starrte Tascha an die Decke. Dann fühlte sie, wie seine Zunge zu der flaumbedeckten Stelle zwischen ihren Schenkeln hinabwanderte. Erstaunt riß sie

die Augen auf, als er mit seiner Zunge sanft, aber unnachgiebig in den feucht werdenden Schlitz eindrang. Er erregte sie über alle Maßen, mehr als es Serjoscha oder sonst ein Liebhaber je getan hatte.
Tascha fuhr ihm durch das zerzauste blonde Haar und erschauderte. Sie wollte ihn überall spüren und wurde schlaff in ihrer Hingabe.
»Oh«, stöhnte die Komtesse, »du bist ein verdorbener und verruchter Mann. Du bringst mich um.«
»Unsinn, Liebling. Nur die Guten sterben jung. Du wirst ewig leben.«
Er nahm sie in die Arme und bemerkte in ihren Augen ein spöttisches Glitzern, das ihn verwirrte. »Wahrscheinlich hast du recht«, murmelte sie und erlaubte ihm, sich auf sie zu legen. Er machte sich so leicht wie eine Eiderdaune.
Tatjana Sergejewna nahm ihren Liebhaber mit geschlossenen Augen in die Arme. Sie fühlte, wie er sich seinen Weg zwischen ihre verwundbaren Schenkel bahnte. Er drang so vorsichtig, wie er nur konnte, in sie ein, voller Rücksicht auf ihre Jugend und ihre vermeintliche Unschuld.
»Tu mir nicht weh«, zischte Tascha und bohrte ihr Gesicht in seine Achselhöhle. Sie fuhr ihm mit ihren Fingernägeln sacht den Rücken entlang. Die Wirkung war überraschend.
»Ja, Liebling«, flüsterte er und drang tiefer in sie ein. Ihr Stöhnen erregte ihn ebenso wie die Zärtlichkeiten, die sie ihm zuteil werden ließ und die ihn zur Raserei brachten. Sie war so hemmungslos wie eine Katze auf diesem Wildkatzenfell. Sie bewegten sich im gleichen, immer schneller werdenden Rhythmus, und Billy fragte sich, ob er sich mit einer wunderschönen Katze in Menschengestalt paarte, so geschmeidig und zugleich gierig nach sinnlichem Genuß waren ihre Bewegungen unter ihm.
Als er dann tief in ihr zu einem Orgasmus von überwältigendem Ausmaß gekommen war, hätschelte er sie zärtlich. Er war zu erschöpft, um sprechen zu können. Befriedigt und schläfrig lag er neben ihr auf dem Bett.
»Mein Gott«, hauchte er, »ein Kind bist du nicht.«

Tascha lächelte zufrieden. Sie wußte, daß sie von nun an alles von Billy Whitmore würde haben können, was sie begehrte.

Als die schwarzblaue Nacht in Morgengrauen überging, lag Prinzessin Anja im Swiridow-Palast schon seit acht Stunden in zermürbenden Wehen.

Das Kind half überhaupt nicht mit und ließ sich auch trotz der großen Bemühungen des Arztes nicht drehen. Es würde wohl eine Steißgeburt werden. Anja war so erschöpft von den vergeblichen Versuchen des Arztes, das Kind in eine günstigere Lage zu bringen, daß sie nur noch das Ende ihres Leidens ersehnte. Die schrecklichen Schmerzen ließen der jungen Prinzessin den Tod als eine Erlösung erscheinen.

Sie preßte ihren Kopf in die seidenen Kissen und atmete schwer. Es kostete sie große Mühe, Adam im Blick zu behalten. Anja wollte sich ihrem Schmerz ergeben. So ist also das Sterben, dachte sie, einfach ein Weggehen. Warum darf ich nicht so schnell hinscheiden wie Großvater? Armer Adam. Er sieht so mitgenommen aus. Und Xenia ... Sie verliert uns alle beide heute nacht. Wird sie jemals darüber hinwegkommen. Und Bjeloschka ... Das Zimmer schien sich zu drehen.

Ein Zimmermädchen ließ einen bärtigen Priester in schwarzer Robe ein. Er war gerufen worden, um die Sterbesakramente zu spenden. Da schrie Anja laut auf und umklammerte Adams Hand. Der Arzt drängte den heiligen Mann grob zur Seite und untersuchte Anja ein weiteres Mal. Fast brüllte er: »Das Kind hat sich gedreht! Es wird alles gutgehen!«

Die Mutter zweifelte zwar an dieser Aussage, aber es stimmte. Eine halbe Stunde später war eine Tochter geboren, und kurz darauf kam ihre Schwester zur Welt. Beide schrien kräftig, was alle sehr freute.

»Zwillinge«, murmelte Anja und schaute sie erschreckt und ungläubig an. Adam streichelte zärtlich ihre Hand. Um Gottes willen, dachte Anja. Kein Wunder, daß diese Schwangerschaft so schwierig gewesen war. Gleich zwei hatten sich in ihr ver-

steckt gehalten. Verglichen damit war es mit Bjeloschka einfach gewesen.
Verschwommen nahm Anja ihren Gatten wahr, der die Babys im Arm hielt und zu ihr sprach. Sie konnte nicht verstehen, was er sagte, so erschöpft war sie durch den Blutverlust. Xenia ergriff ihre Hand und sagte ihr, daß alles in Ordnung sei. Und dann übergab Adam seine neuen Töchter den wartenden Ammen und beugte sich über seine Frau. Anja sah ihm in die Augen und versank dann in einer schwarzen Leere, die sicher und verführerisch lockte, fern von jedem Schmerz.
Sie hatte all ihre Kraft verbraucht.

25

Die Geburt ihrer beiden Töchter – Alexandra und Viktoria, Saschenka und Tori genannt – hatte Anjuschka so sehr angestrengt, daß sie in der ersten Zeit danach strenge Bettruhe verordnet bekam. Adam sorgte dafür, daß sie in keiner Weise gestört wurde und kümmerte sich selbst um die Trauerfeierlichkeiten, soweit es nötig war.

Andrej und Xenia übernahmen die meiste Arbeit – angefangen von reichlichen Bestechungsgeldern an Bahnbeamte, um ein paar Wagenladungen von Rosen von der Krim zu bekommen, und das zu einer Zeit, wo Truppentransporte die allerhöchste Priorität hatten. Aber schließlich mußte der riesige Ballsaal im Swiridow-Palast für die Aufbahrung dekoriert werden, denn täglich kamen viele Bekannte und Freunde, um dem toten Prinzen die letzte Ehre zu erweisen und der Familie ihr Beileid auszusprechen. Alles in allem wurde die Beerdigung von Prinz Sandro sogar zu einem der Höhepunkte der Saison.

Andrej, Adam und Xenia empfingen die gesamte Romanow-Familie, darunter auch Großherzog Konstantin Andrejewitsch, den gegenwärtigen Liebhaber der Primaballerina Kaschina. Die größte Überraschung war die unerwartete Ankündigung Zar Nikolaus' II. – er kam in schlichter Uniform, schlank, hochgewachsen, weißhaarig, ohne Eskorte, nur in Begleitung seines persönlichen Referenten. Er war gerade erst von einer Inspektion des Armeehauptquartiers zurückgekehrt und wollte es sich nicht nehmen lassen, dem langjährigen Freund der Familie seine letzte Ehre zu erweisen.

Als Prinzessin Xenia sich nach seinem Besuch zurückzog, um sich ein paar Minuten auszuruhen, verpaßte sie einen weiteren unerwarteten Besuch: Zenaida Kaschina, dunkel und respekt-

voll gekleidet, mit Trauermiene, dennoch über Adams Gegenwart erfreut. »Mein herzliches Beileid, mein lieber Adam Michailowitsch«, schnurrte sie wie eine Katze. Sie drückte ihre kleine, sorgfältig manikürte Hand in die Adams. »Die Nachricht vom Ableben Ihres Angehörigen, Seiner Hoheit, war einer der traurigsten Augenblicke in meiner Karriere.«
Adam sah in ihre samtbraunen Augen und lächelte gegen seinen Willen.
»Madame Kaschina, gibt es denn eine bessere Art zu sterben? Ich komme gerade von der Front, wo Hunderte und Tausende armer Teufel ihren schrecklichen Tod nur allzu gerne gegen sein sanftes Ableben eintauschen würden. Prinz Sandro konnte wenigstens sein Leben bis zur letzten Minute genießen. Nicht alle Menschen haben so ein Glück.«
Sein Gegenüber seufzte und nickte traurig. Dabei funkelten die Diamanten an ihren Ohrringen. Sie konzentrierte ihren sanften und doch durchdringenden Blick auf den großen, gutaussehenden jungen Mann vor sich. Er war attraktiver als die meisten Männer, die ihr in ihrer bisherigen Laufbahn begegnet waren – und das waren gar nicht so wenige.
Sandro hat den Tod bekommen, den er verdient hat, dachte sie. Vielleicht war es die Aufregung gewesen, sie noch einmal zu sehen, die den Herzinfarkt ausgelöst hatte – das wäre die gerechte Strafe gewesen für damals, als er sie aus dem Haus gejagt hatte, als wäre sie nur eine einfache Dienerin. Das war unverzeihlich gewesen – eine Demütigung geschah ihm nur recht. Und das verschaffte Kaschina ein Gefühl der Befriedigung.
Aber mit den Swiridows war sie noch lange nicht fertig. Lisa war tot, Sandro war tot, aber diese charmante kleine Frau, deren Ehemann jetzt gerade mit ihr redete, hatte ihren Anteil noch nicht abbekommen. Für sie stand die Demütigung, die Kaschina sich ausgedacht hatte, noch aus. Sie war hübsch – und sie würde todtraurig sein, wenn Adam sie betrügen würde. Was für eine köstliche Ironie des Schicksals, dachte die zierliche kleine Tänzerin. Was sie von Sandro nicht bekommen hatte, würde sie sich von diesem charmanten Fremden holen, den Anja geheira-

tet hatte. Und der Schmerz, den die beiden hochnäsigen Swiridow-Damen dabei empfinden würden, würde ihr, Kaschina, den ganzen Winter über das Herz wärmen.
Der Duft von Lilien und Rosen stieg Adam zu Kopf, er verwirrte ihn, machte ihn fast etwas schwindlig. Er spürte einen kleinen Stich der Sehnsucht nach Lust beim Anblick dieser zierlichen Tänzerin – und er schämte sich dafür: ausgerechnet an diesem Ort, bei dieser Gelegenheit. Diese Frau war schön; mehr noch: sie war die Verkörperung alles Weiblichen – graziös, charmant und kapriziös. Nur für den Bruchteil einer Sekunde lang trafen sich ihre Blicke, und beide spürten sie eine unerklärliche, aber dennoch sehr deutlich wahrnehmbare Welle der Wärme und des Gefühls, die sie durchflutete. Sofort unterdrückte der Prinz diese unangebrachten Gedanken.
Madame Kaschina sah ihm immer noch tief in die Augen, lächelte dabei geheimnisvoll und kaum merklich, reichte ihm schließlich ihre kleine Hand zum Handkuß und wandte sich dann dem Ausgang zu. Sie hinterließ einen leichten, betörenden Frühlingsduft.

Warschau

Die Stadt war voll von russischen Offizieren und Soldaten, und Olegs – oder besser gesagt Monsieur Mossolows – Freudenhäuser hatten mehr Besucher, als sie bedienen konnten. Eigentlich wäre das ein Grund zur Freude gewesen: das Geld floß in Strömen, die Bücher schrieben hohe Gewinne gut, aber der Inhaber dieser Goldgruben hatte das dumpfe Gefühl, von einem Schatten verfolgt zu werden, der ihn bedrohte. Es schien einen üblen Geist in seinem erstklassigen Etablissement zu geben. Und dieser hatte sich die Gestalt eines menschlichen Wesens ausgesucht. Wanda.
Unruhig strich Monsieur Mossolow durch die Räume und Flure seines Bordells, schritt steif über die chinesischen Teppiche und lauschte auf das Ächzen der Balken in dem alten Gemäuer. Er nahm den hellen Schein der Kristall-Leuchter wahr, er betrachtete die bunten Gemälde an den Wänden, er sog den Duft

der Blumen auf. Er wartete darauf, zuzuschlagen. Er beobachtete Wanda, während er mit ihr sprach, während sie gemeinsam ihre Mahlzeiten einnahmen, ja sogar, wenn sie gelegentlich miteinander schliefen.

Er traute ihr keine Sekunde lang mehr, er war nur noch auf der Lauer, wachsam, unbeirrbar.

Das ist wieder diese Frau, dachte er. Er vergaß nie, daß er mit dem Namen Iwanow auf die Welt gekommen war. Man verfolgt mich wieder. Diese rothaarige Hexe – sie hat versucht, mich umzubringen, aber ich war zu schlau für sie. Sie hat meine Rache zu spüren gekriegt, damals in Kiew. Oleg, der Bauer, hatte Katja Petrowna, die Intellektuelle, überlistet. Endgültig.

Und dieses blonde Biest, diese kleine Aristokratin, die war sogar noch schlimmer. Die Nichte von Prinz Walischew! Sie war gefährlicher als Katja Petrowna, überlegte er. Sie hatte *ihn* überlistet, sie hatte ihm seinen Revolver abgenommen und ihn auf ihn gerichtet, damals in dem französischen Museum. Jesus, was für ein Teufel! Katja Petrowna war nichts verglichen mit diesem kleinen Biest.

Und jetzt war sie nach Warschau gekommen und machte ihm das Leben zur Hölle, wo er doch eigentlich ein Recht auf Spaß und Freude gehabt hätte.

Sie benutzte Wandas Körper, und das war das Schlimmste. Bevor sie nach Warschau gekommen waren, war Wanda ein wenig mollig gewesen, freundlich und umgänglich – eine gutmütige unbedeutende Hure eben. Sie hatte versucht, ihn aufzumuntern, ihm kleine Freuden bereitet. Jetzt war das alles anders geworden. Wanda beklagte sich über seine Tischmanieren – sie bezeichnete sie als abstoßend; sie beklagte sich über seine Kleidung – viel zu grell, stillos, geschmacklos, sagte sie; und was sie über seine Qualitäten als Liebhaber behauptete, das war unaussprechlich. Schweinisch! Ja, das hatte sie gesagt. *Schweinisch!*

Und wem hatte sie alles zu verdanken? Wenn er nicht gewesen wäre, dann würde diese kleine, dumme polnische Kuh ihre Haut immer noch in einem mittelmäßigen Etablissement in Paris zu Markte tragen, dann würde sie immer noch vergeblich darauf

warten, daß irgendwann irgend jemand kommt, um sie da herauszuholen.
Nein, die *richtige Wanda* war weg. Ihr Körper war von einer anderen Person übernommen worden. Von Anna Nikolajewna. Wie sonst käme sie plötzlich auf die Idee, von Stil, Anstand und Benehmen zu faseln? Es war nervenaufreibend, mit ihr zusammenzuleben. Nie konnte er sicher sein, was als nächstes passieren würde; er wartete nur darauf, daß sie eines Tages ihr wahres Ich enthüllen würde.
Sobald Oleg begann, über solche Fragen nachzudenken, bekam sein Gesicht einen so dämonischen Ausdruck, daß er den Mädchen, die in seinem Haus arbeiteten, Angst einjagte. Wanda jedoch machte sich keine weiteren Gedanken. Sie schob es darauf, daß er so überarbeitet war. Aber auch sie mied ihn, wenn er wieder zu brüten anfing, wenn er Türen knallte, wenn er mitten in der Nacht durch die verlassenen Straßen von Warschau irrte und Katja, Anna Nikolajewna und gelegentlich auch Pawel, Dimitrij und »das Monster mit dem Glasauge« verfluchte. Wanda bekam eine Gänsehaut, wenn sie ihn so hörte.
Aber solange er sich nur auf verbale Angriffe beschränkte, konnte sie es noch mit ihm aushalten. Wovor sie allerdings tatsächlich Angst hatte, war, daß er eines Tages gewalttätig werden könnte. Aus diesem Grund schlief Madame Wanda von nun an mit einem Messer unter der Matratze, um sicherzugehen – man konnte ja nie wissen ...
Seine Unberechenbarkeit ging ihr auf die Nerven. In der einen Minute behauptete er, er müsse nach St. Petersburg gehen – trotz ihren Ermahnungen redete er nie von Petrograd –, um da haufenweise Menschen umzulegen; im nächsten Augenblick dann fragte er sie freundlich und liebenwürdig, mit einer Stimme, als ob nichts wäre, ob die Vorräte an Spirituosen noch ausreichten. Nie wußte Wanda, woran sie mit diesem Kerl eigentlich war.
Das war wirklich schwer zu ertragen, und wenn Wanda kein so starkes Motiv gehabt hätte – sie wurde von purer Habsucht getrieben –, dann wäre sie schon längst auf und davon gewesen.

Zum Glück hatte sie aber immer genügend Dinge, die sie ablenkten – vor allem wenn es wieder einmal einem Gast in den Sinn kam, seine Waffe zu ziehen. In solchen Fällen war die Einrichtung ernstlich in Gefahr.

»Verdammte Aristokraten«, schimpfte Oleg dann. »Sobald sie sich aufregen, zerstören sie das Eigentum von hart arbeitenden Menschen. Feiglinge. Oh, wie ich sie alle hasse!«

Was ihn am allermeisten ärgerte, war, daß er bei der Lektüre einer alten Zeitung erfahren mußte, daß Prinz Adam Swiridow, Anna Nikolajewnas Ehemann – den er damals in Paris fast getötet hatte – der Leiter eines Rot-Kreuz-Quartiers in Warschau war.

Jesus Christus! Wenn er sich vorstellte, daß sie sich womöglich hier, in seinem eigenen Haus, begegneten! Was für eine Katastrophe!

Als Oleg sich jedoch von seinem Schrecken erholt hatte, sah er auch die andere Seite dieses Zufalls. *Er* hatte den Vorteil, nicht Swiridow; denn solange sein Feind sich, ohne es zu ahnen, auf seinem Territorium befand, konnte Oleg nichts passieren – vielmehr konnten alle möglichen Unglücksfälle den Prinzen heimsuchen.

Und wenn es nach Oleg ging, dann würden solche Unglücksfalle häufig sein.

Bei dem Gedanken an die neuen Möglichkeiten zur Rache, die sich ihm auf diese Weise eröffneten, lächelte Oleg. Er beschloß, dieser Angelegenheit ab sofort allerhöchste Priorität, noch vor allen geschäftlichen Fragen, einzuräumen. Und wo er schon einmal dabei war, fiel ihm vielleicht auch noch gleich eine entsprechende Möglichkeit ein, wie er sich der Gegenwart von Wanda entledigen könnte. Beide auf einen Schlag: Seine Hoheit und Wanda ...

Petrograd

Durch ihre Freundschaft mit Adams jüngerem Bruder hatte das Leben von Komtesse Derschawina wesentlich an Spannung und Abwechslung gewonnen. Unter dem harmlos erscheinenden

Vorwand, daß sie den Mitarbeitern der Amerikanisch-Russischen Freundschaftsgesellschaft half, konnte Tascha mehrere Nachmittage in Billys Gesellschaft verbringen. Ihre Verwandten hegten keinerlei Mißtrauen oder Argwohn, sie erlaubten dem charmanten jungen Mann ohne weiteres, das junge Mädchen in Restaurants auszuführen oder sie zu Einkaufsbummeln mitzunehmen. Keinem anderen männlichen Wesen hätten sie so etwas gestattet.

Geschickt hatte sich Billy in die Familie eingeführt. Er besaß das uneingeschränkte Vertrauen von allen Erwachsenen. Selbst Xenia, die normalerweise eher mißtrauisch und zurückhaltend war, fand seine Anwesenheit nützlich und angenehm, seit er der Familie dabei behilflich gewesen war, einen Teil des Familienvermögens über Untergrundkanäle ins Ausland zu schaffen. Anja hatte sogar noch mehr Vertrauen in ihn. Sie bat ihn, ein Auge auf Tascha zu halten, um sie vor den zahlreichen und nach Zuneigung hungernden jungen Offizieren zu beschützen.

Wenn Billy auch nur einen Funken Anständigkeit besessen, wenn er auch nur eine Spur von Gewissen gekannt hätte, dann hätte er sich in Grund und Boden geschämt, wenn er seinen Angehörigen in die Augen sehen mußte. Zu seinem Glück besaß er nichts dergleichen. Und Tascha ebenfalls nicht.

Eines Nachmittags, als Tascha und ihr blonder Liebhaber den Newski-Prospekt entlangspazierten und in die Geschäfte schauten, enthüllte Tascha ihr wahres Antlitz. Sie teilte ihrem Liebhaber endlich mit, was sie von ihm haben wollte.

»Billy«, schnurrte sie in schmeichelndem Tonfall. »Ich würde dich gern um einen Gefallen bitten.« Sie sah ihn an. »Ich möchte, daß du mir dabei behilflich bist, ein paar Wertgegenstände außer Landes zu schaffen.«

Billy blieb stehen. Er hatte mit niemandem über seine Tätigkeit im Untergrund gesprochen – und schon gar nicht mit Tascha. Und er war sich absolut sicher, daß sie es auch nicht von Adam wußte, denn er war ein Mann, der sein Wort hielt, und Geheimnisse für sich behalten konnte.

Er wollte seine Beunruhigung nicht zeigen und lächelte. »Ich glaube wirklich nicht, daß es so ernst ist, mein Schatz. Sieh mal, die Armee des Zaren hat doch gerade erst einen wichtigen Sieg errungen: sie hat die Österreicher in Przemysl geschlagen. Es geht jetzt schon wieder aufwärts, glaube mir, Tascha.«

»Ach!« antwortete Tascha verärgert. »Wenn es uns wirklich schon wieder besser ginge, dann würden wir nicht überall auf so etwas stoßen!«

Sie zeigte mit dem Finger auf eine Schlange von Hausfrauen, die vor einer Bäckerei warteten. Solche Schlangen waren das neue Wahrzeichen von Petrograd – die langen Reihen von geduldig wartenden Frauen vor den Lebensmittelgeschäften. Oft hatten sie Pech und die Waren waren bereits ausverkauft, wenn sie dran kamen. Die Zivilbevölkerung bekam den Krieg jetzt auch hautnah zu spüren. Bislang reagierten alle noch ruhig und gelassen, aber wie lange noch?

»Tascha, Liebling«, seufzte Billy und legte ihr den Arm um die Schultern. »Du bist doch noch minderjährig. Die Dinge, die du möglicherweise ins Ausland schaffen möchtest, sind doch schon sicher im Tresor einer Bank untergebracht. Es ist absolut unnötig, sie da herauszuholen und woanders hinzubringen. Außerdem bräuchte ich die Erlaubnis des Vormunds dafür. Es wäre gar nicht möglich.«

»Was ich wo haben will, was ich also außer Landes schaffen will und was nicht, das kannst du ruhig mir überlassen«, erwiderte die junge Komtesse ungerührt. »Alles, was du zu tun hast, ist, diese Dinge in ein neutrales Land zu befördern – Schweden oder die Schweiz zum Beispiel. Um den Rest kümmere ich mich schon selbst.«

»Nein, das ist doch lächerlich.«

Richtiggehend wütend blieb Tascha stehen und wand sich aus seinen Armen. »Billy«, fauchte sie, »entweder du tust, was ich von dir verlange, oder ich erzähl Adam Michailowitsch von unseren kleinen Spielchen. Und außerdem werde ich dann mit dem Botschafter ein nettes, längeres Gespräch führen, wenn er uns das nächste Mal besucht.«

»Das würdest du nicht tun!«

»Willst du es darauf ankommen lassen?«
Schockiert starrte der junge Mann das erpresserische Mädchen an. Sie funkelte ihn aus ihren blauen Augen an und schien ihm dabei zu drohen, daß sie sich umbringen würde, wenn er ihr nicht gehorchte. Diese kalten Augen! Keinerlei Mitleid hatten sie mit ihm. Wenn er ihr den Gefallen nicht tat, dann würde sie ohne mit der Wimper zu zucken seine ganze Karriere zerstören. Wenn ihr nicht noch mehr Gemeinheiten einfielen. Adam würde mit der Pferdepeitsche auf ihn losgehen – vorausgesetzt, die Swiridow-Damen würden ihn nicht schon vorher in die Mangel nehmen . . .
»Warum tust du mir das an, Tascha? Ich dachte, du liebst mich?«
Die junge Komtesse sah ihn erstaunt an. »Ich liebe niemanden, und dich schon gar nicht!« Was für eine Anmaßung, dachte sie im stillen.
Billy war tief verletzt. Er mochte sie wirklich, auch wenn seine Gefühle immer nur so lange dauerten, wie sie sich auf dem Luchsfell ihren Spielen hingaben. Und er hatte große Pläne für eine ehrgeizige Zukunft – das bedeutete ihm noch mehr. »Du erpreßt mich«, klagte er.
»Ja, natürlich.«
Verdammt. Diese kleine Person hatte gar kein Herz. Es gab keinerlei Möglichkeiten, an ihr besseres Ich zu appellieren. Das gab es nämlich nicht. »Gut«, lenkte er schließlich ein. Wenn er vor der Wahl stand, dann entschied er sich lieber für eine Niederlage, als daß er seine Karriere aufs Spiel setzte. »Dann helfe ich dir.«
»Gut.« Tascha nickte.
Billy winkte einem Schlitten, um sie nach Hause zu bringen. Tascha schien nicht im geringsten erregt zu sein. Nach ihrem Gesichtsausdruck zu urteilen, hätten sie sich genausogut über das Wetter unterhalten können.
»Du bist ein gemeines kleines Biest«, erklärte er und nahm sie in den Arm. »Weiß du das?«
Tascha lachte laut. »Aber natürlich. Und solange wir das beide wissen, können wir damit doch ganz gut leben, nicht wahr?«

Je mehr er über diesen wahren Satz nachdachte, desto mehr wünschte sich Billy, er wäre als Eunuch auf die Welt gekommen. Er war froh, als er sie für heute am Malischew-Palast absetzen konnte.

Im Frühjahr und zu Beginn des Sommers des Jahres 1815 hatten die deutschen Truppen in Südpolen so viel Verstärkung bekommen, daß die russische Armee wieder einmal den Rückzug antreten mußte. Das ganze Gebiet, das sie sich so mühsam erkämpft hatte, mußte sie wieder dem Feind überlassen. Viele Männer gingen direkt von den Truppentransport-Zügen in den sicheren Tod. Kilometer um Kilometer sah das Gebiet aus wie der Garten der Hölle. Einige Beobachter behaupteten, das sei der Anfang vom Ende.

Mit Ausnahme des ersten Monats nach der Geburt der Zwillinge verbrachte Adam die meiste Zeit an der Front.

Trotz seiner Verletzungen von dem Flugzeugabsturz und dem Überfall im Louvre arbeitete er unermüdlich für die Amerikanisch-Russische Freundschaftsgesellschaft. Tage-, manchmal sogar wochenlang, war er fern von zu Hause, inspizierte Außenstellen der Organisation in Polen und in den großen Städten des russischen Reiches und kam danach erschöpft und übermüdet wieder zurück nach Petrograd. Er wurde unfreiwilliger Zeuge der Dezimierung der russischen Armee und vernahm erste Gerüchte über das Abbröckeln der Moral unter den Soldaten. Mehr denn je war er davon überzeugt, daß Prinz Sandro recht gehabt hatte. Er wollte kämpfen – wenn nötig mit allen Mitteln –, um seine Familie zu schützen.

Er liebte sie über alles. In früheren Jahren, als er noch ein kleiner Angestellter im diplomatischen Dienst gewesen war, hatte er sich eine Familie immer als willkommene Abwechslung vorgestellt – mehr nicht. Die Karriere hatte im Mittelpunkt gestanden. Er hatte die Vorstellung gehabt, daß ihm Kinder die nötige Ablenkung verschaffen könnten, er sie aber notfalls beiseite schieben könnte, wenn es etwas Wichtigeres gab. Heute gab es für ihn nichts mehr, das wichtiger sein könnte als seine Familie.

Er hatte geglaubt, daß er seine erste Frau liebte, daß er mit ihr Kinder haben wollte. Heute wußte er, daß er sich getäuscht hatte. Er hatte nur sich selbst geliebt. Was er mit Anjuschka erlebte, war so anders, so neu, so stark – er kam sich pathetisch und sentimental vor, wenn er darüber nachdachte.
Die schöne Anja hatte sein Leben bereichert. Sie hatte ihm drei Kinder geschenkt. Niemals würde sie auf den Gedanken kommen, ihn beiseite zu schieben, um etwas anderes zu tun. Er wollte ihr nicht nachstehen. Er wollte sein Bestes geben.

Andrej führte eine Art Privatkrieg mit Graf Scherbatkin, der das Nachbargut zu Bjelaja Berioschka besaß. Beide Herren waren Mitglieder der Musterungsbehörde. Boris Scherbatkin zog viel zu viele Bauern ein, und das verursachte ernsthafte Probleme auf Bjelaja Berioschka. Außerdem beklagte man sich allgemein darüber, daß er mit zweierlei Maß arbeite: er hatte kürzlich erst seinen neuen Schwiegersohn, den Ehemann seiner Tochter Irina, vom Dienst befreit. Das schaffte böses Blut im ganzen Gebiet.
Andrej, der von Lew Petrowitsch informiert worden war – Lew hatte erst vor kurzem seinen einzigen Sohn im Krieg verloren –, verbrachte einen Großteil seiner Zeit damit, Boris' Entscheidungen entgegenzuwirken. Er setzte sich dafür ein, daß jeder, der eine ordnungsgemäße Begründung vorbringen konnte, nicht eingezogen wurde. Er wollte es nicht zulassen, daß Boris alle seine Bauern an die Front schickte, nur um selbst als großer Patriot dazustehen. Wer sollte sonst das ganze Land bearbeiten? Und die Listen der Gefallenen und Verschollenen waren so schrecklich lang.
»Hoheit«, begann sein alter Verwalter, als er sich mit Andrej über Pferde und die berühmten Stallungen unterhielt, die vor dem Krieg auf Bjelaja Berioschka gewesen waren. »Glauben Sie, daß die Deutschen bis zu uns vorstoßen werden?«
»Ich bin mir nicht mehr sicher. Sie haben ja auch Polen überrollt.«
»Polen ist nicht Rußland.«

Das freundliche Gesicht des Mannes sah seit dem Tod seines Sohnes viel älter aus. Die tiefen Falten um seine blauen Augen herum waren zu kleinen Furchen geworden.
»Ich weiß«, erwiderte der Prinz. »Obwohl der Generalgouverneur von Warschau da sicherlich ganz anderer Meinung wäre.«
»Aber die Deutschen werden doch nicht hierher kommen, oder?«
»Das weiß nur der liebe Gott. Zum gegenwärtigen Zeitpunkt ist es nicht möglich, irgend etwas vorauszusagen.«
Aber der Prinz wußte, was Lew meinte. Wenn die Deutschen nicht bis hierher kamen, warum sollten sie dann seinen Sohn so weit weg getötet haben – an einem Ort, wo er sonst niemals hingekommen wäre? Darauf gab es keine Antwort.

Eines Tage, Ende Juni 1915, erhielt Prinz Swiridow endlich Antwort auf seine wiederholten Anfragen und Bitten um eine Unterredung mit Großherzog Konstantin Andrejewitsch, dem Generalbevollmächtigten der Militärkrankenhäuser. Er wurde zum Großherzog zum Mittagessen eingeladen. Zu Adams Überraschung war Madame Kaschina anwesend – das entsprach ganz und gar nicht den normalen Gepflogenheiten.
Über einer Magnum-Flasche Moët, *Langoustes à la parisienne*, poschierten Eiern und elegant zubereiteten kleinen Gemüseplatten, gefolgt von *Fraises Romanow* und Kaffee, erklärte Prinz Swiridow seine Haltung zur Armee. Er habe nicht die geringste Lust, irgend jemand ins Handwerk zu pfuschen, er wolle sich nicht dem Groll der Oberbefehlshaber aussetzen, führte er aus, aber er war auch nicht gewillt, tatenlos zuzusehen, wie seine Außenstationen eine nach der anderen geschlossen wurden, nur weil eine Handvoll inkompetenter und machthungriger Männer mit guten Beziehungen seine Organisation nicht mochten. Die russischen Soldaten seien da nämlich ganz anderer Meinung.
»Bravo!« rief Kaschina aus. Ein leichter Luftzug streichelte die Organza-Bordüre an ihrem tiefen Ausschnitt. Sie hob ihr Champagnerglas. »Als die einzige Nicht-Aristokratin im Raum

zolle ich Ihnen im Namen des einfachen Volkes den Beifall, den Sie verdienen.«
Daraufhin wandte sich Konstantin Andrejewitsch seiner Geliebten zu, lächelte, küßte ihre freie Hand und bemerkte, daß Kaschinas Adel in ihrer Kunst liege, was sie über jede andere Auszeichnung erhaben mache.
Ihre samtbraunen Augen blickten über den Kopf ihres Geliebten hinweg auf Adam. Sie lächelte. Adam lief ein angenehmer Schauder über den Rücken.
»Ich wollte Eure Kaiserliche Hoheit bitten, meine Organisation dabei zu unterstützen, ihre Dienste weiterhin aufrechtzuerhalten und diese Stellen beizubehalten – auch wenn das einigen Herren in den oberen militärischen Rängen nicht gefällt. Das Leben von russischen Soldaten steht auf dem Spiel, nicht mein persönliches Ansehen.«
Konstantin Andrejewitsch lehnte sich in seinem Sessel zurück und sah auf den Balkon hinaus. Dahinter stand der Blumengarten in voller Blüte. Er liebte seinen Garten, alles war so friedlich, so ruhig, so ordentlich. So ganz anders als Armee-Hauptquartiere.
»Ich verstehe Sie, Prinz Swiridow«, antwortete er. »Glauben Sie mir, es ist nicht die Armee im eigentlichen Sinn, die sich gegen Ihre gute Arbeit stellt, sondern das ist nur eine kleine Gruppe von Offizieren, die ehrgeizig und eifersüchtig sind, und die sich ihrer eigenen Unzulänglichkeiten nur allzusehr bewußt sind. Und dazu kommt natürlich auch noch, daß Sie ja kein Russe sind.«
»Können wir etwas dagegen unternehmen, Hoheit?«
Der Großherzog lächelte. Zu der eben genannten Clique gehörten auch einige seiner Verwandten und Bekannten. Nein. Da konnte er wirklich nicht sehr viel unternehmen. Er konnte nur versuchen, diesen Prinzen bei Laune zu halten. Das, so schätzte er, lag im Bereich des Möglichen.
»Ich werde Sie unterstützen, Prinz«, erklärte er und sah Adam in die Augen. »Es geht hier um Konsequenz, und es geht um unsere Truppen, und die bekommen weiß Gott zuwenig Unterstützung.«

»Danke, Hoheit«, erwiderte der Prinz. Er war wirklich dankbar.
»Ich möchte gerne eine Vorstellung geben, um Ihre Organisation zu unterstützen«, fügte Kaschina verführerisch hinzu. »Aber nur unter zwei Bedingungen.«
»Sie brauchen sie nur zu nennen, Madame«, erwiderte der Prinz.
»Daß ich sie in einem Ihrer Hospitale geben kann, und daß Sie anwesend sind.«
Seine Kaiserliche Hoheit war verblüfft. »Zenaida, das ist nicht möglich.«
»Was denn?« fragte die Tänzerin. »Die Vorstellung, oder die Anwesenheit des Prinzen?«
Der Blickwechsel zwischen den beiden war ein heimlicher Wettkampf. Kaschina besiegte ihren Liebhaber. Sie wußte, daß er keinerlei wirkliche Absicht hegte, Adam zu unterstützen. Alles, was er zu geben bereit war, bestand aus ein paar aufmunternden Worten.
»Eine Vorstellung direkt an der Front ist viel zu gefährlich. Du würdest die Armee nur behindern, meine Liebe. Und außerdem wird der Zivilverkehr an die Front sowieso bald eingestellt. Es ist einfach zu riskant.«
»Dann ist es auch riskant für die Soldaten, Hoheit. Aber die sind schließlich da, nicht wahr?«
So spielte sich also das Familienleben in den allerhöchsten Kreisen ab, dachte Adam, als er dem Großherzog und seiner Geliebten, der gefeierten Ballerina, bei ihrem Wortwechsel zuhörte. Kaschina war mindestens vierunddreißig, Konstantin ungefähr fünfundvierzig. Adam fragte sich, wo wohl die Großherzogin leben mochte. Vielleicht war sie freiwillig ins Exil nach Südfrankreich gegangen. Diese Region Europas war beim russischen Adel ausgesprochen beliebt.
Als Adam nach diesem Essen in den Swiridow-Palast zurückkehrte, fand er einen kleinen Brief vor. Er lag im Foyer auf einem zierlichen Louis-Quinze-Tischchen.
In dem Umschlag befand sich die Briefkarte einer Dame. Auf

die Rückseite war eine kurze Mitteilung geschrieben. »Ich werde die Vorstellung an der Front geben. K.«
»Mein Gott«, murmelte er vor sich hin. »Sie hat gewonnen.«
Er dachte noch einmal über alles nach. Er war sich überhaupt nicht sicher, ob er erfreut war oder besorgt. Er spielte mit der Karte in seinen Fingern und erinnerte sich wieder daran, wie Kaschina mit ihm im Restaurant Medwed Wahrsagerin gespielt hatte. »Drei große Liebschaften«, hatte sie behauptet. Warum war ihm bei dem Gedanken so unwohl? Es gab nichts, was Kaschina hatte, das ihn auch nur im geringsten dazu verleitete, seine Frau zu betrügen. Oder? War er sich da so sicher? »Schlag dir das aus dem Kopf«, sagte er fast hörbar. Aber es gelang ihm nicht, diesen Gedanken zu verdrängen, ebensowenig wie die Erinnerung an ein Paar wunderschöne samtbraune Augen verdrängt werden konnte – Augen, die ihn lauernd wie die einer Katze ansahen.
Ohne noch eine Sekunde zu zögern, zerriß Adam die kleine weiße Karte in winzige Stücke und gab die Fetzen dem Diener zum Wegwerfen. Dann sprintete er die Treppe hinauf, zwei Stufen auf einmal nehmend, um seine beiden kleinen Zwillingstöchter zu besuchen.
Als Prinzessin Anja von Kaschinas Vorschlag hörte, zeigte sie nur höfliches Interesse und fragte dann: »Warum?«
»Ich denke, sie begreift das als patriotische Geste. Sie ist bisher immer großzügig gewesen, wenn es um Spenden für unsere Organisation gegangen ist.«
»Ja«, nickte die Prinzessin. »Das stimmt.«
Aber beide fühlten sich bei dem Gedanken an Kaschinas Pläne keineswegs wohl. Dennoch wollte keiner von ihnen das zugeben. Es kam ihnen zu dumm vor, Sorgen auszusprechen über etwas, das noch nicht einmal stattgefunden hatte.

26

Warschau

Allein an der Atmosphäre im Besprechungsraum merkte Prinz Swiridow schon, daß die Lage wesentlich schlechter sein mußte, als die Armee zugab. Die Deutschen rückten immer weiter vor, die russische Armee zog sich nach und nach zurück. Polen wurde Stück für Stück von den deutschen Truppen erobert. Die Bevölkerung und die Soldaten an der Front waren die Leidtragenden.

»Alle zivilen Vorhaben in den Gebieten, die evakuiert werden, müssen augenblicklich abgesagt werden. Prinz Swiridow, Sie sind dafür verantwortlich, daß Ihre Stützpunkte in den betroffenen Gebieten nach Ihrem Rückzug untauglich gemacht werden. Sie werden deswegen in Verbindung mit der offiziellen Leitung bleiben.«

»Aber was ist mit unseren Vorräten? Dafür hat die Armee doch sicherlich Verwendung.«

Der alte General sah Adam an. »Die Armee«, sagte er mit schneidender Stimme, »hat genügend eigene Probleme. Sie legt keinen Wert darauf, sich auch noch mit den Überresten ziviler Einrichtungen zu belasten. Sie werden alles vernichten, was dem Feind in die Hände fallen könnte.«

»Herr General, die russischen Soldaten sterben überall auf den Schlachtfeldern dieses Kriegs, und zwar weil ihnen genau das fehlt, was ich ihnen bieten kann.«

»Prinz«, antwortete der General, »die Armee hat ganz einfach nicht die entsprechende Ausrüstung, die entsprechenden Transportmöglichkeiten, um auch noch Ihre Vorräte zu transportieren. Wir können froh sein, wenn wir es schaffen, alle unsere Verwundeten unterzubringen. Jetzt können wir nur noch verhindern, daß den Deutschen irgend etwas Nützliches in die Hände fällt.«

Die Armee hatte die Situation in Polen nicht mehr unter Kontrolle. Im Gegenteil, die Armee wurde von der Katastrophe beherrscht, und ihre Situation wurde täglich schlimmer. Warschau wurde von zivilen Flüchtlingen überschwemmt. Aus allen Teilen des Landes flohen Menschen vor den Gefechten, Verwundete wurden in die Hospitäler der Hauptstadt gebracht, tonnenweise wurden abmontierte Maschinen und Werkzeuge dort abgestellt, damit sie später nach Rußland weitergeleitet werden konnten. Nichts sollte den Deutschen in die Hände fallen.

Als Adam in seine Hotelsuite zurückkehrte, die ihm gleichzeitig als Unterkunft, Büro und Besprechungsraum diente und das Hauptquartier der Amerikanisch-Russischen Freundschaftsgesellschaft war, wunderte er sich darüber, daß dort ein Brief auf ihn wartete.

Eilig öffnete er ihn und erfuhr, daß Kaschina mit dem Großfürsten in Polen angekommen war, trotz seiner Warnungen. Sie besuchte die Truppen – Adam dachte, daß sie damit Offiziere meinte –, um ihre Moral aufzubauen. Sie plante, in der Nähe von Warschau aufzutreten und schrieb, sie würde sich über die Anwesenheit von Adam Michailowitsch freuen.

Mein Gott, überlegte der Prinz. Das ist ein Wahnsinn! Die Front steht kurz vor dem Zusammenbruch, und Konstantin Andrejewitsch erlaubt seiner Mätresse, da hinzugehen.

In unmittelbarer Nähe wurde gekämpft. Kein Mann, der noch seine Sinne beeinander hatte, würde es seiner Frau erlauben, dort hinzufahren. Aber vielleicht war der Großherzog auch gar nicht über Kaschinas Pläne informiert. Adam hatte bisher nicht den Eindruck, daß sie eine ängstliche Person war. Sie schien ausgesprochen dickköpfig zu sein. Sie würde sich von niemandem verbieten lassen, genau das zu tun, was sie wollte.

Kein Wunder, daß Sandro sie so sehr geliebt hatte. Sie war so vollkommen anders als die Damen in seiner Familie: schön, tapfer und stur. Verdammt stur.

Dennoch war Adam über die Vorstellung, eine Frau in diesen schrecklichen Kriegswirren zu wissen, entsetzt. Die Leichen der Zivilisten, die er bisher gesehen hatte, waren furchtbar gewesen – darunter hatten sich auch Frauen und Kinder befunden. Diese Bilder verfolgten ihn immer noch.

Wenn er an diesen unbeschreiblichen Anblick zurückdachte, war Adam froh, daß seine Frau und seine Kinder sicher und wohlbehalten in Petrograd waren. Im Swiridow-Palast am Französischen Ufer waren sie gut untergebracht. Das Schreckliche, das sich in Polen abspielte, konnte ihnen nichts anhaben.

Am nächsten Tag lieh er sich einen Wagen aus und fuhr nach Zegrze, wo Kaschina auftreten wollte. Auf der Straße waren nicht viele Autos unterwegs Richtung Front – in der Gegenrichtung herrschte dichter Verkehr: überfüllte Fahrzeuge brachten Flüchtlinge mit ihren wichtigsten Habseligkeiten nach Warschau. Sie alle flohen vor den deutschen Truppen. Es gab die seltsamsten und notdürftigsten Fahrzeuge – vom Eselskarren bis zum eleganten Mercedes war alles vertreten. Neben den Vehikeln liefen ganze Familien zu Fuß, zogen dabei kleine Leiterwagen, die bis oben mit Gepäck beladen waren, dazwischen liefen Hunde und Pferde. Eine Familie zog einen Karren, der voller Kartoffeln war; oben auf dem wackeligen Haufen saß die Großmutter und starrte verloren vor sich hin. Sie hielt ein kleines Bündel mit ihren persönlichen Sachen in der Hand.

»Fahren Sie nicht nach Zegrze, Monsieur«, rief ein russischer Offizier, der Adam auf einem lahmenden Pferd entgegenkam. »Die Deutschen sind schon fast da! Ich komme gerade von dort?«

»Wie nah sind sie schon?« rief Adam, denn er wollte so viel wie möglich über die Lage erfahren.

»Nur noch ein paar Kilometer weg«, antwortete der Offizier. Er wußte selbst nicht, daß er damit ein falsches Gerücht wiederholte. Bevor Adam ihm weitere Fragen stellen konnte, fuhr der Russe weiter in Richtung Warschau.

Adam überlegte, daß das Hauptquartier entweder falsch informiert worden war, oder daß es absichtlich Lügen in die Welt

setzte. Die offiziellen Berichte sagten, daß die Deutschen wesentlich weiter weg waren. Aber die offiziellen Berichte waren möglicherweise nur deshalb nicht korrekt, weil man verhindern wollte, daß überall Panik um sich griff.
Als Adam sich dem Militärstützpunkt bei Zegrze näherte, fand er absolutes Chaos vor. In einer Bauernhütte aus Holz fand gerade ein Offizierstreffen statt. Die Verwundeten wurden zu einer nahegelegenen Bahnstation transportiert, von wo aus sie dann nach Warschau gebracht werden sollten. Zwei Pferde waren ausgerissen und führten einen wilden Tanz auf, um nicht eingefangen zu werden. Alles war staubig, und unbarmherzig schien die August-Sonne. Zu seiner Überraschung wurde Adam von niemand aufgehalten, als er in das Barackenlager hineinfuhr.
Als Adam endlich die Ballerina gefunden hatte, war er erstaunt: sie saß in der Baracke, die als behelfsmäßiges Feldhospital diente, und unterhielt sich angeregt mit den Patienten. Sie tat ihr Bestes, um sie zu beruhigen und ihnen die Angst vor dem Transport nach Warschau zu nehmen. Es war eine Offenbarung. Er blieb ein paar Minuten in der Tür stehen und sah der Unterhaltung zu. Zenaida sprach Moskauer Dialekt, die Sprache der Arbeiter. Ihre Gesprächspartner hatten sie sicher noch nie auf der Bühne bewundern können. Adam hatte das Gefühl, sie zum ersten Mal zu sehen. Sie schien sogar darüber erleichtert zu sein, einmal nicht *Grande Dame* spielen zu müssen. Sie konnte sich endlich einmal den Luxus erlauben, so zu sein, wie sie vor ihrer glänzenden Karriere gewesen war – ein zähes und hartnäckiges Mädchen aus dem Moskauer Armenviertel. Sie sprach Dialekt mit allem, was dazugehörte: die Soldaten brüllten vor Lachen, als sie erzählte, wie ihre Reise durch das umkämpfte Gebiet verlaufen war.
Diese Männer wußten nicht, wen sie vor sich hatten. Sie wußten nur, daß sie verdammt mutig war. Dafür verehrten sie sie. Ohne Gold und Edelsteine, Schminke und *Haute couture*, ihr Haar einfach hinten zusammengebunden und zu einem langen schwarzen Zopf geflochten, fröhlich und natürlich, sah sie wie ein junges Mädchen aus – vollkommen anders als sonst. Das ge-

fiel Adam. Er fragte sich, ob Sandro sie wohl jemals so gesehen hatte. Wahrscheinlich nicht.
Nach einiger Zeit bemerkte die Ballerina, daß sie beobachtet wurde. Sie hatte keine Ahnung, wie lange der Prinz ihr schon zugesehen hatte. Als sie den *Barin* sahen, verstummten die Soldaten und beobachteten ihn neugierig.
»Ich habe Ihren Brief erhalten«, begann Adam ungeschickt, als die Ballerina und er nach draußen spazierten. »Es war aber gar keine gute Idee, herzukommen. Die Deutschen rücken immer näher.«
»Als ich mich zu der Fahrt entschlossen habe, da waren sie noch nicht so nah. Und jetzt habe ich Schwierigkeiten, hier wegzukommen. Mein Freund, General Saltykow, befürchtet, daß Konstantin Andrejewitsch ihn vor das Kriegsgericht bringt, wenn er mich nicht in einem Stück hier wieder herausbefördern kann. Aber bisher hat er noch keine Ahnung, wie ihm das gelingen soll.«
»Sie scheinen aber nicht sehr große Angst zu haben.«
Die kleine Ballerina sah den Prinzen an und lächelte. »Ich mache mir Sorgen.«
Adam und seine Begleiterin waren gerade dabei, ins Auto zu steigen, als jemand herbeigerannt kam. Er hatte in der Offiziersbaracke erfahren, daß die Deutschen angeblich auf der Straße nach Warschau gesichtet worden waren. Es war nur ein Gerücht – aber dennoch nicht gerade sehr ermutigend.
»Mein Gott«, seufzte Kaschina. Plötzlich hatte sie doch Angst. Sie hatte, genauso wie andere auch, Horrorgeschichten über die brutalen Deutschen gehört. Sie hatte keinerlei Interesse, herauszubekommen, ob diese Geschichten der Wahrheit entsprachen oder nicht.
Adam sah Wolodja und lief zu ihm, um ihn um Hilfe zu bitten. Kaum jemand wußte, daß Adam einige Flüge während des Krieges gemacht hatte – keine Kampfeinsätze allerdings. Wenn das jemals an die Öffentlichkeit gelangen würde, dann wäre er geliefert. Als Angehöriger der amerikanischen Botschaft hatte er sich neutral zu verhalten. Bisher war immer alles gutgegangen.

Aber natürlich bestand ständig die Möglichkeit, daß er entdeckt würde – ganz zu schweigen von der Gefahr, der er sich aussetzte. Er hoffte, daß die Deutschen nie auf den Gedanken kommen würden, sein Flugzeug abzuschießen. Mit derlei Aktionen setzte er nicht nur seine Karriere aufs Spiel, sondern auch sein Leben. Außerdem hatte er ein schlechtes Gewissen, wenn er daran dachte, wie sehr Anja sich um ihn ängstigen würde, wenn sie davon erführe.

»Wolodja«, sagte Adam und nahm seinen Freund beiseite. »Ich möchte dich um einen Gefallen bitten.«

»Natürlich.«

»Ruf deinen Freund, Kapitän Danilow, an und sage ihm, daß ich eines seiner Flugzeuge benötige. Ich muß nach Warschau zurück, ohne die Hauptstraße zu benutzen. Fliegen ist noch die beste Möglichkeit.«

Unerlaubter Gebrauch von militärischen Einrichtungen, dachte Major Grekow. Ein sehr ernsthaftes Vergehen. Er fragte sich, was Adam Michailowitsch Kapitän Danilow im Gegenzug dafür anbieten würde.

Nach ein paar vergeblichen Versuchen gelang es Wolodja, Danilow zu erreichen. Er hatte den Oberbefehl über sämtliche Flugzeuge, die auf einem kleinen behelfsmäßigen Flugplatz in zwei Kilometer Entfernung standen. »Er hat zugestimmt«, sagte Wolodja.

Nach einer flüchtigen Verabschiedung liefen Adam und Kaschina zum Auto und brachen in Richtung Flugplatz auf.

Trotz der erbitterten Kämpfe, die nicht weit vom Flugplatz entfernt stattfanden, hatte die Besatzung des Flugplatzes kaum etwas zu tun. Es hatte keinerlei Befehle zu Luftgefechten gegeben. Kein deutsches Flugzeug tauchte am Himmel auf, und die Russen waren nicht so übereifrig, daß sie von sich aus den Kampf beginnen wollten. Die Mannschaft erholte sich noch von den letzten Auseinandersetzungen, reparierte die beschädigten Maschinen und wartete sie.

Adam kannte Danilow flüchtig. Er hatte ihn einmal bei Wolodja gesehen. Auch Danilow hatte bei dem Wettfliegen vor ein

paar Jahren teilgenommen. Der Prinz versuchte, die alte Kameradschaft von früher zu nutzen. Und er hoffte, daß der Kapitän zu den Bewunderern von Kaschina gehörte. Wie sich herausstellte, war der Kapitän außer sich vor Begeisterung, die berühmte Ballerina kennenlernen zu dürfen und ihr einen Gefallen tun zu können. Er schwärmte von ihrer Interpretation der Esmeralda, die er in St. Petersburg, Paris und Warschau gesehen hatte.
Während Kaschina sich auf eine höfliche Konversation mit dem Kapitän einließ, sah sich Adam die Flugzeuge an. Ihr Zustand war alles andere als beruhigend. Nach einem Jahr Kriegseinsatz waren sie genaugenommen reif für den Schrottplatz. Selbst die neueste Erwerbung, die existierte, war schon beschädigt – aber sie würde ihren Zweck erfüllen.
Kaschina warf Adam schon fragende Blicke zu, als er noch mit den Mechanikern redete. Sie schien nicht begeistert von der Idee, mit einer dieser fliegenden Schrottlauben zu reisen. Auch Adams anfängliche Begeisterung hatte sich verflüchtigt.
»Es muß doch eine andere Möglichkeit geben, nach Warschau zu kommen«, meinte die Ballerina, als der Prinz so zuversichtlich wie möglich ankündigte, daß es gleich losgehen könne.
»Nicht über die Hauptstraße. Das ist zu riskant. Und die Eisenbahn ist auch nicht mehr sicher. Fliegen ist immer noch das kleinste Übel.«
Kaschina starrte den Prinzen an. Er schien sich seiner Sache sehr sicher zu sein. Aber sie fühlte sich noch zu jung zum Sterben. Sie hatte ihren Palast am Leteinij-Prospekt, eine Datscha in der Nähe von Peterhof, ein gut gepolstertes Bankkonto und einen Tresor, der bis zum Rand voll mit wertvollen Juwelen war. Und nicht zuletzt hatte sie eine Karriere, die eine wahre Goldgrube war und die sie noch längst nicht zu beenden gedachte.
»Sind Sie vollkommen verrückt geworden?« fragte sie und starrte ihn dabei immer noch an. Allein die Vorstellung, daß sie einmal geplant hatte, diesen Mann zu verführen, jagte ihr eine Gänsehaut über den Rücken. Sollte Anja diesen Verrückten doch behalten! Zum Teufel mit all den Swiridows! Er war gemeingefährlich!

Prinz Swiridow sah auf die kleine, zierliche Ballerina hinunter. Er war fast froh, endlich etwas gefunden zu haben, das ihr Angst einjagte. Nach all dem, was er über sie gehört hatte – seine Frau und ihre Tante waren seine Hauptinformationsquellen gewesen – und was er selbst miterlebt hatte, war er schon fast zu dem Schluß gekommen, daß diese kleine Frau Hörner hatte.
»Ich kann mit so einer Maschine umgehen«, versicherte er ihr. »Glauben Sie mir, dies ist der sicherste Weg, um nach Warschau zu gelangen. Sie brauchen keine Angst zu haben. Vertrauen Sie mir.«
»Ich werde so ein Ungetüm nie und nimmer besteigen«, antwortete sie. »Es muß eine andere Möglichkeit geben.«
Da jetzt keine Zeit mehr zu verlieren war, zögerte Adam nicht lange, sondern packte sie und trug sie in das Flugzeug. Sie schrie aus voller Kehle. Adam befürchtete, daß sogleich ein paar russische Soldaten auftauchen würden, um der Dame zu helfen. Doch das trat nicht ein. Sie wußten, in welchem Zustand die Straßen waren, und sie wußten, daß Adam recht hatte mit seinem Plan.
»Ich werde Konstantin Andrejewitsch erzählen, was Sie mir angetan haben!« schrie Kaschina in Todesangst. Einer der anderen Piloten warf Adam noch eine Fliegerjacke zu, ein anderer steuerte Kappe und Brille bei.
»Fliegen Sie zum Flugplatz bei Warschau!« rief Danilow. »Ich werde dort Bescheid sagen, daß Sie kommen.«
»Wird es irgendwelche Schwierigkeiten geben?« rief Adam zurück.
»Nein. Überlassen Sie das nur mir.«
»Danilow!« schrie Kaschina. »Dieser Mann ist verrückt. Bitte, Sie dürfen es nicht zulassen, daß er mir so etwas antut!«
»*Nitschewo*«, antwortete Danilow und grinste. »Vertrauen Sie ihm. Er ist ein erstklassiger Pilot. Sonst hätte ich ihm niemals das Flugzeug gegeben, glauben Sie mir, Madame!«
Adam gab das Zeichen zum Start. Die Maschine stieg in die Luft. Kaschina hielt den Atem an. Der Boden unter ihnen rück-

te immer weiter in die Ferne. Die Menschen waren kaum noch zu erkennen.
Mein Gott, dachte sie, das sieht alles so seltsam aus. Wie die Landkarten, die Konstantin Andrejewitsch auf seinem Schreibtisch hat. Oder wie eine Bauerndecke aus gelben, grünen und braunen Stoffresten. Es war faszinierend, aber auch schrecklich angsteinflößend.
»Das ist ja unglaublich!« schrie sie nach einer Weile. Sie schien jetzt Gefallen am Fliegen gefunden zu haben. »Ich liebe es!«
Adam hörte ihre Stimme, konnte aber nicht verstehen, was sie sagte, denn das Motorengeräusch war zu laut. Er hoffte, daß sie ihre Drohungen endlich aufgegeben hatte. Er wollte nur so schnell wie möglich wieder zurück in die Stadt. Wenn er auch nur noch einen Teil seiner Warschauer Einrichtungen retten wollte, dann mußte er so bald wie möglich damit anfangen.
Plötzlich entdeckte Adam etwas, das sein Herz fast zum Stehen brachte – eine Fokker E II.
»Verdammt!« murmelte er. Was machten die Deutschen so nah bei Warschau? Im Bericht hatte davon nichts gestanden. Es war sein Glück, daß sie sich gleich auf den Weg gemacht hatten.
Wenn er an die Reaktion seines Botschafters dachte, falls dieser von seiner Eskapade erfahren würde, wurde ihm heiß und kalt. Jetzt hatte er nur eine Möglichkeit: den Deutschen zu entfliehen. Er gab der Maschine so viel Gas wie möglich und betete zu Gott, daß die Mechaniker gründliche Arbeit geleistet hatten.
Hinter ihm hatte Kaschina sich entspannt. Dennoch hielt sie sich immer noch an ihrem Sitz fest. Zweifellos war diese Sache aufregend. Im Laufe ihrer Karriere hatte sie Männer schon die verschiedensten Verrücktheiten für sie machen sehen, aber bisher hatte noch niemand den Einfall gehabt, sie in einem Flugzeug zu entführen. Das war eine Premiere.
Die Sicht war gut. Der deutsche Flieger hatte die russische Maschine längst gesichtet. Aber es war erstaunlich, daß der Russe keinerlei Kampfbereitschaft an den Tag legte. Der deutsche Pilot war überrascht. Der Russe schien sogar so schnell wie möglich aus seinem Einflußbereich herauskommen zu wollen. Der

deutsche Flieger war auf einem Kundschafterflug. Er sollte die russischen Truppenbewegungen beobachten. Bisher hatte ihn noch niemand daran gehindert, im russischen Luftraum, in dem er sich seit einiger Zeit befand, herumzufliegen. Das ärgerte ihn; nahmen sie ihn etwa nicht ernst? Ihm fehlte noch ein Flugzeugabschuß zu seiner Beförderung.
Warum nicht jetzt gleich? dachte er und lächelte vor sich hin. Das dürfte gar nicht so schwierig werden. Er beschleunigte.
Als die Fokker sich näherte, wußte Adam, daß er um einen Kampf nicht herumkommen würde. Er erinnerte sich an das Wettfliegen. Damals war sein Auge verletzt worden. Und gerade jetzt brauchte er die bestmögliche Sicht. Er versuchte, den Gedanken an die Frau hinter sich zu verdrängen. Er brauchte jetzt seine ganze Konzentration.
Plötzlich war die Fokker neben Adams Flugzeug. Sie eröffnete die Schießerei, einmal, zweimal.
»Schweinehund!« Die Kugeln hatten Adams Flügel an mehreren Stellen durchschlagen, aber die beiden im Flugzeug hatten nichts abbekommen. Die Fokker näherte sich schon wieder.
Diesmal war Adam bereit. Er verlor schnell an Höhe, wich damit den Schüssen aus, und dann betätigte Adam selbst die Kanone. Zu seinem Erstaunen funktionierte sie.
Es war das erste Mal in seinem Leben, daß Adam eine Kanone benutzte.
Der Widerstand des Russen war unerwartet für den deutschen Piloten. Er machte einen weiteren Versuch und schoß wie wild auf die russische Maschine.
Adam stieg. Er holte das letzte aus dem Motor heraus. Wenn er über diesen Wahnsinnigen kommen könnte, dann könnte er von oben schießen. Das war wesentlich sicherer.
Kaschina wurde fast wahnsinnig vor Schreck. Sie bekam kaum mehr Luft, so aufgeregt war sie. Das war unvorstellbar! Das war der helle Wahnsinn! Sie konnte von einer Sekunde auf die nächste sterben, dachte sie in Panik. Mitten in diesem blauen Himmel über Polen! Kein Mensch würde das verstehen, das wäre der größte Witz des Jahres! Aber es wäre eine phantastische Rache

gegenüber den Swiridows – unter ungeklärten Umständen mit Prinz Adam bei einem Flugzeugunglück ums Leben gekommen ... Trotzdem fand sie diese Vorstellung gar nicht so reizvoll – sie zog es vor, ihre Trümpfe auch selbst genießen zu können.

»Komm, komm!« beschwor Adam seinen Flieger. »Höher, noch höher!« Als der Russe über der Fokker war, begann Prinz Swiridow zu schießen und beobachtete dabei gespannt, wie die Kugeln Löcher in den Rumpf der deutschen Maschine rissen. Dennoch schienen weder Pilot noch die Maschine davon betroffen zu sein. Aber dann: eine dicke schwarze Rauchwolke brach aus der Fokker hervor. Die Maschine verlor an Geschwindigkeit und an Höhe.

»Getroffen!« schrie Kaschina, aber Adam konnte sie nicht hören. Wie in einer Zeitlupenaufnahme kam den beiden Insassen der russischen Maschine der Abstieg der Fokker vor. Sie verlor das Gleichgewicht und stürzte dann schnell zu Boden, wo sie in tausend Teile zerschellte. Auf einem polnischen Feld ging sie schließlich in Flammen auf.

Prinz Swiridow war dankbar dafür, früher einmal einen deutschen Fluglehrer gehabt zu haben. Ohne noch weiter zu zögern, dreht er in Richtung Warschau ab.

Danilow hatte die Mannschaft bereits informiert. Als die Maschine mit ihren Einschußlöchern ankam, war das eine kleine Sensation. Alle wollten einen ganz genauen Bericht haben. Nach einer strengen Verwarnung an Prinz Swiridow – er habe seine amerikanische Neutralität mißachtet – befahl der kommandierende Offizier, eine Flasche Champagner zu öffnen.

Zum ersten Mal in ihrem Leben gewährte Zenaida Kaschina einem anderen Menschen den Platz im Rampenlicht.

Der diensthabende Offizier stellte Adam und Kaschina ein Auto mit Fahrer zur Verfügung, um sie nach Warschau zu bringen. Adam hatte das Gefühl, aus einem schrecklichen Alptraum zu erwachen. Er war dem Tod nur knapp entkommen, und er hatte einen Menschen getötet. So etwas kam im Krieg ununterbrochen vor, aber für Adam war es das erste Mal. Es verwirrte ihn. Er war nicht sentimental. Einer hatte dran glauben müssen – der Deutsche oder er. Er hatte Glück gehabt, daß es nicht ihn getroffen hatte.

Aber er hätte da oben eigentlich nichts zu suchen gehabt. Er war Bürger eines neutralen Staates. Wenn er anstelle des Deutschen abgeschossen worden wäre, dann hätte das State Department große Schwierigkeiten bekommen. Jesus Christus! Was das für diplomatische Verwicklungen gegeben hätte! Und der gemeinsame Tod mit Zenaida Kaschina wäre der Gipfel der Peinlichkeit gewesen.

Eigentlich hatte er Kaschina nur in ihrem Hotel absetzen wollen. Aber er erhielt von ihr eine Einladung zum Abendessen.

»Ich habe keinen Hunger«, antwortete er und sah sich in der leeren Empfangshalle um.

»Ich auch nicht.« Kaschina lächelte. »Aber ich zittere noch am ganzen Körper. Sie haben mir heute nachmittag einen gehörigen Schrecken eingejagt. Das mindeste, was Sie tun können, um das wieder gutzumachen, ist, mir Gesellschaft zu leisten.«

Ihr Moskauer Dialekt war verschwunden. Sie war wieder ganz die vornehme Dame. Nur ein leichter Petersburger Tonfall ließ sich ausmachen. Sie war wieder die Person, für deren gesellschaftlichen Aufstieg sie so hart gearbeitet hatte. Nach diesem anstrengenden Nachmittag hatte sie sich erstaunlich schnell wieder erholt, stellte der Prinz interessiert fest.

Die Ballerina sah zu ihm auf. Er zögerte. Er war müde. Er konnte ihren bittenden Augen nicht widerstehen.

»Ich spiele auch wieder Wahrsagerin, Prinz«, lockte sie und nahm ihn bei der Hand.

»Gibt es eigentlich irgend etwas auf der Welt, das Ihnen angst macht, Zenaida Kaschina?« murmelte er. Ihr gemeinsames Abenteuer, dieses Hotel, alles kam Adam lächerlich und unwirklich vor.

Zenaida lächelte. Sie schüttelte den Kopf. »Männer jedenfalls nicht.«

»Daran habe ich nie Zweifel gehabt.«

»Kommen Sie, lassen Sie uns gemeinsam herausfinden, wie furchtlos ich bin.«

Diese zierliche Person, die den schrecklichen Nachmittag mit ihm überlebt hatte, die Prinz Sandro in Bann gehalten hatte, und die einigen anderen Männern den Kopf verdreht hatte – darunter sogar Mitgliedern der kaiserlichen Familie –, faszinierte Adam. Er vergaß den Fahrer vor dem Hoteleingang, er vergaß die Eingangshalle und die Menschen darin, von denen er sogar einige kannte. Um ihn herum versank alles. Es gab nur noch Kaschina.

Ohne ein Wort zu sagen gingen sie Hand in Hand die Treppe hinauf, den Flur entlang, bis sie zu einer weiß-golden verzierten Tür kamen. Er bewegte sich wie im Traum. Das kann nicht sein, dachte er. Das ist nicht wirklich.

Die Ballerina wartete vor der Tür. Ihre Zofe ließ sie hinein. »Erinnern Sie sich an den Tag, wo ich Ihnen aus der Hand gelesen habe?«

»Ja.« Adam sah nur noch ihre wunderschönen, braunen Samtaugen. War er verrückt geworden? fragte er sich. Warum ging er nicht?

»Ich habe Ihnen damals gesagt, daß es in Ihrem Leben drei große Liebschaften gibt. Würden Sie nicht sagen, daß das geradezu prophetisch war?«

In ihren Augen blitzte kurz ein Funken von Triumph auf – oder hatte er sich getäuscht? War es nur Zuneigung? Adam wußte es nicht mehr. Er wollte sich nur noch in ihren Armen vergraben. Er flüsterte etwas Unzusammenhängendes. Später wußte er kaum noch etwas von dem, was sich an jenem Abend abgespielt hatte. Er konnte sich nur noch daran erinnern, daß sowohl Kaschina als auch er sehr erregt gewesen waren, daß sie dankbar dafür waren, mit dem Leben davongekommen zu sein. Sie wollten das Leben genießen, sie wollten vergessen, was sie an Schrecklichem erlebt hatten.

Aber als der Prinz später in Zenaidas Bett lag, sie nach der Liebe zärtlich streichelte, da war ihm klar, daß das alles mit Liebe sehr wenig zu tun hatte. Die Frau, die er wirklich liebte, war Hunderte von Kilometern weit entfernt.

Und er schämte sich.

27

Petrograd

Es war ein schöner und warmer Juli in Petrograd. Prinzessin Anja liebte es, im Letny Sad, dem ehemaligen Großen Sommergarten von Peter dem Großen, der jetzt ein öffentlicher Park war, spazierenzugehen. Sie war in Begleitung ihres Schwagers. Billy hatte gerade ein Eiltelegramm erhalten. Sein Bruder in Warschau wollte, daß er ihm einen Zug schickte, um die Evakuierung von Menschen und Material aus Polen zu beschleunigen. Umgehend.

»Aber warum räumt ihm die Armee nicht höchste Priorität ein?« wollte Anja wissen.

Der junge Amerikaner sah besorgt aus. Das war Anja von ihrem Schwager nicht gewohnt, und sie war beunruhigt.

»Die Armee macht Adam Schwierigkeiten, weil er eine Zugladung mit Material aus Polen herausschaffen will, anstatt alles zu zerstören, wie sie es angeordnet haben.«

»Aber warum sollte er denn alles zerstören?« Anja konnte nur staunen.

»Weil sie nicht wollen, daß diese Sachen den Deutschen in die Hände fallen. Und weil es da eine Offiziersclique in Warschau gibt, die schon immer etwas gegen die Amerikanisch-Russische Freundschaftsgesellschaft gehabt hat. Dieser ablehnenden Haltung sind wir im übrigen schon oft begegnet. Aber das gehört wohl zur Politik. Eifersucht spielt da eine wichtige Rolle.«

Anja wußte, daß er recht hatte. Sie hatte die Verwundeten auch schon im Petrograder Bahnhof ankommen sehen: schmutzig, in blutverschmierten Uniformen, elend. So kümmerte sich die Regierung anscheinend um ihre Verwundeten. Die Männer, die das Glück hatten, noch an Ort und Stelle zu einem Stützpunkt der Amerikanisch-Russischen Freundschaftsgesellschaft gebracht zu werden und dort versorgt worden waren, kamen in wesentlich besserem Zustand zurück. Das verursachte böses Blut. Die Herren machten auf Parties in Petrograd Bemerkungen über »Ausländer, die sich in russische Angelegenheiten einmischen«. Das machte Anja wütend. Adam tat mehr als ihre meisten Bekannten in Petrograd. Eigentlich sollte man ihm dankbar sein.

Die Prinzessin blieb stehen und sah sich um: alles war hier so friedlich. Kinder spielten unbeschwert im Gras, hüpften fröhlich in der Sonne herum, Anjas kleiner Sohn jagte gerade einem Schmetterling nach. Sein Kindermädchen war immer dabei und paßte auf, daß dem kleinen Jungen nichts passierte. Sie konnte sich nur vage vorstellen, wie anders Adams Leben in Warschau war, weit weg von zu Hause und der Familie. Schrecklich nah bei den Deutschen. Und Madame Kaschina.

»Wir werden versuchen, uns mit Großherzog Konstantin in Verbindung zu setzen. Er ist der Generalbeauftragte der Militärkrankenhäuser. Seine Unterschrift hat sicher einiges Gewicht. Und Kriegsminister Poliwanow. Er steht doch ganz gut mit dir, nicht wahr?«

»Aber die sind so weit weg von den Gebieten, wo es diese Probleme gibt.«

»Wenn wir es schaffen würden, Adam einen Zug zur Verfügung zu stellen, dann wäre das schon eine riesengroße Unterstützung.«

»Ja, es wäre sicherlich kompliziert für einen Kommandeur vor Ort, einen direkten Befehl des Kriegsministers nicht zu befolgen«, stimmte Billy zu. »Besonders in Krisenzeiten.«

»Dann wollen wir das tun. Ich werde versuchen, den Großherzog zu sprechen. Und du kümmerst dich um Poliwanow.«

»Konstantin Andrejewitsch ist zur Zeit im Armeehauptquartier. Er wird erst in ein paar Tagen in die Hauptstadt zurückkehren. Ich werde mein Bestes tun, um einen Termin bei ihm zu bekommen.«

»Gut.« Die Prinzessin nickte. Sie sah ihrem kleinen Sohn beim

Spielen zu. Sie freute sich über seine Unbeschwertheit, und sie war traurig, wenn sie versuchte sich vorzustellen, wie schwer es sein Vater haben mochte. Warum mußte er auch dort sein? Es war nicht richtig. Er sollte eigentlich hier bei seiner Familie sein, und nicht Hunderte von Kilometern weit weg, wo er der Zerstörung seiner Organisation zusehen mußte. Es gab genug andere, die sich um so etwas kümmern konnten.
Als sie so vor sich hin sinnierte, sah Anja plötzlich einen jungen, verkrüppelten Offizier den Weg entlanghumpeln. Er stützte sich auf einen Stock. Eine junge Frau half ihm. Seine Frau? Seine Verlobte? Einen Augenblick lang schämte sich Anja ihrer Gedanken. Es gab so viele andere Männer und Frauen, die auch nicht vom Krieg verschont blieben. Warum sollte es ihr anders ergehen? War sie etwas Besonderes? Tränen stiegen ihr in die Augen. Die junge Frau sah den Mann mit den gleichen fürsorglichen Blicken an, wie sie selbst Adam nach dem Flugzeugunglück angesehen hatte. Zärtliche Fürsorge und Hilfsbereitschaft.
»Billy«, sagte die Prinzessin. »Bitte unternimm alles, was in deiner Macht steht, um ihm diesen Zug zu beschaffen. Notfalls mußt du bestimmte Leute bestechen. Vielleicht sogar mit viel Geld. Aber sorg dafür, daß er so bald wie möglich von dort wegkommt.«

Alle Teile der Gesellschaft bekamen die Auswirkungen des Krieges zu spüren, weder Hochadel noch einfache Bauern wurden verschont. Prinz Andrej erfuhr von seinem Butler, daß ein Bauer ihn zu sprechen wünschte. Er wartete in der Küche. Das war so Sitte.
»Wer ist es denn?« erkundigte sich der Prinz. Er war überrascht und befürchtete wieder einmal etwas Außergewöhnliches, vielleicht einen Aufstand. Boris trieb die Landbevölkerung in die Verzweiflung mit den Entscheidungen, die er bezüglich der Rekrutierung traf.
»Lew Petrowitsch.«
Als der Bauer Andrejs Büro betrat, nahm er seine Kappe ab und

küßte Andrej die Hand. Er war noch nie in Petrograd gewesen und war überwältigt von Andrejs Stadt-Palast. Überall Diener in eleganten Uniformen – sie schienen keine weiteren Aufgaben zu haben als Türen zu öffnen, und sie beäugten den Landmenschen argwöhnisch.
»Lew Petrowitsch«, begann Andrej mit besorgtem Ton. »Wie geht es Ihnen? Gibt es auf Bjelaja Berioschka irgendwelche Probleme?«
»Hoheit«, antwortete der Mann. »Es geht um meinen Sohn Petja. Er wurde eingezogen und dann verwundet. Jetzt liegt er in Polen in einem Hospital.« Tränen stiegen in seine Augen. »Wir haben doch schon einen Sohn verloren. Wir wollen den jungen Petja nicht auch noch verlieren.«
Der Prinz sah den Mann traurig an. Der junge Petja. Mein Gott. Er war eigentlich noch ein Kind. Höchstens sechzehn. Aber er war zäh und kämpferisch. Er hatte versucht, Iwanow in die Flucht zu jagen, als er versucht hatte, Anja umzubringen. Dafür stand Andrej in seiner Schuld.
»Lew, ich werde tun, was ich kann, um ihn nach Hause zu holen. Anna Nikolajewnas Mann ist dort in Polen. Soviel ich weiß, versucht er gerade, die Verwundeten aus Warschau zu evakuieren. Wir werden ihm ein Telegramm schicken. Wissen Sie, wie das Hospital heißt?«
Lew hatte einen Brief von seinem Sohn. Die Krankenschwester hatte ihn geschrieben. Der Absender lautete Kaiser-Paul-Militärkrankenhaus, Alexanderstraße. Petja war so elend, daß er nicht selbst schreiben konnte. Das war besorgniserregend. Nicht viele Bauern konnten schreiben und lesen, aber Petja hatte es geschafft. Andrej hatte dafür gesorgt, daß der Junge beim Priester im Dorf Unterricht bekommen hatte. Wenn er jetzt nicht einmal eine Feder halten konnte, mußte es ihm sehr schlecht gehen.
Tränen rannen dem alten Bauern über die Wangen. »Wenn Petja stirbt, dann kann seine Mutter nicht mehr weiterleben.« Er schluchzte fast. »Er ist unser Jüngster. Warum mußten sie ihn einziehen? Das war nicht richtig.«

Aber der Offizier, der den Jungen zum Militär geschickt hatte, achtete auf solche Fragen nicht. Die Verluste bei den Truppen waren so hoch, daß er um jeden kräftigen Jungen froh war. Er fragte gar nicht erst nach, wie alt jemand war und wo er herkam.

»Lew Petrowitsch«, sagte der Prinz leise. »Ich werde alle Hebel in Bewegung setzen und alles tun, was in meiner Macht steht, um Ihren Sohn wieder zurückzuholen. Darauf gebe ich Ihnen mein Wort.«

Der Bauer nickte dankbar.

Als Anja von Lews Besuch erfuhr, war sie sehr betroffen. Der kleine Petja war im Kampf verwundet worden. Das konnte doch nicht sein! Sie dachte daran zurück, wie er versucht hatte, sie zu retten, sie zu beschützen. Anja kamen die Tränen. Vielleicht würde er sterben. Sie wußte, in welchem Zustand die Verwundeten in die Heimat zurückkamen. Sie mußte dafür sorgen, daß er heil aus Warschau herauskam. Jetzt gab es noch einen Grund mehr, Adam den angeforderten Zug zu beschaffen.

Der Kriegsminister war kooperationsbereit. Er sah keinen Hinderungsgrund, der Amerikanisch-Russischen Freundschaftsgesellschaft einen russischen Krankentransport-Zug zur Verfügung zu stellen. Aber er warnte den Amerikaner davor, noch weitere Zeit zu verlieren. Er unterzeichnete die nötigen Papiere für Billy. Aber beim augenblicklichen Stand der Dinge hatte er seine Zweifel, ob es Adam Michailowitsch gelingen würde, seinen Plan in die Tat umzusetzen, bevor die Deutschen Warschau besetzten.

In der Nacht, bevor der Zug nach Warschau fahren sollte, blieb Anja lange auf. Sie schrieb einen Brief an Xenia Alexandrowna, der ihr nach Anjas Abreise überbracht werden sollte. Anja war über Adams langen Aufenthalt in Polen dermaßen beunruhigt, daß sie beschlossen hatte, ihn selbst zurückzuholen. Wenn sie sich selbst im Zug befand, dann hätte er hoffentlich den notwendigen Anreiz, um so schnell wie möglich die polnische Hauptstadt zu verlassen.

Das war ein wagemutiger, wenn nicht sogar halsbrecherischer Plan. Anja wußte, wie gefährlich die Lage war. Wenn Adam und sie es nicht schafften, Warschau sofort wieder zu verlassen, weil die Deutschen bereits begonnen hatten, die Stadt anzugreifen, dann würden sie in Bombenangriffe geraten. Die deutschen Gefechtswaffen waren berüchtigt. Es hieß, danach seien die Städte nur noch Schutthaufen. Kein Stein stünde mehr auf dem anderen. Anja wünschte niemand so ein Schicksal.
»Ich werde als Rot-Kreuz-Schwester den Zug nach Warschau begleiten.« Anja las den Satz noch einmal. Was für eine Lüge! Sie hatte sich zwar zu Beginn des Krieges zur Schwester ausbilden lassen oder genauer gesagt zur Schwesternhelferin, wie viele der Damen in Petrograd. Aber dieser Satz war doch stark übertrieben. Xenia würde darüber lachen, dachte Anja. Aber was sollte sie sonst schreiben? Liebe Tante, ich mache mir solche Sorgen um Adam, seit er sich in der gleichen Stadt befindert wie Zenaida Kaschina, daß ich sogar Kopf und Kragen riskiere, um ihn dort herauszuholen und ihn nach Hause zu bringen?
Anja seufzte. Sie betrachtete sich im Spiegel, der in einem goldenen Rahmen über ihrem Sekretär hing. Sie war eine eifersüchtige Frau. Sie fand, daß das sogar in ihrem Gesicht geschrieben stand. Sie war sogar so eifersüchtig, daß sie etwas tat, was sonst keine Frau tun würde – an die Front fahren.
Mein Gott, dachte sie. Adam wird denken, daß ich den Verstand verloren habe. Und wenn schon! Wenn er nicht so entschlossen daran arbeiten würde, daß ich vor Sorgen umkomme, würde ich so ein Risiko auch nicht eingehen.
Anja nahm ihre Feder wieder zur Hand. Sie wollte ihrer Tante ihre Kinder anvertrauen, falls ihr etwas zustoßen sollte. Sie war entschlossen, nach Polen zu fahren, um den Vater ihrer Kinder zurückzuholen. Davon konnte niemand sie abhalten. Aber wenn sie nicht zurückkam, dann sollte Xenia Bjeloschka und seinen Schwestern erklären, daß sie das nur getan hatte, weil sie ihre Familie so sehr liebte, weil sie die Familie wieder zusammenholen wollte.
»Du mußt ihnen nur das sagen, Tantchen«, schloß sie den Brief.

Als Postscriptum fügte sie noch hinzu, daß sie Xenia ihren Schmuck geben wollte, bis ihre Töchter alt genug wären, ihn zu tragen.
So. Das wäre geschafft. Jetzt mußte Anja noch ihren Kindern Lebewohl sagen. Ganz früh am nächsten Morgen, als die Kinder und ihre Kindermädchen noch tief schliefen, schlich sie in ihre Zimmer und sah ihren Töchtern und ihrem Sohn ein paar Minuten zu, wie sie friedlich in ihren Bettchen schlummerten. Die kleinen Mädchen hatten goldene Locken und rosa Wangen, ihre Hände waren zu winzigen Fäusten geballt. Sie schnarchten warm und behaglich wie zwei kleine Katzen in ihren Seidenkissen.
Zärtlich strich Anja über ihre Haare, lächelte sie an und dachte zurück an Berlin, als sie von ihnen immer noch als »er« sprach. Sie waren brave Babys. Sie wollte miterleben, wie sie erwachsen wurden.
Dann ging sie hinüber zu Bjeloschka. Sie beugte sich über ihren schlafenden Ältesten und küßte ihn auf die Stirn. Sie hatte den Swiridows einen Prinzen geschenkt. Sie hoffte, daß die Familie gut von ihr reden würde, falls sie nicht zurückkehren sollte.
Nein. Das war lächerlich. Natürlich würde sie zurückkommen. Mit Adam. Und mit Petja. Sie hatte so viel, für das es sich lohnte zu leben und zu kämpfen.
Der Chauffeur holte sie im Hof ab. Anja stieg in den Wagen und sah zu dem großen weiß- und cremefarbenen Palast so lange zurück, bis sie ihn aus den Augen verlor. Sie dachte immer noch an ihre kleinen Kinder. War sie herzlos? Konnte eine Mutter ihren Kindern so etwas antun? Würde man ihr jemals verzeihen? Und falls sie nicht zurückkäme, hätte sie es dann überhaupt *verdient*, daß man ihr verzieh?
Am Bahnhof wartete eine stille kleine Gruppe auf Anja. Die Schwestern und der Arzt waren gedrückter Stimmung. Sie hatten gerade mit einem Eisenbahn-Arbeiter geredet, der aus Warschau gekommen war. Er rechnete damit, daß es höchstens noch zwei Wochen dauern konnte, bis die Deutschen die Stadt einnahmen. Niemand war scharf darauf, zu fahren. Die vier Schwe-

stern sahen stumm vor sich hin. Der Arzt versuchte, ein belangloses Gespräch in Gang zu halten, um sie aufzumuntern; aber es gelang ihm nicht.
Doktor Malewitsch begrüßte Anja respektvoll und stellte ihr die Schwestern vor. Dann berichtete er ihr, was sie gerade über Warschau erfahren hatten. Die Schwestern, drei blonde und eine rothaarige, die Sonja, Natascha, Maria und Olga hießen, fragten sich, warum diese junge Dame wohl ihr Leben aufs Spiel setzte, um nach Warschau zu kommen. Sie hatten eine sehr gute Bezahlung ausgehandelt. Doktor Malewitsch ebenfalls. Aber so wie die Dame aussah, brauchte sie von niemandem Geld.
»Anna Nikolajewnas Mann ist der Direktor der Gesellschaft«, erklärte der Arzt.
»Ach so«, antwortete Sonja und musterte Anja erstaunt. So sah seine Frau also aus. Natürlich war sie eine Schönheit. Und ihrem Mann absolut ergeben.
Der Zug fuhr los. Anja dachte an Adams Beschreibungen des Kriegsgebietes. Sie fragte sich, wie sie reagieren würde, wenn sie sich plötzlich und unerwartet unmittelbar an der Front wiederfinden würde. Das lag durchaus im Bereich des Möglichen. Es war beängstigend. Sie hatte keinerlei Sehnsucht danach, die Deutschen zu treffen. Die, die sie damals in Berlin kennengelernt hatte, reichten ihr. Sie wollte nur noch ihrem Mann diesen Zug übergeben, Petja finden, und dann mit Adam und Petja sicher wieder nach Petrograd zurückkehren.
Sie sah aus dem Fenster. Draußen zogen Felder und Wiesen, Wälder und Straßen vorbei. Die russische Landschaft sah so friedlich aus. Anja fühlte sich plötzlich unbeschreiblich einsam. Der Zug war ihr unheimlich: er war leer – außer den paar Fremden, mit denen sie noch nie etwas zu tun gehabt hatte.
Je eher sie nach Warschau kamen, desto eher konnte sie sich auf die Suche nach Adam und Petja machen, und desto eher konnten sie dann wieder die Rückreise antreten – heim zu ihren Kindern. Sie vermißte ihre Töchter und ihren Sohn schon so sehr . . .

In Olegs Bordell waren die Mädchen schon fast hysterisch. Fast keine Freier trauten sich noch in sein Haus. Die Stadt war in Aufruhr, jeder versuchte, aus Polen herauszukommen. Die Mädchen hatten nichts zu tun, oft warteten sie tagelang vergeblich auf Besucher. Dann unterhielten sie sich darüber, was sie tun würden, wenn der erste Deutsche auftauchen würde. Die vorherrschende Meinung war, die Flucht zu ergreifen. Die Mädchen hatten Horrorgeschichten gehört. Da sie weder Babys noch Nonnen oder Jungfrauen waren, sollten sie eigentlich nicht allzuviel zu befürchen haben, trotzdem waren sie beunruhigt. Auch sie wollten die Stadt so schnell wie möglich verlassen.

Eines Morgens, als Oleg wie gewöhnlich die Treppen hinunterlief, fand er das Haus in ungewöhnlicher Stille vor. Nicht einmal das Klicken der Stöckelschuhe auf dem Parkettboden war zu hören, das ihn sonst jeden Morgen begrüßte. Monsieur Mossolow wanderte durch die Räume, in denen noch die Überreste der nächtlichen Ausschweifungen herumlagen. Er ärgerte sich über die Unordnung. Das geht zu weit, dachte er. Das Haus verkommt ja allmählich. Das war Wandas Fehler, und das würde er ihr eindringlich klarmachen.

»Wo steckst du, du polnische Kuh?« brüllte er und verpaßte einer zerbrochenen Vase einen Fußtritt. »Dieses Haus sieht allmählich aus wie die allerletzte Absteige im Elendsviertel. Was ist los mit dir?«

Keine Antwort.

Wütend stürmte Oleg hinauf in den ersten Stock und bollerte an alle Türen, um seine Partnerin zu finden. Dabei fluchte er laut und vernehmlich.

»Aha, da bist du also.« Er brüllte sie an. Wanda und ihre Katze funkelten ihn kampfeslustig an. Die Frau saß vor dem Spiegel. Ihr Negligé war ihr von der Schulter gerutscht. Neben ihr auf dem Fußboden lag eine leere Flasche Moët.

»Ich habe mit dir zu reden, Wanda, und du solltest in deinem eigenen Interesse gut zuhören.«

»Ach, fahr doch zur Hölle«, antwortete Mademoiselle Zumbrowska ungerührt.
»Was?« bellte Oleg. »Was hast du da gerade gesagt?«
»Ich habe gesagt, du sollst zur Hölle fahren«, wiederholte Wanda. Sie schien nicht im geringsten eingeschüchtert zu sein, weder durch seinen Ton noch durch seine Anwesenheit in ihrem Schlafgemach. »Was du mir zu sagen hast, kann warten, denn ich habe Neuigkeiten für dich. Es ist vorbei. Wir sind ruiniert. Die Mädchen sind letzte Nacht abgehauen. Aus, vorbei.«
Oleg traute seinen Ohren nicht. Ungläubig sah er sie an. Dann machte er einen Satz und stand neben ihr. Mit einem brutalen Schlag beförderte er sie auf den Teppich, wo sie liegenblieb – ein Haufen blonde Haare, Arme und Beine in der Luft, dazwischen zerzauste Seide.
»Verdammt! Was soll das heißen: sind abgehauen? Warum hast du sie nicht aufgehalten? Warum hast du mir nichts davon gesagt?«
»Sei kein Idiot! Sie sind auf und davon, als ich geschlafen habe. Na und? Wenn wir hierbleiben, dann kommen wir sowieso alle um.«
Sie starrte den glatzköpfigen Russen an, der jetzt langsam und bedrohlich auf sie zukam. Seine Augen blitzen gefährlich. Wanda hatte auf einmal Todesängste. Mein Gott, dachte sie. Sie zitterte vor Angst. Jetzt geht das wieder los! Er hat schon wieder diesen wahnsinnigen Blick in den Augen. Und sie war ihm ausgeliefert. In dem ganzen Haus war kein Mensch mehr außer ihr und dieser Bestie. Niemand konnte ihr helfen.
Wanda versteckte sich hinter einem Sessel. Oleg nahm ihre silberne Haarbürste. Er starrte sie an, während er sich allmählich näherte. Er hatte das Gefühl, daß sich der Raum mit den Spiegeln an der Decke, den dicken Teppichen und den goldenen Stuckverzierungen an der Wand in den Wald verwandelte, wo er vor ein paar Jahren das junge Mädchen angetroffen hatte.
»Anna Nikolajewna«, murmelte er.
Jetzt auch noch der Name dieser Frau, dachte Wanda. Er sah so seltsam aus. Das polnische Mädchen wünschte, sie hätte eine

Waffe zur Hand. Er haßte Anna Nikolajewna. Und er benahm sich so, als sei er nicht richtig im Kopf.
»Du Hexe«, sagte der häßliche, glatzköpfige Russe. »Kleines Aristokraten-Biest.«
Aristokratin, dachte Wanda. Nun ja, sie war vielleicht vieles, aber noch nie hatte jemand sie eine Aristokratin genannt. Er mußte verrückt geworden sein.
»Ich werde es dir zeigen! Diesmal kommst du mir nicht so einfach davon!« schrie er. »Ich werde dich umbringen!«
»O mein Gott«, heulte das Mädchen. Sie hatte Todesangst. »Er hat wirklich den Verstand verloren.«
In Panik lief sie die Treppe hinunter. Ihr langer Morgenrock geriet ihr zwischen die Füße. Sie stolperte. Als sie sich wieder hochgerappelt hatte, lief sie in die Küche, um sich ein langes Messer zu holen.
»Du kannst mir nicht entkommen!« schrie der Russe. Auf dem Weg hinter ihr her stieß er Vasen um, schlug Spiegel ein und warf kleine Porzellangegenstände gegen die Wände. Es war ihm egal, was er alles zerstörte, was die Einrichtung gekostet hatte. Er wollte nur noch Anna Nikolajewna umbringen. Wenigstens hatte sie jetzt wirklich Angst vor ihm. Das war gut.
In dem Augenblick, als er hinter ihr stand und ihre Haare zu fassen kriegen wollte, drehte sie sich blitzschnell um. Sie hatte ein scharfes Schlachtermesser in der Hand, das sie ihm an die Kehle hielt.
»Rühr mich nicht an, sonst werde ich dir den Hals durchschneiden!« schrie sie. Ihr Busen hob und senkte sich unter ihrem Seidennegligé. Zu ihrer Überraschung wich Oleg einen Schritt zurück und hob seine Hände, um sie zu besänftigen. Er konnte warten. Sie würde schon einmal unachtsam sein. Dann konnte er zupacken.
»Kleines Aristokraten-Biest!« Er sah sie lauernd an. »Du hast doch keine Ahnung, wie man mit so einem Messer umgeht, nicht wahr? Paß nur auf, daß du dich damit nicht selbst verletzt.«
»Ich kann damit schon umgehen, keine Sorge. Besonders, wenn

du mir zu nahe kommst!« Wanda paßte auf, daß er keinen Schritt in ihre Richtung machte.
Es war heiß in der vollgestopften Küche. Schweiß rann ihnen über das Gesicht. Unerbittlich wie zwei Raubtiere sahen sie sich in die Augen.
»Versuch es nur«, forderte er sie heraus. Er tat so, als wollte er nach ihr greifen.
»Bleib, wo du bist. Keinen Schritt näher!« befahl sie. Wieso war niemand da, um ihr zu helfen? dachte sie verzweifelt. Wie sollte das weitergehen?
Der Russe nahm einen Küchenstuhl und schleuderte ihn auf seine Partnerin. Wanda fiel zu Boden. Schnell ergriff er das Messer, das ihr dabei aus der Hand gerutscht war. Wanda schrie auf vor Schmerz.
Dann stürzte Oleg sich auf die hilflose Frau. Sie bedeckte das Gesicht mit den Händen.
Schließlich gelang es Wanda, sich aus den Trümmern des Stuhles zu befreien, gerade noch rechtzeitig, um Olegs Griffen zu entkommen. Sie sprang auf und lief um ihr Leben.
Oleg stieß den Stuhl beiseite und rannte hinter ihr her. Es gelang ihm, ihr die Tür zu versperren. Er packte sie am Arm und warf sie zu Boden. Dann stürzte er sich wieder auf sie. Diesmal erwischte er sie.
Eine Tischdecke mit Tellern und Gläsern rutschte im Fallen auf Wanda und Oleg. Beide waren blutverschmiert. Erbittert kämpften sie um die Waffe, rollten auf dem Boden, traten, stießen und bissen sich gegenseitig; es war ein Kampf auf Leben und Tod. Jeder wollte den anderen umbringen, sobald sich die geringste Möglichkeit dazu ergab.
Oleg riß Wanda den Morgenrock vom Leib und schlitzte ihr mit dem tödlichen Messer die Kehle durch. Immer noch keuchend kniete er über Wandas Körper. Er nahm alles nur durch einen dichten roten Schleier wahr. Er wußte nicht mehr, wo er sich befand. Dann sah er hinunter auf den verstümmelten Körper seiner Partnerin, der Frau, die mit ihm nach Warschau gekommen war und ihm zu seinem Vermögen verholfen hatte.

»Nein!« brüllte er. Er stand auf und stolperte zum Spülbecken. Er sah sich noch einmal um. Er konnte es immer noch nicht glauben. Plötzlich durchfuhr es ihn: *er* hatte das angerichtet, *er* war schuld. Er hatte das getan. Sonst war niemand da.
Oleg schüttelte sich vor Abscheu. Er konnte noch nicht wieder klar denken. Er erinnerte sich nur noch vage daran, daß er mit Anna Nikolajewna geredet hatte. Er hatte Wanda nicht umbringen wollen – sondern diese kleine Aristokratin. Und jetzt war sie schuld, daß er seine Partnerin umgebracht hatte. Das hatte er nicht gewollt! Er hatte sie doch irgendwie gern gehabt.
Oleg zitterte. Er starrte auf seine blutverschmierten Hände, das Messer am Boden, Wandas Leiche. Dann beugte er sich über das Spülbecken und übergab sich.
Wanda war die einzige Frau in seinem Leben gewesen, der Oleg sich überlegen gefühlt hatte; die einzige, die er gemocht hatte. Jetzt, noch unter Schockeinfluß, mußte er ihre Leiche verschwinden lassen. Dann mußte er überlegen, wie er aus dieser Stadt fliehen konnte, bevor ihn die russischen oder die deutschen Behörden fassen konnten.

28

Im Hauptquartier der Amerikanisch-Russischen Freundschaftsgesellschaft hatte Prinz Swiridow bereits die Nachricht erhalten, daß seine Frau nach Warschau aufgebrochen war. Billy hatte sich solche Sorgen gemacht, daß er Adam sofort informiert hatte. Sicherheitshalber hatte er gleich hinzugefügt, daß er von Anjas Plan nichts gewußt habe, ja daß er sogar alles in seiner Macht Stehende unternommen hatte, um diese unvernünftige Reise zu verhindern. Das machte jedoch auch keinen Unterschied mehr. Adam war wütend – auf beide: auf Anja, weil sie ihr Leben leichtfertig aufs Spiel setzte, und auf Billy, weil er sie von diesem Unsinn nicht abgehalten hatte. Wie konnte er als Mann nur danebenstehen und zusehen, wie eine Frau, so beschützt und unerfahren wie Anja, sich solchen Gefahren aussetzte. So ein Mann gehörte ausgepeitscht. Billy war ein Dummkopf. Oder etwas noch Schlimmeres.

Was Adam noch mehr beunruhigte, war, daß er, als er den Zug am Bahnhof in Empfang nehmen wollte, erfuhr, daß es auf Grund von Truppenbewegungen in der Nähe der Eisenbahnlinie zu Verzögerungen gekommen war. Der Zug hatte Verspätung. Gott allein wußte, wann Anja endlich ankommen würde. Ganz Warschau war ein einziges Chaos. Adam war fieberhaft damit beschäftigt, die Evakuierung von Menschen und Materialien zu organisieren. Er hatte keine Zeit, auf den Zug zu warten. Ein polnischer Mitarbeiter wurde damit beauftragt, die Ankunft abzuwarten und Anja umgehend ins Hauptquartier zu bringen.

Als sich der Zug endlich wieder in Bewegung setzte, betete Anja, daß es keine weiteren Verzögerungen mehr geben würde. Je eher sie Adam wiedersehen würde, desto sicherer würde sie sich fühlen. Während der Fahrt war ihr aufgefallen, daß die Gewalttätigkeiten zunahmen. Je näher sie Warschau kam, desto schlimmer schien es zu werden. Wenn es nötig werden sollte, so beschloß sie, dann würde sie nicht zögern, ihren Revolver zu benutzen.

In Warschau wurde sie von einem dunkelhaarigen jungen Polen in Empfang genommen. Nach einer nervenaufreibenden Fahrt durch verstopfte Straßen und ein unbeschreibliches Verkehrschaos kam Anja endlich in dem Hotel an, wo Adam sein Hauptquartier untergebracht hatte.

In der Eingangshalle wimmelte es von Menschen, die mit ihren Gepäckstücken alle Flure und Treppenhäuser blockierten. Sie warteten auf eine Gelegenheit zur Flucht. Für die meisten standen die Chancen schlecht: die Russen hatten höchste Priorität – für andere gab es fast keine Aussichten, die Stadt zu verlassen.

Vorsichtig suchte Anja sich ihren Weg in dem Durcheinander. Dabei sah sie einmal zufällig hinüber zu der offenstehenden Tür des Restaurants. Da, an einem Tisch gleich neben der Tür, saß Adam – er lächelte einer Dame in die Augen und ließ sich von ihr den Handrücken streicheln. Er *lächelte!* Wie konnte er nur? Zenaida Kaschina war also nicht nur eine Bedrohung, sie schien sogar Erfolg zu haben. Was Anja da sah, machte sie wütend. Das Blut schoß ihr in den Kopf.

»Sie ist sehr tapfer gewesen, so lange in Polen zu bleiben«, sagte Anjas Begleiter. Er versuchte die temperamentvolle Russin zu beruhigen. »Madame Kaschina ist uns eine große Stütze gewesen.«

Anja hörte gar nicht zu. Hocherhobenen Hauptes ging sie auf das Paar zu.

»Anja! Gott sei Dank, daß du sicher angekommen bist. Wie bist du nur auf diese Idee gekommen!« Adam war erschrocken, seine Frau so plötzlich zu sehen.

»Aus Sorge um meinen Mann«, erwiderte sie kalt.

Kaschina beobachtete die Szene mit kaum verhohlenem Amüsement. Sie hatte gerade ihre Rechnung mit den Swiridows begli-

chen. Ab jetzt begann diese Angelegenheit langweilig zu werden. Sie konnte sich anderen Aufgaben und Zielen widmen.
Adam starrte seine aufgebrachte Frau fassungslos an. Er hatte sie noch nie so in Rage gesehen. Sie hatte ihn noch nie mit solch offenem Haß angefunkelt. Er fühlte sich durch und durch schlecht und verachtenswert. Er war schuldig. Ihr Verdacht war berechtigt. Er hatte sich an das Leben geklammert – nicht an die Liebe. Und es würde ihm niemals gelingen, Anja das verständlich zu machen. Er liebte Anja. Sie war sein Leben. Kaschina war eine Episode, ein Irrtum.
»Ich verstehe jetzt, daß ich meine Zeit hier in Warschau nur vergeude«, sagte Anja bitter. »Ich hätte besser zu Hause bleiben sollen.«
»Anjuschka!«
Zu Adams Schrecken drehte sie sich auf der Stelle um und verließ das Restaurant genauso stolz, wie sie hereingekommen war. Sie war zu wütend, um diese Unterhaltung fortzusetzen, und sie hatte nicht die geringste Lust, sie in der Öffentlichkeit zu führen.
Bevor Adam aufstehen und ihr nachlaufen konnte, war seine Frau bereits verschwunden. Sie hatte das Hotel verlassen. Sie wollte das erste Taxi nehmen, das sie sah. Sie wollte nur noch weg von hier. Wie konnte er nur? dachte sie. Sie kämpfte verzweifelt gegen ihre Tränen an. Sie liebte Adam mehr als jeden anderen Menschen auf der Welt. Er war ihr immer treu gewesen. Und nun tat er ihr so etwas an!
Nun, überlegte sie dann, er war als Adam Lowell auf die Welt gekommen, und dann würde er eben wieder Adam Lowell werden. Anjuschka war froh, daß die orthodoxe Kirche die Möglichkeiten einer Scheidung vorgesehen hatte. Aber auch sonst: selbst wenn sie Katholikin wäre, würde sie die Scheidung einreichen.
Sie lief um die Ecke in eine überfüllte Straße und mischte sich unter die vielen Menschen, so daß Adam sie nicht finden konnte. Nach zehn Minuten fand sie schließlich eine schäbige alte Kutsche, die sie zum Kaiser-Paul-Militärkrankenhaus bringen

konnte. Wenn ihre Reise nach Polen schon in jeder anderen Beziehung ein Mißerfolg war, dann wollte sie wenigstens Petja retten. Wenn er überhaupt noch am Leben war . . .
Erst als sie schon unterwegs waren, merkte Anja, daß die alte Karre schmutzig war, daß der Kutscher schmutzig war, und nach dem zu urteilen, was sie von der Stadt sah, war auch Warschau schmutzig. Und hysterisch. Panisch angesichts der drohenden deutschen Gefahr.
»Da ist das Hospital, *Barinja*«, kündigte der Kutscher an und brachte das Gefährt zum Stehen.
»Warten Sie bitte hier auf mich. Ich will nur schnell jemand aus dem Hospital holen. Wir brauchen dann ein Fahrzeug, um zum Bahnhof zu kommen«, sagte Anja zum Kutscher.
Nach zähen Verhandlungen willigte er ein.
»Halt!« schnauzte der Wachposten, der am Eingang zum Krankenhaus stand.
»Ich bin Prinzessin Swiridowa«, kündigte die elegante Besucherin an. »Bringen Sie mich bitte zum Direktor.«
Das klang so offiziell, daß der Wachposten keine weiteren Schwierigkeiten mehr machte.
DIREKTOR: OBERST ORLOW stand auf einem Metallschild an der Tür, zu der Anja geführt wurde.
»Bitte klopfen Sie an.« Anja wartete.
»Ich bin beschäftigt. Sie wissen doch, daß ich nicht gestört werden will.« Die Stimme klang verärgert.
Der junge Mann zuckte die Schultern und biß die Zähne zusammen.
»Was ist los?« brummte Orlow. Warum befolgte niemand seine Anweisungen?
»Guten Tag, Oberst«, begann Prinzessin Swiridowa, als sie vor ihm stand.
»Oh, guten Tag. Entschuldigen Sie bitte, aber ich bin gerade bei einer Besprechung mit den Schwestern.« Er machte eine Handbewegung, daß sein Gast eintreten sollte. »Was kann ich für Sie tun?«
»Ich bin Prinzessin Swiridowa«, stellte sie sich vor. »Ich habe

hier einen Brief, unterzeichnet vom Kriegsminister, in dem die Entlassung eines Ihrer Patienten angeordnet wird. Petja Nikolajew. Ich werde mich um ihn kümmern. Mein Krankenzug wartet im Bahnhof. Sobald ich mit dem Jungen komme, werden wir Warschau verlassen.«

Damit hatte Anja zwar etwas übertrieben, aber es konnte nie schaden, selbstbewußt aufzutreten, dachte sie sich. Poliwanow *hatte* schließlich Papiere unterzeichnet, wie sie sie interpretierte, blieb ihr überlassen.

»Mein Mann, Prinz Swiridow, ist der Vorsitzende der Amerikanisch-Russischen Freundschaftsgesellschaft, die Ihnen ja wohl ein Begriff sein dürfte.« Anja biß die Zähne zusammen, um nur ja nichts von ihrem persönlichen Drama zu verraten.

»Ja, ich habe ihn einmal kennengelernt. Aber leider muß ich Ihnen mitteilen, sehr verehrte Prinzessin, daß Ihre Reise ganz und gar umsonst gewesen ist.«

Anja wurde schwindlig. War Petja etwa tot? Sie riß sich zusammen und fragte, wie der Direktor das gemeint habe.

»Der Junge wurde bereits vor zwei Tagen abtransportiert. Auf einer Bahre, aber es geht ihm zusehends besser, seien Sie unbesorgt.«

»Oh!« Erleichtert versuchte Anja, sich wieder zu beruhigen. Alles war umsonst gewesen. Sie war dankbar, daß Petja noch am Leben war, aber sie kam sich wie ein Dummkopf vor. Ihre Ehe war kaputt, und Petja brauchte ihre Hilfe nicht. Was für eine Ironie des Schicksals!

»Sie haben sicher eine schreckliche Reise hinter sich, Madame? Kommen Sie bezüglich der Rückfahrt klar?« fragte Orlow. Die Dame sah beängstigend blaß aus.

»Ja, danke. Ich werde Warschau noch heute verlassen. Ich habe leider nicht viel Zeit. Vielen Dank, Oberst. Auf Wiedersehen.«

Wie eine Schlafwandlerin ging Anja durch die Gänge zurück zum Ausgang.

»Zum Bahnhof, schnell, bitte!« befahl Anja dem Kutscher ungeduldig.

Das Durcheinander in den Straßen war nichts im Vergleich zu

dem Chaos im Bahnhof. Verzweifelte Schreie, Zuglärm, Armeekommandos ... es war unbeschreiblich. Anja zückte ihre Papiere, damit sie überhaupt in die Bahnhofshalle hineingelassen wurde. Dann wühlte sie sich durch die Menschenmenge – eine neue abstoßende Erfahrung für eine junge Frau, die es gewohnt war, bevorzugt behandelt zu werden.
Xenia kann sich das bestimmt nicht vorstellen, dachte sie. Aber wer hätte auch gedacht, daß Adam zu einem solchen Verhalten fähig war?
Plötzlich hatte sie das Gefühl, daß jemand ihren Namen gerufen hatte. Hatte sie sich geirrt? Sie blieb kurz stehen. Gerade als sie wieder weiterlaufen wollte, hörte sie es noch einmal: verzweifelt, ängstlich, unsicher.
Sie drehte sich um. Die Stimme war ihr bekannt vorgekommen.
Adam stand am Zug neben Doktor Malewitsch. Er hatte seine Frau herbeilaufen sehen. Warum blieb sie jetzt stehen? Sie ging zu einer Gruppe von Verwundeten, zu einem dick bandagierten Mann, der auf einer Bahre lag.
Prinzessin Anja schrie kurz auf, als sie den jungen Mann erkannte. »Petja!«
Da, auf einem Haufen Stroh, lag Petja Nikolajew, der Junge, der angeblich schon seit zwei Tagen aus Warschau heraus sein sollte. Anja war sprachlos. Wie konnte man einen schwer verletzten Menschen einfach sich selbst überlassen? Der Junge weinte vor Freude. Er war dankbar, endlich ein bekanntes Gesicht zu sehen.
»Anna Nikolajewna«, flehte er sie an. »Sie wollen uns erst morgen von hier wegbringen. Das halten wir nicht mehr aus. Bitte kümmern Sie sich darum, daß sie uns sofort wegtranportieren. Gleich!«
Anja sah die Gruppe an. Sie waren aller schwer verletzt. Sie wurde wütend, als sie sich vorstellte, wie die Behörden mit diesen armen Menschen umgingen. Adam hatte recht, wenn er sagte, daß seine Organisation wichtige Arbeit leistete. Sie würde sie in ihrem Zug mitnehmen. Alle. Heute noch.
Sie drehte sich um und sprach ein paar Offiziere an. »Laden Sie

diese Männer auf den Krankenzug dort, den Zug mit dem Abzeichen der Amerikanisch-Russischen Freundschaftsgesellschaft. Ich übernehme die Verantwortung.«
»Wer zum Teufel sind Sie überhaupt?« antwortete einer der Offiziere unfreundlich. Was bildete sich diese Person denn eigentlich ein?
»Ich bin Prinzessin Swiridowa, und jetzt fangen Sie an. Der Zug fährt gleich los.«
»Kümmern Sie sich um Ihre eigenen Angelegenheiten, meine Dame!« schnauzte der Mann. Er packte sie grob am Arm und stieß sie beiseite. »Die überleben die Fahrt nach Petrograd doch sowieso nicht, und sie nehmen nur den anderen die Plätze weg.«
Aus der Entfernung hatte Adam den Zwischenfall beobachtet. Jetzt sprang er aus dem Zug und lief zu seiner Frau. Bis dahin hatte er sich – nach der Konfrontation im Restaurant – nicht getraut, ihr zu nahe zu kommen. Aber jetzt brauchte sie seine Hilfe.
»Nehmen Sie Ihre Hände weg von meiner Frau!« schrie er. »Und bringen Sie diese Männer in den Zug, wird's bald!«
Widerwillig gehorchen die Männer.
»Ich nehme euch alle mit nach Hause«, versprach Anja den Verwundeten. Sie befürchtete, daß nach zwei Tagen Warten einige in so schlechtem Zustand waren, daß sie die Fahrt tatsächlich nicht überleben würden. Aber sie wollte sie nicht im Stich lassen.
»Anna Nikolajewna«, flüsterte Petja. »Sie sind ein Engel.«
Anja strich ihm sanft über das Haar. Dann lief sie zum Zug.
Einer der Offiziere wollte Adam zurückhalten. Er fühlte sich beleidigt, weil der Ausländer es sich erlaubt hatte, ihm einen Befehl zu erteilen. Als der Zug schon freie Fahrt hatte, blockiert er Adam immer noch den Weg.
Der Zug pfiff zur Abfahrt. Adam war immer noch nicht eingestiegen.
Malewitsch schrie: »Prinzessin, steigen Sie ein! Wir fahren!«
Anja war verzweifelt. Trotz allem, was vorgefallen war, wollte sie ihren Mann nicht verlieren. Plötzlich hatte sie eine Idee.

»Hören Sie auf, sofort!« befahl sie dem Offizier. Sie hatte ihren Revolver auf ihn gerichtet. Erstaunt hielten die beiden Männer die Luft an.
»Steig ein! Sofort, Adam!«

Als sie endlich in ihrem Abteil untergebracht waren, sah Anja ihren Mann eine Weile ganz ruhig an. Sie sagte kein Wort. Adam bekam weiche Knie. Sie war immer noch wütend.
»Anjuschka«, fing er unsicher an, »verzeih mir. Ich liebe dich. Trotz allem, was du anscheinend von mir denkst . . .«
»Ach, hör doch auf! Du warst mit dieser Frau zusammen, Adam. Ich weiß es.«
Zu ihrer Überraschung leugnete er es nicht. Fast wünschte sie, er wäre nicht so ehrlich und würde alles abstreiten. Wollte sie sich wirklich noch von ihrem gutaussehenden Mann scheiden lassen? Er saß ihr mit seiner aufgeplatzten Lippe gegenüber. Die frische Wunde, die ihm der Offizier soeben auf dem Bahnsteig verpaßt hatte, blutete leicht. Er hatte sie beschützen wollen. Er hatte keine Sekunde lang gezögert.
Und er war der Vater ihrer drei Kinder. Das konnte sie nicht unberücksichtigt lassen. Eine Scheidung wäre ein riesiger Familienskandal. Ihre Familie würde zerbrechen. Und das alles nur, weil er einmal eine Dummheit begangen hatte?
Mit ernster Miene betrachtete Anja ihren besorgten und verunsicherten Mann.
»Bitte verzeih mir«, wiederholte er. »Ich verspreche dir, daß ich dir nie wieder einen Grund zur Sorge geben werde, ganz bestimmt!«
Die junge Prinzessin musterte ihn immer noch mit skeptischem Blick.
»Anja, soll ich vor dir auf die Knie fallen?«
Sie schüttelte nur den Kopf. »Nein, aber ich verlange von dir, daß du ab jetzt dein Leben lang weit, weit weg bleibst von dieser Zenaida Kaschina. Und *das meine ich ernst*«, betonte sie.
»Ich verspreche es dir.«

Er sah wirklich aus wie der reuige Sünder in Person. Seine Lippe blutete.
»Hier.« Sie reichte ihm ein Taschentuch. Er tupfte sich das Blut ab.
Sie liebte Adam Michailowitsch. Sie würde das Bild nie vergessen, wie er ihr zu Hilfe geeilt war, um sie vor diesem schrecklichen Mann zu beschützen.

Petrograd

Nach ihrer Rückkehr nach Petrograd bemerkte jeder eine Veränderung bei Prinzessin Anja. Es schien, als ob sie um einige Jahre älter geworden sei. Sie war nicht mehr nur die hübsche junge Mutter von Bjeloschka, Saschenka und Tori. Sie hatte sich zu einer Frau entwickelt, die nicht mehr glaubte, daß alles immer gut ausging.
Rußland würde den Krieg verlieren. Anja hatte aus Adams Berichten schon immer diese Möglichkeit herausgehört, aber erst nachdem sie den Alptraum von Warschau mit eigenen Augen gesehen hatte, bestätigte sich ihr Verdacht. Es gab keine Hoffnung mehr.
Aber was auch immer auf sie zukommen sollte, Anja war entschlossen, ihre Kinder vor allem Schrecklichen zu bewahren. Sie hatte genügend Kinderleichen in Polen gesehen – das durfte ihren Kleinen nicht passieren. Selbst wenn das Großrussische Reich diesen Krieg nicht überstehen würde, ihre Familie würde sie mit allen Mitteln beschützen. Nach ihrer abenteuerlichen Reise wußte Anja, daß sie kämpfen konnte, sie war mutig und unerschrocken. Und Adam wußte das auch.
Lew Petrowitsch war zu Tränen gerührt, als sein Sohn zu Hause ankam. Er konnte Anja gar nicht genug danken. Andrejs Bauern hielten Petjas Rettung für ein Wunder. Prinz Malischew und seine Familie kümmerten sich wirklich um ihre Leute, hieß es. Die anderen Großgrundbesitzer dagegen bluteten das Volk nur aus. Besonders Graf Scherbatkin. Anjas Heldentat wurde überall weitererzählt – und dabei erfuhr die Geschichte eine ganze Reihe Ausschmückungen und Ergänzungen.

Das Leben in Petrograd wurde immer schwieriger. Die Preise stiegen um ein Vielfaches schneller als die Löhne und Gehälter, knappe Güter wurden noch knapper. Die Stimmung war gedrückt, und Zynismus, unterbrochen von panikartiger Fröhlichkeit, bestimmte das gesellschaftliche Leben. Die Nachtklubs wurden reich und reicher – ebenso die Sargschreinereien. Leute, von denen man es am wenigsten vermutet hatte, trafen sich zu ernsten Gesprächen mit düsteren Gestalten, die aus Skandinavien gekommen waren.
Halb Rußland hoffte auf den Zar, um aus dieser Sackgasse wieder herauszukommen; die andere Hälfte des Volkes sprach schon offen von dem Tag, an dem es keinen Zar mehr geben würde. Das Jahr 1916 wurde mit Gebeten und Hoffnungen auf baldigen Frieden eingeläutet, doch die Truppen schienen davon unberührt – ihre Kampfmoral hatte im Angesicht des Todes weitgehend nachgelassen.
»Anja, Rußland verliert den Krieg. Das ist meine Meinung, und glaube mir, ich bin kein Mensch, der leicht aufgibt.« Adams Stimme war ernst.
»Glaubst du, daß wir wenigstens die Verluste des letzten Jahres wieder wettmachen können?«
»Nur, wenn ein Wunder geschieht. Wolodja hat mir erzählt, daß 90 Prozent der Offiziere in seinem Regiment bereits gefallen sind. Und bei den anderen Regimentern wird es wohl kaum besser aussehen. Dieser Krieg blutet das Land aus.«
»Dann müssen wir noch mehr nach Stockholm verschiffen. Möglicherweise hängt die Zukunft unserer Kinder davon ab«, folgerte seine Frau.
Adam legte den Arm um Anja. »Ja, und dieses Mal möchte ich gern, daß Xenia und du noch einmal gut überlegt, was das Wichtigste und Wertvollste ist. Ich habe so eine Vorahnung, daß die Deutschen noch dieses Jahr auf unserer Türschwelle stehen.«
Anja lehnte sich an Adams Schulter und dachte an die schrecklichen Eindrücke in Polen zurück. Die Vorstellung, aus der Heimat fliehen zu müssen, war furchtbar, unvorstellbar – aber in Anbetracht des Risikos, das bestand, wenn sie sich im Kriegsge-

biet befanden, hatten sie keine andere Wahl. Sie würden ihre Nationalität niemals aufgeben. Nur eine kurze Zeit des Exils. Außerdem mußte jeder Krieg, ganz gleich, wie schrecklich er war, eines Tages zu Ende gehen.

29

Einer von Petrograds neuesten Einwohnern, ein Geschäftsmann, der kurz vor der Besetzung Warschaus durch die Deutschen geflohen war, begann, sich in der russischen Hauptstadt einen Namen zu machen. Er versorgte eine wohlhabende und ausgesuchte Kundschaft mit Waren, die dem von Kriegswirren schwer erschütterten Land ausgegangen waren.
In seiner neuen Niederlassung in einer Seitenstraße in der Nähe des Fontanka-Kanals konnte Monsieur Mossolow, geborener Iwanow, eine erstaunlich gute Bilanz ziehen. Er fühlte sich sicher. Er glaubte nicht, daß die Behörden sich die Mühe machen würden, Mossolow nachzugehen. Das Gebäude war im klassizistischen Stil erbaut worden, die Innendekoration bestand hauptsächlich aus Marmorimitation, und sein Garten Eden, wie Oleg das Haus genannt hatte, hatte als weiteren nicht zu unterschätzenden Vorzug in seinem Keller den größten Kühlraum in der ganzen Stadt.
Rußland war ein Land, das für seine bitterkalten Wintermonate bekannt war. Die meisten Häuser hatten Kühlräume – aber keinen in der Größe des Garten Eden. Oleg war im wahrsten Sinne des Wortes Fleischhändler geworden, und dieser Kühlraum war ihm dabei ausgesprochen nützlich: dort bewahrte er Schwarzmarktware in gefrorenem Zustand auf. Ein Stockwerk höher betrieb er den gleichen »Handel« wie schon in Warschau: ein gutgehendes Bordell. Oleg konnte sich nicht beklagen: beide Branchen warfen reichlich Profit ab.
Das Leben wäre wunderbar gewesen, wenn es ihm nicht jedesmal, wenn er an die Aristokratie – insbesondere an eine bestimmte Familie – dachte, einen Stich gegeben hätte. Allein der Gedanke an seine Verfolgung durch die Okhrana, die von Prinz

Malischew beauftragt worden war, ihn zu töten, ließ ihn vor Wut schäumen. Wenn das nicht gewesen wäre, dann hätte er nie mit dieser Kuh von Wanda nach Polen fliehen müssen. Der Gedanke an Wanda weckte Schuldgefühle bei Oleg. Er versuchte, jenen Vorfall aus seinem Gedächtnis zu streichen. Ihr Tod ging seiner Meinung nach auf das Konto von Anna Nikolajewna. Dieses kleine Aristokraten-Biest hatte sich Wandas Körper bemächtigt und ihn so zu seiner Tat gezwungen. Der Gedanke daran jagte ihm einen Schauder über den Rücken.
Oh, wie er sie alle haßte! Eines Tages würde er sie alle zerstören, die ganze Familie. Natürlich mußte er damit noch eine Weile warten, aber er hatte ja Zeit. Er hatte es gelernt, sich zu gedulden.

Für Anja und Xenia war Taschas Einführung in die Petrograder Gesellschaft das Hauptereignis des Winters. Den Damen war kein Aufwand zu groß, um den Erfolg dieses Ereignisses zu sichern. Obwohl Prinzessin Xenia ihre Nichte Anja aufgezogen hatte, und sie es wirklich gern getan hatte, gelang es ihr nicht, ein ebenso freundschaftliches Verhältnis zu Tascha aufzubauen. Das junge Mädchen war so ganz anders, als Anjuschka gewesen war. Manchmal brachten ihre vergeblichen Versuche, an das Mädchen heranzukommen, Xenia an den Rand der Verzweiflung. Jetzt konnte sie sich beinahe vorstellen, warum Lisa diesem jungen Geschöpf gegenüber keinerlei mütterliche Gefühle entwickelt hatte. Ihre kalten blauen Augen schienen die Welt ständig nur zynisch und argwöhnisch zu betrachten. Prinzessin Xenia wollte ihrem schönen, jungen Schützling so schnell wie möglich einen Ehemann beschaffen, um die Sorge loszuwerden.

Mit bewährter Methode hatte Tascha ihren jungen Liebhaber dazu gebracht, ihr das gewünschte Kleid aus Paris zu besorgen. Als sie es in Empfang nahm, war sie außer sich vor Freude.
»Oh, Billy, das ist phantastisch! Atemberaubend! Einfach perfekt. Danke!«
Sie schlang ihre Arme um den jungen Mann und küßte ihn. Sie

war ehrlich begeistert. Ende Januar sollte das große Ereignis stattfinden. Es war wichtig, daß das Kleid rechtzeitig da war, falls noch einige kleinere Änderungen nötig waren. Tante Xenia würde beeindruckt sein.

»Nun, mein Schatz«, lächelte Billy, »und jetzt pack alles wieder so ein, wie es vorher gewesen ist, damit ich es zu dir ins Haus bringen kann und es dir vor der versammelten Familie überreichen kann. Sicher wollen alle das Kleid bewundern, das so viele Umstände gemacht hat.«

»Gut. Sie sollen mich nur beneiden.«

»Tascha?«

»Ja?«

Die blauen Augen sahen ihn unschuldig an. Es war kaum vorstellbar, daß dieses zarte, junge Mädchen es mit jeder noch so gerissenen Prostituierten aufnehmen konnte, die in Petrograd ihren Geschäften nachging. Billy fragte sich, wie sie es nur schaffte, so rein und naiv auszusehen. Sie würde eine teuflisch gute Schauspielerin sein, überlegte er.

»Wenn du nach diesem Winter in die Gesellschaft eingeführt bist, dann können wir uns zusammen in der Öffentlichkeit sehen lassen. Wir können unsere heimlichen Verabredungen beenden, und uns ganz normal treffen. Deine Tante hat sicher nichts dagegen.«

»Dafür werde ich wohl kaum Zeit haben«, antwortete Tascha. »Ich muß mir ja schließlich einen Ehemann suchen. Ich will aus dem Haus meiner Verwandten raus. Ich werde alle jungen Adeligen in Betracht ziehen, die noch einigermaßen in Form sind. Mit diesem Krieg ist es sehr schwierig geworden, jemand passenden zu finden.«

»Muß dein künftiger Ehemann denn unbedingt einen Titel haben?«

»Ich bin eine wohlhabende Frau«, erinnerte Tascha ihren Liebhaber. »Ich will schließlich keinen Waschlappen zum Mann haben.«

»Tascha«, versuchte Billy es noch einmal. »Und was hältst du davon, einen Mann zu heiraten, der dich liebt? Zählt das denn

überhaupt nichts?« Er betrachtete seine junge Mätresse aufmerksam und zärtlich. Dann beugte er sich zu ihr hinunter und küßte ihren Nacken. »Ich mag dich wirklich sehr«, flüsterte er. »Ganz bestimmt. Wenn das nicht wahr wäre, dann hätte ich das nicht alles für dich getan.«
»Das hast du nur getan, weil ich dich erpreßt habe.«
Billy nahm sie zärtlich in den Arm. »Ich habe dich immer unwiderstehlich gefunden, Tatjana Sergejewna. Und wenn möglich, dann möchte ich dich nach dieser Ballsaison heiraten.«
Komtesse Derschawina befreite sich unsanft aus seinen Armen und begann, ihr Kleid wieder einzupacken.
»Es tut mir leid. Ich hatte nicht geglaubt, daß der Gedanke, mit mir verheiratet zu sein, so abstoßend für dich ist.«
Tascha reagierte nicht. Sie wäre niemals auf den Gedanken gekommen, Billy zu heiraten. Sein Antrag kam vollkommen überraschend. »Ich glaube kaum, daß ich dich heiraten kann«, antwortete sie nach ein paar Minuten.
Billy beobachtete sie mit einem enttäuschten und verbitterten Lächeln. Sie trug ein reizendes, rotes Wollkleid mit schwarzem Nerzsaum. Sie sah aus wie eine kleine Puppe. Und wie eine Puppe, so hatte auch Tascha kein Herz in ihrer hübschen Hülle: kein Herz, keinerlei Wärme und Menschlichkeit.
»Wenn dieser Krieg noch lange andauert, dann wird es zu einem Riesenkrach und Zusammenbruch kommen. Möglicherweise ist es dann wesentlich sicherer, Mrs. Billy Whitmore zu heißen als Komtesse Derschawina. Das weißt du genausogut wie ich.«
Tascha setzte ihre Pelzmütze auf, zog ihren Mantel an und betrachtete sich im Spiegel. »Ich weiß, da hast du recht«, gab sie zu.
»Gut, dann wirst du dir es noch einmal überlegen?«
Tascha drehte sich zu ihm um und zuckte die Schultern. »Vielleicht, ich weiß noch nicht. Manchmal erinnerst du mich an meinen Vater.«
»Ist das denn so schlimm, Liebling?«
Wütend warf sie den Muff auf den Boden. »Ich habe dieses Monster von ganzem Herzen gehaßt, Billy! Meinst du, ich lege sehr viel Wert darauf, seinen Nachfolger zu heiraten?«

Daraufhin verließ Komtesse Derschawina den Raum. Ihr Liebhaber stand verwirrt und enttäuscht vor dem Paket und schwor sich, nie mehr nach ihrem verstorbenen Vater zu fragen – dazu fehlten ihm die Nerven.

Im Dezember stand ganz Petrograd kurz vor dem Zusammenbruch. Die Hoffnungslosigkeit des Krieges machte, zusammen mit der Hilflosigkeit des Zaren und seiner Regierung, das Leben in der russischen Hauptstadt zu einem schlechten Witz. Kosaken patrouillierten auf den großen Straßen. Sie waren bereit, beim kleinsten Anzeichen von Unruhe zuzuschlagen. Die Schlangen der Hausfrauen vor den Läden wurden immer länger, und das Schlangestehen wurde immer nutzloser. Schon früh morgens, bei barbarischen Temperaturen, stellten sich die tapferen Frauen vor den Geschäften auf und warteten auf Brot – falls es überhaupt welches gab. Die Soldaten der Petrograder Garnison wurden immer zurückhaltender. Sie scheuten sich, gegen die wachsende Zahl von Demonstranten Gewalt anzuwenden. Die Garnison bestand fast ausschließlich aus unwilligen Zwangsverpflichteten aus den Arbeitervierteln von Petrograd. Sie konnten die Sorgen und Nöte der Bevölkerung verstehen und nachvollziehen – ihre eigenen Familienmitglieder befanden sich unter den Unzufriedenen. Dennoch gehorchten sie – wie lange das allerdings noch so weitergehen würde, war unklar. Und den Vorgesetzten dieser Soldaten war das nur zu bewußt.
»Ich befürchte, daß es zum absoluten Chaos, zur Katastrophe kommt«, teilte Wolodja Grekow seinem Freund Prinz Andrej mit. »Die Taugenichtse, die sie jetzt eingezogen haben, sind es nicht wert, daß man ihnen Uniformen gibt. Mich macht ihr Anblick ganz krank. Sie haben sogar Streikende eingezogen, stell dir vor! Das ist der helle Wahnsinn. Es ist doch unrealistisch, von denen zu erwarten, daß sie die Regierung unterstützen.«
»Sie haben keine Wahl.«
»Aber du weißt, was dabei herauskommt? Es hat schon Fälle gegeben, wo sich die Soldaten geschlossen auf die Seite des Feindes

geschlagen haben, anstatt zu kämpfen. Es ist sogar vorgekommen, daß einfache Soldaten ihre Offiziere erschossen haben.«
Andrej sah seinen Freund besorgt an. »Und ich hatte gedacht, das sind alles nur Gerüchte.«
»Schön wär's. Aber ich weiß leider von zwei Offizieren, die auf diese Weise umgekommen sind.«
Prinz Andrej schenkte Wolodja noch einmal Wodka aus seinen Vorräten von vor dem Krieg ein. »Glaubst du, daß Nikolaus uns von diesem Elend endlich befreien wird und einen Separatfrieden mit Deutschland aushandelt? Es war doch eine dumme, sinnlose Vorstellung, auch nur zu glauben, daß wir auf diese Weise den Krieg für uns entscheiden können. Macht er sich denn eigentlich nicht klar, daß das Volk schon seine Absetzung fordert?«
»Weiß der Himmel, was sich unser Zar denkt. Ich habe gehört, daß er einen seiner Minister nach Schweden geschickt hat, damit er dort bei einer Geheimkonferenz mit den Deutschen verhandelt. Aber woher soll ich wissen, ob an dem Gerücht etwas Wahres dran ist?«
Prinz Malischew lehnte sich in seinem Sessel zurück. »Natalja behauptet, ihr sibirischer Freund habe dem Zar eine besondere Ikone gegeben, die er bei sich tragen soll, wenn er sich mit seinen Generälen berät. Das soll ihn wahrscheinlich unbesiegbar machen.«
»Nikolaus sollte lieber eine kugelsichere Weste tragen«, erwiderte Wolodja. »Ich habe schon von allen möglichen Plänen gehört, ihn abzusetzen – sogar Leute, von denen ich das nicht für möglich gehalten hätte, reden davon.«
»Ein Staatsstreich? Hältst du das für möglich, Wolodja?«
»Alles ist möglich.«
Seit seiner Rückkehr nach Petrograd, wo er als Ausbilder die neu rekrutierten Fabrikarbeiter betreuen sollte, war Wolodjas Zuversicht verschwunden. Er hatte miterlebt, wie die tapferen, ergebenen Kerle, die ohne groß nachzudenken in den Krieg gezogen waren, gefallen waren. Sie sollten jetzt durch Männer ersetzt werden, die in den tristen Armen- und Elendsvierteln der

Stadt aufgewachsen waren. Diese Männer schossen eher auf einen russischen Offizier als auf einen Deutschen, denn sie haßten ihre Vorgesetzten dafür, daß sie sie in den Tod schicken wollten.
Und seit kurzer Zeit erschienen notdürftig gedruckte Flugblätter, die den Arbeitern klarmachen sollten, daß sie mit dem Proletariat, egal welcher Nationalität, mehr gemeinsam hatten als mit denen, die ihnen die Befehle erteilten. In den Augen von Major Grekow war solche bolschewistische Propaganda ein beunruhigendes Zeichen für die Schwäche und den Autoritätsverlust der Regierung bei der Bevölkerung und bei der Armee. Er erinnerte sich nur ungern an das Jahr 1905 ...
Aber im Gegensatz zum Jahr 1916 hatte damals die Armee standhaft und ergeben auf der Seite der Regierung gestanden.
Inzwischen konnte man sich auf niemand mehr verlassen – am allerwenigsten auf die Petrograder Garnison.
»Komm, laß uns auf ein besseres 1917 trinken«, schlug der Prinz vor und schenkte Wolodja noch einmal ein.
Wolodja lächelte und kippte den Alkohol hinunter. »Laß uns darauf trinken, daß wir *dieses* Jahr überstehen«, meinte er. »Um 1917 können wir uns noch genug Gedanken machen, wenn es da ist – erst mal müssen wir so weit sein.«
Prinz Andrej beschloß, Adam zu bitten, die gesamte Familie mit amerikanischen Pässen zu versorgen – man konnte ja nie wissen.

30

Für Oleg Iwanow zählte nichts außer dem nächtlichen Umsatz in seinem vornehmen Etablissement am Fontanka-Kanal. Seine Mädchen hörten sich dort bis zum Erbrechen die Zukunftsängste ihrer Kunden an – Offiziere, die ihre Sorgen in einer rasenden Hetzjagd nach Vergnügungen zu ertränken suchten. Immer häufiger wurden die absonderlichsten Dreier- und Viererkombinationen bestellt, während die schwindelerregenden Verluste an der Front die Lebenserwartung mancher Männer auf fast Null schrumpfen ließ. Die Überlebenden des Krieges waren verrückt nach Ablenkung und ruinierten sich in den Hurenhäusern und den Theatern von Petrograd, während auch sie schon dem Tode geweiht waren.

Oleg war reicher, als er es sich jemals erträumt hatte. Und nun mußte er feststellen, daß dies ein zweifelhaftes Vergnügen war. Von einem imposanten, antiken französischen Schreibtisch aus führte er ein *Maison de plaisier*, das den großen Häusern in Paris ebenbürtig war. Aber tief in seinem Innern wußte er, daß seine Tage gezählt waren, falls jemand seine wahre Identität aufdecken würde. Er müßte sterben oder, noch schlimmer, in einem Kerker schmachten, während irgendein Konkurrent sich all das hier unter den Nagel reißen würde.

An manchen Tagen und in manchen Nächten überkam ihn das Bedürfnis, seine Feinde auszuspionieren. Er kostete das Vergnügen aus, sie zu beobachten, während er selbst unsichtbar blieb. Er schlenderte allerdings nie direkt vor dem Swiridow-Palast hin und her, sondern schlich um ihn herum und blieb an der Alexander-Brücke stehen, als ob er den Schlittschuhläufern zusähe. Von dort richtete er seine kleinen Schweinsäuglein auf das riesi-

ge neoklassizistische Gebäude und suchte nach einem Anzeichen von Prinzessin Anja.
Manchmal wurde sein Warten belohnt, und er erhaschte einen Blick auf sie; häufiger allerdings mußte er unbefriedigt und um dieses seltsame Vergnügen betrogen in sein Bordell zurückkehren. Obwohl er sie fürchtete, war er doch merkwürdig fasziniert von ihr und lebte für diese seltenen Momente, in denen er sie beobachten konnte. Die ganze Zeit versuchte er, einen geeigneten Zeitpunkt für einen weiteren Mordversuch an der Frau auszumachen, die ihn bis in seine Träume hinein quälte. Denn bei einer solchen Dämonin wie Anna Nikolajewna mußte man vorsichtig ans Werk gehen.
An einem stürmischen und grauen Dezembernachmittag beobachtete Oleg, wie die ganze Familie das Haus verließ und in einen glänzenden schwarzen Schlitten stieg, der von zwei tänzelnden Pferden gezogen wurde. Silberglöckchen bimmelten fröhlich, die Kinder waren ausgelassen, und Anja winkte einem Nachbarn zu, als der Schlitten am Ufer entlang in Richtung Alexander-Brücke fuhr.
Als sie an die Brücke kamen, drehte Oleg sich neugierig um. Er sah Anja Arm in Arm mit ihrem Gatten. Beide waren in dicke Zobelpelze eingepackt. Neben ihnen saßen die Kinder. Der Mann ist nicht von Belang, dachte Oleg. Es war der gleiche, den er beinahe in jenem französischen Museum erledigt hatte. Er bedauerte ihn nahezu, daß er mit dieser Frau zusammenleben mußte. Sie mußte noch zehnmal schlimmer sein, als Wanda es je war.
Aus den Augenwinkeln heraus beobachtete er, wie der Schlitten abbog und den Liteinij-Prospekt hinunterfuhr. Beinahe hatte ihn das Gefühl der Enttäuschung überwältigt und nahm ihm den Atem. Er lehnte sich an das Brückengeländer und versuchte, diese Gefühlsaufwallung niederzukämpfen. Er empfand eine hilflose Wut. Er wollte, daß sie sich in seiner Gegenwart machtlos fühlte und er sie demütigen und ihr die Kinder entreißen konnte, ihr dabei ins Gesicht lachen – und sie dann töten konnte. Dann wäre er ruhig und zufrieden – erst dann.

Die Duma* tagte in einem Saal mit weißen Säulen. Die Stimmung gegen die Monarchie war hier fast dieselbe wie draußen auf der Straße in den Schlangen, wo die Menschen um Brot anstanden. Während Oleg auf der Alexander-Brücke stand, entschieden sich die Abgeordneten, gegen Grigorij Efimowitsch Rasputin einzuschreiten. Wie ein Mann forderten sie seine Verbannung vom Hof des Zaren – das hieß, wohl mehr der Zarin. Denn Nikolaus war jetzt ständig beim Generalstab und hatte seiner Frau die Leitung der Regierungsgeschäfte in die Hand gegeben.
Ein Abgeordneter nach dem anderen ging zum Rednerpult und prangerte den verhaßten *Starets* an. Aber als sich Wladimir Purischkewitsch, der ein glühender Anhänger der Monarchie und Mitglied der äußersten Rechten war, erhob und auf das Pult zuging, herrschte Totenstille. Jeder wartete gespannt auf etwas Außergewöhnliches. Und Purischkewitsch spürte, daß es ein historischer Augenblick war, und enttäuschte sie nicht. Er erinnerte die Abgeordneten an die Beweise seiner unerschütterlichen Treue zur Monarchie und zur Zarenfamilie; dann hing er der teuflischen Clique der Zarin und ihrer Ratgeber eine donnernde Klage an; er beschuldigte sie, mit ihren Schurkereien, Machtgelüsten und suspekten Treuebeweisen Schande über die russische Monarchie zu bringen und sie zu besudeln. Er rief alle wahren Russen auf, den Zar aufzufordern, sich endlich durchzusetzen und diese Parasiten zu verjagen, die sich so nahe an den Thron herangewanzt hatten.
Grigorij Efimowitsch führte die Liste dieser Parasiten an.
Als Purischkewitsch seine Rede beendet hatte, herrschte so große Begeisterung und seltene Einmütigkeit, daß es schwer war, den donnernden Applaus zu übertönen. Einzelne Männer verlangten lauthals den Tod des *Starets*, andere auch den der Zarin. Ein jugendliches Mitglied nahm die Aufforderung Purischkewitschs so persönlich, daß er sich bei ihm meldete und sich erbot, bei der Hinrichtung behilflich zu sein. Und so wurde aus

* Das Parlament (Anm. d. Übers.)

Prinz Felix Jusupow, einem Kunst- und Frauenliebhaber, dem Gatten einer zaristischen Prinzessin und einem früheren Anhänger Rasputins aus lauter Hingabe zur Monarchie ein Mörder.

31

An dem Tag des großen Ereignisses klagte Komtesse Tatjana Derschawina, daß Prinzessin Xenias Zofe überhaupt keine Ahnung von der neuesten Haarmode habe. Sie schluchzte herzzerreißend und erklärte ihrer Tante, daß ihr der ganze Abend verdorben wäre, wenn diese Frau sie frisieren sollte. Xenia und die gekränkte Zofe wechselten einen Blick und fragten sich, wer Tascha wohl zufriedenstellen könnte.

»Anjuschkas Zofe«, verlangte die junge Komtesse.

»Und wer soll Anja frisieren?«

Das kümmerte Tatjana Sergejewna nicht im geringsten.

Prinzessin Xenia klopfte mit ihrem Fuß auf den Parkettboden des Schlafzimmers und erwog die Forderung. Sie hatte schwer und hart gearbeitet, damit die Einführung ihrer Nichte in die Gesellschaft ein Erfolg werden konnte. Denn in diesen Zeiten verloren gesellschaftliche Ereignisse ein wenig an Glanz, weil der Krieg manche Mängel mit sich brachte und zunehmend eine Tendenz zu Tage trat, auf nicht lebensnotwendige Dinge zu verzichten. Selbst bei ihren Kränzchen sparten die Damen schon an Strom; und freundschaftliche Kontakte zu Metzgern und Bäckern wurden sorgfältig gepflegt.

»Nun gut, Liebling«, stimmte Xenia zu. »Ich werde Anjuschka anrufen und sie fragen, ob sie sich damit einverstanden erklärt, uns heute nachmittag Sonja zu leihen.«

»Gut«, nickte Tascha. »Daria eignet sich sowieso eher dafür, ältere Herrschaften zu frisieren.«

Daria, die Zofe der Prinzessin, kam zu dem Schluß, daß es am besten sei, unerschütterlich zu Boden zu blicken. Prinzessin Xenia war eine sehr schöne und elegante Dame. Daria hätte es

durchaus gebilligt, wenn sie dieser kleinen Hexe eine geklebt hätte. »Ältere Herrschaften«, also wirklich!
Doch zu Darias Überraschung ging Xenia über diese Bemerkung hinweg und verließ lediglich den Raum, um den Anruf zu erledigen. Sie war nicht in der Stimmung, Zeit oder Energie bei einem lächerlichen Wortgefecht mit ihrer Nichte zu verschwenden. Sie hatte Besseres zu tun. Und eine ganze Menge dazu.
Die prachtvollen Räume des großen Malischew-Palais waren auf ihr Geheiß von dem führenden Floristen der Stadt in einen riesigen Garten verwandelt worden. Bogengänge aus weißen Rosen, Blumenteppiche aus anderen Blumen und Ranken aus Stechwinden schufen die Illusion von Frühling, und das mitten in einem der härtesten Winter, die Petrograd je erlebt hatte. Kräftige Frauen halfen den Floristen, denn die Männer weilten seit langem an der Front. Und die Blumen, die den Ballsaal und die Eingangshalle schmückten, entstammten den Treibhäusern der Swiridows in Zarskoje Selo und kamen nicht von der Krim. Aber die Hauptsache war – und das war Prinzessin Anja zu verdanken –, daß überhaupt welche zur Verfügung standen.
Was man leider von den jungen Männern nicht sagen konnte, die Xenia Alexandrowna eingeladen hatte – oder hatte einladen wollen. Allein in den letzten vier Monaten hatten drei ihrer Freunde ihre Söhne verloren. Das beschnitt Tatjana Sergejewnas Aussichten ein weiteres Mal. Wenn dieser Krieg noch lange dauerte, bliebe kein einziger junger Mann mehr übrig.
Am Vormittag hatte Adam Erkundigungen eingezogen, ob es möglicherweise zu Straßenunruhen kommen könnte. Doch obwohl man ihm berichtet hatte, daß mit nichts Außergewöhnlichem zu rechnen sei, riet er Anja, ihre Robe und ihre Juwelen zu nehmen, so früh wie möglich zum Malischew-Palais zu fahren und sich dort umzuziehen. Sie nahm ihre Kinder als Spielkameraden für Nicki Grekow mit, der bei Xenia lebte, bis seine Mutter wieder zur Vernunft kommen würde.
Als Sonja mit ihrer Herrin im Malischew-Palais ankam, war Tascha ganz zufrieden, daß sie den Rest der Zeit, der ihr noch bis zum Ball blieb, mit ihrer und Anjas Zofe in Ruhe gelassen wur-

de. Sie waren damit beschäftigt, ihre langen, seidigen Locken wieder und wieder zu stecken, während Tantchen und Anjuschka die letzten Vorbereitungen für ihre Einführung in die Gesellschaft trafen.

Anja, die ja vor einigen Jahren um einen solchen Ball gebracht worden war, war selbst fast so aufgeregt wie ein junges Mädchen. Der Blumenduft mitten im Winter berauschte sie, und sie ging voll fiebriger Vorfreude mit ihren Zwillingen von Raum zu Raum. Sie sog den Geruch ein und rief sich den Tag im Garten ihres Großvaters in Erinnerung, als sie Adam zitternd gefragt hatte, ob er sie heiraten wolle.

Sie erinnerte sich wehmütig an diese ersten Augenblicke mit Adam, und ihr wurde klar, wie viel er ihr bedeutete. Sie konnte sich nicht ausmalen, wie schrecklich ihr Leben ohne ihn verlaufen wäre. Er hatte ihr sein Ja ohne Zögern gegeben, und dabei hatte er genau gewußt, was für unflätige Gerüchte über sie in Umlauf waren. Adam Michailowitsch war ein wahrer Schatz.

Zu dem Zeitpunkt, da Tascha Sonja entließ und sich diese Anjas Haaren widmete, machte sich Adam auf den Weg zum Malischew-Palais. Auch er mußte sich noch umziehen, und die Bälle in St. Petersburg begannen immer sehr früh. Auch wenn die Hauptstadt einen anderen Namen bekommen hatte, sah die Gesellschaft der Stadt noch keinen Grund, auch ihre Gewohnheiten zu ändern. Deshalb war es noch früher Nachmittag, als Adam sein Büro verließ.

Sein Kutscher, der draußen auf ihn wartete, machte einen geistesabwesenden Eindruck. Auf seine Nachfrage hin erzählte ihm der Bursche, daß er mehrere Abteilungen von Kosaken gesehen hatte, die den Newski-Prospekt hinauf geritten waren; es habe so ausgesehen, als ob sie auf ein Scharmützel ausgewesen seien. Meinte der *Barin* nicht auch, daß es vielleicht besser wäre, eine andere Route zu nehmen?

Adam zögerte. Einerseits hatte er nicht die geringste Lust, heute nachmittag in ein Gerangel verwickelt zu werden, aber andererseits war der Newski-Prospekt auch der kürzeste Weg zu Xenias

Haus. Wenn sie auf Seitenstraßen auswichen, würde es ewig dauern. Und er wollte nicht wagen, zu spät zu kommen.
Der *Barin* schüttelte den Kopf, setzte sich in den Schlitten und ordnete an, über den Newski-Prospekt zu fahren. Die Stadt war eine einzige Gerüchteküche. Wenn es irgendwo Ärger gäbe, wäre das bis zu ihm vorgedrungen.
»Jawohl, Hoheit«, nickte der Kutscher, und der Schlitten setzte sich in Bewegung.
Als sie vom Liteinij-Prospekt auf den breiten Newski-Prospekt einbogen, sah Adam das gewohnte Bild: Hausfrauen bildeten Schlangen vor Lebensmittelgeschäften, Schulkinder kamen aus dem Unterricht und bewarfen einander mit Schneebällen, Offiziere fuhren in den glänzenden Schlitten des Generalstabs – nichts Ungewöhnliches.
Aber ein paar hundert Meter weiter sahen Adam und sein Kutscher, wohin all diese Kosaken geritten waren.
»Soll ich umdrehen, *Barin?*« fragte der Kutscher.
»Fahr geradeaus weiter. Sie scheinen den Verkehr nicht aufzuhalten. Wir können durchfahren.«
An der Kasan-Kathedrale scharten sich Demonstranten um das Standbild des General Kutusow. Es waren hauptsächlich Frauen, die erbittert Parolen gegen den Krieg schrien und das Ende der Alleinherrschaft forderten. Hauptsächlich aber schrien sie nach Brot. Bis jetzt waren die Kosaken nur Beobachter des Geschehens, aber Adam und sein Kutscher wußten, daß sich das jeden Augenblick ändern konnte.
»Khabalow ist beauftragt, die Stadt von allen Demonstranten freizuhalten«, gab der Kutscher zu bedenken und ließ das Pferd leicht die Peitsche fühlen. »Und er erhält seine Befehle von ganz oben.«
General Khabalow, der Stadtkommandant, hatte die undankbare Aufgabe, Ruhe und Ordnung aufrechtzuerhalten, während die Bevölkerung von Tag zu Tag unruhiger wurde. Sie wartete nur auf ein Signal, um irgend etwas vom Zaune zu brechen. Bisher wußte niemand, was dieses »etwas« sein sollte, aber die Spannung war nahezu greifbar und hielt die Militärs in Atem. Jede

Agitation an einer Straßenecke wurde als schwere Bedrohung angesehen, die sofort unterdrückt werden mußte, um die Stabilität des Systems nicht zu gefährden. Schon wenn sich mehrere Menschen an einem Ort versammelten, wurde das als bevorstehende Revolution angesehen.

Als Adam in seinem Schlitten an den Soldaten vorbeigefahren war, wandte er sich um, um das weitere Geschehen zu beobachten. Kaum waren sie an dem gefährlichen Punkt vorbei, da hörte er die Stimme des befehlshabenden Offiziers. Er forderte die Leute auf, sich zu zerstreuen.

»Schneller«, befahl der Prinz. Die Demonstranten rührten sich nicht vom Fleck, aber unschuldige Passanten flüchteten auf die andere Straßenseite und drängten sich dort an der Straßenecke zusammen, wo die Nähmaschinenfabrik stand. »Die Kosaken bereiten sich darauf vor, sich auf die Menge zu stürzen.«

Kaum hatte er diese Worte ausgesprochen, als der Offizier sein Schwert zog und mit seinen Männern im Galopp auf die Demonstranten zuritt. Einige von ihnen wurden auf den eisigen Boden gerissen und lagen dort ausgestreckt unter den Pferdehufen. Der Prinz, der zum ersten Mal einen Kosakenangriff sah, war schockiert.

Die Soldaten schlugen mit Peitschen, deren Spitzen mit Stahl verstärkt waren, auf eine größere Gruppe von Frauen ein. Ohne große Schwierigkeiten lösten sie diese Ansammlung auf, dann jagten sie wütend hinter jedem her, der versuchte, sich in Sicherheit zu bringen. Sie schlugen Mädchen mit solch spielerischer Grausamkeit zu Boden, daß es Adam den Magen umdrehte. Wenn die Regierung so vor diesen ängstlichen und hungrigen Frauen zitterte, dann war sie in schlechterer Verfassung, als er bisher angenommen hatte. Sie verlor das Vertrauen in ihre Fähigkeit, mit diesen Problemen in angemessener Weise fertig zu werden.

In Momenten wie diesem fühlte er sich in diesem Land besonders fremd.

»So liegen die Dinge nun mal, *Barin*«, sagte der Kutscher, als er den Gesichtsausdruck seines Fahrgastes sah.

Das mag zwar sein, dachte Adam, aber es war grausam, so mit Menschen umzugehen, deren hauptsächliches Begehren Brot war. Und es gab ihnen noch mehr Grund zum Protest.

Als Prinz Adam den Malischew-Palast am Moika-Kanal betrat, hatte Anja ihre Toilette schon fast beendet. Sie saß in dem Raum, den sie als junges Mädchen bewohnt hatte und in dem sie ihre erste gemeinsame Nacht miteinander verbracht hatten. Sie hier zu sehen, versetzte ihn um mehr als fünf Jahre zurück, in eine glücklichere Zeit. Es fiel einem schwer zu glauben, daß man sich in der gleichen Stadt befand.

»Du siehst wunderbar aus«, sagte er und bestaunte ihre elegante Erscheinung. Sie trug ein neues, roséfarbenes Abendkleid aus seidiger Charmeuse. Die Säume waren mit Schwanenfedern besetzt, und es war über und über mit winzigen Perlen bestickt. »Ich fürchte, du wirst unsere kleine Debütantin ausstechen.«

»O nein«, lachte sie. »Das weiß ich genau. Der heutige Abend gehört Tascha ganz allein. Du solltest sie sehen. Sie strahlt förmlich.«

Aber er hatte bemerkt, daß Anja sein Kompliment zu schätzen wußte.

Anja und ihr Gatte gingen zu Tante und Onkel, die in einem kleinen Salon im zweiten Stock saßen. Auch Tatjana Sergejevna war dort. Sie trug offensichtlich alle Diamanten, die ihre Mutter je besessen hatte; sie glitzerte wie ein Kristallüster; Brillanten funkelten um ihren Hals, an ihren Armen und ihren Ohren und waren sogar in ihrem Haar verstreut.

»Tascha«, sagte Adam galant, »du siehst großartig aus.«

Prinzessin Xenia lächelte diplomatisch. Sie fürchtete, daß ihre Nichte eher aussah wie ein Weihnachtsbaum. Diamanten waren zwar angemessen, aber normalerweise trugen junge Mädchen nicht den gesamten Inhalt ihrer Schmuckschatullen. Das machten eher Kurtisanen. Aber Xenia hatte keine Lust mehr, diesem Geschöpf noch weitere unerbetete Ratschläge zu erteilen. Wenn sie glitzern wollte, bitte, dann sollte sie glitzern. Es war ihr Ball. Und das Ballkleid war wirklich elegant. Niemand hätte deswegen ihren Geschmack in Frage stellen können.

In dieser Saison, in der bemerkenswerte Feste sehr rar waren, war der Ball der Komtesse Derzharwina das Ereignis. Und während sachte der Schnee fiel und die Räume des Malischew-Palais schon in funkelndes Licht getaucht waren, kamen die Gäste an. Sie fuhren in eleganten Schlitten vor, eingehüllt in Zobel, Fuchs, Nerz oder Chinchilla. Die Damen wurden von Herren begleitet, die entweder die goldlitzenverzierte Galauniform des Garderegiments trugen oder das zivile Pendant – einen weißen Frack mit weißer Fliege.
Die Passanten rissen vor Staunen die Münder auf und blieben stehen; sie hofften, einen Blick auf die eine oder andere Prinzessin oder auch den einen oder anderen Prinzen zu erhaschen. Einen Teil des Geschehens im Palais konnten sie durch die großen Fenster beobachten: die glitzernden Kristallüster beleuchteten die tanzenden Gäste. Damen in Pariser Roben, die noch aus der Vorkriegszeit stammten, waren mit verschiedenartigsten Juwelen herausgeputzt und wirkten wie kunstvoll handgearbeitete Puppen, die Walzer tanzten. Die Männer wirkten nicht weniger exotisch. Ihr Anblick versetzte die Bürger in Entzücken, die Gäste erschienen ihnen nicht ganz von dieser Welt.
Diejenigen unter ihnen, die sich noch an die Bälle der Vorkriegszeit erinnerten, priesen es als ein großes Glück, diesen hier entdeckt zu haben. Denn es war früher üblich gewesen, das übriggelassene Essen an die Armen zu verschenken. Sie hofften, daß die Sitte auch bei diesem Ball nicht in Vergessenheit geraten war. Denn die meisten Leute, die hier auf der Straße standen, hatten nur wenig zu beißen. Die Krumen von Prinz Malischews goldenen Tellern wären für sie ein wahres Festmahl, das sie zu Hause mit großem Genuß verspeisen würden.
Komtesse Derschawina tanzte um der lieben Höflichkeit willen mit allen möglichen Onkeln und Freunden der Familie. So hätten sie fast einen Herrn übergangen, der besonders darauf erpicht war, sie in seinen Armen zu halten. Zu seinem großen Verdruß hatte er sich schon sehr anstrengen müssen, um überhaupt auf ihre Ballkarte geschrieben zu werden.
Als Tascha dann in Billy Whitmores blaue Augen blickte,

schenkte sie ihm ein solches Lächeln, daß er sie am liebsten sofort auf sein Luchsfell getragen hätte. In diesem Moment ein besonders sündhafter Gedanke.

»Du bist wunderschön, Tascha«, murmelte er und genoß ihren Anblick in dem Ballkleid. Es war wirklich ein Meisterwerk.

Prinz Adam beobachtete, wie sein Bruder die Komtesse in einem Tango durch den Raum führte, und verzog fast unmerklich die Lippen. Anja sah dies und unterdrückte ein Lächeln. Ihr Gatte benahm sich wie ein Dinosaurier – oder wie ein mißbilligender Vater.

»So wie du dich aufführst, könnte man meinen, daß Billy ein Casanova ist«, murmelte sie. »Wenn du wirklich um Taschas Tugend fürchtest, dann solltest du mehr auf diesen Husaren dort drüben achten. Er soll der Grund dafür sein, daß mehrere hochrangige Papas ihre Töchter hinter Schloß und Riegel halten.«

Der Prinz lächelte. »Tascha wird Houdini genauso schnell wie jeden anderen Mitgiftjäger abblitzen lassen. So etwas würde sie doch in kürzester Zeit durchschauen.«

»Ja, wahrscheinlich hast du recht«, kicherte Anja. Sie beobachtete weiter ihre Cousine, die elegant im Tangoschritt durch den Saal glitt. Dieser Tanz war der letzte Schrei, und sie hatte ihn stundenlang zusammen in der nun leeren Gemäldegalerie geübt. Hauptsächlich, wenn Adam nicht zu Hause war. Und nun gab die junge Komtesse eine bemerkenswerte Vorstellung; mit gehobenen Augenbrauen tanzten sie und ihr Partner immer wagemutigere Figuren. Doch als Anja weiter hinschaute, fiel ihr auf, daß die beiden zu perfekt miteinander tanzten. Denn das war kein Tanz, den man mit einem fremden Partner glatt über die Bühne brachte. Die beiden hatten viel Zeit miteinander verbracht. Aber wann? Und wo?

Prinzessin Anja fing einen Blick von Xenia auf, die am anderen Ende des Ballsaales stand. Sie fragte sich, ob ihre Tante wohl das gleiche dachte. Wenn von ihrer Vermutung auch nur ein Fünkchen wahr war, dann war Billy tatsächlich der verruchte Bursche, als den ihn Adam immer hinstellte. Prinzessin Anja errötete leicht bei dem Anblick von Tatjana Sergejewna und ihrem

Partner. Sie hoffte inständig, daß niemand sonst in dem Saal ihre Vermutung teilte.

Als die Gesellschaft dann um Mitternacht zum Diner schritt, fanden sie elegant gedeckte Tische vor, die mit allen nur erdenklichen Delikatessen beladen waren. Xenias Koch hatte schwer gearbeitet, um dies hier auf den Tisch zu bringen – und ein Vermögen an Bestechungsgeldern ausgegeben, als er die Zutaten besorgt hatte. Zwischen den goldenen Tellern, dem feinen Porzellan und dem erlesenen Kristall standen Silberschalen, in denen taufrische Frühlingsblumen einen betörenden Duft verbreiteten.

Nach einem großartigen Mahl gingen die Gäste in den Ballsaal zurück. Sie wurden dort von Lakaien empfangen, die den Damen kleine Sträußchen aus Tausendschönchen und Röschen überreichten. Sie nahmen sie erfreut an. Es war eine charmante Geste, mitten in diesem Petrograder Winter.

Der Ball ging gegen fünf Uhr morgens in unübertroffenem Glanz langsam seinem Ende zu. Komtesse Tatjana war allerdings noch zu aufgeregt, um zu Bett zu gehen; und so saß sie noch stundenlang mit ihrer Tante und ihrer Cousine beisammen und durchlebte noch einmal jede Einzelheit der Nacht, bis die drei Damen fast zusammenbrachen. Adam und Andrej hatten sich bereits um fünf Uhr dreißig zurückgezogen, zu müde, um auch nur noch ein weiteres Wort zu hören.

Bevor sie zu Bett ging, sah Prinzessin Xenia hinaus in den verhangenen Vormittag. Sie war dankbar, daß kein Aufruhr die Gäste am Kommen gehindert hatte, und sah beklommen, daß Kosaken vor ihrem Fenster vorbeiritten. Es war ein ungewöhnliches Bild.

Wenn Soldaten durch diese Gegend hier patrouillierten, verhieß das nichts Gutes.

Aber zu diesem Zeitpunkt war die Prinzessin so erschöpft, daß sie nichts als schlafen wollte. Selbst wenn die Revolution vor ihrer Haustür begonnen hätte, sie hätte nichts davon bemerkt.

In den Wochen nach Tatjana Sergejewnas Ball gab es zwar einige, aber nur vereinzelte Unruhen. Die Demonstranten auf dem Newski-Prospekt wurden immer wagemutiger und waren immer weniger gewillt, den Anordnungen der Soldaten und der bewaffneten Polizei Folge zu leisten, die die Ordnung aufrechterhalten sollten. Die Brücken über die Newa wurden jetzt sehr genau überwacht, um zu verhindern, daß große Gruppen von Fabrikarbeitern aus Wyborg sie überquerten. In dieser Atmosphäre konnte sie schon die schlechte Laune eines einzelnen Mannes eine Rebellion auslösen, die furchtbare Folgen hatte.

Major Wolodja Grekow leistete jetzt seinen Dienst in der Petrograder Garnison. Zwischen seinen Patrouillengängen machte er von Zeit zu Zeit einen Abstecher zum Malischew-Palais und äußerte sich dort sehr pessimistisch. Er behauptete, daß die Regierung nur noch mit einer Schiffsladung von zuverlässigen Grenztruppen eine Chance habe. Denn bei einer Konfrontation mit den Einwohnern hier ging er davon aus, daß seine Männer meutern und ihn erschießen würden.

General Khabalow, der nervöse Stadtkommandant, konnte sich nicht im geringsten vorstellen, wie mit der Situation fertig zu werden sei. Er verlor jeden Tag mehr an Boden, und er wußte es. Er war gezwungen, sich auf Soldaten zu verlassen, die selbst Arbeiter waren und gegen ihren Willen zum Militärdienst gepreßt worden waren. Bei einer größeren Erhebung konnte man nicht auf sie zählen, denn sie würden ihre Freunde und Verwandten auf der anderen Seite der Barrikade sehen. Und ausgebildete Offiziere waren inzwischen eine nahezu ausgestorbene Gattung, der Krieg hatte sie in einem erschreckenden Ausmaß dahingerafft. Major Wolodja Grekow war tatsächlich ein seltener Vogel, er hatte Preußen 1914 und Polen 1915 überlebt. Andrej nannte ihn unverwüstlich, aber Wolodja war sich da nicht so sicher. Es gab immer ein morgen und einen weiteren Kampf; und sein Glück konnte nicht ewig dauern.

Eine Tatsache, die Malischew, Grekow und ihren Freunden Hoffnung machte, war die Nachricht, daß der Zar am nächsten Tag in der Duma erwartet wurde. Man rechnete damit, daß er dort eine Rede halten würde, mit der er eine Kehrtwende der zaristischen Politik einzuleiten versuchte. Wenn der Zar sich aus eigener Kraft von den Überresten der Rasputin-Clique befreien konnte, die ständig um die Zarin herumscharwenzelten und den Thron beeinflußten – obwohl der *Starets* tot war –, dann war vielleicht ein Fortschritt möglich. Es war aller Wunsch.

Aber in Anbetracht der vergangenen Fehler und der Starrköpfigkeit der Regierung war dies eine hohe Erwartung.

32

Auf dem Heimweg von der Stawka war Prinz Adam Swiridow völlig ermattet und niedergeschlagen von dem, was sich dort ereignet hatte.

Er war zusammen mit Billy zum Zaren gerufen worden, und Nikolaus hatte ihnen in seinem perfekten Englisch sehr für ihren Einsatz bei der Amerikanisch-Russischen Freundschaftsgesellschaft gedankt. General Brusilow gab ihnen zu Ehren ein Festessen, bei dem ihnen gedankt und gratuliert wurde. Viele Runden von Wodka wurden auf sie geleert – und dann wurde ihnen eröffnet, daß die Freundschaftsgesellschaft auf russischem Gebiet ihre Arbeit einstellen müsse. Denn von nun an würde die Regierung alles in eigener Verantwortung übernehmen, um die Kriegshilfe besser zu koordinieren.

Prinz Adam Swiridow vernahm fassungslos diese völlig unerwartete Verfügung und hätte seinem Zorn beinahe sehr undiplomatisch freien Lauf gelassen. Das ist doch absurd, protestierte er. Seine Organisation hatte doch mehr für die Verwundeten getan als jede andere zivile Einrichtung. Geschweige denn die russische Armee. Oder war das der Grund für die Auflösung? Er erinnerte sich an die feindselige Haltung der Offiziere in Polen.

Billy versuchte, seinen Bruder zu zügeln. Die Freundschaftsgesellschaft war für seine Karriere von unschätzbarem Nutzen, und er mußte unbedingt retten, was zu retten war. Zum Teufel mit dem humanitären Aspekt! Es war eine großartige Möglichkeit gewesen, Informationen zu beschaffen.

»Wir glauben, daß die Russen dieser Aufgabe eher gewachsen sind«, knurrte ein Oberst, auf dessen Brust die Orden von Tannenberg und Galizien prangten.

»Das ist völliger Blödsinn, und das wissen Sie auch«, brauste der

Prinz auf und begab sich damit auf gefährliches Terrain. »Unserer Gesellschaft kann keiner das Wasser reichen.«
Und damit mußte Billy eingreifen. Denn der Tonfall hatte an Schärfe zugenommen, und die beiden Männer waren kurz davor, sich zu prügeln.
»Ihr verdammten Ausländer seid wie die Geier«, brüllte der Oberst. »Ihr seid alle gleich – ob Deutsche, Amerikaner oder Franzosen! Ich hasse euch alle!«
Seine Freunde hielten ihn zurück, damit er die russisch-amerikanische Freundschaft nicht noch weiter zerstören konnte. Aber tief in ihren Herzen dachten sie das gleiche.
Auf ihrem Heimweg nach Petrograd waren Adam und sein Bruder sehr schweigsam. Sie starrten hinaus in die dunkler werdende Landschaft. Sie hatten sich nie viel zu sagen, und so war ihr Schweigen nichts Ungewöhnliches. Aber jetzt fühlte sich Adam genötigt zu sprechen.
Ruhig sagte er: »Sie stehen kurz vor dem Zusammenbruch. Dieser Oberst heute ist nur einer von Hunderten, die dem Ganzen nervlich nicht mehr gewachsen sind. Dieses Land hat zuviel Blut vergossen. Es kann die Situation nicht länger ertragen. Und nun sind sie versucht, die Schuld auf etwas abzuwälzen, damit sie es fassen können. Sie wollen, daß ihre Opfer sinnvoll waren.«
Traurig schüttelte er den Kopf. Es war alles verloren. Und schlimmer noch, dieses Abenteuer hatte das Land ruiniert; seine Wirtschaft, seine Regierung und seine Einwohner waren in so großer Bedrängnis, daß ein Vulkanausbruch unvermeidlich war.
»Billy«, sagte der Prinz und erstaunte seinen Bruder durch seinen brüsken Tonfall. »Ich werde jetzt ein paar alte Schulden eintreiben. Ich brauche deine Hilfe.«
»Selbstverständlich. Ich werde tun, was in meiner Macht steht.«
Billy gefiel dieser Tonfall ganz und gar nicht. Er bedeutete Ärger.
»Das ist gut. Denn ich will eine ganze Menge von dir.«
Nun wurde Billy ziemlich nervös. Er musterte Adam, dessen Tonfall klang, als ob er eine lange Liste von Beschwerden vorzutragen hätte. Was zum Teufel wollte er von ihm?

»Wir wissen beide, daß Rußland einer Katastrophe entgegengeht. Vielleicht sogar einem Bürgerkrieg.«
»Ja.«
»Nun, und ich habe vor, meiner Familie das Schlimmste zu ersparen.«
»Das ist nur verständlich.«
»Und du wirst mir dabei behilflich sein. Mit anderen Worten, wir beide werden den größten Coup unserer glorreichen Karriere landen – wir werden mehrere Millionen in Goldbarren außer Landes schaffen.«
»Jesus Christus! Das ist völlig unmöglich. Du mußt wahnsinnig sein, Adam. Dafür können wir erschossen werden!«
»Erst muß man gefaßt werden, bevor man erschossen wird. Und uns wird man nicht erwischen, weil du den Schutz der Botschaft für unsere kleine Aktion in Anspruch nehmen wirst. Nutze deine Kontakte. Aber laß kein Sterbenswörtchen davon verlauten, was wir wirklich vorhaben. Es ist eine brisante Angelegenheit.«
»Eine brisante Angelegenheit! Zum Teufel, du solltest besser sagen, es ist ›strengstens untersagt‹. Und zwar ausdrücklich. Nein, da mache ich nicht mit! Das Risiko ist mir zu hoch.«
Prinz Swiridow packte seinen Bruder am Mantelkragen und zog ihn fast von seinem Sitz.
»Hör mir mal zu, du kleiner Bastard«, zischte er. »Es war ein zu hohes Risiko, meine Frau allein nach Warschau fahren zu lassen und selbst zu Hause zu bleiben und mit einer fünfzehnjährigen Komtesse herumzuhuren. Und jetzt behältst du entweder die Nerven, oder Prinzessin Malischewa erscheint bei deinem Botschafter im Büro und fordert deinen Kopf, weil du ihre Nichte verführt hast. Und Anja stärkt ihr dabei den Rücken. Sie wird dich ruinieren.«
Billy war so überrascht, daß ihm fast das Herz stehenblieb. Wie konnte Adam davon wissen? Tascha hatte doch nichts erzählt? Oder doch? »Ich weiß nicht, wovon du sprichst«, stammelte er.
»Von deinen heimlichen Zusammenkünften mit Komtesse Derschawina in deiner Wohnung.«

Adam hatte ihm nachspioniert! Dieser scheinheilige Bursche! Diese Vorstellung verletzte ihn zutiefst. Sein eigener Bruder war nicht besser als all die Schnüffler der Geheimpolizei, die den Botschaftsangestellten nachspürten. Er war russischer geworden als ein Russe.
Nach einer langen und peinlichen Pause sagte Billy betreten: »Ich habe sie nicht verführt. Es beruhte auf Gegenseitigkeit. Ich habe vor, um Komtesse Derschawinas Hand anzuhalten.«
»Du Bastard«, erwiderte Adam. Genauso wie Anja hatte er in der Nacht des Balls Verdacht geschöpft. Doch die Anklage hatte er aus der Luft gegriffen. Bis zu dem Schuldbekenntnis seines Bruders hatte Adam keinen Beweis in der Hand gehabt. »Ich verabscheue dich«, murmelte er angeekelt.
»Bitte, sag niemandem etwas davon. Es wäre eine Katastrophe für mich.«
»Ich habe dir eine Möglichkeit aufgezeigt, Ärger zu vermeiden«, erwiderte Adam scharf. »Und ich würde mir nicht allzuviel Hoffnung auf Komtesse Derschawina machen. Ihre Tante hat einen anderen Bewerber im Auge.«
»Wen?« fragte er, sichtlich erschrocken.
»Einen Textilmillionär aus Moskau, dessen Mutter eine alte Freundin der Familie ist.«
»Davon hat sie mir nie etwas erzählt.«
»Sie hat dich nie ernsthaft in Betracht gezogen«, sagte Adam grausam. »Und wenn du ihr Ärger machen solltest, wird sie gnadenlos reagieren.«
Billy sah seinem Bruder in die Augen und wußte, daß er verloren hatte. Es erbitterte ihn, daß er Adam all die Jahre unterschätzt hatte. Dieser Mann war nicht nur nachtragend, sondern auch schlau. »Ich werde mein Möglichstes tun, um dir zu helfen«, gab Billy nach. Und das wegen einem launischen Weib!
»Ich weiß, daß du es tun wirst«, antwortete Adam. »Du hast keine andere Möglichkeit.«

Als Adam in sein großes Haus am Französischen Ufer zurückkehrte, mußte er länger als zehn Minuten an die Tür pochen, bis ihm geöffnet wurde. Die Menschen am Bahnhof hatten von Hunderten streikender Arbeiter gesprochen, die in der ganzen Stadt demonstrierten und die Polizei in Panik versetzten. Sie rotteten sich angeblich vor den Bäckereien auf dem Kamennostrow-Boulevard und dem Bolschoi-Prospekt zusammen. Man sprach davon, daß die Stadt ein heißes Pflaster war, jeden Augenblick wurden weitere Unruhen erwartet. Offensichtlich hatten auch die Diener davon gehört.

Als Adam in seine Wohnung im zweiten Stock kam, saß seine Frau vor dem Kamin auf dem Boden und las Bjeloschka vor. Die Zwillinge lagen an sie gekuschelt auf dem Perserteppich und schnarchten friedlich.

»Was für ein entzückendes Bild, meine Liebe«, lächelte Adam. »Es hat sich gelohnt, nach Hause zu kommen.«

»Adam!« Anja sprang auf, eilte durch das Zimmer und warf sich ihm in die Arme. Sie küßte ihn leidenschaftlich und stammelte vor Freude, als sie einander im Feuerschein des Kamins umarmten. Bjeloschka zupfte an dem Mantel seines Vaters und bettelte, er möge ihm vom Zaren erzählen.

»Ich bin so glücklich, daß ich dich wieder bei mir habe«, flüsterte Anja und schmiegte sich an ihn. »Ich hatte so schreckliche Angst um dich.«

»Nun, ich habe auch nicht die besten Nachrichten. Ich erzähle dir nachher mehr, wenn wir allein sind.«

Dann vertrieb er Bjeloschka mit Geschichten vom Hof die Zeit und zeigte ihm eine wundervoll gerahmte Photographie Seiner Majestät. Er versprach ihm, daß er sie behalten dürfe, und trug ihn dann in sein Kinderzimmer. Nanni und eine Zofe folgten ihm mit den Zwillingen auf den Armen.

Anja ließ ihm ein heißes Bad in die onyx- und silberfarbene Badewanne ein, die mitten in ihrem Jugendstil-Badezimmer stand. Er ließ sich ins Wasser gleiten, seufzte wohlig und verkündete das Ende der Amerikanisch-Russischen Freundschaftsgesellschaft.

»Was?«

»Es ist vorbei, Liebling. Die russische Regierung übernimmt

diese Aufgaben jetzt allein, um die Koordination zu verbessern. Wir wurden hinauskatapultiert.«

»Aber das ist doch Irrsinn! Du hast wie ein Sklave für sie geschuftet. Unsere Soldaten wissen, was sie dir schuldig sind.«

Adam küßte zärtlich ihre Hand. »Hattest du Angst?«

Sie nickte ernst. Immerhin hatte sie drei kleine Kinder zu beschützen, und so ließ sie die Aussicht auf den wütenden Pöbel vor ihrer Haustür erschauern. Denn wenn die Demonstranten bereits nicht mehr auf die Polizei hörten, die für Ruhe und Ordnung sorgen sollte, wie sollte dann der Swiridow-Palast von diesen Kräften Schutz erwarten dürfen.

Anja erinnerte sich an den Bauernaufstand in der Moskauer Provinz, als sie noch ein kleines Mädchen war. Sie wußte, wie grausam haßerfüllte Menschen sein konnten. Auf Bjelaja Berioschka hatten sie Glück gehabt. Auf anderen Besitztümern hatte es anders ausgesehen.

Und die Stimmung in Petrograd ähnelte der von 1905 fatal.

Am späteren Abend lagen sie dann zusammen im Bett und kuschelten sich aneinander. Abgeschirmt von der Revolution, die auf den Straßen und in den Fabriken immer schneller Gestalt annahm, lagen sie ruhig und sicher beisammen und blendeten die düstere Wirklichkeit aus. Sie liebten sich, und für eine kurze Zeit existierte nichts außer ihnen beiden.

Dann, als sie schläfrig in den zerwühlten Seidenlaken lagen und sich streichelten, teilte ihr Adam ruhig mit, daß er dabei war, eine riesige Schiffsladung außer Landes zu bringen.

»Und was?« murmelte Anja. »Fast alle meine Juwelen sind schon in Stockholm.«

»Keine Juwelen, Liebling – Gold. Eine ganze Ladung.«

Erschreckt setzte sich Anja hoch und starrte ihren Gatten an. Sie fürchtete um seinen Verstand.

»Das ist viel zu gefährlich, Adam. Schmuck ist das eine. Aber Gold mitten im Krieg außer Landes zu schaffen, und das in so großem Ausmaß, das kann nicht gutgehen.«

Er schaute zu ihr hoch und verschränkte die Hände hinter seinem Kopf. »Ich habe keine Wahl, wenn ich die Zukunft meiner Familie absichern will. Wenn die Rebellen in Petrograd die Revolte beginnen, werden sie zuerst die Banken stürmen. Und ich werde nicht zulassen, daß sie Hand anlegen an das, was deiner Familie gehört.«

Anja stützte sich auf ihre Ellbogen, blickte ihren Gatten an und seufzte schwer. »Was wird aus uns noch werden, Adam? Wo wird uns dieser schreckliche Krieg noch hinführen?«

»Ich weiß es nicht, Liebling«, antwortete er. »Aber wo immer das auch sein mag, ich möchte dich und die Kinder bei mir haben.«

Die beiden wußten, daß die Flucht aus der Stadt bereits begonnen hatte. Die Liste derer, denen es in der Hauptstadt zu gefährlich war, wies bereits viele bekannte Namen auf. Beliebte Ziele waren Landsitze in Zentralrußland oder der Kaukasus. Je weiter von Petrograd entfernt, desto besser. Einige Mitglieder der Zarenfamilie waren bereits gen Osten gereist, bevor ihnen die Möglichkeit dazu verwehrt war.

Prinzessin Anja dachte über einen möglichen Aufenthaltsort nach. Am liebsten wäre sie in die Vorkriegszeit geflüchtet. Das wäre ihre erste Wahl gewesen. Unglücklicherweise war dies unmöglich. Sie zog die Laken über sich und seufzte. Dann schließlich sagte sie: »Ich würde am liebsten in die Schweiz gehen. Bjeloschka wurde dort geboren. Und es ist der friedlichste Platz auf der ganzen Welt. Meinst du, wir können dorthin gehen?«

Adam hatte noch nicht an die Schweiz gedacht. Bisher hatte er sich auf Schweden eingestellt – zumindest zum gegenwärtigen Zeitpunkt. Er überlegte. »Ich werde es mir durch den Kopf gehen lassen«, versprach er. »Aber zuerst muß ich diese kleine Reise machen, bevor es zu spät ist. Wenn ich zurückkomme, will ich, daß du und die Kinder jederzeit zur Abreise bereit seid. Erzähle niemandem etwas von unseren Plänen. Und unternimm nichts, was auf dich aufmerksam machen könnte.«

»Was ist mit Xenia und Andrej?« fragte sie. »Ihnen will ich es sagen.«

»Natürlich werden wir es ihnen erzählen. Ich werde mit Andrej sprechen und ihm raten, mit uns zu kommen.«
In dieser Nacht wurde Anja von einer Folge von Alpträumen gequält. Horden von Arbeitern strömten über das Eis der Newa und warfen sich gegen die Mauern des Swiridow-Palastes. Sie forderten das Blut ihrer Kinder. Und dann fielen sie in die weißgoldene Eingangshalle ein, überwältigten die Dienerschaft und schleuderten die Familienschätze durch die zerbrochenen Fensterscheiben. Plötzlich wechselte die Umgebung, wie das oft bei solchen Träumen ist, und Anja befand sich in einem Birkenwäldchen und suchte nach Pilzen. Sie achtete nicht auf den Mann, der hinter ihr her hetzte und sie einzuholen suchte. Als sie dann die schweren Schuhe durch das Unterholz brechen hörte, bückte sie sich nach ihrem Korb und nahm ein Messer heraus. Sie drehte sich um und stellte sich dem Bauern in den Weg, um die Kinder zu beschützen, die hinter ihr standen. Als sich der Mann auf sie stürzte, fuhr sie erschreckt aus dem Schlafe hoch. Sie zitterte vor Angst und tastete in der Dunkelheit nach Adam.
Lieber Gott, betete sie angesichts der Erinnerungen, die sie überwunden zu haben glaubte. Warum kehrt dieser Tag immer wieder und quält mich gerade jetzt, wo die Dinge doch schon schlimm genug stehen?

33

Es war ein klarer, kalter Tag in Petrograd, und viele Bürger nutzten ihn zu ausgedehnten Spaziergängen, obwohl der Stadtkommandant ein Versammlungsverbot erlassen hatte. Aber dieser Tage beachtete niemand General Khabalows Anweisungen. Der Newskij-Prospekt war voll von Spaziergängern – und von Demonstranten, sowie von Menschen, die dem Redner vor der Kasan-Kathedrale, die sich als Versammlungsort für Anti-Kriegs-Demonstrationen eingebürgert hatte, zuhörten.
Ein temperamentvoller Bolschewik forderte die Menge auf, sich zu erheben und dem Krieg des Zaren ein Ende zu bereiten. Kurze Zeit später erschien ein Regiment der Stadtgarnison und gab den Befehl, die Menge aufzulösen. Niemand rührte sich von der Stelle. Der kommandierende Offizier, ein kleiner nervöser Mann, brüllte wütend den Befehl, das Feuer zu eröffnen. Innerhalb von Minuten war der Platz ein einziges Schlachtfeld: scheuende Pferde, Wiehern, blutgetränkter Schnee, hysterische Bürger, einige schwer verwundet, panikartige Flucht, Geschrei ...
»Mörder!« schrie eine Frau aus vollem Hals und schleuderte einen Eisbrocken in Richtung Soldaten.
Sie rutschte auf der vereisten Straße aus und wurde von Pferdehufen zertrampelt, als die Soldaten vergeblich versuchten, das Chaos, das sie selbst kurz zuvor angerichtet hatten, wieder in den Griff zu bekommen. Ein paar junge Soldaten waren blaß geworden, sie sahen nicht viel selbstbewußter aus als die Demonstranten. Einige unter ihnen weigerten sich stillschweigend, den Schießbefehl ihres Vorgesetzten auszuführen.
Ein zweites Regiment der Stadtgarnison unter General Pawlowski kam dazu, nahm den Soldaten, die gerade noch zögernd auf die Demonstranten geschossen hatten, die Gewehre aus den

Händen und protestierte dabei lautstark gegen den Schußwaffengebrauch gegen Zivilisten. Im allgemeinen Durcheinander verbrüderten sich die beiden Einheiten und erschossen den Offizier. Dann wandten sie sich gemeinsam gegen die bewaffnete Polizei, die den Auftrag hatte, die Demonstration aufzulösen. Das Blutvergießen nahm kein Ende. Die Meuterei hatte begonnen.

Wie ein Buschfeuer verbreitete sich die Neuigkeit in der Stadt. Überall gab es nur noch ein Gesprächsthema: der Aufstand des Pawlowski-Regiments.

Es schien nichts mehr zu geben, was unmöglich war.

In derselben Nacht noch drangen junge Agitatoren in die Kasernen ein und forderten die Soldaten auf, ihren Kameraden zu folgen, ihre Offiziere loszuwerden und sich den Arbeitern anzuschließen. Sie wollten Sowjets gründen, wie es die Revolutionäre schon 1905 getan hatten.

»Kameraden!« riefen sie den jungen Wehrpflichtigen zu. »Kommt, ihr habt die Macht. Nehmt sie euch! Ihr habt die Waffen. Gebraucht sie, um eure Offiziere zu erschießen, wenn sie es wagen, sich gegen euch zu stellen! Setzt diesem sinnlosen Krieg ein Ende. Ihr braucht nicht mehr zu gehorchen! Nehmt euch die Macht, nehmt sie denen, die sie mißbrauchen! Rußlands Schicksal liegt in euren Händen!«

Die Soldaten waren beeindruckt, aber vollständig überzeugt waren sie deshalb noch lange nicht. Es gab auch noch genügend Rebellen, die jetzt im Gefängnis auf die Todesstrafe warteten, denn ihr Vergehen wurde als Hochverrat eingestuft. Noch funktionierte der Staatsapparat – wenn auch schlecht – und vor Gericht waren Deserteure Kapitalverbrecher. Niemand wollte sein Leben aufs Spiel setzen – vor allem nicht für eine noch so ungewisse Sache. Trotzdem hörten sie den Rednern aufmerksam zu.

Am nächsten Morgen wurde Prinzessin Xenia bereits um halb zehn vom Lärm vor dem Palast geweckt. Verwundert stand sie auf und sah vorsichtig durch die Spitzenvorhänge hinaus. In

dem Augenblick kam Prinz Andrej herein und brachte ihr die schlechte Nachricht.
»Liebling«, schloß er, »bitte geh heute nicht auf die Straße. Wolodja hat gerade angerufen, um mir zu sagen, daß die Armee massenweise zu den Bolschewiken überläuft. Überall in der Stadt sind Truppen von Rebellen, die es sich zum Ziel gesetzt haben, auch noch die letzten treuen Soldaten zu überzeugen.«
Erschrocken machte Prinzessin Xenia einen Schritt weg vom Fenster.
»Großer Gott. Das ist das Ende.«
»Das ist die Revolution«, erklärte der Prinz angewidert. »Wolodja hat mir berichtet, daß das Wolinski-Regiment heute bei Tagesanbruch ihre Offiziere erschossen hat und jetzt durch die Stadt streift.«
Prinz Malischew verließ Xenias Schlafgemach, damit sie sich ankleiden konnte. Er hatte zu telefonieren. Er informierte den Butler im Swiridow-Palast über die Vorgänge in der Nähe des Malischew-Palastes und beauftragte ihn, die notwendigen Sicherheitsmaßnahmen zum Schutz von Prinzessin Anja und ihren Kindern in die Wege zu leiten. Für den Fall, daß es dort zu gefährlich werden würde, bot er ihr seine Begleitung und entsprechenden Schutz an, um sie zum Malischew-Palast zu bringen. Aber das würde nur eine allerletzte Notlösung sein, denn sein Zuhause lag wesentlich näher beim Zentrum der Rebellion als Anjas. Aller Voraussicht nach wären sie und ihre Kinder im Swiridow-Palast entschieden sicherer, meinte er.
Der Butler versprach, alles zu tun, was der Prinz ihm aufgetragen hatte. Nach dem Telefonat ging Andrej hinunter, um die Barrikaden und Schutzwälle zu inspizieren.
Etwa um halb elf setzte sich Anja zu ihren Kindern in den Wintergarten. Das Kindermädchen hatte ihnen gerade Kekse und Kakao gebracht. Plötzlich kam Matweij, der Butler, herein. Er war sehr aufgeregt und bat die Prinzessin, ihm in die Halle zu folgen, da er ihr etwas Wichtiges mitzuteilen habe.
»Was ist passiert?« Anja war beunruhigt. »Geht es um Adam Michailowitsch?«

»Nein, Hoheit. Bitte kommen Sie mit und sehen Sie selbst. Es ist schrecklich.«

Im Laufschritt folgte Anja ihrem Butler durch die – inzwischen von allen Kunstwerken und Wertgegenständen geleerte – Galerie in die Halle. Draußen war eine wilde Szene in Gang. Hunderte von Soldaten strömten über die Alexander-Brücke. Dabei riefen sie Flüche, schwangen ihre Waffen und gingen auf die Truppen los, die auf der anderen Seite des Flusses Stellung bezogen hatten. Plötzlich ließen die Soldaten aus dem Moskauer Regiment ihre Waffen fallen und umarmten ihre Kameraden. Wieder hatten die Rebellen gesiegt. Wieder hatte eine Einheit die Seite gewechselt.

Einige Leichen – ausnahmslos Offiziere – wurden über die Mauern und über das Brückengeländer geworfen; sie landeten auf der zugefrorenen Newa.

Entsetzt über das, was sie gerade mitangesehen hatten, starrten sich die Prinzessin und ihr Butler ein paar Sekunden lang an. Sie waren fassungslos. Jetzt hatte die Revolution auch Petrograd erfaßt.

Nun ist das eingetreten, wovor wir immer Angst gehabt haben, dachte Anja und blickte auf das Schlachtfeld, das der Massenaufstand hinterlassen hatte. Die Menschen hatten den Krieg gründlich satt. Sie konnten die Todesnachrichten, die Versorgungsknappheit und die Unfähigkeit der Regierenden nicht mehr ertragen. Jetzt nahmen sie Rache. Mein Gott, wie sehr müssen sie uns hassen, dachte sie. Ein kalter Schauder lief ihr über den Rücken.

Sie erinnerte sich an die verbitterten, wütenden Gesichter der Frauen, die vor nicht allzu langer Zeit Schneebälle gegen ihr Auto geschleudert hatten. Sie haßten sie, weil sie Dinge besaß, die sie sich nicht leisten konnten. *Reiches Schwein*, hatten sie geschrien.

Und jetzt wurde die ganze Stadt von diesen wütenden, hungrigen Menschen überwältigt, von diesen Menschen, die so lange gelitten hatten und es jetzt nicht mehr länger ertragen konnten. Wie lange würde es wohl noch dauern, bis sie den Swiridow-Pa-

last angriffen? Anja wünschte, Adam wäre bei ihr. Obwohl sie ihre Bediensteten um sich hatte, und obwohl sie ihnen vertrauen konnte, fühlte sie sich plötzlich schrecklich allein in Anbetracht der gefährlichen Situation. Sie mußte wieder an den Alptraum denken, den sie neulich erst gehabt hatte.
»Haben Sie noch einen Wunsch, Hoheit?« Matweij unterbrach jäh Anjas Gedanken. »Sonst mache ich jetzt einen Rundgang und überprüfe die Eingänge.«
»Ja, das ist gut. Danke.«
Der alte Mann machte sich auf den Weg. Anja warf noch einen letzten Blick auf das schreckliche Bild auf der Straße und auf dem Eis. Mehrere tote Offiziere lagen auf dem zugefrorenen Fluß. Eine aufgebrachte Menge von Soldaten und Arbeitern rannte über die Brücke und über das Eis. Das war Anarchie. Jetzt hatten sie die Armee verloren. Sie war ihre letzte Hoffnung gewesen. Das Ende der Zarenherrschaft. Und auch unser Ende, dachte Anja.
Sie kehrte zu ihren Kindern zurück und berichtete Nanny, was sie gesehen hatte. Wenn doch nur Adam hier bei ihr und ihren Kindern wäre!

Gegen Mittag hatten die Rebellen die Gefängnisse Petrograds gestürmt und sämtliche Bolschewiken, die dort festgehalten wurden, befreit. Dann hatten sie die Gerichtsgebäude in Brand gesetzt. Anschließend bereiteten sie den Angriff auf das Hauptquartier der gehaßten und gefürchteten Geheimpolizei vor. Überstürzt und hektisch verbrannten dort Offiziere der Okhrana Akten und Karteien, brachen Waffenlager auf, um dem Angriff begegnen zu können – einige tauschten auch still und heimlich ihre Uniformen gegen Zivilkleidung ein, um unerkannt fliehen zu können.
Noch bevor es Abend wurde, hatten die Rebellen das Hauptquartier erobert. Sie bereiteten ein Freudenfeuer daraus: eines der am meisten gehaßten Symbole der Zarenherrschaft ging in Flammen auf.
In den Straßen von Nikolaus' Hauptstadt war denen, die ihm treu gedient hatte, der Krieg erklärt worden.

Nicht weit von den großen Kasernen befand sich der Sitz der Duma. Dorthin strömten sowohl Rebellen als auch Monarchisten – erstere, um ihren Aufstand zu rechtfertigen, letztere, um sich in Sicherheit zu bringen. Als die Deserteure in Scharen hereinströmten, um sich einen Anführer zu wählen, flehten die Minister des Zaren ihre Abgeordneten um Schutz und Hilfe an.
Aus unerklärlichen Gründen hatten alle noch Hoffnung in die Duma. Das war gut, denn es bedeutete, daß es noch ein Element der Stabilität in dem großen Durcheinander gab. Um nur ja nicht von den Parlamentariern überstimmt zu werden, kamen die Bolschewiken in Massen – einige von ihnen direkt aus den Gefängnissen – und forderten gleiche Rechte und gleichen Raum wie sie. Sie wollten eine Gegenregierung berufen. Und dafür forderten sie einen der nicht genutzten Seitenflügel des Gebäudes.
Zu den sensationellsten Festnahmen im Verlauf der Revolution in Petrograd gehörte zweifelsohne die Verhaftung der Ballerina Zenaida Kaschina. Sie wurde aufgehalten, als sie gerade einen Zug nach Westen besteigen wollte, und in die Petropawlosk-Festung gebracht. In diesem düsteren Gefängnis wurde sie ausgiebig von ein paar grimmigen Männern nach der Herkunft ihres Vermögens befragt. Und sie wurde zu den Gerüchten über ihre Verbindungen zu »Agenten ausländischer Regierungen« verhört.
Kaschina war aufgebracht darüber, daß Großherzog Konstantin Andrejewitsch bereits aus der Stadt geflohen war und sie alleine zurückgelassen hatte. Dabei hatte er ihr versprochen, sie mitzunehmen. Angeblich versorgte die Ballerina die Bolschewiken aus Rache mit reichlich Informationen über die zwielichtigen Machenschaften ihres Liebhabers mit deutschen Agenten am Vorabend des Krieges. Sie konnte jetzt nur noch hoffen, daß sie ihn noch erwischen würden.
Vor dem versammelten Schiedsgericht der Duma, das die Nachforschungen in ihrem Fall leitete, legte Kaschina dieselbe arrogante Verachtung an den Tag, die sie zu früheren Zeiten Prinzen gegenüber gezeigt hatte. Wenn sie irgend etwas noch mehr haßte

als Prinzen, dann waren es Bourgeois – und diese Männer vor ihr waren allesamt Bourgeois.
Dem Leiter, Alexander Kerenskij, schleuderten sie ins Gesicht, er sei voller Illusionen. Ihrer Meinung nach sei das Volk blutrünstig und würde nicht ruhen, bis es alle, auch seinesgleichen, umgebracht hätte.
Kerenskij wollte von der Tänzerin wissen, wo sie sich denn einordne – schließlich sei sie bekannt für ihre zahlreichen, für ihre *äußerst* zahlreichen Liebschaften mit Angehörigen der Aristokratie.
Ohne mit der Wimper zu zucken erwiderte Kaschina, sie sei nur ein ausgebeutetes Mädchen aus der Arbeiterklasse, die immer bestrebt gewesen sei, so gut wie möglich ihre Kunst in dieser korrupten und grausamen Welt auszuüben.
»Das reicht!« rief der Abgeordnete. »Madame Kaschina, Sie sind die unverschämteste Frau, die mir jemals begegnet ist!«
Eingebildeter kleiner Dummkopf, dachte Kaschina und sah ihn voller Verachtung an. Ihre Prinzen hatten zumindest immer Stil gehabt. Zum ersten Mal in ihrer Laufbahn schien ein Mann ihre selbstbewußte Art und ihr bestimmtes Auftreten nicht zu würdigen. Sie sah sich in dem großen Raum um. Sie wußte, daß sie überleben würde – was auch immer diese Kerle mit ihr vorhatten. Die dagegen, dachte sie, würden nicht überleben. Diese Überlegung war ihr ein Trost, als sie zu einer Gefängnisstrafe von unbestimmter Dauer verurteilt wurde – abhängig davon, was die weiteren Ermittlungen noch ergeben sollten. Abhängig von Konstantin …

Nikolaus II. wurde durch die Revolution in seiner Hauptstadt vor vollendete Tatsachen gestellt. Er wurde gezwungen, abzudanken. Damit endete die 300jährige Herrschaft der Romanows in Rußland. Er erhielt die Erlaubnis, sich mit seiner Familie nach Zarskoje Selo zurückzuziehen, wo er abwartete, was die neue Übergangsregierung tun würde.
Als der Ex-Zar im Alexander-Palast auf Zarskoje Selo eintraf, war der Großteil seines Hofstaates verschwunden, da sie nicht

das Exil mit ihrem ehemaligen Herrscher teilen wollten. Lediglich ein paar treue Gefolgsleute, darunter Komtesse Natalja Grekowa, die sich nicht von ihrem *Starets*, der dort beigesetzt war, trennen wollte, empfingen Nikolaus.

34

Auf ihrem Rückweg aus Schweden, wo Adam und sein Bruder Gold und Wertgegenstände untergebracht hatten, bekamen die beiden Amerikaner kurzzeitig Schwierigkeiten. Die russischen Eisenbahner machten die Verbindungslinie für achtundvierzig Stunden dicht und streikten. Nachdem sie schon in Karelia aufgehalten worden waren, machten sie sich Sorgen um ihre Frauen. Sie hatten Gerüchte über die Aufstände in Petrograd gehört, die klangen, als ob die Aristokratie in der russischen Hauptstadt langsam, aber sicher abgeschlachtet würde.
Adam hatte Alpträume bezüglich seiner Familie, und Billy tat noch ein übriges, ihn zu beunruhigen, indem er andauernd ähnliche Schauergeschichten über die September-Unruhen zum besten gab.
Billy seinerseits machte sich ernsthafte Sorgen um Komtesse Derschawina, obwohl er darauf achtete, sich nichts anmerken zu lassen.

In Petrograd grübelte Prinzessin Swiridowa über die ungewöhnliche Verspätung ihres Mannes. Sie befürchtete das Schlimmste. Nanny war ihr eine große Stütze. Sie kümmerte sich unermüdlich um die Kinder, sie erzählte ihnen, die großen Demonstrationen seien Paraden, und sie verbrachte Stunden um Stunden mit ihnen am Fenster, wo sie den Kleinen die verschiedenen »Regimenter des Zaren« zeigte.
Am anderen Ende der Stadt langweilte sich Tascha entsetzlich. Tante Xenia hatte ihr strikt verboten, das Gelände des Malischew-Palastes zu verlassen, solange die Straßen so unsicher waren. Täglich gab es neue Berichte von Straßenschlachten mit den Rotgardisten.

Eines Morgens begab sich Tatjana Sergejewna hinter dem Rücken ihre Tante ans Telefon und rief Anja an. Sie fragte, ob sie nicht mit Nicki zusammen kommen könne, um Anja und die Kinder zu besuchen. Es sei jetzt nicht mehr so gefährlich auf der Straße, erklärte sie. Kein einziger Rotgardist sei zu sehen.
Prinzessin Anja zögerte. »*Chérie*, du weißt, daß wir uns sehr freuen würden, dich wiederzusehen, und Nicki auch, aber ich befürchte, das ist trotz allem noch zu gefährlich. Ich möchte nicht, daß euch etwas passiert.«
Tascha verzog das Gesicht. Wenn sie noch länger hier im Malischew-Palast eingesperrt bliebe, würde sie den Verstand verlieren. Es war ihr sogar egal, ob sie sich in Gefahr brachte. Alles war ihr lieber, als diese Langeweile noch länger ertragen zu müssen. Und wenn sie es mit einem ganzen Regiment wildgewordener und rücksichtsloser Rotgardisten aufnehmen müßte ... das wäre wenigstens nicht so schrecklich langweilig.
»Ach, Anjuschka, das ist alles nicht mehr so schlimm«, log sie, »Die Rotgardisten sind wirklich nicht mehr da, der Verkehr ist fast wieder normal. Heute ist das wirklich nicht gefährlich.«
Anja zögerte. Sie sah aus dem Fenster. Petrograd schien sich tatsächlich wieder beruhigt zu haben. Aber dennoch: sie hatte Angst. Es war sicherlich nicht ratsam, das Haus zu verlassen.
»Wenn Tante Xenia einverstanden ist, dann von mir aus«, meinte sie schließlich. »Frag sie und ruf mich dann noch einmal an.«
Tascha legte den Hörer auf und rollte die Augen. Anja war wirklich vertrauensselig. Sie würde natürlich *nicht* um Erlaubnis bitten – sie war ja nicht dumm.
Sie machte sich auf die Suche nach Nicki, ließ seinen Hut, Mantel und Handschuhe bringen und schärfte der Dienerin ein, sich auf keinen Fall dabei erwischen zu lassen. Dann hinterließ sie noch, sie sei mit Nicki bei Freunden.
Nicki, der zu Besuch bei Xenia und ihrem Mann war, da seine Mutter jegliches Interesse an ihm verloren hatte, seit sie praktisch jeden Tag am Zarenhof verbrachte, hatte nichts gegen diese kleine Abwechslung.

In einem heruntergekommenen Hotel in einem ärmlichen Viertel von Petrograd in der Nähe der Markthallen saß Monsieur Mossolow, geborener Iwanow, und starrte trübsinnig auf die abgeblätterte Tapete. Er war ruiniert. Die Rotgardisten hatten sein Bordell überfallen. Dabei waren ihnen seine Hamstervorräte im Keller in die Hände gefallen. In letzter Minute hatte er sich vor ihnen in Sicherheit bringen können, denn der Schwarzhandel war ein Delikt, das sie scharf bestraften.

In dem allgemeinen Durcheinander hatte Oleg, der ja über Erfahrungen auf diesem Gebiet verfügte, wenig Schwierigkeiten, unterzutauchen.

Schon lange hatte er sich darauf vorbereitet, eines Tages die Stadt zu verlassen. Jetzt hatten die Soldaten den Zeitpunkt bestimmt. Das machte ihm nichts aus. Seit Wandas Tod war ihm alles egal. Wanda war in sein Leben getreten, weil da diese Sache mit Katja in Kiew gewesen war. Und Katja hatte wegen Anna Nikolajewna dran glauben müssen. Manchmal stellte er sich die drei Frauen zusammen vor, wie sie über ihn redeten und lachten.

Anna Nikolajewna war als einzige noch am Leben. Aber nicht mehr lange.

Der Mord an Wanda hatte Oleg von seinen Halluzinationen befreit. Er wußte jetzt, daß sie ihm nichts antun wollte. Aber auch das war jetzt nicht mehr wichtig.

Jetzt zählte nur noch die Rache an Anna Nikolajewna. Er konnte es kaum erwarten, sie hilflos und zu Tode erschreckt vor sich zu sehen. Er würde es ihr heimzahlen. Bald.

Während Tascha und Nicki die Treppen hinunterschlichen, um dem Kutscher zu sagen, er solle einen Schlitten anspannen, machte sich Prinz Andrej auf den Weg nach Bjelaja Berioschka. Er wollte seine Männer um Lew Petrowitsch versammeln, um einem Angriff seitens plündernder Banden von Deserteuren begegnen zu können.

Xenia war gegen Andrejs Reise. Sie fand das viel zu gefährlich. Aber genau aus dem Grund, weil sein Landgut bedroht war, wollte Andrej auf jeden Fall dort sein.

»Aber es ist es nicht wert, daß man sein Leben dafür läßt.« Xenia hatte sich nicht überzeugen lassen.
»Ich habe ja auch nicht vor, mein Leben zu lassen«, hatte er geantwortet. »Dafür ist es noch zu früh.« Er küßte seine schöne Frau.
»Die Friedhöfe sind voll von Leuten, die genau das auch gesagt haben.«
»Keine Sorge, mein Schatz, ich bleibe nicht lange.« Er hatte sie noch einmal in den Arm genommen und war dann gegangen. Xenia nahm das nicht auf die leichte Schulter. Niemand konnte sich noch auf seine Bauern verlassen. Auch Andrej konnte nicht sicher sein, ob nicht auch seine Leute, trotz der guten Behandlung, die er ihnen immer hatte zuteil werden lassen, einen Aufstand vorbereiteten.

Als Tascha und Nicki ankamen, wartete Matweij, der Butler, schon am Seiteneingang auf sie. Er begleitete die beiden Gäste zu Anja und ihren Kindern. Bjeloschka und die Zwillinge waren außer sich vor Freude über die willkommene Abwechslung. Nanny hatte schon ein kleines Kinderfest vorbereitet. Anja und ihre Cousine nahmen ein leichtes Mittagessen zu sich.
Anja fiel auf, daß Tascha nur schlichte, goldene Ohrringe und ein schmales Armband trug – ganz anders als früher. Ihr dunkelblaues Kostüm war nicht mehr ganz neu und sehr gemäßigt geschnitten. Es stand so schlecht, daß sogar dieser junge, bunte Schmetterling sich eine unauffällige Tarnung zugelegt hatte.
»Diese Situation ist unerträglich, Anjuschka«, erklärte die junge Komtesse und garnierte ihren Toast mit dem letzten Kaviar aus den swiridowschen Vorräten. Anja hatte angeordnet, daß er zu Ehren des seltenen Besuches serviert wurde. »Dieser Dummkopf von Kerenskij, der jetzt die Übergangsregierung leitet, hat die Rotgardisten auch nicht im Griff. Wenn sich das nicht bald ändert, dann wird er ihnen selbst zum Opfer fallen. Wenn er auch nur einen Funken Verstand hat, dann holt er ihre Anführer zusammen und sperrt sie ein. Erschießen sollte er sie. Wenn er das nicht tut, dann ist er eher dran, als ihm lieb ist.«

»Für eine junge Dame hast du ziemlich blutrünstige Vorstellungen, Tascha.«
Tascha sah ihre Cousine verächtlich an. »Entweder die oder wir. Entweder sie kriegen Rußland, oder es gehört uns. Einen Mittelweg gibt es jetzt nicht mehr.«
»Ach, ich wünschte, Adam wäre hier«, seufzte Prinzessin Anja.
»Wo ist er denn?« wollte Tascha, neugierig wie immer, wissen. Sie hatte gedacht, ihr Schwager sei in Petrograd.
»In Schweden. Er und sein Bruder mußten nach Stockholm. Es geht um ihre Organisation. Sie ist ja aufgelöst worden, und jetzt versuchen sie, zu retten, was noch zu retten ist.«
Ja, dachte Tascha, so konnte man das auch ausdrücken.
Billy hatte schon einen ganzen Haufen für sie »gerettet«. Und nach den leeren Wänden des Swiridow-Palastes zu urteilen, hatte Adam dasselbe getan.
»Ich hasse dieses Leben«, verkündete die Komtesse. »Früher, vor der Revolution, war alles so viel besser.« Sie lächelte Anja an.
Prinzessin Swiridowa lachte. »Du hast recht«, nickte sie. »Es war wie ein großartiger Ball. Aber jetzt ist er vorbei.«
Und leider, so wie es den Anschein hatte, würde dieser Ball nicht so bald wieder anfangen, überlegte die Prinzessin.

In der Nähe des Palastes hatte sich eine kleine Gruppe von Soldaten versammelt. Unter ihnen befand sich auch ein kleiner, dicklicher Mann in einem schäbigen, grauen Wollmantel. Er schien einer von ihnen zu sein. Er hatte einen Moskauer Akzent.
»Brüder«, begann er. »Was hat uns diese Revolution bisher gebracht? Essen? Warme Häuser? Schöne Frauen?«
Seine Zuhörer lächelten. Bisher hatten sie durch die Revolution nichts von all dem bekommen. Nur eine neue Regierung – und die hatte noch nicht einmal diesen verhaßten Krieg beendet.
»Die große Revolution hat uns nicht eine einzige Verbesserung beschert«, antwortete einer der Soldaten. »Wir sind betrogen worden.«
»Genau.« Oleg nickte. »Die Politiker haben uns wieder in der

Hand. Das mindeste, was wir erwarten können, ist eine kleine Belohnung, meint ihr nicht?«
Die Männer horchten auf. »Was für eine Belohnung denn?«
»Was ihr wollt. *Wir* sollten diejenigen sein, die hier Forderungen stellen.«
»Genau!« Der andere Mann war begeistert. »Aber wenn wir uns etwas nehmen, dann droht man uns mit der Polizei. Das ist auch nicht anders als früher.«
Oleg kicherte. »Ihr könnt alles haben, was ihr wollt, ihr müßt nur schnell handeln. Ich beweise es euch.« Ja, dachte er. Diese Dummköpfe würden ihm sogar sehr behilflich sein.
»Aber wie?«
»Kommt mit.«
Er ging auf ein riesiges gelb-weißes Gebäude zu. Die Männer waren sich ihrer Sache noch nicht ganz sicher. Dachte er etwa, sie könnten in diesen Palast einbrechen? Andererseits: Wenn sie es schafften, dann hatte er wirklich nicht zuviel versprochen. Da gab es sicherlich genügend zu plündern.
»Auf! Wir kommen mit!« rief ein junger Kerl. Sie marschierten los.

Im Swiridow-Palast waren Tascha und Anja wieder zu den Kindern zurückgekehrt. Alle zusammen spielten sie jetzt Verstecken. Zuerst war Tascha davon gar nicht sonderlich begeistert gewesen, dann aber hatte sie sich von Bjeloschka dazu überreden lassen, sich mit ihm im Erdgeschoß zu verstecken. Anja wartete oben mit Nicki und den Zwillingen, um ihnen einen Vorsprung zu lassen.
Als Tascha und ihr kleiner Neffe unten ankamen, hörten sie auf einmal einen lauten Krach vor der Eingangstür. Tascha stutzte einen Augenblick, dachte aber dann, daß es nur Eis gewesen sei, das vom Dach gefallen war. Kurz darauf jedoch hörte sie Schreie. Der Diener im Foyer stritt sich lautstark mit unbekannten Männerstimmen.
»Mein Gott!« kreischte Tascha. »Die Meute ist da! Schnell, lauf!«

Das junge Mädchen nahm den kleinen Jungen bei der Hand und rannte mit ihm zur Treppe, um die anderen zu warnen. Im selben Augenblick hatten sich die Eindringlinge den Weg freigemacht und strömten in die Eingangshalle. Sie liefen hinter dem Mädchen und dem Kind her.

In panischer Angst zerrte Tascha den kleinen Jungen hinter sich die Treppe hoch. Sie waren fast im zweiten Stock angelangt, als einer ihrer Verfolger ihr einen Stoß versetzte, der sie zu Boden warf. Er schnappte sich das Kind.

»Nein!« schrie Tascha. »Ich bin nur eine arme Witwe, und das ist mein Sohn! Rührt ihn nicht an!« Sie schlug mit Händen und Füßen auf den Angreifer ein.

Hinter dem Mann standen jetzt noch einige andere, alle schienen dreckig – wahrscheinlich waren sie auch verlaust, dachte sie – und sie warteten wohl nur darauf, sie vergewaltigen zu können. Das junge Mädchen fürchtete um ihr Leben.

Tascha hatte Bjeloschka wieder an sich reißen können. Sie hielt ihn wie einen Schutzschild vor sich und funkelte die Männer so böse an, wie sie konnte.

»Wir tun Ihnen nichts, *Barinja*«, stammelte einer der Soldaten. »Wir wollen uns nur einmal umsehen. Das ist aber ein schönes Haus.« Er grinste verlegen.

Und offensichtlich wollten sie sich ein paar Andenken mitnehmen, denn aus ihren Taschen schauten einige kleinere Wertgegenstände, die vorher im Erdgeschoß und im ersten Stock ihren angestammten Platz gehabt hatten.

Taschas Gedanken überschlugen sich. Sie würde sich nicht einschüchtern lassen. Das waren doch nur ein paar dumme Bauern, dachte sie. Wahrscheinlich hatten sie schon Angst bekommen, daß sie die Polizei rufen würde. Auf Plünderungen standen hohe Strafen.

»Raus! Alle! Laßt mich und meinen kleinen Jungen in Ruhe, hört ihr? Wie könnt ihr es nur wagen, eine unschuldige Frau und ihr kleines Kind zu belästigen? Schämen solltet ihr euch alle!«

Die Männer waren verunsichert. Sie waren drauf und dran zu ge-

hen. Aber der dickliche Mann, der sie hergeführt hatte, baute sich vor Tascha auf und schnauzte sie an: »Wer zum Teufel bist du? Wo ist Anna Nikolajewna?«
Das war eine Überraschung für die Männer. Ihr neuer Genosse schien tatsächlich jemanden zu kennen, der in diesem großartigen Haus wohnte. Sie blieben stehen und sahen der Auseinandersetzung zu. Diese Anna Nikolajewna mußte eine wichtige Person sein, wenn sie so ein Haus hatte. Wo man hinsah, entdeckte man gold-weiße Vertäfelungen, orientalische Teppiche, lauter wertvolle Statuen – einige waren so klein, daß man sie bequem in die Tasche stecken konnte – was die Männer auch taten. So etwas hatten sie noch nie gesehen. Und dieser Kerl, dem ein Finger fehlte, der kannte jemand, der hier wohnte.
»Du bist verrückt«, antwortete Tascha. »Hier gibt es keine Anna Nikolajewna. Versuch es doch mal in einem der anderen Häuser.«
Sie log, und Oleg wußte das genausogut wie sie. Tascha sah die anderen Männer hilfesuchend an.
»Dieser Mann ist verrückt«, erklärte sie. Sie gab sich große Mühe, vertrauenerweckend auszusehen. »Wir sind eine brave Familie. Wir befolgen das Gesetz. Wir haben genau wie ihr Tote in diesem Krieg zu beklagen. Ich kenne diesen Mann nicht, und ich kenne auch niemand, der Anna Nikolajewna heißt. Und jetzt geht bitte und nehmt ihn mit, ja? Ihr habt meinem Kind schon genug Angst eingejagt.«
Die junge Frau schien vernünftig zu sein. Sie hatte recht. Die Soldaten hatten ein schlechtes Gewissen. Sie drehten sich um und wollten gehen. »Kommt!« sagte einer. Er hatte jetzt tatsächlich Angst, als Plünderer verhaftet zu werden. Er wollte nicht ins Gefängnis.
»Komm, Bruder«, wiederholte er und zog Oleg am Ärmel. »Laß doch das Mädchen in Ruhe.«
Wütend machte Oleg sich frei. In dem Augenblick erschien Prinzessin Anja, die hinter Nicki herlief. Sie erfaßte die Situation blitzschnell, lief zu Tascha und nahm ihr Bjeloschka ab. Triumphierend befreite sich Oleg aus den Armen seiner Kum-

pane und rannte die Treppe hinauf zu Anja. Er hatte sie sofort erkannt. Das war die Nichte von Prinz Malischew, die Urheberin all seiner Probleme. Als er ihr gegenüberstand, war er fast ehrfurchtsvoll. Das war die Frau, die auf ihn geschossen hatte, die ihn dazu gebracht hatte, Wanda umzubringen, die ihn jahrelang verfolgt hatte. Sie war schön. Sie drückte die beiden kleinen Jungen an sich. Sie sah aus der Nähe betrachtet nicht mehr so böse und hinterlistig aus, wie Oleg sie in Erinnerung gehabt hatte. Aber er wußte, daß ihm seine Gedanken bisweilen einen Streich spielten. Vielleicht war dies hier auch wieder so ein Augenblick? Er hatte Angst, daß er den Verstand verlieren könnte. Vor seinem geistigen Auge sah er nicht nur Anja, neben ihr standen auch Katja und Wanda.
Oleg streckte die Hand nach den Kindern aus. Anja schrie erschrocken auf. Sie hatte ihn erkannt. Tascha sah erstaunt zu, wie ihre Cousine dem Eindringling mit der Hand ins Gesicht schlug. Er verlor das Gleichgewicht. Wieder und wieder schlug Anja zu. Sie kochte vor Wut, daß dieses Scheusal es gewagt hatte, in ihr Haus einzudringen. Sie hatte sich und ihre Gefühle nicht mehr unter Kontrolle.
Oleg stolperte und verlor das Gleichgewicht. Er stürzte. Ohne zu zögern schnappte Anja ihren Sohn und lief so schnell sie konnte die Treppe hinauf. Dort hatte sie einen Revolver. Er war in ihrem Sekretär versteckt. Sie hatte nur noch einen einzigen Gedanken: dieses Scheusal zu töten, bevor es zu spät war. Alles andere hatte Anja vergessen. Um sie herum gab es in diesem Augenblick nur noch ihren Sohn, diesen Verrückten und sie.
Wo war Adam, jetzt, wo sie ihn brauchte? Anja klammerte sich an ihren Sohn. Nun, sie würde sich auch ohne ihren Mann zu helfen wissen. Alleine. Sonst gab es niemand, der sie unterstützte.
Iwanow hatte sich hochgerappelt und lief hinter der Prinzessin her. Die anderen Soldaten waren inzwischen verschwunden. Sie wollten in diese Auseinandersetzung nicht hineingezogen werden. Nicki klammerte sich an die Hand der jungen Komtesse und schluchzte.

»Helft ihr!« schnauzte Tascha die Diener an. Aber niemand rührte sich vom Fleck. Alle hatten Angst vor dem Verrückten.
»Ich rufe die Polizei«, bot einer der Diener an.
»Idioten!« schrie das junge Mädchen und ließ Nicki los. »Hinter ihm her!«
Tascha rannte die Treppe hinauf. Sie wollte nicht zulassen, daß dieser Wahnsinnige ihrer Cousine etwas zuleide tat. Im Vorbeirennen ergriff sie die schwere Malachit-Vase und schleuderte sie dem Mann von hinten an die Beine. Er schrie auf, lief aber trotzdem weiter.
Prinzessin Anja und Bjeloschka waren jetzt oben und liefen den Flur entlang zu Anjas Zimmer. Iwanow kam immer näher.
»Laß sie los, verdammt noch mal!« schrie Tascha, als der schwer keuchende Mann Anjas Arm festhalten wollte. Anja kämpfte wie wild. Sie setzte alle Waffen ein, die sie hatte: Fäuste, Fingernägel, Fußtritte.
Bjeloschka stand wenige Meter daneben und war bleich vor Schreck.
»Tascha!« keuchte die Prinzessin. »Hol den Revolver! Er ist im Sekretär! Schnell!«
Tascha tat wie befohlen. Zitternd vor Eile suchte sie nach der Waffe. Die Schreie im Flur trieben sie an; sie zog alle Schubladen heraus. Er bringt sie um, dachte sie. Und dann bringt er das Kind um. Und dann mich.
Im Flur hatte Iwanow Anja an der Kehle gefaßt und drückte sie gegen die Wand. Er grinste wie ein Wahnsinniger. Er genoß die Angst, die er ihr einjagte. Sie war hilflos. Sie war ihm ausgeliefert. Sie bekam kaum noch Luft. Dennoch versuchte sie immer noch, ihrem Peiniger mit Tritten zuzusetzen, aber sie war zu schwach. Sie konnte ihm nicht mehr wehtun. Zum ersten Mal in seinem Leben fühlte er sich überlegen. Sie hatte ihn und seine Gedanken nicht mehr in der Gewalt.
Sie war ja nur eine Frau. Aber sie hatte Kinder. Die konnten ihm gefährlich werden. Wenn er seinen Verstand bewahren wollte, mußte er sie alle umbringen. Wenn er das nicht tat, dann würden sie ihn verfolgen – so, wie *sie* es jahrelang getan hatte.

Oleg begann zuzudrücken. Er grunzte und drückte mit aller Gewalt auf ihre Kehle.
Bjeloschka schrie auf, rannte zu dem Mann und schlug mit seinen kleinen Fäusten auf die Beine des unheimlichen Mannes ein. Damit lenkte er ihn ab. Er ließ von Anja ab. Als er sie losließ, glitt sie kraftlos zu Boden.
Das Kind schrie entsetzt auf und warf sich auf seine Mutter. In dem Augenblick, als Tascha mit dem Revolver aus dem Zimmer kam, packte Iwanow den kleinen Jungen und rannte mit ihm die Treppe hinunter.
Tascha lief zum Treppengeländer. Sie wollte den Mann erschießen, bevor er das Kind entführen konnte.
Iwanow blieb stehen, um den kleinen Nicki auch noch mitzunehmen. Das war der Augenblick, auf den Tascha gewartet hatte. Sie zielte und drückte ab. Sie verfehlte ihn nur knapp. Iwanow ließ Nicki stehen und rannte mit Bjeloschka zum Ausgang. Er warf den kleinen Jungen über die Schulter und hielt ihn an den Füßen fest. Zwei Diener versuchten noch, dem Mann den Ausgang zu versperren, doch er boxte sich brutal den Weg frei, rannte aus dem Haus und auf die Straße. Bevor jemand die Verfolgung aufnehmen konnte, war er bereits in die Straßenbahn gestiegen. Den kleinen Prinzen trug er immer noch mit sich.
Nicki stapfte völlig verstört die Treppe hinauf. Oben versuchte Tascha, ihre Cousine wiederzubeleben. Sie streichelte der jungen Frau die Wange und redete auf sie ein. Wenn es nur noch nicht zu spät war!
Anja öffnete endlich die Augen und sah Tascha verwirrt an. »Wo ist mein Sohn? Wo ist Iwanow?«
»Weg. Beide.« Tascha war fast so bleich wie ihre Cousine.
»Er hat meinen Sohn mitgenommen? Und niemand hat ihn aufgehalten?« Das ist die Revolution, dachte sie verbittert.
Sie war kaum überrascht darüber, daß Tascha alles getan hatte, um das Schlimmste zu verhindern. Irgendwie paßte das zu ihr. Aber leider war ihr Versuch, Iwanow zu erschießen, fehlgeschlagen.
Sie wollte sich von keinem der Diener wieder auf die Beine hel-

fen lassen. Diese Feiglinge hatten tatenlos dabei zugesehen, wie ihr Sohn entführt wurde.
»Raus hier!« schrie sie wütend. »Alle! Und laßt euch bloß nicht wieder hier blicken, verstanden?«
Anja lief los, um sich einen Pelzmantel überzuwerfen, und rannte zur Tür. Sie hatte keine Ahnung, wo sie suchen sollte, aber sie konnte die Vorstellung, daß ihr Sohn mit diesem Wahnsinnigen alleine war, nicht ertragen. Der Mann war nicht richtig im Kopf, dachte sie. Das sah man ihm schon an den Augen an. Er hatte versucht, sie zu töten. Und jetzt würde er es mit ihrem Sohn probieren.
»Anjuschka!« rief Tascha. »Wo willst du hin?«
»Hinter ihm her.«
»Aber du weißt doch gar nicht, wo er ist!«
Anja konnte kaum noch klar denken. Die Schmerzen waren ihr gleichgültig. Sie wollte nur ihren Sohn wiederhaben.
Er war in Gefahr. Sie mußte ihn finden.
Und dann würde sie Oleg Iwanow töten.

35

Nachdem sie mit Tascha stundenlang die unwirtlichen Straßen von Nyborg nach dem Verrückten, der Bjeloschka entführt hatte, abgesucht hatte, kehrte Anja in den Swiridow-Palast zurück. Dort fand sie Prinzessin Xenia vor, die im gelben Salon mit Nicki und den Zwillingen auf Neuigkeiten wartete. Sie alle befürchteten einen neuerlichen Angriff, und sie machten sich um Bjeloschka Sorgen. Xenia war entsetzt über Anjas Verhalten. Sie mußte den Verstand verloren haben, wenn sie tatsächlich alleine den Kindesentführer finden wollte.
Auch zwei Vertreter der Rotgardisten waren da. Sie hatten den Auftrag, am Französischen Ufer für Ordnung zu sorgen, und nun hatten die Bediensteten sie alarmiert. Sie standen neben Xenia, die ihnen Beschreibungen von Bjeloschka und ihren beiden Nichten gab. Sie schrieben eifrig mit. Zwischendurch sahen sie sich neugierig in dem vornehmen Salon um.
Als Anja und Tascha hereinkamen, sprang Xenia auf und nahm ihre beiden Nichten in den Arm. Die Kinder begannen zu schreien. Sie waren, wie Xenia, über die Blutergüsse und Schürfwunden in Anjas Gesicht entsetzt. Die Rotgardisten standen still daneben.
»Anjuschka«, sagte Xenia und deutete auf die beiden jungen Männer in ihren schäbigen grauen Uniformjacken. »Diese Herren gehören zur Bezirkseinheit der Rotgardisten. Sie sind hier für Ruhe und Ordnung verantwortlich. Jetzt, wo du wieder da bist, erzählst du ihnen am besten selbst, was sich ereignet hat.«
Anja und Tascha merkten an Xenias Stimme, daß irgend etwas nicht stimmte. Als einer der Roten zu sprechen begann, wurde ihnen klar, was los war: Er schien den Vorfall als eine persönliche Beleidigung aufzunehmen – eine Beschwerde wegen unzu-

reichendem Schutz der Bevölkerung durch seine Einheit. In der letzten Zeit hatte es wiederholt Rivalitäten zwischen den verschiedenen Einheiten gegeben. Die Männer waren empfindlich. Sie wollten keine Beschwerden bekommen, denn dadurch konnten sie selbst in Schwierigkeiten geraten.
»Der Mann war in Begleitung von Soldaten«, erklärte Anja. »Die haben ihm dabei geholfen, in mein Haus einzubrechen. Er hat mir meinen Sohn aus den Armen gerissen und ihn weggetragen. Gott weiß wohin. Beschützt Ihre Revolution *so* unschuldige Menschen?«
Der ältere der beiden Männer sah sich in dem üppig eingerichteten Raum um. Dann musterte er ungerührt die junge Frau, die auf die Revolution geschimpft hatte und jetzt immer noch wütend zu sein schien.
»Bürgerin Swiridowa«, antwortete er ruhig. »Ich verstehe Ihre Wut über die Entführung Ihres Sohnes, aber dennoch bitte ich Sie, zu überlegen, was Sie über die Revolution sagen. Wenn es nicht Leute wie Sie und Ihre Familie gäbe, dann wäre keine Revolution nötig gewesen.«
»Wenn es nicht Leute wie mich und meine Familie gegeben hätte, wäre Rußland immer noch ein Land voller Bauern: ungebildet und primitiv wie im Mittelalter«, gab sie zurück. »Meine Familie ist repräsentativ für unsere hohe Kultur. Ganz im Gegensatz zu dieser Bestie, die mein Kind entführt hat.«
»Anja, *assez*«, flüsterte Xenia und packte ihre Nichte am Arm. »*Ne sois pas bête. Ce monsieur commence à se fâcher.*«*
Der Soldat verstand nicht, was die beiden Damen redeten, aber er konnte es sich denken. Prinzessin Malischewa schien vernünftiger zu sein als ihre Nichte.
»Wir werden tun, was wir können, Bürgerin«, sagte er. »Aber das wird nicht einfach sein. Die Stadt ist voll von Unruhestiftern. Wir haben auch noch andere Probleme, die uns auf den Nägeln brennen.«
»Mein Sohn ist für mich das Wichtigste.«

---

* »Genug. Sei nicht dumm. Dieser Herr wird sonst ärgerlich.« (Anm. d. Übers.)

Der Mann lächelte. »Bürgerin, als ich noch ein Kind war, da habe ich mit ansehen müssen, wie mein Bruder verhungert ist. Wir waren arm. Das war unser Schicksal. Vielleicht ist dies das Schicksal Ihres Sohnes.«

Die Brutalität dieser Äußerung schockierte Anja. Wütend funkelte sie den Mann an. Ihr wurde klar, daß Bjeloschkas Leben nur von ihr abhing.

Als die beiden Männer gegangen waren, setzten Anja, Xenia und Tascha sich zu einer Lagebesprechung in den kleinen grünen Salon im zweiten Stock. Prinzessin Swiridowa war so wütend, daß alle Angst wie weggeblasen war. Sie hatte mit Oleg Iwanow gekämpft. Sie hatte ihn verfolgt, Stunden damit verbracht, die gefährlichen Straßen abzusuchen, und sie hatte es überlebt. Sie würde auch das überleben, was ihr noch bevorstand, um Bjeloschka zurückzubekommen. Das schwor sie sich. Der Gedanke an Iwanow, der ihr Kind in der Gewalt hatte, vertrieb alle anderen Gefühle – ihr blieb nur eine unbeschreibliche, unerbittliche Wut.

»Ich fahre nach Bjelaja Berioschka«, erklärte Anja. »Xenia, ich möchte dich bitten, dich um meine Töchter zu kümmern. Bring sie nach Stockholm. Diese Stadt ist für Kinder viel zu gefährlich geworden. Du hast ja gehört, was das Tier gesagt hat. Er würde uns alle kaltblütig umbringen.«

Prinzessin Xenia war erstaunt. »Anja«, versuchte sie zu protestieren. »Ich glaube nicht, daß du es schaffst, so jemanden zur Strecke zu bringen. Das ist ein Verrückter, ein Wahnsinniger. Er wird dich umbringen.«

»Das hat er bereits dreimal versucht, und er ist immer gescheitert. Aber Bjeloschka bringt er bestimmt um, wenn ich es nicht verhindere. Glaubst du, ich warte ab und lasse das geschehen?«

»Aber warum glaubst du, daß er nach Bjelaja Berioschka geht? Da ist er doch seit Jahren nicht gewesen.«

Tascha war Anjas Meinung. Petrograd wäre Iwanow jetzt sicher zu gefährlich. Er würde versuchen, sich so weit wie möglich von den Roten Garden zu entfernen. Sie würden es vielleicht nicht zugeben, daß er sein Verbrechen in ihrem Gebiet verübt hatte,

aber sie würden ihn an die Wand stellen – und wenn sie das nur taten, weil er ihren Ruf geschädigt hatte. Warum sollte er nicht dahin zurückkehren, wo seine Familie herkam? Da konnte er vielleicht sogar noch auf Hilfe hoffen.
»Sie hat recht«, bestätigte Anja. »Das ist das ideale Versteck für jemanden, der auf der Flucht ist. Und er rechnet sicher nicht damit, daß wir hinkommen, denn da sind zur Zeit viel zu viele Aufstände.«
Ja, dachte Prinzessin Xenia. Das habe ich auch Andrej gesagt und ihn gebeten, in die Stadt zu kommen.
»Anjuschka«, sagte sie sanft. »Das klingt alles vernünftig, aber denk daran, Iwanow ist ein Verrückter. Es kann genausogut sein, daß er sich auf den Weg zur Krim gemacht hat, oder daß er sogar in seine Petrograder Wohnung zurückgekehrt ist. Wir können keinesfalls sicher sein.«
»Xenia!« weinte Anja. »Ich muß doch meinen Sohn finden! Laß mich doch in dem Glauben, daß ich *ein wenig* Logik in das Chaos hineinbringen kann! Mein Gott, es kann auch sein, daß er Bjeloschka schon längst umgebracht und ihn in den Straßengraben geworfen hat. Denkst du, ich weiß das nicht, Xenia?«
Prinzessin Malischewa umarmte ihre Nichte. Sie dachte an jenen schrecklichen Tag vor sechs Jahren zurück. Sie hatten sich alle einmal im Kreis gedreht, und jetzt lief es wieder auf die gleiche Konstellation hinaus: Oleg Iwanow gegen Anja.
»Anjuschka«, erklärte Xenia mit fester Stimme. »Du hast recht damit, die Kinder nach Schweden zu schicken. Tascha und das Kindermädchen werden sie begleiten. Petrograd ist zur Zeit für junge Leute viel zu gefährlich.«
»Was?« rief die Komtesse. »Wie sollen wir denn da hinkommen?«
»Über Adams Route: mit dem Zug nach Finnland, in Schlitten durch die finnischen Wälder und bei Haparanda über die Grenze. Das ist nicht sehr bequem, aber es ist im Augenblick die einzige Möglichkeit, aus Rußland herauszukommen. Na?«
Unter den wartenden Blicken der beiden Verwandten, die es immer noch nicht ganz fassen konnten, wie engagiert Tascha Anja verteidigt und in den Kampf eingegriffen hatte, zuckte die junge

Komtesse gleichgültig die Schultern, sah ihrer Cousine ins zerkratzte Gesicht und meinte: »Warum nicht?«

Petrograd war verloren. Die Bestien hatten das Kommando übernommen, und Tatjana Sergejewna hatte keine Lust mehr, so zu leben.

»Gut«, lächelte Xenia. Sie konnte sich nicht vorstellen, wie die Überlegungen ihrer Nichte abgelaufen waren. »Wenn wir erst einmal nachgekommen sind, dann bist du möglicherweise schon eine schwedische Baronesse geworden, wer weiß?«

Ja, dachte Tascha und stellte sich ein paar große, blonde Männer vor. Das konnte schon sein. Sie hatte eine Vorliebe für blonde Männer.

»Xenia, ich möchte nicht, daß du dich in Gefahr begibst. Bitte geh mit den Kindern nach Stockholm. Adam hilft mir bestimmt, sobald er zurückkommt.«

»Mein Schatz, so lange können wir aber nicht warten. Wenn wir Bjeloschka retten wollen, müssen wir noch heute anfangen. Außerdem werde ich nicht weglaufen und Andrej auf Bjela Berioschka alleine zurücklassen. Tascha und Nanny kommen schon alleine klar, ich habe vollstes Vertrauen in sie.«

Der Gedanke, ihre Töchter Tatjana Sergejewna anzuvertrauen, war nicht sehr reizvoll. Aber Nanny war ja auch dabei. Sie würde sich bestimmt gut um sie kümmern. In Stockholm mußten sie dann nur noch auf ihre Eltern warten. Das war auf jeden Fall sicherer, als sie noch länger als nötig in der von Revolution und Unruhen erschütterten russischen Hauptstadt zu behalten.

»Ich wollte schon immer einmal nach Stockholm, das ist gar nicht so schlecht.« Tanja schien sich wirklich mit dem Gedanken anzufreunden.

»Fang am besten gleich an zu packen«, schlug Anja vor. Sie stand auf, um Nanny Bescheid zu sagen.

»Ich möchte, daß du und die Kinder noch heute Petrograd verlaßt. Je eher, desto besser. Außerdem könnt ihr möglicherweise Adam noch unterwegs erwischen und ihm sagen, was vorgefallen ist.«

Mit diesen Worten lief Prinzessin Swiridova zum Kindermädchen.

Niemand schenkte dem stämmigen, bärtigen Mann, der im Zug nach Moskau saß und ein kleines blondes Kind bei sich hatte, Beachtung. Der Junge trug einen schäbigen Mantel und eine Strickmütze, aber seine teuren Lederstiefel paßten nicht zu seiner übrigen Kleidung. Im Gesicht hatte er ein paar Kratzwunden und Blutergüsse.
Der Kleine hatte gerade eben eine Tracht Prügel bezogen. Jetzt schluchzte er leise vor sich hin wie ein kleines Kätzchen. Niemand sagte etwas dazu, denn sein griesgrämiger Begleiter schien keinerlei Wert darauf zu legen. Manche Leute waren in diesen Tagen sehr empfindlich. Es war nicht ratsam, sich mit finster aussehenden Fremden anzulegen.
Um sie herum saßen Bauern und Soldaten. Sie sahen armselig und heruntergekommen aus. Einige trugen ein kleines, zusammengeschnürtes Bündel mit ein paar persönlichen Sachen mit sich, andere hatten einen Käfig mit lebendem Geflügel dabei.
Für Bjeloschka war das alles neu und ungewohnt. Er konnte nicht verstehen, wieso er jetzt hier mit diesem bösen Mann saß. Er hatte eine Stimme wie die Bauern von Onkel Andrej. Der Junge wußte, daß der Mann ins Haus seiner Eltern eingebrochen war und daß er mit seiner Mama gekämpft hatte. Dann hatte ihn der Mann auf die Straße gezerrt und war mit ihm zu einer Straßenbahn gelaufen. Aber Bjeloschka konnte das alles nicht verstehen. Er hatte Angst vor diesem Mann, der ihn an einen dunklen und schmutzigen Ort gebracht hatte, wo viele laute und schlecht riechende Menschen waren. Als er geweint hatte und nach Hause zu seiner Mama wollte, da hatte der Mann ihn geschlagen.
»Ich bring dich an einen viel besseren Ort, du kleiner Quälgeist«, hatte ihm der Mann gedroht. »Ich bring dich da hin, wo alles angefangen hat – alle meine Schwierigkeiten haben mit deiner Familie begonnen. Deine Familie ist schuld an allem. Und du wirst mir dabei helfen, dem allem ein Ende zu machen.«

Der kleine Junge hatte Todesangst gehabt, und den Mann angefleht, ihn zu seiner Mama zu bringen. Er verstand nicht, wovon der Mann redete. Seine rauhe Bauernsprache tat ihm in den Ohren weh. Das war er nicht gewohnt. Und das, was der Mann sagte, ergab keinen Sinn.
Wie sollte er jemals wieder zurück zu Mama kommen? Er hatte sie doch so lieb, sogar noch mehr als Papa oder Tante Xenia oder die Zwillinge. Sie nahm ihn immer mit zu Spazierfahrten, während Nanny bei den Zwillingen blieb. Mama fuhr auch mit ihm im Garten Schlittschuh, auf dem kleinen Teich, und sie erlaubte ihm, ihr die funkelnden und blitzenden Diamanten um den Hals und die Armgelenke zu legen, wenn sie ausgehen wollte. Wer sollte ihr dabei helfen, wenn er sie nicht wiederfand? Und er wußte, daß sie ihn vermissen würde, obwohl sie ja noch die Zwillinge hatte. Sie hatte ihn am meisten lieb, er war ihr Liebling, ihr kleines Eichhörnchen.
Wieso haßte der häßliche Mann seine Mama so sehr? Warum wollte er ihn umbringen? Bjeloschka wußte es nicht. Er tastete nach den Wunden im Gesicht.

Es schneite leicht, als der Privatwagen der Swiridows auf das Gleis gerollt wurde, um dem Linienzug angehängt zu werden. Der Hochadel hatte bereits Schwierigkeiten mit der Eisenbahn, aber Adam hatte gute Beziehungen zu den Arbeitern, die ihn aus der Zeit seiner Arbeit für die Freundschaftsgesellschaft kannten und schätzten. Auch seine Frau und seine Kinder konnten sich auf ihre Unterstützung verlassen – noch. Anja beschloß, das auszunutzen. Ihre Kinder sollten, solange das möglich war, bequem reisen.
Als Komtesse Derschawina, das Kindermädchen, Nicki und die Zwillinge einstiegen, mußte Anja gegen Tränen ankämpfen. Sie und Xenia waren sich jetzt, wo es ans Abschiednehmen ging, wesentlich weniger sicher, ob es richtig war, sie fortzuschicken. Und die Kinder spürten die Unsicherheit und Angst der Erwachsenen. Sie klammerten sich an Mutter und Tante, als der Zug die Maschinen anlaufen ließ.

»Nanny, Sie haben genügend Geld dabei, um Unterkunft und Versorgung für alle für ungefähr ein halbes Jahr zu bezahlen«, sagte Anja. Sie hatten mehrere tausend Pfund Sterling in die Rocksäume und das Futter ihres Mantels genäht, ja sogar in ihr Korsett. »In Stockholm bringen Sie das Geld zur Bank und heben immer nur das ab, was Sie zum Leben brauchen. Sie mieten eine Suite im Hotel Angleterre und warten auf uns.«

»Ja, Madame«, antwortete das englische Kinderfräulein. Sie konnte sich über die Rechenkünste der Prinzessin nur wundern. Sie hatte ihr genug Geld gegeben, um länger als ein ganzes Jahr damit auszukommen – und das nicht einmal schlecht. Nanny hoffte, daß sie nicht *so* lange warten mußten.

»Ich werde alle Ausgaben aufschreiben, Madame. Und ich werde darauf achten, daß die Kleinen ordentlich essen und an die frische Luft kommen.«

»Und behalten Sie ein Auge auf die junge Dame. Sie ist noch nicht ganz so erwachsen, wie sie selbst denkt«, ergänzte Xenia.

»Tantchen! Ich brauche keinen Aufpasser!« protestierte Tascha sofort.

Nanny wurde klar, daß sie noch stürmische Zeiten vor sich haben würden.

Anja küßte ihre beiden Töchter und streichelte sie noch einmal zärtlich. Sie hoffte, daß sie sie bald wiedersehen würde – war sich da aber nicht sehr sicher. Die kleinen, hübschen Gesichter sahen sie so vertrauensvoll an, daß Anja einen Stich im Herzen verspürte.

Sie machte sich ernsthaft Sorgen, wenn sie sich vorstellte, daß diese kleinen Wesen die Grenze ohne sie überqueren sollten. Sie waren noch so winzig und hilflos, ganz allein in einer feindlichen Welt.

»Ich hab euch lieb.« Anja umarmte sie noch einmal. »Ich hab euch ganz schrecklich lieb. Das dürft ihr niemals vergessen, ganz gleich, was auch passieren mag.«

Als der Zug schon das Signal zur Abfahrt erhielt, umarmte Komtesse Derschawina plötzlich und spontan ihre Tante.

»Auf Wiedersehen, Tantchen«, flüsterte Tascha. Sie küßte Xenia auf beide Wangen. »Und vielen Dank für alles, was du für mich getan hast. Oder versucht hast, für mich zu tun.« Sie lächelte verlegen. »Du und Anjuschka seid die einzigen Menschen, die jemals wirklich gut zu mir gewesen sind. Und ich weiß nicht einmal, warum.«
»Auf Wiedersehen, Tascha«, flüsterte ihr Xenia ins Ohr. »Auch wegen dir wollen wir so schnell wie möglich nachkommen, ganz bestimmt.«
Inzwischen war es wirklich höchste Zeit für Xenia und Anja, auszusteigen.
»Auf Wiedersehen, meine Lieben!« rief Anja und winkte dem Zug nach, bis er nicht mehr zu sehen war.

Bjelaja Berioschka

»Es steht sehr schlecht, Hoheit«, berichtete Lew Petrowitsch. »Die Soldaten haben mehrere Anwesen überfallen und ausgeraubt. Ein paar Großgrundbesitzer sind dabei umgebracht worden. Einige von ihnen wurden sogar so lange gefoltert, bis sie vor Schmerzen umkamen.«
»Also sollten wir besser dafür sorgen, daß wir keinen überraschenden Besuch bekommen. Ich möchte, daß rund um die Uhr bewaffnete Männer aufgestellt werden, die aufpassen. Beim ersten Zeichen von Unruhe werden Warnschüsse abgegeben.«
»In Ordnung, Hoheit.« Der Mann mit dem von Wind und Wetter gegerbten Gesicht nickte aufmerksam. »Mein Sohn Petja ist zur Zeit wieder da draußen und sieht sich um, ob er irgend etwas Verdächtiges entdecken kann.«
»Sie haben einen guten und tapferen Sohn, Lew. Ein feiner Kerl.«
»Er hat ja auch ein gutes Vorbild gehabt, Hoheit«, antwortete Lew grinsend.
Nur zwei Tage zuvor hatte eine Bande von Deserteuren ein Landhaus in der Nähe von Bjelaja Berioschka überfallen und den Besitzer, seine Frau und alle Kinder ermordet. Diese unbeschreibliche Grausamkeit, besonders das Abschlachten zweier

unschuldiger Kinder, hatte allen Menschen in der Nachbarschaft Angst eingejagt. Andrej wollte ein ähnliches Schicksal mit allen Mitteln verhindern. Wenn sie sich ihn als Ziel aussuchten, war er entschlossen, so viele von denen mit in den Tod zu nehmen wie möglich.
Der Prinz inspizierte seine Waffen. Er dachte darüber nach, ob Graf Scherbatkin wohl dieselben Vorkehrungen traf. Boris war lange Zeit in der ganzen Umgebung wegen seiner Rücksichtslosigkeit bei den Rekrutierungen verhaßt gewesen. Neulich erst hatte er wieder eine Drohung erhalten. Viele der Bauernsöhne, die Boris in den Krieg geschickt hatte, waren nicht mehr heimgekehrt. Sein eigener Schwiegersohn dagegen war vom Kriegsdienst befreit worden. Das war allgemein bekannt.

Als Oleg am Bahnhof ankam, fiel er kaum auf – aber der kleine Junge auf seinem Arm machte dann doch schnell auf sich aufmerksam. Er war so unverwechselbar ein kleiner *Barin*, da änderte auch der schäbige Mantel nicht viel. Er paßte nicht zu dem stämmigen Bauernkerl, er brauchte nur den Mund aufzumachen, und jeder merkte ihm seine vornehme Herkunft an. Davon machte Bjeloschka auch reichlich Gebrauch: Er rief jedem, der ihnen begegnete, zu, daß er nach Hause wollte, zu seiner Mama, Prinzessin Swiridowa.
Um ihn zum Schweigen zu bringen, schlug ihm Oleg brutal ins Gesicht. Trotzdem hatten ein paar Passanten das Schauspiel mitbekommen. Da gab es doch eine Prinzessin Swiridowa, die öfter mal zu Besuch dagewesen war, und sie hatte auch einen kleinen Sohn – aber warum war er in Begleitung von so einem Grobian? Was steckte hinter dieser seltsamen Geschichte?
Auch der Kutscher, der Oleg und den Jungen zu Iwanows Bauernhof brachte, wunderte sich. Er erzählte die Episode von einem derben Kerl und dem kleinen Jungen ein paar Freunden. Der Kerl wirkte sehr wild und gefährlich, allein sein Blick jagte einem schon einen Schauder des Entsetzens über den Rücken, sagte er.

Als Oleg beim Haus seines Vaters ankam, sah der Hof wie ausgestorben aus. Oleg klopfte laut, bekam aber keine Antwort. Bjeloschka hatte Angst. Alles sah so finster und unheimlich aus: lose Holzlatten, knarrende Treppenstufen und Dreck. Wahrscheinlich war es drinnen genauso schlimm wie dort, wo ihn der Mann in Petrograd hingebracht hatte. Der Kleine fröstelte. Nach ein paar Minuten rührte sich etwas, und die Tür ging auf. Iwanow senior erschien.
»Vater!«
»O Gott! Was ist denn das?« rief der alte Mann.
Er starrte seinen Sohn ungläubig an. Er war der letzte, den er erwartet hätte. Er hatte nicht die geringste Lust, sich jetzt auch noch mit seinem Sohn auseinandersetzen zu müssen.
»Ich habe gedacht, daß du tot bist«, meinte er dann enttäuscht.
»Ja, verdammt, du siehst auch so aus, als würde es dir leidtun, daß ich noch lebe.«
Der kleine Junge starrte den häßlichen Mann an und fragte sich, ob er sie hineinlassen würde. Er hoffte, daß er es nicht tun würde.
»Darf ich vielleicht hineinkommen? Oder sollen wir noch lange hier in der Kälte stehen bleiben?« fragte Oleg unfreundlich.
»Mach, was du willst. Was ist das für ein Kind?«
Oleg zerrte den Jungen hinter sich her. Das Haus hatte offensichtlich schon wesentlich bessere Tage gesehen. Die Farbe blätterte ab, Risse waren in den Wänden, dreckiges Geschirr stand herum. Maria Andrejewnas fürsorglicher Geist schien hier schon lange nicht mehr gewirkt zu haben. Oleg war erstaunt.
»Wo ist Mama?«
»Tot. Seit Jahren. Gott hab sie selig. Sie hatte gehofft, du würdest noch einmal kommen und sie besuchen, bevor sie starb, aber da hast du sie wieder einmal enttäuscht. Ich weiß nicht, was mir jetzt diese unerwartete Ehre verschafft, und was du da mitgebracht hast«, brummte der alte Mann. »Aber wir haben Schwierigkeiten hier.«
»Was für Schwierigkeiten?«
»Mord. Raubzüge. Brandstiftung. Such dir was aus. Ein Gut

gleich hier in der Nähe haben sie niedergebrannt und alle Menschen, die drin waren, umgebracht. Meine Leute und ich warten darauf, daß sie in nächster Zeit auch hier auftauchen.«
Oleg sah sich um. Sechs stämmige, kräftige Männer, Bauern wie er, bewaffnet mit Gewehren und zu allem bereit, standen an den Fenstern.
Das sieht ja böse aus, dachte Oleg. Es war wie in Petrograd. Es gab kein Entkommen. Schließlich sagte er: »Ich kann sonst nirgends hin.«
»Du Dummkopf. Das überrascht mich nicht; ich habe immer schon zu deiner armen Mutter gesagt, daß du mal ein böses Ende nehmen wirst. Du weißt, daß du immer noch wegen dem Mordversuch damals an dem Mädchen gesucht wirst? Wenn die erst einmal erfahren, daß du hier bist, dann kommen sie und holen dich.«
»Na, in der Beziehung habe ich wenigstens Glück«, lachte sein Sohn. »Recht und Gesetz gelten in diesem Land nichts mehr. Jetzt ist jeder Mann auf sich selbst gestellt.«
Iwanow senior zog eine Grimasse. Dann sah er Bjeloschka an. »Wer ist der Junge?«
Bjeloschka wich vor dem häßlichen Alten zurück. Er wollte von diesem nach Tabak und Schweiß stinkenden Kerl nicht angefaßt werden.
»Mein Sohn.«
»Gott im Himmel – das hat mir gerade noch gefehlt: noch einer mehr, den ich durchfüttern muß.«
»Ja, und wir werden hier bleiben, solange ich will. Also freunde dich schon mal mit dem Gedanken an, Vater.« Er ließ keinen Zweifel daran, daß er das ernst meinte.
Der kleine Junge setzte sich auf das ächzende Sofa und sah den beiden Männern bei ihrem Streit zu. Einer war furchterregender als der andere. Das Haus war kalt. Er kannte niemand, der in einem so ungemütlichen Haus wohnte.
»Scheiße!« rief plötzlich einer der Männer. »Das geht schon wieder los. Wie fast jede Nacht.«
»Was?« fragte Oleg.

»Die Bauern versuchen, uns auszuräuchern. Sie kommen fast jede Nacht. Sie haben Deserteure dabei. Das sieht nicht gut aus.«
»Junge, leg dich auf den Boden, unter das Sofa, und bleib da. Oleg, kannst du noch mit einem Gewehr umgehen?«
»Ja, gib her.«
Oleg wurde vom Vorarbeiter seines Vaters eingewiesen und bezog Posten an einem der dunklen Fenster.
Ein Schuß zersplitterte einen Fensterrahmen und die Glasscheibe. Oleg duckte sich, um sich vor den Splittern zu schützen.
»Wie sieht es denn auf dem Malischew-Anwesen aus?« fragte Oleg.
»Das ist bisher noch am besten weggekommen.«
»Iwanow, bist du da?« Die Stimme kam von draußen.
»Heute nacht schicken wir dich zur Hölle, Landbesitzer, Blutsauger!« rief ein anderer.
»Alles Land dem Volke!«
»Der kommt aus unserem Dorf«, stellte der Vorarbeiter fest. »Das erkenn ich an der Sprache.«
»Wir schneiden dir die Kehle durch!«
»Bereite schon mal deinen Sarg vor!«
»Fertig für den Weg zur Hölle, Iwanow?«
Plötzlich flog ein brennender Gegenstand durchs Fenster und setzte die schäbigen Vorhänge in Flammen.
»Hol den Jungen da raus, die Flammen greifen gleich auf das Sofa über!« schrie Oleg.
Aber Bjeloschka wartete nicht auf Hilfe. Er krabbelte hervor und lief in das Nachbarzimmer. Dort versteckte er sich hinter einem Sessel. Inzwischen versuchten die Männer, das Feuer zu löschen. Gleichzeitig mußten sie die Verteidigung aufrechterhalten. In der Mitte des Raumes lag Iwanow senior leblos auf dem Boden.
»Iwanow, wir geben dir noch eine letzte Chance: Komm heraus, oder wir bringen dich um!« schrie eine Stimme.
»Geh zum Teufel!« rief der Vorarbeiter.
»Feuer!!!«
Maschinengewehrsalven zerrissen die Nacht. Im Haus schrien

Menschen auf. Die Angreifer wußten, daß sie getroffen hatten.
Oleg lief zu seinem Vater und schüttelte ihn, um zu sehen, ob er noch am Leben war. Kein Anzeichen. Er hatte einen Kopfschuß abbekommen.
Oleg sah sich um. Sein Herz klopfte wie wild. Er hatte Todesangst. Was wollten die da draußen? Was konnte er ihnen geben, um sie zu beruhigen? Nun, er ahnte es: seinen Vater.
Nach einer kurzen Pause ging der Feuerhagel wieder los.
Wieder fielen ein paar Männer den Kugeln zum Opfer.
»Wenn ihr euch ergebt, dann könnt ihr gehen!« rief eine Stimme mit Moskauer Akzent in der Dunkelheit. »Wir wollen nur Iwanow haben.«
»Worauf wartet ihr?« fragte Oleg. »Werft ihn vor die Tür, schnell!»
Der Vorarbeiter schüttelte den Kopf. »Sie lügen. Sie bringen uns trotzdem alle um. Das sind Deserteure. Sie haben schon genügend andere umgebracht.«
»Wir sind doch keine Landbesitzer«, antwortete Oleg. »Sie wollen den Besitzer haben. Also machen wir ihnen doch die Freude und geben ihn ihnen. Er ist doch sowieso schon längst tot.«
Vorsichtig sah Oleg aus dem Fenster. Draußen stand eine ganze Meute von zerrissenen Bauern und desertierten Soldaten. Daneben zwei Lastwagen mit Maschinengewehren darauf. Er rief: »Nicht schießen! Wir geben euch den Landbesitzer.«
Freudengejohle vor der Tür.
»Los, beeilt euch!« grunzte Oleg. Er packte die Leiche seines Vaters bei den Füßen. »Nimm du die Schultern, halt fest!« befahl er einem anderen Bauern. »Mach die Tür auf, wenn wir ihn da haben – aber nicht zu weit. Wir werfen ihn hinaus, und dann machst du ganz schnell wieder zu, verstanden?«
Mit Hilfe des Vorarbeiters zerrte Oleg seinen toten Vater vor die Tür, dann hievten sie die Leiche nach draußen und warfen sie auf die Veranda.
In dem kalten Scheinwerferlicht der Lastwagen sah der alte Iwanow schrecklich gespenstisch aus. Sein graues Haar klebte blut-

verschmiert an der Stirn, sein Hemd war von den Kugeln zerfetzt. Aber vor dem Haus hatte niemand Mitleid mit dem Alten. Lautes Gejohle und Geschrei begrüßten ihn.
»Diese Schweinebande! Hörst du sie? Und die meisten sind noch nicht einmal von hier«, murmelte der Vorarbeiter. Er war immer noch damit beschäftigt, das Feuer zu löschen.
Draußen begann das grausame Ritual: die Leiche wurde ausgezogen und durchsucht. Zu ihrer Verärgerung fanden die Männer keine Wertsachen oder Geld in seinen Taschen. Dann wurde die Leiche zerstückelt.
Blut spritzte, der Schnee verfärbte sich rot. Als die Wölfe in menschlicher Gestalt fertig waren, warfen sie die Überreste des alten Mannes gegen einen Baum. Sie riefen die Männer aus dem Haus, damit sie sich ihren ehemaligen Chef ansehen sollten.
»Nein. Wir kommen nicht.«
»Dann machen wir mit euch das gleiche wie mit dem Alten, und zwar sofort!«
»Versucht es nur!«
Olegs Magen krampfte sich zusammen. Sie waren immer noch nicht zufrieden. Sie wollten sie alle umbringen. Er hatte Angst. Er konnte ihnen nicht entkommen.
In Panik rannte Oleg los, schnappte sich Bjeloschka und lief mit dem Kind in den Keller. Er brach eine Tür auf und verpaßte seinem kleinen Opfer ein paar Prügel, um ihn ruhigzustellen. Über ihnen war ein furchterregender Lärm. Die Männer seines Vaters befanden sich in einer wahren Feuerhölle.
Iwanow befahl dem Jungen, ihm dabei zu helfen, ein Regal von der Wand abzurücken. Bjeloschka wußte zwar nicht, wozu das gut sein sollte, aber er hatte Angst vor dem bösen Mann. Oben ließ das Gewehrfeuer nach. Der letzte Mann war tot.
Oleg legte den Eingang zu einem Tunnel frei, den sein Vater 1905 gegraben hatte. Er öffnete die niedrige Tür. Dahinter hatten sich Staub, Dreck und Spinnweben angesammelt.
Oleg nahm eine Laterne von der Wand und machte Licht. Dann packte er den Jungen und stieß ihn in die Dunkelheit. Große

gelbe Augen starrten den Eindringling bedrohlich an. Bjeloschka schrie vor Schreck auf.
»Halt den Mund und geh weiter! Das sind nur Ratten.«
Oleg gab dem kleinen Jungen einen Schubs.
Nach einer endlosen Wanderung durch den feuchten, dunklen Tunnel gelangten sie zu einer Falltür. Oleg öffnete sie, und über ihnen war auf einmal nur der kalte Nachthimmel. Er nahm den Jungen huckepack auf die Schultern und stieg mit ihm nach oben. Er hatte diese Wahnsinnigen überlistet – aber wie lange war er noch vor ihnen sicher?
Oleg zog das Kind hinter sich her durch den Winterwald. Auch ihm war es unheimlich. Es war ihm, als würde eine Frau seinen Namen rufen, als würden unsichtbare Hände nach seiner Kehle fassen. Immer wieder stolperte er über Zweige und Äste. Er hatte nur noch einen Gedanken, nur noch ein einziges Ziel: er mußte die Stelle finden, wo er damals auf die Mutter des Kindes gestoßen war, auf die Hexe.
Wenn er die Stelle nicht fand, war er verloren.
Die Soldaten hatten inzwischen ihre Schießerei beendet. Sie waren damit beschäftigt, die Leichen ihrer Opfer, der Landarbeiter, zu verstümmeln. Danach würden sie die Überreste der Reihe nach vor der Veranda aufbauen, um die anderen Bauern der Umgebung zu warnen.
Am nächsten Tag ging die Nachricht vom Überfall auf Iwanows Hof herum wie ein Lauffeuer. Wer würde das nächste Opfer sein? fragte sich die Bevölkerung.

36

Bei seiner Rückkehr nach Petrograd erfuhr Adam von der Entführung seines Sohnes. Er war außer sich vor Wut. Und er hatte Angst um seine Frau und seine Kinder. Die Reise, die die Mädchen vor sich hatten, war schlimm genug, aber Xenias und Anjas Vorhaben war mehr als todesmutig. Die Moskauer Gegend war, wie schon 1905, von Aufruhr, Mord und Plünderungen am schlimmsten betroffen – mit dem Unterschied, daß dieses Mal die Behörden die Kontrolle vollkommen verloren hatten.

Ohne Zeit zu verlieren, fuhr Adam nach Bjelaja Berioschka. Man würde ihn dort brauchen. Wenn es schon alles ein schlimmes Ende nehmen sollte, dann wollte er wenigstens mit seiner Frau zusammen sterben.

Als Anja und Xenia im Landhaus der Malischews ankamen, war das eine kleine Sensation. Praskowaja Fjodorowna hielt sie für völlig übergeschnappt, daß sie sich in dieses gefährliche Gebiet begeben hatten.

Nachdem sie die beiden Damen begrüßt und umarmt hatte, rief die Haushälterin in Andrejs Büro: »Hoheit, kommen Sie mal und sehen Sie, wer hier ist!«

Prinz Andrej war gar nicht erfreut. Schrecken und Erstaunen standen ihm ins Gesicht geschrieben. »Mein Gott! Ich hatte geglaubt, ihr seid vernünftiger! Wie könnt ihr so etwas tun? Hier draußen sind alle wild geworden. Die Angriffe auf die Gutshäuser haben bereits angefangen.«

»Andrej«, begann seine Frau. »Wir sind hergekommen, weil Oleg Iwanow in Anjas Haus eingebrochen ist und Bjeloschka entführt hat. Wir dachten, daß er sich vielleicht hier bei seinem

Vater versteckt hält. Wir möchten die ganze Gegend durchsuchen lassen. Das ist unsere einzige Hoffnung.«
Prinz Andrej war sprachlos vor Entsetzen. Er hatte Schuldgefühle, weil er damals Iwanow nicht zur Strecke gebracht hatte. Es war sein Fehler, und jetzt mußte er die Strafe bekommen. Aber warum Bjeloschka? Er konnte den Gedanken nicht ertragen. Nur mit Mühe hörte er Anjas und Xenias Bericht zu.
»Anja, *Miloschka*, hier ist die Situation sehr angespannt. Es ist unglaublich.« Andrej nahm ihre Hand.
»Was, Onkel?«
»Letzte Nacht hat eine Bande Bauern und abtrünniger Soldaten Iwanows Hof überfallen und alle getötet, die sie gefunden haben.«
»Nein!« schrie Anja auf. »Das kann doch nicht sein!«
»Miloschka«, versuchte Andrej seine Nichte zu beruhigen. »Soweit ich weiß, sind nur Leichen von Erwachsenen gefunden worden. Von einem Kind hat niemand etwas gesagt.«
Prinzessin Swiridowa starrte ihren Onkel ungläubig an. Sie wußte nicht mehr, was sie von all dem halten sollte. Sie war ratlos, sie hatte Angst um ihren Sohn. Schreckliche Angst. Vielleicht war Iwanow doch nicht hierher geflohen?
In diesem Augenblick kam Petja herein. Er war fast erwachsen. Er entschuldigte sich, daß er so hereingestürmt war, und platzte dann heraus: »Hoheit, Dimja, der Kutscher hat mir gerade erzählt, daß er einen Mann und einen Jungen bei Iwanow abgesetzt hat, kurz bevor die Soldaten angegriffen haben. Er hat gesagt, der Junge habe ausgesehen wie ein Kind aus einer guten Familie, und der Mann ist möglicherweise Oleg Iwanow gewesen!«
Zitternd vor Erregung fragte Anja Petja nach der Beschreibung der beiden.
»Ein dicker, glatzköpfiger Mann mit Bart, er trug einen grauen Mantel, und ein blonder Junge mit langen Locken, in einem schäbigen Mantel, aber vornehmen Stiefeln. Höchstens fünf Jahre alt.«
»Petja, das muß Iwanow sein.« Anja war aufgeregt. »Er hat mei-

nen Sohn in Petrograd entführt, und ich habe mir schon gedacht, daß er hierher kommen würde, um sich bei seinem Vater zu verstecken.«

Der junge Kerl erschrak. Er sah Prinz Andrej an und wartete auf Anweisungen, was zu tun sei. Eine blonde Strähne fiel ihm in die Stirn.

»Hol die Männer zusammen. Wir gehen hinaus und machen uns auf die Suche.«

»Sattel bitte auch ein Pferd für mich, ich komme mit!« sagte Anja.

»Nein, *Barinja*. Das dürfen Sie nicht. Der Anblick bei Iwanows Haus ist zu schrecklich!« protestierte Petja.

»Warschau war auch schrecklich, aber wenn ich nicht dort gewesen wäre, dann würdest du heute nicht hier stehen, Petja«, erwiderte Anja.

Sie hatte recht. Darauf wußte keiner mehr eine Antwort. Sie war nicht von ihrem Vorhaben abzubringen.

Eine Stunde später, als Andrej, Prinzessin Anja und sechs ihrer Leute Iwanows Hof erreichten, bekamen sie einen Schreck. Niemand hatte etwas verändert. Alles sah noch so aus, wie die Bande es hinterlassen hatte. Der Prinz und die Prinzessin waren abgestoßen von dem schauderhaften Anblick. Angewidert wandten sie sich ab und sahen nicht nach links und rechts, als sie das Haus betraten.

Andrej war in Iwanows Haus gewesen, nachdem dessen Sohn seine Nichte überfallen hatte. Jetzt sah nichts mehr so aus, wie er es von damals in Erinnerung hatte. Eine dicke Staub- und Dreckschicht von herabbröckelndem Putz und Schießpulver tauchte die ganze Szene in ein gespenstisches Licht. Die Wände waren durchlöchert von Einschüssen, die Möbel waren zertrümmert, alle zerbrechlichen Gegenstände waren in Scherben. Blutflecken überall: auf den Trümmern, an den Wänden, auf dem Boden.

Anja versuchte, den Gedanken an das Massaker zu verdrängen. Sie suchte nach einem Lebenszeichen von Bjeloschka. Wenn sie

ihn fand, würde sie nie wieder etwas von Gott erbitten, das schwor sie sich.
»Anja«, rief Prinz Andrej, »komm, laß uns mal im Keller nachsehen.«
Anja kletterte mit ihrem Onkel die enge, steile Treppe hinunter. Aber auch hier war nichts Ermutigendes zu finden, obwohl die Soldaten wohl nicht bis hierher gekommen waren.
Plötzlich bückte sich Prinz Andrej.
»Anja, kann es sein, daß das deinem Sohn gehört?«
Anja starrte den roten Seidenschal an, nahm ihn in die Hand und rief aufgeregt: »Ja! Der Schal zu seinem Matrosenanzug! Hier, sieh mal, da sind seine Initialen!«
Anja umarmte ihren Onkel vor Freude über dieses Zeichen.
»Laß mich mal hier nachsehen«, sagte der Prinz dann.
Das sah aus wie eine kleine Tür. Sie war halb hinter einem Regal versteckt und führte zu einem düsteren Tunnel.
»Anja, was hältst du davon?«
Die junge Frau ging in den Tunnel, konnte aber in der Dunkelheit nichts erkennen.
»Gib mir mal die Laterne, ich will sehen, wo das hinführt«, entschied Andrej.
»Ich komme mit.« Seine Nichte folgte ihm.

Oleg stolperte durch den Wald. Er zog und zerrte den kleinen Jungen hinter sich her. Er war auf der Suche nach der Stelle, wo fünf Birken eine Art Kreis bilden. Der Schnee und das Mondlicht erschwerten ihm die Orientierung. Aus Angst vor den Soldaten war er am Anfang in die entgegengesetzte Richtung gelaufen. Jetzt hatte er sich verirrt. Seine Wut ließ er an dem kleinen Jungen aus, er schlug ihn. Er gab dem Kind die Schuld an seinem Dilemma. Er schimpfte auf Anna Nikolajewna. Sie hatte ihm das alles angetan. Sie hatte ihn durcheinandergebracht.
»Das macht nichts«, brummte er in seinen Bart. Er warf das hilflose Kind auf den schneebedeckten Boden. »Dann bring ich dich eben hier um. Damit ich endlich frei bin.«
In Todesangst sah der Kleine, wie Iwanow ein langes Fleischer-

messer aus seinem Mantel hervorholte und es ihm über den Kopf hielt. Bevor er das Kind damit treffen konnte, hatte Bjeloschka sich schon zur Seite gerollt. Er schrie so laut, wie er konnte. Der Wald ließ seinen Schrei in einem gespenstischen Echo widerhallen.
»Hilfe! Hilfe!«
Bjeloschka krabbelte hoch und lief ins Gebüsch. Sein Verfolger versuchte, ihn zu erwischen, aber das Gebüsch war dicht, und der Schnee erschwerte ihm die Sicht.
Nicht weit entfernt von der Stelle, wo Oleg nach Bjeloschka suchte, durchforsteten die Männer von Graf Scherbatkin den Wald. Sie waren auf der Suche nach Rebellen. Plötzlich horchten sie auf. Da war ein Schrei gewesen. Sie liefen in die Richtung, aus der der Hilferuf gekommen war. Als sie sich näherten, bekam Oleg es mit der Angst zu tun und warf sich auf den Boden. Zufällig lag er ganz nah bei Bjeloschka. Der Kleine traute sich kaum noch zu atmen. Er hatte Angst vor Iwanow, und er hatte Angst vor den Fremden. Er wußte nicht, auf welcher Seite diese Männer standen. Er war mißtrauisch geworden. Die anderen wollten ihn vielleicht auch gefangennehmen?
Dann sah Bjeloschka, wie Olegs Messer im Mondschein blitzte. Gerade als die Bauern sich wieder abwandten, um zu gehen, holte er tief Luft und schrie: »Hilfe!«
Die Männer drehten sich wieder um.
»Hilfe! Er will mich umbringen!«
Ein Mann wollte das schreiende Kind gerade hochnehmen, als Oleg auf die Füße sprang und die Flucht ergriff. Aber zu seinem Pech lief er den anderen Bauern geradewegs in die Arme. Mit ein paar Faustschlägen warfen sie ihn zu Boden.
»Wer bist du denn, Kleiner? Und was machst du da mitten in der Nacht im Wald? Und wer ist der da?«
Der Kleine konnte nur schluchzen und wirres Zeug reden. Allmählich begann er jedoch, sich wieder zu beruhigen. Er erzählte den Männern, daß dieser böse Mann ihn in Petrograd mitgenommen und ihn dann zu einem Ort gebracht hatte, wo immerzu geschossen wurde. Er wurde müde und wollte zu seiner Mama.

»Komm, wir bringen ihn zu Graf Scherbatkin«, schlug einer der Männer vor. »Der weiß dann schon, was für das Kind am besten ist.«
»Einverstanden«, nickte der Mann, der Bjeloschka auf dem Arm trug. Das war eine sonderbare Geschichte, und Graf Scherbatkin würde die beiden sicher sowieso gern in Augenschein nehmen.
Die Männer befahlen Oleg aufzustehen und nahmen ihn zwischen sich. Einer von ihnen hatte ständig das Gewehr auf ihn gerichtet. Ein falscher Schritt und es war aus, das wußte Oleg.
Bjeloschka klammerte sich an seinen Retter und dachte an seine Mama. Sie war so weit weg. Wie sollte sie ihn jemals finden, wenn er immer wieder von Fremden weggetragen wurde?
»Keine Angst, Kleiner.« Der Mann lächelte ihn an. »Wir bringen dich zurück zu deiner Familie.«
»Ich bin sein Vater«, behauptete Iwanow.
Aber das glaubte ihm keiner.

Als Andrej und seine Leute zurückkehrten, wartete Adam auf sie. Er machte sich große Sorgen und fragte Anja gleich nach dem Überfall.
Nachdem Anja und Xenia ihm alles erzählt hatten – auch, wie sie sich am Bahnhof von den Kindern verabschiedet hatten –, bat Xenia um Tee. Anja war müde und durchgefroren von ihrem Ritt. Aber am schlimmsten war ihre Traurigkeit darüber, daß sie ihren Sohn nicht gefunden hatte.
Anja saß neben dem Kamin, um sich aufzuwärmen. Sie nahm die Hand ihres Mannes und legte sie an ihre Wange, um seine Wärme zu spüren. »Von Iwanows Männern hat niemand den Überfall überlebt. Aber ich habe im Keller Bjeloschkas Schal gefunden. Und wir haben einen Geheimgang entdeckt, der in den Wald führt. Unser Sohn lebt noch.«
Jeder wünschte sich von ganzem Herzen, daß Anja recht hatte. Sie mochten sich kaum die andere Möglichkeit, die noch bestand, vorstellen: daß Oleg Bjeloschka von dort weggebracht hatte, um ihn an einem anderen Ort umzubringen.

Prinzessin Anja strich liebevoll über den Seidenschal ihres Sohnes.
»Lew Petrowitsch und Petja sind noch draußen mit ein paar Männern. Sie suchen weiter«, erklärte Andrej Adam. »Wenn sie Bjeloschka finden, dann bringen sie ihn sofort hierher.«
Adam hoffte, Andrejs Optimismus sei begründet.
»Und sobald sie Iwanow erwischen«, ergänzte Anja, »werde ich ihn erschießen. Das ist mein Recht, und ich werde es selbst tun, aus geringer Entfernung.«
Adam war schockiert, sagte aber nichts dazu. Sie hatten noch genügend Zeit zu überlegen, was mit dem Kerl passieren sollte, wenn sie ihn erst einmal geschnappt hatten.
Anja wußte, was die Männer dachten, und sie nahm sich vor, im Falle des Falles schnell zu handeln. Sie wollte sich das nicht nehmen lassen.
Sie war Olegs Opfer gewesen, hilflos und ausgeliefert. Jetzt war er dran.

Im Wald suchten Lew und seine Leute immer noch nach einem Zeichen von Iwanow und dem Kleinen. Inzwischen begannen Andrej und Adam damit, die Verteidigung des Anwesens zu planen und vorzubereiten.
Die Überfälle liefen immer nach dem gleichen Schema ab. Sie waren nicht groß vorbereitet: Die Bande fuhr vor zum Haupteingang und eröffnete das Feuer.
»Wie stehen deiner Meinung nach die Chancen?« fragte Adam.
»Wenn wir sie in unsere Falle locken können, dann können wir es schaffen – wenn nicht, dann sind wir verloren. Du mußt berücksichtigen, daß sie Kampferfahrung aus dem Krieg haben, sie kennen sich mit Maschinengewehren aus und können schießen. Sie sind in der Überzahl. Wenn wir sie nicht überlisten können, dann haben wir keine Chance.«
Prinz Swiridow nickte. »Wir werden dafür sorgen, daß wir gewinnen.«
»Ja«, bestätigte Andrej. »Ich wünschte, die Frauen wären nicht hier. Es geht um Leben oder Tod; es wird ein blutiger Kampf.«

Adam nickte.
»Und wenn es das letzte ist, was ich tue, auch wenn ich sterben muß – ich will diesen Oleg Iwanow töten.« Andrejs Stimme klang hart und verbittert.
Schweigend hoben die beiden Männer ihre Gläser und kippten den Wodka hinunter.

Als Boris Scherbatkins Leute Oleg und das Kind zum Gutshaus brachten, hoffte Oleg nur, daß der Graf ein schlechtes Gedächtnis hatte. Früher hatte er oft Schwierigkeiten mit ihm gehabt, er hatte immer noch Narben von den Peitschenhieben, die der Graf ihm verpassen ließ, nachdem er ihn beim Wildern erwischt hatte.
Der Graf war gerade dabei, seine Gewehre zu putzen, als Oleg und das Kind in den Salon gebracht wurden.
»Was ist denn das?« fragte der Graf und sah den schäbigen Mann mit durchdringendem Blick an.
Dann wandte er sich kurz dem hübschen Kind mit den langen blonden Locken zu.
»Wir haben die beiden im Wald gefunden. Der Junge behauptete, daß dieser üble Charakter hier ihn in Petrograd entführt hat.«
Der Graf staunte.
Er winkte den kleinen Jungen zu sich. Irgendwie kam er ihm bekannt vor.
»Das ist mein Sohn, *Barin*«, erklärte Oleg stur. Dabei sah er demütig auf den Boden. »Wir waren auf dem Weg über die Felder, als eine Bande von Soldaten uns überfallen hat.«
»Das stimmt nicht, Onkel«, widersprach Bjeloschka. »Dieser Mann ist in unser Haus in Petrograd gekommen und hat meiner Mama wehgetan, und dann hat er mich mitgenommen. Ich will nach Hause, und er läßt mich nicht.«
Iwanow schüttelte nervös den Kopf. Er versuchte, so sanftmütig wie möglich dreinzuschauen. Er hatte große Angst. Diese Aristokraten würden ihn ohne zu zögern einfach umbringen, wenn sie herausbekamen, wer er war.

»Stimmt das, was der Junge sagt?« fragte Boris und beobachtete die Reaktion des Mannes genau.
»Natürlich nicht. Er lügt.«
»Ich lüge nicht. Mein Name ist Prinz Michail Adamowitsch Swiridow, und ich wohne in Petrograd mit Mama und Papa. Ich kenne den Mann nicht.«
»Jesus Christus!« rief der Graf aus und sah sich den Jungen noch einmal genauer an. War das möglich? Er nahm vorsichtig das Gesicht des Kleinen in seine Hände und drehte es etwas zur Seite, damit Licht darauf fiel. »Komm, Kleiner, sag mir, wie heißt deine Mama?«
»Prinzessin Swiridowa«, antwortete Bjeloschka.
»Nein, den ganzen Namen.«
»Anna Nikolajewna, aber Papa nennt sie Anja oder manchmal *Duschka*.«
Boris mußte lächeln. »Gut, Prinz Swiridow. Ich weiß zwar nicht, wie du in so schlechte Gesellschaft geraten bist – aber ich kenne deine Mutter, und ich werde dafür sorgen, daß sie dich wiederbekommt.«
Oleg protestierte lautstark. »Der Bengel lügt! Er kennt keine Prinzessin. Er gehört mir!«
»Nein, Onkel. Das ist ein böser Mann. Er hat mir wehgetan, und dann hat er mich in ein Haus gebracht, wo immerzu geschossen wird.«
Bei diesen Worten sahen sich die Männer bedeutungsvoll an.
»Iwanows Haus?« schlug einer von ihnen vor.
Boris stand auf und sah sich den Kerl näher an.
»Wie heißt du?« fragte er und richtete ein Gewehr auf ihn.
»Ich bin nur ein armer Mann, der von Soldaten überfallen worden ist. *Barin*, das ist alles.«
Graf Scherbatkin dachte, daß er den Mann schon einmal gesehen hatte. Sein Gesicht kam ihm bekannt vor.
»Dimitrij«, sagte er. »Hol Wasser, Seife und ein Rasiermesser. Wir werden uns den Herrn einmal genauer betrachten.«
»Nein! Das können Sie nicht tun!« Oleg kam jetzt regelrecht in Panik.

Aber sie taten es. Sobald der Bart ab war, befahl Boris seinen Männern, ihm die Hände zusammenzubinden, seine Füße ebenfalls, so daß er sich nicht mehr bewegen konnte.
»Erkennt ihr ihn denn nicht?« wollte Boris von seinen Leuten wissen. »Das ist der Sohn des alten Iwanow, *Oleg*, der vor ein paar Jahren versucht hat, Prinzessin Anja zu ermorden, und der als Junge schon auf meinem Gebiet gewildert hat.«
»*Barin*, ich kenne jemanden, der froh sein wird, daß wir ihn geschnappt haben: Ihr Nachbar Prinz Malischew. Wir müssen ihm Bescheid sagen.«
»Ja, unser Nachbar wird überglücklich sein: gleich zwei gute Nachrichten auf einmal.« Boris streichelte dem Jungen über das Haar. »Und jetzt gehen wir zum Telefonapparat und sagen deiner Familie, was es an Neuigkeiten gibt.«
»*Barin*, warum erschießen wir den Kerl nicht gleich – das können wir doch Prinz Malischew ersparen.«
»Weil er sicherlich ganz begierig darauf ist, das höchstpersönlich selbst zu erledigen, denke ich. Auf diesen Tag wartet er schon lange.«

Praskowaja Fjodorowna ging ans Telefon – sie war außer sich vor Freude, als sie Graf Scherbatkins Nachricht empfing. Sofort lief sie los, um den Herrschaften alles zu berichten.
»Wo?« rief Anja und nahm das Gespräch an.
»Wer hat ihn gefunden?«
Ihr Mann und ihre Verwandten standen dicht hinter ihr, als Anja endlich wieder mit ihrem Sohn sprechen konnte. Der kleine Junge seufzte vor Erleichterung, als er die Stimme seiner Mutter erkannte. Er sagte ihr, wie sehr er sie vermißte.
»Oh, mein kleiner Schatz«, lachte Anja. Freudentränen liefen ihr über beide Wangen. »Natürlich komme ich. Ist alles in Ordnung mit dir? Fehlt dir auch nichts!«
»Alles in Ordnung, Mama. Aber der Mann hat mich in ein Haus gebracht, wo immerzu geschossen wird. Ich habe solche Angst gehabt.«
»Jetzt brauchst du keine Angst mehr zu haben, Bjeloschka. In

einer Stunde sind wir wieder zusammen; Papa, Onkel Andrej und ich holen dich.«
»Laß mich noch einmal mit Boris sprechen«, flüsterte ihr Andrej ins Ohr.
Anja gab ihm den Hörer und umarmte ihren Mann und ihre Tante.
Von Boris erfuhr Prinz Andrej, daß sie Iwanow identifiziert und gefesselt hatten. Er war damit einverstanden, mit der Exekution auf Andrej zu warten.
»Gut«, sagte der Prinz. »Wir machen uns sofort auf den Weg.«
Nachdem er den Hörer aufgelegt hatte, strich Graf Scherbatkin seinem kleinen Gast über das Haar. Dann brachte er ihn in die Küche, wo ihm der Koch die erste Mahlzeit seit zwei Tagen bereitete.
Nach etwa einer halben Stunde hörte Boris draußen Motorenlärm. Er wunderte sich, wie schnell seine Nachbarn waren.
Ein Blick aus dem Fenster ließ sein Herz höherschlagen.
»Die Deserteure!« schrie er. »Jeder nimmt sofort seine Position ein! Bringt das Kind in Sicherheit, in den Keller, schnell!«
Die ersten Schüsse fielen. Fensterscheiben klirrten.
Drinnen wurden Möbelstücke vor die Fenster geschoben, die Türen wurden verbarrikadiert. Alle Lichter gingen aus.
»Ihr da im Haus!« rief jemand im Hof. »Macht auf! Gebt uns Geld, dann lassen wir euch laufen. Aber wenn ihr kämpfen wollt, dann habt ihr jetzt schon verloren.«
Keine Reaktion im Haus. Das war immer so. Man mußte die Leute erst mit einigen Schüssen einschüchtern, es war eine Formalität.
»Laßt mich doch nicht hier hilflos und gefesselt allein!« flehte Oleg.
Einer der Männer hatte ein weiches Herz und schob Oleg – immer noch gefesselt – in einen der kleineren Räume, die nach hinten hinaus gingen.
»Wenn wir das Feuer eröffnen, dann habt ihr keine Chance«, rief der Feldwebel.
Boris und seine Leute schickten statt einer Antwort einen

Kugelhagel auf die Eindringlinge. Sofort suchten die Männer Deckung.
Es würde ein harter Kampf werden.
Im Haus versuchten Boris und seine Leute, Ruhe zu bewahren und gut zu zielen. Sie suchten sich als Orientierungspunkte blitzende Uniformknöpfe oder Gewehrläufe. Aber in der Dunkelheit war das nicht einfach.
Boris' Mannschaft hatte noch keine Verluste zu beklagen – außer ein paar leichten Verletzungen, die von Glassplittern herrührten. Die Angreifer hatten schon zwei Männer verloren.

»Hoheit, hören Sie: Schüsse!« Lew Petrowitsch hielt sein Pferd an.
»Wo?« Andrej machte sein Gewehr bereit.
»Bei Scherbatkin, glaube ich.«
»Bjeloschka!« schrie Anja. »Mein Gott!«
Die Gruppe lauschte einen Augenblick. Kein Zweifel, das waren Gewehrschüsse.
»Warten Sie hier, Hoheit. Ich reite vor und sehe mir das mal an. Dann können wir überlegen, was wir tun«, schlug Lew vor.
Andrej war einverstanden. Er ärgerte sich darüber, daß Anja sich trotz seiner Bitten nicht dazu bewegen ließ, umzukehren. Auch Adam war das nicht recht, aber Anja blieb stur.
Lew kehrte kurz darauf zurück. »Sie greifen das Herrenhaus an.«
»Und Boris' Leute?«
»Sie halten die Stellung gut. Es ist ein erbitterter Kampf.«
Adam forderte seine Frau noch einmal auf, heimzureiten.
»Nein, Adam, solange Bjeloschka da ist, werde ich nicht umkehren! Das ist mein letztes Wort.«
Lew sah Andrej fragend an. »Sollen wir ihnen helfen? Sie haben es sicher bald nötig.«
Der Prinz sah seine Nichte von der Seite an. »Ja«, antwortete er.
Graf Scherbatkins Männer hatten anfangs noch die Oberhand behalten können, da sie aus dem ersten und zweiten Stock besser zielen konnten. Aber als dann die Maschinengewehre der An-

greifer zum Einsatz kamen, sah es schlecht aus für sie. Innerhalb kurzer Zeit war die Fassade des Hauses durchlöchert. Drinnen flogen Glassplitter durch die Luft, Holz zerbarst, Steine brachen aus der Mauer. Die Leute konnten es nicht mehr verhindern, daß ein paar Angreifer ins Haus eindrangen.
In den oberen Stockwerken waren die Männer von den Maschinengewehrsalven niedergemäht worden. Ihre Leichen lagen überall verstreut in den Zimmern.

Inwischen näherten Andrej und seine Gruppe sich dem Ort des Geschehens. Als sie nahe genug waren, stiegen sie ab und gingen zu Fuß weiter. Sie stellten fest, daß mehrere Bauern und Soldaten bereits direkt am Eingang standen.
»Das ist seltsam: die Schießerei hat aufgehört«, stellte Lew fest.
»Wir sehen mal, was da los ist«, antwortete Andrej. »Gebt uns Deckung.« Er ging mit Lew voraus, Adam und Anja folgten.
Je näher Andrej und seine Begleiter kamen, desto genauer sahen sie, welcher Schaden angerichtet worden war. Im Scheinwerferlicht der Lastwagen waren einige Leichen deutlich zu erkennen. Sie trugen khakifarbene Uniformen. Boris' Haus war fast eine Ruine.
Drinnen war die Hölle los: Soldaten liefen durch die Räume und schrien herum, schossen auf Überlebende, dazwischen immer wieder Angst- und Schmerzschreie von Verwundeten oder Bedrohten. Die Deserteure waren bereits dabei, ihre »Feier« zu veranstalten, sie wollten das gesamte Anwesen in Brand setzen. Boris war von einem der Bauern als der Gutsbesitzer identifiziert worden und sollte vor ein Revolutions-Tribunal gestellt werden.
Unten im Keller schrie eine Dienerin entsetzt auf, als zwei stämmige Kerle die verriegelte Tür aufbrachen und dann die Treppe hinunterpolterten. In ihrer Begierde, das Mädchen zu vergewaltigen, beachteten sie den kleinen Jungen gar nicht, der bei ihr war. Das nutzte Bjeloschka aus, um nach oben zu fliehen.
Aber er hatte Schwierigkeiten, sich zurechtzufinden: überall Lärm, Geschrei, Gestank, Brandgeruch und Getrampel von schweren Militärstiefeln. Schließlich kletterte er aus einem Fen-

ster, wobei er sich beinahe an den Glassplittern geschnitten hätte, und lief in den Hof hinaus. Er wollte nur noch weg.
Die Soldaten entdeckten ihn im gleichen Augenblick wie Anja. Prinz Swiridow hielt seiner Frau hastig die Hand vor den Mund, damit sie nicht unbedacht ihr Versteck verriet. Er hielt sie ganz fest. Anja wäre zu jeder Dummheit bereit gewesen – auch mitten im Kugelhagel wäre sie zu ihrem kleinen Liebling gerannt, wenn er sie nicht daran gehindert hätte.
Bjeloschka lief direkt auf seine Retter zu, obwohl er nicht ahnen konnte, daß sie sich dort verborgen hielten.
Plötzlich, als der Kleine es fast geschafft hatte, hallte ein Gewehrschuß durch die Nachtluft.
»Bjeloschka!« schrie Anja und befreite sich heftig aus Adams Umklammerung. Sie rannte zu ihrem Kind. Sie war gerade dabei, ihn hochzunehmen, als eine Maschinengewehrsalve auf sie abgefeuert wurde. Sie schlug kurz vor ihr ein.
Adam wollte zu seiner Frau, wurde aber durch einen unsanften Schlag mit dem Gewehrkolben von Lew daran gehindert. Der Prinz stürzte zu Boden. Dabei sah er entsetzt, wie ein Soldat auf den Lastwagen sprang und das Maschinengewehr auf sie richtete.
Auch Anja hatte es bemerkt, sie reagierte prompt, indem sie sich gemeinsam mit ihrem Sohn auf den Boden warf. Und dann geschah etwas Unerwartetes: Anja zog ihren Revolver und feuerte auf die Soldaten. Sie traf zwar knapp daneben, erreichte mit ihren Schüssen jedoch, daß sie abgelenkt wurden und die Maschinengewehrschüsse in die Luft gingen.
Diese Gelegenheit wußte Lew zu nutzen. Er zielte – und traf. Der Schütze auf dem Lastwagen kippte nach hinten über und blieb verwundet liegen.
»Lauf, Anja!« rief Adam.
Aber Anja schien ihn nicht zu hören. Sie war gestürzt und bedeckte mit ihrem Körper den ihres kleinen Sohnes. Sie schien sich nicht mehr bewegen zu können. In dem Augenblick, als Adam ihr zu Hilfe eilen wollte, zwang eine weitere Salve aus dem Maschinengewehr Adam und Lew zurück in ihr Versteck.

Bevor Adam und Lew einen zweiten Versuch zu ihrer Rettung unternehmen konnten, war Anja verschwunden. Und ihr Sohn mit ihr.

Von draußen, zwischen dichtem Gebüsch vor den Blicken der Feinde verborgen, hatte Petja beobachten können, was sich innerhalb des Hauses abgespielt hatte.
»*Barin*«, berichtete er außer Atem seinem Herrn, Prinz Andrej, »die junge Prinzessin hat ihnen erzählt, daß Iwanow hier ganz in der Nähe ein Haus habe und daß er viel Geld besäße. Sie versucht, sie in eine Falle zu locken. Wir müssen ihr helfen. Sie hat ihnen erzählt, daß er auf Bjelaja Berioschka wohnt.«
»Ist sie verletzt?« unterbrach Adam besorgt. »Haben sie ihr etwas getan?«
»Nein, *Barin*. Sie hat versucht, Iwanow zu töten, aber das haben sie verhindert. Sie wollen sein Geld haben.«
»Jesus Christus«, murmelte Adam vor sich hin. Er wunderte sich immer wieder über Anjas Kaltblütigkeit, ihre Nerven, wenn sie sich in einer gefährlichen Situation befand. »Kommt, wir nehmen den Feldweg. Ich habe schon zwei Männer vorausgeschickt, um die Warnung vor dem Angriff zu überbringen. Die Soldaten müssen mit ihren Lastwagen die Straße nehmen. Das ist ein weiterer Weg als über die Felder. Wir werden zuerst da sein und können sie dann in Empfang nehmen. Wenn sie auf den Zufahrtsweg kommen, eröffnen wir das Feuer.«
Andrej, Adam, Lew und Petja liefen zu den anderen Männern zurück, stiegen auf und machten sich auf den Weg. Sie waren froh, daß Xenia auf Bjelaja Berioschka die Stellung hielt und alles vorbereiten konnte, sobald die beiden Boten ihre Warnung übermittelt hatten.

Gleich nachdem Xenia den Bericht der beiden Boten erhalten hatte, verteilte sie an alle Leute Waffen. Sie und Praskowaja Fjodorowna leiteten die Aktion, solange die Männer abwesend waren. Sie wollten sie nicht enttäuschen. Bjelaja Berioschka würde diesen Rabauken nicht in die Hände fallen, dazu war Xenia entschlossen.

»Hoheit, die Männer haben auf dem Dach und entlang der Zufahrt Position bezogen«, berichtete ihr einer der Bauern.

»Die Kette über den Zufahrtsweg ist gespannt. Sie wird die Lastwagen aufhalten. Bevor die Kerle wissen, was los ist, wird das Feuer eröffnet. Selbst wenn es ihnen nach ein paar Minuten gelingen sollte, die Absperrung zu durchbrechen, werden sie schon viele Männer verloren haben.«

Xenia nickte und schüttelte dem Mann zum Dank die Hand. Ihr Gesichtsausdruck war ernst. »Danke«, sagte sie leise. »Wenn unser Plan funktioniert, dann will ich, daß alle diese Schweine sterben. Sollten wir scheitern, dann will ich diesen Kerlen auf keinen Fall in die Hände fallen. Versprechen Sie mir, mich zu erschießen, bevor sie mich erwischen können, ja?«

Der Bauer dachte an die Berichte von anderen Überfällen, davon, wie die Opfer zugerichtet worden waren. Er sah Xenia Alexandrowna ernst an und nickte traurig.

»Danke.«

Xenia ging zur Haushälterin und umarmte sie stumm. Dann gab sie ihr ein Gewehr.

»Wir haben 1905 überlebt, Hoheit, und wir werden auch dies hier überstehen.«

»Wir haben keine Wahl«, antwortete die Prinzessin.

Im Haus von Scherbatkin bereiteten sich die Bauern und ihre Helfershelfer, die Deserteure, auf den Aufbruch vor. Sie nahmen die *Barina*, das Kind und den fluchenden Iwanow mit.

»Was sollen wir mit dem Gutsbesitzer machen?« fragte einer der Soldaten und zeigte mit dem Finger auf Boris, der mit gefesselten Händen auf dem Boden lag.

»Erschießen«, antwortete der Sergeant und wandte sich zum Gehen, Anja und ihren Sohn mit sich zerrend.

»Nein«, schrie die Prinzessin, »das können Sie doch nicht tun!«

Bjeloschka schrie in Panik auf, als der Gewehrschuß durch das Haus hallte und dem Leben des Grafen ein Ende setzte. Anja

klammerte ihren Sohn fest an sich, damit er das schaurige Bild nicht sah.
»Wenn sie uns irgendwelche Schwierigkeiten machen«, höhnte der Feldwebel lächelnd, »dann passiert mit Ihrem Sohn genau das gleiche!«
Diesmal hielt Anja den Mund und betete, daß Andrej und seine Leute ihren Hinterhalt auf Bjelaja Berioschka gut vorbereitet hatten.
Die Soldaten und Bauern um sie herum rissen Witze, was sie alles mit dem Geld anstellen wollten, wenn sie es erst hätten. Prinzessin Anja hoffte, daß es niemals so weit kommen würde, daß diese Schweine in der Hölle schmoren würden, bevor sie auch nur eine einzige Münze aus dem Vermögen von Bjelaja Berioschka zu fassen kriegten.
Es war ihr natürlich klar, daß sie selbst möglicherweise Opfer der Falle auf Bjelaja Berioschka werden würde. Denn wie sollten die Leute dort wissen, daß sie als Geisel mitgenommen wurde?
»Mon petit«, flüsterte sie ihrem Sohn ins Ohr. Sie sprach Französisch mit ihm, damit ihre Bewacher sie nicht verstanden. Ihr Sohn dagegen konnte diese Sprache verstehen. »Leider kann ich es dir nicht ersparen, noch einmal eine Schießerei mitzuerleben, wenn wir nach Hause kommen. Du legst dich dann auf den Boden und bleibst da auf jeden Fall liegen. Du darfst nicht einmal den Kopf heben, hörst du?«
»Oui, Maman«, antwortete er. »Und was machst du?«
»Darum brauchst du dir keine Sorgen zu machen, mein Schatz. Es wird alles wieder gut.«
»Sprechen Sie Russisch«, befahl der Feldwebel. »Sie hören sich an wie diese verdammten Deutschen.«
»Entschuldigung.«
Auf dem anderen Wagen versuchte Oleg verzweifelt, seine Fesseln zu lösen. Aber die Soldaten hatten gute Arbeit geleistet. Es war ein fast unmögliches Unterfangen. Aber da, plötzlich, als er es schon fast aufgegeben hatte, spürte er, wie die Schnüre ein wenig nachgaben.

Ah, dachte er. Er schöpfte wieder Hoffnung. Jetzt mußte er sich beeilen, freizukommen und seinen Bewacher töten.

In der Zwischenzeit waren Andrej und seine Leute nach Bjelaja Berioschka zurückgekehrt. Jeder hatte Position bezogen.
Was ihnen jedoch Sorgen machte, war die Tatsache, daß die junge Prinzessin und ihr Sohn mitten im Gefecht sein würden. Sie wären völlig schutzlos, wenn die Männer ihres Onkels auf die Angreifer losfeuern würden. Bei so einem Kampf konnte niemand für eine Sicherheit garantieren.
»*Anja* hat ihnen diese Sache eingeredet«, gab Adam zu bedenken. »Sie wußte, was für ein Risiko sie da auf sich nahm. Jetzt können wir sie nicht im Stich lassen.«
Man einigte sich darauf, möglichst nicht auf das Fahrerhaus der Wagen zu schießen.
In einem der oberen Stockwerke standen auch Prinzessin Xenia und ihre Haushälterin mit Gewehren bereit.
Plötzlich gab Xenia einen kurzen Schrei von sich. »Andrej, haltet euch bereit! Sie kommen!«
Zwei Sekunden später bestätigten die Männer, die auf dem Dach postiert waren, ihre Warnung.
»Es geht los«, brummte Adam. Sein Herz klopfte wild. In einer halben Stunde würde er seine Frau und seinen Sohn in den Armen halten können – lebendig oder tot.
»Viel Glück«, wünschte der Prinz seinen Leuten. »Alle wissen, was sie zu tun haben.«
Als das erste Gefährt auf die Zufahrtsallee rollte, nahmen die Männer, die sich hinter Bäumen und im Gebüsch versteckt hielten, ihre Angreifer ins Visier. Sie warteten auf das vereinbarte Zeichen – auf den Augenblick, in dem die schwere Eisenkette ihre Fahrt stoppen würde.
Arrogant und selbstbewußt – sie hatten schließlich zwei tötliche Maschinengewehre – fuhren die Angreifer ein. Sie sahen kein Lebenszeichen im Herrenhaus. Es war, als ob die Bewohner des Anwesens in Todesangst geflohen seien.

Anja ließ sich davon jedoch nicht täuschen. Sie wußte, daß ihre Leute auf der Lauer lagen.
»Bjeloschka«, sagte sie auf Französisch, »denk daran, was ich dir gesagt habe. Bleib auf jeden Fall unten.«
In dem Augenblick rammte der Lastwagen einen schweren Gegenstand, der ihn zum Halten brachte. Der Fahrer konnte das Gefährt trotz verbissener Anstrengungen nicht mehr weiterbewegen. Die Räder drehten auf den Kieselsteinen durch. Das zweite Fahrzeug, das nicht rechtzeitig gebremst hatte, fuhr auf das erste auf. Die Falle klappte zu.
»Feuer!« rief Andrej und erlegte den ersten Banditen.
Außer sich vor Wut sprang der Feldwebel auf den Boden. In dem Augenblick konnte Oleg sich freimachen und strangulierte ihn mit dem Seil, mit dem er vor kurzem noch gefesselt gewesen war. In der allgemeinen Verwirrung hatte niemand etwas bemerkt.
Panik brach aus. Von allen Seiten standen die Angreifer unter Beschuß. Niemand konnte nahe genug an die Maschinengewehre gelangen, um sie zu bedienen. Innerhalb von wenigen Minuten waren die meisten Männer entweder tot oder schwer verwundet. Andrejs Scharfschützen, die vom Hausdach aus zielten, und die Heckenschützen, die entlang der Allee postiert waren, machten kurzen Prozeß mit den Angreifern.
Anja kauerte fast auf ihrem Sohn.
»Mama!«
»Keine Angst. Mir fehlt nichts. Papa wird uns hier herausholen.«
Anja stieß ihren Bewacher aus dem Gefährt, als er von einem Kopfschuß getroffen wurde. Dann ergriff sie das Gewehr, das ihm aus der Hand gerutscht war.
Im Haus bemerkte Xenia, wie der Mann aus dem Wagen fiel. Sie rief Andrej und Adam zu, sie sollten Anja helfen.
Andrej hörte die Warnung seiner Frau und informierte die Männer.
Während die Schützen noch die letzten Angreifer verfolgten, sah Oleg Iwanow plötzlich die letzte Gelegenheit zur Rache. In

der Dunkelheit, die nur stellenweise durch die Scheinwerfer der Fahrzeuge durchbrochen wurde, entdeckte er Prinzessin Swiridowa und ihren Sohn. Sie waren gerade dabei, aus dem Fahrzeug auszusteigen. Sie waren beschäftigt. Einfache Zielscheiben.
Aber er war nicht der einzige, der sie entdeckt hatte. Adam schrie seiner Frau zu, sie solle wieder zurückklettern und das Ende des Kampfes abwarten.
»Es ist vorbei, *Barija!* Und für den Jungen auch.«
Die verhaßte Stimme so dicht hinter ihr ließ Anja vor Schreck erstarren. Sie schob ihren Sohn hinter sich und zischte ihm zu, sich ja nicht zu bewegen.
Einige Meter weiter hinten sah Adam, daß seine Frau von Iwanow bedroht wurde. Er rannte los, so schnell er konnte.
»Es wird mir ein Vergnügen sein, dich umzubringen«, drohte Iwanow grinsend. Er hatte ein gestohlenes Gewehr auf sie gerichtet. Er wollte sich endlich und für alle Zeit von ihr befreien.
Plötzlich wurde er unsicher. Er blickte geradewegs in ein anderes Gewehr – das, welches Anja auf *ihn* gerichtet hielt. Während im Gebüsch immer noch ab und zu Schüsse einschlugen, umkreisten sich Anja und ihr Erzfeind wie zwei Raubtiere – in Todesangst und in dem Bewußtsein, daß nur einer von ihnen diese tötliche Begegnung überleben würde.
»Lauf, Bjeloschka«, befahl Anja, als sie die Sicherung ihres Gewehres löste.
Adam und Andrej waren stehengeblieben. Auch sie hatten ihre Gewehre entsichert und zielten auf Oleg. Als der Amerikaner gerade abdrücken wollte, schubste ihn Prinz Malischew beiseite.
»Das ist meine Aufgabe«, brummte er mit rauher Stimme. »Ich habe Anja schon einmal enttäuscht. Ich muß sein Henker sein!«
Adam stand bewegungslos daneben, als der Prinz sorgfältig zielte und abdrückte. Sein Gesicht war unbeweglich. Adam konnte keinerlei Emotionen darin ausmachen.
Er war zu spät.
Um die Flucht ihres Sohnes zu decken, hatte Anja bereits ihr Opfer anvisiert und geschossen. Als Andrejs Kugel Oleg traf, war er schon tot. Anja hatte ihn aus einer Entfernung von weni-

ger als drei Metern erschossen. Kaltblütig und entschlossen hatten sie soeben ihre Rechnung beglichen.
Oleg stürzte zu Boden. Die junge Prinzessin warf ihre Waffe weg und lief zu ihrem Mann und ihrem Sohn. Iwanow konnte ihr nichts mehr anhaben.
In dem gespenstischen Scheinwerferlicht starrte Anja die Leiche ihres Feindes an. Er lag ausgestreckt und blutüberströmt auf dem Boden. Sie hatte das ausgeführt, was kein Mann geschafft hatte – weder Onkel noch Ehemann hatten ihn zur Strecke bringen können – entgegen ihren Versprechungen! Sie hatte sich geschworen, ihn umzubringen, und sie hatte es getan. Noch ganz verwirrt von der grenzenlosen Anstrengung, die sie in den letzten Stunden und Tagen durchgemacht hatte, klammerte sie sich an Adam und Bjeloschka. Sie wußte, daß die Gerechtigkeit endlich gesiegt hatte. Es tat ihr nicht leid.
Prinz Andrej ging auf unsicheren Füßen zur Leiche von Iwanow, um sich zu vergewissern, daß es diesmal auch ganz bestimmt kein Irrtum war. Oleg war tot, daran bestand kein Zweifel. Aber nicht *er* hatten ihn getötet, sondern *Anja*.
Andrej rief Lew und Petja zu, sie sollten sich um die letzten versprengten Angreifer »kümmern«, sie zusammentreiben. Sie führten die Hinrichtungen mit ihren eigenen Maschinengewehren durch und warfen dann die Leichen und die Waffen in die Moskwa.
Als letzten warf Andrej den leblosen Körper von Oleg Iwanow hinterher. Dieses Mal würde er sich nicht auf das voreilige Urteil eines anderen verlassen.

Später, als er Anja in den Armen hielt, war Andrej dankbar, daß der Schrecken vorbei war, und vor allem, daß sie es überlebt hatten. Seine junge Nichte war Xenias und sein Lebensinhalt. Jetzt konnte er sich ohne Schatten der Angst darauf freuen, mitzuerleben, wie ihre Kinder aufwuchsen.

EPILOG

Trotz ihres Erfolgs bei der Verteidigung von Bjelaja Berioschka und des Siegs über die Rebellen wußten Anja und ihre Familie, daß das alte Rußland tot war, und daß das neue ihnen und ihrer Klasse den Kampf angesagt hatte. Sie wurden jetzt als Ex-Prinz und Ex-Prinzessin bezeichnet, ebenso wie Nikolaus als Ex-Zar tituliert wurde. Es war schon seltsam und traurig – als ob eine Veränderung der Bezeichnung jahrhundertealte Traditionen auf einen Schlag auslöschen könnte!

Noch trauriger jedoch war der Zerfall des Lebens auf Bjelaja Berioschka. Prinz Andrej war auf seine Leute stolz gewesen: sie hatten Seite an Seite mit ihm das Gut verteidigt. Aber danach geschahen schreckliche Dinge: Lew Petrowitsch wurde ermordet, weil eifersüchtige und ehrgeizige Bauern über seine jahrelange Freundschaft zu Prinz Andrej verärgert waren und ihm seine Privilegien mißgönnten.

Die schreckliche Tat geschah nur zwei Tage nach dem Angriff auf das Herrenhaus. Petja und sein einziger Bruder, der nicht gefallen war, weinten bittere Tränen am Grab ihres Vaters. Die Malischews und die Swiridows trauerten ebenfalls um ihren treuen Verwalter. Und dann machten sie sich auf die Suche nach dem Mörder. Als sie ihn fanden, rächten sie Lews Tod und vergruben die Leiche des Täters so tief im Wald, daß niemand sie jemals würde finden können. Aber der Zerfall der alten Gewohnheiten und Sitten hatte bereits unaufhaltsam begonnen, das wußten alle.

Anja beschloß, keine Zeit mehr zu verschwenden. Sie wollte so schnell wie möglich ihre Reise nach Stockholm antreten. Zusammen mit Adam, Bjeloschka, Andrej und Xenia machte sich die junge Prinzessin auf den Weg nach Petrograd – das war die kürzeste Verbindung, wenn man das Land verlassen wollte –, wo sie zu ihrem Erstaunen von einem Kommissar der Bolschewiken erwartet wurden, der die Aufgabe hatte, sich um die Verstaatlichung des Swiridow-Palastes zu kümmern. Er führte eine Anordnung der neuen Regierung aus.

Noch am selben Abend, nach einer Besprechung mit Xenia und Andrej, packten die Swiridows und die Malischews die wichtigsten Dinge zusammen und fuhren in aller Eile zur amerikanischen Botschaft. Billy war bereits informiert worden und hatte alles Nötige für die »Operation Repatriation« in die Wege geleitet. Er hatte keine Zeit verloren.

Die neue Regierung konnte diesen schnellen Entschlüssen und Veränderungen nicht folgen: bevor sie ein Ausreiseverbot verhängen konnten, hatten die Angehörigen von Anja und Adam bereits ihre Diplomatenpässe ausgehändigt bekommen. Für einen Notfall wie diesen hatte Adam vorsorglich entsprechende Vorarbeiten geleistet. Um ihre Tarnung zu vervollständigen, trugen sie Kleider und Anzüge mit Firmenzeichen aus Boston und New York. So konnten sich diese »amerikanischen Botschafts-Angehörigen« auf ihre Reise nach Finnland begeben.

Adam rechnete sich aus, daß die Verständigung zwischen den verschiedenen Zweigen der Regierung langsam und unvollständig vonstatten ging – das war er von überall her gewöhnt –, und riskierte ein mutiges Manöver. Er rief den Bahnhofsvorsteher in Petrograd an – ein alter Kumpel aus Zeiten der Amerikanisch-Russischen Freundschaftsgesellschaft – und bat ihn, ihnen den Privatwaggon des amerikanischen Botschafters an den Zug zu hängen, der um 11.45 Uhr nach Finnland fahren würde. Dringende Geschäfte erforderten seine Reise nach Helsingfors. Er sei in Begleitung seiner Mitarbeiter.

Der Mann zögerte einen Augenblick, sagte aber dann: »Wenn Sie pünktlich um 11.45 Uhr da sind, kann ich Ihnen den Gefallen tun.«

»Ist er zuverlässig?« wollte Anja wissen.

»Ich hoffe schon.«

Da Adam zu bekannt war, als daß er sich als Botschafter hätte

ausgeben können, fiel diese Rolle Prinz Andrej zu. Er spielte sie mit großer Würde: eine große, beeindruckende Figur in einem grauen Mantel und Pelzhut – beide Bekleidungsstücke trugen Hersteller-Etiketten von amerikanischen Firmen. Xenia, die eine blonde Perücke aufgesetzt hatte, war seine Gemahlin.
In Begleitung des Botschafters befanden sich sein Sekretär, Mr. Adam Lowell, und seine Sekretärin Anja, die die Aufgabe hatte, sich um den »Enkel« des Botschafters zu kümmern.
Die kleine Gruppe wurde von Billy Whitmore und einer Ehrenkompanie der Marine zum Bahnhof begleitet. Die Soldaten rätselten darüber, was für einen Witz oder Streich sich Billy denn wohl jetzt wieder ausgedacht hatte. Am Bahnhof gab es keinerlei Schwierigkeiten, obwohl auch zu dieser Tageszeit noch viele Bauern und Soldaten auf Züge warteten.
Der Bahnhofsvorsteher begrüßte die »Amerikaner« mit überschwenglicher Herzlichkeit und führte sie eilig zum Waggon. Die Marine-Soldaten standen stramm, als der Zug den Bahnhof verließ. Sie machten einen so feierlichen Eindruck, daß es niemand wagte, sich dem Waggon zu nähern.
Im Zug kamen Anja die Tränen. Sie fuhren immer schneller – immer schneller aus der Heimat. Sie versuchte noch, einen letzten Blick auf Petrograd zu werfen.
Sie hielt Bjeloschka ganz dicht an sich gedrückt und war so froh und dankbar, daß sie ihren Sohn heil und unversehrt wiederhatte. Sie hatte ihn vor diesen Wilden gerettet, die die Stadt in Besitz genommen hatten. Trauer überfiel sie bei dem Gedanken, was wohl aus der ehemaligen kaiserlichen Hauptstadt werden würde – aus dem glanzvollen St. Petersburg, das sie gekannt und geliebt hatte.
Sie hatten überall herumerzählt, daß sie nach Helsingfors fahren würden – jetzt mieden Adam und seine »Landsleute« diese Stadt natürlich. Statt dessen nahmen sie die südliche Route nach Stockholm. Auf ihrer Reise erhielten sie Unterstützung durch die Lappen, die Adam früher dabei behilflich gewesen waren, die Wertsachen der Familie aus Rußland zu schaffen.
Sie beschlossen, das Risiko einer Entdeckung und Demaskie-

rung durch bolschewistische Grenzkontrollen zu umgehen und ließen sich von den Lappen über den immer noch zugefrorenen Grenzfluß führen. In Haparanda hatten sie keinerlei Probleme mit den schwedischen Grenzpatrouillen. Niemand, der im Besitz von Diplomatenpässen war, wurde dort abgewiesen.

Ungefähr zur gleichen Zeit, als Prinzessin Anja mit ihrem Sohn den Zug nach Stockholm bestieg, erklärte der Butler in Petrograd in wütendem Ton einem Kommissar, daß Ihre Hoheit, die Ex-Prinzessin, heute anscheinend länger schlief und auf gar keinen Fall gestört werden wollte.
Der Mann war wütend. Er schrie herum und drohte dem alten Butler damit, ihn zu verhaften, wenn sie nicht mit ihm sprechen würde. Nachdem er fünf Minuten gewartet hatte, rannte er die Treppe hinauf, um sie selbst zu wecken.
Aber er fand nichts weiter als ein leeres Zimmer in einem Palast, aus dem alle wertvollen Gegenstände entfernt worden waren. Er konnte nur noch ein paar weniger wertvolle Gemälde für die Revolution verstaatlichen.
Es war jedoch ein herrliches, wertvolles Gemälde übriggeblieben: ein Porträt der Prinzessin, das über der Treppe hing, auf dem sie den Eindruck erweckte, als würde sie mit ihrem ganzen Charme Gäste begrüßen. Anja hatte das Bild in voller Absicht zurückgelassen. Sie wollte auf diese Weise ein Verbindungsglied herstellen zwischen sich und und ihren Vorfahren, die in diesem großartigen Palast gewohnt hatten.
»Nehmen Sie das Gemälde mit?« fragte der Butler. Er hatte beobachtet, wie der Kommissar es gedankenversunken betrachtete. Er konnte sich gar nicht mit der Vorstellung anfreunden, daß das schöne Porträt Ihrer Hoheit seinen angestammten Platz verlassen müßte. Und besonders ungern wollte er das Bild diesem Typen mitgeben.
»Nein«, antwortete der Kommissar. »Für uns hat es keinerlei Wert. Die Revolution braucht keine Prinzessinnen.« Fluchend verließ er den Palast. Das erste, was er tun würde, war, einen Haftbefehl auf Ex-Prinzessin Anja Swiridowa auszustellen.

Hunderte von Meilen weiter westlich, in einem Erster-Klasse-Abteil der schwedischen Eisenbahn, hielt Anja ihren Sohn auf dem Schoß und sah schläfrig aus dem Fenster. Ein Teil ihres Lebens war vorbei. Sie war über ihre eigene Gelassenheit erstaunt. Es gab immer noch die Möglichkeit, eines Tages, wenn diese ganzen Unruhen vorüber sein würden, zurückzukehren. Revolutionen erzeugten ja gewöhnlicherweise auch Konterrevolutionen, nicht wahr? Diese Hoffnung hatte sie immer noch. Und selbst wenn es – was unwahrscheinlich wäre – keine Konterrevolution geben sollte: Sie hatte ja ihre Liebsten mit ins Exil genommen. Solange die Familie zusammenhielt, würden sie durchhalten.

Sanft streichelte sie Bjeloschkas blonde Löckchen. Wo auch immer sie das Schicksal hin verschlagen würde, es würde ihnen gutgehen.

Das erhoffte sie sich für die Zukunft. Und das versprach sie ihren Kindern.

Bronnen, Barbara
Die Tochter
Katharina Bebra, vierzig, geschieden, ein Kind, will nicht länger nur »die Tochter« sein – Tochter in einer »Frauenfamilie«, aber auch Tochter eines berühmt-berüchtigten Vaters, den sie nur aus Erzählungen und der Literaturgeschichte kennt. Sie erkennt, daß sie selbst einen anderen, neuen Weg gehen muß. 256 S. [1327]
Die Überzählige
»Anfänge gibt's zuhauf, aber Ende gibt's nur eins. Ich will ein gutes Ende, das habe ich verdient.« Die diese Worte spricht, ist 94. Urgroßmutter und Pflegefall. Ihre Enkelin Franziska ist die Ich-Erzählerin eines Leidensweges, der damit beginnt, daß man ihr die Pflege der Großmutter »zuschanzt«. 304 S. [1466]

Brown, Dee
Du folgtest dem Falken, Amayi
Eine indianische Familiensaga. Im Mittelpunkt steht eine ungewöhnliche, faszinierende Frau: die Häuptlingstochter Amayi. 432 S. [1166]

Kazan, Elia
Der Mann aus Anatolien
Manhattan in den ersten Jahrzehnten unseres Jahrhunderts: Ein junger, anatolischer Grieche sucht und findet den Weg nach oben. Kazan schildert die Zähigkeit, mit der der junge Geschäftsmann dem »amerikanischen Traum« nachjagt. 592 S. [1454]

Spungen, Deborah
Einstichpunkte
Eine wahnsinnige Sucht nach Liebe.
Deborah Spungens Buch ist der erschütternde Bericht über den Tod ihrer Tochter Nancy, die von ihrem Freund Sid Vicious von der Punk-Gruppe »Sex Pistols« im Drogenrausch getötet wurde. 384 S. [1512]

Stevenson, Richard
Todesnummer
Der Mord an einem Disc-Jockey macht Schlagzeilen. Der Hauptverdächtige Billy Blount ist verschwunden. Ein nervenkitzelnder Krimi aus der Gay-Scene New Yorks. 336 S. [1391]

Kotzwinkle, William
Jack in the Box
William Kotzwinkle ist der Autor des Weltbestsellers »E.T.« und gilt als Geheimtip unter den modernen Autoren. 288 S. [1198]
Königin der Schwerter
Nach fünfzehn Ehejahren verläßt der wenig erfolgreiche, aber um so eifriger joggende Schriftsteller Eric über Nacht Frau und Haus, um an der Seite einer vorzeitig ergrauten, raubtierhaften Komponistenwitwe glücklich zu werden... 240 S. [1578]
Weihnachten für Wellensittiche
Im Kaufhaus Fontaine's geschehen in der Weihnachtsnacht wundersame Dinge. Eine bezaubernde Geschichte voller Witz, Schärfe und Humor. 240 S. [1186]

Susann, Jacqueline
Yargo
Als Janet auf Yargo trifft, weiß sie, daß nur er der Mann ihres Lebens sein kann. Leidenschaftlich beginnt sie, um ihr Glück zu kämpfen. 224 S. [1015]

Romane

Capote, Truman

Eine Weihnacht
Buddy, das Kind geschiedener Eltern, reist allein nach New Orleans, um bei seinem Vater, den er kaum kennt, die Weihnachtstage zu verbringen. 56 S. [1191]

Musik für Chamäleons
Hier bringt Truman Capote seine schöpferische Auseinandersetzung mit den künstlerischen Möglichkeiten des Journalismus zu einem neuen Höhepunkt. 288 S. [1041]

Cronin, A. J.

Die Bewährung
122 S. [750]

Hinter diesen Mauern
Roman eines Justizirrtums. 232 S. [1043]

Die Schicksalsnacht
128 S. [727]

Die Schlüssel zum Königreich
315 S. [791]

Später Sieg
Arm und verachtet, nur von einer großen Liebe gestützt, findet ein junger Maler die innere Kraft zu großen schöpferischen Leistungen. 430 S. [831]

Wallace, Irving

Countdown eines Wunders
Sie sind unterschiedlich wie Tag und Nacht: Sergej Tichanow, amtierender Außenminister der Sowjetunion, und die schöne Schauspielerin Natale. Doch eines verbindet sie: sie sind unheilbar krank und erhoffen sich Gesundung in Lourdes. Aber unter den Pilgern ist einer, der einen fanatischen Terroranschlag plant… 496 S. [1490]

Die drei Sirenen
Erlebnisse einer Expeditionsgruppe. 504 S. [586]

Der schwarze Präsident
Ein Farbiger wird Präsident der Vereinigten Staaten. Dem Politiker gelingt es, sich durchzusetzen und an seiner Aufgabe zu wachsen, ohne seine moralische Integrität und menschliche Würde zu verlieren. 856 S. [1357]

Ich, der mächtigste von allen
Der faszinierende Roman über die absolute Machtbesessenheit eines Mannes, der um jeden Preis Menschen, Ereignisse und Geschichte manipulieren will. 384 S. [1238]

Die sieben Minuten
Ein Prozeß wächst sich zum Skandal aus. 478 S. [316]

Die sieben sündigen Tage
Philip Fleming, ein erfolgreicher Schriftsteller in den besten Jahren, trifft eines Tages die attraktive Peggy. Damit beginnt Flemings Gang durch ein Fegefeuer, denn er versagt als Mann und schließlich auch als Schriftsteller… 288 S. [1205]

Romane